Unicorn

独角兽书系

THE WHITE PRINCESS

白公主

[英] 菲利帕·格里高利 —— 著
曹茜 —— 译

P H I L I P P A
G R E G O R Y

重庆出版集团 重庆出版社

· 金雀花与都铎系列 ·

版贸核渝字（2018）第268号

图书在版编目（CIP）数据

白公主 /（英）菲利帕·格里高利著；曹茜译．—重庆：重庆出版社，2021.1

书名原文：The White Princess
ISBN 978-7-229-14556-9

Ⅰ．①白…　Ⅱ．①菲…　②曹…　Ⅲ．①长篇小说—英国—现代　Ⅳ．① I561.45

中国版本图书馆 CIP 数据核字（2019）第 249552 号

白公主
BAI GONGZHU
[英]菲利帕·格里高利　著　曹　茜　译
责任编辑：邹　禾　肖化化　方　媛
装帧设计：徐　图
责任校对：杨　婧

重庆出版集团　重庆出版社　出版

重庆市南岸区南滨路162号1幢　邮政编码：400061　http://www.cqph.com
重庆出版社艺术设计有限公司 制版
成都国图广告印务有限公司 印刷
重庆出版集团图书发行有限责任公司 发行
E-mail:fxchu@cqph.com　邮购电话：023-61520646
全国新华书店经销

开本：890mm×1230mm　1/32　印张：16.25　字数：295千
2021年1月第1版　2021年1月第1次印刷
ISBN：978-7-229-14556-9
定价：98.80元

如有印装问题，请向本集团图书发行有限公司调换：023-61520678

菲利帕·格里高利

Philippa Gregory

英国畅销作家，资深记者，媒体制片人。1954年出生于肯尼亚，后随家人移居英格兰，在获得萨塞克斯大学历史学学士、爱丁堡大学18世纪文学博士学位后，她出版了第一部小说《威德克尔庄园》，此书的畅销令她成为一名全职作家。此后她笔耕不辍，以严肃的历史背景为依托，融入女性写作者特有的细腻情感，创作了多部系列小说，其中“金雀花与都铎”系列作为她的代表作被多次改编为影视作品，收获广泛关注，也为她带来“英国王室历史小说女王”的美誉。

“金雀花与都铎”围绕14~16世纪的英国宫廷女性写作。许多女性在历史上并未留下浓墨重彩的痕迹，菲利帕结合想象与考据，丰满了史书间女人们的名字。这是一个相当庞大的系列，且仍在持续更新中。

在小说之外，她还写过童书、短篇集，并与大卫·巴德文及麦克·琼斯合著非虚构类作品《玫瑰战争中的女性》。同时，她还是英国广播公司第四频道《英国问答》的常客，都铎王朝时代频道的专家。

目前她和家人一起住在英格兰北部。她喜爱骑马、散步、滑雪和园艺，另外在冈比亚建立了一所园艺学习慈善机构。

金雀花与都铎 系列

另一个波琳家的女孩

女王的弄臣

处女的情人

永恒的王妃

波琳家的遗产

另一个女王

白王后

红女王

河流之女

拥王者的女儿

白公主

国王的诅咒

驯后记

三姐妹三王后

最后的都铎

献给安东尼

白公主人物关系简表

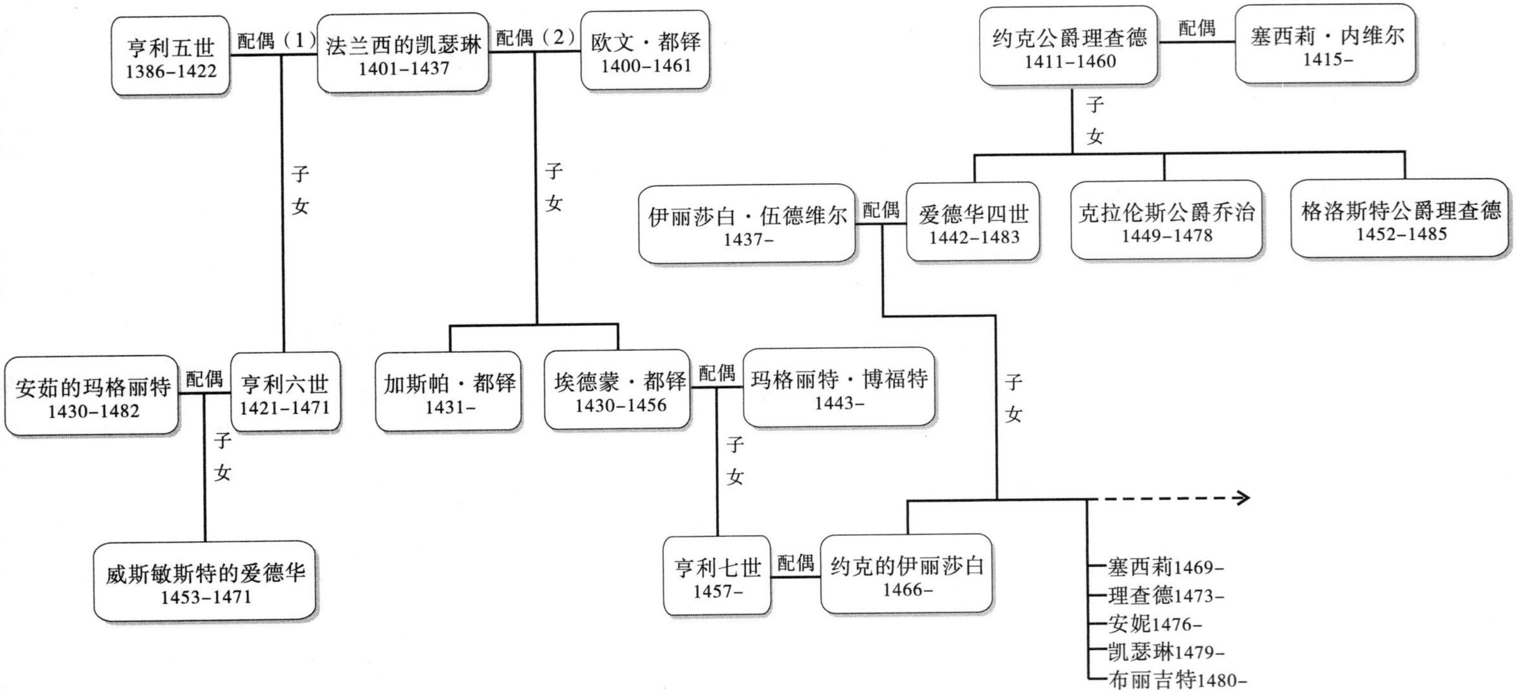

亨利五世
1386–1422
配偶（1）
法兰西的凯瑟琳
1401–1437
配偶（2）
欧文·都铎
1400–1461
约克公爵理查德
1411–1460
配偶
塞西莉·内维尔
1415–
子女
伊丽莎白·伍德维尔
1437–
爱德华四世
1442–1483
克拉伦斯公爵乔治
1449–1478
格洛斯特公爵理查德
1452–1485
安茹的玛格丽特
1430–1482
亨利六世
1421–1471
加斯帕·都铎
1431–
埃德蒙·都铎
1430–1456
玛格丽特·博福特
1443–
威斯敏斯特的爱德华
1453–1471
亨利七世
1457–
约克的伊丽莎白
1466–
塞西莉1469–
理查德1473–
安妮1476–
凯瑟琳1479–
布丽吉特1480–

1485年秋

约克郡　谢里夫哈顿堡

我渴望摆脱梦魇。我祈求上帝让我摆脱梦魇。

我实在太累了，一心只想入睡。我想睡上一整天，从破晓直到黄昏，睡梦中的时间似乎比往常流逝得更快，不知不觉间，黑夜又会悄无声息地降临，比往日更沉寂。在白天，我所思所想的全是入睡；而到了夜晚，我又竭尽全力保持着清醒。

我来到他门窗紧闭的房间，在静谧中凝视着金色烛台上的那根蜡烛，蜡烛融化得很慢，可以燃烧好几个小时，不过这有些徒劳，因为他再也看不到光明。每到正午，仆人们都会点燃一根新蜡烛，烛光闪动，送走一个又一个小时，可如今对他而言，时间已经毫无意义。他坠入了永恒的黑暗，开始了没有尽头的长眠，时间已对他束手无策，却让我不堪重负。我熬过白天，灰沉的暮色在等待中姗姗而来，这时晚祷的钟声凄凉地响起，我会走进礼拜堂，为他的灵魂祈祷。可惜他再也听不到我的低语和牧师们平静的吟唱。

做完这些，我就能上床休息了。可我不敢入睡，我害怕随之而来的梦境。我总是梦到他，一次又一次。

我整日挂着笑容，就像戴着一张面具：微露贝齿，明眸闪亮，肌肤像羊皮一样紧致，又如纸一般细薄。我用清甜柔美的嗓音说着毫无意义的话，若是有人要我唱歌，我也不会推辞。到了夜晚，我躺回自己的床榻，就像落入了一片深潭，我沉在水下，无形的水流仿佛在托举我的躯体，让我觉得自己像极了一尾人鱼。在这一刻，我深信它如同忘川之水，能洗尽我一切的悲伤，带走我所有的记忆，送我进入酣眠。可等待着我的，又是梦境。

我梦不到他的死。看到他英雄末路，是最可怕的噩梦。我也梦不到那场决战，看不到他发起最后一击，策马冲入亨利·都铎的护卫队中央。我看不到他杀开一条血路，看不到托马斯·斯坦利率军偷袭，将他踏于马蹄之下。当时他摔下马，持剑的手臂受伤了，在一众骑兵残忍无情的攻击下，他喊出最后的遗言："背叛！背叛！背叛！"我看不到威廉·斯坦利拾起他的帝冠，戴在另一个男人的头颅上。

我梦不到这些情景，我感谢上帝的这点儿仁慈。在白天，无论我做什么，这些血腥的幻影总在我脑海里无休无止地闪现，即便我散着步，和人随便聊聊今年炎热异常，土地干裂，庄稼歉收之类的闲话，我的思绪也无法逃脱这种折磨。到了夜晚，我的梦境更比这痛苦百倍千倍。梦中的他环抱着我，用一个深情的吻把我唤醒。我们在花园里散步，憧憬着我们的未来，我怀着他的孩子，他用温暖的大手抚摸我浑圆的腹部，一脸欣喜。我承诺为他诞下一个王子，一个他期盼的王子，他将是约克王朝的宠儿，英格兰的骄子，我们爱的结晶。他说："这个孩子要叫亚瑟，就像伟大的亚瑟王一样，我们要叫他英格兰的亚瑟。"

每当我从沉睡中醒来，回想这虚缈的梦境时，心中的痛楚又会比昨日更胜一分。我祈求上帝，让我摆脱这梦魇。

致吾爱女伊丽莎白：

亲爱的孩子，我为你祈祷，我的心与你同在；但如今，你要用你的一生，肩负起你与生俱来的职责：一位王后。

新国王亨利·都铎命你到伦敦的威斯敏斯特宫来见我，你得带上你的妹妹和堂弟妹们一起来。注意，他没有否认与你的婚约，我想这件事会进展得很顺利。

我知道这非你所愿，我的孩子；但是理查德死了，你的这段人生结束了。亨利是胜利者，当务之急，是要让你成为他的妻子，成为英格兰的王后。

在另一件事上你也务必得听我的：你得面带微笑，来见你的未婚夫时，要表现得像一个快乐的新娘。一个公主不会让世人窥见她的悲伤。你身为王女，是一众勇敢女性的后代，仰起头露出微笑吧，我的孩子。我等着你，我会和你一样面带微笑。

爱你的母亲

伊丽莎白·伍德维尔

英格兰寡后

我仔细阅读着这封信。我母亲从不是一个直率的女人，她说话一向含蓄。可想而知，这个重登英国宝座的机会让她多么雀跃。她是个不屈不挠的女人，我见过她沦落至极其窘迫的境地，可即使成为寡妇，快要悲伤成狂，我也从未见她显露一丝一毫的卑微之态。

我顿时理解了她为什么要让我表现得快快乐乐，我必须忘记一个事实：我所爱之人已经死去，被埋入一座没有墓碑的坟墓，而为了家族的未来，我不得不和他的仇敌联姻。亨利·都铎已经问鼎英格兰，他蛰伏至今等待时机，最终赢得了决战的胜利，击败了合法的国王——我亲爱的理查德，而我和整个英格兰都沦为了战利品。如果赢得博斯沃思之战的人是理查德，我就会成为他的王后和爱妻，可谁能料到他竟然会输？他死在了叛臣的剑下，而那些人还曾口口声声发誓为他而战。如今我将嫁给亨利，我与理查德相爱相惜的十六个月，我作为他宫廷女主人的日子，我对他刻骨铭心的爱意，一切的一切都得统统忘却。真的，我希望别人最好忘掉这一切。我自己也必须忘掉。

谢里夫哈顿堡极其宏伟。我站在城堡门楼的拱道下读完这封信，转身走进大厅。厅堂中央有个石火炉，炉火燃得正旺，厅堂里空气温暖，飘散着轻薄的烟气。我把信纸揉成一团，丢进了烧得通红的木头堆里，看着它化为灰烬。任何提及我和理查德旧日情事的东西都必须像这封信一样被毁得干干净净。我还必须隐藏其他秘密，尤其是这一个：我生长在一座开明的宫廷里，那里的人个个富于探索精神，一切所思、所想、所写都能得到允许，我因而成长为一个健谈的姑娘；可自从我父亲死后，我学会了像间谍那样保守秘密。

烟熏得我满眼是泪，可我知道自己没时间哭泣。我擦了擦脸，动身去找孩子们。他们在西塔顶部的一个大房间里，那里被辟为他们的教室和游戏室。我爬上石楼梯的时候，听到我十六岁的大妹妹塞西莉正和他们一起唱歌，她从早上一直唱到现在。歌声伴随着有节奏的击鼓声。我推门走进房间时，他们停了下来，要我听听他们的轮唱曲。我十岁的妹妹安妮自幼受教于名家，十二岁的堂妹玛格丽特也算五音齐全，她十岁的弟弟爱德华有副清亮的高音，音色像长笛一样甜美。我听完这一曲，鼓掌喝彩："好了好了，我有事情要告诉你们。"

玛格丽特的小弟弟爱德华·沃里克把目光从石板上移开，抬起大脑袋看着我，可怜兮兮地问："也告诉我吗？也告诉泰迪[1]吗？"

"当然了，不仅要告诉你，还要告诉你姐姐玛姬[2]，塞西莉和安妮。我

① 爱德华的昵称。

② 玛格丽特的昵称。

要告诉你们所有人。如你们所知，亨利·都铎赢得了战役，成为了英格兰的新王。”

他们都是王族子女，尽管神情忧伤，仍然恪守教养，没有为垮台的叔叔理查德说上一句哀悼的话，而是安静地等着我说下去。

“新王亨利会是一个爱民如子的好国王，”这是罗伯特·威洛比先生把母亲的信交给我时说的话，我原样照搬，心里却对这些话鄙夷不已，“他下令召集我们约克家族的所有小孩儿前往伦敦。”

塞西莉淡淡地说：“可他会成为国王，他也打算登基吧。”

“他当然会成为国王！舍他其谁呢?”我为自己言辞不当而懊恼，讲话有些磕磕绊绊，“当然是他，不管怎么说，他赢得了王冠。而且他会恢复我们的名誉，承认我们是约克公主。”

塞西莉脸色阴沉。数周之前，当时的国王理查德在决战前夕命她嫁给一个无足轻重的小人物拉尔夫·斯克洛普，以确保亨利·都铎不会宣称她是继我之后的新娘第二人选。塞西莉和我一样是约克公主，我们不论和谁成婚，都能为对方带来问鼎王座的资格。当我是理查德情妇的流言传开后，我失去了这个光环，而塞西莉也不能幸免，理查德以安排她下嫁的手段贬抑了她的身份。如今她声称她和拉尔夫从未圆房，她不承认这段婚事，母亲也会认定这段婚姻无效；但如果事情不如她所愿，她就是斯克洛普夫人，一个在争斗中落败的约克派人的妻子，当我们恢复王室头衔做回公主的时候，她还得保留夫姓，忍受卑微的地位，哪怕斯克洛普如今已不知所踪。

十岁的爱德华拉着我的袖子说：“你知道的，该当国王的是我。我会是下一个国王，是不是?”

我看着他的脸，柔声说：“不，泰迪，你当不了国王。没错，你是约克王朝的男丁，理查德叔叔曾经立你为继承人，但他现在死了，新国王会是亨利·都铎。”在说到“他现在死了”这几个字时，我分明听到自己的声音在颤抖，我深吸一口气，又试着说了一次："爱德华，理查德死了，你知道的，是不是？你明白理查德王去世意味着什么吗？意味着从今往后，你再也不是他的王位继承人。"

他一脸茫然地看着我，我原本以为他还是什么也不明白，可过了一会儿，他褐色的大眼睛里蓄满了泪水，他低下头，继续在石板上抄写希腊字母表。我凝视着他棕色的头发，突然明白了什么，原来他和我一样，习惯了像动物般沉默地表达哀伤，只是我被情势所迫，不得不说，不得不笑。

"他不会明白的，"塞西莉对我说话时故意压低了声音，好让爱德华的姐姐玛姬听不到，"我们反反复复跟他说过好几次了。这傻孩子根本不相信。"

我瞥了玛姬一眼，她正安静地坐在她弟弟身边，教他拼写字母。我想我一定和爱德华一样傻，因为我也不能相信，前一刻，理查德还领导着英格兰贵族联军，威风凛凛地前往战场；可下一刻，我们就得到了他溃败的消息。而在他战败的同时，他素来信赖的三个伙伴却坐在马上，目送他发起绝地一击，冲向死亡，仿佛他们不是身处战场，而是在风和日丽的晴天参与一场比武。理查德是个勇敢的骑士，他们是观众，而这场斗争是一个游戏，一个得玩儿上很长时间，走向两种可能结局的游戏。

我摇了摇头。一想到他把我的手套塞在胸甲里贴着心口，单枪匹马面对敌军的情景，我就有种流泪的冲动；可我的母亲要我微笑。

"好了，我们要去伦敦了！"我做出一副迫不及待的欢喜模样，"我们要进宫去！以后我们又能和母后一起住在威斯敏斯特宫了，不只母后，还有我们的小妹妹凯瑟琳和布丽吉特。"

克拉伦斯公爵的两个遗孤抬头看着我。玛姬怯怯地问："那泰迪和我住哪儿？"

"你们可以和我们住在一起，"我愉快地说，"我期望如此。"

“太好了！”安妮连声欢呼。玛姬小声告诉爱德华我们要去伦敦，他可以骑着他的小马，像个小骑士一样从约克郡赶到伦敦去。此时塞西莉抓住我的胳膊，把我拉到一边，指甲掐进了我的肉里。“那你呢？”她问，“国王打算和你结婚吗？他会对你和理查德的旧情既往不咎吗？一切都会被遗忘吗？”

我拉开她的手：“我不知道。据我们所知，没人和理查德王有瓜葛。尤其是你，我的妹妹，你要牢记自己什么也没看到，什么也别说。至于亨利，我想所有人都很想知道他会不会娶我，可只有他一个人知道答案。不，也许是两个人，一个是他，另一个是他妈妈，那个自以为能掌控一切的老太婆。”

1485年秋

北方大道

我们一路向南而行。九月天气温和，旅行不算辛苦，我告诉随从们不必匆忙赶路。阳光耀眼，空气燥热，对于骑着小马赶路的孩子们来说，要一刻不停地走上三个小时实在太难了，所以每走完一小段路，我们就会停下来休息片刻。我跨坐在马上，这匹栗色猎马是理查德送给我的专属坐骑，好让我常伴他左右，我如今很高兴能骑着它离开，离开理查德的谢里夫哈顿堡——我们曾打算把那里建成一座足以媲美格林威治宫的宫苑。我要抛弃那座我们携手漫步过的花园，抛弃那间我们在顶尖乐师的伴奏下翩翩起舞过的大厅，还要抛弃那座小教堂，他曾在那里握着我的手，许下等他凯旋之后就娶我为妻的承诺。时间每过一天，我就离那里愈远，真希望能就此忘却满布城堡每个角落的记忆。我试图摆脱我的梦境，可我似乎还能听到它们追在我身后，像幽灵般如影随形。

这场旅行让爱德华兴奋不已，他得意洋洋地走在宽阔的北方大道上，道路两旁的人们纷纷侧目，想看看约克王族剩下的成员，这种被人瞩目的感觉让他十分受用。我们这支小队伍一停下来，人们就走上前来祝福我们，他们脱下帽子，向爱德华，这个仅存的约克王族继承人，唯一的约克男孩儿致敬。尽管我们的王朝已经崩毁，他们也听说了英格兰将有一位新王，那个无人知晓的威尔士男子，未经准许，从布列塔尼，法兰西或者其他某个地方渡过海峡，踏上了这片土地。泰迪喜欢假装自己是合法的国王，仿佛他前往伦敦是为了加冕。我们的队伍经过小镇时，许多人从家里和店铺里跌跌撞撞地跑出来，这时他会低下头向人们挥手，还摘下圆帽露出微笑。尽管我每天都告诉他，我们去伦敦是为了参加新王亨利的加冕礼，可每当人们高喊他的爵号“沃里克伯爵，沃里克伯爵”时，他立刻把我的话忘得一干二净。

在进入伦敦的前夜，他姐姐玛姬来找我：“伊丽莎白公主，我能和您谈谈吗？”

我对她笑了笑。可怜的小玛姬幼年丧母，她尽心尽力地照顾着小弟弟，同时扮演着父母的角色，俨然成为了沃里克家的女主人——尽管她自己还是个小姑娘。玛姬的父亲是克拉伦斯公爵乔治，我父亲在我母亲的极力劝说下，下令在伦敦塔内处死了他。玛姬从未流露出丝毫怨恨，她脖子上佩戴着一根项链，项链上坠着一个小盒子，里面装着她母亲的一缕头发，手腕上有一个漂亮的小镯子，镯子上穿着一颗空心银珠，以示对她父亲的纪念，仅此而已。她虽然只有十二岁，却很明白靠近王座有多危险，约克王朝像只神经紧张的猫一样吞噬着它的年轻族裔。

“有什么事吗，玛姬？”

她皱起小小的眉头。“我担心泰迪。”我等着她说下去。她一向是个称职的姐姐。

“我担心他的安全。”

“你在怕什么？”

她犹豫片刻，向我吐露了内心的隐忧：“他是唯一的约克男丁，唯一的继承人。当然约克家还有其他亲族，比如伊丽莎白姑妈的孩子和萨福克公爵。可泰迪是仅存的直系后裔。上一代男裔们，你爸爸爱德华四世，我爸爸克拉伦斯公爵，还有我们的叔叔理查德王，现在都死了。”

熟悉的疼痛感又向我袭来，我的心就像琴弦一样绷紧。我故作平静地说："对，你说得对，他们都死了。"

"自他们而下，再没有别的男丁了。我们爱德华是仅存的男孩儿。"

说这话时，她犹犹豫豫地看了我一眼。没人知道我弟弟爱德华和理查德遭遇了何事，他们失踪之前，有人看到他们在伦敦塔前的草坪上玩耍，在花园塔的窗户里向外挥手。那他们的下落呢？谁也不太清楚，但人人都认为他们已经遭遇不测。我对此所知不多，并且一直把这件事埋在心里，没对任何人说起。

玛姬忐忑地开口："真对不起，我提这个，不是想让你伤心的……"

"没关系，"我好言安慰她，仿佛提起弟弟们的失踪不是一种痛苦，"你害怕亨利·都铎会像理查德王对待我弟弟一样，把你弟弟也关进伦敦塔？害怕他会遭遇和我弟弟一样的命运？"

她不安地揉搓隐藏在长袍下的双手，声音激动得有些高亢："我真不知道带他来伦敦是对还是错。我是不是应该雇一艘船，带他离开这里，去佛兰德斯投奔玛格丽特姑妈？可我不知道应该如何去做，我连雇船的钱都没有，也不知道该向谁求助。你不觉得我们应该带泰迪离开吗，玛格丽特姑妈会看在约克家族的分上保护他的。我们该不该这么做？你知道该怎么做吗？"

我告诉这个惊慌失措的小姑娘："亨利·都铎不会伤害他的，至少现在不会。他将来也许会这么做，但那要等到他坐稳了王位，人们不再时时刻刻盯着他的一举一动为止。接下来的几个月，他一定会四处交友。他赢得了战役，如今要做的是赢得整个王国。要做名正言顺的国王，只靠杀死潜在的竞争者是不够的，他必须在人们的欢呼声中加冕。所以玛姬，他不会冒犯约克家族，何况我们还有那么多支持者呢，他冒不起这个险。你看，那个可怜虫可能还会为了取悦他们而娶我为妻呢！"

她露出了笑容："你要成为一个好王后！一个真正出色的王后！到了那

个时候，我就能确保爱德华的安全了，因为你能保护他，也会保护他的，对不对？你知道他不会威胁任何人，我们姐弟会对都铎王朝尽忠，也会对你尽忠。”

“要是我做了王后，一定会保他平安。”我一边做出承诺，一边计算着有多少人命系在了我和亨利的婚约上，“不过在此期间，我希望你和我们一起去伦敦，和我妈妈待在一起会很安全。她清楚该怎么做，一定会做出妥当的安排。”

玛姬犹豫起来。她母亲伊莎贝尔生前与我母亲不和，抚养她长大的理查德夫人安妮更视我母亲为不共戴天的仇敌。她小声问：“她会照顾我们吗？会善待泰迪吗？他们总说她是我家的仇人。”

我柔声安慰她：“她不会刁难你和爱德华的，你们是她的侄儿侄女呀，我们都是约克家族的成员，她会像保护我们一样保护你们的。”

她终于放下心来。面对她的信任，我不忍心提醒她一个事实：我母亲有两个亲生儿子——爱德华和理查德，她爱他们胜过自己的生命，却没能护他们周全。今夜我的弟弟们身在何方？没有人知道。

1485年秋

伦敦　威斯敏斯特宫

我们骑马进入了伦敦城，一路上没有任何的欢迎仪式。路过狭窄街巷时，偶尔有一两个学徒和市井女人看到我们，向我们这些约克王族欢呼致意。随从们将我们团团围住，拥着我们以最快的速度赶往威斯敏斯特宫，一进入王宫庭院，两扇沉重的木门就在我们背后阖上。很显然，新王亨利已经把伦敦城视为己有，绝不希望有人来和他争夺人心。我母亲站在大门前的台阶上等着我，身影被重重宫门映衬得十分单薄。我的两个小妹妹，六岁的凯瑟琳和四岁的布丽吉特一左一右站在她身边。我立刻翻身下马，扑进了她的怀里，玫瑰水的香味和她发丝的气息萦绕在我鼻端，这是多么熟悉的味道。她搂住我，轻拍我的脊背，在这一瞬间，我的泪水伴着呜咽，不可抑制地爆发出来。我曾经深爱一个人，我曾想和他共度一生，可我永远失去了他。

“别哭了。”母亲的话既温柔又坚定，她把我送进屋里，转身出去迎接我的妹妹和堂弟妹。她很快又进来了，布丽吉特攀着她的腰，凯瑟琳拉着她的手，塞西莉和安妮在她身边又蹦又跳。她边走边笑，一副快乐满足的模样，看上去比她四十八岁的实际年龄要年轻许多。她身穿深蓝色礼裙，一条蓝色皮带环住纤腰，蓝色天鹅绒帽子拢住满头秀发。她把我们带往她的私人房间，孩子们一路上兴奋得大喊大叫。一进房间，她就把小布丽吉特抱到膝上：“现在把一切都告诉我吧！安妮，你真的全程骑马吗？那可真是太棒了。爱德华，我的乖孩子，你累不累？你的小马表现得好不好？”

大家立刻七嘴八舌地说了起来，布丽吉特和凯瑟琳蹦跳着想要打岔。塞西莉和我静静待在一边，等待喧闹停息，母亲朝我们笑了笑，把小糖果和低度麦芽酒分给孩子们，这群叽叽喳喳的小麻雀乖乖坐在火炉前，享用起他们的美食。

“那我的两个大姑娘过得怎么样呢？”她问，“塞西莉，你又长个了，我发誓你将来会和我一样高。伊丽莎白，我的宝贝，你的脸色好苍白，你太瘦了。你睡得不好吗？没有好好吃饭吗？”

塞西莉立刻提出了一个尖锐的问题：“伊丽莎白说她不确定亨利会不会和她结婚，如果他不履行婚约，我们会怎么样，我会怎么样？”

“他当然会和她结婚。”母亲的语气十分平静，“他一定会的。他母亲已经和我谈过了。我们在国会，在这个国家有太多朋友，他们很了解这一点，也很清楚欺辱约克家族的后果。他必须迎娶伊丽莎白。这是他一年前就许下的承诺，他现在根本没有反悔的自由。从一开始，这场婚姻就是他入侵计划的一部分，也是他和他的支持者达成的协定。”

塞西莉还是不肯罢休：“可他不生理查德王的气吗？伊丽莎白和理查德的旧情，她的所作所为，他都不在意吗？”

母亲转头看着我满怀恶意的妹妹，神情仍旧波澜不惊。她淡淡地开口，说出了我预想中的回答：“篡位者理查德死前干了些什么，我并不清楚，而你知道得不会比我更多。那亨利国王知道得自然就更少了。”

塞西莉张着嘴，似乎还想争辩，但母亲冰冷的一瞥让她安静下来。母亲继续不紧不慢地说：“到目前为止，亨利国王对他的新王国所知甚少，毕竟他大半生流亡海外。不过我们得扶助他，把他需要知道的事全都告诉他。”

“可是伊丽莎白和理查德……”

“这件事他不需要知道。”

塞西莉怒气冲冲：“啊，那太好了。但这件事不只和伊丽莎白有关，它关乎我们所有人。在场的人又不止伊丽莎白一个，哪怕她矫揉作态，一副唯我独尊的样子。沃里克姐弟一直在问他们会不会平安，玛姬总是为爱德华担心。而我呢？我到底有没有结婚？我的未来会怎么样？”

这一连串问题让母亲皱起眉头。塞西莉的婚事的确进行得太快了，婚礼就举行在战役前夕，还没等他们圆房，新郎就骑马离开了。当然了，新郎如今下落不明，赐婚的国王也死了，每个人的盘算都落了空。塞西莉也许再次恢复了未嫁之身，也许成了寡妇，也许成了弃妇，谁知道呢。

“玛格丽特夫人会成为沃里克兄妹的监护人。她也为你做好了安排。她对你和你的姐妹们赞不绝口呢。”

我小声问：“玛格丽特夫人打算执掌宫廷吗？”

塞西莉跟着询问：“是什么安排啊？”

“等我自己知道更多，我会告诉你的。”母亲回答完塞西莉的问题，又对我说：“今后大家侍奉她时要行屈膝礼，要称她‘陛下’，还要像对待王族那样向她鞠躬。”

我的脸上浮现出一丝轻蔑：“我和她曾经闹得很不愉快。”

母亲的话一针见血：“无论别人怎么称呼她，等你和亨利完婚，成了王后，她会向你行屈膝礼的。不管她喜不喜欢你，你都会和她儿子结婚。”她转身对几个小孩说：“好了，我要带你们看看你们的房间。”

我不假思索地问：“我们不住从前的房间吗？”

母亲的笑容微微一滞：“我们当然不能再住王室房间了。玛格丽特·斯坦利夫人预留了王后房间作为己用。而她丈夫的族人们，也就是斯坦利家，占了所有上房，我们得住二等房间。你住玛格丽特夫人的旧房间。她和我似乎交换了位置呢。”

我极其惊诧："玛格丽特·斯坦利夫人要住王后房间？难道她没想过，将来住进去的人会是我？"

"至少现在不这么想。"母亲回答，"不到你和亨利成婚、加冕为王后的那一刻，她不会让步。在那之前，她是亨利宫廷的第一贵妇，她迫切希望每个人都知道这一点。看看，她下了道谕令，命大家称她为'我的女领主，国王的母亲'。"

"'我的女领主，国王的母亲'？"我忍不住将这奇怪的头衔复述了一遍。

"你没听错，"母亲的笑容有些揶揄的意味，"一个女人，为了这一天等待多年，去年被丈夫疏远，因为叛国罪被软禁在住所。这个头衔对她来说并不坏，你觉得呢？"

我们住进了威斯敏斯特宫的二等房间，等待亨利国王的召见，可他没有。他把宫廷设在了伦敦主教宫殿，毗邻圣保罗大教堂，许多人冒称是兰开斯特家族成员，或者是他王业长期以来的秘密支持者，成群结队前去谒见，向他讨赏。我们一直等着他的晋谒邀请，却始终不见任何动静。

母亲为我订购了新衣物，我一一穿戴起来，头巾让我看上去更高了，新便鞋在华美的裙裾下若隐若现。悉心装扮后的我赢得了母亲的赞美。她说有一双灰眼睛的我和她当年一样迷人；说我的外祖父母是英格兰最美貌的夫妻，生下了她这个艳名远播的女儿，而我继承了家族的好相貌。她说这些话时，带着一种平和的满足。

她看上去心平气和，其他人却按捺不住了。塞西莉向我发牢骚，说我们也许又住进了王宫，日子却冷清孤独，和被关在圣所里没有两样。我无心和她争辩，可她错了，错得很离谱。她恐怕早已记不清住在圣所的日子了，但我记得：日夜忍受着黑暗和寂寞的煎熬，既不能出去，也害怕有人进来，还有比这更糟糕的生活吗？我们曾足不出户，在圣所里待了整整九个月，那段日子漫长得就像过了九个年头。那里没有阳光，我当时真怕自己就此枯萎死去。塞西莉还说她已经结婚了，根本不必和我们住在一起，她应该得到恩准，回到她丈夫身边。

我淡淡地说："可是你根本不知道他在哪儿，他说不定已经逃往法国了。"

她像只被踩了尾巴的猫，极其尖刻地讽刺我："至少我结婚了，我没和有妇之夫上过床。我不是个不知廉耻的荡妇，而且他至少还活着。"

我毫不留情地回击她："乌普萨尔的拉尔夫·斯克洛普不过是个无名小辈。你能不能找到他，他是不是还活着，你会不会和他一起生活，与我何干？但愿别人不下命令，他还能接纳你；但愿没有王室谕令，他还能心甘情愿地做你丈夫。"

她耸了耸肩，从我身边走开，走时还不忘找回面子："我的女领主、国王的母亲会帮助我，我可是她的教女。现在她成了掌控一切的紧要人物了，她不会忘记我。"

近来气候反常，阳光比往年炽烈耀眼，白昼炎热得出奇，夜晚又潮湿得要命，让人无法入睡。但我是个例外。尽管被梦境诅咒，我仍会不可抑制地陷入沉睡。每晚落入黑暗后，我就会梦到理查德含笑走来。他告诉我战役结束了，我们要成婚了。我说不对，别人说亨利是胜利者。他吻了吻我的脸颊，在我耳边柔声呼唤：傻瓜，我心爱的小傻瓜……醒来的一瞬间，我几乎相信了刚刚梦里的一切真的发生过，可当我看到二等卧室的墙壁和睡在我身边的塞西莉时，才突然意识到这只是个梦，记起我的爱人正躺在没有碑铭的坟墓里。他的子民们如今热汗淋漓，他却浑身冰冷，无知无觉。

我的侍女来自伦敦城里的一户商贾之家，她给我带来一个消息：内城人口密集的居民区爆发了一场可怕的疾病，她父亲店里已经有两个伙计病死了。

“是鼠疫吗?”我问出这句话的同时，飞快地向后退了一步。这种烈性传染病无法治愈，一旦她也染了病，我们全家将遭遇灭顶之灾。

她一脸惊恐：“不，比鼠疫更可怕。这种病没人见过。病死的第一个伙计，吃早饭的时候说他觉得冷，还浑身酸痛，就像玩了整晚的击剑游戏似的。我爸爸让他卧床休息，他躺下后就开始出汗，汗水浸透了衬衫，一滴滴往下淌。等我妈妈端着一罐啤酒去看他时，他说自己浑身热得像火烧一样，体温降不下来。没过多久，他说他想睡觉，这一睡就再也没能醒过来。十八岁的少年啊！死在一个下午!”

我问：“他的皮肤有没有生疥疮?”

“没生疥疮，也没生皮疹。”她的语气相当肯定，“如我所说，这不是鼠疫，是一种新疾病。大家叫它‘汗热病’，这种新疫病是亨利国王带给我们的。他的统治序幕由死亡拉开，维持不了多久。他带来了死亡，我们都会死于他的野心。据说他的到来伴随着汗水，这预示他的王位很难坐稳。这是一种都铎病，是他带进城来的。人人都说他被诅咒了。现在已经入秋了，天气还和仲夏一样炎热，我们都会流汗至死。”

我紧张地说：“詹妮，你可以回家去，等你确定你和你家里人全都健康再回来。要是你家有病人，我妈妈一定不会再让你继续服侍我了。除非你彻底摆脱染病的危险，否则别回到宫里来。立刻回家去吧，走之前别见我妹妹和沃里克姐弟。”

她激动地抗议：“可我很健康！这种病传播很快，要是真的染上，我早就死了，根本没机会跟您说这些。既然我能从家里走到宫里，那我的身体肯定没问题。”

我向她下了最后通牒：“回家去，等你可以回来了，我会派人去叫你的。”说完这席话，我立刻动身去找母亲。

她没在宫里。我去了空置的王后房间，窗户紧闭的房间一片漆黑，不见她的踪影；我又去了花园，也没见她散步乘凉。最后我来到栈桥边，看到她坐在栈桥尾端的一把椅子上，前方的桥面缓缓伸入河中。微风沿着河面吹来，水浪拍打木桩，发出哗哗的轻响。

她看到我向她走来，柔声呼唤：“我的女儿。”我跪在木板上向她问安，随后坐到她身边。我双脚悬空，看了看身下的河面，我的倒影也在看我。那倒影真美，就像一个住在河中的水泽仙女，等待着有人破除魔法，将她释放。可现实中的我呢，不过是个没人要的老公主。

我问她：“您听说了城里的新疫病吗？”

“听说了，国王因此决定推迟加冕礼，现在把这么多人集中到一起是件相当危险的事，他们很可能染了病。接下来的几星期里，亨利只能以征服者的身份主政，直到疫病结束，他才能加冕为国王。他母亲玛格丽特夫人还为此做了特别祷告，哎，她总有一天会失去理智的。她认为上帝已经引导他儿子走到了这一步，如今降下瘟疫，只是在考验他的毅力。”

我抬头看着她。西面的天空太亮，我不得不眯起眼睛。太阳像个火球般挂在那里，看来今天又会炎热异常。我问：“妈妈，这件事是你做的吗？”

她笑了起来，反问我：“你是在指责我用巫术吗？指责我诅咒一个国家爆发瘟疫？不，我没有这个能力，就算我有，我也不会这么做。这场疾病随亨利而来，因为他纠集最邪恶的基督徒入侵了这个可怜的国家，这些人从法国最黑暗肮脏的监狱里带来了这种疾病。你明白了吗，带来疾病的不是魔法，而是人，这也是疾病为什么起先在威尔士暴发，接着又传播到伦敦的原因，亨利的军队走到哪里，哪里就暴发疾病，这不是因为魔法，而是因为他们一路上留下污垢，强奸女人，天啊，这些人的灵魂是多么卑劣。他无恶不作的军队带来了这场疾病，不过大家都认为，这是上帝降罪于他的征兆。”

“会不会两样都有呢？”我问，“既是疾病，也是征兆？”

“这一点毫无疑问。”她的语气很笃定，“据说如果一个国王的统治是由汗水开场，那他得耗尽心血才能守住江山。亨利带来的疾病就像一件对付他的武器，杀死了他不少朋友和支持者。他的确胜利了，可他如今失去的盟友比死在战场上的还多。要是方式不这么惨烈，那倒真是件令人愉快的事。”

我问：“这对我们来说意味着什么？”

她盯着流水出神，仿佛河水能把答案送到我摇晃的脚边似的。“我还不清楚。”她若有所思地说，“我说不出来。可他要是染病死了，人们一定会说这是上帝对篡位者的惩罚，他们会寻找一个约克继承人登上王位的。”

“那我们有吗？”我悄声问，声音只比流水哗哗的拍击声高一丁点儿，“我们有约克继承人吗？”

“我们当然有，就是约克的爱德华。”

我犹豫起来：“还有别的人选吗，和我们关系更近的？”

她还是没有看我，只是微不可察地点了点头。我试探着问：“我的小弟弟理查德？”她又点了点头，仿佛只要一开口说话，风就会出卖她似的。

我倒吸了一口凉气：“妈妈，你把他藏到安全的地方了？你确定？他还活着？他在英国吗？”

她摇了摇头。“我没有他的任何消息。我什么也不确定，自然不能给你肯定的答复。我们必须为两位失踪的约克男孩儿，爱德华王子和理查德王子祈祷，直到有人告诉我们真相。”她朝我一笑，柔声说：“我不把心中所愿告诉你，是为你着想。要是亨利·都铎真的死了，天知道未来会发生什么?”

我小声说：“难道你不希望这件事发生吗？让他死于他自己带来的疾病?”

她别开了脸，似乎在聆听水声。“要是他杀了我的儿子，那我的诅咒已经落到他头上了。”她断然说道，“你和我一起诅咒过杀我儿子的凶手，你还记得吗？我们请求我母亲家族的祖先，女神梅露西娜为我们复仇。你还记得我们说过的话吗?”

“具体的话记不清了，可我记得那个晚上。”

对我们母女来说，那是个充满了悲伤和恐惧的夜晚。那一夜，我叔叔理查德来到囚禁我们的圣所告诉母亲，她的两个儿子——我心爱的小弟弟爱德华和理查德——在伦敦塔内失踪了。母亲和我当夜在纸上写下一句诅咒，把纸折起来放进一只纸船里，然后来到河边，把船点燃后目送它冒着火光向下游飘去。“我记不起我们具体说了些什么。”

可她一字一句记得清清楚楚。在她有生以来施下的所有诅咒中，那是最恶毒的一个，她把它刻在了心里。“我们说：‘有人对我们做下恶事，却逃脱了公正的审判，所以尊敬的祖先，请聆听我的请求，我们向您求助，请容许我们把这个诅咒放入您黑暗的深渊：谁把我的长男从我身边带走，您就把他的长男带离他身边。’”

她把目光转回我的脸上，瞳孔幽幽放大：“你现在记起来了吗？我们那晚坐在河边，就像现在这样，就在这条河边?”

我点了点头。

“我们那时还说：‘我们的男孩儿被带走了，他还没有成人，还没有当上国王，这原本是他天赋的权利。所以您要让凶手的儿子遭受同样的痛苦，在他长大成人之前，在他获得封地之前带走他。之后是凶手的孙子，看到这些死亡，我们就能知道诅咒起了作用，这是杀害我儿子的报应。’”

这梦呓般的诉说在我们周围织起一张迷幻的大网，我不由得打了个寒战。母亲的低语落在河上，就像下了一场小雨："我们诅咒了他的儿子和孙子。"

"他罪有应得。等到他儿子和孙子死去，他的后代就只剩女孩儿了，到那时我们就会知道他是杀死我儿子，杀死梅露西娜后代的凶手，我们的复仇就算完成了。"

我有些不忍："我们做了件糟糕的事。向无辜的继承人施下恶毒的诅咒，希望两个无辜的男孩儿死去，这未免太可怕了。"

母亲平静地表示认同："是的，很可怕。可我们之所以这么做，是因为有人对我们犯下了同样的罪孽。等到他儿子死去，他就会明白我的痛苦，等到他孙子死去，他的后代就只剩下女孩儿了。"

人们一直私下议论我母亲修习巫术，我外祖母也的确曾被指控为女巫。她对黑魔法的信念有多深，她的能力有多强，只有她自己才知道。在我还是个小姑娘时，就曾亲眼目睹她唤来一场暴风雨，河水猛涨，冲走了白金汉公爵的军队，瓦解了这场叛乱。我当时觉得她吹着口哨做到了这一切。她还告诉我，她在某个寒冷的夜晚呼出一场浓雾，我父亲的军队在雾气的掩蔽下来到山顶，大喊着冲出浓雾，出其不意地袭向敌军，挥舞刀剑将他们全数剿杀。

人们相信她拥有超自然的力量，因为我外祖母出身勃艮第王族，这个家族的祖先可以追溯到水中仙女梅露西娜。每一个梅露西娜的后代死去时，我们一定能听到她的歌唱。我曾亲耳听过，那是一种让人无法忘却的声音。冰冷而轻柔的呼唤，夜复一夜地响起，从那以后，我弟弟玩耍的身影再也没有出现在伦敦塔前的草地上，窗前再也不见他们苍白的面庞。那可怜的孩子多半死去了吧，这个念头让我们悲伤不已。

她创造的种种奇迹，有多少得益于她的力量，有多少归功于她的幸运，恐怕连她自己也不清楚。她理所当然地把她的好运称为魔法。小时候的我认为她熟谙法术，拥有召唤英格兰所有河流的力量；可是现在，约克家族一败涂地，我弟弟不知所踪，我们又身处困境，我想要是她真会魔法，那她一定是个不合格的法师。

所以亨利要是没死，我并不会惊讶，不过他带来的疾病确实为害甚烈：起初一位伦敦市长病死，接着匆匆上任的后继者也一命归西，然后六个参议员死去，这一连串死亡事件几乎发生在同一个月。据说死亡光顾了城里的每一户人家，每到夜幕降临，运尸体的推车就会经过大街小巷，车轮碾过地面，发出令人毛骨悚然的“咔嗒”声。今年似乎是个瘟疫之年，而且疫情相当严重。

随着天气转寒，疫情也结束了。我的侍女詹妮没有回宫。我派人去接过她，却得到了她死于疫症的消息。她全家都染上了汗热病，从某天晨祷时开始发病，到晚祷时全部毙命。从没人见过夺命如此迅速的疾病，人们纷纷把矛头指向了新国王，称他的统治带来了一队运尸车。十月还没过完，亨利认为疫病已经过去，决定召集英国的贵族绅士们齐聚威斯敏斯特大教堂，参加他的加冕礼。

两位传令官擎着一面旗帜来到威斯敏斯特宫，旗帜上绘有吊闸图案，那是博福特家族的徽章。一队穿着斯坦利家臣服饰的卫兵拍打宫门，告知我博福特家族的玛格丽特夫人，我的女领主，国王的母亲明日将光临此地。母亲颔首说，我们很乐意一睹这位夫人的风采。她的声音是那样轻柔，仿佛对高贵的我们来说，抬高声调是件失礼的行为。

他们很快离开了。大门一关上，我们就热烈地讨论起我明天的装扮。母亲说：“得选深绿色，你必须穿深绿色。”

对我们来说，这是最稳妥的颜色。深蓝色是王室丧服的颜色，可我一刻也不能流露出对我的皇家情人，英格兰真正国王的哀悼。深红色是殉难的颜色，妓女们钟爱这种颜色的衣服，好将自己的肤色衬托得白皙无瑕。在我们看来，这两种颜色都不合时宜，很可能挑动玛格丽特夫人那严苛古板的神经。我一定不能让她觉得和亨利结婚对我来说是一种折磨，更得让她忘掉我是理查德情人的传言。深黄色没有问题，但谁穿着也不好看。我也不爱紫色，何况对于一个把嫁给国王看成唯一希望的卑微丫头来说，紫色未免太尊贵了。我必须选深绿色，因为它是都铎之色，这个选择妥当万分。

我惊呼起来："可我没有深绿色礼裙，也没时间做了。"

母亲不慌不忙地回答："我给塞西莉做了一件，你明天穿上吧。"

塞西莉很不情愿："那我该穿什么，穿从前的旧裙子吗？或者我根本就不需要露面？让伊丽莎白一个人去见她，我们剩下的人统统躲起来？你是不是希望我明天在床上躺一整天？"

"那是当然，你明天根本没必要到场。"母亲的话异常尖刻，"不过玛格丽特夫人是你的教母，所以你要穿着你的蓝裙子出场，让伊丽莎白穿你的绿裙子。还有，在夫人面前对你姐姐好一点儿，表现得像个讨喜的妹妹。这对你来说不太容易，可没人会喜欢一个坏脾气的女孩儿，我也不需要这样的女儿。"

塞西莉满腹怨气，不过慑于母亲的威严，她还是一声不吭地走到衣柜前，取出那条新裙子，把它抖开来，递到我的手上。

母亲命令我："把裙子穿上，到我房间里来。我们得把下摆放长。"

我穿着绿色礼裙，裙摆已经修改好，镶上了一条崭新的金色细缎带。

“当我还是个小姑娘的时候，就蒙上帝感召诞下了亨利。那时我自己还是个孩子呢。”她低声呢喃，就像在祈祷，“分娩的时候，我以为自己会活活痛死，甚至确信自己会死于难产。可我知道，如果我能活下来，我和这个孩子就会拥有一个了不起的未来，那会是我生命的巅峰。他会成为英格兰国王，而把他推上王座的，就是我。”

她此刻的神情专注得叫人动容，就像一个修女在讲述她的天命。

“我知道，我知道他会成为国王。而当我看见你的时候，我知道你注定会孕育他的儿子。”她向我投来热切的目光，“我为什么要严厉地对待你？看到你偏离人生道路的时候，我为什么这么愤怒？因为我不能眼睁睁看着你失去你的地位，背离你的命运，丢掉你的尊号，我不能容忍这一切。”

“您认为我有尊号？”我小声问，她的话是如此让人信服。

她高声宣布：“你会成为下一任英国国王的母亲，兰开斯特家族的红玫瑰和约克家族的白玫瑰将合二为一，无刺的红白玫瑰会成为都铎王朝的象征。你会生下一个儿子，我们会叫他英格兰的亚瑟。”她拉住我的手，“这是你的命运，我的女儿。我会尽全力襄助。”

“亚瑟。”我惊讶地重复着这个名字。理查德也曾钟爱这个名字，希望能将它赐予我们的儿子。

她说：“这是我的梦想。”

这也是我们的梦想。我任凭她握着我的手，没有移开。

“上帝让我们走到一起，”她的表情是那样真挚，“上帝把你送到我面前，你将给我一个孙子。玫瑰战争会因为你而终结，英格兰的和平又会到来。伊丽莎白，你会成为和平使者，就连上帝也会为你骄傲。”

她的想象力让我惊愕，我任由她紧紧握住我的手，没有反驳。

关于我和玛格丽特夫人之间的谈话，我坚决不肯向母亲透露一星半点。她扬起眉毛，对我的谨慎感到诧异，但没再追问："至少她没说想要悔婚的话，你没听出她有这个意思吧？"

"恰恰相反，她向我保证，说我们一定会结婚。她还承诺做我的朋友。"

母亲忍住笑意："太好了，她真是我们的贵人。"

我们就这样怀着些许信心，等待着加冕礼的邀请，期盼能去皇家司衣库裁制礼服。尤其是塞西莉，她焦灼地盼望着新衣袍，期望我们五姐妹能再次以约克公主的身份出现在世人面前。议会曾判定我们是私生子，说我们父母的婚姻无效，只有等到亨利推翻这一决议，我们才能重新披上白貂皮，戴上王冠。自从理查德死后，我们深居简出，亨利的加冕礼是我们穿上合乎身份的衣饰，以约克公主身份亮相的头一个机会。

我确信我们会参加他的加冕礼，但是现在还没有任何消息。我相信他一定希望他未来的妻子亲眼看着他戴上皇冠，握住权杖。就算他对我并不好奇，难道他不想在我们这群前王族面前证明他的胜利？难道他真的不希望我亲眼见证他最辉煌的一刻？

我是一个和英格兰新国王订下婚约的女人，可我觉得自己更像童话里的睡美人。我本该住进王宫，睡最豪华的房间，即使人们不向我行王室屈膝礼，可我仍然能受到恭敬的侍奉，这不是国王未婚妻应有的礼遇吗？可我现在默默无声地住在这里，远离宫廷，没人前来阿谀奉承，没人向我请愿，也没有一个朋友，甚至见不到国王。我是个公主，却没有王冠；我订了婚，却没有新郎；我是个新娘，可我的婚礼却遥遥无期。

天晓得我是他未婚妻的事一度广为人知。当他还是个流亡海外的王位觊觎者时，他曾在雷恩主教座堂发誓，宣称他是英国国王，而我是他的新娘。当然了，那时他正召集军队准备入侵，急需拉拢约克家族和我们的拥护者。现在他赢得了战役，解散了军队，也许是时候毁约了。婚约是一件武器，需要时就得牢牢握住，可他现在不需要了。

母亲早就为我们裁好了新裙子，我们五个约克公主全都打扮得漂漂亮亮。可我们无处可去，更没人见过我们，我们的称呼不是“公主殿下”，而是“小姐”，仿佛我们生来就是私生女，我母亲不是英格兰寡后，而真是一个乡绅的孀妻。可我们谁都没有塞西莉悲惨，她的婚姻被认定无效，可她又找不到一个新丈夫。她既非斯克洛普夫人，也非其他人。我们都是无名无家的女孩儿，得不到任何肯定。这样的女孩儿没有未来。

我常常设想自己恢复了公主头衔，拿回了应得的财产，和亨利结了婚，然后在一场盛大的加冕礼上戴着王冠坐在他身旁。可沉寂的宫门告诉我，他不是一个急切的新郎。

皇家司衣库没有邀请我们去为加冕游行挑选礼服；王室宴会主持人没有询问他是否可以来宫里教我们跳舞，以应付加冕礼宴会；伦敦所有的女裁缝和女织工日夜赶工，缝制礼裙和头巾，但不是为我们；司礼大臣没有派人为我们送来游行指南；按照传统，我们应该在加冕礼前夜入住伦敦塔，可没有人知会我们；没有人为我们送来马匹，让我们从伦敦塔骑往威斯敏斯特大教堂；更没有人来告知我们典礼当天的仪式顺序。身为新郎的亨利没有给我送来任何礼物，他母亲也一样。这里原该是个热闹的地方，来自新国王和新宫廷的谕令会源源不断地送到这里来，许多谕令还会互相冲突，可这里现在却安静得有如一潭死水。随着时间的流逝，这种沉寂变得越来越明显。

“我们不会被邀请参加加冕礼了。”我对前来道晚安的母亲说。这间卧室由我和塞西莉同住，不过她现在不在。“这很明显，不是吗？”

她摇了摇头：“我不这么认为。”

“他怎么能不让我站在他身边?”

她慢慢踱到窗边，望着漆黑的夜空和银白的月亮：“我想他们是不希望一个约克公主站在宝座边，离皇冠这么近。”

“为什么不想?”

银色的月光洒在她身上，她浑身散发着神秘的光芒。但母亲拉下百叶窗，上好窗栓，似乎有意将之隔绝在外。“我也不知道确切的原因。”她说，“但我猜想，如果我是亨利的母亲，我不希望我的孩子，一个觊觎王位的人，一个篡位者，一个靠武力夺得宝座的国王，在一位公主身边戴上皇冠，这位公主出身王族，受人爱戴，还是个美人。就算除开其他因素不论，我也不乐意看到这一幕。”

“为什么?”我好奇地问，“他长什么样子?”

“平庸。”母亲用这个残忍的字眼对他下了判决，“他非常，非常平庸。”

情势越来越明晰。就连前一天还满怀热望的塞西莉也意识到这一点：新国王会单独加冕，他不希望我这个美丽的货真价实的公主和他一起站在圣坛前，夺去他的光彩。他甚至不会让我们这群前王室成员到场，目睹他把手放在皇冠上。这顶皇冠曾属于我的情人，而在更早之前，它还戴在我父亲头上。

亨利和他母亲玛格丽特·斯坦利夫人没送来一点儿口信，这进一步证实了我们的猜想。母亲和我曾想过给玛格丽特夫人写信，请她给我们出席典礼的机会，定下我的婚期。但我们最终没有写下这封信。我们做不到摇尾乞怜，忍受不了这样的屈辱。

母亲愠恼地说：“要是我作为英格兰寡后出席了亨利的加冕礼，我的身份会在她之上，可能这就是我们没被邀请的原因。她活到这把年纪，每次出席重要场合都只能看见我的后背，我的头巾和面纱总是挡住她的视线。她尾随我进入宫里的每一个房间，她侍奉安妮·内维尔时，也像这样跟在她身后。安妮加冕的时候，她走在后面替她托裙裾。也许玛格丽特夫人认为第一夫人如今该轮到她做了，她希望大家都跟随她的脚步。”

“那我呢？”塞西莉一脸期待，“我可以为她托裙裾，我也很乐意这么做。”

母亲不耐烦地说：“你别妄想。”

亨利·都铎在兰贝斯宫等待加冕礼的到来。威斯敏斯特宫和兰贝斯宫不过一河之隔，如果他在吃早饭时向外看上一眼，就能看到我的窗户。可他大概没有看，从他到现在也没有送来只言片语的行为推测，他对他未曾谋面的新娘并不好奇。加冕礼前的几个晚上，他依照惯例住进了伦敦塔，他将日日经过一扇门，那是我弟弟们最后被人看到的地方；他将穿过草坪，我弟弟们曾在那里竖起一座箭靶，练习弯弓。一个人做这些事时不会脊背生凉吗，不会瞥见一张张苍白的脸吗？那是我弟弟们的脸，他们曾被囚禁塔中，本该成为未来的国王。亨利的母亲上楼时，有没有在台阶上看到阴影，她跪坐在王室礼拜堂的时候，有没有听到孩童的高音祷告在房间里微微回响？这两个都铎人登上花园塔盘旋的楼梯时，怎么会听不到木门背后有两个小男孩儿稚嫩的声音？要是他们听到过，他们能确定自己没听到爱德华的低声祈祷？

母亲阴沉地说：“他会搜查伦敦塔，审问每一个看守过他们的人。他一定想知道王子的下落，希望有人禁不住贿赂站出来指控，或者有人受不住劝说招认实情。只要抓住一点蛛丝马迹，他就能把矛头指向理查德。只要能证明理查德杀了我们的王子，他就能给理查德冠上暴君和弑君者的罪名，推翻他的统治也就顺理成章。只要亨利证实他们已经死去，就能坐定江山了。”

我急切地说：“妈妈，我能用性命担保理查德不会伤害他们。要是理查德做了这件事，他一定会告诉我的。他那天晚上来问你有没有把他们偷偷带走的时候，你不也相信他是无辜的吗？他不知道他们在哪儿，也不知道他们的遭遇。他以为是你把他们藏了起来。我敢担保他毫不知情。事实上，这件事让他深感内疚。最后他甚至不知道该立谁为王位继承人。他一定很绝望。”

母亲目光冰冷：“啊，我相信理查德没杀他们。我当然清楚这一点。要是我认定他是个谋害亲侄儿的混蛋，就绝不会让他照顾你们姐妹。但可以肯定的是，他中途绑架了正要前往伦敦的爱德华，还把我兄弟安东尼杀死，因为他试图反抗他。他把爱德华带到伦敦塔，还用尽手段带走了我的小儿子理查德。他没有秘密杀害他们，却把他们置于杀手的威胁之下。他否定了你父亲的意志，篡夺了你弟弟的王位。他也许没有杀死他们，可要是他们没被带走，我应该能保他们平安。格洛斯特的理查德把爱德华带离我身边，还把小理查德也带走了。他不仅夺走了王位，还要了我兄弟安东尼和我儿子理查德·格雷的性命，他是个篡位者，也是个杀人犯，我永远不会宽恕他。我不需要再给他添加罪名，这些已经足以让他堕入地狱。我绝不会原谅他的所作所为！”

我痛苦地摇头，母亲的话听在我耳中，有如万箭穿心。可我不能为理查德辩护，不能为了他顶撞母亲，她失去了两个儿子，到如今还在为他们的命运忧心。我喃喃地说：“我知道，我知道，我不否认他在糟糕的时刻犯下了可怕的罪孽。他曾向他的神父坦白一切，祈求上帝的宽恕，他真的后悔了，你不知道他有多痛苦，多愧疚。可我确定他没有下令杀死弟弟们。”

“那亨利搜塔只会一无所获。”她说，“如果理查德没有杀人，那亨利就找不到尸体。也许他们还活着，藏在塔里的某个地方，或是藏在附近的房子里。”

“要是亨利发现他们还活着，他会怎么做?”这个猜想惊得我屏住呼吸，“要是有人站出来说，是他们带走了弟弟们，这些日子以来一直把他们藏在一个安全的地方，那他会怎么做?”

一丝笑容浮现在母亲脸上，既缓慢又悲伤，就像一滴滑落腮边的眼泪。“哈，他一定会杀了他们。”她直言不讳，“要是他发现我儿子还活着，会立刻杀了他们，然后栽赃到理查德身上。要是他发现他们没死，一定会杀掉他们夺取王位的，就像你爸爸杀了亨利六世一样。他当然会这么做，我们都心知肚明。”

“你觉得他真会这么做吗？他会做出这么残忍可怕的事情吗?”

她耸了耸肩：“我想他会强迫自己狠下心来的。他别无选择。要是不这么做，他的王图霸业就会付之东流，他母亲谋划半生，甚至不惜靠婚姻去拉拢斯坦利家族，这下子很可能白忙一场。我能肯定，要是亨利找到了活生生的爱德华，他一定会当场杀了他。还有你弟弟理查德，也一定会被他置于死地。博斯沃思的胜利让他赢得了成就王业的筹码，任何人，任何事都不能阻挡他前进。他会用其他方式让自己心安。他是很年轻，可从十四岁逃离英国的那一刻起，到回归故乡争夺王座为止，他一直生活在刀光剑影之下。谁图谋王位，就立刻杀死谁，恐怕没人比他更清楚这一点。一个国王不能让一个王位觊觎者活命——没有国王能容许这种人活在世上。”

亨利的宫廷跟随他进入了伦敦塔，越来越多的人蜂拥而至，向赢得胜利的都铎家族献媚。我们通过大街小巷的传言，听说了亨利·都铎正在论功行赏的消息。他母亲拿回了先前被收缴的所有土地和财富，得到了她一直宣称却从未享受过的尊荣。她丈夫斯坦利勋爵托马斯被封为德比伯爵和王室内务总管，这是国内最高的职位，亨利有意以此嘉奖他决然倒戈的勇气。可我知道他是个虚伪的叛徒，因为我亲耳听过他向理查德发誓，承诺自己将永世效忠；我亲眼见过他跪倒在地，承诺他对国王的爱，甚至要献上儿子作他忠诚的信物。他曾保证他的兄弟、他的整个家族都是理查德忠心耿耿的臣子。

可在博斯沃思平原的那个早上，他和威廉爵士带着斯坦利家强大的军队，好整以暇地坐在马上，观望战事如何发展。当他们看到理查德只身冲入战团，像一支长矛一样奔向亨利时，这对斯坦利兄弟，威廉爵士和托马斯勋爵举起长剑，一齐向他背后杀去。就在理查德即将把剑刺进亨利·都铎心口的一瞬间，他们把他砍落马下，救了亨利。

威廉·斯坦利爵士从泥泞里捡起理查德的头盔，扯下战帽，把金色宝冠递给了亨利，这一行为，是那罪恶的一天里发生过的最卑劣的事情。如今亨利出于感激，任命威廉爵士做他的宫务大臣，亲吻他的双颊，宣布他们是王室新成员。他让斯坦利兄弟伴他左右，加官晋爵，仿佛再多的封赏也抵不过他们的恩情。博斯沃思的胜利助他登上了王座，让他的家族成为了英格兰统治者。他和他母亲玛格丽特形影不离，而她忠实的丈夫托马斯伯爵总在她身后，离她半步之遥。托马斯身后是他弟弟威廉爵士，同样与他相隔半步。亨利懒洋洋地躺在这群将他推上王座的新贵们的膝上，他知道他终于安全了。

自亨利出生起，他叔叔加斯帕就对都铎王业矢志不渝，还曾陪伴这个侄儿流亡外国，如今他一生的忠诚也得到了回报：他拿回了爵位和地产，还获得了随意挑选政府职位的特权，当然还不止这些。亨利给我的姨妈凯瑟琳，也就是背信弃义的白金汉公爵的遗孀写信，吩咐她做好再嫁的准备，称加斯帕即将接手她和白金汉家的财产。看来每个梅露西娜的女裔都沦为了战利品。她拿着信来威斯敏斯特宫见我母亲的时候，我们正坐在二等房间里做女红。

“他疯了吗？”她问我母亲，“我当年嫁给一个小孩儿，一个憎恶我的年轻公爵还不够，现在还必须嫁给我们家族的另一个仇人？”

母亲冷冷地问：“你难道没拿到酬劳吗？”她拿出自己收到的信，凑到凯瑟琳姨妈面前，“看看吧，这是我们得到的新消息。我会得到一笔养老金。塞西莉被许配给约翰·威尔斯了，伊丽莎白会和国王订婚。”

“哎呀，那可得谢天谢地了！”凯瑟琳姨妈大喊，“你一定很担忧吧。”

母亲点点头：“要是情势允许，恐怕他早就食言了。他是在寻找另一个新娘，好摆脱婚约。”

我停下手中的针线，抬头看了她们一眼，可这两姐妹正把头凑在一起专心读信，完全遗忘了我的存在。

“婚礼什么时候举行？”

“在加冕礼之后。”母亲指着信上的一段说，“当然啦，他一定不希望有人说他们是因为政治而联合在一起的国王和王后。他希望所有人都认为他是凭自己的本事登上王位的，不希望大家说伊丽莎白取得后位不是靠他，而是靠自己的资本。他不能让任何人说出他是借伊丽莎白之力获得皇冠的闲话。”

“那我们都会出席他的加冕礼吗？”凯瑟琳姨妈问，“他们把加冕礼推后了很久，不过……”

母亲直截了当地说：“我们没有得到邀请。”

“这是羞辱！他必须让伊丽莎白参加！”

母亲耸了耸肩。“你好好想一想，人们向伊丽莎白欢呼的时候，会如何称呼她？又会如何称呼我们呢？”她压低了声音，“你知道大家要是看见她，会发生些什么，你知道伦敦人对约克家族的爱戴。要是他们看到我们出现，称呼我侄子为‘沃里克的爱德华’，那会是什么情景？要是他们向都铎王朝发出嘘声，而向约克王朝致意，那又是什么情景，就在他的加冕礼上？他不会冒这个险。”

“会有约克族人到场的。”凯瑟琳指出，“你小姑伊丽莎白已经向都铎王朝投诚了，她丈夫萨福克也改变了立场。她儿子约翰·德拉波尔——理查德曾经的继承人——已经求得了亨利的宽恕，这一家子一定会出现在加冕礼现场的。”

母亲点了点头：“那他们理应到场。我相信他们会诚心诚意地侍奉新王。”

凯瑟琳姨妈扑哧一笑，母亲也忍不住笑起来。

我找到塞西莉，把这个意外消息告诉了她：“你要结婚了。我听到妈妈和凯瑟琳姨妈这么说。”

她的脸刷地白了。“和谁?”

我立刻明白了她的恐惧。她害怕被嫁给都铎王业卑贱的支持者，再次受到羞辱。“你是对的，”我安慰她，“玛格丽特夫人是你可靠的朋友。她要把你嫁给她的同母兄弟约翰·威尔斯子爵。”

她发出一声颤抖的呜咽，转身面对着我：“啊，丽兹[①]，我真害怕……我太害怕了……”

我搂住她的肩膀：“我知道。”

“我自己的婚事，自己却做不了主。爸爸还活着的时候，大家叫我苏格兰公主，说我会嫁给苏格兰国王！后来我从高处跌下来，成了斯克洛普夫人！接着又成了连姓都没有的私生女！噢，丽兹，我还对你如此恶劣！”

① 伊丽莎白的昵称。

我提醒她："是对每一个人。"

"知道！我知道！"

"可你快要成为子爵夫人了！"我笑着为她打气，"你会比其他子爵夫人更强。玛格丽特夫人对她的亲戚都另眼相看，亨利也对约翰子爵的支持深怀感激，他们会另赐他头衔和土地的。你会变得富有和高贵，你会成为'我的女领主，国王的母亲'的姻亲，你会是，是什么呢？啊，她同母弟弟的妻子，她的弟媳，同时也是斯坦利家族的亲眷。"

"那妹妹们得到恩赏了吗？玛格丽特姑妈呢？"

"现在还没有。托马斯·格雷，妈妈的儿子，就要返回英国了。"

塞西莉叹了口气。这位同母哥哥待我们像父亲一样尽心，为我们的命运极尽忠诚。他先是进入圣所陪伴我们，随后又试图秘密进攻伦敦塔，救出两个弟弟。他还在亨利的流亡朝廷里任职，勉力维持着我们之间的同盟，同时也为我们充当眼线。后来母亲认为亨利是我们的对头，为防万一，召唤托马斯回国，可亨利却在他出发的当口逮捕了他。从那以后，他一直被关押在法国。塞西莉关切地问："他被赦免了？国王宽恕他了？"

"我想人人都知道他毫无过错。亨利是为了确保我们的同盟，才把他扣押下来，抵给法王为质。现在都铎人看到我们这么顺从，自然可以放了托马斯，回报法国了。"

"那你呢？"塞西莉问。

"亨利表面上打算娶我，因为他悔不了婚，但他对婚事一点儿也不着急。谁都看得出他想食言。"

她看向我的目光饱含同情："这简直是一种侮辱。"

"这当然是。"我表示赞同，"可我只想做他的王后，并不指望他会爱我，所以就算他不愿娶我做妻子，我也不介意。"

1485年10月30日

伦敦　威斯敏斯特宫

我透过卧室窗户，看到加冕礼驳船在几十艘小船的护卫下驶到伦敦塔。我听到美妙的乐声在河上回荡。我们上次乘坐皇家驳船已是很久以前的事，如今它又重新镀金，在冰冷的水面上泛出华贵的光泽，都铎家族的红龙旗和博福特家族的吊闸旗在船头船尾高高飘扬。亨利的身影小小的，隔着河面，我只能看到他的紫色天鹅绒长袍和白貂皮披肩。他站在驳船的艉楼甲板上，双手叉腰，好让河岸上的每个人都能看到他。我手搭凉棚凝视着他。这是我第一次看到这个男人，从这个距离看去，他只比我的小指尖大一丁点儿。驳船缓缓驶离，带走了我的未婚夫，却没带走我，他甚至不知道我在看他。他想不到我正把小指头放在厚厚的窗玻璃上测他的大小，还轻蔑地打了个响指。

桨手们都穿着白绿相间的衣裳，桨柄被漆成白色，桨叶则是绿色，这是都铎的颜色。现在是秋天，而亨利·都铎下令使用春天的颜色，似乎英格兰的一切都让这位年轻征服者不满。就算树叶像棕色的眼泪般纷纷凋落，他也一定要让万事万物都如春草般绿意盎然，像山楂花那样洁白如雪，仿佛想借此让我们相信季节的颠倒和王朝的变换——我们现在都是都铎子民了。

第二艘驳船载着我的女领主，国王的母亲，她得意洋洋地坐在一把像极了王座的高脚椅上，好让人人都能见证她驶向自己人生的顶点。她丈夫站在椅子边，一只手紧紧扶住镀金椅背，显示出他对国王的无比忠诚。这份忠诚，他也对上一任国王和上上一任国王宣誓过。他有句可笑的座右铭："Sans changer"，意为"永恒不变"，但斯坦利兄弟永不改变的唯一法则，是毫无底线地忠于自己。

下一艘船载着国王的叔叔加斯帕·都铎，他将在加冕礼上传递王冠。他的战利品，我姨妈凯瑟琳站在他身边，一只手轻轻搭在他的胳膊上。尽管猜到我们在看，她并没有向我们的窗户看上一眼。她直视前方，目光像弓箭手一样平稳。她即将目睹仇人加冕，可她美丽的面庞一派漠然。她曾经为了家族利益嫁给一个憎恶她的少年，早已习惯了人前风光，人后受辱的生活。这个梅露西娜的美丽女孩儿为这种人生付出了沉重的代价。她总是离王座这样近，因此遍体鳞伤。

母亲搂着我的腰，和我一起观看船队驶过。她没说一句话，可我知道她想起了什么。那一天，我们站在威斯敏斯特教堂下方的黑暗地下室里，看着皇家驳船顺流而下。那些人越过我弟弟爱德华，把皇冠戴在了我叔叔理查德头上。我那时以为我们一家人会孤零零地死在黑暗里。我想象着某个晚上，一个刽子手无声无息地走向我们；我想象着一个枕头压到我脸上，让我突然惊醒；我想象自己再也看不到阳光。我那时还年轻，以为哀伤如此，只有死路一条。父亲的离去让我悲痛，弟弟们的失踪使我惊惧，我觉得自己也命不久矣。

我想起这是炫耀胜利的加冕礼驳船第三次从母亲面前驶过了。十多年前，我还是个小姑娘，那时我弟弟爱德华还没出生呢。当时的国王，也就是我父亲，被赶出了英格兰，母亲不得不躲入圣所。复辟者们迎回了旧国王，我母亲藏在威斯敏斯特大教堂下面的地下室里，透过低矮肮脏的窗户，看着玛格丽特夫人和她儿子亨利乘着驳船，排场盛大地驶过，以庆祝兰开斯特国王亨利的复位。

我当年太小，不记得船队驶过的情景，不记得红玫瑰装饰的驳船，更不记得那对母子趾高气扬的模样；但我却清楚地记得四处弥漫的潮气和河水气味。我那时夜夜哭着入睡，完全不明白我们为什么突然像穷人一样住到教堂下面的地下室里来，而不是在这个国家最华美的宫殿里快乐生活。

“这是你第三次看到玛格丽特夫人以胜利者的姿态乘船驶过了，”我对母亲说，“一次是亨利国王复辟，她领着族人们进宫，还引见了她的儿子；一次是她丈夫深受理查德宠信，她在加冕礼上托着安妮王后的裙摆，看吧，现在她又从你眼前驶过了。”

“你说得对。”她爽快地承认。我看着她眯起灰色的眼睛，注视着光华耀眼的驳船和傲然飘扬的旗帜。“可我总觉得她非常别扭，就算在她最得意的时刻。”她说。

“别扭?”我重复着这古怪的词语。

“我看她总像个被苛待的怨妇。”说这话时母亲愉快地大笑起来，仿佛我们的失败只是风水轮流转，玛格丽特夫人有今天，不过是恰恰轮到了好运，既非因为她处于上升之势，也非如她所想那般，是受到了上帝的眷爱，说不定她很快就要倒霉了。“我看她总像个满腹牢骚的女人，”母亲向我解释，“那样的女人总是过得不太好。”

她转头看到我一脸迷惑的样子，又哈哈大笑起来。“别担心，”她说，“至少她说了亨利会娶你的话，一等他戴上王冠，我们就会有一个坐上后位的约克女孩儿了。”

“他一点儿也没表露出想要娶我的意思。”我冷冷地说，“我没有参加加冕礼游行的荣幸，皇家驳船上没有我们。”

“哎呀，他一定会的。”她自信满满，“不管他自己情不情愿，议会会要求他这么做。要是没有你在他身边，他们不会承认他这个国王，要想坐稳王位，他就得做出承诺。议员们已经和托马斯·斯坦利伯爵谈过了，这些人都懂得权衡利弊。斯坦利伯爵和他妻子通了气，她也和她儿子谈过了。

他们心里都清楚，不管亨利是否愿意，他一定得娶你。”

“可要是我不愿意呢？”我转身扶住她的肩膀，好让她无法逃避我的愤怒，“要是我不想要一个不情愿的新郎，一个王位觊觎者，一个靠背信弃义赢得王冠的小人呢？要是我告诉你，我的心早已埋葬在莱斯特的一处无名冢中，你会怎么想？”

她没有退缩，而是直面我的愤怒和悲伤，神情安详：“我的女儿，你早就明白你一生的使命了不是吗？你的婚姻不是为了你自己，而是为了国家的安宁和家族的荣耀。你要像个公主那样履行职责，无论你的心埋在何处，无论你想不想要这个新郎，我都希望你像个幸福的新娘。”

“你要让我嫁给一个我恨之入骨的男人？”

她笑意未减：“伊丽莎白，你应该和我一样清楚，年轻女人很少因为爱情结婚。”

我说：“可你就是。”

“那是因为我意识到自己深深爱上了英格兰国王。”

“我也和你一样!”我的呐喊有如哭泣。

她点了点头，伸手轻抚我的颈背，让我把头靠在她的肩上。“我知道，我都知道，我的宝贝。理查德那天太不幸了，他从前总是那么幸运。你也许觉得他一定会赢，其实我也这么想。我盼着他能赢，我把未来的希望和幸福都押在了他的胜利上。”

“我真的非嫁给亨利不可吗？”

“对，你非嫁不可。你会成为英国王后，恢复家族荣光。你会把和平带回英格兰。这将是多么伟大的成就，你应该高兴。至少你可以表现得很高兴。”

1485年11月

伦敦　威斯敏斯特宫

亨利的第一议会正忙着废除理查德时代的法令，从法律文书上移走他的签名，就和他们当初从头盔上扯下王冠一样。他们赦免了都铎支持者的叛国之罪，归还了先前剥夺的财产和权利，还声称自己清白无辜，所作所为只是忠于国家的利益。我姑父萨福克公爵，连同两位表兄弟约翰·德拉波尔和埃德蒙·德拉波尔，父子三人摇身一变，从约克王朝的一分子变成了都铎王朝的忠臣，哪怕他们的至亲是约克家族的女儿，是理查德和我亡父的姐妹。我在法国为质的同母哥哥托马斯·格雷将被赎回英国，国王不打算追究他篡位的嫌疑。托马斯写了一封申辩信，称自己当初并非是想逃离亨利的流亡朝廷，只是遵照母命返回英国。这封信收效绝佳，对新政权信心十足的亨利准备忘记这次短暂的背叛。

他们返还了亨利母亲的家族财产，没有什么比替国王之母聚积财富更重要了，毕竟她儿子是国中最有权势的人。他们还承诺按照寡后的标准给我母亲发放养老金。他们重新认定我父母的婚姻合法，宣称理查德先前的判决是一种诬蔑，从此以后，任何人都必须忘掉这回事，不再提起。都铎议会大笔一挥，我们便又恢复了家族姓氏，我和妹妹们再次成为了合法的约克公主。塞西莉的第一次婚姻也被遗忘了，仿佛它从未存在过，她又做回了约克的塞西莉公主，即将以未嫁之身和玛格丽特夫人的亲戚喜结连理。如今在威斯敏斯特宫，仆人们呈上餐点时会屈起膝盖，人人都称我们为

“公主殿下”。

恢复头衔的喜讯让塞西莉欣喜若狂，我们五位约克公主全都按捺不住喜悦；可我发现母亲沉默地走在冰冷的河边，兜帽遮头，两只冰凉的手在皮手筒里紧紧相握，一双灰眼睛盯着同样灰暗的水面，不知道在想些什么。“母后，你怎么了？”我上前握住她的手，看着她苍白的面庞。

“他认为我的儿子已经死了。”她失神低语。

我低下头，看到她的裙边和靴子上沾满了泥浆。她已经在河边待了至少一个小时，就这样来回徘徊，对着荡漾的水波喃喃自语。

我小心劝说道：“我们回房去吧，你会冻坏的。”

她毫无反应，任由我握住她的手，牵着她走上石子路，来到花园门口，又任由我扶她走上石阶，回到她的私人寝室。

“亨利一定有确凿的证据，证明我的两个儿子都死了。”

我脱下她的斗篷，把她扶坐到火炉边的椅子上。妹妹们没在宫里，都去了丝绸店挑选衣料。她们正拿着装满金币的钱包，带着搬货品的仆役，享受着下人的屈膝侍奉，为她们的复位高声欢笑。只有我和母亲待在这里，沉溺悲伤，痛苦挣扎。我跪在她面前，握住她冰块般的手，膝下粗糙的地面越来越凉。我们头挨着头靠在一起，就算有人站在门边，也听不到我们在小声交谈些什么。

我低声问：“母后，你是怎么知道的？”

她垂着头，仿佛心脏被狠狠地戳了一刀。

“他一定拿到了证据。他一定完全确定了他们的死讯。”

“直到现在，你还对爱德华在生抱有希望吗？”

她的神情微微一动，像极了一头受伤的母兽。看来她从未放弃过希望。她希望她的大儿子克服重重困难逃出了伦敦塔，安然地活在世上的某个地方。

“真的?”

“我以为我会知道,”她的声音很轻很轻,“在我心里。我想要是爱德华被杀,那一刻我一定会有所感应。如果他死了,他的灵魂不可能不来见我最后一面就离开这个世界。伊丽莎白,你知道我有多爱他。”

“可是妈妈,我们那晚都听到了歌声,每一个家族成员死去的时候,都会响起这样的歌声。”

她点了点头:“我们的确听到了。可我还是抱着希望。”

我们同时沉默了。我们都意识到她的希望在这一刻砰然破灭。

“你觉得亨利搜查了伦敦塔,找到了尸体吗?”她说完摇了摇头,可她内心深处早已相信了这一点,“不对,要是他找到了尸体,一定会公之于众,然后举行一场隆重的葬礼,让世人都知道他们的死讯。要是他找到了尸体,一定会以王室礼仪安葬他们,让我们全都穿上深蓝色,服丧数月。要是他有确实证据,一定会利用它来抹黑理查德的名声。要是他找到了凶手,一定会把他送上审判席,然后当众绞死他。对亨利来说,世上最好的事就是找到两具尸体。从踏上英格兰土地的那一刻起他就在祈祷,祈求找到他们埋在地下的尸体,这样一来,他对王位的声索会变得有力,他也无需担心今后会有人冒充他们闹事。放眼英格兰,比我更想知道我儿子下落的人只有一个,就是新王亨利。现在看来,他还没找到他们的尸体,但他确定他们已经死了。一定有人向他做出保证,说他们已经被杀,他一定很信任那个人。要是他认为我家还有个幸存的男孩儿,他决不会把王室头衔还给我们。要是他认为世上的某个地方还有一位活着的王子,他决不会让你们姐妹做回约克公主。”

“这么说他已经确定爱德华和理查德的死讯了?”

“他肯定确定了,否则他绝不会判定你爸爸和我的婚姻合法。这个决议不仅让你做回了约克公主,也让你弟弟再次成为了约克王子。要是我们的爱德华死了，你的小弟弟就是英格兰国王理查德四世，那亨利就成了篡位者。亨利绝不会把王室封号归还给一个活着的竞争对手，他一定确认了你弟弟已死。一定有人向他招供，保证谋杀真的发生过，一定有人告诉他，是他们杀死了两个孩子，还亲眼看着他们咽了气。”

“那个人会是他母亲吗？”我悄声问。

“如今在活着的人里面，她是唯一有理由杀死他们的人，而且他们失踪时她也在场。”母亲分析道，“亨利当时流亡在外，他叔叔加斯帕跟在他身边。亨利的盟友白金汉公爵有嫌疑，但他已经死了，死无对证。如果现在有人叫亨利放心，保证他绝对安全了，那个人只能是他母亲无疑。这对母子肯定坚信自己处境安全，认定两个约克王子都死了。接下来，他会向你求婚。”

“你是说他一直等待着，直到确认我两个弟弟已死，他才恢复我公主的名号，准备和我结婚？”我难以置信地问。我嘴里的味道和这个问题一样苦涩。

母亲耸了耸肩：“那是当然。他还能怎么做呢？这是人之常情。”

冬天很快来临了。母亲的话得到了应验。某天入夜不久，一队国王新近任命的自耕农卫队穿着猩红色制服，齐步走到威斯敏斯特宫门前。一个传令官呈上信函，说亨利国王会在一个小时之后驾临我处。

“得赶快。”母亲边说边把信迅速浏览了一遍，“贝丝！”她对候在一边的新女仆说，“拿上我的新头巾和公主的绿裙子，跟着公主到房间去。吩咐男仆送热水到她房间，马上伺候她沐浴！塞西莉！安妮！你们也去梳洗打扮，让你们的妹妹也打扮一下，把沃里克姐弟带到教室，跟他们说老师让他们待在那里，不等我派人去叫，不许出来。国王在这里时，他们不能下楼。要确定他们明白我的话。”

“我要戴我的黑色兜帽。”我倔强地说。

“戴我的新头巾！”她大喊，“我的宝石头巾！你要做英格兰王后了，为什么要打扮得像他的女管家？为什么要打扮得像他母亲，跟修女一样老气？”

“因为他一定会喜欢。”我飞快回嘴，“您难道不明白吗，他会喜欢修女一样老气乏味的姑娘。他从没到过我们的宫廷，从没见过锦衣华服和窈窕淑女。舞会、礼裙和我们宫廷的魅力，他统统没有见识过。他一直被困在布列塔尼，像个穷小子那样生活，身边只有女仆和女管家，他四处辗转，住的全是破旅馆。他来到英格兰后就整日和他妈妈在一起，他妈妈打扮得像个修女，还丑得要命。所以我必须简朴，而不是华贵。”

母亲恍然大悟，羞恼地打了个响指。“我真是笨！你说得对！太对了！那快去吧！”她轻轻推了下我的背，“去，抓紧点儿！”我听到了她的笑声，“能多朴素就多朴素！要是他看不出你是英格兰最漂亮的女孩儿，那就太好了！”

我在母亲的连声催促下跑进卧室，男仆们把巨大的木澡盆放在木柴上推了进来，把满满几壶热水也送上楼放在门口。女仆把水壶拿进房间，灌满了澡盆，我匆匆洗毕，擦干身子，盘起湿漉漉的头发，戴上黑色三角形兜帽，帽檐重重压住我的前额，宽大的两翼遮住了我的耳朵。我套上亚麻衬裙和绿裙子，贝丝像蜜蜂一样绕着我转来转去，把束带穿进胸衣孔里，然后把胸衣牢牢束紧，直到我被绑得像只小鸡。我把脚滑进鞋子里，转身面对她。她笑着对我说：“漂亮，你真漂亮，公主殿下。”

我拿起手镜，端详我映在银箔上的朦胧面容。镜中的我有着鹅蛋脸和深灰色的眼睛，刚刚的热水澡让我双颊泛红，使我看起来十分健康。我挤出一点儿笑容，嘴角微微向上，好一张没有一丝快意的漠然面孔。理查德曾说我是有史以来最美丽的女人，我的一个眼神就能点燃他的欲望之火，我的皮肤完美无瑕，我的头发是他的快乐之源，只要把脸埋在我的金色发辫里，他就能睡上一个从未有过的好觉。我不期望能再听到如此动人的情话，我少女时代的欢乐和虚荣已随他埋于地下，无需再体会一次。

卧室门一下子被推开。“他来了，”安妮气喘吁吁地说，“带着四十个随从，骑马进了庭院。妈妈说他立刻就到。”

“沃里克姐弟待在楼上的教室里吗？”

她点了点头：“他们知道不能下楼。”

我缓缓走下楼梯，脑袋没有一丝摇晃，仿佛我戴的不是沉重的兜帽，而是一顶王冠，在我脚下散发气味的灯芯草[①]摩挲着我的绿裙摆。这时有人推开了双扇门，亨利·都铎，这个英格兰的征服者，新近加冕的国王，扼杀我幸福的凶手，走进我身下的大厅。

看到他的第一眼，我就松了一口气。他和我预想的模样有些差别。这些年来，我只知道他觊觎王位，一直在等待时机入侵英国，进而觉得他是个恶棍，是个暴徒，是个非同一般的家伙。据说在博斯沃思，他被一群巨人保护，我因此把他也想象成了一个巨人。但此刻走进大厅的这个男人并不健硕，他个子很高，身形却很消瘦，年近三十，步伐矫健，面容紧绷，有一头棕发和一对狭长的棕色眼睛。看到他的模样，我居然头一次为他感到难过，试想一个人半生流亡，最终趁着混乱的局势，依靠决战时敌方倒戈赢得了王位，可大半国民却不欢迎他的胜利，而他必须迎娶的女人还爱着他的死敌——前任合法国王。我原本以为他会得意洋洋，可来到我眼前的这个人是如此不同：他背负着奇特的命运，在八月炎热的一天，依靠背信弃义取得了胜利，可直到现在，他连上帝是否站在他这一边也不确定。

我停下脚步，两手搭在大理石栏杆上，俯身看他。他脑顶的红棕色头

① 英国古代地板为石质结构，到冬天需撒上灯芯草防潮防滑。

发有点儿稀薄。从这个位置，我能看到他摘下帽子，弯腰朝母亲深深鞠了一躬，然后微笑着走向她，笑容不带一丝暖意。他神情戒备，不过这可以理解，毕竟我们一家是他最不可靠的盟友。母后有时支持他对抗理查德，有时又反对他。她把亲生儿子托马斯·格雷送到他身边协助他，随后又怀疑他杀了我们的王子，召托马斯回家。他从不知道她是敌是友，当然不会信任她。他也一定不信任我们这些表里不一的公主。他肯定担心我既不诚实又不忠贞，是个坏到极点的女孩儿。

他用最轻微的动作吻了我母亲的指尖，仿佛除了表面殷勤，他并不希望从她那里得到任何东西，也许他对其他人也一样。随后他直起身，顺着她的目光向我看了过来。

他立刻知道了我是谁，我也朝他点了点头，承认我知道他是我未来的丈夫。我们的表现不像情人之间互相问候，倒像两个陌生人凑在一处，同意携手进行一次不愉快的探险。就在四个月前，我还是他敌人的情妇，每天为他的失败祈祷三次。就在昨天，他还在征求意见，询问他是否能和我解除婚约。我昨夜做了个梦，梦见他从人间消失了，醒来后我还期盼着今天是博斯沃思之战的前一天，战败和死亡是他侵犯英国的唯一下场。可事实上他赢了，他无法逃避他的誓言，而我也无法逃避母亲的许诺，我们不得不结为夫妇。

我缓步走下楼梯，和他互相打量，就像在端详想象了很久的敌人的真容。我想到自己的未来，想到无论对他有无好感，都要嫁他为妻，和他同眠，为他生儿育女，和他共度余生。他会成为我的主人，我要唤他为夫，做他的妻子和奴隶。我将无法摆脱他的权威，直到他离开这个世界。也许下半生，我会日日祈祷他死去吧，我冷酷地设想。

“祝您安好，国王陛下。”我轻声问候着，走下最后一级台阶，行了个屈膝礼，向他伸出手去。

他俯身亲了亲我的指尖，一手拉过我，在我的左颊上落下一个吻，接着又亲吻我的右颊，他像个法国侍臣一样，举止无可挑剔，又不含任何意味。他的气味干净好闻，发丝上带着冬季郊野的气息，清爽而新鲜。他向后退了一步，我看到他满眼戒备，露出试探的微笑。

“祝你安好，伊丽莎白公主。”他说，“终于和你相见了，我很高兴。”

母亲在一旁建议：“您要小酌一杯吗？”

“谢谢您。”他口里答应着，目光却没从我脸上移开，仿佛正在对我进行评判。

“这边请。”母亲平静地说完，领着他离开大厅，走进一个清静雅致的房间。餐桌上放着一个威尼斯玻璃瓶，配着为我们三人准备的高脚酒杯。国王自顾自坐了下来，却没有准许我们也坐，我们只好继续站在他面前。母亲倒了一杯酒呈给他，他朝我举了下杯子就喝起来，仿佛他所在的地方不是宫殿，而是酒馆，可他没和我干杯。他就这样静静地坐着，若有所思地打量我，而我就像个孩子一样站在他面前——他似乎对这种状况很满意。

“请容许我引见我的小女儿们。”母亲沉着地说。她是个泰山崩于前而面不改色的女人，就算面对弑君阴谋也能安然入睡。她朝门口点头示意，塞西莉和安妮走了进来，身后跟着布丽吉特和凯瑟琳。四个人进到房间里，朝亨利行了个隆重的屈膝礼。布丽吉特庄重的下蹲起身让我忍俊不禁。她只是个小姑娘，架势却不亚于一个女公爵。看到我的笑容，她眼里透出些许责备，呵，真是个最最严肃的五岁小女孩儿。

“很高兴见到你们。”新国王温和地表达着问候，却丝毫没有站起来的意思，“您在这里住得习惯吗？有什么短缺吗？”

“多谢您关心，一切如常。”母亲微笑着回答，仿佛她从未拥有过整个英格兰，这里就是她最喜爱的宫殿，在她的主持下井井有条。

“您的津贴会按季支付，”他对她说，“我母后正在安排此事。”

“请向玛格丽特夫人转达我最美好的祝愿。”母亲说，“她的情谊近来一直支持着我，她过去服侍我时，也对我关爱有加呢。”

“哈。”他干笑一声，似乎不太喜欢他母亲做过我母亲侍女的事被人提起，“你儿子托马斯·格雷会从法国获释，很快就能回到你身边了。”他继续施放着善意。

母亲接下他的话：“我衷心感谢您。还请您转告您母亲，说她的教女塞西莉身体健康，她很感激您和您母亲费心为她安排婚事。”塞西莉行了个额外的屈膝礼，好告诉国王她就是母亲提到的那个女儿，他也草草点了点头。她抬起头，似乎很想提醒他定下自己的婚期，她对此盼望已久，因为婚期迟迟未定，她如今仍然既非寡妇也非少女。可他没给她开口的机会。

“我的顾问告诉我，民众很渴望看到伊丽莎白公主成婚。”他说。

母亲偏过头看着他。

他直接对我说：“我希望确定你健康快乐，并且同意这门婚事。”

我吃惊地抬起头。我身体不好，心情也很糟糕；我整日深陷悲伤，为我的情人哀悼，他被眼前这位新王杀死，草草埋葬。这个坐在我面前，礼貌地问我是否同意的男人，曾准许手下脱掉理查德的盔甲，剥光他的亚麻衬衣，把他赤裸的尸体绑在马鞍上驮回去。还有人告诉我，他们把理查德运到莱斯特时路过波桥，任他低垂的头颅撞上木柱。死人脑袋撞击桥柱的声音日日萦绕在我的耳边，回旋在我的梦境。他们还把他伤痕累累的裸尸曝放在圣坛前的台阶上，好让世人知道他已经彻底死去，英格兰人在约克王朝统治下安居乐业的机会完全断绝。

母亲愉快的声音打破了短暂的沉默：“我女儿既健康又快乐，是您最恭顺的仆人。”

“等你做了我妻子，你要选什么座右铭呢？”他问。

我开始怀疑他是专程来这里折磨我的。我从没想过这个问题。我到底为什么要考虑这个问题？“您喜欢哪一句呢？”我语气冷淡地问，“我没有选好。”

“我母后建议选用‘谦卑和忏悔’。”他说。

塞西莉哼笑一声，又慌忙用咳嗽来掩饰，红着脸别开目光。母亲和我惊疑地对视一眼，都不知道该说些什么。

“如您所愿。”我成功地让语调听起来毫无变化，我对此感到高兴。要是没有别的事情发生，我还能假装自己毫不在意。

“那就选‘谦卑和忏悔’。”他低声自语，似乎很满意，可我确信他正暗暗嘲笑着我们。

第二天，母亲笑盈盈地来找我：“我终于弄清楚国王昨天为什么来拜访我们了。国会议长亲自走下座位，以整个国会的名义请求国王迎你为妻。上院和下院的议员们告诉他，如果没有你在他身边，民众不会拥戴他这个国王，他们必须解决这个问题。他们还向他呈交了请愿书，让他没法拒绝。他们曾答应鼎力相助，可我从前一直不确定他们有没有这个胆量，毕竟人人都畏惧他。但对他们来说，让一个约克女孩儿坐上后座，通过两族联姻来终结玫瑰战争，比什么都重要。要是你不和亨利同登宝座，没人肯相信他会带来和平。他在众人眼里，不过是个幸运的王位觊觎者。他们告诉他，希望他承续金雀花王朝的大统。”

“他不会愿意的。”

“他大发雷霆。”母亲眉飞色舞地说，“但他什么也做不了。他必须和你结婚。”

我酸溜溜地提醒她：“不要忘了谦卑和忏悔。”

“是谦卑和忏悔没错。”母亲愉快地肯定了我的话。看到我一脸沮丧的模样，她又笑起来。“不过是一句话罢了，”她提醒我，“他现在有权力强迫你这么说。可我们也不会白白听命，作为交换，我们会让他娶你，让你做英格兰王后，到那个时候，你的座右铭根本就不重要了。”

1485年12月

伦敦　威斯敏斯特宫

皇家信使又来了，称国王打算再次驾临威斯敏斯特宫。不过这次他想在宫里用餐，大约有二十个随从会和他一起来。母亲命令备餐室、厨房和茶碟室拟出一份菜品和酒水单给她过目，敲定后让他们仔细准备。在她还是王后、我父亲还是最受爱戴的英格兰国王时，她曾操办过有着几十道菜肴和几百位宾客的盛宴。她很乐意在亨利面前一展所长，让这个流亡海外十五年，日日待在布列塔尼的小宫廷里担惊受怕的国王看看，一座真正的王宫是怎样运转的。

柴房男仆再次吃力地把澡盆和热水送上楼。沃里克姐弟被勒令待在房间里不许下楼，就连站在窗边也不可以。

女仆们带来一堆温热的亚麻布和一瓶玫瑰水，预备为我洗头。玛格丽特跟在她们身后溜进了房间。“为什么不让我们下楼？”玛格丽特质问我，小脸涨得通红，“难道你母后觉得泰迪不够机灵，不配见国王？难道她觉得我们丢了她的脸？”

“妈妈是不希望国王看到约克男孩儿后心烦意乱。”我直言不讳，“这和你、和爱德华无关。亨利当然知道你们的存在，他妈妈心细如发，对英格兰的每件事都了如指掌，自然不会忘掉你们。她已经把你们纳入她的监护了，不过你们还是远离这对母子的视线为好。”

她脸色煞白：“你觉得国王会把泰迪抓走吗？”

“不会。”我说，“可他们没必要在一起吃饭。我们还是别让他们凑在一处的好，这是肯定的。还有，要是泰迪告诉亨利他想当国王，那可就难办了。”

她轻笑一声：“我真希望从来没人告诉过他，他会是王位的下一个继承人。他把这话记到心里去了。”

“在亨利适应好一切之前，他最好躲到一边。”我说，“泰迪是个讨人喜欢的孩子，可我们不能信任他的嘴。”

她环顾四周，看了看忙着为我的沐浴做准备的女仆，又看了看我铺展开来的新礼裙，这是今天才从城里的女裁缝那里取回来的，颜色是都铎绿，双肩缀着同心结。“你很不开心吗，伊丽莎白？”

我耸了耸肩，否认了内心的痛苦：“我是约克公主，我必须这么做，要是爸爸还活着，他也一定会把我嫁给一个对他有利的人。我睡在摇篮里时就订婚了。我没有选择，我也不期望有选择。不过我曾经有过一次，那是一段让人迷醉的时光，就像一个梦。等你长大成人，你也会奉命出嫁的，和我一样。”

“那你伤心吗？”她问，真是一个认真得可爱的姑娘。

我摇了摇头，对她说了实话：“我毫无感觉。也许这是最糟糕的事情。我什么感觉也没有。”

亨利的宫廷随从按时到达了，他们衣着华美，脸上泛着若隐若现的羞涩微笑。随从中有一半是我们的老朋友，不是姻亲就是血亲，可许多事情还是不提为好。当我们还是王族时，常在这座宫殿里设宴款待这些贵胄，如今他们又走进大厅向我们问好，情景还是和从前一样。

我表哥约翰·德拉波尔也来了，理查德曾在博斯沃思战役前夕立他为储。我姑妈伊丽莎白和他在一起。她和她全家如今是忠诚的都铎臣子了，在和我们打招呼时，他们都笑得小心翼翼。

我那个冠上了夫姓“都铎”的姨妈凯瑟琳也挽着王叔加斯帕的胳膊款款而来。但她还是向我母亲行了和从前一样的屈膝礼，然后起身热情地亲吻她。

母亲的亲弟弟，我舅舅爱德华·伍德维尔站在都铎侍臣们中间，他是新国王尊敬信赖的朋友。他曾跟随亨利一起流亡，在博斯沃思平原上为他搏杀。他走到母亲面前，深深鞠了一躬，而后以弟弟身份亲吻她的双颊。我听到他低声说：“真高兴看到你恢复合法地位，丽兹，我的陛下！”

母亲备下了有二十二道菜的丰盛宴席，待每个人吃饱喝足后，仆人们移走了餐盘和搁板桌，我妹妹塞西莉和安妮在宾客面前跳起舞来。

“伊丽莎白公主，请你为我们舞上一曲。”国王对我说出这短短的一句话。

我朝母亲看去。我们先前商定我不用跳舞。我上一次在这里跳舞，还是在圣诞节时。我那时穿着和安妮王后一样的绸裙，连裙面上绣的花纹都如出一辙，似乎在强行和她一较高下。我比她小十岁，而她丈夫理查德国王无法从我身上移开目光。整个宫廷都知道他爱上了我，他要离开他病重的妻子，和我在一起。我和妹妹们一起舞蹈，可他眼中只有我；我在数百人面前起舞，可我只是为了他。

“不知你是否愿意。”亨利说。他淡褐色的眼睛直直地向我看过来，我对上他的目光，看出他眼里的笃定，他知道我无法推脱。

我从座位上站起来，把手伸给塞西莉，不管情不情愿，她必须做我的舞伴。塞西莉曾和我一起在理查德面前献舞多次，看到她抿紧的嘴唇，我知道她一定也想起了这些往事。她也许觉得自己很像一个取悦国王的弄臣，不过这回我才是最受羞辱的人，这让她稍感安慰。乐师们奏起了萨尔塔雷洛舞曲，曲调欢快，每一步的最后都得单脚或双脚跳跃。我们两人步履敏捷，姿态优雅，在大厅里不断旋转，时而互为搭档，时而与他人共舞，最后又在大厅中央会合。乐师用一个高亢的音节结束了乐曲，我们向国王行屈膝礼，又互相行礼，然后走回母亲身边。我脸色微红，气喘吁吁，出了一身薄汗，这时乐师们走进舞池，为国王演奏。

他听得很专注，一只手在椅子扶手上轻敲着节拍。他显然爱好音乐，每当乐曲接近高潮时，他都会奖给乐师们一枚金币，这份赏金很可观，但离慷慨还差得远。我看着他的举动，意识到他和他母亲一样节省。这个青年起兵夺位，并非因为觉得世人欠他一顶王冠；这个青年人也不习惯挥霍国王的金钱。他和理查德不一样，理查德认为贵族得有贵族的体面，要和人民共享财富。待乐师们奏起联谊舞曲时，国王侧身对我母亲说，他想和我独处一会儿。

“当然可以，陛下。”她说完就要去带女孩儿们离开，把我们两人留在大厅尽头。

他抬手制止了她：“要一个私人房间，只有我们两个人，别让其他人打扰。”

她犹豫了，我大概能看出她心中的盘算。首先，他是国王。其次，我们订婚了。最终她做出了决定：我们无法拒绝他。她开口说：“你们可以单独待在大餐桌后面的私人房间里，我想不会有人打扰的。”

他点着头站了起来。乐师们停止了演奏，随从们纷纷鞠躬，又争相抬头观看这从未有过的一幕：亨利向我伸出手来，由我母亲带路，走下高台，绕过我们刚用晚宴的大餐桌，穿过大厅背后的拱门，走进私人房间。在整个过程里，众人专注的目光一路相随。在房间门口，母亲退后几步，微微耸了耸肩，示意我们进去。我们就像两个走下舞台，走进私人生活的演员，接下来的一切没有剧本。

我们一走进房间，他就立刻关上了门。乐声透过厚厚的木门隐隐约约地传了进来，乐师们又开始演奏了。他随手拧紧钥匙锁住了门，仿佛这是理所当然的事。

我被他的举动吓了一跳："干什么？你觉得自己在干什么？"

他转身向我走来，一只手稳稳地扶住我的腰，用无法抗拒的力量把我拉到他身边。"我们将更好地了解对方。"他说。

我没有像个被吓坏的女仆一样向他妥协，而是固执地坚持着立场："我想回大厅去。"

他坐在一张和王座一样宽大的椅子上，把我往下一拉，让我以一种不太舒服的姿势坐到他的膝盖上，仿佛他是个酒馆里的醉汉，我是个妓女，而他刚刚向我付了钱。"不行。我告诉过你，我们将更好地了解对方。"

我试着摆脱他，可他把我搂得很紧。要是我使劲挣扎或是和他厮打，我的手就会拍在英格兰国王的身上，那可是犯上之罪。我只好向他服软："陛下……"

"我们好像必须结婚呢。"他抬高声音说，"国会对这件事的热心程度真是叫我受宠若惊。看来你家仍然有很多朋友，就连那些自称是我朋友的人也和你们关系匪浅。从他们的表现上，我明白了你对这段婚姻的坚持，你的青睐让我感到荣幸。如我们所知，我们已经订婚两年了。所以我们现在要为这个约定画上一个圆满的句号。"

"什么？"

他叹了口气，仿佛我是个让人生厌的傻瓜："我们会圆房。"

"你休想。"我断然拒绝。

"等到新婚之夜，你必须经历这件事。现在做又有什么不同？"

"因为这会让我蒙羞！"我激动地大喊，"这是我妈妈的房间，抬脚跨过那扇门，就是我妹妹的房间，你竟然想在这里和我圆房！在我妈妈的私人空间里，在婚礼之前！这是对我的羞辱！”

他冷冷一笑：“我不觉得你有多少名誉需要捍卫，是不是，伊丽莎白？还有，请别怕我发现你不是处女。我丢掉了许多人写给我的信，尤其是向我告发你是理查德情人的那些。有人千里迢迢从英国赶到布列塔尼，说他们亲眼看到你和他手牵着手逛花园，看到他夜夜进入你的房间，还说你虽然是他妻子的侍女，却把所有时间都花在了他的床上。还有很多人说他妻子是被毒死的，把装药的玻璃杯递给她的人就是你。除掉她之后，你妈妈的意大利粉末又被殷勤地送给了下一个人，甜蜜的毒液从这个碍眼之人的喉间淌过。”

我惊恐到说不出话来。“我没有，”我向他发誓，“我绝没有伤害安妮王后。”

他耸了耸肩，仿佛无论我是凶手还是从犯，对他来说都无关紧要。“啊，现在谁还在乎呢？我敢说我们都会忘掉一些曾经做过的事。她和他都死了，你弟弟也死了，而你和我订了婚。”

“我弟弟！”我心中一紧，急切地大喊起来。

“死了，除了我们，没人活下来。”

“你怎么知道？”

“我就是知道。来，靠近一点儿。”

“你提到我弟弟，是想羞辱我吗？”我厉声说，嗓音激动得发颤。

他靠在椅背上笑出声来，似乎真的很开心。“说实话，我要怎么羞辱像你这样的女孩儿？你已经声名远扬了，受到的羞辱还不够？自从去年听到这些闲话，我就认定你比一个凶残的妓女好不了多少。”

我气得差点背过气去。他一边羞辱我，一边牢牢钳住我的腰，把我定在他瘦骨嶙峋的膝盖上，像在强行爱抚一个不情愿的孩子。“你不会想要我的。你知道我不爱你。”

“你说得对，我一点儿也不想。我不喜欢变质的肉，我也不想要别人用过的东西，尤其是一个死人的东西。一想到篡位者理查德在你身上乱摸，一想到你为了后冠奉承他，我就恶心得要命。”

“那你放我走吧!”我大喊着想要脱身，可他紧紧地箍住了我。

“不。如你所见，我必须娶你；你那个女巫母亲已经确定了此事，国会也一样。但我一定要知道你是不是个好生养的女人。我想知道我能得到什么。既然我是被迫娶你，那要求自己的妻子能为我生养也是理所当然。我们必须有一个都铎王子。要是你不能生育，所有功夫可就白费了。”

我开始坚定地挣扎，试着掰开他钳住我腰肢的手指，以便站起来逃掉。可我逃不了，他的手抓得这样紧，仿佛能把我勒死。“够了!”他微微喘息，“你要逼我吗？还是你自己把裙子掀起来，等我们办完了事，再一起回到你妈妈的宴会上？也许你可以再为我们舞一曲，用你本来的浪荡模样?”

他用一只手紧紧搂住我，另一只手掀起我考究的绣花衬裙，让我分开两腿跨坐在他身上，仿佛我真是他口中的妓女。他弓起身子隔着布料撞击我的下身，来回十多次。每当他敧身而上时，那温热的气息就带着菜肴的辛辣味儿喷到我脸上，我只好闭上眼睛屏住呼吸，把脸别向一边。我不敢去想理查德。一想到他，我就会忆起他瘦削的脸庞，忆起他与我燕好时的快乐模样。正当我横下心来准备承受这屈辱时，他却突然抓住我的手腕，放开了我的腰，我连忙跳下他的膝盖，站在他面前。我最后一次想要挣脱他的手，然后冲向房门逃出这里，可他抓住我腕部的手烫得灼人，那严厉的表情似乎在告诉我：别想逃！我双颊绯红，眼泪一下子涌了上来。

“求求您，”我软弱地说，“求求您别这么做。”

他稍稍耸了耸肩，仍旧抓着我的手腕，仿佛我是个囚犯，另一只手则稍稍拉起我的裙摆，裙摆的颜色是都铎绿。

“我今晚会心甘情愿地来见您……”我向他建议，“我会悄悄到您的房间去。”

他发出一声冷笑：“你还是和从前一样，喜欢偷偷爬上国王的床？看来我没想错，你真是个婊子。我要像干婊子一样干了你，就在这里，就是现在。”

我语不成声：“我爸爸……您坐在他的椅子上，我爸爸的椅子……”

“你爸爸已经死了，你叔叔也没能护住你的荣耀。”他唇边浮起一丝嘲讽的笑意，仿佛正感受着发自内心的喜悦，“来吧，掀起你的裙子，骑到我身上。你不是处女了，应该知道要怎么做。”

他紧紧抓着我，我俯下身，慢慢掀起裙摆。他用另一只手解开裤子，坐回椅子上，展开双腿，我在他的牵引下一步步走了过去。

当他进入我身体的那一刻，我恐惧得全身僵硬，看着他兴奋地轻呼我的名字，我突然有种呕吐的冲动。天可怜见，亨利呻吟了片刻就停止了动作。我睁开眼睛，发现他在凝视着我，眼神一片茫然。他把我看做他欲望漩涡里的囚徒，在这个囚徒身上，他瞬间得到了满足。

我从他身上爬了下来，默默地用亚麻衬裙的下摆擦拭身体。“别哭了，”他说，“你要是哭哭啼啼，待会儿怎么出去见你妈妈和我的随从？”

“你伤害了我。”我怨愤地说。我给他看了手腕上的红痕，弯腰拉下衬裙和礼裙，明艳的绿裙子已经起皱了。

“我很抱歉，”他淡漠地说，“我今后会努力不再伤害你。要是你不逃跑，我刚刚也不会抓得这么紧。”

“今后？”

“你的贴身女仆，你可爱的妹妹，甚至连你和蔼可亲的妈妈都会准许我进你的房间。我会来找你。你不会再一次躺到国王床上，所以别想这回事。你可以告诉你妹妹，或者和你睡在一起的其他人，她必须睡到别的地方去。我会在夜半之前来，时间由我选择，不过有时候我也许会晚一点儿到。你必须等着我。你可以跟你妈妈说，这是你我共同的愿望。”

“她绝不会相信我。”我气冲冲地说完，擦干脸颊的泪水，又掐了掐嘴唇，让唇瓣恢复艳红的颜色，“她绝不会认为我是因为爱你才请你来的。”

“她会明白那是因为我想要个好生养的新娘。”他精明地说，“她会明白要是你在婚礼之前不怀上我的孩子，那就别想有婚礼。我不会被逼娶一个不能生育的女人，我没有这样傻。我们已经达成共识了。”

“我们?”我把这个词语重复了一遍，“我们没有！我没有同意！我从没说过这样的话！我妈妈绝不会相信这件事是我们共同做出的决定，更不会相信我甘愿被你羞辱。她会立刻知道这不是我的意愿，而是你的，是你强迫了我。”

他头一次露出微笑：“啊不，你误会了。我说的‘我们’并不是指你和我。我从没想过要称你我为‘我们’，从没想过。我指的是我和我母亲。”

我停下整理衣裙的动作，转身惊讶地望着他：“你母亲同意你强暴我?”

他点了点头。“有什么不妥?”

我磕磕绊绊地说：“她说过会做我的朋友！她说她预见了我的命运！她说她会为我祈祷!”

他毫无反应，像是完全没看出她温柔待我和她下令强奸我之间的矛盾，我青肿的手腕，我通红的眼睛，我受到的羞辱，我腹股沟处的粘腻和我心中的伤痛，统统拜这种姿态所赐。他说：“她当然认为这是你的命运。如她所见，这一切是上帝的意志。”

我惊呆了，只能怔怔地看着他。

他哈哈大笑着站了起来，把亚麻衬衣塞回裤子里，再系好裤带。“为都铎王朝创造一位王子是天意，我母亲会把它当作圣旨来执行，无论有多痛苦。”

我狠狠擦掉滑落的眼泪。“那您侍奉的上帝很严酷，您母亲更严酷。”

他表示赞同。“我知道。是他们的决心让我来到这里的，这也是我唯一的指望。”

他说到做到，自此夜夜来找我，就像一个前来寻医问药的人。他每一夜都得偿所愿。母亲为我调换了卧房，新房间毗邻私人楼梯，楼梯通向花园和供他停船的码头。她对此事守口如瓶，只告知塞西莉去和小妹妹们睡在一起，我现在得一个人睡。看到她气得脸色发白的模样，就连平日任性妄为，好奇心颇重的塞西莉也不敢多问。母后放亨利从没有上锁的外门进来，然后板着脸，一言不发地护送他来到我的房间。她没说过一句表示欢迎的话，一路上充满了敌意，头颅轻蔑地抬得老高。把他送进房间后，她候在私人门厅里，门厅里点着一支蜡烛，烛光暗淡。送他离开时，她也没说一句“再见”，只是拉开门，等他一迈出去就立刻锁上。她从始至终一言不发，可任谁都能觉出她的愤怒。他一定铁石心肠，否则怎么能若无其事地走过满腔憎怨的母亲身边，任她灰眼睛里的怒火像烙铁般落在自己单薄的脊背上？

等在房间里的我和母亲一样沉默，可自从来过几次之后，他变得放松了。他会在上床之前喝上一杯，问问我今天做了什么，又与我分享他的工作和生活。他开始坐在火炉边的椅子上吃些饼干，奶酪和水果，吃完后才会解下裤带要了我。他坐在椅子上时，总是望着火炉，和我说些闲话，仿佛我们是平等的，而且他是个对生活充满兴趣的人。他告诉我宫廷的新鲜事，说到许多他准备原谅和希望加以约束的人，谈到他打算如何治理这个国家。而我自己呢，虽然一开始总是怒气冲冲地沉默以对，可后来却不自觉地说起我父亲的丰功伟绩，或是理查德在位时的种种抱负。他在一旁专注地聆听，偶尔说一句："太好了，谢谢你告诉我这些，我以前从没听说过。"

由于半生流亡，他的英语带着布列塔尼口音和法国口音，这常常让他感到尴尬。作为这个国家的主人，除了他忠诚的叔叔加斯帕和他聘用的家庭教师们教授的那些，他对这片土地一无所知。他对孩童时期生活过的威尔士和监护人威廉·赫伯特记忆深刻，每每谈起都倍感亲切。赫伯特先生还是我父亲的挚友呢。但除此之外，他对这个国家的全部了解都来自于教师们、他叔叔加斯帕和那些粗制滥造的英国地图。

还有一段往事被他当做神话一样深深刻印在脑海里。那时我父亲流亡在外，母亲、妹妹们和我第一次被困在阴暗潮湿的圣所，而他则得意洋洋地前往那个疯子国王的宫廷。他把这段经历视为自己童年的顶点。那时他母亲确信他们会恢复从前的地位，成为永久的王族，而他突然相信了她，他知道她是对的，知道上帝正引导她走向博福特家族的命运。

"啊，我们曾经看着你乘船经过，"我记起了那段往事，"我看到你的船驶过洒满阳光的河面，去往宫廷，那时我们一家都被关在黑暗的地下室里。"

他说他当时跪倒在地，接受亨利六世的祝福，国王的双手摩挲着他的头顶，就像来自圣徒的触摸。"比起国王，他更像个圣人。"他急切地对我说，就像一个迫切渴望别人相信的传道士，"你可以感觉得到，在国王外衣下的他是个圣徒，像个天使。"说完他突然陷入沉默，也许是记起这个人已经在睡梦中被我父亲谋杀，这疯国王就跟小孩子一样愚蠢，居然相信约克王朝口是心非的礼敬。他用责难的口气说："他是个圣人和殉道者，他说完祷辞后才姿态优雅地死去。他死在了和异教徒、叛徒、弑君者相差无几的小人手中。”

“我想大概是吧。”我小声说。

我们的每一次交谈似乎都在提醒彼此曾经发生过的那场争斗，我们的每一次亲密接触都在我们中间留下血痕。

他意识到自己做下了一件最最邪恶的事情：在开始博斯沃思之战，杀死理查德的前一天，他宣布称王。如今每一个为涂过圣油的国王战斗过的人都能被他冠上叛徒的罪名，合法处死。这一行为颠覆了公理，让他以暴君形象拉开了统治序幕。

“前人从没做过这样的事。”我评论说，“就连约克和兰开斯特国王都没有过，他们认为两个王族的争斗是一种竞争，一个人有权选择为哪一方效忠。他们并非叛国，他们只是输了。可你的所作所为却在告诉世人，成王败寇。”

“看起来很无情。”他承认。

“简直就是两面三刀。他们当初是在拥护合法国王抗击侵略，怎么能被称为叛国者？这违背了法律和常识，一定也违背了上帝的意志。”

他露出笑容，仿佛没有什么比建立都铎王朝更重要，对于这一点他毫不怀疑。“啊不，这肯定没有违背上帝的意志。我母亲是最圣洁的女人，她就不这么认为。”

“那她要做唯一的法官吗？”我言辞激烈地问，“代表上帝的意志？代表英格兰的法律？”

他回答：“当然，我只相信她的判决。”他说完笑起来：“我肯定会先接受她的意见，再考虑你的。”

他喝完一杯酒，兴致勃勃地示意我到床上去，我猜他是想借此来掩藏自己的不快。我脸朝上躺下，浑身僵硬得像一块石头。我从不脱掉衣裙，也从不在他掀我衣服的时候帮他一把。我没说一句反对的话，只是默默地别过脸面对墙壁，等待着他的进入，可是这一次，他俯下身来，破天荒地亲吻了我的脸。这一吻落在我的耳朵上，可我忽略了它，仿佛刚刚落在耳朵上的不是吻，而是一只苍蝇。

1485年圣诞节

伦敦　威斯敏斯特宫

如此三周之后，我找到母亲。

“我月信没来，”我淡淡地说，“我猜这是个征兆。”

母亲的喜悦溢于言表：“噢！亲爱的！”

“他必须立刻娶我，我不能被他们公然羞辱。”

“他找不到拖延的理由了。这就是他们想要的。你可真是有出息！不过我和你外婆也一样。我们都是多子多福的女人。”

“对。”我说，可我无法让自己的声音带上一丝愉悦，“可我不觉得幸运。这个孩子的孕育不是因为爱情，而且他的母亲还是个未婚女子。”

她没有理会我语音里的忧郁和我紧绷的苍白面容。她把我拉到身边，一只手覆上我的腹部，那里平坦依旧。“这是上帝的赐福，”她向我保证，“这个新生儿，也许是个男孩，是个王子。他是不是被强迫孕育的有什么要紧，要紧的是他将来长得又高又壮，有朝一日成为英格兰王座上的约克玫瑰，让我们的王朝得到延续。”

我静静地站在原地承受她的抚摸，就像一头怀了孕的温顺母驴，我知道她说得很对。“谁去告诉他呢，你还是我?”她立刻做出安排，“你去告诉他。从你口中听到这个消息会让他很开心。这是你能带给他的第一个好消息。”她朝我微笑，“我希望以后还有很多。”

我没法回以微笑。“我也这么想。”

这天夜里他来得很早，我像往常一样服侍他喝完酒，等他准备带我上床时，我抬手拒绝了他。

“我月信没来，”我小声说，“我可能怀孕了。”

他脸上的喜悦是那么真切，那张瘦削的脸刷地红了。他握住我的手，拉着我走近他，仿佛下一刻就会给我一个拥抱，满怀爱意地将我搂紧。“啊，我真高兴！”他激动地说，“太高兴了。谢谢你告诉我这个消息，它让我的心更软更轻了。上帝保佑你，伊丽莎白。上帝保佑你和你带来的孩子。这是个了不起的消息，是最好的消息。”他转头面向火炉，又回头望着我，“这消息太好了！你真美！真能生养！”

我面若冰霜地点了点头。

“你觉得他会是一个男孩吗？”他问。

“现在说这个还为时过早。”我冷冷地说，“女人也会因为心情忧郁或受到惊吓而停经。”

“那我希望你没有不快乐，也没有受到惊吓。”他高兴地说，似乎想忘记我满心悲怨和被他强暴的事实，“我希望这里有个都铎男孩儿。”他轻拍我的腹部，这个触摸多么理所当然，仿佛我们已经是一对夫妇，“这意味着一切，”他说，“你告诉你母亲了吗？”

我摇了摇头，对他撒谎让我感觉到一丝快意：“我想把这个快乐的消息留着，头一个告诉你。”

“我今晚一回家就把这件事告诉母亲，”他完全忽略了我冷冰冰的语气，“没什么消息比这更好了。她一定会请神父唱赞美颂。”

“你到家会很晚了，”我说，“现在已经过了午夜。”

“她会等着我，”他说，“在我回宫之前，她绝不会入睡。”

“为什么不睡?”我被他的话转移了注意力。

他脸色微红，不好意思地承认:“她喜欢看着我躺到床上，给我一个晚安吻。”

“她给你晚安吻?”我想象不出那个会派儿子来强暴我的冷酷女人给他晚安吻的模样。

“多少年来，她都不能在我入睡前亲吻我，”他的声音很轻，“多少年来，她都不知道我睡在哪里，甚至不知道我是不是安全。她喜欢在我额头上划十字，给我一个晚安吻。不过今晚她过来问候我时，我会告诉她你怀孕了，我希望是个男孩!”

“我觉得我怀孕了，”我小心翼翼地说，“可日子还早，我不能确定。别告诉她我确定了。”

“我知道，我知道。你也许觉得我很自私，一心只想着都铎王朝。可要是你生了个男孩儿，你的家族会成为英格兰王族的一分子，你儿子会成为国王。随着婚礼的举行和孩子的降生，你将拥有你生来应得的地位，玫瑰战争会永远终结。事情本该是这样。对这场战争和这个国家来说，这是唯一的幸福结局。你会把和平带给我们所有人。”他深情地看着我，仿佛想把我拥入怀中亲吻，“你已经把和平和幸福的结局带给我们了。”

我用肩膀挡住他:“我想到了另一个结局。”说这话时，我回想起我爱过的那位国王，他也曾希望我为他诞下一个儿子，他说我们要叫他亚瑟，亚瑟王的亚瑟，那会是一个在无数次秘密相会的爱意中孕育的王位继承人，而不是像现在一样，来自于冷酷的决定，生发于无尽的痛苦。

“即使到了现在，事情也会有变数。”他一边谨慎地说着，一边温柔地握住我的手。他压低了声音，仿佛这间全宫最隐秘的房间里也会有窃听者:“我们还有敌人。他们藏在暗处，可我知道他们的存在。要是你生了个女儿，对我来说不是件好事，因为所有打算都会泡汤。不过我们会行动起来，祈祷你肚子里的是个都铎男孩。我会让母亲安排婚礼，至少我们现在知道你能生育。就算你这次没能生下儿子，我们也知道你能怀孕，下一次我们也许就能得到一个男孩儿了。”

“要是我没有怀孕，你会怎么做？”我好奇地问，“要是你睡了我，我却没怀上孩子呢？”我开始意识到一件事：这母子二人一定事先计划好了一切，他们一直在未雨绸缪。

“还有你妹妹。”他直言不讳，“我会娶塞西莉。”

我倒吸一口凉气：“你不是说过要把她嫁给约翰·威尔斯爵士吗？”

“没错。可要是你不能生育，我还得娶一个能为我生儿子的约克公主，那就只能是她了。我会取消她和约翰的婚礼，娶她为妻。”

“那你也会强奸她喽？”我啐了一口，甩开他的手，“头一个是我，下一个轮到我妹妹？”

他耸起双肩，摊开两手，一个彻彻底底的法国姿势，半点儿也不像个英国人。“这是当然。我别无选择。我必须要知道我妻子能否为我生个儿子。你要知道，我夺取王位不是为了我自己，我娶妻也不是为了我自己，而是为了缔造一个新王室。”

“那我们就和这个国家最穷苦的人没什么两样。”我恨恨地说，“他们只会等到怀上孩子才结婚。他们总说自己只买怀崽的母牛。”

他咯咯笑起来，没有半点儿难为情。“是吗？那我确实是个英国人。”他一边系腰带一边笑个不停，“到头来我竟然是个英国农民！我今晚会告知母后，她明天一定会来看你。我每晚在这里忙活的时候，她都在祈祷呢。”

“她在你强暴我的时候祈祷？”

“这不是强暴，”他说，“以后别说这样的话。你这么说真是太傻了。从订婚之日起，我们之间就没有强暴一说了。作为我妻子，你不能拒绝我。作为你的未婚夫，我有权力拥有你。从现在起，你绝不能拒绝我，直到你死去为止。记住，我们之间没有强奸，只有我的权利和你的义务。”

他注视着我，那目光让我咽下快要脱口而出的抗议。

他不忘提醒我：“你所在的一方在博斯沃思惨败，你是战利品。”

1485年圣诞节

伦敦　冷港宫

为了庆祝圣诞节，我被邀往我未婚夫的宫廷。一到他母亲执掌的冷港宫，我立刻被带往全宫最豪华的房间。我率先走进大门，母亲和两个妹妹紧随其后，我们四个人的出现让整个房间很快安静下来。一个正在朗读圣经的侍女抬头看见了我，诵读的声音越来越小，最后彻底沉默。玛格丽特夫人坐在华盖下的一张大椅上，和加过冕的王后一样派头十足；她也抬起头来，气定神闲地打量着向她走来的我们。

我向她行了个屈膝礼。借助眼角的余光，我看到身后的母亲小心估量着屈膝程度，礼毕后立刻站了起来。我们先前在母亲的房间里反复练习过这个最艰难的动作，试着确定精准的礼敬程度。母亲如今对玛格丽特夫人极其反感，我也绝不会原谅她指使儿子在婚礼之前强暴我的行为。只有塞西莉和安妮作为一对未成年的公主，向国王高高在上的母亲行了大礼。塞西莉起身时还露出讨好的笑容，因为她是玛格丽特夫人的教女，蒙这位最有权势的夫人照顾才定下婚事。我妹妹不知道，我也绝不会告诉她，要是我怀孕失败，他们会像之前对待我那样冷酷地对待她，她将落入和我一样的处境，被亨利强暴，而这个面容冷漠的女人会在她受辱之时祈求一个孩子。

“欢迎来到冷港宫。”玛格丽特夫人说。我心想，这名字起得真好，这里不正是一个最冷漠，最叫人痛苦的地方吗？“欢迎来到我们的首都。”她继续说。哈，我们这几个女孩儿在伦敦长大的时候，她还和她那个平庸的丈夫住在乡下，她儿子是个流亡者，她的家族彻底溃败。可如今她的神情是这样傲慢，语气是这样自然，仿佛这一切从来没有发生过。

母亲环顾着房间，留意到靠窗的座椅上铺着二等布坐垫，上好的挂毯被粗劣的复制品取代。看来玛格丽特夫人真是个最俭省的管家。

“感谢您。”我说。

“我把婚礼的所有事务都安排妥当了。”她说，“你下周可以来皇家司衣库裁制礼裙。你的妈妈和妹妹也能一起来。我已经决定让你们一家都参加婚礼。”

“我要参加我自己的婚礼？”我冷冷发问。她果真羞恼地涨红了脸。

“还有你的全家。”她纠正我。

母亲向她回以清冷的微笑：“那约克王子呢？”

四周突然鸦雀无声，仿佛整个房间一下子被冻住了。“约克王子？”玛格丽特夫人慢吞吞地重复着这句话，我能听出她声音里的颤抖。她凝视着母亲，眼神透出惶恐，仿佛某种可怕的东西即将暴露人前。“你是什么意思？什么约克王子？你在说什么，你到底在说什么？”

母亲迎上她的目光，面无表情：“难道您已经忘记约克王子了？”

玛格丽特夫人的脸色越来越苍白。我能看到她惊慌地抓紧扶手，指甲全都失去血色。我瞥了母亲一眼，她对此十分享受，活像一个用长杆戏熊的耍熊人。

“你是什么意思？”玛格丽特夫人的声音因为恐惧而变得尖利。“你不能这么暗示……”她微微喘了口气，仿佛对将要说出口的下一句话感到恐惧，“你现在不能这么说……”

一位侍女走上前来：“殿下，您还好吗？”

母亲带着超然事外的兴致观察着她，谁让她是有能力观察到事物转换的法师呢。这位暴发户国王的母亲已经被约克王子四个字吓到崩溃了。母亲饶有兴味地看着这一幕，随后把她从咒语里解放出来。“我指的是沃里克的爱德华，克拉伦斯公爵乔治的儿子。”她温和地说。

玛格丽特夫人长长地舒了一口气，就连附近的气流都在颤抖：“啊，沃里克男孩，啊，沃里克男孩，沃里克男孩，我把他给忘了。”

“不然还有谁？”母亲甜甜地问，“您以为我在说谁？我还能说谁？”

“我没有忘记沃里克家的孩子。”玛格丽特夫人又恢复了端庄的仪态，“我为他们定好了长袍，也为你的小女儿们定好了礼裙。”

“我真高兴。”母亲愉快地说，“那我女儿的加冕礼呢？”

“随后举行。”玛格丽特夫人仍然没有从刚才的惊惧中完全恢复过来，边说边掩饰着喘息，将快要出口的话生生咽下，活像一条在陆地上挣扎的鲤鱼，“在婚礼之后。时间由我决定。”

一个侍女送上一杯浓葡萄酒，她呷了两小口，美酒让她的脸颊恢复了血色。“婚礼之后，他们夫妇要参加游行，在百姓面前亮相。加冕礼会在继承人出生后举行。”

母亲漫不经心地点点头，仿佛此事与她无关。“当然，她生来就是公主。”她这样说，暗暗为天生的公主远远强过篡位的国王而高兴。

“我盼望有孩子诞生在温彻斯特，在古老王国的中心，这里是亚瑟王的国度。”玛格丽特夫人努力地重建着自己的权威，“我儿子是亚瑟·潘德拉贡的后代。”

“真的吗？”母亲惊呼一声，声音甜腻得要命，“我还以为他是一个都铎私生子的儿子呢，那个私生子的妈妈不是瓦卢瓦的寡妇公主吗？还有那场从未证实过的秘密婚礼呢？他的祖先是怎么追溯到亚瑟王的？”

玛格丽特夫人气得脸色发白，我想要拉住母亲的衣袖，提醒她别捉弄这个女人。她已经靠提起约克王子折腾了玛格丽特夫人一遍，我们如今有求于这座新宫廷，激怒这里地位最高的女人没有好处。

“我不需要向你解释我儿子的血统，你的婚姻和封号还是靠我们才恢复的，在这之前，你头上还扣着通奸者的帽子呢。”玛格丽特夫人不客气地说，“我已经把婚礼安排告诉你了，待会儿就不耽搁你了。”

母亲昂头微笑。“那我可要谢谢您。”她姿态高贵地说，“十分感谢。”

“我儿子要见见伊丽莎白公主。”玛格丽特夫人朝一个男侍点头，“把公主带到国王的私人房间去。”

我别无选择，只能穿过相连的房间，来到亨利的会客室。这母子二人似乎从来不会相隔太远。他坐在一张桌子前，我立刻认出桌子的原主人是理查德，而它最初是为我父亲爱德华四世打造的。看到亨利像国王一样坐在我父亲的椅子里，在理查德的桌子上签署文件，我有种怪异的感觉，直到我记起他的确是国王，他苍白忧虑的面庞将镀印在英格兰钱币上。

他正向一个脖子上挂着便携式书写文具箱的书记官交待着什么，手里拿着一支羽毛笔，耳后别着另一支。看见我后，他露出一个大大的微笑以示欢迎，挥手让书记官退下。那人一走出去，卫兵们就关上了大门，房间里只剩下我们俩了。

“她们是不是像谷仓顶上的猫一样互吐口水？”他咯咯笑起来，“她们两人没伤和气吧？”

他的话让我感到宽慰，差点儿忍不住想要回应他的关怀，但我控制住了自己。“你妈妈和往常一样颐指气使。”我冷冷地说。

他脸上浮起愉快的笑容，也许皱起的眉头代表他对她的指责，可那简直微不足道。“你得理解她，她为这一刻等了一辈子。”

“我确信我们都知道这一点。她告诉了每个人。”

“我感激她为我付出的一切。”他冷峻地说，“我不想听到一句反对她的话。”

我了然地点点头："我知道。她也和每个人说过了。"

他起身离开椅子，绕过桌子向我走来。"伊丽莎白，你会成为她的儿媳。你要学着尊重她，敬爱她，重视她。你要知道，在你父亲执政的二十多年里，我母亲从没放弃过她的目标。"

我咬了咬牙。"我知道，"我艰涩地说，"人人都知道。她也把这件事告诉大家了。"

"你得欣赏她。"

我没法强迫自己说出欣赏她的话，只能小心翼翼地说："我母亲也是个执著的女人。"我偷偷地想，可我不像个幼儿一样崇拜她，她也不会一天到晚只围着我转，仿佛她的生活中别无所有，只有一个被宠溺的孩子。

"她们现在肯定针锋相对，可她们从前是朋友，甚至还是盟友。"他提醒我，"等我们结了婚，她们就成亲家了。将来她们会疼爱同一个孙儿。"

他停了下来，似乎希望我说说她们的孙子。

我默不作声，没有回应他的期待。

"你还好吗，伊丽莎白？"

"很好。"我不想多费唇舌。

"你的月经没来吧？"

我咬紧牙关，和他一起讨论如此私密的问题让我难堪。"没有。"

"那很好，太好了。"他说，"这是最重要的事！"如果现在既得意又兴奋的人是我深爱的丈夫，那真是件乐事；可面前欢天喜地的人是他，这让我烦躁不已。我用不着痕迹的仇恨眼神注视着他，一声不吭。

"好了，伊丽莎白，我正想告诉你，我们的婚期定在了圣玛格丽特节。我妈妈全都安排好了，你什么也不用操心。"

"除了走过通道和说我愿意，"我补充了一句。"我必须说出我愿意，我想就连你妈妈也不会否认这一点。"

他点了点头："说你愿意，而且表现得幸福愉快。英格兰人想看到一个快乐的新娘，我也一样。要是你做到了，我会很高兴的，伊丽莎白。这是我的心愿。"

圣玛格丽特和我一样是个公主，可她在修道院里清贫度日，很快死去。我婆婆选择这天作为婚期的心思瞒不过我。"'谦卑和忏悔'，"我说出她为我挑选的这句格言，"像圣玛格丽特一样谦卑和忏悔。"

1486年1月18日

伦敦　威斯敏斯特宫

我是个冬日新娘，婚礼当天的早晨寒冷刺骨，如同我的心。我被打在窗户上的霜花唤醒后，贝丝走进房间，请求我待在床上，等她封好炉火，把我的亚麻底衣摊开烤暖后再起身。

我翻身下了床，她帮我脱下睡衣，穿上底衣。这些衣服是全新的，白色亚麻裙边上装饰着纯白的丝绣。穿好里衣后又穿外袍，袍子是用红色绸缎做的，袖子截去一段，领口张开，露出黑色丝缎内袍。她手忙脚乱地系着我胳膊下方的束带，另外两个侍女系背后的。这套衣服比我第一次试穿时紧了一些，我的胸脯更丰满，腰也更粗了。我留意到了这些变化，可别人还没有。我失去了我情人爱慕的形体，不再是他用久经沙场的结实身躯紧紧拥抱过的轻盈少女。我的体态将会变成我婆婆希望的那样：一颗浑圆的梨，一件容纳都铎种子的器皿，一个罐子。

我站在原地任她们摆弄，就像一个用稻草塞进短袜里做成的人偶，在她们的手中绵软无力。锦袍的颜色深沉富丽，衬得我的金发更加耀眼，皮肤泛着清冷的白光。这时门开了，母亲走进来。她已经穿好奶油色礼裙，裙上绣着绿色和银色的花纹，装饰着缎带；头发松松地束在背后，过会儿她会把发丝盘进沉重的头巾里。我第一次留意到那头金发里掺杂着不少银丝：她再也不是金王后了。

“你看上去真动人。”她说完给了我一个吻，“他知道你穿红色和黑色吗?”

“礼裙是他妈妈看着试好的。”我没精打采地说，“她亲自挑选了布料，他自然知道。她总是了解一切，然后告诉他。”

“他们不想要绿色?”

“他们想要兰开斯特红，”我话音酸涩，“殉道者的红色，妓女的红色，血一样的红色。”

“别说了，”她命令我，“今天是你的大喜之日。”

她向我伸出手来。感受到她的触摸，我喉头一紧，整个早上模糊着我视线的泪水从两腮簌簌而下。她用手背轻轻擦拭，擦干一边，再擦另一边。“别哭了。”她柔声命令我，“我们无路可走，只有顺从和微笑。对我们来说，胜败都是常事，重要的是我们一直，一直在往前走。”

“我们，约克王朝?”我怀疑地问，“婚礼之后，约克王朝就要结束，成为都铎王朝的天下了。这不是我们的胜利，而是最后的失败。”

她露出她那神秘莫测的笑容。“我们，梅露西娜的女孩儿。”她纠正我，“你外婆来自勃艮第王室，先祖是水中仙女，她从没忘记过自己既是王族，又有魔力。我像你这么大时，弄不清她是真能召唤暴风雨，还是为自己的好运找个托辞。可她教会我，如果一个女人知道自己要什么，并且一往无前地向它走去，这就是世上最强大的力量。

“你称它魔法也好，决心也好，都无关紧要；你下咒也好，谋算也好，也都不重要。重要的是你必须明白自己想要什么，然后鼓起勇气一心追求。你会成为英格兰王后，你丈夫是国王。约克家族将凭借你夺回失去的宝座。走出悲伤吧，我的女儿，这并不重要，只要你走向你想去的地方。”

“我失去了心爱的男人，”我悲伤地说，“可今天我却要嫁给杀死他的仇人。我觉得我到不了想去的地方。我觉得英格兰不再有这样的地方，世上也不再有这样的地方。”

我从容自信的母亲差点儿哈哈大笑起来："你现在当然会这么想！你今天要嫁给一个你看不起的男人，可谁知道明天会发生什么？我无法预测未来。你出生在乱世，而今即将嫁给一个国王，也许你会看到他受到挑战，看到他垮台。也许你会目睹他倒在泥泞里，死在叛军的马蹄之下。我要如何知晓未来？没有人能。不过我能确定一件事：今天你会嫁给他，成为英格兰王后；你将把和平带回这片被他引来的战火灼烧的土地；你能保护你的朋友和族人，把一个约克男孩儿推上宝座。所以笑着走向你的婚礼吧。"

当我穿过威斯敏斯特大教堂西门时，银色的喇叭突然吹响，我看到亨利站在教堂台阶上。我是一个人走来的。这场婚礼有一个讽刺之处：只要还有一个能护送我出席婚礼的男性族人，那亨利就当不了英格兰国王，更不可能笑容羞涩地等着我。可我父亲死了，我的两个约克叔叔死了，我的小弟弟爱德华和理查德失踪了，多半凶多吉少。沃里克的小爱德华是唯一存活下来的约克男丁，他正由玛姬陪护着站在观礼台上，我经过时，他上下摆动脑袋，向我做了个滑稽的皇家姿势，似乎在说：我同意！

走在我前面的亨利穿得金光闪闪。他母亲决定牺牲典雅来炫耀华贵，所以他浑身上下的衣饰都用金丝缎裁成，活像尊新铸成的金像，又像个新发家的财主。她想让他看起来像个帝王，像尊镀金神像，让我看起来暗淡、木讷和谦逊。但我黑红相间的衣袍却被他的俗丽衬得更加亮眼，散发出无声的威严。我能看到他母亲的目光在我们之间换来换去，疑惑为何我看起来仪容尊贵，而他看上去像个江湖骗子。

这件礼裙的正面做了许多褶皱与堆积，所以没人能看出我的肚子变大了。我怀孕一个月了，有可能更长；但只有国王、他母亲和我母亲三人知道。我暗暗祈祷他们没有告诉别人。

大主教在等着我们。祈祷书已经翻开，他苍老的脸庞笑吟吟地面对着登上圣坛台阶、向他走来的我们。他是我的亲戚托马斯·波切尔。他两手颤巍巍地握住我的手，放进亨利温热的掌中。大约二十五年前，他为我父亲加冕，后来又为我母亲加冕；他也曾为亲爱的理查德和他妻子安妮戴上皇冠。如果我所怀的是个男孩儿，那他无疑会为这个名叫亚瑟的孩子行洗礼，随后为我加冕。

当我站在他面前时，他沟壑纵横的圆脸上流露出单纯的善意和祝福。如果过去种种没有发生，他会主持我和理查德的婚礼，我将身穿装饰着白玫瑰的白礼裙站在这里，嫁为人妇，在一场隆重的仪式中戴上后冠。我会成为一个幸福的新娘，一个快乐的王后。

他慈爱的目光落在我的脸上，我感觉自己陷入一个幻想，就像来到我的梦里，如同我一心希望的那样，在婚礼当天站在这个圣坛的台阶上。这些错觉让我几乎昏眩过去，恍惚中，我拉住亨利的手，重复着我自以为在对另一个男人说起的话："我，伊丽莎白，愿与亨……亨……"我结巴起来，仿佛不愿意说出这个错误的名字，不愿意从梦中醒来，回到这尴尬的现实中。

真是糟糕，我没法说出另一个词，没法喘气，我的许诺对象并非理查德这一可怕的事实哽住了我的喉咙。我开始呼吸困难，想必不一会儿就会干呕。我感到自己在出汗，两腿发颤，越来越虚软。我无法强迫自己说出那个错误的名字；我无法做出承诺，把自己许给除理查德之外的任何人。我又试了一次："我，伊丽莎白，愿与……"说到这里，我又被哽得说不下去。没希望了，我说不出来。我微微喘咳一声，抬头注视着他的脸。我控制不住我自己，我像憎恨仇人一样恨他，难以自抑地梦见他的敌人，我说不出他的名字，我不可能嫁给他。

平庸而真实的亨利立刻明白我出了什么事。他用手指狠狠掐住我柔嫩的掌心，指甲刺进肉里。我痛得尖叫一声，他严厉的棕眼睛从雾气里浮现出来，我清楚地看到他一脸怒容。我急忙呼出一口气。

“说！”他愤怒地低语。

我控制住自己的情绪，又说了一次，这次说对了：“我，伊丽莎白，愿与亨利……”

婚宴在威斯敏斯特宫举行。大家在宴会上向我行屈膝礼，仿佛我已然是个王后，不过我的女领主，国王的母亲会偶尔故作随意地向人说起我是国王的妻子，不过还没有加冕。宴会过后就是舞会，一群技艺娴熟的伶人开始上演百戏：杂耍艺人表演杂技，唱诗班唱歌，国王的弄臣也在其中讲着下流笑话。母亲和妹妹们赶紧护送我到卧室去了。

壁炉里的炭火已经燃了很久，房间里非常温暖，飘散着松果燃烧的气味。母亲递给我一杯啤酒，这种酒是专为婚礼酿造的。

“你紧张吗?”塞西莉问我，她的声音像蜂蜜酒一样甜美。我们还没有得知她的婚期，她如今焦虑得要命，生怕别人忘记她会是下一个新娘。“我确定我新婚之夜会胆怯。我知道，轮到我的时候，我将是一个紧张的新娘。”

我只说了一个字：“不。”

“怎么不扶你姐姐躺到床上去呢?”母亲向她建议。塞西莉掀开被褥，把我推上高高的大床。我靠到枕头上，悄悄按下心中的忧惧。

我们听到国王和他的朋友们走近大门。头一个进来的是大主教，他先洒了圣水，然后在婚床上方祈祷。跟着他进来的是玛格丽特夫人，手里攥着一个象牙大十字架。随后进来的是满脸通红的亨利，他笑嘻嘻地走在一群男人中间，那些人一边拍他的背，一边说他赢得了全英格兰最好的战利品。

玛格丽特夫人冷冷地扫了他们一眼，警告他们注意自己的言行。侍童上前掀开被子，贴身男仆帮亨利脱下缀满珠宝的厚长袍，他穿着漂亮的绣花白亚麻睡衣滑进被子里，挨在我身边。我们坐起来，喝了婚礼啤酒，就像两个就寝时乖乖听话的孩子。此时大主教也完成了祷告，向后退下。

婚礼宾客们不情愿地走了，母亲向我微微一笑以示道别，也领着妹妹们出去了。最后离开的是玛格丽特夫人，当她走到门口时，我看到她回过头来看着她的儿子，似乎在努力克制着走回床边，再拥抱他一次的冲动。

我记起他曾经告诉过我，他多年来不曾在临睡时得到她的亲吻和祝福，她如今喜欢看着他上床入睡。我看到她站在门口犹豫不决，似乎舍不得与他分开。我朝她一笑，摊开我的手，轻轻搭在她儿子的背上，作出一个宣示占有的温柔触摸。“晚安，母后。”我对她说，“这是来自我们两人的祝福。”我在她眼前拈住亨利考究的亚麻衣领，衣领上有她亲手绣制的白色花纹。我就这样拉着它，仿佛拉住了一头作势待扑的猎犬，而我是它的绝对主人。

她站在原地看了我们一会儿，微张着嘴巴，深吸了一口气。我把头歪向亨利，做出一个想把头靠在他肩上的姿势。他脸色绯红，笑得十分骄傲，以为自己的母亲正为这一幕感到欣慰：宝贝独子坐在婚床上，身边依偎着一个真正的公主，一个美丽的新娘。只有我知道，看到我的脸颊靠着他的肩膀，看到我在他的床上微笑，她一定嫉妒得发狂，心中有如饿狼在撕扯。

她面容扭曲地关上了门，门锁咔嗒一响，卫兵交错长矛的声音随后而来。我们不约而同地松了一口气，似乎终于等到独处的一刻了。我抬起头，把手从他肩上拿开，不料他一把抓住，把我的手指按上他的锁骨：“别停下来。”

我厌恶的神情让他一下子明白了事实：我刚刚并非在爱抚他，而是在他母亲面前作态。“啊，你刚才在做什么？小女孩儿的恶作剧吗？”

我把手抽了回来，倔强地回答：“没什么。”

他阴沉地逼向我，我突然害怕起来。我也许让他生气了，他被怒火一激，一定打算用和我上床的方式来证明这段婚姻，让我尝尝苦头。可他很快记起我怀了孩子，也许整个孕期都不能碰我。他气冲冲地下了床，把那件华贵的婚礼长袍搭在肩上，往椅子边拖了张写字桌，点燃一支蜡烛。我意识到对他来说，这一整天都被这一刻给破坏了，他也许会说：啊，一分钟的小意外毁了我的一天！他会记住这一分钟，而忘掉那十几个小时。他总是焦虑不安地寻找挫折，这证明了他的悲观。在将来的日子里，他一定会用怨愤的心情回想教堂、典礼、宴会，回想这些曾经带给他喜悦的时刻。

“我真是个傻瓜，我以为你爱上了我。”他毫不掩饰内心的失望，“我以为你在温柔地抚摸我，我以为我们的结婚誓言已经打动了你的心，我以为你把头靠在我肩上是因为爱慕。我真是傻。”

我无言以对。我当然没有爱上他。他是我的仇家，是杀我情人的凶手，是强暴我的人。他怎么还能幻想我们之间会有爱情？

“你可以睡了。”他头也不回地对我说，“我要去看几份请愿书，这世上到处都是有求于我的人。”

我对他的坏脾气毫不介意。管他生气也好，或者像现在这样被我伤害了也好，我绝不会放任自己去关心他。他要自我安慰还是生一整晚闷气，都随他去。我拉下枕头垫着脑袋，抚平裹着圆肚子的睡衣，背对着他。这时我听到他说：“啊，我忘了点儿事。”我侧头瞥了一眼，惊恐地看到他手里握着一把刀，刀已经出鞘，壁炉的火光在裸露的刀刃上闪亮。

我吓得一动也不敢动。我心想，亲爱的上帝呀，我把他气成了这样，他现在要杀了我，报复我给他戴了绿帽子，杜绝将来的丑闻，我还没跟妈妈道别呢。我又不由自主地想起先前借给沃里克的小玛格丽特一根项链，让她在婚礼上佩戴的事。哎，真该让她知道，要是我没命了，这根项链就送给她。我最后想，啊，上帝，要是他切开我的喉咙，我就能毫无知觉地睡去，不再梦见理查德了。也许匕首刺下，就能把我送进理查德的臂弯里，我们将一起陷入甜蜜的死亡沉睡，他会带着宠溺的微笑，紧紧搂住我，和我一起闭上眼睛。一想到理查德，一想到能和他共享死亡，我刹那间找回了勇气，翻过身面对着亨利和他手中的匕首。

“你不害怕?”他好奇地凝视我，就像头一次见我似的，“我拿着匕首居高临下地看着你，你居然不躲？那传言是真的喽？你真的伤透了心，只求一死?”

“我不会像你希望的那样求饶。”我恨恨地说，“我已经拥有过今生最快乐的时光，不会再期望幸福了。可你还是错了，我想活下去。生比死强，做王后好过做死人。但我不怕你和你的刀子。我发过誓，绝不在意你的所作所为。要是我真的害怕了，我宁愿死也不会让你看到我恐惧的样子。”

他干笑几声，自言自语般说：“像骡子一样倔强，就像我告诫母后的……”他又放大了声音，“不，我不会割你漂亮的脖子，只是要割你的脚。把脚伸给我。”

我极不情愿地伸出一只脚，他掀开华丽的被褥。“似乎有点儿可惜。”他喃喃自语，“你真有最最完美的皮肤，脚背漂亮得让人想亲吻。这个念头有点儿荒唐，但任何男人看到此情此景，都会这么想……”说完他用刀飞快地一划，我向后一缩，痛得叫出声来。

“你伤到我了!”

“还得忍一会儿，”他用力压我的脚，几点鲜血滴落在洁白的床单上，他松开手，递过一块亚麻布，“包扎一下，明天早上就看不大出来了，就跟抓伤差不多，而且你还要穿袜子。”

我用布系住伤脚，抬头看着他。“不用表现得这么委屈，”他说，“这挽救了你的名声。明天一早，别人看到床单上的血迹，会以为是你在新婚之夜流下的处女血。等你肚子显怀了，我们会说这个孩子是在新婚之夜孕育的，他出生以后，我们会说他是八个月的早产儿。”

我用手抚上肚子，除了一点儿赘肉，我什么也感觉不到。我疑惑地问：“你怎么知道八个月的早产儿？你怎么想到要往床单上滴血？”

“是母亲告诉我的，”他回答，“她让我割你的脚。”

我愤恨不已：“我对她真是感激涕零。”

“你应该这样。她告诉我，这样就能让这个孩子变成蜜月宝宝。”亨利一本正经得让人发笑，“一个蜜月宝宝，一个受到祝福的孩子，而不是王室私生子。”

1486年2月

伦敦　威斯敏斯特宫

我是英格兰国王的妻子，可我没能住进威斯敏斯特宫的王后房间。亨利给出的理由很简单："因为你不是王后。"

我噘起嘴，气乎乎地瞪着他。

"你本来就不是！而且母亲要与我共理国务，独处一室更方便。我们的房间挨在一起挺省事的。"

"你用秘密通道，从你的房间走到她的房间？"

他的脸有些发红："这哪里是秘密。"

"那就算私人通道吧。我爸爸建这条通道，是想自由进出我妈妈的房间，不让整个宫廷跟在后头，这样他就能在全宫不知道的情况下和我妈妈行房了。他们喜欢偷偷约会。"

红潮飞快地爬上他的脸颊。"伊丽莎白，这与你何干？母亲常与我一同共进晚餐，一起祈祷。我们的房间连在一起，她来看我就更方便，我要见她也容易得多。"

我又问："你们喜欢从早到晚，在彼此的房间里进进出出？"

他羞恼地闭上了嘴。我已经学会理解他的表情。现在他紧抿嘴唇，眯起眼睛，说明我让他不好意思了。我就喜欢把他逼到窘境，这是我在婚姻生活里的唯一乐趣。

"你的意思是你想搬进王后房间，好让我在无人察觉的情况下，从早到晚进出你的卧室？你想换个新花样来讨我欢心？你想让我待在你床边，或者床上？你想让我偷偷地来和你做爱，不是为了怀孩子，而是为了情欲？你希望我们像你父母那样，羞耻地密会？”

我垂下眼帘，悻悻地说：“不，只是我不住王后房间，看起来挺怪。”

“你的房间有什么问题？你不喜欢里面的家具摆设，还是嫌地方太小了？”

“不是。”

“那你是要在墙上挂更好的挂毯？你对乐师的演奏不满意？或者是仆人们服侍得不好？还是你想吃东西的时候，厨房没有送来足量的饭菜？”

“都不是。”

“啊，那告诉我，你是不是快要饿死了？是不是孤独难耐？是不是冷得受不了？”

我咬牙切齿地说：“我的房间一切妥当。”

“那我建议你让母亲留在原来的住处，作为我的首席顾问，她很需要那个房间。你也仍然住她分配给你的房间。我会每晚来看你，直到我外出巡游。”

“你要去巡游？”这事我还是头一次听说。

他点了点头。“不过你不用去。你的身体不适合出远门，母亲觉得你最好留在伦敦休养。她和我要去北方。她认为我应该造访城镇，播撒忠诚，被万民瞻仰。我们要进一步巩固和支持者的关系，拉拢从前的敌人。都铎王朝需要在这片国土上戳下印记。”

“啊，那她肯定不想让我去。”我满怀恶意地说，“就算这不是一次都铎巡游，她也不希望一个约克公主露面。要是人们喜爱我胜过你呢？要是他们不看你妈妈也不看你，只向我欢呼呢？”

他站起身来，反应激烈：“我相信她只是顾及你的身体和我们孩子的健康，我也一样。让这个国家忠于都铎王朝势在必行。你肚子里的孩子是都铎继承人，我们这么做，是为了你和孩子的将来，我母亲这样操劳，是为了让你和她的孙子过得更好。我希望你能懂得感恩。你说你是公主，我也听说你生来就是个公主，我希望你能展现出公主的风度，也希望你能试着表现出王后的德行。”

我的眼帘垂得更低了：“请转告她我很感激，我一直，一直很感激。”

母亲走进我的房间，脸色苍白，手里拿着一封信。

“你手里拿的是什么？让人看见了可不好。”

“信是亨利国王写来的，他建议我结婚。”

我从她手里接过信，难以置信地问：“你？他是什么意思？”

我开始读信，读到一半就读不下去了。我抬头看着母亲，她无声地点着头，仿佛失去了说话的能力，嘴唇毫无血色。

“和谁结婚？等等，妈妈，你吓坏我了。他在想什么？他想让你嫁给谁？”

“苏格兰的詹姆斯。”她微微喘了口气，听起来像在发笑，“在信的末尾，那些客套的问候和称赞我外表年轻、身体健康的恭维话后面。他要我嫁给苏格兰国王，到千里之外的爱丁堡去，再也不回来。”

我低下头继续读信。这封信是我丈夫写给母亲的，言辞文雅礼貌。他在信里说，若母亲与苏格兰使臣会面，接受苏格兰国王的求婚，那将是对他的天大恩惠。苏格兰人会提议在今年夏天举行婚礼，他希望母亲同意婚期。

我看着她。“他疯了。他没权力下这个命令。他不能建议你再婚，他没这个胆。这一定是他妈妈的主意，你不能去。”

她抬手遮住颤抖的唇瓣："我想我必须去。他们有能耐让我去。"

"妈妈，你不能丢下我一个人！"

"要是他下了谕令呢？"

"我不能和你分开，孤身一人住在这里！"

"我也舍不得离开你。可如果国王下了命令，我们就没有其他路走。"

一想到母亲再婚，我就又惊又怕："你不能再婚！你连想都不该想！"

她用手捂住眼睛。"这件事我也不敢去想，你爸爸……"她没再说下去，"伊丽莎白，我最爱的宝贝，我曾经告诉过你，要你做一个微笑新娘；我也曾告诉我妹妹凯瑟琳，女人要嫁去哪里，没法由自己作主；我还同意了亨利为塞西莉选择的婚事。我不能假装是我们之中唯一可以幸免的人。亨利赢得了战争，他是英格兰的主人。如果他命令我结婚，就算要我嫁给苏格兰国王，我也一定会去。"

我大喊起来："这一定是他妈妈捣的鬼，是他妈妈想要赶走你，不是他！"

"对。"母亲缓缓说道，"也许是她。可她打错算盘了。这已经不是她第一次犯错。"

"怎么说？"

"他们想让我嫁到爱丁堡，以保证苏格兰国王和英国结成新联盟。他们希望我对他施加影响，让他和亨利交好。他们觉得如果我做了苏格兰王后，那詹姆斯就再也不会入侵我女婿的王国了。"

"然后呢？"我小声问。

"可他们错了，"她一副复仇心切的模样，"他们错得太离谱了。我一旦当上苏格兰王后，就拥有了指挥军队的权利，还能向我丈夫出谋献策。我不会为亨利·都铎效命的。我会劝我丈夫和亨利签订和平协议，等到我羽翼丰满，有能力掌控我的支持者，我会挥师南下，亲自起兵讨伐亨利·

都铎。”

“你要率领苏格兰军队入侵?”我吃了一惊。要是这支野蛮的军队从寒冷的北部袭来，烧杀抢掠，那将是英格兰的浩劫。“讨伐亨利?把一个新国王推上英国宝座?一个约克王族?”

她连头也没点，只是睁大灰色的眼睛。

我只问了她一个问题:“那我呢?我和我的孩子会怎样?”

我们一致商定，由我出面和亨利谈谈。出巡之前，他一连几周夜夜来我房里和我同寝。这样一来，我肚里的孩子是蜜月婴儿的说法就更令人信服。他没有碰我，因为这会伤害到在我腹中成长的婴孩；他会在壁炉边吃点儿宵夜，然后上床躺到我身边。他几乎每晚被噩梦纠缠，无法安睡，所以常在夜里跪坐祈祷，我想他一定正被过去的所作所为折磨。谁叫他起兵对抗合法的国王?谁叫他推翻上帝的准则?谁叫他伤透我的心?在漆黑的夜晚，他的良知终于压过了他母亲的野心。

他有时会陪他母亲坐坐，然后就来得晚一点儿；有时和朋友们喝酒谈笑，来时会带着点儿酒气。他那几个为数不多的朋友全是在流亡期间支持过他的人，他知道自己能信任他们，在他还是个王位觊觎者时，他们和他一样绝望。他只赏识三个人：他叔叔加斯帕，他的新亲戚托马斯·斯坦利伯爵和威廉·斯坦利爵士。他们是他仅有的顾问。今晚他来得比往常早，进屋时心事重重，手里拿着一卷纸，那是昔日的支持者们写给他的请愿书，想要分享英格兰的财富。这些赤脚的流亡者正在排队，等着领取死人的鞋。

“亲爱的，我想和您谈谈。”我穿着睡衣坐在火炉边，肩披一件红袍，头发梳得很蓬松。我给他倒了点儿热啤酒，又送上几块小肉派。

他一眼就看出了我的意图，冷冷地问:“你是要说你妈妈吧。除了这件事，你还会为什么来讨我欢心？还会为什么打扮得这么诱人？你知道我从没见过比你更美丽的女人。你一穿上红衣服，披散头发，我就知道你想引我上钩。”

“我的确想谈她。”我大方地承认，“我不想让她离开我，不想让她去苏格兰，不想让她再婚。她爱我爸爸。你从没见过他们相处的情景，他们真心相爱，而且爱得很深。我不希望她被迫再嫁，和另一个男人睡在一起，他比她小十四岁，还是我们的敌人，这……这……”我说不下去了，“让她再嫁是个糟糕的要求，千真万确。”

他面对炉火而坐，默默地看着木头燃烧成红色的余烬。

“我理解你不愿让她离开的心情。”他轻声说，“我很抱歉。但半数英国国民仍然支持约克王朝。他们固执己见，我想他们以后也不会改变。失败没能让他们退缩，反而在他们心中点燃了仇恨之火，让他们变得更加危险。他们支持理查德，将来也不会改变立场倒向我。他们中的一些人梦想你弟弟还活着，私下散布王子乘船逃走的消息。他们视我为新来者，一个入侵英格兰的人。你知不知道他们在约克郡的大街上叫我什么？我的探子告诉我，他们叫我征服者亨利，仿佛我和诺曼底的威廉一样，也是一个外国混蛋，一个王位觊觎者。他们憎恨我。”

“只要有人站出来声讨王位，而他来自约克家族，他就能号召一千人，不，也许是好几千人。”他说，“想想吧。就算你在白玫瑰旗下举起一条狗，他们也会集合到一起，为这条狗奋战至死。到时我将无路可退。不管我的对手是狗还是王子，我不得不提剑再战。我会像从前入侵英格兰一样，重历博斯沃思战役前夕的不眠不休，那时我总是睡不着，一次又一次地想象着第二天的情景。可是有一点会变得比之前更糟：这一次我没有法国军队，没有布列塔尼的支持者，没有可用来雇佣军士的法国援金，也没有训练有素的雇佣兵。在第一次战争中，我还是个乐观得可笑的青年，可如今我不是了。这一次我要依靠自己；这一次我没有支持者，只有在我赢得战役后入朝为官的人。”

他看出我对他们的鄙夷，点了点头，算是赞同我。“我知道他们趋炎附势，我心里很清楚。你以为我不知道，要是赢得博斯沃思战役的人是理查德，他们也会成为他最贴心的朋友？你以为我不知道，不管我和新的王位挑战者之间谁胜谁负，他们一定会一窝蜂地倒向胜利的一方？你以为我不知道，他们之所以个个都是我的朋友，是我最亲密的朋友，只是因为我在那个特别的日子里赢得了决战？你以为我没有担心过布列塔尼的支持者太少，而伦敦的跟随者太多？你以为我没有想过，将来不论谁打败我，他都会做和我一样的事：修改法律，分发财物，努力结交朋友，维持忠诚的友谊？”

我留意到他话中的一个词语，小声问：“什么新的挑战者？”我突然害怕他听到什么流言，譬如一个小男孩藏在欧洲的某个地方，也许还给我妈妈写过信，“你是什么意思，什么新的挑战者？”

“任何人都有可能背叛我。”他冷冷地说，“就连基督自己也不知道叛徒藏在何处！我一直得到密报，说有人私下谈论一个男孩儿，可没人告诉我他在哪儿和要干什么。要是那些人听到我所知的一半，天知道他们会怎么做。你的表弟约翰·德拉波尔发誓向我效忠，可他妈妈是你爸爸的妹妹，他还曾被立为理查德的继承人，我不知道该不该信任他。理查德最好的朋友弗朗西斯·洛弗尔躲在圣所，没人知道他的目的和计划，以及谁是他的同谋。上帝保佑，我曾怀疑过你舅舅爱德华·伍德维尔，他是从布列塔尼时期就跟随在我身边的老朋友。我还延迟释放你同母哥哥托马斯·格雷，我害怕他回到英国后策动谋反，招募那些心有二志的人。还有你妈妈家里的沃里克伯爵爱德华，他到底在学什么？谋逆吗？我如今被你的族人包围，我不信任他们中的任何一个。”

我松了一口气，至少他没得到约克王子的消息，不知道他的具体下落，外貌细节，教育情况以及政治主张。我立刻辩解道："爱德华只是个孩子，他如今完全忠于您，和我忠诚的母亲一样。我们向您保证，泰迪绝不会威胁到您的地位，我们代他向您保证。他已经发誓向您尽忠。我以全族作保，您可以信任他。"

"我希望如此，我希望如此。"他看上去已经被恐惧折腾得精疲力尽，"可即便如此，我还是必须践行一切！我必须维持国家稳定，以确保边界的安宁。我要在这里干一番大事业，伊丽莎白。我要效仿你父亲，建立一个新王室，使其在这个国家树立权威，领导这个国家走向和平。尽管你父亲做出过努力，但他在世时一直没能和苏格兰建立和平关系。要是你母亲能为了我们前往苏格兰，左右他们与英国结盟，那可帮了你一个大忙，也帮了我一个大忙，她平安继承王位的外孙会一生感激她的恩德。想象那一刻吧！把一个边疆安定的王国交给我们的儿子！她可以做到的！"

"我一定要让她待在我身边！"我像孩子般哭喊起来，"你才不会把你自己的妈妈送走！她必须时刻跟在你身边，和你离得够近！"

"她在为我们的王朝付出，"他说，"我现在请你母亲也为我们的王朝尽一份力。她依然美丽迷人，也知道该如何做一个王后。要是她成了苏格兰王后，我们会更安全。"

他站了起来，伸手搂住我变粗的腰肢，俯看我布满愁色的脸，温柔地说："啊，伊丽莎白，我愿意为你做任何事。别烦心了，你还怀着我们的儿子呢。请你别哭，这对你不好，对孩子也不好。请你别哭。"

"我们甚至连他是不是男孩儿都不知道！"我怨愤地说，"你总是这么说，可他偏不会如你的愿。"

他露出微笑："他当然是男孩。像你这么漂亮的姑娘怎么会不为我生个英俊的嫡长子？"

“我一定要我妈妈陪在我身边。”我气鼓鼓地要求。我抬头看他的脸，却瞥见了一个我从没见过的表情。他的棕眼睛是那么温暖，嘴唇是那么温柔，像极了一个坠入爱河的男人。

“我需要她在苏格兰。”他嘴上这样说，可声音却很柔和。

“我生产时不能没有她的陪伴。她必须留在我身边。要是我生产不顺怎么办?”

这是我手中最大的牌，也是一张王牌。

他果然犹豫了:“如果分娩时有她陪在你身边呢?”

我怏怏不乐地点头:“她一定得陪在我身边，直到儿子出生。有她陪着我，我分娩时会很开心。”

他在我的头顶落下一吻。“啊，那我答应你。你现在得到我的保证了。你就像个女巫，让我心甘情愿服从你的意志。她可以等孩子出生后再去苏格兰。”

1486年3月

伦敦　威斯敏斯特宫

他母亲跟在他身边，忙着打点皇家巡游。我母亲原本是操办这类事宜的好手，但她一言未发。我的女领主，国王的母亲带着一群裁缝、鞋匠和制帽师进了皇家司衣库，在里面一待几天，想为儿子缝制出一箱子华美服饰，好让他尽显国王的威仪，叫北方人心甘情愿地臣服。和所有篡位的王族一样，都铎家族对自己的权威没有信心，是以她希望亨利表现得无可挑剔。他必须扮演国王，仅仅坐上王位可远远不够。在这方面，我父亲是玛格丽特夫人唯一的参照对象，可她的盘算只会彻底落空。一想到这里，我和母亲就窃笑不已。我父亲极其高大英俊，他只要一走进房间，就会吸引所有人的目光。他总穿最时髦的款式，衣料最昂贵，配色也最得宜。他对女人有着致命的吸引力，尽管他本人并不贪求这些爱慕，但她们根本无法抑制景仰之情。一屋子的女人中，总会有一半爱上他，而她们丈夫的心中常常半是嫉妒，半是钦佩。最最可贵的是，我父亲总让美丽绝伦的母亲陪在身边，让我们这些娇丽如仙的女儿跟在身后，我们一家人就像活动的玻璃彩绘，是美丽和优雅的楷模。我的女领主，国王的母亲深知我们是无可比拟的王室家族：血统尊贵，多子多孙，相貌美丽，财富众多。在做宫廷侍女的那段日子里，她亲眼目睹了人民对我们的爱戴，他们简直视我们为神明。她如今陷入了疯狂，拼尽全力想让她那个举动笨拙，外貌平平，沉默寡言的儿子拥有能与我父亲匹敌的风采。

她把他淹没在珠宝里，想以此来解决问题。他出现在众人面前时，帽子上总别着昂贵的别针，领口总饰有无价的珍珠。他骑马时所戴的手套上镶满钻石，马鞍配着黄金马镫。她还让他穿上白貂皮，仿佛是在装扮一尊复活节游行圣像。可他看起来还是像个力不从心的年轻男人，那张脸在紫色天鹅绒的映衬下显得愈加苍白。

一天下午，我们正在威斯敏斯特宫的马厩里挑选他要骑坐的御马，他突然对我说："我希望你和我一起去。"他说话时的模样不太开心。

我吃了一惊，打量了他两遍，想确定他是不是在取笑我。

"你以为我在开玩笑？不。我真心希望你和我一起去。你是公主，生来就在做这种事。大家都说你常常在你父亲的宫廷里举办舞会，和大使们交谈。你已经游遍全国了，不是吗？你了解大部分城市和城镇吧？"

我点了点头。我父亲和理查德都很受爱戴，尤其是在北方郡区。我们会在每年夏天骑马走出伦敦，去访问英格兰其他城市，每到一处都受到热烈欢迎，仿佛我们是从天而降的天使。为了庆贺我们的到来，各郡最显赫的家族纷纷举办盛大的游行和宴会，大部分城市会献上装满金币的钱包。我数不清有多少市长、议员和治安官吻过我的手，刚开始接受这一礼仪时，我还是个坐在母亲膝上的小女孩儿，日子一长，我就能用无可挑剔的拉丁语说谢谢了。

"我必须前往各地展示自己。"他忧心忡忡，"我必须激起民众的忠诚。我必须让大家相信我会把和平与财富带给他们。难道我坐在马上，通过微笑和挥手就能做到这一切？"

我忍俊不禁："听起来是不太可能，不过事情没你想的那么坏。记住，路边的每个人走出门来，都是为了看看你。他们希望看到一个伟大的国王，就是这样。他们盼望得到一个微笑和挥手，盼望着一个快乐的君王。你只要做到这一点，大家就会放心。记住，他们不想看到别的，真的，亨利，等你对英格兰的了解更进一步，你就会明白这里几乎从未发生过什么。春天总是雨量太多，使得庄稼歉收，夏天又太干燥。只要以一个穿着得体，笑容满面的年轻国王的形象出现，你就会成为他们这些年来看到过的最了不起的人。他们都是缺乏娱乐的贫苦人，你的巡游会成为他们眼中最了不起的一幕。而且你妈妈想把你打扮成一尊圣像，裹着镶满珠宝的天鹅绒袍子，到时一定很炫目。”

“巡游时间太长了，”他发着牢骚，“我们必须在途中的每座宅院和城堡停留，聆听主人致以忠诚演说。”

“我爸爸曾说，每当演说进行的时候，他都会细数人群的脑袋，估算他们能借给他多少东西。”我主动说，“他从不听别人在说什么，他只会数牧场里的奶牛和院子里的仆人。”

亨利立刻来了兴趣：“借贷?”

“他总觉得通过国会征税太麻烦，还是直接找人借的好。国会老和他讨论国家如何运转，或者他该不该打仗，让他很烦。他喜欢向他造访的每个人借贷。演说越有激情，歌颂越夸张，他饭后开口借的钱就越多。”

亨利大笑起来，伸手搂住我丰满的腰，在众目睽睽之下把我拉到他身边。“那他们一直借给他吗?”

“差不多。”我说。我既没有挣脱，也没有靠向他，只是任他抱住我，因为丈夫有权力抱住妻子。他张开手覆着我的肚子，我能感受到他手心的温暖，很舒服。

“我也会这么做。”他说，“你父亲是对的，控制这个国家需要庞大的花费。我从国会那里征收来的每样东西都得赠送出去，以维持贵族们的忠诚。”

“啊，难道他们没用爱来回报你?”我尖刻地问。我没法控制自己的刺耳语气。

他立刻松开了我。“我想我们都清楚他们没有。”他顿了顿，继续说，“但我同样怀疑他们对你父亲的爱。”

1486年4月

伦敦　威斯敏斯特宫

经过几个星期的筹备，他们终于要出发了。玛格丽特夫人打算头两天陪儿子走上一段，然后返回伦敦。她若有胆量，一定会陪伴他完成整个皇家巡游，可她下不了决心。她舍不得放他离开自己的视线，但同时也无法对我的日常生活撒手不管，放任我脱离她的掌控。她事事亲力亲为，为我准备饭菜，监督我每天散两次步，把圣经拿给我读。她不相信别人能做好这些工作，只有她才能判断我每顿该吃多少饭，喝多少酒，只有她才能让王宫按照她的意志运转。如果她不在宫里，我也许会按照自己的喜好来主持宫内事务，或者出现比这更糟糕的情形，整座宫殿再次落入前任女主人，也就是我母亲的手里——她没法容忍这一切。

玛格丽特夫人时刻不忘制定规则，也不忘让人遵循她的规则。她开始着手把这些王宫条款写下来，让宫中的一切都按照她的要求精确运行，使这些规则在未来的年月里，甚至在她死后仍然发挥效力。我常常设想她有一天躺进了坟墓，但意志仍然统治着人间。我的女儿和孙女们会翻开王室典籍，了解到不能吃新鲜水果，也不能坐得离火炉太近，这样她们既不会着凉，也不会热坏。

“很显然，没人生过孩子。”母亲愤愤地说。她有十二个孩子。

亨利每隔一天就给他母亲写信，报告他在北部巡游时受到何种程度的礼遇，一路上接见了哪些贵族，收到什么礼物。至于我，他每周写一次，告诉我他写信的那一晚住在哪里，说他身体健康，也希望我一切安好。我会写上一封言辞合乎礼仪的回信，不用封口就交给他母亲，她读过后会把信折好，放进自己的小包裹里送给他。

大斋节来临了，宫廷要进行斋戒，不能吃肉，但我的女领主，国王的母亲觉得这种膳食对我来说太没营养。她给教皇写了一封信，要求教会允许我在节日期间吃肉，好让胎儿健康成长。没有什么比一个都铎继承人更重要，就连她出名的虔诚也要退避三舍。

年迈的红衣主教托马斯·波切尔去世了，玛格丽特夫人提出由她的宠臣，从前的谋逆者约翰·莫顿接任坎特伯雷大主教，他很快得到了任命。这位老亲戚的死叫我难过，他不能为我儿子行洗礼，也不能把王冠戴在我的头上了，这让我深觉遗憾。但约翰·莫顿就像一头良种猎犬，他时刻跟在我们身边，却从不让人生厌。他常常占据了壁炉边最好的位置，让我觉得他是我的守护者，有他在这里真是我的幸运。他来到宫廷里的每一个地方，亲近所有人，聆听每一个人的声音，解决诸多难题，无疑也把宫内发生的一切事无巨细地报告给我的女领主。我去哪里，他就跟到哪里，在关注我一举一动的同时，也及时向我给出体贴的宗教建议。他喜欢和我的侍女攀谈，以此来了解我的需要和想法。没过多久，我就意识到他清楚宫内所发生的一切，我相信他把所有事情都汇报给了她。作为她的神父和多年挚友，他建议我吃精心烹调的红色肉类，并说他会负责得到教皇许可，请我放心。他还拍拍我的手，告诉我没什么比我的健康更重要，为了我的健康和胎儿的成长，他一定会不遗余力，他还向我保证，说上帝也是这么想的。

复活节过后的某一天，母亲正和我的两个妹妹坐在我的女领主，国王的母亲的会客室里缝制婴儿衣物，一个风尘仆仆的信使出现在门前，说他带来了国王陛下的紧急信函。

这一次，玛格丽特夫人没有轻视他，更没有坚持自己的派头，打发他去换衣裳。她吃惊地看了看他严肃的脸，立刻准许他进入她的私人房间。她跟在他身后走进去，亲自关上了门，好让其他人没法偷听到他带来的消息。

母亲停下手中的针线，抬头看着信使经过。接着她微微叹了口气，像个对自己的世界感到平和满足的女人一般，继续飞针走线。塞西莉和我不安地对视了一眼。

“出了什么事?”我压低声音问母亲。

她灰色的眼睛仍然盯着手中的活计：“我怎么会知道?”

私人房间的大门一直掩闭着。不知过了多久，信使终于走了出来，径直从我们这些贵妇人面前走过，仿佛他得到了命令，要一言不发，一往无前。直到该用晚餐时，我的女领主才走出房间，神情冷峻地坐在蒙着布罩的大椅子上，静静地等待着王宫管家前来告诉她晚餐已经备好。

大主教约翰·莫顿走进来站到她身旁，似乎已经准备好跳上前来，为她做餐前祝祷。可她只是呆坐着，冷着一张脸，不说一句话。他俯下身来，仿佛想要倾听最低沉的耳语，可她仍旧毫无反应。

“国王陛下一切安好吗?”母亲问，她的声音轻柔而亲切。

我的女领主不大情愿地开了口：“一些不忠者给他带来了麻烦。王国里仍然有叛徒，我很遗憾。”

母亲扬了扬眉毛，轻轻啧了一声，仿佛也很遗憾，但她什么也没多说。

“陛下安全吗?”我小心翼翼地问。

“那个愚蠢的叛徒弗朗西斯·洛弗尔侮辱了曾经收容他的圣所，他离开了那里，起兵造我儿子的反!”玛格丽特夫人突然大喊起来，迸发的怒气简直叫人害怕。她全身颤抖，脸涨得通红。她终于不顾仪态地大喊大叫起来，唾沫四溅，恶毒的话语脱口而出，头巾被她的怒气震得摇摇晃晃，她紧紧抓住椅子扶手，好让自己不倒下来。“他凭什么？他哪来的胆？他藏在圣所里，想逃脱失败的惩罚，可现在他像只狐狸一样钻出了洞！”

“上帝宽恕他！”大主教惊呼。

我倒吸了一口凉气，几乎无法自已。弗朗西斯·洛弗尔是理查德的发小，也是他最亲密的伙伴。决战之时，他一直骑马陪在他身边，理查德摔下马后，他逃到了圣所。他不会无缘无故地出山，他一定有充足的理由。他不是傻瓜，绝不会为了一项失败的事业奔走。如果不是确定有人支持，洛弗尔是绝不会走出圣所，举起反旗的。一定有一群人，私下知道彼此的身份，并且等待着时机，也许一等亨利离开安全的伦敦城，他们就动手了。他们必定筹划妥当，准备向他发起挑战。他们的目的绝不仅仅是反对他，他们心中一定有了新的国王人选，一定想让其他人代替他的位置。

国王的母亲狠狠地瞪着我，努力寻找着叛逆的蛛丝马迹，仿佛我有卷入这场风波的极大嫌疑。她的目光是那样严厉，似乎想在我的额头上看到该隐的标记。“跟狗一样，”她愤恨地说，“他们不就是那样称呼他的吗？小狗洛弗尔？他如今像头恶犬一样走出狗窝，胆敢破坏我儿子的安宁。亨利一定心烦意乱！可惜我不在他身边！他一定很惊惶！”

“上帝保佑他。”主教伸手触摸着珍珠手链上的金十字架，喃喃有声。

母亲显出十分关切的模样：“起兵？弗朗西斯·洛弗尔？”

“他会后悔的，”我的女领主恨恨地发誓，“他和他的同党托马斯·斯塔福德，他们会后悔反对我儿子的安宁，挑战我儿子的权威。是上帝把亨利带到英格兰。背叛我儿子，就是违抗上帝的意志。他们是异教徒，也是叛徒。”

“托马斯·斯塔福德也有份？”母亲惊讶地问，“一个斯塔福德家的人也起兵了？”

“还有他那个虚伪狡诈的兄弟！他们两个！叛徒！他们统统都是叛徒！”

“汉弗莱·斯塔福德?”母亲小声惊呼，“他也跟着谋反？斯塔福德兄弟合在一起能召集多少人啊！斯塔福德这个姓氏太伟大了！陛下率军镇压他们了吗？他召集自己的军队了吗?”

“没有，没有。”玛格丽特挥了挥手，算是回答了这个问题，仿佛如果她坚持让他躲在林肯，让其他人代他出战，也没人会质疑国王的勇气，“他凭什么要去？他根本没必要亲自前往。我已经给他写了信，命令他留在后方。他叔叔加斯帕·都铎会带领手下前往战场。亨利已经召集了几千人作为加斯帕的军队，还许诺饶恕所有投降者。他给我写了信，信里说他们一路往北追击叛军，正向米德尔赫姆而去。”

那是理查德最爱的城堡，他少年时代的家园。在所有的北方郡区，人们纷纷加入弗朗西斯·洛弗尔的队伍，和理查德最亲密的朋友、少年时的伙伴站在一起，他们生长在那里，也许幼年时就认识了理查德和弗朗西斯。弗朗西斯熟知米德尔赫姆附近的所有乡村，他知道该在哪儿设伏，在哪儿藏身。

母亲一派平静：“上帝啊，我们必须为国王祈祷。”国王的母亲闻言松了一口气：“当然，当然。用过晚餐之后，全宫人员会去礼拜堂。你的建议真是太好了，夫人。我会安排一次特别弥撒。”她向大主教点了点头，后者鞠了一躬，转身离去，仿佛要去提醒上帝做好准备。

我堂妹玛姬听到这个消息后，坐在椅子里的小身体微微发抖。她知道我的女领主为祈求儿子平安而举行的特别弥撒至少会进行两个小时。这一小动作没有逃过玛格丽特夫人的眼睛，她立刻把严厉的目光转向我的小堂妹：“看来有些罪孽深重的傻瓜还在支持败落的约克王朝，尽管约克王朝已经灭亡了，所有的继承人都死了。”

我表弟约翰·德拉波尔是活着的王位继承人，他曾向亨利宣誓效忠；玛姬的弟弟爱德华是直系继承人，不过没人向玛格丽特夫人指出这一点，爱德华如今安全地待在保育室里。玛姬的目光定在脚下的地板上，一言不发。

母亲站起身来，姿态优雅地向大门走去。走到玛姬面前时，她停了下来，替她挡住玛格丽特夫人愤怒的瞪视。“我要去拿念珠和祈祷书。您需要我从圣坛上为您取来弥撒书吗？”

玛格丽特夫人的注意力立刻被转移了。“好的，好的，谢谢。把唱诗班也召到礼拜堂，每个人都要带上念珠。我们用膳后直接过去。”

祈祷的时候，我试图想象发生的一切，仿佛我拥有母亲的通天之眼，能看到从北方大道到约克郡米德尔赫姆城堡的情形。要是洛弗尔躲在这些坚固的墙壁后面，那他就能坚守数月，甚至数年。要是北方各郡呼应他起事，那义军的人数就超越了加斯帕领导的都铎军队。北方人一向拥戴约克王朝，米德尔赫姆人视理查德为明君和上帝，城堡教堂的圣坛上常年供奉着白色玫瑰，也许这些花儿会永远在那里开放下去。我斜看了母亲一眼，她虔诚地跪坐在我身边，脸庞朝上，双目紧闭，一束光照亮了她安详的面容，此刻的她像永恒的天使一般美丽，正为了人间的罪孽而苦苦沉思。

“你知道这件事吗？”说这话时我低下头，把脸朝向转动念珠的手，仿佛在对念珠说话。

她既没有睁眼也没有转头，只是张合嘴唇，似乎在吟诵祈祷词：“知道一些。弗朗西斯先生给我送来了消息。”

“他们在为我们而战？”

“当然。”

“你觉得他们会赢吗？”

一丝笑容飞快地消逝在她专注的脸上：“也许吧。不过我知道一件事。”

“什么事？”

“他们已经把都铎人吓得半死。你没看到她的脸色？你没看到她的大主教从房间里跑出来的样子？”

1486年5月

伦敦　威斯敏斯特宫

威斯敏斯特宫的外门发出巨大的嘎吱声，我这才知道宫外发生了变故。几十个人围在宫门前，撞得大门砰砰作响。我听到卫兵们用沉重的木梁抵住大门。我们住在王宫里，把伦敦隔绝在外，英格兰王室对伦敦人民畏惧至此。

我一手抚着高耸的肚子，走进母亲的房间。她站在窗边，视线越过宫墙，落在墙外的街道上，堂妹玛姬和小妹安妮站在她左右。我进来时，她只是侧过头看了看我，倒是玛姬对我说："他们的人数是宫门守卫的两倍。你看看，他们冲击着哨亭，想闯进宫里来。"

"发生了什么？"我问，"宫外发生了什么？"

"人们起事反抗亨利·都铎。"母亲平静地说。

"什么？"

"他们正聚集在宫外，已经召集了上千人。"

我感到婴儿在腹中躁动不安。我坐了下来，深吸了一口气："我们应该怎么做？"

"待在这里，"母亲的话是那么坚定，"直到我们找到出路。"

"什么出路？"我不耐烦地问，"我们待在这里就能安全？"

她回头看着我苍白的面孔，露出笑意："镇定些，亲爱的。我的意思是，我们待在这儿，直到我们知道谁赢了。"

"可我们知道起义的人是谁吗？"

她点了点头："是仍然拥戴约克王朝、反对新王的英国人。不论赢的是哪一方，我们都很安全。要是洛弗尔在约克郡赢了，要是斯塔福德兄弟在伍斯特郡打了胜仗，要是伦敦市民们占据了伦敦塔，随后包围了这里，到那时我们就出去。"

"去做什么呢？"我小声问。不断增长的兴奋和十足的忧惧让我左右为难。

"重夺王位。"母亲的语气很轻松，"亨利·都铎正为了守住江山背水一战，距他赢得这个国家，仅仅过去了九个月。"

"重夺王位！"我惊恐地尖叫起来。

母亲耸了耸肩："在亨利·都铎之后，英格兰归于统一，重获和平的希望仍然落在我们身上。玫瑰战争的战役多不胜数，这次可能也是其中一场。亨利也许只是一段插曲。"

我大喊起来："挑起这场战争的堂表兄弟都死了！兰开斯特家族和约克家族的兄弟们都死了！"

她笑着提醒我："亨利·都铎是博福特家族的表亲，而你是约克家族的女儿，你表哥约翰·德拉波尔是你姑妈伊丽莎白的儿子，你堂弟沃里克伯爵爱德华是你叔叔乔治的儿子，他们是新一代堂表兄弟。问题只在于他们想不想借战争推翻坐在王位上的这个人。"

"他是加过冕的国王，也是我的丈夫！"我提高了声音，但这并不能扰乱她，事实上，任何事都没法扰乱她。

她耸了耸肩："所以你无论如何都稳操胜券。"

"你能看清他们带着什么吗？"玛姬兴奋地叫喊起来，"你看到那面旗帜了吗？"

我从椅子上站起来，越过她的头顶看去："我从这里看不到。"

"那是我家的旗帜，"她高兴得声音发颤，"是沃里克家的锯齿旗。他们在叫我的姓氏，他们在叫‘沃里克！沃里克’！他们在呼唤泰迪！”

我的视线越过她晃动的脑袋，落在母亲脸上。“他们称呼爱德华是约克继承人。”我小声说，“他们在呼唤一个约克男孩儿。”

“当然，”她平静地说，“当然是这样。”

我们在宫里等候消息。这种等待对我来说很难熬，因为我清楚我的朋友、亲属和整个家族都拿起了武器，对抗我的丈夫。但对我的女领主，国王的母亲来说，这段日子更加艰难，她似乎已经放弃了睡眠，夜夜跪在房间的小圣坛前，白天则待在礼拜堂里祈祷一整天。忧愁让她身体消瘦，头发斑白，一想到独子远在千里之外，身陷这个不忠的国度，身边除了亲叔叔的军队之外再也没有任何保护，她就恐惧得茶饭不思。她指责背弃他的朋友和支持者，把他们的名字挨个排列在祈祷词里，斥责他们是见风使舵的小人。她不吃东西，希望通过禁食来得到上帝的赐福，可尽管如此，我们谁都能看出她日益滋长的恐惧——她儿子并没有得到赐福。因为某种不为人知的原因，上帝开始和都铎家族作对，他把英格兰王座交给了他们，却没有赐给他们守住它的力量。

在威斯敏斯特宫外的郊野村庄里，伦敦市民和都铎军队爆发着小冲突，仿佛每个十字路口都有人呼喊：啊，沃里克男孩儿！海布里发生了一场激战，叛乱者挥舞着耙子、镰刀，向装备精良的皇家卫队扔石头。传说亨利的士兵们丢下都铎旗帜，加入到叛乱的人群中。有人私下议论，说伦敦的大商人和德高望重的元老们是暴民的支持者，任凭他们游荡在大街小巷，高喊约克王朝的回归。

玛格丽特夫人下令关上临街的百叶窗，让我们没法看到宫墙之下的激战。她又下令关上其他的窗户，让我们无法听到暴民们的呼喊，他们在高喊着支持约克王朝，要求沃里克的爱德华——也就是我的小堂弟泰迪——出去向他们挥手致意。

我们不让他靠近教室的窗户，也禁止仆人们说长道短，可他还是知道了英格兰人要求他做国王的消息。

某天我来到教室听他朗读故事，他主动对我说："亨利是国王。"

"亨利是国王。"我向他确认了一遍。

玛姬闻言瞥了我们一眼，担忧地皱起眉头。

"所以他们不该喊我的名字。"他说，看起来一副逆来顺受的模样。

"对，他们不应该。"我说，"他们很快就不会再喊了。"

"可他们不想要一个都铎国王。"

玛格丽特打断了他："别说了，泰迪。你知道的，你一定要保持沉默。"

我伸手摸摸他的头："他们想要什么并不重要。亨利赢得了战争，加冕为亨利七世，不论别人怎么说，他都是英格兰国王。要是我们忘记了这一点，会犯下非常，非常可怕的错误。"

他仰起光洁的脸庞看着我，表情是那样真诚。"我不会这么做，"他向我保证，"我不会忘记这一点。我知道他是国王。你最好把这件事告诉街上的男孩儿们。"

我没有告诉街上的男孩儿。玛格丽特夫人不让任何人走出大门，直到事态慢慢平息。威斯敏斯特宫的高墙没被破坏，厚重的大门也没被强行推开。暴民们被赶走了，要么逃离了这座城市，要么回到了阴暗的藏身之所。伦敦的街道又恢复了往日的平静，我们打开了百叶窗和宫门，仿佛又做回了向人民敞开怀抱的自信统治者。但我留意到都城里仍然弥漫着阴戾的气息，宫廷侍从们一到市场，准会和商人们大吵一架。为防万一，我们在宫墙上保留了双倍警卫。北方还是没有传来任何消息，我们既不知道亨利有没有和叛军作战，也不知道谁赢了。

不知不觉就到了五月底，这是宫廷筹办夏日竞技庆典的时候。往年的这个时节，人们会三三两两地漫步在河边，练习马上长枪比武，排演戏剧，演奏音乐，向心上人大献殷勤。就在这时，一封亨利写来的信交到了玛格丽特夫人的手上，同时送来的还有他写给我的一张便条和一封写给议会的公开信。信使是我舅舅爱德华·伍德维尔，他进宫时还带来了一批穿戴光鲜的自耕农卫队，仿佛在向众人昭示：都铎的仆人能穿着制服穿越北方大道，从约克郡赶到伦敦，一路上不用担心遇到麻烦。

母亲问我："国王说了些什么？"

"叛乱平息了。"我迅速浏览着手中的信纸，"他说加斯帕·都铎追击叛军深入北方，然后班师回朝。弗朗西斯·洛弗尔逃跑了，但斯塔福德兄弟逃回了圣所。他已经把他们拖了出来。"我停住了，目光越过信纸顶端，落在母亲身上，"他破坏了圣所，推翻了教堂的规矩。他说他会处死他们。"

我把信递给母亲，讶异于自己内心的轻松。我当然希望家族恢复昔日荣光，希望理查德的仇敌惨败，有时我眼前会突然闪过亨利坠下马的画面，他在骑兵的包围下做出最后一搏，但是马蹄毫不留情地踏破了他的脑袋。每到这时，我心里就会涌起报复的快感。然而这封信给我带来了好消息，我的丈夫还活着。我腹中怀着一个都铎婴儿，除去那些私心，我并不希望亨利·都铎丢掉性命，不希望他赤裸的尸身横在无精打采的马上，鲜血滴落一地。我和他结了婚，我向他许下了承诺，我有一个尚未出世的孩子，而他是孩子的生父。也许我已经把心埋进一座荒墓里，但我把忠诚许给了国王。我是约克公主，也是都铎之妻，我的余生将与亨利共度。"叛乱平息了，"我重复着，"感谢上帝。"

"一切还没有结束，"母亲小声反对，"这只是开始。"

1486年夏

里士满　希恩宫

亨利数月未归。他正忙着继续他的大业，享受胜利果实。洛弗尔和斯塔福德兄弟的失败把那些骑墙派统统推回到都铎这一边。他们中的有些人被权力所吸引，有些人畏惧失败，但所有人都明白，当危机到来时，他们表现得不够好。汉弗莱·斯塔福德遭到了审判，因为谋反罪被处以极刑，可他弟弟托马斯逃过一死。亨利慷慨地赦免了众人的罪过，唯恐因为过分猜忌而让支持者疏远。他告诉大家他会是一个好国王，凡是愿意臣服于他的人，都会得到他仁慈的对待，只要他们乞求饶恕，就会发现他是一位极其宽宏大量的君主。

我的女领主，国王的母亲派心腹约翰·莫顿向罗马教皇请愿，罗马方面很快给予了有利的回复，称圣所的律条将作出调整，以适应都铎王室的要求——叛国者今后不能再藏身于威斯敏斯特大教堂之内，上帝会站在国王这边，执行君主的判决。我的女领主希望她儿子统治英格兰的每一个角落，就连圣所内部也不例外，她希望王权的光辉直达圣坛，笼罩通往天堂的每一条道路，而教皇被人劝服，同意了她的观点。在英国大地上，无处可以躲避亨利手下自耕农卫队的抓捕，没有一扇门可以阻隔这些森然的面孔，就算圣地也一样。

不光是圣所，就连英国法律也开始取悦都铎王朝。法官们听从国王的命令审判斯塔福德兄弟和洛弗尔的追随者，根据亨利的指示赦免一些人，惩罚另一些人。当年我父亲在位时，王权从不干涉英格兰法官的决断，除了真相，陪审团不受任何影响。可是现在，法官们会在作出判决之前等着聆听国王的喜好。被控者的罪行陈述，甚至是他们的自我辩护，都不及国王的话重要。陪审团不再向法官给出意见，也不再宣誓公正。亨利自身远离了这场纷争，只是远远操纵着没有骨气的法官们，掌控千万人的生死。

国王直到八月才返回宫中。他立刻把宫廷搬离这座威胁过他的城市，搬进郊外河畔的希恩宫，这是一座新近翻修过的美丽宫殿。我舅舅爱德华和表哥约翰·德拉波尔陪在他身边，表情轻松地骑行在皇家队列里，他们向那些并没有完全信任他们的同伴们露出微笑，在大庭广众下向我母亲致以亲戚的问候，但从不与她私下交谈，仿佛每天都在卖力地证明约克族人之间没有秘密，我们都是都铎王朝值得信赖的臣子。

很快流言四起，说国王不敢住在伦敦，他害怕城中蜿蜒的大街，阴暗的小巷，曲折的河道和默默行走其上的人。许多人说他不确定自己首都的忠诚，也不相信待在城内会安全。城里经过训练的民兵保留着武器，学徒们随时准备起来作乱。如果他是个深受伦敦人爱戴的国王，那他就拥有了一道保护屏障，一支忠诚的军队会在他的宫门前护卫着他。但他如今不能确定自己的声望，这让他时刻处于威胁之下。炎热的天气，戏剧表演中出的岔子，马上长枪竞技时发生的意外，以及逮捕一个广受欢迎的青年，都有可能引发一场让他垮台的暴乱。

亨利并不承认这些，坚持说让我们搬到希恩宫是因为他喜欢夏季的郊野，他极力称赞着宫殿的壮丽和园林的华美。他恭维我高高隆起的肚子，非让我整日坐着不可。我们一道步行去进餐时，他要我整个人倚靠在他的手臂上，仿佛我的双脚不用沾地。他对我既温柔又和气，我惊讶地发现他的归来竟让我松了一口气。他母亲先前总是焦虑得难以成眠，为身处一个不忠的国家，一座陌生的宫廷而忧愁不安，可一看到他，这些情绪统统得到了缓解。宫廷的气氛似乎变得正常了，亨利每天早晨外出打猎，回宫时会吹嘘自己猎到了新鲜鹿肉，晚上还在宫里进行游戏。漫长的夏季巡游让他的外表变得更有生气，阳光温暖了他的皮肤，他的面部表情更加柔和，时常带着笑意。去北方之前，他很畏惧那里，可当他最最恐惧的事情真的发生，而他又幸运度过之后，他再次尝到了胜利的滋味。

他每晚都到我的房间里来，有时还直接从厨房为我取来一些温热的奶油葡萄酒，仿佛平日侍奉我的上百个仆人是不存在的。我为此嘲笑他，说他拿着小罐和杯子的模样活像备餐室的下人。

他对我说："好吧，你习惯了叫人服侍的生活。你是在王宫里长大的，房间里总有几十个仆人侍奉。但在布列塔尼时，我不得不自己照顾自己，家里有时候没有仆人。事实上，我们有时连房子都没有，无家可归。"

我坐到火炉边的椅子上，可对于未来王子的母亲来说，这还不够好。

"坐到床上去，坐到床上去，把脚搁起来。"他一边要求，一边扶我上床，脱掉我的鞋子，把酒杯塞进我手里。我们就像一对平凡的小商人夫妻，在宅子里一起吃宵夜。亨利把一根拨火棍伸进火中，待它烧得滚烫后，把它投进淡啤酒罐里。啤酒顿时沸腾起来，他把酒倒进杯子里，乘酒还冒着白气时喝了一口。

"不瞒你说，约克郡之旅让我心寒了。"他直率地对我说，"那里的凄风冷雨简直可以穿透你的心，就连女人的脸都冷硬得像石头一样。他们看我的眼神，怎么说呢，就像我亲手杀了他们的儿子似的。你应该想象得出他们的模样，他们深爱理查德，仿佛他昨天才骑马巡游过那里。他们为什么会这样，为什么直到今天还拥戴他？"

我把脸埋进奶油葡萄酒杯里，好让他看不到我一闪即逝的悲伤。

“他有约克家族的天赋，是不是？”他步步紧逼，“让人民爱戴他的天赋？就像你父亲爱德华四世一样，就像你一样？这是上帝的赐福，而不是一种真实的能力。有些人就是有这种魅力，是不是？然后人们会不计一切地追随他们?”

我耸了耸肩。我不敢开口说话，我不确定自己能否平和地说出人们为何爱戴理查德，朋友们为何愿意为他奉献生命，以及为何就算他死了，依然有人为了过去拥戴他的记忆而反抗他的敌人。直到今天，如果有人在酒馆里出言不逊，说他是篡位者，仍然会有普通士兵为了维护他的声誉而大打出手；如果有谁说他是个驼背，或者病秧子，卖鱼妇们会毫不客气地拔刀相向。

“我没有这种魅力，是不是?”他坦白地问我，“不论这魅力是一种能力也好，花招也好，天赋也好，我全没有。我们每到一处，我都卖力微笑挥手，尽我所能做我该做的一切。我努力扮演着一个自信的国王，尽管我有时觉得自己像个一文不名的王位觊觎者，除了一个执著的母亲和一个宠溺我的叔叔，没有人相信我。我是什么？我只是欧洲各国君主的走卒。我从没得到过一座城市的深切爱戴，也没有军队高喊过我的名字。没有人为爱追随我，没有。”

我干涩地安慰他：“你赢得了决战，从那一天起，你就拥有了众多的追随者。那一天的胜利让你得到了一切，这是最重要的。正如你对大家说的，你是国王。你征服了英格兰，你就是国王。”

“我是靠雇佣军获胜的，雇军队的钱来自法兰西国王。这支军队是从布列塔尼借来的，一半是雇佣兵，一半是从监狱里放出来的罪犯，恶贯满盈的那种。他们为我效劳不是因为爱，而是因为钱。我是个不受爱戴的人。”他轻轻地说，“我觉得自己从没被人爱过，我也没有赢得人心的窍门。”

我放下杯子，眼神在不经意间与他相会。在这一瞬间，我看出他心里的想法：就连他的妻子也不爱他。他就是一个孤家寡人。他耗费青春等待英格兰的王位，冒着生命危险为夺取权力而厮杀，可是现在，他发现了这顶王冠的虚伪。王冠中间没有心，它是空的。

我想不出用什么方法来填补这令人尴尬的沉默，只好说："你有拥护者。"

他苦笑一声。"说的没错，我收买了考特尼家族和霍华德家族。我还有母亲为我拉拢的朋友。我可以倚靠几个追随我多年的老友，我叔叔，还有牛津伯爵。我可以相信斯坦利兄弟和我母亲的亲戚。"他顿了顿，继续说，"一个丈夫这样问妻子或许很奇怪——可当别人告诉我洛弗尔造反的消息时，我只想到这个问题。我知道他是理查德的朋友，我亲眼看到了他对理查德的爱，就算理查德已经死了，他仍然愿意为一个死人而战。这让我疑惑——我能信任你吗?"

"你为什么这么问?"

"因为他们告诉我，你也爱理查德。我现在很了解你，我肯定你不是因为野心才和他在一起，你是真心爱他，所以我这么问你。你还爱他吗，就像洛弗尔爵士一样，像约克郡的女人们一样？就算他死了你也爱吗？像约克郡人，还有洛弗尔那样？我能信任你吗?"

我略微换了个姿势，仿佛这张柔软的床铺让我很不舒服，然后喝了一小口酒，用手指指高挺的肚子："如你所说，我是你的妻子，这就是你信任我的理由。我快要生下你的孩子了，这也是你信任我的理由。"

他点了点头："我们都知道这一切是怎么发生的，这个孩子的孕育是出于义务而非爱情。要是你有这个能耐，你早就拒绝我了，每晚你都别过脸去，不愿意看我。可当我离开宫廷，面对那些不善的面孔和一场叛乱的时候，我一直在想，忠诚和信任会在我们之间产生吗?"

他甚至没有提到爱。

我移开了视线。我无法直视他的目光，也回答不了他的问题。“我已经承诺过这一切了，”我底气不足地说，“我说出了结婚誓言。”

他听出了我话音里的抗拒。他慢慢弯下腰，拿走我手中的空杯子。“今后我不会再纠缠这个问题了。”他说完走出了房间。

1486年9月

温彻斯特　圣斯韦辛修道院

九月的一个傍晚，玫瑰色的夕阳伴着金黄的云彩慢慢沉入我的窗台之下。我从午睡中醒来，懒懒地躺在床上，脸上的温暖让我很舒服，我知道这是我最后一次享受阳光。今晚我必须穿上盛装，接受宫廷诸人的恭维，收取他们的礼物，然后走进产房，等待孩子的降生。我的产房将被百叶窗掩得黑黢黢的，窗户关得严严实实，就连微弱的烛光也会被灯罩罩住，直到孩子出生。

要是我的女领主，国王的母亲能在我怀上孩子时就公开宣布这个消息，那她早在四星期前就会把我关起来，因为我实际的怀孕时间是在婚礼前一个月。她在王室典籍里写道，在产期到来前，王后必须在产房里待上足足六个星期，她必须举行一场告别宴会，在宫廷侍从的陪伴下来到产房门口。她走进产房后就不能再出来（虔诚的夫人在这里写道，如果上帝许可的话），直到六星期后生出一个健康的孩子，等到孩子被带出房间行洗礼，她才能离开产房进行产后谢恩仪式，然后回到宫廷里继续履行王后职责。产妇要在寂静和黑暗中待上漫长的三个月。我读着她用黑墨水写就的优美字迹，了解她对于挂毯和床帐质量的看法，心下暗想，只有一个生不出孩子的女人才会构想出这样严苛的制度。

我的女领主，国王的母亲只有一个孩子，就是她的宝贝儿子亨利，自从亨利出生后，她就没有再生育。我想要是她有机会年年与世隔绝三个月，那关于分娩的规定就会大不一样。她定下这些规矩，并非是想保护我的隐私，保证我好好休息，而是要把我赶出宫廷，由她来取代我的位置，她儿子每让我怀孕一次，她都能过上三个月的风光日子——理由就是这么简单。

不过这一次，她的玩笑开大了，因为我们三人曾经异口同声向公众宣布这个孩子是蜜月婴儿，是一月婚礼后上帝赐福的结晶，他理当诞生在十月中旬，因此依照她自己的规定，我直到现在，也就是九月的第一周才走进产房。要是她在七月中旬把我丢进黑暗里，我就会错过整个八月，可在过去的一个多月里，我挺着大肚子，风光自在。看到她自食其果，我常常掩嘴偷笑。

现在我希望自己只在这间光线昏暗的房间里待上一周左右就迎来孩子的诞生，与世隔绝的滋味可不好受，我现在不能见任何人，只能透过铁栅栏见一位神父。我知道玛格丽特夫人会在我离宫期间过一过主持宫廷的瘾，接受孙儿降生的祝贺，张罗洗礼和庆祝宴会。而我会被关在房间里，没人能来看望我，就连我丈夫、她儿子也不能。

女仆从衣柜里取出一件绿色礼裙，让我在官方告别宴会上穿。我挥手让她拿走，心中对都铎绿充满厌倦。这时门突然被推开，玛姬风一样冲进房间，猛地跪在我面前："伊丽莎白，王后陛下！伊丽莎白，啊，伊丽莎白，救救泰迪！"

我立刻跳下床，腹中的胎儿惊恐地踢动起来，我抓住床帐，感觉整个房间都在旋转："泰迪？"

"他们带走了他！他们带走了他！"

"小心点儿！"塞西莉立刻发出警告，慌忙跑到我身边扶住我。可我没有听见她的话。

"带他去哪儿？"

"去伦敦塔！"玛姬大喊，"去伦敦塔！啊！赶快去阻止他们吧，求你了!”

我转头对塞西莉说:“去见国王,说我向他请安,问问我能否立刻去面见他。”我抓住玛姬的胳膊,告诉她:“起来吧,我和你一起去阻止他们。”

我匆忙动身,赤脚走在长长的石质走廊里,拖曳的睡衣下摆摩挲着地毯。玛姬冲在我前面,沿着盘旋的石楼梯奔上保育室所在的楼层,她、爱德华,还有我的小妹妹凯瑟琳和布丽吉特带着家庭教师和仆人们住在这里。可我看到她突然倒退几步,沉重的皮靴踏地声也同时响了起来,约摸有几个男人正走下楼梯。我听到她大喊:“你们不能带走他!我把王后请到这里来了!你们不能把他带走!”

他们继续走下弧形楼梯,我首先看到的是领头男人穿着皮靴的双脚,接着又看到他深红色的裹腿,然后是艳红的紧身短上衣,衣服上装饰着金色花边,这是自耕农卫队的制服,这支卫队是亨利新近建立的私人部队。其他卫兵紧随其后,陆续出现在我眼前,啊,他们居然派出十个大男人来抓一个脸色苍白,浑身发抖的十一岁男孩儿。爱德华害怕得要死,要不是最后一个人抓住他的两腋,恐怕他已经从楼梯上摔了下来。他双脚悬空,细瘦的腿不住蹬踢,被卫兵们半拖半抱着带向我站立的楼梯底部。他现在的模样像极了玩具娃娃,棕色的卷发乱蓬蓬的,大眼睛里满是恐惧。

一看到他姐姐,他立刻大喊起来:“玛姬,玛姬!叫他们放我下来!”

我走上前去,对为首的卫兵疾言厉色地说:“我是约克的伊丽莎白,国王的妻子。这是我堂弟沃里克伯爵。你连碰都不该碰他,你以为自己在干什么?”

“伊丽莎白,让他们放我下来!”泰迪不住地向我求救,“放我下来!放我下来!”

我对抓着他的男人说:“放开他。”

卫兵粗鲁地丢下他,他两脚甫一沾地,立刻瘫作一团,一脸挫败地大哭起来。玛姬来到他身边，拥住他的肩膀，理好他的头发，抚摸他的脸颊，劝慰他平静下来。他抬起脸，认真地看着姐姐的眼睛："我正在教室的桌子边看书，他们把我架了起来。"他用小男孩儿清亮的声音大喊。居然有人未经他允许触碰他，这个事实让他受到了惊吓。他生来就是伯爵，一向只受到温柔的抚育和细致的照顾。我看着他满是泪痕的小脸，想到伦敦塔里的两个男孩儿或许也曾和他一样，被人从床上架起来，却没有人去阻止。

"这是国王的命令。"卫队指挥官对我说，"他不会受到伤害。"

"这是个误会，他必须留在这里，和家人们在一起。"我回答他，"在这里等着，我去和我的丈夫国王陛下谈谈。"

"我接到的命令很清楚。"那人开始争辩，这时门开了，亨利出现在门口。他穿着骑马装，一手握着马鞭，另一只手戴着昂贵的皮手套。跟在他身边的塞西莉看着玛姬和我，小爱德华挣扎着站了起来。

"这是怎么回事?"亨利问，他完全没有问候我。

"发生了一些误会。"我说。一看到他，我的心一下子安定下来，连屈膝礼也忘了行，快步走到他面前，抓住他温热的手："自耕农卫兵认为他们一定要把泰迪带进伦敦塔。"

亨利说出两个字："没错。"

他的语气让我吃惊："可是陛下……"

他对卫兵点点头："继续。带走这个男孩儿。"

玛姬发出一声失望的低吼，手臂紧紧环住泰迪的脖子。

"陛下，"我急切地恳求，"爱德华是我堂弟，他什么也没有做，只是和我妹妹还有他姐姐一起在保育室里读书。他敬爱您这个国王。"

"是的，"泰迪清清楚楚地说，"我做出过承诺。他们吩咐过我，要我信守承诺，我照做了。"

卫兵们再次围住了他，只待亨利发话。

“求您了，”我继续央告，“请让泰迪和我们大家一起住在这里。你知道他绝不会伤害任何人，尤其是您。”

亨利轻轻搂住我的肩膀，把我带离人堆：“你应该好好休息，不要被这件事搅扰。别心烦了，你该进产房了。进了产房以后也别多想，照我刚刚说的做，好好照顾自己。”

“我很快就要生了，”我急迫地低语，“您也知道，很快了。您母亲叫我一定要保持平静，否则会伤害到这个孩子。可要是泰迪被带走，我没法平静下来。请您恩准他和我们住在一起。我现在很不开心。”我飞快地瞥了他一眼，他正用锐利的棕眼睛审视我的面庞，“很不开心，亨利。我很忧虑，很困扰。请您对我说，您会答应我的要求。”

“回你的房间躺好，”他说，“我会解决好一切。你不应该被打扰，谁也不该告诉你这件事。”

“我会回房的，”我向他保证，“但我必须亲耳听到您说泰迪会留在我们身边。一确定泰迪可以留下，我马上就走。”

这时我看到我的女领主，国王的母亲步入了房间，心中突然涌起一阵不安。“我要把你带回卧室，”她对我说。她的几个侍女也跟着她走了进来。“跟我走吧。”

我犹豫了。“去吧，”亨利说，“和我母亲一起回去。我一处理好这里的事情就过来看你。”

“可是泰迪要留在我们身边。”我倔强地要求。

亨利迟疑起来，就在他犹豫不决的当口，他母亲悄悄走来，站在我身后。她用双臂搂住我，让我靠向她的怀抱。有一瞬间我以为这是充满爱意的拥抱，可我很快感觉到了她手臂的力量。两个侍女一左一右抓住了我的胳膊。我十分震惊，我居然被俘虏了，被控制了。一个侍女上前抱住玛姬，其余二人死死抓住她，自耕农卫兵们抬起泰迪，把他带离了房间。

“不!”我尖叫起来。

玛姬挣扎乱踢，急切地想要追回她的弟弟。

“不！你不能带走泰迪，他什么也没做！别带他去伦敦塔！别带走泰迪!”

亨利冷冷地看着被他母亲抓住的我，那眼神让我毛骨悚然。然后他不顾我的挣扎，转身离开了房间，侍卫们跟着他鱼贯而出。

“亨利!”我朝着他的背影尖叫。

我的女领主，国王的母亲伸出粗粝的手按住我的嘴，让我没法出声。我们听到卫兵们沿着长廊而行，很快下到了楼梯尽头。接着外门砰地关上，一切重归寂静，我的女领主这才把手拿开。

“你好大的胆！你怎么敢抓住我！让我走!”

“我要把你带回房间，”她坚定地说，“你一定不要难过。”

“我很难过!”我朝她尖声大喊，“我很难过！泰迪不能去伦敦塔!”

她根本没有回应我，只向侍女们点点头，她们牢牢抓住我，把我拖出房间。我身后的玛姬全身瘫软，泪流满面，抓着她的女人们把她轻轻放到地上，替她擦去泪水，小声告诉她一切都会好起来。塞西莉被刚刚那粗暴的一幕惊呆了。我想让她找我母亲来，但她已经吓傻了，只会呆呆地看看我，又看看玛格丽特夫人，仿佛国王的母亲长着獠牙和翅膀，把我困做囚徒。

“走吧，”我的女领主说，“你应该躺下。”

她走在最前头，侍女们放开了我。我走在她身后，努力平复内心的愤怒。“我的女领主，我不得不请您为我的堂弟爱德华求情。”我对着她僵直的后背、生硬的肩膀和白色头巾开口，“求您跟您儿子谈谈，让他放了泰迪。你知道泰迪是个天真单纯的小孩儿，没有坏心眼。您是他的监护人，他要是被控有罪，您的声誉也会受损。”

她一言不发地带领我走过一扇扇掩闭的门。我茫然地跟在她身后，搜肠刮肚地思索着能让她停下脚步，回过头来答应我要求的话。这时她推开一道双扇门，门里一片黑暗，她对我说："进去吧。"

我试图做出最后的努力："他受到您的监护，您应该保护他。"

她没有回应我，只是说："来吧，进去休息。"

我走进房间。"玛格丽特夫人，我求求您……"我刚刚开口，就看到她的侍女们也跟进这个黑乎乎的房间，其中一人转动钥匙锁住了门，把钥匙悄悄递给了我的女领主。

"您在做什么?"我问。

她答道："这是你的产房。"

事到如今，我才意识到她把我带到了何处。这间屋子呈长条形，陈设华美，高大的拱形窗户被挂毯遮得严严实实，漏不进一点儿光线。一位侍女点燃了蜡烛，不断闪动的黄色光芒照亮了光秃秃的石墙和高高的穹顶。房间尽头被一架屏风挡住，我能看到一座圣坛，圣坛上放置着燃烧的蜡烛，蜡烛后面摆放着一个圣物匣，一个十字架和一幅圣母像。屏风前面有几张祷告凳，祷告凳前有一个火炉和一把大椅子，周围环绕着几张小凳子，摆放成围炉夜话的格局。接下来看到的情景让我不寒而栗，大椅子旁的桌子上放着我的针线活，我今天午睡前读的那本书也被人从我的卧室里拿了过来，就摆在针线活旁边，书页打开着。

除了这些，房间里还有一张餐桌和六把椅子，桌上精美的威尼斯玻璃罐里盛着酒和水，用于上菜的金盘摆放在一边，此外还有一盒酥皮糕点，饿了可以随时填填肚子。

离我们最近的是一张大床，粗大的床柱是橡木做的，床上悬着富丽的帷幕和天盖。我心血来潮，打开了床脚边的柜子，发现里面整齐地叠放着我最喜欢的裙子和我最好的亚麻布衬衣，这是为我恢复身形后预备的，衣服上还撒落着星星点点的薰衣草干花。大床边有一张产床，柜子边是一架精工细作的皇家摇篮，旁边已经备好了亚麻布。

“这些是什么?”我佯装不知，“这又是什么，这些呢?”

“你在产房里，”玛格丽特夫人耐心得像在对一个白痴讲话，“为了你和你孩子的健康。”

“那泰迪呢?”

“为了保证他的安全，他被带到了伦敦塔。这孩子留在这里太危险了，他需要得到细致的看护。我会和国王说说你堂弟，也会把他的话转告给你。不会有问题的，他会做出正确的决断。”

“我现在就想见国王!”

她愣了愣，对我说：“现在不行，我的女儿，你知道在出产房前不能见他，也不能见其他任何人。”她说得理直气壮，“不过你要是想对他说什么，或者写一封信，我会为你转达。”

“等我生下孩子，你不想放我出去也不行了。”我说得气喘吁吁。房间的空气似乎不流通，闷得我喘不过气来。“到那个时候，我会面见国王，告诉他我被关在这里。”

她叹了口气，仿佛我是个愚不可及的傻瓜：“说真的，陛下，你必须平静下来。我们先前一致同意你今晚进产房，你也很清楚自己今天该干什么。”

“那宴会和向全宫告别的仪式取消了?”

“你的健康状况不大好。这是你亲口说的。”

她的谎话叫我目瞪口呆：“我什么时候说过?”

“你说你很忧虑，很困扰。这个房间里既没有忧虑，也没有困扰。你要待在这里，在我的指导下平安生出孩子。”

“我要见妈妈，我要立刻见到她!”我大吼起来，连声音都气得发颤。

我害怕和玛格丽特夫人一起待在这黑暗的房间里，这让我感到无助。我关于幽禁的最初记忆是在圣所，我们一家躲藏在威斯敏斯特大教堂祈祷室下的房间里，那地方阴冷潮湿。我从此对幽闭的空间和阴暗的场所有一种本能的恐惧，我现在全身发抖，既是因为愤怒，也是因为害怕。“我要见我妈妈。国王说过我应该见她，他向我做出过承诺，说她会来这里陪我。”

“她会进产房来陪你的，”她做出了让步，“当然。”她顿了顿，又说：“她会和你待在一起，直到你走出房间。她会陪你到孩子出生。”

我张口呆望着她。她拥有全部力量，而我一无所有。我被她关了起来，被她制定的皇家生育规定箍得死死的，可笑的是，这些规定还经过了我的同意。如今我被关在一间黑乎乎的房间里，得过上几周暗无天日的生活，而房钥匙在她手里。

我鼓起勇气说：“我是自由之身，不是个囚犯。我来这里是为了生孩子，我是自愿走进来的。我没有违背自己的意志。我是自由的，我想出去就出去，没人能阻止我，我可是英格兰国王的妻子。”

“你当然是。”她说完走出了房间，从外面锁上了门，把我孤零零地留在房间里。我被关住了。

到了用餐时间，母亲牵着玛姬来了。

“我们来陪你。”她说。

玛姬苍白得像个死人，眼圈哭得红红的。

“泰迪怎么样了？”

母亲摇了摇头。“他们把他带进了伦敦塔。”

“他们为什么那么做？”

母亲给出一个看似充分的理由：“叛军在北方和加斯帕·都铎交战时大喊沃里克男孩儿，还在伦敦扬起锯齿旗。”

“他们在为泰迪而战，”玛姬告诉我，“不过他没叫他们这么做，从来没有过。他知道这些话不该说，我教过他。他明白亨利才是国王。他知道要对约克王朝只字不提。”

母亲说：“没人说他有罪，没人说他谋反，他没犯任何错。国王说他只是在保护泰迪。他说泰迪也许会被叛军挟持利用，推做精神领袖，现在泰迪待在伦敦塔更安全。”

这个匪夷所思的谎言让我哈哈大笑，笑着笑着又哽咽起来：“在伦敦塔里更安全！我的两个弟弟安全了吗？”

母亲面色阴沉。

我立刻意识到自己失言了。“对不起。原谅我吧，我很抱歉。国王有说他会让泰迪在那儿待多久吗？”

玛姬静静地走到火炉边，坐到脚凳上，别过脸去。“可怜的孩子。”母亲怜悯地叹息着，回答我说，“他没有说，我也没有问。他们带走了泰迪的衣服和书。我想我们必须这样假设：陛下会让他待在那里，直到他觉得叛乱的危机彻底消弭。”

我看着母亲，也许她是唯一知道这个国家蛰伏着多少叛乱者的人，他们等待着时机，只要有人一声令下，他们就会为约克家族而战。这些人把上一次暴乱视作下一次起义的垫脚石，而非一场失败。她一向是个看不到失败的女人。我怀疑那群人的领袖就是她，她坚定乐观的态度是他们不懈的动力。“有什么大事要发生了吗？”

她摇了摇头。“我不知道。”

1486年9月19日

温彻斯特大厅

我不得不在惊惧痛苦中度过分娩期。我仿佛又回到了躲藏在威斯敏斯特大教堂地下室里的那段时光，当年的我会在每天清晨急促喘息着醒来，死死抓住雕花床头，强忍着跳下床尖声呼救的冲动。尽管事隔多年，我仍会梦见那些黑暗和拥挤的房间。母亲怀着身孕，父亲逃亡国外，我们的死对头坐上了王位，而我是个年方四岁的小姑娘，我亲爱的小妹玛丽去了天堂。塞西莉整日哭闹着要玩具，要宠物，要父亲，她并不真正清楚自己为什么哭，可我知道我们的生活沦入了黑暗、寒冷和困顿之中。我常常看着母亲苍白忧郁的脸，怀疑她会不会再对我笑。我知道我们一家面临可怕的危险，可我只有四岁，我不知道那危险到底是什么，也不知道这间潮湿的暗室能不能保我们平安。我们在地下室里生活了半年之久，在此期间没见过一丁点儿阳光，没外出一步，没呼吸过一口新鲜空气。我们逐渐适应了失去自由的生活，就像囚犯适应了监牢的禁锢。母亲在地下室里生下了爱德华，我们终于得到了一个男孩儿，一个王位继承人，这让我们欢欣不已。可我们没有办法将他推上王座，甚至无法带他沐浴自己国家的阳光，呼吸自己国家的空气。对于一个只有四岁的小女孩儿来说，六个月太漫长了。我以为我们再也出不去了，我以为我会像一株细瘦的野草一样越长越高，然后像芦笋一般在黑暗中枯萎死去。我做过一个梦，梦见我们全都变成了白色的虫子，永远活在地底。我自此开始憎恶禁闭的空间，潮湿的气味，甚至夜晚河水拍打石墙的声音，因为我害怕水面越升越高，渗到我的床上，把我溺死。

父亲回到英国后，接连打赢了两场战役，像童话里的骑士般解救了我们。我们离开地下室，走出了黑暗，就像复活的主走进光明一样。那时我发下一个童稚的誓言，我绝不会接受又一次监禁。

这就是我外祖母雅格塔所说的命运。命运之轮会带你攀上高峰，又让你跌落低谷。你能做什么呢？只能鼓足勇气，面对人生的起伏。我清楚地记得，当时还是小女孩儿的我找不到这样的勇气。

我十七岁时，成为了父亲宫廷的宠儿，英格兰最美丽的公主，要风得风，要雨得雨。可我父亲突然去世，我们不得不再次逃进圣所，躲避他弟弟，也就是我叔叔理查德的迫害。我们在圣所里待了足足九个月，在这九个月里，我们互相争吵，为了失势而怨愤。直到母亲同理查德和解，我才离开圣所回到宫廷，走向宿命的爱情。那是我第二次走出黑暗，像个起死回生的鬼魂一样重见光明。笼罩在自由之光里的我神采飞扬，就像一只突然被放飞的白头鹰，我发誓我再也不会被囚禁。可命运再一次嘲弄了我。

阵痛始于午夜。“这太早了，”一个侍女害怕地抽着气，“至少提前了一个月。”我看到两个策划阴谋的老手，我母亲和玛格丽特夫人飞快地对视一眼。“的确提前了一个月，”我的女领主大声告诉那些还在计算日期的人，“我们必须祈祷。”

“我的女领主，您会去礼拜堂为我女儿祈祷吗？”母亲巧妙地发问，“一个早产儿需要代祷。在她阵痛发作的时候，好心的您能为她祈祷吗？”

我的女领主犹豫起来，在上帝和好奇心之间摇摆不定。“我本想留在这里帮她。我想我应该亲眼目睹……”

助产士，我的几个妹妹，还有侍女们站在一旁，母亲朝她们耸耸肩说：“这些俗务我们都能解决。但谁能像您一样祈祷呢？”

我的女领主欣然答允：“我会命神父和唱诗班整晚向上帝传达我的请愿，还会派人叫醒大主教。圣母玛利亚一定会听到我的祈祷。”

侍女们为她打开了门，她被肩上的使命鼓舞着，兴冲冲地走了。母亲回过头来看着我说：“现在我们开始吧。”她甚至没有对我笑上一笑。

我的女领主跪在圣坛前祈祷了一整夜，我也被阵痛折磨了一整夜。熬到破晓时分，我转过汗涔涔的脸庞，对母亲说：“我有种奇怪的感觉，妈妈，这种感觉我从未有过。就像有什么可怕的事要发生一样。妈妈，我好怕。”

她早已摘下头巾，发辫披在身后。昨夜她一直在我床边走动，如今听到我这番话，疲惫的脸上现出喜色，连忙吩咐我：“靠在助产士身上。”

我想这将是一个艰难的过程。我曾听女人们说过生产时的种种苦难：孩子出生前会疼痛彻骨，要是不幸遇上难产，必须接受剖腹。母亲命令助产士一左一右站在我身边，撑着我半坐起来，她伸出冰凉的手抬起我的脸，一双灰色美目定定地看着我，柔声说：“我要开始为你数数。亲爱的，安静下来，好好听我的声音。我会从一数到十，在我数数的时候，你会发现自己的四肢越来越沉，呼吸越来越重，除了我的声音，你什么也听不见。你会觉得自己在漂浮，就像水中仙女梅露西娜一样，在一条甘甜的河流上漂浮，你不会感到痛苦，你只会像落入酣梦一样，获得平静和安宁。”

我注视着她的眼睛，慢慢地，除了她镇定的表情和轻轻的数数声，我一无所见，一无所闻。肚子疼了起来，可就像她承诺的那样，我感觉自己在一条甘甜的河流上漂浮了很远很远。

我能看到她坚定的目光和被烛火照亮的脸庞。一切是如此的不真实，她仿佛在我们周围施了魔法。她那让人安心的数数声在我听来变得愈来愈慢，似乎永无止境。

“没什么好害怕的，”她柔声安慰我，“绝不要畏惧任何事。最糟糕的恐惧就是恐惧本身，你能克服这一点。”

“我要怎么做?”我低声呢喃。我觉得自己在说梦话，觉得自己仿佛漂浮在梦中的河面上，被河水载着流向远方。“我要如何克服最糟糕的恐惧?”

她只是告诉我：“你只需要下定决心，做一个无畏的女人。当你遇到让你不安的东西时，一定要面对它，走向它。记住我的话，不管遇到什么，慢慢地，坚定地走向它，朝着它微笑。”

她信心满满地描述着自己的勇气。疼痛在继续，可我还是被这话逗得笑了起来，痛感随后慢慢缓解。阵痛越来越频繁，每隔几分钟就发作一次。我看到那双灰色的眼睛眯了起来，她在为我心疼。

“选择做个勇敢的人，”她鼓励我，“我们家所有的女性都像狮子一样勇敢。我们从不悲泣，从不懊悔。”

我的肚子绷紧了，孩子似乎在里面扭动。我大口做着深呼吸：“我觉得孩子要出世了。”

“我也这么想。”她转头看着两个扶住我胳膊帮我起身的助产士，还有一个助产士正跪在我面前，把耳朵贴在我紧绷的肚子上仔细倾听。

“现在加把劲。”她吩咐道。

她又转过头来对我说：“你的孩子已经准备好了，让他来到这世上吧。”

一个助产士尖声说：“她需要推挤和使劲儿。孩子必须在阵痛中出生。”

母亲没听她的话。“你不需要使劲儿，你的孩子就要出生了。张开你的身体，让他降临人世，来到我们中间。你正在给他生命，并没有强迫他，围困他。这是充满爱意的行为，而非一场战斗。生下你的孩子吧，你可以做得温柔一点儿。”

我能感觉到下身的肌肉逐渐张开，绷紧。我突然预感到了什么：“他要出来了！我能感觉到……”

有东西从我体内滑落，婴儿洪亮的啼哭声响了起来，满眼是泪的母亲露出笑容：“你有孩子了。干得好，伊丽莎白。你爸爸会为你的勇敢而骄傲。”

助产士松开手，我慢慢躺倒在产床上，扭头寻找我的孩子。我很快发现了被人抱在怀中的那个布团，扭动的布团上满是血迹。我伸出手臂，急切地说：“把孩子给我!”我抱住这个小东西，生命的奇迹让我觉得不可思议，他是如此完美，棕色的胎发和玫瑰色的嘴唇让人爱怜，那小嘴正大张着哭号，小脸哭得红红的。母亲揭开包裹婴孩的亚麻布，露出他美丽的小身体。

“是个男孩儿。”她沙哑疲惫的声音里既没有骄傲也没有喜悦，只有深深的错愕，“上帝再一次回应了玛格丽特夫人的祈祷，天意难测。你给了都铎人想要的：一个男孩儿。”

国王亲自在门外等候了一夜，就像一个迫不及待要听到消息的深情丈夫。母亲披上长袍遮住脏污的亚麻布衬衣，骄傲地昂着头，出门通告我们的胜利。下人们赶紧去给礼拜堂里的玛格丽特夫人送信，告诉她上帝回应了她的祈祷，保佑了都铎血脉。她走进房间时，侍女们正扶我躺回大床上休息，洗尽孩子身上的污迹，用襁褓包裹住他。乳母行了个屈膝礼，把孩子抱给她看，她贪婪地伸出手去，仿佛他是一顶掉落在山楂树丛里的王冠。小婴儿被她一把夺过，紧紧搂在胸口。

“一个男孩儿!”她的语气就像一个守财奴在说：“啊，金子!”接着她又得意洋洋地说：“上帝回应了我的祈祷。”

我点了点头，累得没力气说话。母亲端着一杯加了调料的热啤酒凑到我唇边，我闻到糖和白兰地的气味，大口大口地喝起来。我觉得自己还在漂浮，筋疲力尽，余痛未消。产后啤酒的暖意和顺利生产的喜悦让我晕晕乎乎，心中有一个声音在对我说：“你有孩子了，一个儿子，他很完美。”

我命令道：“把他抱给我。”

她依言把他递给了我。他像玩具娃娃一样小，可身体的每一个细节都很完美，如同经过巧夺天工的雕琢。他的双手像胖乎乎的小海星，指甲像最微小的贝壳。当我抱住他的时候，他睁开了眼睛，那对眼珠是异样的深蓝色，像极了午夜时分的海面。他一脸庄重地看着我，似乎也很惊讶。他仿佛明白了一切，清楚地知道自己为什么来到这个世界，知晓自己注定要肩负起一项伟大的使命。

“把他交给乳母。”玛格丽特夫人提醒我。

“等一会儿。”我才不会听她的话。她也许拿捏住了她的儿子，但我会做自己的主人。这是我的儿子，不是她的；他是都铎王朝的继承人，也是我的宝贝。

他是都铎王室的下一任国王，他会稳固王权，开创一个绵延千秋万代的王朝。“我们会叫他亚瑟。”我的女领主宣布。我知道这一刻迟早会来。他们把我拖到温彻斯特生产，不就是为了沾亚瑟王的光，让这个孩子诞生在著名的亚瑟王圆桌上吗？如此一来，都铎家族就能理直气壮地宣称自己是那个奇迹王国的后人，在他们的统治下，英格兰的伟大会复苏，这个国家宝贵的骑士精神会再次涌现。

“我知道。”我没有反对。我怎么能反对？理查德曾同样为我们将来的儿子选定这个名字，他太向往卡米洛特[①]和骑士精神了。但和都铎人不同

① 传说中亚瑟王的宫殿。

的是，他付诸行动，试图建立一个骑士朝廷，并且一生都以完美高尚的骑士戒律要求自己。我闭上眼睛，脑海中浮起一个荒唐的念头：理查德会疼爱这个孩子，他希望和我创造一个血脉相连的生命，他希望这是我们的孩子。

我的女领主强调："他是亚瑟王子。"

"我知道。"我重复了一遍。我又想起梦中和理查德相会的情景。真是可笑，我和我丈夫亨利所做的每一件事情，似乎都是对这些梦境的模仿。

"你怎么哭了？"她不耐烦地问。

我拉起床单擦了擦眼睛："我没有哭。"

1486年9月24日

温彻斯特大厅

人们忙着为英格兰之花、骑士精神的玫瑰举行洗礼。在新政权不遗余力的安排下，仪式既奢华又夸张。过去的九个月里，我的女领主一直尽心张罗着这件事，让每一个细节都铺张到极点。

“我还以为他们会把他泡在黄金里，盛在大盘子里端过去。”母亲讽刺地说完，向我露出一丝不易察觉的微笑。今天是孩子隆重的洗礼日，她一大早就把孩子抱出了摇篮。照顾孩子的下人们恭顺地站在她身后，用专业的眼光怀疑地注视着她的一举一动。乳母解开紧身胸衣，迫不及待地要给孩子喂奶。母亲搂住她的外孙，让孩子的小脸面对着她，亲吻他温暖的小身子，他还在酣睡，鼻息是那样轻柔。我张开手臂，示意要抱他。她把孩子递给我，拥住了我们两个人。

在我们的注视下，他张开嘴，微微打了个呵欠，小脸皱成一团，像只刚刚学飞的雏鸟一样拍打着胳膊，哀哀地抽噎起来，他饿了。母亲宠溺地说：“我的王子殿下，您就像一位没有耐心的国王。来吧，我把他抱给梅格。”

乳母正要给他喂奶，谁知他大哭起来，乳母手足无措，不明白他为什么哭。

“能让我来喂他吗？”我急切地问，“他能喝我的奶吗？”

乳母、侍女，连同我母亲全都摇头，坚决否定了我。

“不行，”母亲的语气有些遗憾，“这是一个贵妇，一位王后必须付出的代价。你不能照料自己的孩子。你为他赢得了一把金勺子和一生享之不尽的美味，可他没法喝上母亲的一口奶。你不能像你希望的那样去做一个母亲。你不是穷苦女人，你没有自由。身体一恢复，你就要和国王同床，为我们孕育下一个男婴。”

我眼睁睁地看着他的小脸紧挨着另一个女人的胸脯，终于开始喝奶，心中的妒火腾地燃烧起来。乳母向我露出宽慰的微笑，轻声说：“我的乳汁会让他健康成长的，您无需为他担心。”

“您需要多少男孩儿？”我气冲冲地质问母亲，“在我可以停止怀孕之前？在我能亲自哺育一个孩子之前？”

门开了，我的女领主连门也没敲就走了进来。“他准备好了吗？”她开门见山地问。

母亲站了起来：“他在喝奶，很快就好了。您要在这里等他吗？”

玛格丽特夫人嗅了嗅房间里甜蜜整洁的味道，仿佛想要吃了他。“一切都准备好了，”她说，“我已经下令安排好了最后的事务。贵族们全都聚集在温彻斯特大厅里，只等牛津伯爵了。”她四下寻找着安妮和塞西莉，看到她们华美的衣裙后，她满意地点了点头。“你们很幸运。我为你们安排了最重要的角色：一个拿圣油，一个抱王子。”她转头对母亲说：“还有你，我提出让你做王子的教母，一个都铎王子！从今往后，谁敢说我们两大家族没有联合到一起？再也不会有人拥护约克王朝了。我们已经合为一体。我打算在今天证明这一点。”她死死盯住乳母，让人觉得她下一秒就会出手夺过孩子。“他很快就会喝完吗？”

母亲藏起笑容。很显然，我的女领主或许清楚怎样安排一个王子的洗礼，可她对婴儿一无所知。“他喝饱了自然就会停下来，”她说，“也许要不了一个小时。”

“他要穿什么衣服?”

母亲指了指那件漂亮的小礼服，那是她特地用顶级法国蕾丝为他缝制的。礼服的长下摆直拖到地板上，还有小小的绉领。有一件事只有我和她才知道：她把衣服做得很大，让这个在子宫里待足了九个月的孩子看上去很小，更像早产一个月的婴儿。

“这场洗礼会成为亨利统治时期最盛大的典礼。”我的女领主，国王的母亲骄傲地说，“所有人都会到场，所有人都会看到英格兰未来的国王，我的孙儿。”

他们等了又等。这对我来说没有差别，因为我被勒令卧床休息，不管发生什么事都不必起身。依照传统，生母不能在洗礼上露面，我的女领主也不可能打破这样一个惯例把我带去。何况生下儿子的狂喜和身体的极度倦怠让我筋疲力尽。孩子喝完奶后，他们又把他放进我怀里，我用胳膊环住他的小身子，鼻子嗅着他柔软的脑袋，和他一同入睡。

牛津伯爵匆匆应诏，正以最快的速度骑马赶来。但我的女领主，国王的母亲终于耗尽了耐心，宣布时机已被耽搁太久，大家不必等到他来了。大家把孩子抱到了洗礼现场。我母亲是教母，塞西莉抱着婴儿，堂妹玛格丽特领着一班女宾，内维尔勋爵举着一根点燃的细蜡烛走在最前面，博斯沃思的功臣托马斯·斯坦利伯爵、他儿子和他弟弟威廉爵士一齐走在我儿子身后。决战当天，这些人站在山腰，目送他们的国王理查德独自发起冲锋，然后将他摔落马下杀死。如今他们拥着我儿子走向圣坛，好像他们真是一诺千金的君子，我儿子真的能够依靠他们似的。

就在其他人为我儿子行洗礼的同时，我洗了个澡，穿上一件用深红色蕾丝和金色布料缝制的新礼服。侍女们为大床换上最华贵的床单，让我背靠枕头半坐在床上。收拾停当后，我就像成功生下了耶稣的玛利亚一样，预备接受众人的恭贺。门外响起喇叭声，接着是纷乱的脚步声。众人推开双扇门，走进了我的房间。走在最前头的是塞西莉，她笑吟吟地把小亚瑟送进我怀里。母亲递给我一个金杯，作为送给孩子的礼物，牛津伯爵送上一对镀金水盆，德比伯爵的礼品是一个金盐碟。所有人都捧着礼物挤进我的卧室，向下一任国王和我这个未来国王的母亲跪拜，以显示自己的忠诚。我怀抱孩子，笑着感谢人们的美意。当斯坦利一家来到我面前时，我直直地看着他们，看着这些曾经爱戴理查德，发誓为他尽忠的人。他们朝我微笑，亲吻我的手，完成对我的礼拜。在这短短数分钟里，我们默默达成了协定，今后决不再提起那些往事，就当它们从未发生过。谁也不要再谈，谁也不要再说，虽然那是我生命中最快乐的时光，或许也是他们最舒心的日子。

大家七嘴八舌地向我宣誓效忠，祝贺我喜得贵子。过了一会儿，母亲小声说："王后陛下应该休息了。"不想玛格丽特夫人立刻抢过了话头，看来她不希望下命令的人是我母亲："亚瑟王子必须进保育室。我把一切都准备好了。"

这一天标志着我的男孩儿以都铎王子的身份开始了王族生涯。再过几周，他会住进自己的保育宫殿，从此以后，我们再也不能在同一片屋檐下入睡。一举行完产后谢恩仪式，我就会重返宫廷，继续和亨利同床共枕，为都铎王朝孕育第二个王子。我看着躺在乳母怀中的儿子，他还是个小小的婴孩儿。我知道他们会把他带离我身边，因为他是王子，我是王后，我们不是平凡的母子，自然不能享受平凡的天伦之爱。

还没等我举行产后谢恩仪式，挪出产房，亨利就下旨让我妹妹完婚，以此作为对我们约克家族的奖赏。他选择在这个时候宣布消息是为了让我高兴，奖励我给他生了个儿子；可我知道他们之所以等到现在，是害怕我死在产床上。要是我死了，他必须迎娶另一个约克公主来巩固王位，因此亨利和他母亲故意不让塞西莉出嫁。可笑啊，当我在产床上和死神搏斗的时候，我的妹妹却被选定为我丈夫的下一任妻子。千真万确，我的女领主未雨绸缪，计划好了一切。

塞西莉来看我了。她兴奋得呼吸急促，脸蛋通红，就像坠入了爱河一样。我太累了，胸脯在发疼，私处在发疼，浑身上下都疼得要命，这时我妹妹却蹦跳着走进房间大喊："他给了我恩典！国王给了我恩典！我的女领主告诉我，婚礼就要举行了！我是她的教女，现在我们的关系要更近一步了！"

"他们定好婚期了？"

"嗯，是我的未婚夫约翰爵士亲自来告诉我的。我就要成为威尔斯夫人了。他好英俊！好富有！"

我看着她，许多刺耳的话堆在舌尖，没有说出口。这个人自小仇恨我们一家。在陶顿战役中，大雪和逆风使得兰开斯特弓手无法展开攻击，他父亲反被约克军射死，他的异母兄弟理查德·威尔斯爵士及其子罗伯特因为战场变节，被我父亲处死。他是玛格丽特夫人的同母弟弟，一个无论从血缘还是立场来说，都和兰开斯特家族密不可分的人。他已经三十六岁了，塞西莉才十七，而且他过去一直和我们为敌，怎么会喜欢她？"这个消息让你很开心吗？"我问。

她完全没有听出我语气里的怀疑。"婚事是玛格丽特夫人亲自定下的。她对约翰爵士说，尽管我是个约克公主，可我很迷人。听到了吗，她说我迷人！她说我很适合做一个都铎贵族的妻子，很可能像你一样，是个很能生养的女人。她称赞你生了个男孩儿呢。她还说我不是个骄纵自大的女孩儿。”

“那她说你是合法的公主了吗?”我冷冷地问，“我现在记不清我们到底是不是公主。”

她终于听出了我话中的苦涩。她停下舞步，抓住我的床柱左右晃荡。“你嫉妒我嫁给喜欢的人，一个贵族，而且我还能把处女之身献给他?你嫉妒我得到了玛格丽特夫人的宠爱?”她尽情地嘲笑我，“你嫉妒我有清白的名声?嫉妒我没有不可告人的秘密?嫉妒我没有怕人揭发的丑事?还有，没有人能说出我的不是，这也让你难受吧?”

“没有。”我疲惫地回答。只有疼痛和悲伤能让我哭泣，流出多少血，我就流多少泪。我想念儿子，也为理查德哀悼。“我为你高兴，真的。我只是累了。”

“要我去请您的母亲来吗?”玛姬走上前来，朝塞西莉皱起眉头，“陛下的身体还没有恢复，”她轻声告诫，“你不该打扰她。”

“我只是来告诉你我要结婚了，我以为你会为我高兴。”塞西莉委屈地说，“谁知你这么不痛快……”

“我知道，”我强迫自己改变语气，“我应该说我为你高兴，娶到这样一位公主是他的幸运。”

她毫不领情：“爸爸为我安排过更好的归宿，我从前是要当王后的，可不是区区一个子爵夫人。如果你不想祝福我，就该同情我。”

“你说得对。”我回答，“可我把所有的同情都耗在了自己身上，不能给你更多。塞西莉，你理解不了我的感受，不过没有关系。你应该高兴，我也为你开心。他是个幸运的男人，而且如你所说，他既英俊又富有，还是玛格丽特夫人的亲眷，将来一定深受宠信。”

“我们会在圣诞节之前成婚，”她说，“等你举行完产后谢恩仪式，回到宫廷，我们就举行婚礼，这样一来，你就能送我皇家结婚礼物了。”

“我很期待。”我说。小玛姬听出了话里的讽刺，向我露出一丝不易察觉的微笑。

“太好了。”塞西莉说，“我想和你一样穿深红色。”

“你能穿我的结婚礼服。”我答应她，“你可以把衣服改成你的尺寸。”

“真的?”她飞到我的衣柜前，打开最上面的一层，“婚礼时穿的亚麻衬裙也可以吗?”

“亚麻衬裙不行，”我对她讲明，“你可以把礼裙和头巾拿去。”

她把裙子揉成一团抱在怀里。“大家会拿我们作比较，”她警告我，面庞因为兴奋而变得明艳生动，“要是他们说我穿红色和黑色比你好看，你会不会不开心？要是他们说我这个新娘更美丽，你会不会难过?”

我仰靠在枕头上：“你难道不知道吗？我根本不会在意。”

1486年圣诞节

伦敦　温彻斯特大厅

产后谢恩仪式一结束，我立刻梳洗打扮，戴上一顶小王冠，走出产房，去参加塞西莉的婚礼。亨利在威斯敏斯特礼拜堂门口迎接我，领着我坐到皇家座位上。这场婚礼是两大家族的盛事。玛格丽特夫人早到了，现在正笑嘻嘻地看着她的同母弟弟。母亲也来了，身后跟着小妹安妮，小玛姬则站在我旁边。亨利和我并排而坐，我看到他时不时瞥我一眼，似乎想要和我说话，但又不知道从何说起。

我们之间无疑有着难以忍受的尴尬。

他上一次看见我时，我还乞求他留下泰迪，可他眼睁睁看着我被他母亲抓住，推进产房，无论我怎么恳求，他都无动于衷，泰迪现在也还被关在伦敦塔，他怕我还在生他的气。婚礼宾客的祈祷进行了很久，他从始至终都在斜眼看我，试图猜出我的心情。

“婚礼结束后，你要和我一起去保育室吗？”他终于开了口。圣坛前的一对新人刚说完结婚誓词，大主教拉起他们的手裹进圣衣里，告诉我们所有人：是上帝让这对男女结为夫妇，无人能使他们分离。

我侧过头，一脸温和地回答他：“当然要，我每天都去。他是不是很完美？”

“真是个漂亮的男孩儿！还很强壮！”他激动地低语，“你感觉怎么样？你……”他不好意思地住了嘴，“你完全康复了吗？生产的时候，没有疼得太厉害吧?”

我很想表现出王后的威严，但他脸上的焦虑和关切是那样真诚，我心中一软，老老实实地回答：“我没想到分娩过程会这么久！可我妈妈给了我极大的安慰。”

“我希望你能原谅他，原谅他让你这么痛苦。”

我告诉他：“我爱他。我从没见过比他更美的婴儿。我每天都让下人们把他抱来给我，直到他们对我说，我这样会把他宠坏。”

“我每晚睡觉前都会去保育室看他。”他向我坦白，“我只是坐在童床边，看着他酣睡的模样。我简直不能相信我们真的拥有了他。我常常害怕他没有呼吸，我会吩咐保姆把他抱起来，这时她总是向我发誓，说他一切安好。直到我看到他微微叹了口气，这才相信他真的很好。她一定觉得我是个十足的傻瓜。”

这时塞西莉和约翰爵士转过身面向我们，手牵着手走过短短的通道。穿着红黑色礼服的塞西莉容光焕发，金发披散在肩头，就像一顶金色的头纱。她的个头比我矮一些，裁缝们不得不改短裙摆。因为我再也用不上这件衣服了，所以裁缝还把衣服的尺寸改小，袖子裁短，好让她丈夫看到那优美的胳膊和手腕。站在她身边的约翰爵士显得非常疲惫，他脸上生着皱纹，眼下还有深沟，就像一条老猎犬。他轻拍塞西莉挽住他胳膊的手，偏过头听她说话。

亨利和我朝这对新人微笑。“我为你妹妹挑选了一个好丈夫。”他提醒我欠了他的情，我应该心存感激。他们在我们面前停了下来，塞西莉得意洋洋地行了个屈膝礼。我上前亲吻她的双颊，把手递给她丈夫。“约翰爵士和威尔斯夫人，”我说出这个曾经代表着背叛的姓氏，“我希望你们的婚姻美满幸福。”

我们把今天的最高荣耀赐给了他们，让他们走在所有人前头，我们则跟随他们步出礼拜堂。这时亨利握住我的手说："关于泰迪的事……"他一脸严肃地看着我，"别再问了。为了你，我做出最大的努力才让你母亲留在了宫里。我原本不该这么做。"

"我母亲？她和这件事有什么关系？"

他恼怒地说："天知道。我没听说她和泰迪卷入叛乱的事有关，我听到的传言和间谍带来的消息比这糟糕得多。我不能告诉你有多糟，他们的话简直把我气炸了。我已经为你和你的家人竭尽所能了，伊丽莎白，别向我要求更多。现在不能，将来也不能。"

我没有罢休："他们说了她什么坏话？"

他面色阴沉："她是所有谣传的中心人物，我几乎可以肯定她对我不忠。她一直在策划推翻我的阴谋，背叛我们两个，摧毁她外孙将来继承的王权。有人目睹她的仆人和许多人交谈过，要是她和这里一半的人说过话，那她就是伪善者，伊丽莎白，不管是内心还是行为都一样。种种迹象表明，是她把意图反对我们的人纠集起来。如果我有理智，我会以谋逆罪审问她，揭露事情的真相。只是因为你的缘故，我才告诉所有前来告发的人，说他们弄错了，他们全是骗子和傻瓜，而她对你我绝对忠诚。"

我觉得双膝发软。我看向母亲所在的地方，她正和她的外甥约翰·德拉波尔谈笑。我鼓起勇气反驳："我母亲是清白的！"

亨利摇了摇头。"你这话说得太绝对了，我知道她并不清白。你这么做，只能证明你也在撒谎。你是在告诉我，你会为了她来蒙蔽我。"

人们运来一根圣诞柴，准备塞进威斯敏斯特宫大厅的巨型炉子里。这根柴火是一棵大树的树干，树皮呈现灰白色。树干十分粗大，我双臂合围都抱不过来，准确地说，还差得远。它会在整个圣诞节期间持续燃烧。下人们把木头拖进来时，一个通身绿衣的小丑跨坐在上面，只见他摇摇晃晃地站起来，接着跌到地下，随后又像头灵巧的麋鹿一样跳回去。没过多久，他又故意躺倒在木头前面，眼看木头就要从他身上碾过，他倏地打了个滚，险险避开。仆人和宫廷贵族们齐唱起叙述基督诞生过程的赞美诗，配合着古老的曲调和击鼓声，显得神圣而悠远。他们不仅在讲述圣诞节故事，也是在庆祝阳光回归大地。这个故事和大地一样古老。

我的女领主含笑观看着这一幕，可要是有人举止下流，她会立刻皱起眉头，要是有人趁着狂欢干坏事，她也会毫不留情地指责他。我有些惊讶，她怎么肯让一个异端穿着绿衣服在大厅里卖弄？不过我很快想明白了，她一向急切地采纳着英国历代国王的习惯，似乎想要证明她的统治和从前那些真正的国王相比，没有太大差别。她希望通过模仿我们的行为，让她儿子和她自己脱胎换骨，成为真正的王族。

我初为人妇的妹妹塞西莉，堂妹玛姬和小妹安妮站在我的侍女们中间，和我一起观看狂欢，在下人们把树干前端塞进火炉的那一刻，她们兴高采烈地鼓起掌来。母亲就在附近，左边站着凯瑟琳，右边是布丽吉特，这个小姑娘不停拍手，笑得都快站不住了。下人们拉紧了拴在树干上的绳子，小丑扯下一段常春藤，佯装要抽打他们。布丽吉特乐得膝盖发软，笑声大得像在喊叫。我的女领主看了她一眼，微微皱起眉头，观看小丑的表演是该高兴，可这也太过了。母亲和我交换了一个苦涩的眼神，但她没有制止布丽吉特单纯的快乐。

在我们的注视之下，下人们终于把圣诞柴拖进炉子里，浑圆的木头滚到灼热的余烬上。火童铲起烧得通红的煤块，堆在木头周围。缠绕其上的常春藤噼啪作响，冒起烟雾和火焰，整段木头都覆上了灰烬，发出红光，小小的火舌舔舐着树皮。圣诞柴燃烧起来，圣诞节庆典开始了。

乐师们开始演奏，我向侍女们点点头，示意她们可以跳舞了。我喜欢被一群相貌美丽，举止优雅的侍女们围绕的感觉，就和我母亲做王后时一样。我正观看着侍女们轻盈的舞姿，无意中瞥见我的爱德华舅舅穿过一扇侧门，慢悠悠地走了进来。他走到母亲面前，微微一笑，两人互相亲吻对方的脸颊，然后紧挨在一起，似乎想要私下交谈。这其实没有什么，除了我，恐怕没人会注意，可我看到他对她说了几句话，神态非常专注，她点了点头，好像在表示同意。他朝她深深鞠了一躬，然后向我走来。

“我必须向你告别，我的外甥女，祝你圣诞快乐，也祝你和小王子身体安康。”

“看来你不能待在宫里过节了？”

他摇了摇头：“我要出趟远门。我要去履行许下多时的承诺，参加一场圣战。”

“离开宫廷？那你要去哪里呢，我亲爱的舅舅？”

“去里斯本。我今天会乘船从格林威治出发，先到里斯本，然后去格拉纳达。我会为众多信奉基督的国王效力，帮助他们把摩尔人赶出格拉纳达。”

“里斯本！然后是格拉纳达？”

我立刻看了我的女领主，国王的母亲一眼。

“她知道这件事，”他安慰我，“国王也知道。事实上，我这次就是奉了国王的命令。一个英国人参与圣战，对抗异教徒，这个计划让玛格丽特夫人很是高兴。国王还命我在途中办几件小事。”

“什么事？”我不由自主地压低声音。我家少有人能得到国王和他母亲的信任，我舅舅却是其中之一。他追随亨利流亡，是他为数不多的过命之交。他带着隶属皇家舰队的两艘船，偷偷逃离了理查德的掌控，成为最早到达布列塔尼，投奔亨利的人之一。我舅舅不离不弃的表现使得亨利确信，我们这群躲在圣所的失势王族是他的盟友。在理查德夺得大位，自立为王之后，爱德华舅舅的存在促使亨利这个王位觊觎者与我们联手，而他对他姐姐，我的母亲，前任王后伊丽莎白同样忠心耿耿。

他不是唯一一个投奔亨利，加入那些叛徒和逃亡者的人。我的同母哥哥托马斯·格雷也去过那里，不断在亨利面前申明我们的要求，提醒他不要忘记娶我为妻的承诺。我如今只能凭想象去体会亨利当时的恐惧：某天清早醒来，当少得可怜的仆人们告诉他托马斯·格雷的马不在马厩里，床铺也没人睡过时，他意识到我们转变立场倒向了理查德。亨利和加斯帕派人追赶托马斯·格雷，把他抓住后扣为人质，确保我母亲不生贰心。可他们也在害怕，害怕一切手段都不能牵制她。他们现在还把他扣押在法国，说他是法国的贵宾，还保证一定会放他回来，可直到现在，他仍然没有骑着马回到家中。

爱德华舅舅在这场王位争夺战中坚持到了最后。他留在亨利身边，跟随他参加了博斯沃思战役，在战场上贴身保护他。他如今还在为他效力。亨利绝不会忘记朋友，也同样不会忘记那些在他流亡期间改变心意的人。我想他再也不会信任我哥哥托马斯了，可他喜欢爱德华舅舅，还称他为朋友。

“他派我去执行一项外交任务。”舅舅说。

“去面见葡萄牙国王？想必里斯本不在前往格拉纳达的必经之路上吧？”

他展开一只手，笑眯眯地看着我，仿佛要和我分享一个笑话或机密。“我不会直接面见葡萄牙国王。陛下希望我看看出现在葡萄牙宫廷里的新东西。”

“什么样的东西？”

他单膝跪下，轻轻吻住我的手：“一件秘密的东西，一件珍贵的东西。”他愉快地说完，起身离开了。我环顾四周寻找母亲，看到她正对着舅舅微笑，目送他穿过欢笑，舞蹈，庆贺，赞颂的人群，来到亨利面前，向他鞠了一躬，而亨利微微颔首，表示同意。得到许可之后，舅舅快速穿过高大的厅门，脚步轻快得像个间谍。

这晚亨利前来和我同房。除去我来月事的那一周和各种宗教节日，他每夜都会来。我们必须孕育第二个儿子，必须拥有第二个儿子。一个儿子不足以保证家族的传承，不足以让一个新国王稳坐王位，不足以展现上帝赐福的力量。

我对此没有欲望，只有责任，做国王的妻子是我的工作，我从中得不到任何快乐。我厌倦这一切，可我无意反抗。他小心翼翼，生怕伤到我。他没将整个人压在我身上，也没有亲吻或抚摸我，因为我讨厌这些；他给了我最温柔的对待，还加快动作，好早点儿完成交合。为了不引起我的反感，他来之前洗了个澡，换上了干净的亚麻睡衣，虽然我并没这样要求过。

可我发现自己爱上了他的陪伴，爱上了众人退却后和他独处一室的静谧时光。他会和我坐在火炉前，一起聊聊孩子今天喝了多少奶，和他看到我时笑得有多开心。我确定孩子能认出我，也能认出亨利，这无疑证明了他非凡的智慧和远大的前途。只有在亨利面前，我才能毫无顾忌地说起我们的孩子。除了亲生父亲，还有谁能细细欣赏他微笑时露出的牙齿，赞叹他蔚蓝色的眼睛？除了亲生父亲，还有谁愿意和我一起猜想他的未来？他会是个儒雅的王子，还是个勇武的王子？抑或是像我父亲一样勤奋好学，成为万人之上的领导者？

仆人为我们端来热葡萄酒，面包，奶酪，干果和蜜饯，我们穿着睡衣并排而坐，享用起丰盛的宵夜。我把脚缩在身下取暖，他则把一双赤脚伸向红通通的炉火。我们像极了一对亲密的伴侣，有时我会迷失其中，以为这就是我们的本质。

“你和你舅舅道别了吗？”

“对，道别了。”我谨慎地回答，“他说他要去参加圣战，为您效劳。”

“你母亲跟你说过他要去为我做什么了吗？”

我摇了摇头。

亨利笑起来：“你们一家真是谨慎，你们从小就被培养成间谍了吧，我看谁都会这么想。”

我立刻摇头：“你知道我们不是。我们从小接受王族教育。”

“我知道。可登上王位以后，我时常觉得国王和间谍是一回事。我听到一个传言，说葡萄牙有一个侍童，他声称是你父亲的私生子，还放话说他应该得到英国王室公爵的身份。”

我原本面向壁炉，看着明亮的火焰出神，他的问题引得我转过头来。我对上他的棕眼睛，看出不容我躲避的逼迫之意。我感觉到他的怀疑，感觉到敏感和不善的气息在这个温暖的房间里弥散开来。我心中一震，突然清醒过来，努力保持漠然的表情：“哦，真的吗？他是谁？”

“你父亲的私生子真是多得让人数不过来，”他有些口不择言，“估计我们每年都能发现一两个。”

“的确如此，”我回答，“我希望上帝原谅他，因为我妈妈从未恨过他。”

这句话逗得他大笑起来，尽管这只让他的注意力转移了一小会儿。“她真的不恨？他怎么敢背叛她？”

我笑了笑：“他会笑她吃醋，温柔地亲吻她，还给她买来漂亮的耳环。她几乎总是有孕在身，而他是国王。谁能对他说不？”

“那可真是让人头疼，他给你留下了一大堆同父异母的兄弟姐妹。”亨利指出，“谁也不需要这么多的约克人。”

“尤其当他自己不是个约克人的时候，”我小心翼翼地察言观色，“但我们认识他们中的绝大部分。服侍我妈妈的格蕾丝就是我爸爸的私生女。她非常爱我妈妈，就像她的亲女儿一样，我们也把她当作异母姐妹对待。她对您十分忠诚。”

“啊哈，那个男孩儿声称自己拥有和她一样的王室血统，可我并不想带他回宫。我想你舅舅也许会去葡萄牙看看他，和他的主人好好谈谈，告诉他我们不需要一个私生子，一个金雀花王朝的后人。我们也不想要一个新公爵，有约克家族就够了。我们得耐心地提醒他，如今我才是英国国王，不论对这个侍童还是对他来说，和前任国王有瓜葛不是好事。”

“他的主人是谁？一个葡萄牙人吗？”

“啊，我不知道。”他含糊其辞，目光却始终没从我脸上移开，“我想不起来了。好像是爱德华·布兰普顿？你认识这个人吗？有没有听说过他？”

我皱起眉头，做出苦苦回忆的模样，尽管他的名字早已拨动了我的心弦，发出钟声一样的嘹亮清音，我想亨利一定听见了。我慢慢地摇了摇头，下意识想要咽口唾沫，可喉咙干得要命，我只好端起酒杯，啜了口葡萄酒。“爱德华·布兰普顿？”我问，“我记得这个名字，他从前为我爸爸效过力吧？我不能肯定。他是英国人吗？”

“是个犹太人，”亨利轻蔑地说，“一个来到英国，改变信仰侍奉你父亲的犹太人。事实上，你父亲还为他加入基督教担保，所以就算记不起来，你从前一定听说过他。他肯定进过宫。我前来争夺王位时，他已经离开英国了，如今四海为家，很可能重新信起了犹太教。他把那个男孩儿养在身边，放出风声，无缘无故兴风作浪。你舅舅会和他交涉，这一点我毫不怀疑。你舅舅会劝他让那个男孩儿闭嘴。伊丽莎白，你舅舅是我的忠臣。”

“他的确是。”我表示赞同，“我们都希望您知道，我们对您忠心耿耿。”

他笑了起来：“好吧，忠心这东西我从不嫌多，可我不想要那个向我讨爵位的小家伙。我相信你舅舅会用某种方式让他闭嘴。”

我点了点头，一副兴趣缺缺的模样。

“你不想看看那个男孩儿吗？”他漫不经心地问道，似乎想要给我一个恩典，“你不想看看那个小骗子？如果他真是你爸爸的私生子、你的异母弟弟呢？你不想见他吗？要不要我吩咐爱德华把他带回宫，好让你把他带回你家去？还是要我让他闭嘴，叫他永远待在国外，离你远远的？”

我摇了摇头。那个男孩儿的生死取决于我一句话。亨利正热切地注视着我，我敢打赌，他如今满心希望我求他带回那个孩子，只有表现得漠不关心，才能让他活命。“我对他没有兴趣，”我说完耸了耸肩，“而且这样一来还会惹怒我妈妈。不过你觉得怎样处置最好，就怎样做吧。”

房间里安静下来。我喝了一口酒，也为他重新满上一杯。银罐碰撞银杯，发出一连串清脆的叮当声，就像三十枚银币碰在一起。

我也许对那孩子没有兴趣，可别人似乎有。伦敦城里到处都是流言，说我弟弟爱德华和理查德在几年前逃出了伦敦塔。就在我叔叔理查德加冕之后，他们离开藏身之处，赶回英国索要王位。英格兰的花园里会再次出现约克男孩儿的身影，他们的到来会让寒冷刺骨的冬季变为温暖的春天，白玫瑰将在阳光下绽放，人民会安居乐业，平安幸福。

某日当我来到马厩准备骑马的时候，发现马鞍上别着一张纸条，纸条上是一首歌谣。我仔细阅读着上面的词句，它预言约克的阳光会再次照耀英格兰，每个人都会幸福快乐。我立刻把纸条扯下来，拿去交给国王，把我的坐骑留在了马厩里。

“我想您该看看这个。上面的话是什么意思？”我问亨利。

“意思是有人印了一首谎话一样的反诗，想要作乱。”他一脸阴郁地夺过纸条，“意思是有人浪费时间，谱出谋反的歌谣。”

“您打算怎么做？”

他冷冷地说："找到印刷歌谣的人，割下他的耳朵，切断他的舌头。换做是你，你会怎么做?"

我耸了耸肩，做出一副冷淡的模样，这个写诗称颂约克王朝的人，还有印刷这首诗歌的人，他们的死活与我何干?"我能去骑马吗?"我问。

他扬了扬手里的歌谣："你不在意这首……这首垃圾?"

我摇了摇头，睁大眼睛："不。我凭什么要在意？这东西很要紧吗?"

他笑了。"似乎对你来说不是。"

我转过身，漠然地说："人们总爱胡说八道。"

他一把拽住我的手，在手背上落下一个吻。"你把这首歌谣交给我是对的，今后无论听到什么荒唐话，都要记得告诉我，无论那些话对你来说是多么无足轻重。"

"那是当然。"我答道。

他和我一起走向马厩。"至少这件事打消了我对你的疑虑。"

歌谣事件过去不久，我的侍女悄悄告诉我，史密斯菲尔德肉类市场发生了一场大骚乱，有人宣称爱德华，也就是我的堂弟泰迪逃出了伦敦塔，在沃里克城堡竖起旗帜，打算重振约克王朝。

"市场里的人都被煽动了。屠夫学徒里有一半说他们应该拿着切肉刀去投奔他，剩下的一半说他们应该赶到伦敦塔解救他。"

我丝毫不敢向亨利问起此事，他的面色太阴沉了。连日雨雪不停，寒风刺骨，路上结了冰，可亨利还是执意骑马外出。他沉默不语，可谁都看得出他满腹怒气；而他母亲则整日跪坐在礼拜堂冰冷的石地上。时间一天天过去，越来越多的人声称自己看到了不寻常的天象，预示约克王朝复兴的星星在夜空中闪耀。清晨的博斯沃思原野上，有人看到一朵白玫瑰在草从里开放。威斯敏斯特教堂大门上钉满了诗歌。一群男孩儿划着小船，在伦敦塔下唱赞美诗，沃里克的爱德华推开窗户，向他们挥手大喊：“圣诞快乐！”国王和他母亲走姿僵硬，仿佛被恐惧冻住。

“哈哈，他们吓坏了。”母亲愉快地证实了我的想法，“他们害怕情势逆转，害怕博斯沃思战役不是终点，只是过去众多战役中的一场，那些战役数不胜数，连名字都不值一提。他们害怕玫瑰战争还会继续，只是这一次不再是兰开斯特家族和约克家族的争夺，而是博福特家族和约克家族的对抗。”

“可谁会为约克家族卖命？”

母亲没有细说：“成千上万，具体数目没人知道。天知道你丈夫已经尽力了，可他还是没能在这个国家获得爱戴。为他效力的人希望从他那里得到更多奖赏，可他给不起；被他赦免的人发现他们必须为自己当初的所作所为付出代价，不知何时才能到头。国王的赦免不像是真正的宽恕，倒像是一生的惩罚，因此人人心怀怨愤。反对他的人没有改变想法的道理，他和你爸爸不一样，他不是约克国王，既不受敬爱，也缺乏得到民心的手段。”

“他必须巩固政权，”我抗议道，“他把一半的时间用于反思，想看看他的盟友们是否还在跟随他。”

她撇嘴一笑，神情有些不自然。“你在为他说话？”她难以置信地问，“为了他顶撞我？”

我回答：“我不会责怪他的焦虑不安，不会责怪他不是三月的香草，也不会责怪他没有白雪做成的玫瑰，没有三轮太阳的照耀。他做不到这些。”

她的面色立刻柔和起来：“你说得对，像爱德华那样的国王也许一百年才出一个，人人都爱他。”

我咬紧牙关，气冲冲地说：“魅力不是衡量一个国王的标准。他有没有资格做国王，并不取决于他是否迷人。”

“你错啦，”她说，“都铎少爷怎么会没有魅力。”

“你叫他什么?”

她伸手拍了拍嘴唇，朝我眨眨灰眼睛：“都铎小少爷，还有他妈妈，整日洋洋自得的圣母玛格丽特。”

我扑哧一声笑了出来，随后摆摆手让她别说了：“冷静下来吧妈妈，他也不想变成现在这样。他从小东躲西藏，身边人时刻教导他将来要夺取王位。一个自信的人才能有魅力，可他没有自信。”

“你说得对，所以没人对他有信心。”

“那谁来领导这场叛乱?”我问，“我们没有适龄的人选，没有约克指挥官，也没有王位继承人。”她沉默了，我紧追不舍：“我们没有合适的继承人，难道不是吗?”

她有些心虚地移开目光。“第一继承人当然是沃里克的爱德华，要是你想找其他的约克继承人，你表哥约翰·德拉波尔也算一个，再不济还有他弟弟埃德蒙。他们和爱德华一样，都是你爸爸的子侄。”

“他们是伊丽莎白姑妈的孩子，不是约克嫡系。约翰已经宣誓效忠，在枢密院供职。埃德蒙也一样。包括爱德华，可怜的小泰迪，也在伦敦塔里发了誓，我们保证他不会反抗亨利，也教导他要忠诚。事实上，没有约克男丁能领导推翻亨利·都铎的叛乱，一个也没有。”

她耸了耸肩：“我真的不知道。人们口中的英雄往往是妖魔鬼怪或沉睡的圣人，要不就是王位觊觎者，这些传言几乎让你相信，有一个约克继承人正躲藏在山里，有一个国王正等待着起事的号角响起，就像沉睡的亚瑟王一样准备苏醒。人们喜欢胡思乱想，叫人如何去反驳?”

我握住她的手：“妈妈，求您说出真相吧。我忘不了很久以前的那个晚上，我们把一个侍童送进了伦敦塔里，作为理查德弟弟的替身。”

她奇怪地看着我，仿佛我也和那些希望亚瑟王重生的人一样在做白日梦。但我清楚地记得伦敦街头的那个穷孩子，他的父母把他卖给了我们。我们再三向他保证，我们只需要他去假扮一个人，等事情一完，就立刻把他毫发无伤地送回父母身边。我亲自给他戴上帽子，用围巾裹住他的脸，警告他不要说话。我们告诉前来接走理查德的人，这个小男孩就是王子本人，他因为咽喉肿痛出不了声，没人会想到我们竟敢偷梁换柱。相反地，他们都想相信我们，老主教托马斯·波切尔亲自带走了他，随后向世人宣布，理查德王子和他哥哥一起待在伦敦塔。

她没有左右张望，因为她清楚附近没人。这里只有我们两个，为防隔墙有耳，我们交谈时还压低了声音，可即便如此，她还是保持着沉默，既不承认也不否认。

“您把一个侍童送进了伦敦塔，把小弟送走了。”我小声说，“您叫我不要声张，既别问您，也别对任何人说起，就连妹妹们也不能告诉，我照您的话做了。如今我只想知道他是不是平安，只求您对我说，爱德华·布兰普顿爵士已经把他带回你身边。我从未问过您什么，我只想知道这一件事。”

“他悄悄藏起来了。”这就是她全部的回答。

“他还活着吗?”我急迫地问，“他打算回到英格兰夺回王位吗?”

“他现在很安全，也很低调。”

“他就是那个葡萄牙男孩儿吗?”我继续追问，“就是爱德华舅舅动身去看的那个孩子，爱德华·布兰普顿爵士的侍童?”

她真诚地看着我，仿佛在说，如果情势允许，她会告诉我所有的真相，口里却反问道：“我怎么会知道？我怎么会认识一个自称为约克王子的人，何况他还在千里之外的里斯本？等我们见了面，我自然可以回答你的问题。但也许我永远都不会见到他。”

1487年春

伦敦塔

我们阖宫搬回了伦敦。城里如今热闹异常，就像一个被春天唤醒的巨大蜂箱。每个人都在谈论约克王朝的王子和公爵们，说他们的再次出现就像一株爬藤上突然生出绿叶。关于此事传言甚多，有人说约克家族有一个男孩儿，一个王位继承人，他乘船驶进了格林威治，伦敦塔里有一级特殊的台阶，台阶下的密室就是他的藏身之所；有人说他从苏格兰来，打算取代他姐夫的地位，他的王后姐姐把他藏在宫里，等时机一到，就让他出现在惊讶万分的丈夫面前；有人说他远在葡萄牙，是一个英国人的侍童；还有人说他假扮成一个佛兰德斯船夫的儿子，又或是被守寡的姑妈——勃艮第公爵夫人藏了起来，他要么在一个偏僻的小岛上沉睡，要么躲在他母亲位于格拉夫顿的老宅阁楼上，靠吃苹果存活，要么和他堂兄弟沃里克的爱德华一起藏在伦敦塔里……一夜之间，一大群“约克王子”如同春天的蝴蝶般冒了出来，像阳光里的尘埃那样上蹿下跳，等待纠集军队，发动叛乱。自从在英格兰中部的泥地上赢得关键的一战，都铎人自以为得到了王冠，他们长途跋涉来到伦敦，自以为巩固了权位，事到如今，他们才发现自己被鬼火包围，受到精灵的挑战。人们争相传说着约克继承人，人人都知道有谁见过他，而且还发誓赌咒，说自己所言非虚。亨利所到之处，人人缄口不言，所以这些话没有传入他的耳中，可一旦他不在那里，人们就开始喋喋不休，那声音就像风暴之前的牛毛细雨一样，背后隐藏着极大的危机。

英格兰人在等待一个新国王，他们希望那个王子的到来像春潮般汹涌，让这个世界铺满洁白的玫瑰。

我们住进了伦敦塔。亨利似乎不再喜欢春天的郊野行宫了，虽然他去年才发过誓，说他爱死了那里。今年他觉得自己需要一座易守难攻的城堡，希望把家安在可以俯瞰天际线的地方，成为这座古城中心的绝对王者。可大家议论的焦点并不是他。史密斯菲尔德市场的牲口贩子们说，他们曾看见一头无价的雪白羔羊出现在黎明时分的山腰上；码头的卖鱼妇则赌咒发誓，说她们在两年前的一个黑夜，亲眼看到伦敦塔的水闸静悄悄地向上升起，一艘小船穿过滴水的大门划了出来，船上载着约克的玫瑰，一个男孩儿，小船迅速驶向下游，逃离了这个牢笼。

亨利和我暂住在伦敦白塔里的皇室房间，从窗口可以俯瞰一座稍稍低矮些的建筑，那里曾经关押过两个男孩儿，其中一个是我弟弟爱德华，他一心等待加冕，不料却等来了死亡，而另一个是被母亲和我送进塔里代替理查德的侍童。炉火照亮了整个房间，四壁昂贵的挂毯在火光中泛出浓丽的色彩。亨利看到我苍白的脸色，紧紧捏住我的手，什么也没说。这时保姆抱着孩子跟了进来，我淡淡地吩咐她："让亚瑟王子住隔壁，就在我的私人房间。"

"我母亲把你的十字架和祈祷椅放在那儿了，"他说，"她为你布置了一个漂亮的房间，孩子的保育室在楼下。"

我没有和他争辩的心情。"除非让孩子睡在我隔壁，否则我绝不待在这里。"

"伊丽莎白……"他语气温和地哄我让步，"你知道我们住在这里才安全，比其他任何地方都要安全。"

"我要儿子睡在我身边。"

他点了点头，既没有争辩，也没有问我到底在害怕什么。这场婚姻才开始一年，可在一些事情上，我们陷入了可怕的沉默。我们从不提起我弟弟的失踪，若是一个陌生人听过我们的谈话，他一定会认为这件事是我们之间的秘密，而且是一个罪恶的秘密。我们也从不提起我在理查德宫廷里度过的那一年以及亚瑟的来历，尽管我们都明白，他并非我的女领主大肆宣扬的那样，是因圣洁爱情结出的果实，是在甜蜜新婚夜孕育的婴孩儿。

“这看起来太奇怪了，”他只是说，“人们会议论的。”

“那我们为什么要来这里，而不是去郊外的行宫?”

他跺了跺脚，不自然地移开目光：“我们下周日要参加弥撒游行，我们所有人。”

“我们所有人，你是什么意思?”

他愈发不安：“我是指整个王室……”我静静地等他说完。“你堂弟爱德华会和我们一起去。”

“让泰迪跟去做什么?”

房间里站满了侍女，有的正对墙上的挂毯评头论足，有的忙着解开包裹，取出纸牌和针线活。他挽住我的胳膊，把我拉出房门。一阵清晰的乐声传进我的耳朵，不知是谁在弹奏鲁特琴。看来我是唯一一个讨厌这座阴森城堡的人，对其他人来说，这里反倒是他们熟悉的家。我们走进一条长长的走廊，狭小的空间里飘散着一股新鲜的香草味，让人陶醉。

“人们都说爱德华逃出了伦敦塔，在沃里克郡招募了一支军队。”

“爱德华?”我呆呆地重复了一遍。

“沃里克的爱德华，你堂弟泰迪。所以我安排他和我们一起参加前往圣保罗大教堂的游行，让人人都能看到他和我们生活在一起，还是王室的重要成员。”

我了然地点头：“他和我们一起去。你想让他出现在人前。”

“对。”

“人们看到他就会知道，他没有在沃里克郡竖起反叛的大旗。”

“对。”

“他们会知道他还活着。”

“对。”

“那些谣言自然会平息……”

亨利没有说话。

“那么从此以后，他就能作为王室的一员，和我们生活在一起。”我趁机要求，“他应该过上符合身份的生活。我们要把他当作心爱的堂弟来对待，而不仅仅是在人前做样子。我们既要让大家看到他和我们一起自由地去教堂做弥撒，也要让他和我们自由地生活在一起。我们能把表演变为现实。这不正是您想做的吗？您在人前表现得像个国王，也希望大家接受您这个国王。要是我参与了这场表演，配合您把泰迪受我们喜爱、和我们共同生活的活剧演得天衣无缝，那您就该实现它。”

他犹豫不决。

“这是我的条件，”我毫不客气地讨价还价，“要是您希望我陪您做戏，让人人都以为泰迪是我们喜爱的堂弟，并且自由地和我们生活在一起，那您必须把这场戏变成事实。我会和您一起参加周日的游行，让大家看到泰迪和所有的约克人都是您忠诚的支持者，而您会善待我和我的家人，给予我们宝贵的信任。”

他迟疑片刻，终于下定了决心：“就这么说定了。如果我们的游行说服了所有人，让谣言慢慢平息，并且大家都彻底接受了泰迪作为忠诚的王室成员住在宫里的事实，那他就能离开伦敦塔，无拘无束地住在宫里。”

“还要像我母亲一样自由，和她一样受您信任。”我继续坚持，“不管别人怎么说。”

他同意了我的要求。“如果谣言平息，他就能拥有和你母亲一样的权力。”

晚饭之前，玛姬一直缠着我不放，她和她弟弟待了整整一下午，脸上喜悦的红潮到现在还没退去。“他长个了，比我还高了！啊，我好想他！”

“他明白自己要做什么吗？”

她点了点头：“我已经详细告诉他了，我们还练习了好几遍，应该不会出岔子。他知道要走在你和国王的后面，也知道要在听弥撒时跪下祈祷。我能走在他身边吗，陛下？这样一来，我就能保证他不出错了。”

“对，对，那自然最好。”我说，“要是有人朝他欢呼，他一定不能挥手和回话，记住了，不要做出任何反应。”

“他知道，”她说，“他也理解。我已经向他解释过了，他清楚国王想让他露面的原因。”

“玛姬，要是他向民众表明自己是王室忠实的一员，我相信他能回到我们身边，关键是他不出差错。”

她的嘴唇哆嗦起来，整张脸写满了焦虑：“他做得到吗？”

我伸手搂住她，感觉怀里的身体因为期望而颤抖：“噢，玛姬，我会尽全力保护他。”

她抬起满是泪痕的脸：“他必须离开这里，陛下，再这样下去，他会被毁掉的。他在这儿上不了课，他根本见不到任何人。”

“国王不是为他指派了教师吗？”

她摇了摇头。“他们没来教过他。他整天躺在床上，读读我送给他的书，凝视着天花板出一会儿神，再看看窗外的景色。他每天可以走出房间，在花园里散一次步。可他只有十一岁，这个月才满十二。他本该住在宫里，上课，玩游戏，学习怎样骑马，他本该和同龄的男孩儿们一起成长。可如今他孤零零地待在这里，除了给他送饭的守卫，谁也见不着。他告诉我，他觉得自己开始忘记如何说话。他说他曾经花了一整天，努力回忆我的脸。他还说有时一整天过去了，可他毫无感觉，所以他现在像个囚犯一样，每过一天，就在墙上做个记号。即使这样他还是害怕，怕自己忘了记下每个月的流逝。

“他知道我们的爸爸就死在这里，也知道你的弟弟们在这里失踪，他们也不过是和他一样的男孩儿。他既厌烦又害怕，可他找不到人倾诉。看守们都是粗人，他们和他一起玩儿纸牌，赢走他少得可怜的先令，还在他面前喝酒，骂脏话。他不能待在这里，我必须带他出去。”

我十分震惊：“啊，玛姬……”

“他是皇家伯爵，如果被当成小叛徒对待，他如何能体面成长?”她严厉地质问我，“这会毁了他。可我向爸爸发过誓，说我会好好照顾他!”

我点了点头。“我会再找国王谈谈，玛姬。我会尽我所能。等人们不再时刻说到他，我想亨利会放他出来的。”我顿了顿，又说，“我们的姓氏既是我们最大的骄傲，也是我们最大的祸患。如果他不是沃里克的爱德华，而是个普通的男孩儿，他现在一定能好好地和我们生活在一起。”

“真希望我们都是平民百姓。”她语音苦涩，“要是我能选择，我情愿拥有一个默默无闻的姓氏，永世不入宫门。”

我丈夫召开了一次枢密院会议，商讨平息谣言的对策。议员们都得知了关于一个约克公爵的传闻，就连一个约克私生子来到英国夺取王位的荒唐话都被他们听在耳中。我姑妈伊丽莎白的儿子约翰·德拉波尔建议国王平心静气，淡然处之，流言会不攻自破。他父亲萨福克公爵劝亨利相信约克家族和都铎家族之间没有嫌隙，人们一旦看到爱德华和家人们走在一起，自然会安静下来。约翰还问亨利能否把泰迪放出伦敦塔，好让人人都能看到约克王朝和都铎王朝的团结。“我们应该表现得无所畏惧，”他笑着对国王说，“这是粉碎谣言的最好方式。”

“我们本来就是一体。”亨利说。

约翰向他伸出手去，而他热情地回握住。“我们本就是一体。”亨利又向他保证了一次。

国王把爱德华送了过来，玛姬和我手忙脚乱地帮他穿上新坎肩，梳好头发。他有些憔悴，稚气的面孔苍白得可怕。尽管正是长身体的时候，他的手臂和腿还是又细又瘦。他拥有约克人的魅力和漂亮的外表，可神情却异常紧张，显出我的弟弟们从未有过的慌乱。因为读得多说得少，他不大愿意说话，一开口就结结巴巴，往往说到一半就停下来，努力回忆自己想说什么。独自生活在粗人中间的经历使他极其羞涩，他只向玛姬露出微笑，也只有同她说话时，他才能不假思索地流利表达出自己的意思。

玛姬和我陪伴他来到枢密院外。房间大门紧闭，两个自耕农卫兵分站左右，交错着手中的长矛，不许任何人出来。他停住脚步，就像一匹拒绝跳跃的小马驹。

“他们不希望我进去。”我们三个从卫兵面前走过时，他可怜巴巴地看着这两个身材高大，面无表情的男人，急切地乞求。

“你必须照他们的话做，你一向这样。”

他语音里的颤抖让我想起他被带走的那一天：几个身穿这种制服的男人把他拽下楼梯，可我却救不了他。

“是国王想见你。”我安慰他，“他们会打开门让你进去。你一靠近，门就会开。”

他抬头看着我，羞涩的微笑照亮了他的脸庞，我知道他心中突然升起了希望。他悄声问：“因为我是个伯爵？”

“你是个伯爵。”我轻声说，“可他们会为你开门，只因为这是国王的意愿。国王是这里的主人，而我们不是。你要说你忠于国王，千万别忘了。”

他用力点了点头：“我向您保证，玛姬告诉我该做什么，我就照做。”

虽经过刻意安排，从伦敦塔到圣保罗大教堂的游行仍显得不大正规，王室在游行中表现得十分随意，仿佛是每天在都城里闲庭信步。我们的前后左右是自耕农卫队，可他们看上去更像在前面带路的皇家成员，而不是卫兵。亨利和我母亲走在最前头，好让人们看到现任国王和前任王后的亲睦，我的女领主选择同我手拉手走在一起，意图告诉大家，我这个约克公主已经在都铎王朝落地生根。走在我们身后的是塞西莉和她的新婚丈夫，这样一来，那些心怀不轨的人自然会明白，约克家族如今没有能用来做文章的适龄公主了。我们的堂弟爱德华独自一人走在她身后，好让等候在道路两旁的人都能看得清清楚楚。他衣饰华贵，表现却很笨拙，有一次抬脚时还差点儿绊倒。玛姬和安妮、凯瑟琳、布丽吉特一起跟在他身后，她必须控制住奔向弟弟的冲动，而不是像往常一样握紧他的手。此时此地，他得独自行走在国王的队列中，向人们展示自己。看，没有支持，没有压制，有的只是自由。

我们走进光线昏暗的圆顶教堂，一齐站在圣坛台阶上，身后的阔大空间里挤满了伦敦人。亨利一手按住爱德华的肩膀，对他耳语了几句，男孩儿立刻顺从地跪上祈祷凳，手肘放在天鹅绒搁板上，抬眼看着前方的圣坛。其他人全数退后几步，看似想留他独自祈祷，其实是要保证每个人都能看到，处在我们监护之下的爱德华比任何人都要忠贞和虔诚。他没在沃里克城堡竖起旗帜，也没在爱尔兰招募军队，更没和佛兰德斯的勃艮第公爵夫人凑在一起策划阴谋。他在他该在的地方，和他亲爱的王室家人一起，匍匐在上帝面前。

仪式结束后，我们和圣保罗大教堂的神职人员一起用餐，随后动身走向河岸。爱德华比在伦敦塔时好得多了，一路兴高采烈地和我妹妹说笑。不过亨利很快下令，要他和约翰·德拉波尔走在一起。从亨利登基的第一天起，约翰就对他忠心耿耿，不只常年陪伴左右，还在枢密院身居要职，是他的核心顾问之一。他对国王的忠诚人尽皆知，这也向夹道的民众传达出一个强有力的信息：国王才是手握大权的人。人人都能看到沃里克的爱德华本人，以及旁边如假包换的约翰·德拉波尔，他们正一边交谈，一边慢悠悠地走回家去，就像一对平常的表兄弟。他们喜欢和都铎亲属一起生活，我，塞西莉，还有我母亲也一样。

河岸上站满了前来看热闹的伦敦市民，亨利朝他们挥了挥手，唤我和他站在一起，让爱德华站在我旁边。他想让大家看到我们的和睦，看到亨利·都铎做到了原本不可能做到的事。他把和平带回了英格兰，为玫瑰战争画上了句号。

这时人群里的某个蠢货大喊："沃里克男孩儿!"啊，又来了，我有些胆怯地看了我丈夫一眼，料想他一定生气了。可眼前的情景却让我诧异，他的笑容还是那么宽和愉快，挥手的姿势还是那么高贵稳重。我回看人群，察觉人群后方正发生着一场小打斗，先前叫喊的人似乎被谁撂倒在地，死死制住。我紧张地问亨利："发生了什么事?"

"没事，什么都没发生。"他说完这句话，转身走向船尾的巨大宝座，还命我们跟他一起上船。登船之后，他稳稳地坐上宝座，示意开船。我不得不承认，如今他一举一动，都有了王者的风范。

1487年春

里士满　希恩宫

虽说眼见为实，可我们精心策划的这一幕没能让民众完全信服。距我们带着笑容满面的男孩儿走在伦敦街头不过数天，就有人放出谣言，说沃里克的爱德华在去往教堂的路上逃跑了，现在躲藏在约克郡，等待时机推翻那个红龙暴君，王位觊觎者，厚颜无耻索要王位的野心家。

我们离开伦敦城，搬进了希恩宫，可爱德华没能被放出伦敦塔和我们一起来。“我怎么能带他和我们一起来？”亨利反问我，“你难道从没想过，他一旦离开高墙的保护，就很可能被人挟持？如果这件事真的发生了，我们听到的下一个消息，就是他成为了叛军的首领。”

“他不会的！”我绝望地大喊。我开始意识到一个让人悲伤的可能，也许我丈夫会把我堂弟关一辈子，他太过小心了。“您知道的，爱德华不会离开我们去领导叛军！他所有的愿望，只是重新坐在教室里上课，只是被准许骑马，只是和他姐姐生活在一起。”

亨利冷冷地看着我，眼神像威尔士煤炭一样幽暗深邃：“他当然有可能领导军队，任何人都有可能。何况那些叛徒可不会给他选择的余地。”

我惊叫起来：“他才十二岁，还是个孩子！”

“他这个年纪已经能稳稳坐在马上了，然后他什么也不用做，只需等军队为他冲锋陷阵就行。”

我苦苦哀求：“他是我的堂弟，是我叔叔的儿子，是我的血缘至亲。求您宽宏大量，放了他吧。”

“就因为他是你叔叔的儿子，你就觉得他应该被释放？你的家人掌权时有这么仁慈吗？伊丽莎白，你别忘了，你父亲曾把他的亲弟弟——爱德华的父亲关在伦敦塔里，以叛国罪处死！你堂弟爱德华是逆贼的儿子，那些叛徒纠集起来反对我时，喊的也是他的名字。他不能离开伦敦塔，直到我确定我们四个人，我妈妈、你、我，还有真正的继承人亚瑟王子安全无虞。”

他踱到门边，又回头狠狠瞪了我一眼：“别再要求我放过他，别这么胆大妄为。你不知道我因为爱你，默默做了多少事，这已经远远超出了我的本分。”

门砰地关上，我听到金属碰撞的声音，卫兵们正匆忙地举起长矛，向他敬礼。

“你做了多少？”我对着锃亮的木门板发问，“因为爱我？”

整个大斋节期间，亨利没有踏进我的房门半步。这源于一个古老的传统：在复活节到来前的几周里，一个虔诚的男人不能碰自己的妻子。河畔的金色水仙开始盛放，画眉在黎明的树梢唱起婉转的情歌，天鹅沿河筑起巨大的巢穴，世间万物都喜气洋洋地寻找着伴侣，只有我们形单影只。亨利谨守戒律，决心顺从他母亲和教会的意志，做个听话的儿子和国王，我只好邀请玛姬和我同睡。玛姬每天要跪坐几个小时，一边祈祷，一边翻来覆去地念叨她弟弟的名字。时间一长，我也习惯了。

有一天，我突然发现她在向圣安东尼祈祷，我没有惊动她，只是悄悄地背过身去。圣安东尼是一位能帮助人们寻回失物的圣人，他能回应我们微茫的希望和注定失败的举动。她一定感觉到弟弟要消失了，最终会像我的亲弟弟那样，生不见人，死不见尸。他们三个会和自己的姐姐失散，再也回不来。

宫廷斋戒贯穿了整个大斋节，人们不许吃肉，也不许跳舞和游戏。我的女领主一身黑衣，仿佛基督的遭遇给了她特殊的启示，唯有她才能理解他的苦难。自从入主英格兰以来，都铎家族一直受到国人的冷遇，如今她和亨利每夜私下祈祷，似乎之前的种种困扰都是出于上帝的旨意，他们奉命忍受一切，如同耶稣忍受沙漠的孤独和门徒的背叛。他们就像两个殉道者，除了他们自己，没有人明白他们的痛楚。

这对母子周围形成了一个紧密的小圈子，其中有玛格丽特夫人的心腹约翰·莫顿，他既是她的神父，也是她的朋友；还有王叔加斯帕·都铎，他曾在流亡期间养大亨利；其他人分别是牛津伯爵约翰·德·维尔，托马斯·斯坦利伯爵和他弟弟威廉爵士。他们的人数太少了，在这座庞大的宫廷里，愈发显得势单力孤。这里明明是他们安全的家，可他们总是畏惧其他人，仿佛时刻处于敌人的包围之中。

我开始意识到他们的与众不同。有一天，我的女领主和我一起沿着河岸散步。波光耀眼，阳光洒在脸上暖融融的，山楂树开出雪白的花，空气里飘散着一缕花蜜的甜香，这时她愤愤地说，英格兰实在是一片未开化的罪恶沙漠。母亲正拿着一束湿漉漉的水仙花，脚步轻盈地走在春草上，一听这话，忍不住哈哈大笑起来。

我退回侍女们中间，和母亲走在一起。“我得和你谈谈，你必须把一切都告诉我。”

她的笑容还是那样平静动人，“你一生不断学习，”她不紧不慢地取笑我，“能说四种语言，热爱音乐，欣赏艺术，对印刷术有极大的兴趣，也喜欢英文和拉丁文书法。可现在我很高兴，你终于和我一样聪明了。”

我向她说明现在的情形：“我的女领主整天担惊受怕，认为英格兰的春天是黑暗的沙漠，她儿子简直成了哑巴。除了几个心腹，他们谁也不相信，外面的流言也越来越多了。新的叛乱要开始了，是不是？你一定知道整个计划，也知道谁是领导者。”我停了下来，把声音压到最低，“他在路上了，是不是？”

母亲一言未发，只是默默地走在我身边，姿态优雅如昨。过了一会儿，她停住脚步，摘下一朵水仙花蕾，轻轻别在我的帽子上，悄声问：“自从你结婚以后，我就不再向你说起这些事了，你觉得是我疏忽了吗？”

“不，当然不是。”

“还是因为我觉得你没兴趣知道？”我摇了摇头。

“伊丽莎白，婚礼那天，你发誓要爱你的丈夫，要尊重和服从你的君王。在未来的加冕礼上你也要许诺，在上帝面前立下最庄重，最有约束力的誓言。你要成为他的忠臣，第一忠臣。你的头顶会戴上王冠，胸口会涂上圣油，你不能发伪誓，我的孩子。你要对他坦诚相待，你们之间不能有秘密。”

“他不相信我！”我忍不住大喊起来，“你什么都没告诉我，可他总是怀疑我知道整个阴谋，还故意保守秘密。他一次又一次地问我知道些什么，还常常警告我，说他已经对我们够宽容了。他母亲认定我背叛了他，我相信他也是这么想的。”

“或许他将来会信任你。”她说，“如果你们一起生活几年，说不定会成为一对恩爱夫妻。只要我不告诉你任何事，你就不会陷入必须对他撒谎的窘境，也不会为自己该向谁效忠而左右为难。我不想让你在亲族和夫家之间做出选择。作为母亲，你应该相信自己的儿子会是下一任国王，我不希望你太过纠结。”

必须在都铎家族和约克家族之间做出抉择的念头让我恐慌。“可要是我一无所知，我会像漂浮在水面的落叶，随波逐流，无力改变自己的命运。”

她笑了起来："是啊。干吗不随波逐流呢？正好能看看河水会把你带向何方。"

我们重新陷入了沉默，沿着河岸走回希恩宫。这座美丽的宫殿有许多塔楼，是河湾最醒目的风景。当我们走近宫殿时，几匹马飞奔到国王的御门前。骑手们下了马，其中一个摘下帽子走了进去。

母亲领着侍女们，从这群带着武器的男人面前走过，优雅地接受他们的礼敬。"你们看起来很疲惫，"她和颜悦色地说，"是走了远路吗？"

"我们从佛兰德斯赶回来，一路上不眠不休。"其中一个人夸口说，"我们骑着马跑得飞快，就像后面有魔鬼一样。"

"是吗？"

"不过这个魔鬼没在我们后面，他在我们前面呢。"他悄悄吐露出一个秘密，"赶在我们前头，也赶在国王陛下前头，趁我们正吃惊的时候，准备起兵造反。"

"够了。"另一个长官模样的人出声制止了他。他脱下帽子，向我和母亲致意。"我向您道歉，陛下。他憋得太久了，现在就想说个痛快。"

母亲朝两人微微一笑："哦，没有关系。"

一个小时之后，国王召开了一次上议院会议，与会的都是他危难时的得力助手。一头红发的加斯帕·都铎垂着脑袋，灰色的眉毛拧成一团，他在为侄儿和王朝的安危忧心。牛津伯爵和亨利挽手而行，急切地商量着应对之策：如何招兵买马？哪些城市可以信任？哪些城市不能惊扰？约翰·德拉波尔紧跟在他忠心万分的父亲后面，两人一前一后走进议会厅，随后而来的还有斯坦利兄弟，考特尼兄弟，大主教约翰·莫顿，以及玛格丽特夫人的管家雷金纳德·布雷，这些人不是亨利的朋友，就是亨利的亲族，他们合力把亨利·都铎拱上了王位。可他们现在才发现，要让他屹立不摇，实在太难了。

我走进保育室，发现我的女领主，国王的母亲也在。她坐在角落的大椅子上，看保姆给孩子换完尿布，再用襁褓紧紧裹住他。她不常到这里来，可她紧绷的面孔和手心的汗珠告诉我，她在为孩子的平安祈祷。

“有什么坏消息吗?”我轻轻地问。

她看我的眼神充满责备，仿佛这一切都是我的错。“有人说你姑妈勃艮第公爵夫人找到一位将军，花了大价钱让他卖命。据说他英勇无敌。”

“一个将军?”

“他正在招兵买马呢。”

“他们会来这里吗?”我小声问着，目光飘向窗外，我刚刚漫步过的河流就在不远处，河流之外是宁静的田野。

“不会。”她斩钉截铁地说，“加斯帕会阻止他们，亨利会阻止他们，就连上帝也会阻止他们。”

在去母亲房间的路上，我匆匆经过了国王的房间，看到会客室的门仍然紧闭着。大部分贵族都在里面，他们现在一定暴跳如雷，忙着判断这场全新的危机会对都铎王权造成多大的影响。他们一定在想：我们需要担心吗？我们应该怎么做?

我不由自主地加快脚步，伸手捂住嘴巴。我害怕即将到来的危机，也害怕亨利为了自保而向人民出手。如果那一天真的到来，势必酿成比外敌入侵更暴力，更可怖的悲剧。

母亲的房门也紧闭着，没有仆人候在外面为我开门。这里太安静了。我自作主张推开了门，房间里空空荡荡，就像露天历史剧里的场景，可是演员们还没到来。侍女们一个也不在，乐师也不知去了哪里，只剩一架斜倚在墙边的鲁特琴。房间里的东西都保持着原样，椅子一把不少，挂毯悬在墙上，桌上放着母亲的书，盒子里还有她的针线活，可她本人却不见踪影。照此看来，她好像离开了这里。

我无法相信这一点，内心忐忑得像个被抛弃的孩子。我朝门里喊道："妈妈？母后？"没有人回应我。我走进静谧的会客室，在这间洒满阳光的屋子里东张西望。

我推开私人房间的门，里面也是空的。一把椅子上散落着零星的布片和线头，窗台上放着一条丝带。我捡起丝带绕在指间，幻想能从中看出端倪。这里太安静了，我觉得自己像在做梦。挂毯的两角被穿堂风吹起，这是房间里唯一的动静，外间斑尾林鸽的咕咕声，也成了这里仅有的声响。我再次呼喊："妈妈？母后？"

我在卧室门上叩了几下，轻轻推开，可我没指望能在里面找到母亲。房间里果然空无一人，床上的亚麻床单被掀走了，只剩下光秃秃的床褥，木柱上的床帘也不见了。不管去哪里，她都随身携带卧具。我打开床脚的柜子，发现她的衣服也被拿走了。我把目光投向梳妆台，那是侍女平日替她梳头的地方，上面的银镜、象牙梳、黄金发夹、装着百合花油的刻花玻璃瓶都没了踪影。

她的房间空了。整件事像被施了魔法：她在一个早晨无声无息地消失，这一切就发生在一瞬间。

我立刻转过身，向王后房间走去。那是我的女领主同侍女们消磨时光的地方，除此之外，她也花心思打理宫廷，维持权威。在她忙碌的时候，侍女们会待在一旁为穷人缝衬衣，听人朗读圣经。今天她的房间格外热闹，不时有人进进出出。刚一走近，我就听见门里传来嘻嘻哈哈的声音，这时下人们打开门，通报我来了。一走进房间，我就看到我的女领主端坐在金色的华盖下，架势像极了王后，一大群女子环绕在她身边，其中不乏我母亲的侍女，她们已然被收入玛格丽特夫人宫中。侍女们睁大眼睛看着我，好像要对我吐露秘密，可最终什么也没说，她们显然被带走我母亲的罪魁事先警告过。

“我的女领主。”我略略弯了下膝盖，向我的婆母，国王的母亲行礼，她起身微微点了点头。我们迎面走向对方，亲吻彼此冰凉的面颊。她的嘴唇一碰到我，我立刻屏住呼吸，似乎不想闻到她头巾上常年不散的味道，那是焚香时沾染的烟气。吻脸礼一完，我们各自退后一步，互相打量起来。

我开门见山地问：“我母亲在哪儿？”

她神情严肃地看着我，就像还没准备好跳舞取乐似的：“也许你该和我儿子谈谈。”

“他正在会议室和大臣们商讨国事。我原本不想打扰他，不过我待会儿会去找他，然后告诉他是你让我来的。如果你不想这样，能否把我母亲的下落告诉我？还是说你也不知道？所以你平时说自己什么都知道，只是在装模作样喽？”

“我当然知道！”她果真被我激怒了。她匆匆扫过侍女们热切的脸，向我做了个手势，示意我们应该去内室单独谈谈。我跟着她去了。走过母亲的侍女们时，我发现有人不见了，我父亲的私生女，我的异母姐妹格蕾丝不在这里。我暗暗希望她是和母亲一起离开了，如果真是这样，她们不管去了哪里，也能互相照应。

我的女领主，国王的母亲亲自关上了门，指了指我该坐的地方。我们同时坐下——即使到了现在，我们在礼仪上仍然一丝不苟。

我又问：“我母亲在哪儿？”

我的女领主低声说：“她得为叛乱负责。她给弗朗西斯·洛弗尔送去财物和仆人，后者则向她传递消息。她不但知道他的所作所为，还为他出谋划策，提供支援。她告诉他约克郡外的哪户人家可以供他藏身，还给他人手和武器。在我操办亨利北巡事务的同时，她也在策划一场推翻他的叛乱，打算在他巡游途中伏击他。她是你丈夫和儿子的敌人。我为你难过，伊丽莎白。”

我惊得寒毛直竖，几乎听不清她的话：“我不需要你的同情！”

“你需要，”她紧追不舍，“你生母阴谋对抗的是你和你丈夫，她想让你们送命，想让你们垮台。她不仅参与了洛弗尔的叛乱，如今还偷偷给她远在佛兰德斯的小姑子写信，怂恿她入侵英国。”

“不，她不会那么做。”

“我们有证据，”她的话残忍无情，“你母亲是罪有应得。我很抱歉，这对你和你的家人来说是极大的耻辱，也是对你家族姓氏的玷污。”

“她在哪里？”我问。我心里害怕得要命，唯恐她已经被带进伦敦塔，囚禁在曾经关押过她儿子的地方，再也不能出来。

“她已经脱离尘世了。”玛格丽特夫人庄严地说。

“什么？”

“她已经认识到自己的错误，去了柏孟塞修道院忏悔罪过，和修女们一起生活。当我儿子把谋逆的证据摆到她面前的时候，她承认自己有罪，也接受了离开宫廷的惩罚。”

“我想见见她。”

“你当然可以去见她，当然。”玛格丽特夫人居然爽快地答应了，我能从她半眯的眼中看到一丝期待的光芒，“你可以留在她身边。”

“让您失望了，我不打算待在柏孟塞修道院。我会去看望她，然后和亨利谈谈，务必让她回宫。”

“她不能拥有财富和权势。”玛格丽特夫人发出警告，“她会用它们来对抗你的丈夫和儿子。我知道你有多爱她，可是伊丽莎白，她现在是你的敌人，她不再是你和你妹妹的母亲。她为想要推翻都铎王朝的人提供资金，给出建议，还向他们通风报信。她和玛格丽特公爵夫人密谋，后者现在正忙着招兵买马，准备和亨利大干一仗。她和我们生活在一起，同我们的宝贝王子玩耍，天天和你见面，却在背地里策划毁灭我们的阴谋！”

我站起身来，走到窗边。第一批夏燕从水面掠过，在空中飞舞盘旋，不时翻起奶油色的肚皮。这群小家伙似乎很喜欢用鸟喙啄破自己的倒影，和甘甜的泰晤士河水一起嬉戏。我转身说道：“玛格丽特夫人，我母亲不是无耻之徒。她不会做出任何伤害我的事。”

她慢慢摇头。“她坚决要求我儿子娶你，作为换取她忠诚的代价，我们照做了。王子出生时她也在场。作为他的教母，她在洗礼上出尽了风头。我们对她以礼相待，不只让她住在宫里，还给了她一大笔养老金。可她现在意图夺走亲外孙的继承权，让另一个人取代他坐上王位，这太无耻了，伊丽莎白。她这是两面三刀，你不能否认吧？这种行为真不光彩。”

我以手掩面，不愿看她的表情。要是她得意洋洋，我只会讨厌她，可她这副惊恐的模样让我惶惑。她是否和我一样，感觉自己苦心经营的一切就要分崩离析？

“我和她一向不和，”她对我说，“可看到她离宫时，我心里并不好受。这是她的灾难，也是我们的灾难。我希望我们能成为一家人，组成一个团结和睦的王室家庭，可她一直阳奉阴违，刻意欺瞒我们。”

我不能为她辩护，只好垂下头，任凭一丝惊恐的呻吟从紧闭的牙关迸出。

“她并不安分，”玛格丽特夫人总结道，“她准备继续你们约克家族输掉的这场战争。她表面上与我们握手言和，内心却没有接受这个结果。如今她还和你，她的亲生女儿为敌。”

我发出一声细微的呜咽，两手捂住脸，慢慢软倒在窗台上。玛格丽特夫人不再说话了，她穿过房间，干脆利落地坐到我旁边。

“她是为了她儿子，是不是?”她的话音有些倦怠，“你是她的亲生女儿，要不是为了儿子，她怎么忍心伤害你？也只有儿子才能让她狠下心来，造自己外孙的反。我知道她对亚瑟的爱不比我们少，关于此事的唯一解释就是她更爱儿子。她一定认为她的两个儿子中有一个还活着，她希望把他扶上王位。”

“我不知道，我不知道！”我撕心裂肺地哭喊着，几乎语不成声。满耳都是自己的抽噎，我简直听不清她在说些什么。

“那我问你，他是谁?”她突然怒气冲冲地朝我大叫，“除了你弟弟，还能有谁？她会把谁置于亲外孙之上？她对谁的爱多过对我们亚瑟王子的？亚瑟可是出生在亚瑟王的故乡温彻斯特！谁能得到她的偏爱?”

我麻木地摇头，感到热泪沾满我冰凉的手，在脸上肆意流淌。

“她不会为了不相干的人来斗垮你，”玛格丽特夫人在我耳边低语，“她这么做自然是为了儿子。告诉我，伊丽莎白，把你知道的一切都告诉我，这样我们才能保证你儿子亚瑟的继承权稳稳当当。你母亲是不是把一个儿子藏起来了？他是不是和你姑妈一起生活在佛兰德斯?”

“我不知道，”我无助地回答，“她从没告诉过我任何事。我说我不知道，这不是谎话。她希望我永远不必对你隐瞒什么，也不想让我受到这样的质询。她努力保护我远离纷争，所以我不知道。”

晚餐开始前，亨利带着内侍来到我的房间。他笑得真勉强，我知道他努力扮演着国王，试图藏起内心的恐惧，尽管他正在失去一切。

“我待会儿要和你谈谈。”他用冰冷低沉的语调说，“在今晚我来你房间的时候。”

“陛下……”我小声呼唤。

“不是现在。”他的话不容置疑，“我们需要让所有人看到我们的团结，看到我们是同心同德的亲人。”

“您不能违背我母亲的意愿，把她关起来。”我向他抗议。一想到伦敦塔里的堂弟，柏孟塞修道院里的母亲，我就心绪难平。“我不喜欢家人被关押，我无法容忍。不管你怀疑他们犯了什么样的罪，我都忍受不了。”

他不耐烦地制止我：“今晚我会到你房里来，到时我自会解释。”

玛姬向我投来一个惊骇的眼神，默默地走到我身后，为我托起长长的裙摆。我丈夫握住我的手，带着我走入餐桌。我向随侍左右的宫人微笑，我也必须微笑。宫廷的气氛真是欢乐，可我心里却在想，这里从前的女主人，我的母亲，今晚会吃些什么？

今天亨利很守时。一离开礼拜堂，他就换上睡衣，径直来到我的房间。陪护他来到卧室的贵族们一走，房间里立刻安静下来，只有玛姬等在一边，想看看我们还有什么需要。不一会儿她也走了，临去时睁大眼睛看了我一眼，好像在害怕明天一早，连我也会消失。

“我这么做，不是要拘禁你母亲。”亨利爽快地说，“如果可以的话，我不会把她送上审判席。”

“她到底做了什么？”我苦苦追问。她不是无辜的，我骗不了自己。

“你这是什么意思？”他反问我，“还是说你想知道我了解多少真相？”

我轻叹一声，从他身边走开。

“坐下，坐下。”他说完追了上来，握住我的手，把我拉到火炉边的椅子前。这里很舒服，是我俩惯常的座位。他把我按到椅子上，拍了拍我通红的脸颊。在这一瞬间，我突然有种扑到他怀里，伏在他胸前哭泣的冲动。

我很想告诉他，我的确什么也不知道，可又害怕这一切只是他的算计。一边是我的母亲和兄弟，另一边是我的儿子，选择谁都让我痛苦。我无法决定英格兰的下一任国王是谁，这最终也成为了让我费解的难题。我可以献出世间的任何东西，只求再见我亲爱的弟弟一面，知道他是否平安。但有两样东西是我给不了的——英格兰的宝座和亨利的王冠。

“我对此一无所知。”他说完重重地在我对面坐下，用拳头抵住下巴，凝视着炉子里的火焰，“我竟然对此一无所知，这是最糟糕的。但她确实给你身在佛兰德斯的玛格丽特姑妈写了信，玛格丽特如今正起兵对抗我们。你母亲和所有约克遗族取得了联系，他们要么是她的娘家人，要么是对你父亲和叔叔感恩戴德的人。她吩咐他们做好准备，等玛格丽特的军队一登岸，他们就应声而动。她还给流亡者和藏匿者写信，同她的小姑，约翰·德拉波尔的母亲伊丽莎白密谈。她甚至还造访了她的婆婆，也就是你的祖母塞西莉公爵夫人。他们曾经激烈反对过她的婚姻，如今却和她结成同盟，共同对抗更强大的敌人，也就是我。我知道她给洛弗尔写过信，我还亲自看过。她是那场叛乱的幕后黑手，就连她送给洛弗尔多少财物让他武装军队，我也知道得一清二楚。那些钱是我给她的，是我批给她的津贴。我全都知道，我用自己的眼睛看到了一切。她的信统统在我手里，证据确凿。”

他疲惫地呼出一口气，喝了点儿酒。我惊惶地看着他。这些证据足以让他囚禁我母亲一辈子。如果她是个男人，他们一定会以叛国罪砍掉她的脑袋。

他口气严厉地继续说道：“这些还不是最坏的，也许她还做了别的事情，只是我不知道。我不知道她全部的盟友，也不知道她绝大部分的计划。我根本不敢细想。”

“亨利，你在怕什么？”我小声问，“你害怕她做了什么？你看上去不太妙。”

他显出一副被烦得受不了的模样："我没什么好怕的。你姑妈勃艮第公爵夫人纠集了一支强大的军队，打算起兵推翻我，我对此一清二楚。"

"真的？"

他点了点头。"你母亲同时在英国煽动叛乱，想要来个里应外合。今天我把整个议会召集到这里了，我确定自己有控制贵族的能力，至少……他们全都宣誓效忠。要是你母亲和姑妈真的引兵而入，我还能信任谁？而且带领这支军队的人是……"他就此打住了。

"是谁？"我问，"谁会让您怕成这样？"

他移开目光。"我以为你知道。"

我心里一阵发慌，上前拉住他的手说："真的，我不知道。"

他紧紧握住我的手，目光凌厉得像要看穿我的灵魂。他似乎很想知道我值不值得信任，这种迫切之情远远超过了其他渴望。毕竟我不只是约克公主，还是他的妻子，他儿子的母亲。

"你觉得约翰·德拉波尔会改变立场，领兵对抗你吗？"我说出了表哥的名字，他还曾是理查德的继承人，"你害怕的是他？"

"你听到什么对他不利的消息了？"

我摇了摇头。"完全没有，我发誓。"

他说："那个人比他更可怕。"

我静静地站在他面前。那个让他尤为畏惧的敌人引发了我的好奇心，比一个约克表亲更有分量的人是谁？我想知道亨利会不会说出这个名字。

"他是谁？"我小声问。

亨利没有做出直接的回答。似乎有一个魔鬼闯入了我们的私人房间，人人都在说它，可谁也不敢叫出它的名字。出于这种迷信，亨利也不会说出来。

他只是说："我已经准备好了，不管她请来领导军队的人是谁，你可以告诉大家，我准备好迎敌了。”

“他到底是谁?”我大着胆子鼓励他说出来。

可亨利只是摇了摇头。

第二天一早，原本该来礼拜堂做晨祷的约翰·德拉波尔没有出现。我坐在廊台上向下张望，留意到他平日的座位是空的。晚餐时他依然不见踪影。

“我表哥约翰去哪儿了?”我向玛格丽特夫人发问。我们已经用完了晚餐，正等牧师结束冗长的诵读，她要求大斋戒期间日日如此。

她狠狠地瞪了我一眼，让我觉得刚才的发问好像侮辱了她。“你在问我吗?”她没好气地说。

“我问你我的表哥约翰在哪儿?”我重复了一遍，以为她刚刚没有听见，“他今天早上不在礼拜堂，我一整天都没看见他。”

“你该问的人是你妈妈，不是我。”她恨恨地说，“她或许知道。你还该问问你姑妈，约克的伊丽莎白，身为他母亲，她可能也知道。你最该去问的人是你姑妈约克的玛格丽特，那个狡诈的勃艮第公爵遗孀，她一定知道，因为他就在投奔她的路上。”

我倒吸了一口凉气，抬手捂住嘴巴：“你说约翰·德拉波尔去了佛兰德斯? 你怎么能想出这种事?”

“这不是我想出来的，这就是事实。但凡此事有一丝疑点，我就不会讲出来。如我所说，他是个阴险的伪君子。他坐在我们的议会里，聆听我们的抵御计划，得知我们对叛乱的恐惧，现在他逃到了外国的姨妈那里，说他一直心向约克王朝，就像你和你所有的族人一样。”

“约翰是伪君子?”我艰难地重复了一遍。我无法相信她的话。如果这件事是真的，那么他们害怕的其他事情或许也不会假，难道真有一个伯爵，公爵，甚至是一个约克王子藏身国外，等待发动战争的良机？“我表哥约翰去了佛兰德斯？”

“约克人就是这么虚伪。”她当面辱骂我，“也只有约克人才会这么虚伪，你们一向如此。”

我的女领主，国王的母亲告诉我，我们会在初夏前往诺维奇，因为国王希望在民众面前露脸，给他们带去公平和正义。可她紧张的眼神出卖了她，我立刻觉出这是谎话，不过并没有拆穿。我不动声色，等她一心扑在出巡事务上无暇顾及我时，就在三月末声称自己身体不适，需要卧床休养。我留下玛姬看守卧室门，告诉人们我在睡觉，而我则换了便服，裹上黑斗篷，悄悄来到宫外的码头，搭上一艘小船，神不知鬼不觉地向下游而去。

河上的风很凉，我以此为借口，拉起兜帽盖住脑袋，用头巾蒙住脸。我离宫时带上了我的马夫，虽然不知道我们此行的目的，但他猜出这是犯禁的事，为此一路上忧心忡忡。小船顺流直下，行得飞快。因为逆流，回程的船速会慢一些，不过我已经算好了时间，等潮水一涨，我们就启程返回希恩宫。

小船载着我来到修道院的河阶前，马夫率先跳上岸，伸出手来搀扶我。船夫答应我会等在这里，带我回宫。他眼里透着暧昧，显然把我当成了出宫私会情郎的侍女。我走上湿漉漉的台阶，穿过横跨在河上的小桥，绕过修道院的围墙，来到紧闭的大门前。我拉响了门铃，倚靠在用黑燧石和红砖砌成的围墙上，等待守门人的到来。

大门上的一扇小门开了。“我想见……”话刚出口，我就说不下去了，我不知道这里的人是如何称呼母亲的，毕竟她已经失去了王后的身份，成了谋逆叛国的嫌疑人。我连她是否还用真名也不知道。

“您要见寡后殿下吧。”门里的女人生硬地说，这个称谓如此恭敬，仿佛博斯沃思战役从没发生过，而金雀花王朝仍旧欣欣向荣。她打开门让我进去，示意马夫留在外面等我。

“你怎么知道我要见她？”我好奇地问。

她朝我一笑：“你不是第一个来这里见她的人，但我怀疑你会是最后一个。”她口里说着话，带我穿过一片草地，草地用镰刀割过，显得十分平整。最后她停在一座小屋前，这里位于整个建筑群的西侧。“她是位了不起的女士，人民会永远忠于她。她现在在礼拜堂。”她朝墓地后方的教堂点了点头，“不过你可以在她的房间等等，她很快就来。”

她带我来到一间洁净的屋子门口，里面的墙壁粉刷得雪白，书架上摆放着母亲最爱的书卷，装订的手稿和印刷的新书都在其中。墙上悬挂着一个用黄金和象牙制成的十字架，火炉边的椅子上放着一个盒子，里面有她为亚瑟缝制的小睡衣。这里的一切都不同于我的想象，我在门口踌躇了一会儿，微微松了口气，至少母亲的住所不是一座阴冷的塔楼，也不是某个清苦的修道院，房间的陈设很符合她的身份，是她一向喜爱的风格。

透过房间里的一道门，我能看到她的房间，更远处摆放着一张带有帘幕的床，上面铺着精美的绣花床单。这里不是幽闭的牢房，母亲也没有忍饥挨饿，她过着一个退隐王后的生活，修道院上下都听她差遣。

我坐到火炉边的凳子上，听到屋外的石板路踏踏地响了起来，门开了，母亲出现在我面前。我哭着扑进她怀里，她柔声安慰我，叫我别哭了。我们重新坐回火炉边，她紧握着我的手，和从前一样笑眯眯地看着我，让我相信一切都会好起来。

“可你不能随意离开吗？”我向她求证。

“不能。”她说，“你求亨利还我自由了？”

“当然啦，你一失踪我就去求过了。他说不行。”

“我就知道他会这么说。我必须待在这里，至少现在是。你的妹妹们还好吗？”

“他们很好，”我回答，“凯瑟琳和布丽吉特都在学堂念书，我告诉她们你隐居去了。布丽吉特自然想陪在你身边，她说自己难以承受尘世的虚妄浮华。”

母亲笑起来：“我们有意让她亲近上帝，她也一直认认真真地遵从。那我的侄子们呢？约翰·德拉波尔怎样了？”

“失踪了。”我向她坦白。她握住我的手一紧。

“被抓起来了？”她问。

我摇了摇头。“他逃跑了。你似乎不知道这件事，可我还是不确定，你对我说的都是实话吗？”

她没有回答。

“亨利说他有你阴谋推翻我们的证据。”

“我们？”她冷冷地重复了一遍。

我羞红了脸：“是推翻都铎家族。”

“喔，”她语带讽刺，“原来是‘我们都铎家族’。你知道他具体掌握了哪些事吗？”

“他知道你给玛格丽特姑姑写了信，还煽动约克的亲朋好友起来造反。他提到了伊丽莎白姑姑，甚至还说到了祖母。”

她点了点头：“没有更多了？”

“妈妈，这已经太多了！”

“我知道。可是你好好想想，伊丽莎白，他掌握的可能不止这些。”

我害怕起来：“还有更多的事？”

她耸了耸肩："这是一个大阴谋，只做这些事怎么够?"

"好吧，可他只告诉我这么多。他和他妈妈都不信任我。"

她哈哈大笑起来。"他们连自己的影子都不相信，凭什么要信任你?"

"就凭我是他的妻子和王后。"

她漫不经心地点了点头，似乎没觉得这件事有多要紧。"他觉得约翰·德拉波尔去哪里了?"

"也许去了佛兰德斯的玛格丽特姑姑那里?"

她显然并不惊讶。"他离开时有没有遇到危险?"

"据我所知没有。可是母后……"

我话音里的恐惧让她立刻软了下来。"亲爱的，这些日子委屈你担惊受怕了。不过我想用不了多久，一切都会改变。"

"我儿子怎么办?"

"亚瑟生来就是王子，没人能夺走他的身份，也没有谁会这么想。"

"那我丈夫呢?"

她几乎又要大笑起来："啊哈，亨利生来就是个普通人，也许死时也会是个普通人。"

"妈妈，我不能放任你起兵对抗我丈夫。我们两家已经握手言和了，你曾经希望我嫁给他。现在我们不仅结了婚，还有了一个儿子，这孩子应该是下一代英格兰国王。"

她腾地站了起来。房间很小，她向前走了三步，就到了窗前。窗户离地很高，窗外是幽静的草坪和小小的修道院教堂。"也许吧，也许他会成为国王。可我从未预见过这一点。我不能亲眼看到，不过它也许真会发生。"

"你不能告诉我吗?"我追问她，"不能告诉我将来会发生什么吗?"

她转过身来，我看到她垂下眼帘，面露微笑："你希望我以什么样的身份告诉你？像我母亲那样的预言家？还是阴谋家，谋逆者?”

“两样都行!”我大喊起来，“什么都行！你就不能告诉我吗？有谁能告诉我，英格兰将要发生什么?”

她摇了摇头。“我无法确定。”她只愿意说这么多。

“我得走了。”我有些烦躁，“我必须赶在涨潮时回到希恩宫。不久之后，我们就要出巡了。”

她问：“去哪儿?”

我突然意识到一个严峻的问题，如果我告诉了她，她一定会利用这个情报。她会给叛军写信，给英格兰内外的敌人传递消息。一旦向她透露只言片语，我就会彻底卷入这场阴谋，这意味着我在为约克家族充当间谍，帮助他们伤害我的丈夫。

“诺维奇，”我紧巴巴地说，“我们打算在那里度过圣体节。我现在告诉你了，你应该又要策划袭击了吧?”

这个消息似乎让她很愉快：“啊，这么说他觉得我们会入侵东海岸，原来他是这么想的。”

“什么?”

“他去诺维奇不是为了过节，而是为了做好东海岸的防御准备。”

“他们真会入侵？从佛兰德斯?”

她吻上我的额头，完全忽略了我的恐惧不安。“你不用担心，也不必知道。”

她陪我走到大门口，绕过修道院的围墙，来到涅敬加河边，河水已经上涨了，码头直伸入水中，等候我的小船在水波中起起伏伏。她亲吻我的脸颊，我跪倒在地，感到她温热的手掌轻轻按在我的兜帽上。“上帝祝福你。”她温柔地说，“从诺维奇回来之后，就到这儿来看看我吧，如果你得到允许的话。”

“我又要回到没有你的宫廷里去了。”我向她吐露心声，“我有塞西莉、安妮和玛姬，可没有你在身边，我常常感到孤独。小妹妹们也很想你。我的女领主，国王的母亲认定我和你策划了阴谋，我丈夫也怀疑我，可我不得不和他们一起生活在那里，整天受到监视。妈妈，真希望你能陪在我身边。”

“重聚的日子就要到了，”她还是和从前一样自信乐观，“你很快就会来见我，或者我会找个法子去见你的，谁知道呢。”

我们顺着回流的潮汐返回里士满。船行到河湾时，我看到码头上有个瘦瘦高高的人影，那是国王，是亨利。我远远认出了他，不知是该吩咐船夫调头划走，还是该继续前行。爱德华舅舅曾经警告我，说国王什么都清楚，既然什么都清楚，那他现在一定知道我去了哪里。我早该想到他不会轻易相信我生病的谎话，他肯定会去询问玛姬，然后要求探病。

他母亲没在他身边，宫廷侍从们也不见踪影。他独自站在那里，不像个多疑的国王，倒像个焦急的丈夫。小船终于碰上了码头的木桩，马夫一跳上岸，就被亨利推到一边。他亲自拉起我，丢给船夫一个金币，船夫稳稳接住，傻乎乎地咬在嘴里，露出一脸惊奇的表情，随后消失在傍晚的河雾之中。

亨利并没有责怪我，只是说：“你应该告诉我你想去，要是你开了口，我自然会派驳船舒舒服服地送你去。”

“我很抱歉。我以为你不想让我去见她。”

“所以你就想瞒着我来来去去？”

我点了点头。这没什么好否认的，我的确不希望他知道。他的语气有些无奈：“你不信任我，你从没想过我会允许你去见她，只要你的安全得到保证就行。你更喜欢瞒着我偷偷出去，像个间谍一样去和我的敌人私下会面。”

我哑口无言。他把我的手夹进他的臂弯里，我们俨然成了一对恩爱夫妻。他拖着我大步向前走去。

“发现你母亲的居住条件不错了吗？身体也健康吧？”

我点点头：“是的，谢谢您。”

“她告诉你她的所作所为了吗？”

我犹豫了一会儿。“没有，她什么也没说。我跟她说过我们要去诺维奇的事，这没有大碍吧？”

他冰冷的目光在一瞬间软了下来，我分裂的忠诚似乎伤了他的心。他语带苦涩地说：“不，没有关系。她一定在你我身边安插了其他间谍，可能早就知道了。她问了你什么吗？”

我一边回忆与母亲的谈话，一边担心这些话会连累到她，甚至连累到我，这让我的内心受到噩梦般的煎熬。“几乎没怎么问，”我回答，“她只问我约翰·德拉波尔有没有离开宫廷，我说有。”

“她有试着猜测他离开的原因吗？她知道他去哪儿了吗？”

我摇了摇头，向他坦白：“我告诉她，你们认为他去了佛兰德斯。”

“那她原本不知道喽？”

我耸了耸肩。“我不知道。”

“她早料到他会这么做？”

“我不知道。”

“你觉得他的家人会不会跟随他？他弟弟埃德蒙，母亲伊丽莎白，父亲萨福克公爵会不会和他一样背叛我？就算我给了他们官职和信任，常常听取他们的建议，他们还是会对我不忠？难道他们只是假装臣服，趁机记下我说的每一句话，好给他们的亲戚，我的敌人们通风报信？”

我再次摇头："我不知道。"

他放开我的手，退后一步，不带一丝笑意的棕眼睛里透出怀疑，脸色铁青。"一想到约克王室为了教育你而花费的大笔金钱，伊丽莎白，你的无知真让我惊讶。"

1487年夏

诺维奇　圣玛丽教堂

御驾沿着泥泞的道路向东而行。我们此行是来诺维奇庆祝圣体节的。我们在圣玛丽大学教堂稍作停留，随后进入繁华的城区，观看商业行会组织的游行活动，游行的终点是大教堂。

这里是英格兰最富庶的地区，这些行会都建立在羊毛贸易上，如今他们穿上最华丽的长袍，置办了戏装、舞台布景和马匹，举行了一场由商人、技师、学徒参与其中的大规模游行。游行的氛围隆重而庄严，这既是为了庆祝教会的节日，也是为了宣扬他们在经济上的重要地位。

我和亨利身着华服，并肩观看着长长的游行队伍。每个行会的前头都有一面横幅和一辆花车，绣花横幅色彩绚烂，花车上要么摆放着赞美他们成就的展品，要么展示着他们的主保圣人。我看到亨利不时侧过头来看我，花车经过的时候，他的目光也一直没有移开。“有人和你对视的时候，你对他笑了。”他突然说。

我吃了一惊，急忙为自己辩护：“这只是出于礼貌罢了，没有任何含义。”

“我知道没有。只是你看人的眼神好温和，似乎很希望他们生活幸福，你的笑容也很友善。”

我不明白他到底想说什么：“当然啦，陛下。我很享受这场游行。”

“享受？”他提出疑问，仿佛这个词语是解释一切的关键，“你很喜欢吗?”

我点了点头，他的态度太奇怪了，几乎让我觉得刚才的欢乐是一种罪过。“谁不会呢？场面豪华，花样繁多，舞台造型太棒了，歌声也很悦耳！我觉得自己从没听过这么好听的音乐。”

他摇了摇头，似乎在为自己的急躁懊恼，随后才记起我们是所有人的焦点，忙向一辆驶过的花车挥手致意。这辆花车上有一座木质城堡，城堡表面刷了金漆，显得辉煌耀目。“我无法单纯地享受这一切。”他说，“我总是在想，这些人表面上欢欢喜喜地游行，谁知他们心里在想些什么？他们也许向我们微笑挥手、脱帽致敬了，可他们真正接受我的统治了吗?”

一个天使打扮的小孩子趴在一个象征云朵的白枕头上朝我挥手，身后是蓝色的布景板。我笑起来，向他做了个飞吻，逗得他兴高采烈地扑腾起来。

“可你却单纯地享受着这一切。”亨利悠悠说道，仿佛欢乐对他来说是个难题。

我笑出声来：“好吧，我生长在一个崇尚享乐的宫廷，马上长枪比武、喜剧和庆典都是我爸爸的最爱，我们整日弹琴跳舞。我对壮观的场面难以抗拒，何况这场游行和我往日所见的庆典相比，毫不逊色。”

“你忘记你的忧愁了?”他问我。

我想了想，说：“有一刻的确忘记了。你觉得这样的我很蠢吗?”

他的笑容带着几分怜惜：“不。我觉得你本该是个快乐的女人，遭遇这么多悲哀和不幸，真是让人遗憾。”

城堡里冷不丁传出一声礼炮的轰鸣，我看到亨利微微一颤，咬紧牙关，努力控制住自己。

“你还好吗，我的陛下和夫君?”我轻声问他，“要逗乐我很容易，不过您显然和我不大一样。”

他转过头来，脸色煞白地说："我很不安。"我突然感到一阵恐惧，想起母亲曾经说过，全宫之所以来到诺维奇，是因为亨利预料敌军会从东海岸登陆。在我丈夫为性命忧心的时候，我却像个傻瓜一样嬉笑挥手。

我们跟随游行队伍来到大教堂，参加圣体节弥撒。从我们走进教堂开始，我的女领主，国王的母亲就跪倒在地，整整两个小时都没起身。虔诚的侍女们跪在她身后，似乎都愿意在上帝面前贡献一份特别的忠诚。一想到母亲称她是洋洋自得的圣母玛格丽特，我就差点儿绷不住严肃的表情，只好强忍住笑出来的冲动，和亨利并坐在两张成套的大椅子上，一边观看弥撒仪式，一边聆听冗长的祷辞。

在今天这个重要的节日里，我们将要领受圣餐。亨利和我并肩走向圣坛，身后跟随着各自的宫女侍从。在接过圣餐面包的那一刻，我分明看到他犹豫了一秒，这才张嘴吃下，我突然明白过来，这回没有试食侍从为他尝毒了。他会紧闭双唇吗？他会拒绝圣饼，拒绝圣餐面包，拒绝基督的圣体吗？这些念头吓得我闭上眼睛。终于轮到我了，可我脑海里纷乱的思绪仍然没有停止，圣饼吃在嘴里，简直干涩无味。亨利怎能如此害怕，就连站在大教堂的圣坛前，也让他觉得自己身处险境？

我跪下祈祷，当高坛冰冷的栏杆触到我的额头时，我才想起教堂已经不再是神圣的庇护所。既然亨利过去能把他的仇敌拖出圣所处死，那他今天被毒死在圣坛前，又有什么不可能？

我返身走回王座，路上经过还在跪地祈祷的玛格丽特夫人。我知道她痛苦的神情不是为了耶稣的苦难，而是为了她儿子在这个国家的安危，他赢得了这片土地，却无法信任它。

仪式结束后，当地的城堡为我们举行了一场盛大的宴会，伶人和舞者在宴会上亮相，露天剧和唱诗班也来助兴。亨利坐在大厅前端的大椅子上，面带微笑地吃喝，似乎很有胃口。可我看到他不断扫视着整个大厅，一只手紧紧抓住椅子扶手，从始至终都没有放开。

圣体节过后，我们依然留在诺维奇，阳光明媚的天气让人心情舒畅。但我很快意识到亨利正在筹划着什么。他派人前往沿海的各个码头，警告他们小心外国船只，还安排了一组信号灯，一发现船只靠近就会迅速点亮。亨利把一个普通的大房间辟成了会议室，每天早晨都有人进入这个房间，他们不是从大门进去的，而是通过一条秘密通道，直接被侍从们从马厩带进去的。这些人既不会留在大厅里用餐，也不会花时间喝酒哼歌，只说他们可以在路上吃饭。当马夫们问："是哪条路?"他们又不做声了。

某日亨利突然宣布，他要去沃尔辛厄姆朝拜圣母，向北来回，估计会花上一整天。他此行不会带上我。

"出了什么问题?"我问他，"难道您不希望我和你一起去?"

他只是说："不，我会一个人去。"

沃尔辛厄姆圣母非常有名，据说能帮助不孕的女人怀上孩子。亨利为什么突然想去那里朝圣？我实在想不出原因。

"那你会带上你母亲吗？我不明白你为什么想去那里。"

"我去圣地看看不应该么?"他恼怒地反问我，"我一向遵守圣徒的戒律，我们一家人都很虔诚。"

"我知道，我知道。"我好言安抚他，"我只是觉得奇怪。你要一个人去吗?"

"我只带上几个人。我会和萨福克公爵一起骑马过去。"

这位公爵是我姑父，他的妻子是我父亲的小妹伊丽莎白，他的长子就是我失踪的表哥约翰·德拉波尔。我不但没有宽心，反而更加不安。

"以同伴的身份？你选择萨福克公爵做你最重要的同伴，陪你去朝圣?"

亨利露出豺狼般的笑容："除了同伴，我还会让他做什么？他一向对我忠心耿耿，我怎么会不愿意和他一起出行？"

我无言以对。亨利的表情就像狐狸般狡猾。

我大着胆子问："您要和他说说约翰的事吗？您打算亲口问问他喽？"我明知自己无能为力，但又控制不住对姑父的关心。他是个沉静稳重的人，在博斯沃思战役中，他曾经为理查德效力，理查德被杀以后，他又向亨利求饶，成功获得了他的原谅。他父亲是兰开斯特阵营的一员猛将，可他一直是约克王朝的臣子，娶了一位约克女公爵。"我能确定，我能确定他对约翰逃跑的事一无所知。"

"那约翰·德拉波尔的母亲知道些什么？你母亲又知道些什么？"亨利连声质问我。

我一时语塞，他干笑一声道："你有权着急。我觉得自己不能信赖任何一个约克外戚。你是不是以为我要把他当做人质，好让他儿子老实点儿？你是不是以为我要带他远离大家，然后提醒他别忘了自己还有个小儿子，别忘了我让他全家从沃尔辛厄姆搬进伦敦塔是易如反掌的事？说不定我还会把他们送上断头台呢？"

眼前的亨利突然变得陌生，他的冷酷和愤怒吓住了我。"别说伦敦塔和断头台，"我低声恳求，"别对我说这些东西。"

"不要跟我说大道理。"

1487 年夏

诺维奇　圣玛丽教堂

前去朝圣的亨利和我姑父萨福克回来了，两人毫发无损，可精神上就未必了。关于这次旅行，亨利只字未提，我姑父也和他同样保持沉默。我不得不这样猜测：我丈夫质问了姑父，或许还威胁了他，可这个惯于在王位旁边火中取栗的老狐狸给出了天衣无缝的回答，保证了他本人和妻儿的安全。至于他的长子，我英俊的表哥约翰·德拉波尔去了哪里，在干些什么，没有人知道确切的答案。

一天晚上，亨利来到我的房间。他没有换睡衣，还是穿着一身常服，瘦削的面孔阴沉得可怕。他只说了一句话："爱尔兰人疯了。"

我站在窗前，眺望被黑暗笼罩的花园和河流。仓鸮在夜色中鸣叫求爱，我心中一动，有心寻找那一闪而过的白色翅膀。就在雌鸟狂叫着回应它的当口，我转过身来，伏在亨利低垂的肩头，凝望他灰白的面容。

"累了？那些人已经把我折腾得只剩半条命了。你对他们如今的所作所为怎么看?"

我摇了摇头，关上百叶窗，把花园里的鸟叫虫鸣隔绝在外。转身的一刹那，我仿佛听见有人在我耳边说，他无法平静下来，他心中的恐惧一直包围着我们。"谁？谁如今的所作所为?"

他盯着手里的纸卷说："那些我不信任的人，还有那些我根本不了解的人，事实证明我是对的。我的王国正被英格兰叛徒祸害，我根本没考虑到爱尔兰。我就连走到他们中间和他们见面的时间都没有，可那里的情况已经变糟了。”

“造反的是谁?”我试图让声音听起来轻柔一些，但喉咙却不由自主地发紧，我承认自己害怕了。我的家族在爱尔兰颇受爱戴，对抗亨利的人很可能是我们的朋友和支持者。“造反的是谁，他们在干什么?”

“如我所料，你表哥约翰·德拉波尔是个虚伪狡诈的家伙，虽然他父亲发誓说他不是。我们骑马走在一起的时候，他像个吉普赛人一样直视我的眼睛，对我说着谎话。他向我做了保证，可约翰·德拉波尔偏偏这么做了。他直接跑到了佛兰德斯的玛格丽特宫里，她也如他所愿给了支持。现在他去了都柏林。”

“都柏林?”

“和弗朗西斯·洛弗尔一起。”

我倒吸一口凉气：“弗朗西斯·洛弗尔又起来造反了?”

亨利表情严厉地点头。“他们在你姑妈的宫里碰了面。她会支持我的任何一个敌人，这是全欧洲都知道的事。她决心看到约克家族重登英格兰王座，而且她掌握着继女的庞大财产，还和欧洲半数君主交好。她是基督徒中最有权势的女人，是个可怕的对手。而且她毫无理由！毫无理由地迫害我……”

“这么说约翰真去投奔她了?”

“事情一出我就知道了，”亨利说，“我在英格兰的每个港口都安插了一名间谍。不管谁来去英格兰，我都能在两天内知道。当他父亲说他可能逃往法国的时候，我就知道他在说谎；当你母亲说她不能说的时候，我就知道她在说谎；当你说你不知情的时候，我就知道，你也在说谎。”

“我真的不知情!”

他根本没理会我：“现在情况更糟了，公爵夫人把一支强大的军队置于他们的领导之下，他们还让一个人成为了王位觊觎者。”

“他们让谁?”我不解地重复了一遍。

“就像哑剧表演中的傀儡。他们把一个男孩儿推了出来。”他看着我惊骇的表情，“她找到了一个男孩儿。”

“一个男孩儿?”

“一个年龄和外貌都很对路的男孩儿。一个能够担当这个角色的男孩儿。”

“担当什么角色?”

“约克继承人。”

我双膝发软，一手撑在石窗台上，汗湿的手掌下一片冰凉：“谁？什么样的男孩儿?”

他走到我身后，仿佛想给我一个充满爱意的搂抱。他用两臂环住我的腰，把我拉向他的胸口，低下头凑近我的金发，似乎想要从我的呼吸中嗅出阴谋的味道。“一个称自己为理查德的男孩儿。他说他是你失踪的弟弟：约克的理查德。”

我完全站不住了，他眼疾手快地搂住我，前一秒，他还像贴心的爱人一样把我扶起来，但后一秒，又毫不温柔地把我推到床上。“这不可能，”我语无伦次，挣扎着想要坐起来，“这怎么可能?”

“别跟我说你完全不知道这个小叛徒的事!”他突然暴怒起来，“别用你那张一脸无辜的漂亮面孔对着我，跟我说你不知道这回事；别用那双纯净的眼睛看着我，用那两片漂亮的嘴唇对我说谎！当我看着你的时候，我觉得你一定是个品德高尚的女人，我以为一个漂亮得像圣人一样的女子不可能是间谍！难道你真以为我会相信你母亲什么都没告诉你，相信你一无所知?”

“知道什么？我什么都不知道。”我恳切地说，“我向你发誓，我根本毫不知情。”

“好吧，他已经改变了说法。”亨利一屁股坐上火炉边的椅子，抬手挡住眼睛，刚刚的暴怒让他看起来精疲力尽，“他之前说自己是你弟弟理查德，但只过了几天，他就变卦了，现在他说自己是爱德华。看来有人质疑过他的身份。他到底是谁?”

我心中突然涌起一阵狂热的希望。“爱德华？我弟弟爱德华？威尔士王子?”

“不是。是你堂弟沃里克的爱德华。很遗憾，你的家族太庞大了。”

我感到头晕目眩，连忙闭上眼睛，深吸了一口气。当我再次睁开眼睛的时候，发现他在注视着我，仿佛想从这张脸上读出我心中的所有秘密。

“你认为你弟弟爱德华还活着!”他毫不客气地定了我的罪，冷酷的话音里充满猜疑，“你一直希望他能回来。我之前提到王位觊觎者的时候，你觉得这个人也许是他!”

我抿住嘴唇，拼命地摇头：“怎么会是他?”他神色狰狞地问：“我在问你!”

我吸了一口气：“可以确定的是，没人会认为这个男孩儿是我堂弟沃里克的爱德华。谁都知道沃里克的爱德华在伦敦塔里。我们让他在所有人跟前露了面，让所有伦敦人看到了他，关于这一点你没有疑虑吧。”

他冷冷一笑。“没错，我是让他和约翰·德拉波尔走在一起，做弥撒的时候，约翰·德拉波尔还跪在真正的爱德华旁边，我那时真心把他当成我的朋友和同盟。可是现在，约翰·德拉波尔把一个男孩儿带到了都柏林，还宣称他就是爱德华。他照抄了我们的方式，带他在人前露脸，让人人都知道他在爱尔兰，借此召集军队。约翰·德拉波尔陪这个男孩儿去了都柏林大教堂，伊丽莎白。他们把他带到大教堂，给他戴上王冠，宣布他是爱尔兰、英格兰和法兰西国王。他们把一个男孩儿带到那里，立他为国王，还把王冠放到他的头上。他们为我树立了一个对手，还给他涂了圣油。他们加冕了另一个英格兰国王，一个约克国王。你对此作何感想?”

我揪住身下的绣花床单，好让自己的思绪停留在这个真实的世界，而不是飘进层层的幻想之中。“他是谁？他的真实身份是什么?”

“他不是你弟弟爱德华，也不是你弟弟理查德，如果这就是你想听的话，那你如愿以偿了。”他没好气地说，“这个国家遍布我的密探。我十天前查出了这个男孩儿的真实身份。他是个普通孩子，某个图谋不轨的牧师选中了他，还对他进行了特别训练，不过这样的孩子不止他一个。你母亲一定在某天见过十个候选人，然后用我给她的养老金收买了其中的五个。不过这件事情的重点是，他并非一个人在表演。有人雇佣了他，让他扮演觊觎王位的王子，好让人们为他做乱。等他赢得胜利，他们会让真正的王子出山，让他坐上王位。”

“等他赢得胜利?”我重复着这叛逆的词句。

“如果他赢了的话。”他摇了摇头，似乎想驱散关于失败的可怕幻想，“战争就要来临了。他有一支规模庞大的军队，出资人不单有你那个公爵夫人姑母，还有你其他的家人。你母亲和你祖母肯定出了钱，你姑妈伊丽莎白也有嫌疑。他还把一批爱尔兰部落招至麾下，加斯帕告诉我，这些人都是野蛮的战士。可以想见，他可能会受到英格兰人的支持。谁知道呢？当他挥舞锯齿旗的时候，他们也许就会倒向他；当他高喊‘沃里克男孩儿’的时候，这些念旧的家伙也许会回应他。所有英格兰人都会支持他，是不是？或许他们也曾尝试过接纳我，了解我的需求，可他们如今希望迎回过去的旧主人，就像狗改不了吃屎一样。”他死死盯住坐在一堆被褥里的我，“你怎么看？你母亲会说些什么？一个来自约克家族的王位觊觎者能继续统治英格兰吗？英格兰人会投向一个假冒的王子，拜倒在白玫瑰旗之下吗?”

“他们会让真正的王子出山?”这是他刚刚说出来的话，是他亲口说的，

“真正的王子？”

他根本没有回答我，只是从嘴里发出一连串无谓的咆哮，似乎自己也无法对此作出解释。

我们陷入了沉默。

“你会怎么做？”我小声问。

“我必须召集我能召集的所有军队，然后准备迎接另一场战役。”他恨恨地说，“我觉得自己虽然赢得了这个国家，但就像娶你为妻一样，一个男人也许永远无法确定自己是否完成了任务。我赢得了战争，加冕为王，可他们现在又加冕了另一个国王，我不得不打起精神，再次战斗。在这个满是堂表兄弟的迷雾之国，我似乎没法确定任何事。”

“他们会怎么做？”

他用憎恶的目光看着我，似乎对我和我那些不可靠的家人充满恶感。“如果他们赢了，他们会把男孩儿换过来。”

“把男孩儿换过来？”

“这个王位觊觎者会消失，一个真正的王子会取代他的位置，坐上王位。他现在躲藏在一个安全的地方，等待重见天日的良机。”

“重见天日？”

“凭空出现，死而复生。”

“他是谁？”

他坏心眼地模仿着我的语气，用充满恐惧的低音说：“他是谁？”他走到房间门口，回头问，“你认为是谁？在你认识的人里，谁最有这个可能？”我沉默不语，他哈哈一笑，可惜并不幽默。“现在得和你说再见了，我美丽的妻子，真希望能以英格兰国王的身份，回到你温暖的床上。”

我问了个愚蠢的问题：“不然还能怎样？你还能有什么身份？”

“我猜是死人。”他坦白地回答。

我闻言滑下床，伸出两手，向他走近几步。他握住了我的手，却没有把我拉向他，而是隔着一臂远的距离，细细地审视我的面庞。

“你认为公爵夫人有没有藏起你弟弟理查德?”他的话音不带一丝感情，似乎只是出于兴趣才这么问，“她和你母亲密谋了这么久，收留他不是很正常吗？难道你从没想过，早在他身处险境的时候，你妈妈就把他送到了公爵夫人那里，然后把一个假王子送进了伦敦塔？那个王位觊觎者不过是他的挡箭牌，等到得胜之后，他就会以胜利者的姿态出现，就像从坟墓里复活的耶稣，全身只余下裹尸布和伤口？他战胜了死亡，接下来会战胜我?”

我不敢直视他的眼睛。“我不知道，我什么都不知道。在上帝面前，亨利……”

他制止了我：“别发毒誓。曾有人在一天之内对我发了十次誓，其实都是在说谎。我只希望从你口中听到单纯的真相。”

我静静地站在他面前，他了然地点了点头，似乎明白我们之间绝不可能有什么单纯的真相。他一言不发地离开了。

1487年夏

考文垂城堡

亨利特意嘱咐他母亲和我，要我们在他离开期间不动声色，就像在参加皇家游行一样，尽情享受初夏的阳光，切勿忧愁。我们安排了音乐会，舞会，戏剧演出和露天游行，接下来还有马上长枪竞技，贵族们齐聚在考文垂，似乎和我们一起进行着狂欢。可他们手下的士兵们全都穿着制服，踩着马靴，带着武器，准备抗击来自爱尔兰的侵略军。我们希望在秘密备战的同时，展示出必胜的信心。

可是我的女领主，国王的母亲无法安然处之。不断有密探从爱尔兰赶到考文垂，带来的消息一天比一天糟糕，这使她心神不宁，无法表现出快乐的模样。约翰·德拉波尔和弗朗西斯·洛弗尔已经到达了爱尔兰，还带着一支两千人的庞大军队。我的女领主常常手握念珠四处走动，对着珠子轻声祈祷，希望她儿子能够脱离危险，得到拯救。

密探带来的消息和亨利私下告诉我的一样，他们果真在都柏林加冕了一个孩童国王，还宣称他是沃里克的爱德华，是真正的英格兰、爱尔兰和法兰西国王。

我的女领主不再和我说话了，就连和我共处一室都不能忍受。我虽然是她的儿媳，可在她眼里，我只是约克王朝的公主，属于那个挑起这次事端的家族，我小姑玛格丽特正把大量的金钱和武器抛向爱尔兰，我二姑伊丽莎白的长子是这次叛乱的头目，我母亲则在柏孟塞修道院的高墙后面策划阴谋。她不会和我说话，看我一眼都让她难受。这段日子里，我们的关系变得比往常更加紧张。直到有一天，我带着几个妹妹和堂妹前往马厩骑马，经过她门前时，被她拦住了去路。她把手搭在我的胳膊上，我只好停下脚步，向她行了个屈膝礼，心想她这次一定有什么不得不说的话。

“你知道的，是不是？”她质问我，“你知道他在哪里。你知道他还活着。”

看着她吓得惨白的脸色，我不知该如何回答。“我不明白您的意思。”

“你很清楚我的意思！”她怒气冲冲，唾沫四溅，“你知道他在哪里，你知道他还活着，你知道那些叛徒为他谋划的前程！”

“要我为您叫来侍女吗？”我问她。紧抓住我胳膊的手颤抖起来，我真害怕她突然瘫倒在地。她的目光带着激烈的情感，牢牢锁定在我的脸上，仿佛要强迫自己看穿我的心思。“我的女领主，要我叫来您的侍女，把您扶回房间吗？”

“你欺骗了我儿子，可你骗不了我！”她咬牙切齿地说，“我会在这里坐镇，要是谁有大逆不道的想法，不管这念头是多是少，我都要让他受到惩罚。谋逆的头目会丢掉脑袋。不论罪过大小，没有人能逃脱审判。恶人将从善人之中分离，不纯洁的灵魂会下地狱。”

塞西莉凝视着她的教母，惊恐得不知如何是好。她向前走了几步，又被那两道痛苦幽深的目光给逼了回来。

“啊，”我冷冷地开口，“我误解了。您是在说爱尔兰的那个王位觊觎者啊？不必心急，您是会在这里坐镇，还是会慌慌忙忙地逃跑，我相信很快就能见分晓了。”

听到“逃跑”一词时，她的手猛地一紧，双腿不住打颤。“你是我的敌人吗？告诉我，让我们俩坦诚相对一回。你是我的敌人吗？你是我宝贝儿子的敌人吗？”

“我是你的儿媳，也是你孙子的母亲。”我的声音和她一样轻，“这是您从前想要的，而您的确得到了。不管我对他是爱是恨，这都是我们之间的私事。不管我对您抱有什么样的感情，您都有选择如何对待我的自由。而且我认为您知道答案。”

她猛地甩开我的手，我的触碰似乎让她讨厌。“等到你扶持他对抗我们的那一天，我会亲眼见证你的毁灭。”她恶狠狠地警告我。

“‘扶持他’?”我愤怒地重复着这句话，“这话听起来，好像在说我们能够起死回生一样！您是什么意思，您在害怕着谁，我的女领主?”

她发出一声痛苦的呜咽，想要出口反驳，话到嘴边又哽住了。我微微行了个屈膝礼，撇下她去了马厩。低头走进隔间之后，我砰地关上身后的门，伸手抚摸我的马儿，把头靠在它温暖的脖子上。我颤抖着呼出一口气，这才意识到她刚才的话透露了玄机：他们相信我弟弟还活着。

1487年6月

沃里克郡　肯尼沃斯堡

宫廷起初以享受夏日时光、欣赏森林美景和狩取优质猎物为借口，在英格兰中部踟蹰不去，可这个借口如今不管用了，爱尔兰军队登陆的消息已然传遍全国。爱尔兰人轻装上阵，就像一群野蛮的掠夺者。玛格丽特姑妈斥巨资请来的德意志雇佣兵，为了赚取赏金也蜂拥而至。这些人都是精锐，指挥官是一位战功卓绝的军人。每天都有新的斥候和暗哨骑马进宫，报告他们推进的势头一发不可收拾。这支军队组织有序，前面配有侦察兵，后面设有辎重部队。根据斥候的回报，敌军人数过千，为首的是一个小男孩，也就是沃里克的爱德华，他在飘扬的皇家锯齿旗下行进，那些叛徒已经将他加冕为英格兰和爱尔兰国王。他们不仅称他为王，还以屈膝礼侍奉他，他所到之处，人们纷纷涌上街头大喊："沃里克男孩儿！"

我近来很少看见亨利，他总和王叔加斯帕，牛津伯爵约翰·德维尔一起密谈，不停地给贵族们送去消息，要他们赶来见他，顺便也试探试探他们的忠诚。许多人都及时给出了回复。没有人希望过快地宣布反叛，但同样的，也没有人想和一个战败的新国王站在一起。人人都想起理查德骑马走出莱斯特时的情景，那时的他就像不可战胜的天神，可最终却被一支小小的雇佣军打败，死在了一个叛徒的手上。在他丢掉性命的那一刻，几个承诺支持他的贵族们坐在马上，冷眼观看着战役的结果。他们这次也许会再次选择袖手旁观，只为胜利的一方出手。

在这段令人焦虑的日子里，亨利只来找过我一次。当时他拿着一封信，口气不悦地说："这件事我要亲口告诉你，免得你从其他约克叛徒那儿听到。"

我即刻站了起来，侍女们看到他发了脾气，纷纷退出了房间。我们全都清楚，当这对都铎母子吓得脸色发白的时候，最好离他们远点儿。我不慌不忙地问："陛下？"

"法兰西国王选择在这个时候，这个最最敏感的时候，释放你哥哥托马斯·格雷。"

"托马斯！"

"他给我写了信，说他会很快赶回来支援我。"亨利恼恨地说，"你也知道，我认为我们不能冒这个险。托马斯·格雷上一次支持我，还是在前往博斯沃思的路上，可他很快改变了立场，那时我们还没离开法国呢。要是他当时没有逃跑，谁知道他会在战场上捣什么鬼？可他们如今释放了他，就在另一场大战正在进行的当口。你觉得我应该怎么做？"

我死死抓住椅背，好让双手停止颤抖。斟酌片刻之后，我开口道："要是他给了你承诺……"

他大笑几声，尖刻地说："他的承诺！约克人的承诺！这些话的效力会和你母亲的承诺一样吗？还是和你表哥约翰的诺言一样呢？和你的婚誓相比又如何？"

我开始磕磕绊绊地作出回答，可他抬手制止了我。"我会把他关进伦敦塔。我不想要他的帮助，也不放心他到处乱跑。我既不希望他和他母亲说话，也不希望他见到你。"

"他能……"

"不，他不能。"

我吸了一口气："那我至少可以给母亲写封信，告诉她托马斯回家的消息吧?”

他哈哈一笑，笑声中饱含嘲讽和猜疑。“难道你以为她还不知道？托马斯是如何回来的，难道不是她付足了赎金，命令他回来的吗?”

我给身在柏孟塞修道院的母亲写了封信。我没有把信封口，因为我知道有人会打开信封，取出信来读，这个人也许是亨利，也许是他母亲，也许是他的探子。

亲爱的母后：

我向您问安。

我要告诉您一个好消息，您的儿子托马斯·格雷已经从法国获释，并向国王宣誓效忠，陛下已经做出英明的决断，要把我这位同母兄长关进伦敦塔，让他平安度过这段特殊时期。

我身体健康，您的外孙也一样。

伊丽莎白

附言：亚瑟已经会满地爬了，还能攀着椅子站起来。他是个强壮骄傲的孩子，不过他现在还走不了路。

亨利说他必须把我、全宫侍女、我们的儿子亚瑟和他焦躁得近乎疯狂的母亲留在肯尼沃斯堡坚固的城墙之后，专门为亚瑟配备的自耕农卫队会在保育室里时刻护卫他，他则要去召集军队出征。我陪他来到城堡大门，他的大军秩序井然，战阵前面有两个了不起的指挥官，一位是王叔加斯帕·都铎，另一位是他最可靠的朋友和支持者，牛津伯爵约翰·德维尔。身披重甲的亨利显得既高大又强健，不由得让我想起父亲。他出征时总是信心满满，认为自己一定会赢。

“要是我们失败了，你就撤回伦敦去。”亨利交待我，话音里含着恐惧，“躲到圣所里去。不管他们把谁推上王位，那个人一定会是你的亲戚，他们不会伤害你。但要保护好我们的儿子，他是半个都铎人。还有，请你……”他顿了顿，又说，“请你善待我母亲，求他们饶过她。”

“我决不再进圣所，”我断然说道，“我不会在四间黑黢黢的房子里养大我的儿子。”

他握住我的手：“至少保护好你自己。去伦敦塔吧。他们的国王人选是沃里克的爱德华也好，还是其他人也好……”

我压根没有问，另一个能以约克王子身份登基的人是谁？

他摇了摇头：“没人能告诉我，那个隐藏在暗处等待时机的人会是谁。我树敌众多，可我就连他们是生是死也不清楚。我觉得自己在寻找鬼魂，向我袭来的是一支幽灵军队。”他停了下来，待情绪平复后，接着说：“不论他们是谁，至少都是约克王朝一系，你不会有事的，我们的儿子跟在你身边，一定也能平安。你现在能否向我保证，你会护住我母亲？”

“您这是准备打败仗了？”我难以置信地问着，轻轻握住他的手，感到他的手指肌腱绷得很紧，他已然焦虑得全身僵硬。

“我不知道，”他说，“没人知道。如果国民全都起来造反，我们就会寡不敌众。爱尔兰人会死战到底，酬金丰厚的雇佣兵也许下了这样的承诺。我所拥有的只有那些自愿站在我这边的人，之前助我打赢博斯沃思战役的军队已经拿到报酬回家去了，我也无法以新的利益和奖赏作为条件，重新召集一支军队。要是叛军能把一个真王子推上领袖的位置，我很可能会输。”

“一个真王子？”我疑惑地重复了一遍。

我们双双走出拱形吊闸门的阴影，亨利的出现引发了军队的欢呼。他朝人群挥了挥手，把脸转向了我。

“我要亲吻你。”他如此提醒我，好保证我们能在他的军队面前呈现出激动人心的一幕。他伸出两手环住我的腰，把我拉向他。银色战甲硌着我的皮肤，拥抱我的似乎不是一个活生生的人，而是一尊金属。我仰起头，看着他低下那张怒气沉沉的脸，吻上我的嘴唇。他的胳膊箍得我不太舒服，可是在这一刻，对他的怜悯和同情压倒了一切。

我用颤抖的声音向他告白：“上帝保佑您，我的丈夫，他会带您平安归来，回到我身边。”

人群里爆发出兴奋的吼叫，但他完全没有听见。此时此刻，他的眼中只有我。“你是什么意思？我能带着你的祝福离开？”

“你能，”我急切认真地保证，“你能。我会为你的平安归来祈祷，我会照顾好我们的儿子，我也会保护你的母亲。”

他深深地注视着我，似乎想留在这里，和我长谈一次，用他从未有过的温柔和真诚。可他还是不情愿地说：“我得走了。”

“你走吧。”我说，“条件允许的话，尽快派人给我送来消息。我会一直盼望着，祈求得知你的喜讯。”

下臣们牵来一匹雄健的战马，扶他坐上了马鞍，旁边的执旗手也上了马，扬起一面白绿相间的旗帜，旗帜上的都铎红龙在亨利的头顶上方腾飞。皇家旗帜也随之临风招展，上一次看到它飘扬在军队上空时，骑马走在旗下的人还是理查德，我深爱过的理查德。我伸手按住心口，想抚平这突如其来的伤痛。

“上帝保佑你，我的妻子。”亨利对我说，可我完全失去了微笑的心情。他胯下的这匹马，是他在博斯沃思平原上骑过的那一匹。当时他骑马立在山头，而理查德却策马冲入死地；他头顶的这面旗帜，也曾在那里飘扬过，见证了理查德最后的冲锋，也见证了一代君王死于马下的悲剧。

我抬起一只手，想对他说声“再见”，可喉咙却像被棉花堵上一样，什么也说不出口。亨利调转马头，带领军队往东而去，据密探所报，那支约克军队安营扎寨的地方，就在纽瓦克之外。

1487年6月17日

沃里克郡　肯尼沃斯堡

女士们聚集在我的房间等候消息，只有国王的母亲没有来，她此刻正跪在华美的肯尼沃斯礼拜堂里祈祷。一阵哒哒的马蹄声响了起来，随后是铁闸上升时的嘎吱声，最后是放下吊桥的杂音。塞西莉飞奔到窗口，伸长脖子向外眺望。“一个信使，国王的信使。”

我连忙起身等着他，却又意识到一个问题：我的女领主多半会在半路上拦下他。我对侍女们说：“在这里等着！”匆匆走出房间，下了楼梯，来到马厩院子。不出我所料，一身黑袍的玛格丽特夫人正大步穿过院子，信使也从马背上翻身而下。

“国王陛下派我向您和王后陛下报告消息。”

“是国王的妻子。”她纠正他，“她还没有加冕呢。有什么话你尽管告诉我，我会给她传话。”

我赶紧说：“我就在这里，可以亲自听。你带来了什么消息？”

他面向我说：“一开始情况很糟糕，敌军一边进军一边招募新兵。他们行军的速度很快，快得超乎我们的想象。爱尔兰人装备轻简，几乎没带什么东西；德国兵一路上气势如虹。”

我的女领主面色如纸，身子摇摇欲坠，似乎下一秒就会晕厥。不过我此前已经接见过几个从战场归来的信使。我一针见血地说：“不用管这些，把结果告诉我，别老说开头。国王是死是活？”

“还活着。”他说。

“他赢了吗？”

“他的指挥官赢了。”

我没有理会他刚才的话：“爱尔兰人和德国雇佣兵被打败了吗？”

他点了点头。

“约翰·德拉波尔呢？”

“死了。”

听到表哥的死讯时，我深吸了一口气。

“那弗朗西斯·洛弗尔呢？”我的女领主急切地插话。

“跑了。或许已经淹死在河里了。”

“好了，你现在可以告诉我详细过程了。”我对他说。

他开始了早就准备好的演说：“对方的行军速度很快，经过约克郡，途中还打了几场小规模遭遇战，最后在一个叫东斯托克的村子停了下来。村里人都出来支持他们，直到战斗开始前的最后一刻，他们还在村里招募新兵。”

“他们有多少人？”我的女领主问。

“我们觉得有八千。”

“那国王当时有多少人？”

“我们的人数是他们的两倍，我们本该觉得安全，实际上并非如此。”他摇了摇头，想驱散这可怕的记忆，“并非如此。”

“战斗刚一打响，他们就冲下山坡，发起了冲锋。他们的首要攻击对象是牛津伯爵。他带领手下的六千人顶住了压力，不仅没被击溃，反而成功反扑，把爱尔兰人赶进了一个山谷，让他们没法出来。”

“他们被困住了？”我问。

“我想他们当时下了死战到底的决心。大家现在把那个山谷称作血沟，您应该可以想象出那里的情景。”

我别过头去，不忍细想：“你们大败敌军的时候，国王在哪儿呢？”

“安全地待在军队后方。”信使朝国王的母亲点了个头，对方看上去毫无愧色，“不过战斗结束之后，大家把伪王带到他面前了。”

“他安全吗？”我的女领主还是不放心，“你能肯定国王安然无恙？”

“一直安然无恙。”

我生生吞下了即将脱口而出的惊呼，故作镇定地问：“伪王是谁？”

男人奇怪地看着我。我意识到自己紧咬牙关的样子有些滑稽，连忙调整呼吸。“他真如陛下所料，只是个假冒爱德华的穷孩子？”

“他叫兰伯特·西姆内尔，是个受过特别训练，听命他人的小孩儿，还是牛津的学童，长得很英俊。陛下已经把他、教导他的老师，还有好多其他带头者统统逮捕了。”

“那弗朗西斯·洛弗尔呢？”我的女领主冷冷地追问，“有人亲眼看到他溺死了？”

他摇了摇头：“他骑马冲进了河里，连人带马一起被冲走了。”

我在胸前画了个十字。我的女领主也做了同样的动作，神色却毫无悲悯。“我们得抓住他。”她说，“我们还得抓住活生生的约翰·德拉波尔。我们必须知道他们的阴谋，这太关键了。我们一定要抓住这两个家伙，好从他们嘴里问出所有的事。”

“当时的战况太激烈了……”男人耸了耸肩，“抓住一个人比杀了他还难。我们差点儿就输了，尽管我们有压倒性的战力，还是赢得很侥幸。他们就像疯子一样搏杀，宁愿为了心中的理想去死，而我们……”

我好奇地问：“你们什么？”

他小心翼翼地说：“我们听令行事，尽力而为，不辱使命。”

我不知道该对他说些什么。我听过无数回战争报告，从没有人像他一样，如此平静地描述着胜利；我也从未听过一个主帅，一位国王，在本该扬刀杀敌、冲锋陷阵的时刻躲在军队后方，而且这支军队的人数是敌军的两倍。更让我难以置信的是，他甚至拒绝给失败者一线生机，放任手下大肆屠戮，仿佛他们不是人，而是沉默无言的牲畜。

“但是他们死了，”我的女领主出言安慰自己，“我儿子还活着。”

“陛下毫发无伤。敌军哪能触碰到他？离得这么远，他们根本看不见他！”

“你可以去大厅用餐了。”我的女领主告诉他，“还有，这是给你的。”我看到她递出一枚金币。这些好消息一定让她心怀感激，否则她怎么会如此慷慨？她转头又对我说：“战争结束了。”

“感谢上帝。”我虔诚地说。

她点了点头：“上帝的意愿实现了。”我就知道，这场胜利一定会让她信心百倍，更加确定她儿子生来就是国王。

1487年7月

林肯郡　林肯堡

国王下了命令，要我们赶到林肯郡见他。会面之后，他和我手拉手走进大教堂，参加即将在此进行的感恩礼拜。我的女领主，国王的母亲紧随其后，只和我们相隔半步。她今天戴着头冠，打扮得像位王后。走在她左右的是此次战役的功臣，加斯帕·都铎和约翰·德维尔，他们一个制定了作战计划，一个带领手下顶住了敌军的进攻。

大主教约翰·莫顿仍然心有余悸，他脸颊通红，分发圣饼的手不住颤抖，我的女领主则喜极而泣。亨利被深深感染了，仿佛这是他的第一次胜利。对他来说，赢得这场战争比赢得博斯沃思之战的意义还要大，让他信心倍增。

又到了夜深人静之时，卧房里只有我们两个。“我觉得轻松了，”他对我说，“但到底有多轻松呢？我没法轻易形容出来。”

“因为您赢了？”我问。片刻之前，我坐在窗台上向东眺望，远处大教堂的尖顶直刺低矮的云层。听到他的脚步声，我转过身来，看到他脸色潮红。

“不只是这样，”他说，“一得知我方的人数超过他们，我就觉得我们多半会赢，何况爱尔兰人几乎没有什么武器，人人赤身露体。我知道他们抵挡不了弓箭，那些人没有盾牌，没穿短袄，更没披链甲，真是一群可怜的傻瓜。所以说，那个男孩儿的落网才真是一大收获。”

“就是那个被人称作我堂弟的男孩儿?”

“就是他，我终于可以把他示众人前了。我要让大家都看到这个小骗子，明白他不是什么约克继承人。他是个十岁学童，名叫兰伯特·西姆内尔，本身没什么特别之处，只是外表……”他看了我一眼，“英俊，迷人，和约克人一样。”

我点了点头，把这句当成合情合理的抱怨。

“还有更好的消息呢。”他自顾自地笑了起来，显得既轻松又愉快，“没有其他人登陆和入侵。他们虽然一路横穿英国，却没有在东海岸留下人手，也没有人在纽瓦克等候他们。”

“你这是什么意思?”

他站起来舒展身体，似乎张开双手，就能拥抱整个王国。“要是他们手里有个比小学童更像约克王子的孩子，他们会事先把他藏在附近。等到他们宣布了胜利，就把两个孩子调换过来，带另一个孩子去伦敦进行二次加冕。”

我没有接话。

他简直乐不可支：“这就和戏剧表演里的场景转换一样。比如复活节表演里的一幕：一具尸体躺在坟墓里，有人拿着斗篷一晃，尸体就变成了复活的耶稣。转换之前，你得让演员准备就绪才行。大获全胜后我才知道，他们竟然没有安排男孩儿等在纽瓦克，好代替兰伯特·西姆内尔，他们手上没有任何王牌!”他哈哈大笑起来，“看到了吗？他们手里什么人也没有。没有人在纽瓦克等待他们，没有人从佛兰德斯赶来，没有人从泰晤士河乘船而上，到伦敦等待胜利的游行，没有人到达威尔士，没有人从苏格兰南下。难道你没看见?”他狂笑不止，嘴里的气息直喷到我脸上，“他们只有一个冒牌货，一个小学童。他们没有货真价实的筹码。”

“货真价实的筹码?”

出于内心的放松，他第一次心甘情愿地开口，细说起他的担忧："你弟弟没在他们手上。他们既没有威尔士王子爱德华，也没有爱德华的幼弟和继承人理查德。要是有其中一个，他们早就安排他等在某地，只要这场仗打赢了，就立刻带他去伦敦继位。要是你两个弟弟中的一个还活着，他们一定会找到他，一等我死了，就宣布他是王位继承人。可是他们没有！没有！

"这些都是闲话和谣传，那些人说他们看到了什么，听到了什么，其实都是在撒谎。他们就是为了虚张声势。我也被愚弄了，不瞒你说，他们把我吓坏了。但这就是一场五月游戏，根本无关紧要。他们炮制葡萄牙男孩儿的谣言，暗中散播一个男孩儿活着逃出伦敦塔的谎话，可这都是白费心机。我曾经派人走遍所有的基督教国家寻找一个男孩儿，现在我终于明白，他不过是一个梦。我现在满意了，这些事对我来说，已经毫无意义。"

他面色绯红，眼睛明亮，我还是第一次看到这样的他，快乐，自信，不再终日被恐惧压得喘不过气来。他的好心情有着极大的感染力，我朝他微微一笑，心中也是一派轻松。"我们安全了。"我说。

"我们都铎家族彻底安全了。"他一边回应我，一边向我伸出手来。我立刻明白了他的意思，他今晚会在我房中过夜。我顺从地站起身来，内心却并不急切。我感觉不到欲望的升腾，但这并不意味着不情愿，我是个忠贞的妻子，而我丈夫刚刚从一场可怕的战争中脱身，毫发无伤地回到家里，比以往任何时候都要快乐，我不能不为他的平安归来而高兴。我欢迎他回家，也欢迎他回到我的床上。

他温柔地解开我颌下的丝带，摘下我的睡帽，又让我背过身去，替我散开发辫，解下腰带和小肩带。睡袍立刻滑落在地，我现在不着寸缕地站在他面前，金发如瀑布般泻下。他叹了口气，吻上我赤裸的肩头。"我要为你加冕，让你成为英格兰王后。"他说完搂住了我。

我们开始了一场巡游，以庆祝国王的伟大胜利。我的女领主，国王的母亲骑了一匹神骏般的战马，好像要去上战场。我的坐骑是理查德当年送给我的，骑在马上，总觉得他仿佛还在我身边，我们像从前一样携手出行，可他却已远远离去，没有像他承诺的那样，时刻陪伴着我。此时策马走在我身边的人是亨利，我了解他的想法，他想让前来围观的人都看到他娶了个约克公主，看到他联合两大家族打压了叛军的威风。不过今天似乎不只是这样，我感觉得出他喜欢和我在一起。穿过林肯郡的一座小村庄时，我们甚至一齐放声大笑，引得村民们纷纷跨出房门跑过田地，目送我们经过。

“微笑。”亨利一边提醒我，一边笑吟吟地面对着道旁的几个农民，尽管这些人的想法无足轻重。

“挥手。”我也不客气地指导他，一手松开马缰，做了个小小的手势。

“你是怎么做到的？”他不再向人群咧嘴，转头对我说，“这个小幅度的挥手，你做起来好像很轻松，看上去真自然，跟生来就会似的。”

我略作思考，回答他说：“我爸爸曾经说过，你一定要记得，他们来这儿是为了看你，也希望感受到你的友爱。你身处朋友和忠诚的支持者中间，对这些专程前来崇拜夸赞你的人来说，一个微笑和一次挥手都是充满温情的问候。你也许不认识他们，但他们觉得自己认识你。像朋友一样打个招呼并不难，他们值得你这样对待。”

“难道他从没想过，他们也会争先恐后地问候他的敌人？难道他从不觉得这些人的笑容和欢呼很虚伪？”

我想了好一会儿，咯咯大笑起来：“跟你说实话，我觉得这种事从未发生在他身上。你知道的，他是个极其自负的人。他一直认为人人都崇拜他，事实也的确如此。他骑马走遍各地，觉得每个人都爱戴他，何况他是拥有强劲实力的合法继承人，坐上王位也是理所当然。他总以为自己是英格兰最棒的人，他可从不怀疑这一点。”

人们高喊着“都铎!”“都铎!”他摇了摇头，压根忘记了挥手。他早已习惯了被人抗议和奚落，可是此时此刻，这里只有一种声音，没有人跳出来搅局。这些喊声听起来有种奇异的陌生感，简直让他不敢相信。“从小到大，不断有人对我说，‘你生来就是国王’，你父亲听说的次数应该远不及我吧。我母亲坚信我应该为王，除了她，世上没有人会对我抱有那么大的信心。”

“他从少时起就四处征战，你像他当年那么大的时候，还在东躲西藏吧。他招募人马，要求他们恪尽忠诚，这对他来说是一种全新的经历。兵强马壮之后，他索要王位，拉拢民心。听见了吗，提出要求的是他自己，不是他母亲。当时有三轮太阳出现在他的军队上空，他确信自己是被上帝选中的国王。在你流落海外的年纪，他已经来到人前了。他在战斗，而你却在逃亡。”

他点了点头。我心中暗想，他有上天赐予的刚毅，有与生俱来的勇气，而你天生胆小不安。他有个爱慕他的妻子，难以抗拒的爱情让她嫁给了他，她的家族也环绕在他周围，与他同心同德，和衷共济。身为他的女儿、儿子、妹夫、弟媳，我们绝对忠于他。我们有个其乐融融的家庭，而他是家庭的中心，每个人都愿意为他肝脑涂地，在所不惜。而你拥有的人只有两个：你妈妈和你叔叔加斯帕，他们还都是铁石心肠。

有人在我们前头大喊“万岁!”自耕农卫队闻声举起长矛，高喊“万岁!”目睹此情此景，我想爸爸是绝不会建立自耕农卫队的，更不会让他们带头欢呼，他一直相信自己的魅力和威望，而且他从不需要卫队。

1487年8月

伦敦　威斯敏斯特宫

我们回到伦敦，着手筹备我的加冕礼。亨利搞了个盛大的入城仪式，还去圣保罗大教堂参加了感恩礼拜，这次礼拜是为他的胜利专门举办的。他大行封赏，就连伦敦塔里那些别无选择，只能臣服的罪人也没有漏掉，萨里伯爵托马斯·霍华德和我同母哥哥托马斯·格雷离开了监牢，得到释放。

大主教约翰·莫顿被封为上议院大法官，这个消息一出，我和其他人都吃了一惊。不知一个神父能给国王提供多大的帮助，竟然得到了那么大的赏赐。

“间谍，”托马斯·格雷告诉我，“莫顿和我的女领主，国王的母亲联手，运转着前所未见的庞大间谍网，任何人进出英国，都逃不过国王和爪牙们的眼睛。”

我这位同母哥哥正和我一起坐在谒见厅里。侍女们在一个角落里练习新舞步，而我们在另一个角落里聊天，舞曲声盖过了我俩的话音。我用针线活挡住脸，好让别人看不见我的嘴唇。我们俩已经很久没见了，如今看到他活生生地坐在我面前，真是让我喜不自胜。

“你见过母后了吗？”我问。

他点了点头。

“她身体还好吗，知不知道我要加冕的消息？”

“她身体很好，在修道院里过得很快活。她听说你即将加冕，要我向你转达她的爱和最好的祝福。”

“我没法让亨利放她回宫。”我坦白地承认，“可他心里清楚，他不能关她一辈子。他没有理由。”

“不对，他有理由。”托马斯笑得很讽刺，“他知道她给弗朗西斯·洛弗尔和约翰·德拉波尔送钱的事，也知道她联合约克遗族阴谋推翻他的事。她还在亨利和你的眼皮底下运转从苏格兰铺展到佛兰德斯的间谍网，她把所有人联系起来，一个接一个地传递消息，最后和佛兰德斯的玛格丽特公爵夫人接上头。最让他发狂的是，他不能大声地说出来，不能指控她，因为这等于承认了英格兰正酝酿着一场针对他的阴谋。这场阴谋的发起人是母亲，资助人是你姑妈，协助者是你祖母塞西莉公爵夫人。他不可能向英国人坦白约克王朝的幸存者全都联合起来，准备推翻他的事，要是这个阴谋暴露了，受到威胁的会是他自己。在所有人看来，这个阴谋不过是几个女人出于对一个小辈的宠爱，铤而走险做出的挣扎。这是压倒性的证据，一旦公之于众，亨利极力否认的那件事只怕就要坐实了。”

我问：“是什么事？”

托马斯一手撑住下巴，手指自然而然地盖住了他的嘴。这下谁也没法读出他的唇语，谁也不会知道他在说些什么。“在旁人看来，这群女人之所以联手，是为了一位约克王子。”

“可亨利说过，没有王子来英格兰等待胜利，他根本不存在。”

“这样的男孩儿可是宝贝。”托马斯反驳我，“要是造反的是你，如果你还没有获胜，也不能保证海岸线绝对安全，你会带他来英格兰吗？”

“宝贝？”我愣愣地重复了一遍，“你指的是一个假王子，冒牌货？”

他朝我微微一笑。托马斯度过了整整两年的牢狱生涯，早在博斯沃思战役开始前就被关押在法国，最近又在伦敦塔里待了一阵子。他不打算多说闲话，免得又被投进大牢。

“一个王位觊觎者。当然了，这是他唯一可能拥有的身份。”

亨利在伦敦待了一段时间，好让大家相信他彻底击溃了叛军，拔除了祸患，至于叛徒们在都柏林加冕的那个小国王，现在只是个吓得半死的阶下囚。人心平定之后，他带着几位最信赖的贵族去到北方，查访贵族中有谁战守不力，有谁对其他人说过没必要支持国王的逆言，有谁对经过本地的叛军视而不见，有谁备好马匹，磨利宝剑，转而投奔叛军。亨利锲而不舍地刨根究底，从门柱后面的闲言碎语直查到酒馆里的脏话，每个在叛军入侵期间有所动摇的人都没能逃脱干系。他决心惩罚那些参与了叛乱的人，处死其中的一小部分，对大部分人处以罚款，罚金充入国库。他冒险深入北方，直到纽卡斯尔，那里是约克势力盘踞的中心。他还派使节前往苏格兰，向詹姆斯三世提出签订和平条约，并通过联姻来作保。做完这一切，他以英雄的身份动身返回伦敦，留下一个笼罩着死亡和债务阴影的北方。

他打算在谒见厅里召见兰伯特·西姆内尔，还命令所有宫廷人员一道出席。排在第一位的自然是我的女领主，国王的母亲，她迫切希望亲眼目睹宝贝儿子的所作所为；排在第二位的是我，玛姬站在我身边，塞西莉和安妮带领一班侍女们跟在我身后。我姨妈凯瑟琳笑意盈然地陪伴着得意洋洋的丈夫加斯帕·都铎，所有忠诚的贵族和成功通过了考验的臣子也在其列。双扇门被猛力推开，自耕农卫兵把手中的长矛往地上一跺，只听砰的一声，他们高喊出男孩儿的名字：“约翰·兰伯特·西姆内尔！”人人争相转头，只见一个瘦得皮包骨头的男孩儿僵立在门口，有人把他往前一推，他踉踉跄跄地走了几步，一下子跪倒在国王面前。

看到他的第一眼，我就在心里惊呼：像，真是太像了！这个男孩一头金发，年龄在十岁上下，记得母亲和我偷偷将理查德送出圣所的那个夜晚，他也有着同样的纤弱和美丽。要是他现在还活着，早满十四岁了，应该长成少年的模样，这个孩子绝不可能是他。

“他让你想起什么人了吗?”国王握住我的手，牵着我离开座位，随他穿过狭长的房间，走向跪伏在地的男孩儿。他低垂着头，露出苍白的颈背，似乎很希望国王在这里砍掉他的脑袋。房间里大约有一百人，亨利步步逼近的时候，他们齐齐盯住男孩儿，四下里鸦雀无声。孩子的耳朵烧得通红，头垂得更低了。

“有谁觉得他看着眼熟吗?”亨利冷冷地扫视着我的家人。塞西莉和安妮低下了头，好像做了什么亏心事；玛姬睁大眼睛，看着和她弟弟相似至极的男孩儿；我的同母哥哥托马斯冷漠地左顾右盼，不让人看出他的畏缩。

“没有。”我干脆利落地回答。他纤细的身形和金色的短发的确和理查德很像。我看不见他的脸，不过方才匆匆一瞥，我发现他的眼睛也是和理查德一样的褐色。男孩儿的后脑勺上生着几缕稚气的卷发，发尾软软地搭在颈背上。理查德也有这样的卷发，每当他坐在母亲的脚边时，她常爱把他的卷发缠绕在指尖，就像戴上了金戒指。他会乖乖地听母亲读故事，直到听得昏昏欲睡，才肯上床休息。看着这个跪在地上的小男孩儿，我不禁再次想起小弟理查德，想起被我们送进伦敦塔代替他的小侍童，想起失踪的大弟爱德华，想起独住塔中的小堂弟沃里克的爱德华，他也是玛姬的弟弟。这些聪明伶俐，可爱迷人，前程无限的约克男孩儿们，他们今夜身在何方？他们是死是活？他们是真的存在，还是和眼前这个男孩儿一样，只是冒充者？谁知道呢？没有人知道。

“他没让你想起沃里克的爱德华?”亨利开口问我，他的声音洪亮清晰，屋内的所有人都能听到。

“不，完全没有。”

“你刚才有把他错认为你死去的弟弟理查德吗?”

“没有。”

他转身撇下了我。这场活剧终于结束了,在场的所有人都会这样说:这个男孩儿跪在我们面前,我端详了他一会儿,最后否定了他。“既然如此,那些以为他是约克王孙的人不是被蒙蔽了,就是在说谎。”亨利下了结论,“不是骗子,就是傻瓜。”

他故意等了一会儿,好让大家都明白过来,约翰·德拉波尔,弗朗西斯·洛弗尔和我母亲都是傻瓜和骗子,随后他继续说:“男孩儿,你说你是约克王子,可是这样看来,你从前是在撒谎。我妻子是约克公主,她不承认你。如果你真是她的亲戚,她自然会说出来,可她说你不是。那你到底是谁?”

男孩儿没有回答。我以为他受惊太过,吓到连话也讲不出来,谁知过了一会儿,这个仍旧低垂着脑袋,双眼盯住地面的孩子小声说:“约翰·兰伯特·西姆内尔,若陛下恩准的话。”说完又笨拙地补充道:“对不起。”

“约翰·兰伯特·西姆内尔。”亨利玩味似地重复着这个名字,像个威吓学生的老师,“约翰·兰伯特·西姆内尔。约翰,你是如何离开学校,来到这里的?这段路对你来说太长了,对我来说嘛,既费钱又费时间。”

男孩儿说:“我明白,陛下。我很抱歉,陛下。”

清脆的童音惹起了某个人的同情,她朝孩子微微一笑,却被亨利恶狠狠地瞪了一眼。我看到玛姬脸色苍白,神情紧张,一旁的安妮浑身发抖,悄悄挽住塞西莉的胳膊。

“你有在明知自己没有资格的情况下戴上王冠吗?”

“有,陛下。”

“你利用一个假名字拿到了王冠。王冠虽然戴到了你的头上,可你知道自己那颗低贱的脑袋根本不配。”

“是的，陛下。”

“被你假冒姓名的沃里克伯爵爱德华是忠于我的，他尊我为王，英格兰全体国民和他一样。”

男孩儿已经说不出话来了，只有离他最近的我听到了一声细小的呜咽。

“你有什么要说的?”亨利朝他咆哮。

“是的，陛下。”孩子的声音在发抖。

“所以那次加冕是毫无意义的喽？你不是合法的国王?”

这个孩子显然不是合法的国王，他只是一个小孩子，在这危险的世间迷了路的孩子。我用力咬了咬下唇，抑制住快要涌出的泪水，上前扶住亨利的胳膊。我的动作很温柔，可现在什么也阻止不了他。

“你的胸口涂上了圣油，可你既不是国王，也没有涂抹圣油的资格。”

“对不起。”孩子有些喘不过气来。

“在那之后，你带领一群雇佣兵和邪恶的叛军入侵了我的国家，而依靠我军的力量和上帝的意志，我彻底击败了你!”

亨利一提到上帝，我的女领主，国王的母亲立刻上前几步，似乎很想亲口责骂这孩子。可他依然保持着跪姿，头埋得很低，额头几乎碰上地毯。不管是力量还是上帝，他都无言以对。

“我要如何处置你呢?”亨利的话很委婉，可是众人俱是大惊失色，我意识到他们也和我一样，突然领会了亨利的意思。这孩子犯了死罪，他会先受绞刑，再受挖肠和分尸之苦。如果亨利把他交给法官，行刑人会把他套住脖子吊起来，等到他快要失去意识时，再切断吊绳，用一把匕首，从生殖器开始划，直划到他的胸骨，然后掏出心脏，肺叶，肠子和胃，在他眼前焚烧，最后依次砍下他的腿和胳膊。

我压了压亨利的胳膊，小声说：“求您了，仁慈些吧。”

我对上玛姬惊骇的目光，看来她也意识到亨利可能会顺势定下男孩儿的死刑。除非我们再合演一场戏，否则这孩子必死无疑。玛姬知道我擅长此道，说不定肯为他求情。作为国王的妻子，我可以当众跪在亨利面前，请求他宽宥罪人。玛姬会上前摘下我的兜帽，让我的长发披散在肩头，然后和我所有的侍女们一起跪在我身后。

在约克王朝时期，我们从没做过这样的事。我父亲是个极有主见的人，他赏罚分明，根本没时间拐弯抹角。正因为如此，那时的我们绝不会为一个小男孩儿向一位睚眦必报的国王求情。兰开斯特王朝倒有这样的事例，安茹的玛格丽特曾跪在她那个圣徒丈夫面前，为受人迷惑的平民求情。这是皇室传统，是广受认可的仪式。身为王后，我一样可以下跪求情，使这个男孩儿免受非人的痛苦。“亨利，”我小声说，“你希望我为他下跪吗?”

他摇了摇头，看来他并不希望我求情，因为他已经下定决心要处死男孩儿了。我恐惧万分，再一次握紧他的手：“亨利!”

男孩儿抬起头，用那双和理查德一样的褐色眼睛望着我们。“您会原谅我吗，陛下？出于您的仁慈？因为我只有十岁？因为我知道错了，知道自己不应该那么做，您能原谅我吗?”

房间里静得可怕。亨利撇下男孩儿，牵着我回到高台上。和他并肩坐下之后，我开始绞尽脑汁，思索如何才能救这个孩子，与此同时，我感到太阳穴猛力地跳动了一下。

亨利指着他说：“你可以到厨房工作，当个伙夫。看你的样子，我的厨房应该很适合你。你愿意吗?”

男孩儿松了一口气，小脸涨得通红，泪水顺着玫瑰色的面颊簌簌而下：“愿意，陛下！您太好了，太仁慈了!”

“以后听上司的话，好好努力，说不定能升到厨师呢。”亨利出言鼓励他，“现在去工作吧。”他朝一名侍仆打了个响指，“把西姆内尔先生带到厨房，把我的话传达下去，让他们给他安排工作。”

房间里响起沙沙的掌声，接着爆发出一阵大笑。我握住亨利的手，同样笑个不停，他的决定真是太棒了。他笑着问我："没想到我会宽恕这个孩子吧?"

我摇了摇头，抹去笑出来的眼泪："我刚才真为他担心。"

"他什么也没有做，只不过是被人利用的傀儡。跟在他后面造反的人才该受罚，把他扶上领袖之位的人才该上断头台。"他扫视着台下的贵族们，他们正相互交谈，分享内心的轻松。他盯住我姑妈伊丽莎白·德拉波尔，这个失去儿子的女人正和玛姬交握双手，相对而泣。"真正的叛徒不会就这样轻易脱身，"他阴恻恻地说，"不论他们是谁。"

1487年11月

伦敦　格林威治宫

我开始为加冕礼梳妆打扮。准备做王后和准备做新娘是两回事，这是我今天最深切的体会之一。这次的礼裙是白金二色，饰有金色花边，缀着皇室专用的白貂皮。我穿上礼裙，不再因为忧愁而颤抖。将近两年的婚姻生活教会我该对亨利抱有何种期待，也让我们找到了最适宜的相处之道，那就是忽略过去的秘密，绕开不确定的因素，携手共赴未来。我为他生下一个儿子，而他会给我一顶王冠。在今后的日子里，我必须接受他母亲严重的恋子情结，也必须包容她对我家人的强烈敌意。我弟弟失踪的秘密以及亨利对我族人的畏惧，将日日存在于我们的生活之中。

我已经吃透了他的脾气。他时常冲动易怒，这完全是出于害怕。尽管取得了胜利，尽管有他母亲的支持，尽管她宣称上帝站在都铎家族这一边，他依然害怕自己会辜负母亲和上帝的期望，害怕被人砍落王座，像死在他脚下的前任国王一样，遭受残忍和不公的对待。

可他也有温柔的时候。他是个疼爱孩子的好父亲，是个孝敬母亲的好儿子，对我的关怀也日渐增长。当我让他失望的时候，当他怀疑我的时候，他的整个世界似乎又变得冷漠无常。他希望给我更多的爱和信任，我也期盼着他的慷慨。

我今天应该高兴。我儿子好好地待在保育室里，我丈夫稳稳地坐在王位上，我的妹妹们很安全，我也不再被噩梦、病痛和悲伤纠缠，但我仍然有许多遗憾。虽然今天是我加冕之日，可我的家族落败了。我母亲被困在柏孟塞修道院，我表哥约翰·德拉波尔死了，我舅舅爱德华虽然深受国王信赖，人却远在格拉纳达，参与对抗摩尔人的圣战。我的同母哥哥托马斯每天夹着尾巴做人，生怕惹起亨利的猜疑。塞西莉不再是约克女孩儿了，她嫁给了一个都铎支持者，没有丈夫的允许，她绝不敢多说一个字。其余的妹妹们将来也会被我的女领主许给都铎的忠臣，把她们成为反叛中心的可能性完全扼杀。最最糟糕的是，泰迪仍旧被关在伦敦塔里。尽管亨利在赢得东斯托克之战后信心倍增，可他还是没有释放我的小堂弟。我求过他，甚至要他把释放泰迪作为加冕日的礼物赠予我，但他没有答应。在一群侍女当中，玛姬苍白的脸庞总是让我内疚自责。我当初劝她和泰迪来到伦敦，说母亲会保证他们的安全，说我会守护泰迪，可是现在，我软弱无力，母亲自身难保，我的女领主自立为泰迪的监护人，把他的财产纳入囊中。亨利到底在害怕什么？堂堂的国王为何要迫害一个孩子？我想不通，也忍不了。

不，约克家族没有失败。亨利的确打赢了东斯托克战役，可他赢得并不体面。虽然大部分贵族带来了人马，实际参战的人却屈指可数，还有一些人根本没来。亨利头戴王冠，还有个新生的继承人，可他治下的爱尔兰人却没有选择他，反而把他们的王冠戴到了一个不知名的男孩儿头上；关于另一个王位继承人的流言更是从未断绝过，许多人相信他躲在某个地方，热切期盼着他的归来。

今天为我梳头的不是母亲，而是玛姬。我的头发全被梳到脑后，从背部倾泻而下，直到腰间。塞西莉为我戴上黄金发网，发网顶部会戴上一个镶满钻石和红宝石的金冠。大量的红宝石象征着妇女的品德，预示我后半生的主要角色：一个有德行的女人，一位以“谦卑和忏悔”为座右铭的都铎王后。我有一颗热情而自由的心，可这无关紧要。真实的自我会被掩藏，后世提到我时，只会说我是一个国王的妻子，另一个国王的母亲，除此之外，我什么也不是。

再过一会儿，我就会乘着皇家驳船逆流而上，向威斯敏斯特大教堂进发，伦敦市长和城中所有行会会长会乘着公务船前来护送，一路上歌声乐声不断。母亲会透过窗户，再一次看到皇家船队沿河而上，前去加冕。可是这一次，坐在船上的是她女儿。我知道她会站在柏孟塞修道院的窗前看我经过，也希望她能从中得到一点儿安慰，至少我没有辜负她的期望。她终于把我推上了英格兰的后座，尽管此时此刻，她只能默默地看着镀金驳船第四次从眼前驶过，船上依然没有她，而这一次，她至少把她的女儿扶上了金灿灿的宝座，沿河观礼的人会光明正大地欢呼“约克!”

我走下码头，侍女们在后面托起我的裙摆，免得拖到湿漉漉的地毯上，又搀扶我登船。装饰着彩旗和鲜花的皇家驳船十分华美，披红挂绿的驳船和各种小船护卫在周围。我一上船，乐师就奏起音乐，唱诗班唱起歌谣称颂我的美德。我坐到船尾的宝座上，头顶是金色的华盖，身下是天鹅绒坐垫，身边围绕着一众侍女。都铎宫廷的女子本就以美貌闻名，今天每个女人又打扮得花枝招展，看上去真是赏心悦目。鼓声响了起来，其他驳船开始聚集到我们的前方和后方。随着船桨深深插入水中，我将一抹微笑凝固在脸上，出发了。

一艘驳船的船头雕着一颗龙脑袋，盘旋的尾部则固定在船尾，这是一条都铎龙。人们不时在龙口中点火，让龙头喷出火焰来，引得岸上的围观者们不停尖叫欢呼。他们朝我高喊“约克”，尽管这是一场都铎典礼，他们还是固执地忽略了这个事实，我只能用微笑来回报他们对我家族的忠诚爱戴。驳船缓缓前行，白绿二色的信号旗在风中飘扬，都铎龙发出低沉的咆哮。

皇家驳船行驶在河中央，顺着内流的潮汐轻松前进。我们离柏孟塞修道院越来越近了，我已经能够清楚地看到用红砖和燧石筑成的修道院门房，谁知舵手突然改变了路线，船开始向对岸驶去。就这样，我们离囚禁着母亲的监牢越来越远。我能看到等候在修道院围墙下的人群，但我分辨不出他们的面孔。我手搭凉棚，冰冷的金冠刮到了我的手指。因为隔得太远，人也太多，我看不清人群里有没有母亲。我想看见她，很想很想，我希望她知道我在寻找她。我甚至猜想，在驳船经过的时候，她是否被勒令留在房间里？她是否枯坐在那间粉刷过的阴冷屋子中，聆听着飘荡在水上的音乐，被喷火龙头发出的咆哮逗得发笑，但却不知道我在找她？

可是突然之间，她像变魔术一样出现在我的视线里。一面旗帜在河风中舒展飘扬，旗帜的底色是都铎绿。这是新王朝的忠诚之色，每个识时务的人都会在今天扬起这样的旗子：旗面为都铎绿，中央绣着红白相间的都铎玫瑰。但这面旗子有些与众不同，旗面还是都铎绿，中央的玫瑰却是纯白色的，要是这朵玫瑰外层有红色的花瓣，那它一定绣得太小了，以至于可以被忽略。不论怎么看，这就是一朵约克玫瑰。站在这面旗帜下的人自然是母亲，她笔直地立在那里，就像在陪伴着曾经爱慕的丈夫。我向她抬手致意，她高兴得跳了起来，双手举过头顶挥舞着，嘴里大喊我的名字，一边喊，一边笑，像从前一样充满生气，叛逆不羁。她开始沿着河岸奔跑，和我的驳船并驾齐驱，边跑边喊：“伊丽莎白！伊丽莎白！万岁！”这声音压过了其他杂音，清晰地传了过来。我离开宝座冲到船边，探出身子朝她挥手，用毫不端庄的姿势回应着：“母后！我在这里！”我开怀大笑起来，我看到了她，而她也看到了我，我终于能在她的笑声和祝福声中加冕了。

我的加冕礼预示着一系列婚约的到来。亨利办事素来有条不紊，他挨个利用起我的妹妹们，把她们当作为都铎王朝攫取政治利益的棋子，就连母亲也没能逃掉。他允许我带妹妹们去柏孟塞看望她，给她带去一个消息：国王已经原谅了她，准备恢复她的婚事，她就要嫁给苏格兰国王詹姆斯三世了。

我原本担心修道院里太冷，让人没法过冬，走到门口，却见母亲坐在一堆熊熊燃烧的苹果木前取暖，会客室里弥散着一股香气。我的异母妹妹格蕾丝坐在她旁边，两个侍女忙着飞针走线。

我带着妹妹们进了房间，母亲站起身来，挨个亲吻我们。“很高兴看见你们，”她向我行了个屈膝礼，“我应该叫您‘陛下’了。”她退后一步打量我，“您看上去很精神。”

她朝布丽吉特和凯瑟琳张开双臂，她们立刻扑上去抱住了她。她拥住两个摇头晃脑的小姑娘，对安妮笑了笑，又对塞西莉说：“还有你，塞西莉，这条裙子真漂亮，你帽子上的别针也很精致。你丈夫待你好吗?”

“他对我很好。”塞西莉生硬地回答，她显然意识到母亲是个嫌犯，“而且国王陛下和我的女领主，国王的母亲很赏识他。他是个有名的忠臣，我也是。”

母亲微微一笑，似乎并不在意这些。她重新坐回椅子上，拉过七岁的布丽吉特和八岁的凯瑟琳，让她们坐上她的膝盖。安妮坐到一旁的小脚凳上，母亲伸手搭上她的肩膀，一脸期待地看着我。

“我们要嫁人了!”凯瑟琳终于按捺不住了，“除了布丽吉特，我们都要嫁人。”

“因为我是基督的新娘。”布丽吉特回答，尽管还是个小女孩儿，她的一举一动已经相当庄重。

“你当然是。”母亲给了她一个拥抱，“那些幸运的男人是谁呢？我猜是都铎王朝的坚定拥护者吧?”

这些拥护者自然包括塞西莉的丈夫。满心不快的塞西莉不怀好意地说：

“您也订婚了。”

母亲根本不为所动。“又是苏格兰的詹姆斯？”她笑着问我。

我意识到她已经知道了。她的间谍网还在运转，尽管生活在这里，她仍然可以得到消息。她本该被孤立，被隔离，可事实上，这里和皇宫没有什么不同，她的身边依旧围绕着忠诚的拥护者。

“你都知道了？”

她平静地说：“我知道国王派使臣去了苏格兰，想和他们握手言和，他当然会用上联姻这一招。由于他先前考虑过我，我想他可能会重启这个计划。”

我急忙问：“你介意吗？如果你想拒绝，也许我可以……”

她轻轻握住我的手。“我并不这么认为。既然你无法阻止他把爱德华关进伦敦塔，也不能说服他放我离开这高墙深院，我也就不相信你能影响他对苏格兰的政策。他立你为后不假，可你手中虽然有权杖，却没有权力。”

“我也常常这么说。”塞西莉插嘴道，“她什么也做不了。”

“那我确定你是对的。”母亲朝她笑了笑，轻声对我说，“不要自责。我知道你尽力了。女人的权力全靠自己争取，能争多少才有多少，可你夫家对你有所防范，他们不愿意给你权力。”

“我要嫁给一个苏格兰王子！”凯瑟琳憋不住了，在母亲怀里叽叽喳喳起来，“更年轻的一个！母后，我会和你一起去苏格兰，和你住在一起，还能当你的侍女。”

“啊，有你陪在我身边，那可真是太好了。”母亲俯下身去，在凯瑟琳的白色蕾丝帽上落下一个吻，“如果我们在一起，事情就好办多了。我们可以对你姐姐进行国事访问。我们可以带着一大群人，骑马回伦敦来，她可以为我们准备一场盛宴，因为我们是苏格兰的王后和王妃呀。”

“我要嫁给王储，下一任苏格兰国王。”安妮小声说。她远不如凯瑟琳兴奋。早在十二岁时，她就深知联姻的真谛，对公主来说，为了两国结盟而嫁往敌国可不是什么好差事。

母亲静静地看着她，眼中充满怜悯。“好吧，我们会在一起，这是件好事。”她说，“我可以给你建议和帮助。苏格兰王后可不是一个容易扮演的小角色，安妮。”

“那我呢？”布丽吉特问。

母亲飞快地看了我一眼：“也许你会得到恩准，和我一起去苏格兰。我想国王会同意的。”

“就算不同意我也要去。”布丽吉特心满意足地撒着娇，开始好奇地打量母亲的漂亮屋子。

“我还以为你想当修女，不愿意像教皇一样过日子呢。”塞西莉的话有些刻薄。

母亲咯咯一笑。“噢，塞西莉，你真以为我生活得像个教皇？那可真是太棒了。你觉得我有一屋子红衣主教服侍，只是他们现在藏起来了？你觉得我用金盘子盛饭菜？”

她站起身来，朝两个小妹妹伸出手去：“来吧，塞西莉提醒了我，我们该去吃饭了。你可以跟修女们说祈祷词，布丽吉特。”

我们出门时，她一把拖过我，小声说：“别发愁，一纸婚约和一场婚礼之间存在着很多变数，想让苏格兰人乖乖遵守和平协定？那简直是个奇迹，我还没见过呢。到目前为止，没人能走完整条北方大道。”

1488年春

里士满　希恩宫

爱德华舅舅从战场归来了，皮肤变成了和摩尔人一样的棕色，门牙也没了。他倒是非常高兴，说上帝这回能更加清楚地看到他的内心了。不过缺了牙的他说话漏风，让我忍不住想笑。看到他真是太开心了，我扑进他怀里，头顶上传来他含混不清又满含宠溺的声音："上帝保佑你，上帝保佑你！"一下子惹得我又哭又笑。

我将母亲被关在柏孟塞修道院的消息告诉了他，以为他会大吃一惊，不料他耸了耸肩，反而笑着劝慰我，说胜利和失败都是人生的常态，这件事在他看来不过是一段暂时的挫折。他只是问："她过得好吗？"仿佛这是唯一的问题。

"是的，她住在精致的房间里，也得到了很好的照顾。修道院里的人显然都很崇敬她。恩典与她同在，修道院的女门房还称她为殿下，似乎一切都没有改变。"

"那她肯定能按照自己的想法安排生活了，就和从前一样。"

他有讲不完的故事，一会儿说到格拉纳达的圣战，一会儿说到摩尔帝国的美丽和优雅，一会儿说到基督教国王们把摩尔人彻底赶出西班牙的决心。他跟我说起葡萄牙宫廷的见闻，谈到他们的冒险。葡萄牙人沿着大西洋海岸线向南航行，到达了一个遥远而陌生的国度。他说那里有许多金矿，市场上满是香料，还有一座装满象牙的宝库。越往南走，天气就越炎热，海上的风暴也会越发频繁，但只要你有一往无前的胆量，你就能获得这些宝物。那里有一个遍地黄金的王国，弯腰捡起一颗鹅卵石就能发财致富。那里有各种珍禽异兽，金灿灿的皮毛上遍布美丽的斑点和条纹，华贵非常。那片广袤大陆的深处也许存在着一个由白人基督徒统治的地方，也许还有一个黑人王国，他们忠于一个白人基督徒英雄，人们叫他祭司王约翰。

亨利对这些奇异的王国毫无兴趣，他一到场，就把爱德华舅舅带进了他的私人会议室，两人在上了锁的房间里待了大半天。爱德华舅舅出来时咧开缺了门牙的嘴大笑，亨利则用胳膊环住他的肩膀，我立刻心知肚明，不论他报告了什么，都让亨利内心的焦虑得到了缓解。

亨利对他异常信任，准备派他去保卫布列塔尼。我问他："你什么时候出发？"

"差不多马上就动身，事情紧急，时间不能浪费，而且……"他笑了起来，门牙的位置上只剩下一个洞，"我喜欢忙碌。"

我立刻把他带到埃尔特姆宫的保育室，让他看看亚瑟的成长。他已经能站起来，在椅子和凳子边走路了，他最喜欢捏住我的手指，摇摇晃晃地穿过房间，又翻着小脚丫转过身，稳稳地往回走。看到我时，他会笑着朝我伸出小手。他开始说话了，像只小雏鸟一样咿咿呀呀。他还不能说完整的词语，可他会说"妈"，我觉得这是在叫我，他还会说"啵"，这个词没有任何意义，只是叫着好玩儿。我一挠他的痒痒，他就咯咯发笑，一给他什么东西，他就立马丢到地下，希望有人捡起来还给他，再一次丢下。他最爱和布丽吉特玩儿丢球的把戏，布丽吉特给他一个球，他往地下一丢，让她追着球飞跑，在球弹得老远之前把它扑住，两个人一掷一追，就像在玩网球，他得意洋洋地看着奔跑的布丽吉特，乐得咯咯直笑。我问爱德华舅舅："你没见过比他更漂亮的男孩儿吗？"他满脸笑容，似乎在说：没见过！

"那你先前去看望的那个男孩儿呢？"我一边压低声音，一边让亚瑟趴上我的肩头，用手轻拍他的后背。这孩子真沉，小脑袋贴着我的面颊，暖烘烘的。我心中突然升起一股强烈的保护欲，不希望有任何东西威胁到他的平静和安宁。“亨利跟我说过他派你去葡萄牙看一个男孩儿的事。自从你走了以后，我就没听到和他有关的任何消息。”

“国王今后会告诉你，我在葡萄牙看望了一个服侍爱德华·布兰普顿爵士的侍童，”舅舅含混的话音很讨人喜欢，“一些专爱挑拨离间的人觉得他长得像我失踪的可怜外甥理查德。人们喜欢搬弄是非。哎呀，那是因为他们没有更好的事情做。”

我追问他：“那他长得像理查德吗？”

爱德华摇了摇头。“不，不见得。”

我环顾四周。附近只有孩子的保姆在，除了吃一大堆东西和喝啤酒，她对什么都不感兴趣。“阁下，你确定吗？你能和母后说说他吗？”

“我不会和她说起这个小伙子，因为这会让她难过。”他斩钉截铁地说，“他和你弟弟一点儿也不像，我能肯定。”

“那爱德华·布兰普顿呢？”我还是缠着他不放。

“爱德华爵士一处理完葡萄牙的生意就来英格兰，他已经把那个英俊的侍童解雇了。他不希望一个冒失的男孩儿让我们和国王尴尬。”

我无法理解他的话：“如果这个男孩儿只是在吹牛，怎么可能在里斯本闹出这么大的动静，连远在伦敦的我们都听说了？如果他只是个小角色，你为什么要千里迢迢地跑去葡萄牙看他？葡萄牙离格拉纳达远着呢。还有，爱德华爵士干吗要来英格兰，还要和国王会面？他曾为约克家族效过力，拥戴过我爸爸。既然如此，他怎么能受到这样的重视？如果那个男孩儿无足轻重，他为什么要解雇他？”

爱德华轻轻地说：“我想国王更喜欢这样。”

我看了他一会儿。“你说的话我听不太懂，你一定向我隐瞒了什么。”

我把亚瑟温暖的身子贴在心口，舅舅拍拍我的手说："你知道的，世间到处都是秘密，有时候不知道反而比知道了好，不要自寻烦恼，陛下。这个新世界充满了奇闻轶事，就是我在葡萄牙听说的那些！"

"他们提到过一个死而复生的男孩儿吗？"我质问他，"他们提到过一个被人藏起来躲避刺杀的男孩儿吗？他们有没有说他被人偷偷送到国外，等待时机？"

他毫不畏缩："他们提到过。不过我提醒了他们，说英格兰国王对奇闻轶事没有兴趣。"

短暂的沉默过后，我说："至少国王信任你。"我把亚瑟递给保姆，看着他坐上她宽阔的膝头，"至少他肯听你的话。也许你可以跟他说说母后，让她回到宫里来。如果那男孩儿是个无名小卒，他还怕什么呢。"

"他不是一个轻易相信别人的人。"舅舅露出一丝难解的微笑，"我前往里斯本时一路被人跟踪，我的同伴把我见过的每一个人都记了下来。我回国时被另一个人跟踪，以确定我中途没去佛兰德斯拜访你姑妈。"

"亨利派人监视你？监视他自己的信使，他的间谍？他竟然监视他自己的间谍？"

他点了点头。"他一定也在你家的侍女里安插了人手，不论你私底下说了什么，他都知道。你的神父必然会跟他的主教，也就是坎特伯雷大主教约翰·莫顿汇报情况，而约翰·莫顿又是我的女领主，国王的母亲的挚友。他们勾结在一起，先是毁掉了白金汉公爵，后来又推翻了理查德三世。他们天天见面，约翰把一切都事无巨细地告诉她。不要梦想国王会信任我们，不要以为你没被监视。时时刻刻都有人盯着你，盯着我们所有人。"

"可我们什么也没干！"我忍不住大喊起来，但马上又觉得不妥，赶忙压低声音问，"难道不是吗，舅舅？我们是清白的吧？"

他拍拍我的手，向我保证说："我们什么也没干。"

1488年夏

温莎堡

可我姑妈玛格丽特没有闲着。这位佛兰德斯公爵的遗孀、我父亲的妹妹当然不是无能之辈。她不断给苏格兰国王詹姆斯三世写信，甚至派去一个忠于约克王朝的使者。“她试图劝说他向英格兰开战。”亨利疲惫地说。我走进他在温莎堡的办公室时，发现他坐在一张大桌子中央，面前摆着一张沾满盐渍的纸，桌子两端各站着一个书记官。我认出姑妈硕大的红色蜡封印鉴和拖曳的丝带。她使用的纹章是光芒四射的太阳，这是由我父亲创造的图案，是伟大的约克饰章。“可她不会得逞，我们已经和苏格兰结盟，很快就会订婚了。詹姆斯发誓信守和我的约定，他不会背弃都铎，转而投向约克。”

亨利也许说得对，可就算詹姆斯有心信守承诺，他也无法说服苏格兰人支持英国。不光是他的国民和贵族，就连他的继承人也对都铎王朝统治下的英格兰怀有敌意。不论国王的想法是什么，国家的意志始终会占上风。比起忍受和都铎暴发户结盟，国民宁愿让詹姆斯下台，他如今要捍卫的不只是和英格兰的友谊，还有他自己的王位。几天后，我收到母亲匆匆写就的一张便条，可我不明白她的意思：

如你所见，我不会走上北方大道了。

我知道这件事逃不过亨利的眼睛，为了显示我的忠诚，我决定立刻把便条交给他。可我在走进皇家会议室的瞬间停住了。里面有一个男人，他的脸晒成了深棕色，我一下子想不起他的名字，可又觉得他似曾相识。当他朝我转过身来时，我心中暗想：最好还是忘掉他吧。他是爱德华·布兰普顿爵士，我父亲的教子，我舅舅在葡萄牙见过他，同时也见过他那个莽撞的侍童。他朝我深深鞠了一躬，笑容沉稳而又自信。

“你们认识吗？”我丈夫盯住我的脸，淡淡地开口。

我摇了摇头。“我很抱歉……请问你是谁？”

“我是爱德华·布兰普顿爵士。”他说话的方式让人愉快，“我曾经见过您，那时您还是个小公主，年纪太小，记不住我这种卑微的老侍臣也不足为奇。”

我点了点头，把注意力全部转回亨利身上，一副对爱德华爵士毫无兴趣的模样。“我想告诉你，我收到一张来自柏孟塞修道院的便条。”

他接过便条，默默地读了一遍。“啊。她一定知道了詹姆斯的死讯。”

“这就是她的意思？她只是为了告诉我，她不用沿着北方大道去苏格兰了？那位国王是怎么死的？怎么会发生这种事呢？”

亨利言简意赅地说：“战死的。他的国民支持他儿子推翻他。这就是骨肉相残，你连自己的继承人也不能相信，遑论别人呢。”

我尽量不去看爱德华爵士：“如果这件事给我们惹来麻烦，我深感遗憾。”

亨利点点头：“不管怎么说，我们有了爱德华爵士这个新朋友。”我微微一笑，爱德华爵士也鞠了一躬。

“爱德华爵士明年就回英格兰。”亨利说，“他曾经是你父亲忠诚的仆人，现在打算为我效力。”

爱德华爵士兴高采烈，似乎对这个设想极为满意，他又鞠了一躬。

亨利向我建议："待会儿给你母亲回信的时候，你可以告诉她，你见到了她的老朋友。"

我点头答应，转身向大门走去。"还有，告诉她爱德华爵士曾经有个冒失的侍童，他大肆吹嘘自己，惹出不少风波，不过他现在已经被解雇了，一个丝绸商人带走了他。没人知道他现在在哪里。也许去非洲做生意了，也许去了中国，谁也不清楚。"

"如果您希望如此，我会告诉她的。"

"她会明白我在说谁。"亨利的笑容带着一丝狡黠，"你告诉她，那个侍童是个傲慢无礼的小子，喜欢穿借来的丝绸衣服，不过他现在有了个新主人，一个丝绸商人，这份工作能让他穿得很体面，他已经跟商人走了，现在不知所踪。"

1488年圣诞节

伦敦　格林威治宫

长久以来，焦虑不安的都铎家族处处戒备着这个不可靠的世界，随着圣诞节的来临，这种警戒停止了，我们仿佛又重新过上了平静的生活，每天都发生着零零碎碎的小事，大家可以随意地收写便条，亨利不再像从前一样事必躬亲，什么都要看，什么都要听。自从那个神秘的男孩儿消失以后，监视似乎失去了意义，港口的间谍和道路的守卫们都能歇一口气了。就连玛格丽特夫人常年紧皱的眉头也舒展开来，饶有兴致地打量着圣诞柴、小丑、乐师、哑剧演员和唱诗班，脸上挂着淡淡的微笑。玛格丽特得到恩准，到伦敦塔看望弟弟去了，回宫时笑容满面，比以往探视归来时要高兴得多。

“国王同意给他请一位教师，送一些书。”她说，“他有一把诗琴。他一直在塔里奏乐谱曲，还为我唱了一首自编的曲子。”

每天晚饭之后，亨利会到我房里来，坐在火炉边，和我说说闲话。他有时只挨着我躺一会儿，有时和我同眠到天明。我们相处得很自然，甚至说得上亲近。这天晚上，当仆人们进来展被铺床，要帮我脱下睡衣的时候，他伸手把他们挡开，吩咐道：“出去吧。”等他们退出房间关上房门之后，他亲手为我脱下睡衣，吻了吻我赤裸的肩头，扶我躺到床上。他连衣服也没脱就挨着我躺下了，抚摸我的头发，一直到我的脸庞。“你很漂亮。”他说，“这是我们一起度过的第三个圣诞节。我觉得自己像个结婚很久的男人，和美丽的妻子过着幸福快乐的生活。”

我静静地躺着，任他解开我辫梢的缎带，让手指在一束束亮泽的金发中穿梭。他轻轻地说：“你身上的味道总是这么香。”

他翻身下了床，松开睡袍的腰带，解下来仔仔细细地放到椅子上。他是个严谨的男人，总爱保持物品的整洁。他掀开被褥钻了进来，我感受到他的欲望，也很乐意给予，因为我想要第二个孩子。我们当然需要再生一个儿子，以此来保证血统的延续；但从私心来说，在腹中孕育一个孩子的感觉太奇妙了，我好想再体验一回。为了达成这个目的，我挂起迷人的微笑，掀起睡衣下摆，帮他占有我。我伸手拥住他，感受他温暖而强健的肉体。他的动作既迅速又小心，身体因为快感而不住颤抖；而我只想热情主动地迎合他。我不想得到更多，至少我感觉到了自己的心甘情愿，这一点足以让我欢喜不已，而他的温柔也让我感激。他在我身上躺了一小会儿，把脸埋在我的金发里，亲了亲我的脖子，随后撑起身来，说出一句让人意外的话：“但这不像爱，是不是？”

“什么？”我吃了一惊，没想到他竟会不加掩饰地说出真相。

“这不像爱。”他说，“我当年流亡布列塔尼时，曾经遇到过一个女孩儿，那时我还很年轻。她会偷偷溜出她爸爸的屋子，豁出一切来找我，想跟我在一起。我常常躲在谷仓里，急不可耐地想要见到她。我一碰她，她就浑身颤抖，我一吻她，她就瘫软在我怀里，四肢紧紧地箍住我，发出愉快的哭喊。她哭起来就止不住，哭得浑身颤抖，可我能够感受到她的快乐，从内至外的快乐。”

“她现在在哪儿？”我问。尽管对亨利毫不在意，但我发现自己对这个女孩儿产生了强烈的好奇心，一想到她就烦躁莫名。

“还在布列塔尼。她怀了我的孩子，她家里人匆匆把她嫁给了一个农夫。她也许成了一个矮胖农夫的妻子，现在有了三个孩子。”他笑出声来，自言自语地说，“其中一个长着红头发。你觉得怎么样，伊丽莎白?”

“但没人说你是娼妇。”我冷冷地说。

他转头看着我，哈哈大笑起来，仿佛我的话格外有趣。“啊，亲爱的，不是这样。没人说我是娼妇，只因为我是英格兰国王，是个男人。不论这世界发生什么样的变化，就算约克国王重登王座，战争的结局得以逆转，理查德从坟墓里爬出来，你也改变不了世人看待女人的态度。要是一个女人有欲望，还将欲望付诸行动，她就会被人叫做娼妇，这是永远都不会改变的。你和理查德有过一腿，你的名誉早就被你的愚蠢给毁掉了，就算你觉得这是爱，是你的初恋，那又怎么样呢？你只能通过一场无爱的婚姻挽回声誉，得到名声，但失去了欢乐。”

一听到他随意提起我情人的名字，我立刻把被子拉到下巴，拢了拢头发，重新辫起来。他没有阻止我，只是静静地看着我。我羞恼地意识到，他打算留在这里过夜。

“你想让你妈妈回宫过圣诞吗?”他随口问着，转身吹熄了床边的蜡烛。快要熄灭的火堆成了房间里唯一的光源，他的肩膀被余烬的微光染成了古铜色。如果我们是一对倾心相慕的恋人，这会是我一天中最爱的时刻。

“可以吗?”我太吃惊了，几乎结巴起来。

“我不明白为什么不行，”他漫不经心地说，“如果你希望她回到这里的话。”

“我最最希望的就是这件事，我每日每夜都在盼望。要是她能和我一起过圣诞，我会很开心的，还有我的妹妹们，尤其是几个小妹妹……她们也会很开心。”我一时激动，探过身子，亲了亲他的肩膀。

他立刻翻过身来，捧住我的脸，在唇上落下轻柔细密的吻。在这意乱情迷的时刻，对他提起理查德的恼怒，对他旧情人的嫉妒，化作一股爱恨难明的冲动。我迎上他的嘴唇，搂住他的脖子，让他慢慢压上我的身体，完全覆住了我。我张开唇瓣，尽情品尝着他的味道，在他搂住我的一瞬间，我闭上眼睛，感到他再一次进入了我，既怜惜，又温柔。这是前所未有的水乳交融，我第一次觉得我们之间有了爱，虽然那么微不足道。

1489年春

伦敦　威斯敏斯特宫

在和母亲共度了一个愉快的圣诞节之后，伦敦迎来了寒冷漫长的冬天。我们举行了一次特殊的弥撒，为逝去的爱德华舅舅致哀，他去年在抗击法国的战斗中牺牲了。

“他原本没必要去。”我站在礼拜堂的圣坛前，为他点亮了圣坛上的一根蜡烛。

母亲笑了笑，可我知道她有多想他。“啊，他必须去。他从不是一个可以安安静静待在家里的人。”

“可你得安安静静地待在家里，圣诞节已经结束了，亨利说你必须回修道院去。”

她转身朝向大门，拉起兜帽，盖住满头银发。“只要你和妹妹们过得好，只要看到你快乐安宁，我回去也无所谓。”

我走到她身边，她将我的手一把握住：“那你呢？你渐渐爱上他了吗？就像我希望的那样？”

“这感觉很奇怪，”我坦白承认，“我没发现他有过人之处，我也不认为他是世上最了不起的男人。我知道他不勇敢，还常常发脾气。我对他的爱和对理查德的不一样……”

“爱有很多种，”她指教我，“当你爱的人比不上你梦想中的那个人时，你应该考虑到真人和梦想之间的差距。有时候你得原谅他，也许不是一次两次，而是经常如此。但是原谅多了，爱就来了。”

现在是四月天，鸟儿们在河流南岸的野地里纵情歌唱。我和亨利来到马厩，在他翻身上马的时候，我告诉他，我不能和他一起出去放鹰打猎了。我的马在马厩里待了好几天，如今见我来了，在原地兴奋地扑腾跳跃，马夫只好紧紧地拉住缰绳。

“它只是劲头太足了。”亨利看了看那头迫不及待的畜生，又看了看我，“你能驾驭得了它，不是吗？错过打猎可不像你的风格。你一骑上去，它就会恢复正常。”

我摇了摇头。

“那换匹马吧。”亨利建议，他对这件事的执著逗乐了我，“加斯帕会让你骑他的马。那匹马跑得像块大石头一样稳。”

我坚持道：“今天不行。”

“你不舒服吗？”他把马缰丢给马夫，跳下马走到我身边，“你看上去有点儿苍白。还好吗，亲爱的？”

他的关怀让我有些感动，我靠在他身上，任他环住我的腰。我偏过头，在他耳边说：“我只是病了。”

“可你没发热啊？”他微微瑟缩了一下。被他的军队带入英格兰的汗热病仍然让他心悸。“告诉我，你没有发热！”

“我得的不是汗热病，”我向他保证，“也没发烧。更没吃什么不该吃的东西，比如没熟的水果。”我朝他笑了笑，可他还是没有明白，“我今天早上有些恶心，昨天也是，我想明天早上也会这样。”

他一脸期待地看着我：“伊丽莎白？”

我点了点头：“我怀孕了。”

他紧紧搂住我的腰："啊，亲爱的，啊，甜心，这真是最好的消息！"

他当着所有侍从的面和我热烈地接吻，等他抬起头来之后，大家一定知道我刚刚跟他说了什么，因为他现在容光焕发，神采飞扬。

"王后不和我们一起骑马出游了！"他大喊起来，仿佛这是世上最好的消息。

我掐掐他的胳膊，劝他别太张扬："现在告诉别人还太早了。"

"啊，当然，当然。"他满口答应着，又亲了亲我的嘴唇和手背。表情迷惑的宫人们在一旁赔笑，你推推我，我推推你，暗暗猜测起来。他大吼一声："王后今天要休息！没什么可担心的，她很好。但她要休息。她不打算骑马了。我不想让她骑。她有点儿不舒服。"

这一席话证实了众人心中的猜想，就连反应最慢的年轻男人也和身边的人窃窃私语起来。大家立刻猜到了亨利紧紧搂住我不放的原因，也猜到他为什么一脸喜色。

"你去休息吧。"他回头嘱咐我，完全没注意到宫人们会心的笑容，"你一定要好好休息，乖乖的。"

"好的。"我早听见了周围的笑声，"我懂你的意思，我想大家都懂。"

他咧嘴一笑，腼腆得像个羞涩的男孩儿。"我太开心了，根本藏不住。看着吧，我会抓到最肥美的猎物，给你做晚餐。"他飞身坐上马鞍，对牵我坐骑的马夫说："王后身子不舒服，你最好自己帮她练马。今天要练，以后也每天如此。我不知道她何时可以再骑马。"

马夫弯下腰："遵命，陛下。"他转身对我说，"我会让它温顺驯服的，要是您想骑马，可以随时骑着它去散步。"

"王后不舒服，"亨利又对马上笑嘻嘻的同伴们说，"我不会多说。"他笑得合不拢嘴，好像一个青涩的男孩儿，"我不会多说。没什么好说的了。"他踏着马镫站起来，摘下帽子不停挥舞，"上帝保佑王后！"

“上帝保佑王后！”人们大声回应他，笑盈盈地看着我。我咯咯笑起来，对亨利说：“您真是小心、谦和又含蓄，您是最最谨慎的人。”

1489年秋

伦敦　格林威治宫

这次进产房的时间由我决定，尽管房间的挂毯是我的女领主，国王的母亲选的，产床和摇篮也由她一手安排，可房内的布置都由我说了算。我告诉她，我要在十月末进产房。

“我会召我母亲来陪我。”我说。一听这话，她的眼神立刻锐利起来。“你问过亨利了吗？”

“当然问过。”我当着她的面撒谎。

“那他同意了吗？”

她显然不相信我。

“同意了。”我说，“他干吗不同意。我母亲已经选择了隐退，每天过着暮鼓晨钟的生活。她一直是个善于思考的虔诚女性。”我看了看她凝重的表情，这女人时刻不忘标榜自己的信仰，“我母亲渴望修道生活，人尽皆知。”我觉得自己的谎话说得越来越顺溜了，忍笑忍得浑身发抖，“但是我敢肯定，等我住进产房，她会同意回归尘世，过来陪我。”

我的谎话说完了，接下来唯一的问题，就是赶在她之前找到亨利。我走进他的房间，只见会客室大门紧闭。我朝守卫点了点头，要他放我进去。

房间中央有张桌子，亨利坐在桌旁，身边环绕着他最信任的顾问。他抬头看着走进房间的我，担心地沉下脸来。

“对不起，”我犹犹豫豫地站在门口，“我没发觉……”

顾问们纷纷起身鞠躬，亨利快步走到我身边，握住我的手说："我们不急，当然不急。你好不好？身子没什么不对劲吧？"

"没有。我是想和你求个恩典。"

"你知道我不会拒绝你，"他急忙说，"你想要什么？洗珍珠浴？"

"只是希望我母亲能来产房陪我。"这句话一出口，我看到他脸色一沉。我继续恳求："她上一次给了我不少安慰，亨利。而且她很有经验，她生过很多孩子，我需要她。"

他犹豫不决。"她是我妈妈，"我不住央求，声音带上一丝魅惑，"我肚里的孩子是她外孙。"

他思索了一会儿，问："你觉得我们正在这里讨论什么，伊丽莎白？"

我看了看他身后那些神情严肃的男人，他叔叔加斯帕正眼神阴郁地盯着一张地图。我摇了摇头，表示我不知道。

"我们不断收到报告，说全国各地都在发生着小规模的叛乱。人们计划推翻我们，密谋除掉我。一伙暴民在诺森伯兰袭击了诺森伯兰伯爵，当时他正在为我收税。可不只是痛打一顿这么简单，他们把他拉下马杀死了，不知你听说了没有？"

我倒吸了一口凉气："亨利·珀西？"

他点了点头。"在阿宾顿，一个德高望重的修道院院长也图谋反对我们。"

我问："他是谁？"

他黑着脸说："是谁不重要。罗伯特·张伯伦爵士和他儿子在东北被捕，因为他们一家打算在哈特尔浦港乘船，去佛兰德斯投奔你姑妈。就目前来看，这些小事件之间没有联系，但它们是一个征兆。"

"征兆？"

"有人对我们不满。"

“亨利·珀西?”我念叨着这个名字，“他的死怎么会是征兆?不就是人们反对纳税吗?”

国王一脸严肃地看着我：“北方人永远不会原谅他在博斯沃思背弃理查德的行为。所以我想，你也觉得他罪有应得吧。”

我没有回答，这件事对我来说还是太意外了。亨利·珀西当时告诉理查德，他的军队从北方一路赶来，累得没法儿打仗，仿佛一个指挥官带着一支累到失去战斗力的军队来参战是件理所当然的事！他待在理查德军队的后方，一直按兵不动。当理查德冲下山坡的时候，珀西眼睁睁地看着他赴死，根本无动于衷。我不会为这个小人的死难过，他的死对我来说不是损失。我大着胆子说：“可这件事和我母亲没关系吧。”

加斯帕叔叔用一双蓝眼睛冷冷地看了我好一会儿，似乎不太同意我的话。

“没有直接关系。”亨利承认，“自从全力策划了厨房男孩儿的叛乱之后，她就收手了。我没有证据证明她和这些分散的事件有关。”

“那她就能进产房陪我了。”

“这样也好。”他做出了决定，“她和你待在产房里，就和待在修道院一样安全，我们也可以借机让那些痴心妄想的人看看，她已经不代表约克了，她是都铎家族的一员。”

“我今天可以给她写信吗?”

他点了点头，拉起我的手轻轻一吻：“我没法拒绝你，在你即将为我生下第二个儿子的时候。”

“如果是个女孩儿呢?”我笑着问他，“你赐给我这些恩典，如果我生了个女孩儿，你会不会把它收回?”

他摇了摇头。“是个男孩儿。我能肯定。”

1489年11月

伦敦　威斯敏斯特宫

母亲答应过来陪我，但伦敦眼下疫病肆虐，她没有直接进产房，而是在其他房间里待了好几天，以确定自己没有染上痘疮。这种病往往伴随着疼痛和高烧，全身还会长满可怕的红点。

“我不能把病传染给你。”刚进产房的母亲这样说。她轻手轻脚地朝我走来，房门依旧开着，难得显露出外面的世界。

我一下子扑进她怀里，她抱了抱我，又退后一步，先看看我的脸，再看看我高耸的肚腹和浮肿的双手。

“你把戒指都摘下来了。”她说。

“戴着太紧了，”我说，“我的脚踝也和腿肚子一样粗了。”

她被这话逗乐了。“孩子生下来就好了。”说着把我扶回产床上，自己坐到床尾，把我的脚放上膝头，用一双有力的手为我做按摩，一会儿摸摸脚底，一会儿轻拉脚趾头，弄得我舒服地哼哼起来，又引得她扑哧一笑。

“你想生个男孩儿吧。”她说。

“不完全是，”我睁开眼睛，对上她灰色的瞳孔，“我希望这孩子健康强壮。我们当然需要男孩儿，但是女孩儿我也爱……”

“这一胎也许是女孩儿，下一胎会是男孩儿。”她说，“亨利国王还是对你很好吗？圣诞节的时候，他看着很像一个坠入爱河的男人。”

我点了点头：“他从没像现在这么温柔过。”

“那我的女领主呢？”

我做了个鬼脸：“从没像现在这么贴心周到过。”

“这下好了，我来了。”母亲这话显然是说，论对我关怀体贴，只有她能超过我的女领主，国王的母亲，“她会来这儿用餐吗？”

我摇了摇头：“她和她儿子一起吃。自从我进了产房，我的专座就被她给占了。”

“让她得意几天吧，”母亲劝慰我，“她不来，我们吃得更开心。你让谁做你的侍女？”

“塞西莉，安妮和玛姬。不过塞西莉也怀孕了，什么也做不了。我必须从国王的女性亲戚中选择，我的女领主坚持要我这么做。”我压低声音说，“我敢肯定她们会把我的一言一行都报告给她。”

“那是一定的。玛姬怎么样了？她可怜的弟弟呢？”

“国王允许她去看望他了，她说他过得很好。他现在有了教师和乐师，不过这种生活不是一个男孩儿该过的。”

“如果亨利有了第二个继承人，他也许就会把泰迪放出来了。”母亲推测，“我每夜都为这可怜的孩子祈祷，希望他平安无事。”

“亨利不会放他出来的，他害怕有人会为一个约克公爵造反。”我说，“就算到了现在，国内还是暴乱不断。”

她没问我造反的是谁，他们说了些什么，也没问发生动乱的是哪几个郡。她走到窗边，掀起挂毯一角向外眺望，一副兴味索然的样子。我顿时明白亨利错了，她不仅没有收手，反而再次卷入其中。她掌握的情况多过了我，或许也多过了亨利。

“这样做有什么意义？”我急急地质问她，“锲而不舍地引起纷扰，鼓动人们冒着生命危险逃往佛兰德斯，最后付出杀头的代价？就因为你的所作所为，让多少家庭妻离子散，家破人亡，让多少女人像伊丽莎白姑妈一样失去长子，次子又蒙上谋反的嫌疑。你到底想得到什么？”

她转过身来，温柔坚定的表情一成未变。“我？”她笑得明丽而清澈，“我什么也不想得到。我只不过是个住在柏孟塞修道院的老外婆，能来看我亲爱的女儿一眼，我就高兴得很了。除了我的灵魂和下一顿饭，我什么也没想，更别说惹麻烦了。”

1489年11月28日

伦敦　威斯敏斯特宫

这天清晨，睡梦中的我被腹部的痉挛惊醒，阵痛开始了。我呻吟不止，母亲陪在一旁，紧紧握住我的手，助产士赶忙热好啤酒，摆好圣像，让我能在生产时看到。我汗流浃背，筋疲力尽，母亲用冰凉的手抚摸我的额头，视线一刻也没有离开过我的脸。她轻声安慰我，说服我相信痛苦不存在，一切都不存在，我只是在一条蜿蜒的河流上漂浮。不知过了多久，我听到一声啼哭，终于结束了，我有了第二个孩子。我睁开眼睛，看着侍女们把小女婴放进我的臂弯里。

“我儿子下了命令，要我给公主殿下取名。”突然出现的玛格丽特夫人把我拉回了现实里，我看到了在她身后叠亚麻布的母亲，她低下头，努力憋着笑。

“什么?”我问。啤酒的暖意和母亲编织的幻境让我还有些晕乎，疼痛渐渐消退，时间又开始流逝。

“我很高兴成为她的命名者。”玛格丽特夫人洋洋自得，“这是我儿子对我的尊重。我只求你的亚瑟也是一个孝顺的好儿子，就像我儿子对我一样。”

母亲转过身去，把亚麻布放进柜子里。她曾经有两个爱她的王子。

“她是都铎王朝的玛格丽特公主。”从我的女领主口中听到她自己的名字，感觉很有些怪异。

房间一角传来母亲悦耳的声音："让孩子跟您叫一样的名字，这不是虚荣吗？"

"她的名字来自于我的圣人，"玛格丽特夫人丝毫没有张皇失措，"我为她取这个名字，不是为了给我自己脸上添光。而且这名字是你女儿选的，是不是啊，伊丽莎白？"

"啊，您说得对。"我太累了，根本没力气和她争辩，"最重要的是她很健康。"

"而且漂亮。"我美丽的母亲补充道。

因为伦敦城里痘疮肆虐，我们没有举行盛大的洗礼。产后谢恩仪式完成之后，我立刻返回宫中。宫廷没有为我设宴，我知道亨利也不打算为了庆贺一个公主的诞生花费金钱。如果这孩子是个王子，他一定会通告全国，让美酒在公共喷泉里流淌，就像过节一样。

"我没有因为你生了女孩儿失望。"我在保育室里见到他的时候，他怀抱着娇嫩的婴孩儿向我保证，"我们当然需要第二个儿子，可她是有史以来最漂亮，最高贵的女孩儿。"

我站在他身边，看着女孩儿的小脸蛋。她就像一朵玫瑰花苞，一片花瓣，手像小小的海星，指甲像被海浪洗涤过的贝壳。

"你随我母亲叫玛格丽特，我的乖孩子。"亨利说完，亲了亲她戴白色蕾丝帽的小脑袋。

玛姬上前抱过孩子，我悄声对她说："她的名字也随你。"

1491年6月

伦敦　格林威治宫

两年过去了，我又有了一个孩子，这次总算是我丈夫梦寐以求的儿子了。这个男孩儿的到来让他欢欣不已，仿佛他是一大笔财富。亨利这些年落下了吝啬贪婪的名声；这男孩儿就像一枚新铸成的金镑，是都铎王朝的第二继承人。

生产后过了七天，亨利来看望我，他抱起孩子，对我说："我们要叫他亨利。"

"随你的名字吗？"我笑着撑起身来。

"是随那位圣徒国王的名字。"他严厉的语气提醒了我，虽然我自以为这是我们最幸福，最安逸的时刻，可亨利仍然不忘为他头上的那顶王冠辩护。他看了看我，又看了看玛姬，那阴沉的眼神似乎在说，我们得为亨利六世被囚于伦敦塔，随后身死的遭遇负责。玛姬和我心虚地对视了一眼。亨利六世的死和我们的父辈脱不了干系，当年我们的父亲很可能和理查德叔叔联手，用枕头捂死了这位尚在睡梦中的可怜国王。不管怎么说，当亨利称老国王为圣徒，并以他的名字为新生儿命名时，我们作为罪犯的亲族，理应感到愧疚。

"如您所愿，"我轻声答允，"但他长得真像您。样貌威严，是个正宗的都铎人。"

他哈哈大笑起来。"他长着红头发，很像我叔叔加斯帕。"他愉快地说，

“祈求上帝，将我叔叔那样的好运赐给他。”

他脸上笑意盈盈，可眼部的皮肤却紧绷着，似乎有些心神不宁。我开始担心起来，他要诉苦抱怨时，常常是这副模样。我想这是他多年来最习惯的表情。当年他流亡海外，谁都不信，谁都害怕，从英国传来的每个消息都在提醒他警惕我父亲，每个传消息的信使都有可能对他下杀手。

我朝玛姬点了点头，这个敏感的姑娘立刻意识到亨利发了脾气，她抱过孩子，把他递给乳母，又紧挨着乳母坐下，似乎想用女人温暖庞大的身躯挡住自己。

“有什么要紧事吗?”我小声问。

他狠狠地瞪着我，似乎我就是挑起事端的罪魁祸首。过了一会儿，他的神情慢慢柔和下来，摇了摇头说：“古怪的消息，恼人的消息。”

“是从佛兰德斯传来的吗?”我小声问。我姑妈总惹他烦恼。她年复一年地派间谍潜入英格兰，给叛徒们送去钱物，还出言诋毁亨利和我们的家庭，指责我背叛了约克家族。

“这一次不是，”他说，“也许比公爵夫人还糟……要是你能想得出谁比她更难缠的话。”

“你母亲对你说过什么吗?”他问，“这很重要，伊丽莎白。如果她说了什么，你一定要告诉我。”

“没有，没说什么。”我这话说得问心无愧。这次她没来产房陪我，她说自己不舒服，害怕传了病气给我。我当时有点儿失望，如今却感到忧惧，唯恐她在外面策动谋反。“我没见到她，她也没给我写信。她病了。”

“那她有跟你妹妹说过什么吗?”他一边问，一边朝玛姬所在的方向偏了偏头，她正坐在乳母旁边，轻拍孩子的小脚，哄他睡觉，“你堂妹玛格丽特没说什么吗？她一点儿没说到她弟弟?”

“她问我泰迪能不能获释，”我说，“我当然得来问你了。他没做过错事……”

“他没做过错事，是因为他在伦敦塔里，是我的阶下囚，没能力做什么。”亨利的话很粗暴，“要是他自由了，天知道他会跑到哪里兴风作浪。我猜是爱尔兰。”

“为什么是爱尔兰？”

“因为法王查理八世派兵入侵了爱尔兰。”他压住怒气小声说，“他们有几条战船，几百个戴着圣乔治十字架的士兵，样子就跟英国军队差不多。你知道他们的旗帜是什么吗？是圣乔治十字旗！一支去了爱尔兰的法国军队！你知道他这么干的原因吗？”

我摇了摇头。“我不知道。”我发现自己的声音和他一样低，我们就像一对商量着推翻一个国家的密谋者，仿佛我们无权出现在爱尔兰，也不应该出现在那里。

“你觉得他想得到什么？”

我再次摇头。这回我的确被难住了。“亨利，说真的，我不知道法国国王想从爱尔兰得到什么？”

“一个新鬼魂？”

我打了个寒颤，脊背渐渐发凉，如今虽然是夏天，我却不由自主地围紧了披肩：“什么鬼魂？”

这个词语的威力太大，我不觉像他一样压低了声音，若是旁人听见，一定以为我俩是在扶乩请神。他凑过来说：“有一个男孩儿。”

“一个男孩儿？”

“另一个男孩儿，他试图冒充你死去的弟弟。”

“爱德华？”

“理查德。”

这个名字属于我从前的情人，也属于我失踪的小弟，如今它像个老朋友一样叩响我的心门，陈年的伤口又开始隐隐作痛。我再一次围紧披肩，双臂环抱，似乎想找到一点儿安慰。

“一个冒充理查德的男孩儿？他是谁？又是个替身，骗子？”

“我查不出来。”亨利的眼中满是恐惧，“我查不到他来自哪里，也查不到指使他的人。据说他会几种语言，举止很像王子，让人极为信服。啊哈，西姆内尔就是个让人信服的孩子，他们统统被训练成这个样子。”

“他们？”

“所有的男孩儿，所有的鬼魂。”

我垂头不语。在我丈夫的脑海中，有许多男孩儿将他团团围住，他们没有名字，他们是一群幽灵。想着想着，我闭上了眼睛。

“你累了，我不该为这件事打搅你。”

“不，不累。只是想到另一个冒牌货，心里有些倦怠。”

“对，”他突然加重了语气，“他就是。你这个名字取得对。另一个冒牌货，另一个骗子，另一个替身。我得把他抓起来，查出他是谁，从哪里来；我要击碎他的谎言，戳穿他的假话，让那些幕后黑手丢尽脸面，把他和他们统统毁掉。”

我忍不住说了重话：“你这是什么意思，什么叫我说他是个冒牌货？如果他不是冒牌货，那该是什么？”

他一下子站起来，居高临下地瞪着我，一副厌憎的模样，和我们新婚时的情景真像。“太对了。他不是冒牌货会是谁？伊丽莎白，我觉得你有时候很聪明，有时候又很蠢。”

他气得脸色发青，快步走出了房间，玛姬惊疑不定地看着我，似乎很害怕。

时值盛夏，我离开产房回到宫中时，发现第二个王子的诞生并没有缓解人心的焦虑。信使每天都会带来爱尔兰的消息，情况看起来很糟，而最糟糕的是，没人敢提及此事。汗津津的马站在马厩里，风尘仆仆的骑手被直接带去见国王，贵族们陪他一起聆听报告，但是没人评说一句半句。我们似乎在作战，可谁也不说什么。我们被静静地包围了。

在我看来，这显然是法国国王对我们的报复，只因我们长期支持布列塔尼对抗他。亨利不希望法国吞并布列塔尼，我舅舅就是为此而死的。亨利绝不会忘记这个小公国对他的庇护，他愿意投桃报李，支援他从前的东道主。我们有充分的理由视法国为敌。但不知因为什么缘故，亨利虽然召集贵族商讨对策，却没人公开说出责备法国的话。他们什么也不说，似乎以此为耻。法国派兵入侵了我们的爱尔兰王国，可是没人表现出激烈的反对。贵族们好像觉得这是我们的错——亨利想做一个令人信服的国王，而法国的入侵恰好证明他又失败了，这才是症结所在。

“法国介意的不是我，”亨利向我分析形势，“法国的敌人是英格兰国王，不论他是谁，不论他的上衣是什么颜色。他们想吞并布列塔尼，想给英格兰带来麻烦。过去的四年里，他们挑动了两次叛乱，这是他们加之于我的耻辱，可是对他们来说，这点儿事根本不值一提。如果坐在王位上的是约克王朝，他们一样会对付。”

我们站在马厩里，身边围绕着宫人和贵族。今日阳光正好，马夫从隔间牵出了马匹，贵妇们被扶上马背，绅士们握着手套，在马镫旁喝酒谈笑，向她们献殷勤。我们应该高兴，因为三个可爱的孩子和一座忠诚的宫廷。

“当然，法国一直是我们的敌人。”我安慰他说，“如您所说，我们一直在抵抗侵略，获胜的也总是我们。也许您在布列塔尼待久了，太高估了他们？看看吧，您有间谍和通讯员，有给您传消息的信使，有随时准备应战的贵族，我们的力量一定比他们更强大。法国和英国之间隔着海峡，就算他们到了爱尔兰，也不能对我们造成严重的威胁。难道这些不能让您有安全感吗，陛下？”

“别问我，问你妈妈去！”他大喊一声，莫名其妙地发起火来，“问问她我现在能不能有安全感，然后把她的答案告诉我！”

1491年9月

里士满　希恩宫

晚餐开始前，亨利带着随从来到我的房间。他把我带到窗台边，给了我一个温情的拥抱，旁若无人地和我亲近起来。塞西莉新近产下第二个女儿，返宫未久，看到亨利这副模样，不禁扬起了眉毛。我察觉到她的目光，对她微微一笑。

“我想和你谈谈。”他说。

我把头靠向他，他把我往怀里拉了拉。

“我想你堂妹玛姬该结婚了。”

我忍不住瞥了她一眼。我的女领主，国王的母亲正一脸认真地拉着她的手，不知在和她说些什么。“这看起来不像想法，倒像决定。”

他的笑容带着孩子气的心虚。“这是我母亲的主意，”他向我承认，“可我觉得对方和她很配，是个相当不错的男人。不管怎么说，她必须和我们信任的人结婚。英格兰如今是我们的天下，她的姓氏和她弟弟的存在，意味着她生活不易，可我们至少能改变她的姓氏。”

“你挑了谁做她的丈夫？”我问，“亨利，我警告你，我把她看作亲妹妹，我不希望你把她送到苏格兰，或者……”我心中突然闪过一丝怀疑，“或者送到布列塔尼，或者送到法国求和。”

他哈哈一笑。“不，不，谁都知道她的身份和你们姐妹不一样，她可不是约克公主。大家都清楚，她丈夫必须保障她的安全，带她远离风波。她不能有权力，也不能受人瞩目，她得安安静静地待在我们的眼皮底下，好让她摆脱心怀不轨的嫌疑。”

“如果她如你所说结了婚，老老实实平平安安地过日子，那她弟弟能离开伦敦塔吗？他能和她还有她丈夫生活在一起吗？”

他摇了摇头，握住我的手：“说真的，我的爱人，如果你知道有多少人在私下议论他，如果你知道有多少人为他策划阴谋，如果你知道我们的敌人送了多少钱物为他购买武器，你就不会这么问了。”

“即使到了现在也是这样？”我小声问，“在博斯沃思战役结束六年之后？”

“即使到了现在也一样。”他说着吞了口唾沫，似乎在品尝恐惧，“有时候我想，他们是绝不会放弃的。”

我的女领主，国王的母亲牵着玛姬的手走了过来，我可以看出她没有不高兴，反而因为这意外的关注开怀。我终于理解了玛姬的想法，这次婚姻也许会给她一个丈夫，一个温暖的家，一群属于她的孩子，她不用再无休无止地为弟弟牵肠挂肚，也不用再没日没夜地照料我。如果她足够幸运，这个丈夫也许会很爱她，她能拥有一片土地，亲眼看着春播秋收，她还能有几个孩子，虽然他们永远不能继承王位，可他们是英格兰的孩子，也许能在英格兰幸福成长。

我向她走去，目光落在我的女领主身上：“您为我亲爱的堂妹选了个丈夫？”

“理查德爵士。”她说出自己外甥的名字，这人是她同母妹妹的儿子，对我丈夫忠心耿耿，就和他的战马一样可靠，“理查德爵士求我向玛格丽特小姐说媒，我答应了。”

我一时忽略了一个事实：她没资格答允我堂妹的婚事。理查德爵士快三十岁了，可玛姬才十八，除了一个体面的头衔，他什么也没有，而玛姬是约克王朝的王位继承人之一，拥有沃里克家的丰厚财产。这些我统统没有计较，因为我看到她兴奋得要命，双颊泛红，眼睛发亮。

“你想嫁给他?”我用拉丁语飞快地问，好叫我的女领主和我丈夫听不太懂。

她点了点头。

“为什么?”

她坦率地回答：“为了摆脱我们的姓氏，为了不再做个嫌犯，为了成为一个都铎人，而不是成为他们的敌人。”

“没人把你当做敌人。”

“这宫里只有两种人，一种是都铎人，一种是敌人。”她刁钻地说，“我厌倦了受人猜疑的生活。”

1491年秋

伦敦　威斯敏斯特宫

时节已经入秋了。一庆贺完他们的婚礼，我们立刻返回了威斯敏斯特宫，夫妇新婚的喜悦很快被爱尔兰传来的坏消息冲淡了。

“他们扶持了一个男孩儿。”我丈夫如是说。我们正准备沿着河岸骑马，去抓几只鸭子喂鹰。院子里阳光明媚，侍从们跑来跑去，忙着找马。几个饲鹰人从马车房里走出来，手臂上站着老鹰，头戴色彩鲜艳的皮帽子，帽顶插着一根小羽毛。我注意到厨房门口的一个小伙夫，他眼巴巴地看着老鹰，一脸好奇。一个和气的饲鹰人唤他过来，让他戴上手套，用拳头掂掂老鹰的重量。男孩儿的笑容让我想起了弟弟，我一下子认出了他，他是兰伯特·西姆内尔，那个冒充爱德华的小孩儿。几年不见，他已经变了样，完全融入了新生活。

亨利朝他的饲鹰人吹了声口哨，他带着一只花梨鹰走了过来，鹰的胸脯像皇家白貂毛，背部像黑色的貂皮。亨利戴上手套，让鹰站上他的拳头，把脚带缠在手指上。

“他们扶持了一个男孩儿，”他重复了一遍，“另一个。”

我看到他面上的阴沉之色，心有所动，原来这场放鹰之旅，宫人们的嬉戏谈笑，亨利身上的新斗篷，包括他抚摸猎鹰的动作，统统都是一种伪饰。他只是在向世人证明自己没有烦恼，试图粉饰太平，可实际上，他常常心烦意乱，忧惧不安。

“这一次，他们叫他‘王子’。”

我小声问：“他是谁?”

“这回我不知道，我已经派人查遍了英国的各个角落，走遍了每一间学堂。我不信自己查不出一个失踪的孩子。可是这个男孩儿……”他突然闭口不说了。

“他有多大?”

他简简单单地回答：“十八岁。”

我弟弟理查德要是还活着，也满十八岁了。我没有发表看法，继续追问他：“那他是谁呢?”

“你应该问，他说他自己是谁?”他不耐烦地纠正我，“哎呀，他说他是理查德，你失踪的弟弟理查德。”

我还不死心：“那大家说他是谁?”

他叹了口气。“谁穿绸挂缎，那些大逆不道的爱尔兰贵族就追随谁。他们说他是理查德王子，约克公爵，并为他起兵造反，看来我又得打一整场斯托克战役了。我要和一个十八岁的小家伙、他身后的法国雇佣军以及发誓效忠于他的爱尔兰贵族对战，这些人简直阴魂不散，一次又一次地向我扑过来。”

阳光依旧明媚温暖，我却被吓得打了个冷战。“又一次？这是又一次入侵?”

院子的另一端传来叫喊声，其中隐约夹杂着几声嬉笑，好像有谁在讲笑话。亨利瞥了一眼，脸上立刻挂起灿烂的笑容，哈哈大笑起来，似乎知道他们讲了什么笑话。他就像个天真的孩子，努力地凑着热闹。

“别这样!”我突然喝道。他的模样刺痛了我的心，即使到了现在，他还在一群无法信任的臣子面前努力扮演着一个无忧无虑的国王。

“我必须笑，”他对我说。“爱尔兰的那个男孩儿很爱笑。据说他一直面带笑容，风度翩翩。”

我明白这个新威胁对约克家族来说意味着什么。玛姬新婚燕尔，一心盼望弟弟被放出伦敦塔，和他们一家生活在一起；我母亲至今还被禁锢在柏孟塞修道院。如果有人在爱尔兰冒充我们的理查德王子召集人马，那我母亲和堂弟就别想重获自由，这道理很简单，倘若约克王朝的人带领法国军队对抗亨利，那他永远不可能信任我们。“我可以写封信，跟我母亲说说这个冒充理查德的男孩儿吗？”我问他，“理查德的名字再次被人利用，真是叫人难过。”

一听我提到母亲，他的目光立刻冷了下来。他面部的神情慢慢冻结，最终变成了一尊石像，一块坚冰，似乎不会被任何东西搅扰。“你写信告诉她什么都行。不过我想，你会发现自己的孝心放错了地方。”

“你这话是什么意思？”我感到一阵恐慌，“噢，亨利，别这样！你是什么意思？”

“她早就知道这个男孩儿的一切了。”

我无言以对。他对我母亲的怀疑是埋藏在我们婚姻中间的巨大隐患，就像一股淌过草地的剧毒水流，让所过之处寸草不生。“我敢肯定她没有。”

他声色俱厉：“是吗？可我非常确定她有。我还能确定一件事：我给她的养老金，你给她的礼物，都被投资到那个男孩儿的丝绸夹克和天鹅绒帽子上了。对了，那上面别着红宝石帽针呢，他金色的卷发上还有三只珍珠吊坠。”

恍惚间，我仿佛看到了弟弟倚靠在母亲身边，把头搁在她的膝上，金色的卷发缠绕在她的指尖。这一幕是如此的生动，我觉得自己好像用魔法唤回了他，如同亨利口中那群愚蠢的爱尔兰人一样，让他摆脱了死亡的阴影，摆脱了默默无闻的生活，重新出现在世人面前。

“他长得俊不俊？”我小声问。

亨利冷冷地说："像你所有的家人一样，英俊迷人，擅长收买人心。我一定要找到他，在他成气候之前把他踹下去，难道你不这么想吗？这个自称是约克公爵理查德的男孩儿？"

"我别无所求，只希望我弟弟还活着。"我虚弱无力地回答。我望着远处的大儿子，生着一头棕发的他是那样可爱。他敏捷地跨上小马，兴奋得满脸放光。我想起了我金发的小弟弟，他生长在一座充满自信的宫廷，曾经也像亚瑟一样勇敢快乐。

"那你就我行我素，继续帮倒忙好了。我也别无所求，只希望他已经死了。"

我找了个借口，没有陪亨利出去放鹰打猎，而是乘皇家驳船去了柏孟塞修道院。有人看到了我的船，立刻跑去通报母亲，说她的王后女儿来了。驳船抵岸的时候，母亲已经在小码头等候多时。她迎上前来，从两排桨手之间穿过。桨手们站得规规矩矩，竖起船桨致敬。她像从前做王后时那样，挂着浅浅的微笑，向左右点点头，轻而易举地展示出威严。她在跳板上止步，向我行了个屈膝礼，我跪倒在地，又站起身来。

我开门见山地说："我得和您谈谈。"

"当然可以。"她爽快地答应了。她带我来到修道院中央的花园，这里被几堵高墙掩蔽着。她指了指角落里的一张石凳，石凳边生着一株老李树。我尴尬地站在原地，点头示意她坐下。秋日的阳光很暖，她披着一条薄肩巾坐在我面前，双手轻轻交握在膝上，静静地听我说话。

"国王说你全都知道了，但我还是要告诉你，有一个男孩儿出现在爱尔兰，他自称是我弟弟。"

"我不知道全部详情。"她说。

“那你知道一些喽？”

“知道很多。”

“他是我弟弟吗？”我苦苦追问，“求您了母后，别用谎话来搪塞我。求您告诉我吧。爱尔兰的那个孩子是我弟弟吗？他还活着？他是来夺走王位的？夺走我的王位？”

她沉默了好一会儿，似乎想要闪烁其词，避重就轻——她一向这样。可当她抬起头来，看到我苍白紧张的面孔时，她伸出手，拉我坐到她身边。“你丈夫又害怕了？”

“是的，”我呼出一口气，“比从前更怕。自从打完斯托克战役之后，他以为一切都结束了，觉得自己赢了。现在他改变了想法，觉得自己永远不会赢。他害怕，害怕这种恐惧的感觉。他认为自己会一直害怕下去。”

她点了点头。“你知道的，话一说出口，就收不回去了。如果我回答了你的问题，你就知道了一个应该立刻向你丈夫和婆婆告发的秘密，他们也一定会当面质问你。一旦让他们得知你清楚这些事，你会像我一样，被他们视作敌人。他们也许会囚禁你，就像囚禁我一样，也许还会禁止你见孩子。如果他们心肠够狠，说不定会把你送到很远的地方去。”

我慢慢跪倒在她面前，将脸枕在她的膝头，仿佛又回到了少女时代——那时的我们还躲藏在圣所里，败局已定，惶惶不安。“我不能问吗？”我低声呢喃，“他是我弟弟。我也爱他，我也想他。难道我连他是否活着也不能问？”

“别问了。”她劝道。

我仰头看着她，在午后的金色光晕中，这张面孔美丽如初，带着温暖的笑意。她是个快乐的女人，单看外表，谁会想到她已经失去了两个钟爱的儿子？而且她心里明白，她再也见不到他们。

我悄声问：“那你想见到他吗？”

她的笑容里充满了快乐。“我知道自己会见到他。”她的语气既平和又坚定。

“在威斯敏斯特？”

“或者在天堂。”

晚饭过后，亨利来到我的房间。他平日总会先陪他母亲小坐一会儿，可今天他直接过来了，在我房里悠闲地听着音乐，观看侍女们舞蹈，还玩了把纸牌，丢了几回骰子。晚会结束后，人们弯腰行礼，退了出去。他把椅子拉到会客室的大火炉前，又把另一张椅子拖到旁边，抬手示意我坐过去。房间里的人走得一干二净，只留下一个仆人伺候。

他开门见山地说：“我知道你去见她了。”

他倒了一杯热啤酒，又把一个盛满红葡萄酒的小玻璃杯放到我旁边的桌上，然后将杯中的啤酒一饮而尽。

我辩解道：“我是坐皇家驳船去的，可没有偷偷摸摸。”

“你把男孩儿的事告诉她了？”

“对。”

“那她是不是早就知道了？”

我犹豫了一会儿。“我想是这样。不过她可能是听到了流言。大家开始议论那个爱尔兰男孩儿了，就连伦敦城里也一样。我今晚在我的房间里听到了，人人都在谈论这件事。”

“她相信那孩子是她死而复生的儿子吗？”

我再次语塞：“我猜她可能相信吧。但她没跟我说清楚。”

“她不说清楚，是不是因为她参与了叛乱？难道她不敢承认？”

“她不说清楚，是因为她一向谨慎。”

他哈哈大笑起来。“真是谨慎了一辈子啊。她杀死了尚在睡梦中的圣徒国王亨利，用巫术召唤浓雾笼罩战场，除掉了沃里克，把关在伦敦塔里的乔治溺死在甜酒桶里，还毒死了他的夫人伊莎贝尔和理查德夫人安妮。她从未因此受到指控，这些人的死都成了谜。如你所说，她的确谨慎。她是个行凶者，可她非常小心。”

“这些都不是真的。”我坚定地反驳。尽管心中有所怀疑，可我还是选择了忽略。

“好吧，至少……”他将穿着皮靴的脚伸向火炉，“她没说什么对我们有用的话吗？那个男孩儿从哪儿来？他有什么计划？”

我摇了摇头。

“伊丽莎白……”他的语调几近哀伤，“我应该怎么做？我不能为了英格兰一直斗下去。那些在博斯沃思支持过我的人，大都在斯托克背叛了我；而在斯托克为我卖命的人，不会再次为我冒险。我没法为了活命，为了我们能活命，年复一年地撑下去。我势单力薄，可他们人多势众。”

“他们听命于谁？”我问。

“王子们，”他说话时的神情惊恐万状，仿佛我妈妈生下了一支怪异可怖的黑暗大军，“王子越来越多了。”

1491年12月

伦敦　威斯敏斯特宫

圣诞节要到了，宫廷计划举行为期十二天的庆祝活动。亨利这时派出一支军队前往爱尔兰。军队从受亨利控制的布里斯托尔港乘船出发，抵达爱尔兰后，探子们随船返回，快马加鞭赶到伦敦，向亨利报告爱尔兰的情况。据密探说，那个男孩儿很受欢迎，谁见了都喜欢。他一踏上爱尔兰的码头就被人拉住，大伙儿抬着他游遍城镇，像迎接英雄一样迎接他。他像年轻的神衹一般迷人，拥有不可抵挡的魅力。

他正以客人的身份，在爱尔兰贵族的偏远城堡里过圣诞。宴会和舞会必不可少，他们还会举杯庆祝胜利。在贵族们为他的健康干杯，发誓说他们不会失败的时候，他一定觉得自己所向披靡。

我想象着那个笑容满面的金发男孩儿，心中默默地为他祈祷，祈祷他别来攻击我们，祈祷他享受完名望和赞美之后，愿意回归平静的生活，从何处来，就往何处去。做完弥撒后，亨利陪我离开礼拜堂，趁我们单独走在一起时，我告诉他，我觉得自己又怀孕了。

我看到他脸上的阴霾一扫而空。他立刻叮嘱我一定要休息，一定不能想着骑马出宫的事，等我们搬去希恩宫或者格林威治宫的时候，我一定得乘船坐轿。此刻的他是如此兴奋，可我还是能看出他有些心烦意乱。“你在想什么?”我问。我满心希望他会告诉我，他打算在威斯敏斯特宫为我布置一间新卧房，比现在的房间更棒，从现在开始，我必须长期待在室内，不能常常外出了。

“我在想，我必须安安稳稳地坐在王位上，”他轻轻地说，“我希望这个孩子，希望我们所有的孩子，都能拥有牢固的继承权。”

玛姬正和她的新婚丈夫起舞，她不再承认自己的姓氏，当别人叫她“波尔夫人”时，她才愉快地回答。这时我的国王丈夫悄悄离场，到马棚见一个人，这个人从格林威治赶来，给亨利带来了法国的消息。那位已经出兵爱尔兰，和亨利作对的法国国王对那个穿绸披缎的爱尔兰男孩儿产生了兴趣，他已经表示，尽管亨利依靠法国雇佣军夺得了王位，可是明眼人都知道，如果没有约克公主，他的王位肯定坐不长。最糟糕的是，据说法王正在纠集战舰，打算把这位穿丝绸外套的男孩儿送回他的故乡：英格兰。

我丈夫结束了马棚密谈，神情冷峻地返回宫中。我看到他母亲扫了他一眼，小声和加斯帕·都铎说了句话。他俩板着脸，目光穿过舞场，落在我身上。

1492年2月

里士满　希恩宫

我们搬到希恩宫迎接春天的到来，可是冬天还没有过去，寒风呼号着穿过泰晤士河谷，时而带来冷雨，时而带来冰雹。雪花莲刚刚在园中开放，花朵就被打落到冻结的泥土中，雪白的花瓣上沾满了泥水。我命人在房中支起大火炉，穿上了崭新的红色天鹅绒圣诞礼裙。我的女领主，国王的母亲走进来坐在我旁边，盯着熊熊燃烧的炉火和堆得高高的木柴看了一会儿，颇为不满地说："你居然用得起这么多木头，真是让我吃惊。"她这副模样真是可笑，好像国王给我的津贴数目不是她定的，她也不知道我的用度比我母亲做王后时少得多。难道她不清楚，为了这些木柴，我不得不在夏天节衣缩食，省下奢侈品的开销？

我的骄傲不容许我抱怨。我说："我的女领主，只要您愿意，我随时欢迎您来这里取暖。"短短一句话，就把她对我奢侈无度的抱怨说成是我的慷慨大方，我心中窃笑不已。我不会下作到揭她的短，提起她在威尔士挨冻的年月。那时她远离我父亲奢华的宫廷，远离我们舒适的房间，从没好好地烤过火。

她看了看火焰，又看了看我的衣袍："我感到奇怪，亨利干吗不让你骑马外出？整天窝在屋里有害健康。不论天气如何，亨利每天都骑马遛弯，我则坚持出去散步。"

我偏过头去，看着灰色的雨点打在厚厚的窗玻璃上："正相反，他希望我好好休息。”

她的目光一下子锐利起来，死死盯住我的肚子。“你怀孕了？”她小声问。

我笑着点头。

“他没告诉我。”

“我让他别说，直到我确定为止。”

很显然，她以为他会把一切都告诉她，无论我想不想让她知道。

“好吧，你要多少木柴都行。”她突然慷慨起来，“我会把自己的木柴分给你，要是你喜欢，我就把我果园里的苹果木给你送来，燃烧时的气味很好闻。”她露出笑容，“对我下一个孙子的妈妈来说，什么样的享受都不过分。”

也许是孙女呢，我这样想着，但没有大声说出来。

玛姬也怀孕了，我俩的肚子日渐隆起，口味也异想天开起来。某天我们告诉厨房，说想吃用杏仁糖、羊肉和果酱烹制的煤块，让厨师大伤脑筋。

我们随后得到了让国王心怀大畅的好消息。运送男孩儿去科克港的那艘船被扣押了，当时它已经卸光了货物，准备返航，正好被亨利手下一艘时常在爱尔兰沿岸巡逻的战舰截住。这艘船的船主，也就是那个丝绸商人遭到审讯。他发誓说自己不知道男孩儿的下落，不过除此之外，他们逼他供认了一切。

亨利来到我的房间，给我带来了一大杯热啤酒，一杯加了香料的花草茶。“我母后说你该喝这个，”他说着嗅了嗅，“不知道你喜不喜欢。”

“我可以向你保证，我绝不会喝这东西。”我躺在床上，懒懒地回答，“她昨晚就给我送了一杯，尝起来太恶心了，我喝不下去，倒到窗户外面去了。这东西连玛姬也不会喝，她平常可谦卑得像你妈妈的奴隶一样。”

他哈哈一笑，推开了窗户。“Guardez l’eau！[①]”他欢快地大喊着，把花草茶泼进雨雾蒙蒙的夜色里。

“您看上去很高兴。”我起身下了床，和他一起坐到火炉边。

他咧开嘴笑了笑：“我有个计划，想说给你听听。我想把亚瑟送到威尔士，在勒德洛堡建立自己的宫廷。”

我立刻犹豫了：“噢，亨利！他年纪太小了。”

“不，不小了。他今年六岁了。他是威尔士王子，必须统治他自己的封邑。”

我还是下不了决心。我弟弟爱德华也曾以王子身份出镇威尔士，父亲死后，他返回伦敦参加葬礼，中道被俘。想到这里，我不禁为亚瑟担心。从斯托尼·斯特拉特福到威尔士之间的这段路也让我极为害怕，我舅舅安东尼就是在此间的一个村庄里被人抓走的，从此以后，我们再也没有见过他。

“他不会有事的。”亨利向我保证，“他会平平安安地待在威尔士，有自己的宫廷和卫兵。我还有个比这更好的消息要告诉你，我在那个丝绸商身上取得了一点儿进展。虽然进展不大，但是聊胜于无啊。”

“你在丝绸商人身上取得了进展？”

“这个商人还是相当有用的。我的顾问去和他面谈过了，对他晓之以理，动之以情，现在他改变了想法和立场，决定效忠于我了。”

我点了点头。这样看来，亨利的探子软硬兼施，已经成功逼迫丝绸商吐露实情，把他所知的关于那个男孩儿的情况统统招供了，接下来他会被收买，转而做我们的间谍。不论那个男孩儿是谁，他即将面临背叛，他已经失去了一个朋友，而他很可能毫不知情。“他有说那个男孩儿是谁吗？”

---

① 法语，时为巴黎市民向街道倾倒废水时喊的俚语，意为“小心水，看着点儿！”原文有误，“guardez”应为“gardez”，或为作者笔误。

“没人能说得出来，他只说了那孩子爱用的名字。”

“他自称是我弟弟理查德?”

“对。”

“那个丝绸商看到什么证据没有?”

“美诺是在葡萄牙宫廷见到他的，他是你弟弟的事在宫中人尽皆知。在年轻男孩儿里，他是最受人欢迎的一个，穿着体面，很有教养。他告诉大家，他是从伦敦塔里逃出来的，过程堪称奇迹。”

“他有说具体过程吗?”我问。要是被亨利得知母亲和我偷梁换柱，把一个小侍童送进伦敦塔的秘密，她一定会被扣上“谋逆叛国”的帽子，性命难保，而我的下半生也毁了，因为他永远不会再相信我。

“他从没说过，”亨利气恼地回答，“他说他答应过别人绝对不说，除非他夺回王位。想象一下吧！想象一下胆敢说出这种话的男孩儿!”

我点了点头。我完全能想象出他的样子。他是玩捉迷藏的行家，因为他的耐心比别人多，躲藏的方式也很巧妙。他能等到我们都被叫去吃饭了，才哈哈大笑着现身。而且他很爱母亲，决不愿让她身陷险境，压根不会去坦白这一过程。

“普瑞根特·美诺说这孩子想见见世面，所以他们乘船去了爱尔兰。要是真信了他的鬼话，你一定以为这孩子在吹牛，他说他孤身一人，没有背景，没有钱财，也没有支持者。他还说爱尔兰遍地是野蛮人，穿的衣服和兽皮差不多，如果你相信了他的话，你一定以为那里是个贩卖丝绸的好地方，任何有眼光的丝绸商都想去那儿，还把身边的侍童打扮得像个王子，以此来推销商品。”

“那真相是什么?”

“真相是，这孩子一定有背景、钱财和支持者，幕后黑手们多半制订了详细的计划。你想想看，普瑞根特·美诺选择和他一起乘船去爱尔兰，他一上岸就受到英雄般的欢迎，几个寡廉鲜耻的爱尔兰贵族恰好出现在那里，把他高高抬了起来。他现在住在其中一个贵族的城堡里，过着国王般的生活，还被一群恰好同时出现在那里的法国军队护卫着。”

“那你抓得住他吗？”

“我已经派美诺回爱尔兰去了，我给了他满满一箱金子，让他去哄骗那个孩子。他会假意和他交好，再把他带回船上，保证让他平安抵达法国，和朋友们会面。其实他会直接把孩子带到我这儿来。”

我努力保持着平静的表情。房间里很安静，火舌在炉膛里轻柔地闪烁。我能听见自己的心跳声，这声音此刻听来是如此的突兀，我想亨利一定听到了。“到时候你要如何处置他呢，亨利？”

他覆住了我的手：“我很抱歉，伊丽莎白。不论他到底是谁，不论他说自己是谁，我不能任由他打着你的名号四处走动，我要以叛国罪绞死他。”

“绞死？”

他严肃地点了点头。

“如果他不是英国人呢？”我问，“如果他是葡萄牙人或西班牙人，你就不能指控他谋反，那你要怎么办？”

亨利耸了耸肩，凝视着跳动的火苗。“那我会悄悄杀掉他。”他坦率地说，“就像你父亲试图杀掉我一样。这是对付王位觊觎者的唯一方法。那孩子对此心知肚明，你也一样。不要装出一副单纯无知的样子，你真那么吃惊吗？别对我撒谎。”

1492年夏

伦敦　柏孟塞修道院

亨利前往西南各郡巡游，当他来到小城阿宾顿时，正好发现市民们拿起武器，想要挑战他的统治。可他的宽厚出乎了所有人的意料。他停止了对这些人的审讯，还下令释放了他们。他在写给我的信中这样说：

这里处处是不忠和背叛，可除了饶恕他们，我别无他法，只求其他人能视我为仁慈的君王，希望他们不再相信修道院长桑特的胡言乱语，我敢发誓，他一定是这场暴乱的罪魁祸首。我没有把他送上审判席，而是拿走了他拥有的每一根草，每一枚便士，让他沦为了一个悲惨的乞丐。除了这个办法，我想不出还有什么可以伤害到他。

亨利一走，我就去修道院看望母亲了。我首先向院长请求留宿，说自己需要暂时避世，以洗涤自己的灵魂，他建议我带私人牧师一起去。我又写信给母亲，说我要去探望她，她很快回给我一张言辞简短，热情洋溢的便条。她在便条里欢迎我到访，还要求我带上几个小妹妹。不过我是不会带她们去的，我需要单独和她谈谈。

来到修道院的第一晚，我们一起在大厅里用过晚餐，聆听修女朗读圣经。今天恰好读到了路得和拿俄米的故事，讲述了一个儿媳深爱婆母，情愿跟随她回到家乡，度过余生的事迹。晚间祈祷时，我一直思索着忠于夫家，敬爱婆婆一类的问题，躺到床上也停不下来。这次和我一起来的是玛姬，她是最受我信赖和喜爱的伙伴，她陪我做完了祷告，拖着笨重的身子爬到床上。

“我希望你睡个好觉，”我提醒她，“我满脑子胡思乱想，根本睡不着。”

“睡吧，”她好言相劝，“我至少要起两次夜。每当我躺下时，孩子就在我肚子里翻来踢去，害我不得不起床撒尿。话说回来，明天一早，你的问题就有答案了，或者……”

“或者什么?”

她咯咯一笑：“或者伯母还是一如既往地不肯配合。说真的，她是个王后，是英格兰有史以来最伟大的王后。谁能达到这样的高度？谁能比她更勇敢？英格兰从古至今有过许多王后，她是最倔强的一个。”

“这是实话。”我说，“我们努力睡吧。”

没过多久，玛姬的呼吸就深长起来，我躺在一边，聆听她平静的鼾声。晨曦渐渐爬上了百叶窗的板条，我起身下了床，等待晨祷的钟声。我今天要好好问问母亲，让她把所知的一切全都告诉我，这次得不到真相，我誓不罢休。

“我不太确定。”她轻轻对我说。我们正坐在礼拜堂背后的长椅上。我们刚刚在河边散过步，一起参加了晨祷，并肩向天主祷告，用手掌抵住忏悔的头颅。此刻她慢慢坐下，一手捂住心口。

“我很疲倦。”她这样解释自己苍白的面色。

“你没生病吧?”我突然感到一阵恐惧。

她主动说：“不知道为什么，我喘不过气来，心也跳得厉害，那怦怦的跳动声连我自己都能听见。哎，伊丽莎白，别这么看着我。我老了，亲爱的，我所有的兄弟和四个姐妹都死了，我深爱的丈夫也不在了，我戴过的后冠现在戴在了你的头上，我的任务完成了。我现在天天午睡，躺下的时候我就想，我也许再也不会醒过来了。我闭上眼睛，心里平静又满足。”

“可你没生病，”我还在坚持，“你要不要看大夫?”

“不，不用。”她拍拍我的手，“我没病。但我已经五十五岁，不是个小姑娘了。”

五十五岁的确是高龄了，可我眼中的母亲并不老，以至于我远远不能接受她的死亡。“你真不愿意看大夫吗?”

她摇了摇头：“亲爱的，如果有些事情是我不知道的，那大夫也没法儿告诉我。”

我没有继续劝说下去，她的顽固叫我无可奈何。“你知道些什么呢?”

“我知道我已经准备好了。”

“可我没有准备好!”我失声大喊。

她点了点头：“你已经得到了我希望你得到的地位，你的孩子们，我的外孙，也实现了我的期望，我心满意足了。别为我的死伤心，不论我们喜欢与否，这一天注定会来。对了，你为什么来这里看我?”

“我想和你谈谈。”

“我就知道你会问。”她轻轻地叹了口气，握住我的手，“是关于爱尔兰的事吧。”

“真让我猜对了。”

我伸手覆住她的手背。“妈妈，你知道法国派军队前往爱尔兰的原因吗？他们为什么派战船过去?”

她直视我迷惑不安的眼睛，微微点了点头，意指她知道那里发生的一切。

“他们打算入侵英格兰?”

她耸了耸肩。“他们的指挥官已经纠集好战船和军队，准备入侵了，你还用得着问我吗？”

“那要等到什么时候？”

“时机成熟的时候。”

“他们有出身约克王朝的领袖吗？”

她的脸上绽放出无比灿烂的笑容，看上去快乐极了。尽管忧心忡忡，我还是不由自主地用微笑回应着她的喜悦。“哎，伊丽莎白，”她在我耳边低语，“你也明白，我一向觉得你不知道更好。”

“妈妈，我必须知道。告诉我吧，你为什么这么开心？”

此刻的她仿佛又回到了少女时代，脸色红润，神情愉悦，眼睛泛出光彩：“我知道自己当初没有让儿子去送死。到了最后，这就是我全部的牵挂。我爱丈夫胜过爱这个人世，我到底没有辜负他，没有蠢到把他的儿子出卖给仇敌。该精明的时候，我是不会犯傻的。我时日无多了，可我没有辜负我的儿子，丈夫和家族，这是我最大的快乐。

“我没能救下爱德华，他是我钟爱的儿子，是威尔士王子，可我没能尽到做母亲的责任。我让他们尽快赶回来，还提醒他们带上武器，可他们没有做好战斗的准备。我没能救下爱德华，没尽到自己的本分。我当初没有提醒他要马不停蹄地赶来见我，这件事就像一块大石头，在我心里压了好多年。可是谢天谢地，我还能救理查德，我也确实救了他。”

我微微喘了口气，伸手捂住肚子，下意识地想要保护腹中的胎儿。“他还活着吗？”

她点了点头。这已然是她最大的让步。她绝不会向我吐露一个字。

“他在爱尔兰？他打算坐船离开那里，到英格兰来？”

她耸了耸肩，似乎有些无可奈何。她知道自己当初没把他送入虎口，可他之后如何，现在在哪里，她不会说。

“可是妈妈，我要怎么做?”

她定定地看着我，等我说下去。

“妈妈，请为我想想吧！如果弟弟还活着，带领军队来推翻我丈夫，我该怎么办？如果他要夺走王位，夺走将来要传给我儿子的王位，我该怎么办？当他持剑冲到我门前的时候，我要如何自处？我是都铎人，还是约克人?”

她轻轻握住我的双手：“我最爱的孩子，不要苦恼了，这对你和胎儿都不好。”

“可我该怎么做?”

她笑了起来。“你明知自己什么也做不了，还是顺其自然吧。如果两家起了战端……”我倒吸了一口气凉气，可她还在笑，“如果两家起了战端，要是你丈夫是赢家，那你儿子就会继承王位；要是你弟弟赢了，你就是国王的姐姐。”

“我弟弟，国王。”我失神地念叨。

“你我最好别说这种话，”她警告我，“不过我真高兴能亲眼看到这一天，看到你来告诉我，我趁夜送走的那个男孩儿要回来了，我那时不知道他会变成什么样子，甚至不确定那艘小船能不能平安带走他。我为他心痛，伊丽莎白，我一点把握也没有，只能整夜整夜地跪在地上，祈求他平安。我希望你的儿子永远不会离开你，你也永远不用看着他远走，心里一片茫然，不知道他会不会回来。”她看到我焦灼的神情，粲然一笑。“哎，伊丽莎白！你现在既健康又快乐，有了两个男孩儿，肚子里又怀着一个，而且你还告诉我，我儿子要回家了，我怎能不高兴?”

“还不知道他是不是你儿子呢。”我提醒她。

“这是当然。”

1492年6月

伦敦　格林威治宫

玛姬进了产房，顺利生下一个男婴。他们为他取了亨利这个名字，想借此不动声色地恭维她丈夫爱戴的国王。我去看望了她，还抱了抱她胖乎乎的小儿子。不久之后，我也要离宫待产了。

亨利在我进产房前回来了。他主持了一场盛大的宴会为我送行。我要在宫外度过六周的待产期，等孩子出世后，我得休养一个月才能回宫。

“我可以把妈妈叫来吗？”携手走向产房时，我小心翼翼地问他。

“你可以问问她，”他做出了让步，“不过她身子不大好。”

“修道院院长给你写信了？他没写给我呀，他为什么不立刻通知我？”

他飞快地做了个鬼脸，说他不是从信里知道的，而是通过情报网知道的。“喔，”我恍然大悟，“你到现在还在监视她？”

“我有充分的理由怀疑她是此次叛乱的关键人物，”他轻声说，“她假借看医生的名义向外传递消息也不是一次两次了。”

“那个男孩儿呢？”我问。

亨利苦笑了一下，我能看出他在强压心中的恐惧。“又溜走了。他不信任老朋友普瑞根特·美诺，没有吞下我送去的诱饵。他逃到别处去了，我连他去了哪里都不知道。也许是法国吧，总之他已经离开爱尔兰了。”他摇了摇头，“别担心，我会找到他的。你要进产房了，我不该跟你说这个。好好去吧，伊丽莎白，别胡思乱想，给我生个英俊的儿子。多想想我们的王子，忘掉那个男孩儿吧。要是你愿意，可以把你妈妈叫来，让她陪在你身边，直到孩子出世。”

“谢谢你。”我说。他拉起我的手亲了亲，又在全宫的注目下，温柔地吻上我的嘴唇。“我爱你。”他在我耳边呢喃，温热的气息喷在我的脸颊上，“我希望我们都能获得平静和安宁。”

此时此刻，我犹豫了，差点儿想把一切都和盘托出，提醒他母亲这几天高兴得容光焕发，确信自己又能见到儿子了。我还想向他坦白那段秘事，承认我用一个侍童调换了弟弟，在那群犯上作乱的王子中间，也许有一个真王子。许多年前，一个小男孩儿裹着宽大的斗篷逃出圣所，乘船离开他的母亲，小船漂浮在漆黑的水面上，悠悠而去。如今他要回到英格兰，夺走属于我们儿子的王位，未来的某一天，我们将要共同面对他的声讨。

我差一点儿就说出来了，可我在一堆笑盈盈的面孔中看到了一张面色苍白，神情戒备的脸，那是玛格丽特夫人的脸。我一下子失去了勇气，不敢把真相告诉这对多疑的母子。要是他们知道自己最害怕的事情竟然是真的，而我也卷入其中，他们会怎么做？

“上帝保佑你。”他说完又对我耳语，“我爱你。”

“我也爱你。”话一出口，我自觉诧异，连忙羞涩地转过身，走进昏暗的房间去了。

我连夜给母亲写了信，很快就收到了简短的回信。她在信上说一旦身体好些就来，不过她现在心口疼得有些厉害，疲倦得走不了路。她请求让布丽吉特去修道院陪伴她，我立刻把小妹送去了，还特意吩咐她，一等母亲好了，就带她来见我。我在黑黢黢的产房里无聊度日，一会儿做做女工，一会儿读读书，一会儿听听乐师弹奏诗琴，不过为了让双方不尴尬，听的时候得隔着栅栏。房间里又热又闷，弄得我好生厌烦。我夜里睡得浅，白天老是打盹，一天到晚半睡半醒，总是做梦。一天晚上，我被一阵甜美清晰的乐声惊醒了，这声音听起来像长笛，又像一位歌者在窗外柔声歌唱。

我翻身下了床，掀起挂毯向外张望，以为会看到几个歌者站在窗外。这歌声太纯净了，在石墙间不断回响。可是窗外没有人，只有一弯马蹄铁形的残月。黑压压的雨云从残月前汹涌而过，可庭院里没有一丝风，茂盛的树冠一动不动。月光下的河水泛着银光，我还能听见那圣歌般的天籁之音，它越飘越高，渐渐升入天际，好像教堂里的合唱。

我一时不知所措，但细细一想，很快就认出了这种歌声。当年躲藏在圣所的时候，我曾在弟弟失踪的那晚听到过。母亲告诉我，这歌声只有我家的女人们能听到，它意味着亲人和挚爱的死亡。这是报丧女妖在呼唤她的孩子回家，这是我们的祖先梅露西娜为子孙吟唱的挽歌。我立刻明白了歌声的含义，我那受人爱戴，美丽绝伦，倔强不羁的母亲死了。当她告诉我，她确定自己能见到理查德的时候，她指的是人间还是天堂？现在只有她自己知道了。

依照玛格丽特夫人定下的规矩，国王是不能来产房探望的，可亨利打破了这个规矩，亲自来到产房，隔着栅栏告知我母亲的死讯。他说得结结巴巴，生怕惹我伤心，可出于做丈夫的责任感，他还是硬着头皮继续讲下去。他面无表情，语气焦急，完全看不出大敌已去的放松感。当然了，他高兴才正常，以后若是再有人顶着王子的名头跳出来，母亲不在了，也就少了一个能证明他身份的关键人物。可是对我来说，这是难以弥补的伤痛。

亨利紧握着铁栏杆，磕磕绊绊地说着遗憾抱歉之类的空话，我叹了口气说：“我知道了。”我将手指穿过栅栏，轻抚他的拳头。“不用忧心，亨利。你不必告诉我的，我昨晚就知道她去世了。”

“你怎么知道？昨晚没人离开修道院，今天一早，我的下人才告诉了我。”

“我就是知道。”有些事没必要说给亨利和他母亲知道，因为听起来太像巫术，会吓着他们，“你知道你母亲在祈祷的时候是如何听到上帝之声的吗？我也有这样的经历，所以我就知道了。”

他试探着问：“神圣的幻觉？”

“是的。”我撒了谎。

“我为你失去母亲难过，伊丽莎白，真的。我知道你有多爱她。”

“谢谢你。”我轻声说完，撇下他回了房。我知道他是怎么想的，他会觉得母亲的死让他更安全了，情不自禁地感到开心。一边哀悼一边欢唱，这就是他内心的写照吧。母亲生前是约克反叛分子的领袖，只要她开口认同一个假王子，那他就能变成真的。她要是认了哪个王位觊觎者做儿子，亨利的王位就坐不安稳。一直以来，她只消一句话就能把他打回原形，他也一直心有余悸。

我在安静的产房里等待孩子降生，我无法想象没有了她，我的人生要如何继续。我明白她的死对亨利和他那铁石心肠的母亲来说是件好事。

可对我来说不是。

没有了她的照顾，我必须独自生下孩子，我知道她已经离开这个世界了。我对自己说，不论她去了哪里，都会想念着我；我努力回想她从前陪伴我生产的点点滴滴，试图给自己一点儿安慰。那时她握着我的手，在我耳边轻声呢喃，疼痛似乎也随着她的声音飘走了，可是现在，生产的疼痛和母亲离去的现实时刻折磨着我，我心里明白，无论我今后面临什么样的考验，获得什么样的成功，她再也不能为我承受，与我分享。

经过数小时的艰难挣扎，孩子终于降生了。一想到母亲永远见不到她了，我又难过起来。她是个漂亮的小婴儿，有着湛蓝的眼睛和美丽的金发。但她再也不能被外祖母抱在怀里轻轻摇晃，再也听不到她的歌声。等到下人们把她抱去洗澡，裹上襁褓时，我感到一阵恐慌，仿佛有什么重要的东西被夺走了。

亨利在我没有出席的情况下操办了她的葬礼。出殡那天，我坐在产房里读她的遗嘱。人们依照她的遗愿，将她埋在她深爱的丈夫爱德华四世身旁。她什么也没有留下，亨利给她的养老金少得可怜，而她又轻易地把钱给了出去，以至死后成了一文不名的穷女人。她嘱咐我和托马斯·格雷为她偿清债务，再出钱举办一场弥撒，以抚慰她的灵魂。我父亲曾赠给她许多钱财，可她没留下一星半点儿，就连一件属于自己的珠宝也没有。那些说她贪得无厌，依靠花言巧语骗得无数财产的人该去看看她寒酸的房间，空空的衣橱。当下人们把她那口装书和信的小箱子送到产房时，我忍不住笑了。她变卖了做王后时拥有的每一样东西，为反叛筹措资金，起先针对理查德，随后针对亨利。一个空空的珠宝盒述说着其主人不屈不挠，为重建约克王朝抗争到底的故事。我能肯定，那个失踪男孩儿所穿的丝绸衬衣的确是我母亲购买的，他帽针上的珍珠也是她的礼物。

玛格丽特夫人来看孙女了。小家伙正躺在我的膝盖上，没有包襁褓，赤裸的小身子裹在一条毛巾里，因为刚洗过澡，皮肤红扑扑的。

“她看起来很健康。”她出声赞叹。都铎家族再添新丁的喜悦压过了其他，否则她一定会把木板绑在孩子的手臂和腿上，她坚信这是确保孩子四肢笔直的好方法。

“她是个美人，”我说，“真正的美人。”

孩子看着我的脸，目光中带着新生儿特有的强烈好奇，似乎很渴望了解这个世界的本质，想知道世间埋藏着什么样的秘密。“我想她是四个孩子中最漂亮的一个。”

这是真话。她的头发泛着柔和的金光，像极了我母亲的发色，眼睛是几近于靛青的深蓝，如同一片深海。“看看她眼睛和头发的颜色！”

“颜色是会变的。”玛格丽特夫人说。

“也许会变成和她爸爸一样的红棕色。她会成为一个美丽高贵的女孩儿。”我说。

“至于名字，我想我们要叫她……”

“伊丽莎白。”我粗暴地打断了她的话。

“不，我觉得……”

“她要叫伊丽莎白。”我重申了一遍。

我的女领主，国王的母亲犹豫了：“为了纪念圣人伊丽莎白？给次女取这个名字有点儿奇怪，不过……”

“是为了纪念我妈妈。”我说，“如果她还活着，一定会来照顾我，会像祝福其他孩子那样祝福这个女孩儿的。没有她在这里，生产好艰难，我这辈子都会思念她。这孩子出生之日，就是我妈妈离世之时，所以我要用妈妈的名字为她命名。我可以告诉您一件事，我十分肯定一个叫伊丽莎白的都铎女孩儿会成为英格兰有史以来最伟大的君王。”

我笃定的语气逗乐了她：“伊丽莎白公主？一个女孩儿成为伟大的君王？”

“我知道，”我淡淡地说，“总有一天，一个样貌威严的女孩儿会成为最伟大的都铎人，她就是我们的伊丽莎白。”

1492年夏

伦敦　格林威治宫

我离开产房回到宫中，发现人人都在谈论那个穿丝绸衬衣的男孩儿。他写了一封辞藻华美的信，向所有基督教国王说明了他的身份。他自称是我弟弟理查德，自从被人救出伦敦塔后，藏身海外多年。

鄙人九岁时遭逢巨变，幸得一位贵人出手搭救。这位宅心仁厚的先生怜悯我年幼无辜，决心护我周全。不过他要求我先以上帝的名义发誓，在若干年内绝不泄露我的名字和出身，随后把我送到了国外。

“你有什么看法？”亨利冷冷地问着，把信纸放到我的膝上。我正坐在保育室里看孩子喝奶，只见乳母昏昏欲睡，新生的小家伙贪婪地吮吸着她的乳汁，一只小手轻轻拍打她丰满的乳房，一只小脚欢快地踢蹬。

我读完了信。“这是他写给你的？”我一手扶住摇篮，做出保护的动作，“他没写信给我吗？”

“这不是他写给我的。不过除了我们，他给每个人都写了同样的信，天晓得他想干吗。”

我的心跳得很快：“他没给我们写信？”

“没有，”亨利的语气突然急切起来，“这么做对他没好处，不是吗？他一定得给你写信，给你母亲写信？如果一个失踪多年的儿子想回家，就必须给他母亲写信?”

我摇了摇头:“我不知道。”

我们俩小心翼翼地避开了一件事:这个男孩儿很可能给她写过信,而她肯定回复了。

“难道有人告诉他他的……”我突然意识到不妥,立时改了口,“告诉他我母亲去世的消息?”

“这是肯定的。”亨利神情冷峻,“他一定在我们的宫廷里安插了许多忠心耿耿的眼线,关于这一点我毫不怀疑。”

“许多?”

他点了点头。我分辨不出这是他恐惧之下的猜想,还是真的知晓宫中有叛徒。一想到那些人天天和我们生活在一起,当面向我们行礼问安,背地里却给那个男孩儿报信,我就不寒而栗。可是不管怎么说,他应该得知了母亲病逝的消息,在这件事上,我乐见其成。

“这封信是他写给西班牙国王费迪南和女王伊莎贝拉的。”亨利继续说,“我的手下中途截下了这封信,立刻给我抄送了一份。”

“你没毁掉原信?你不怕他们看到吗?”

他苦笑了一下:“他送出去的信那么多,只毁一封有什么用。他在信中述说了一个悲伤的故事,编出一段相当精彩的奇闻。有人似乎相信了。”

“谁相信了?”

“法国的查理八世。他自己还是个男孩儿,是个彻彻底底的疯子,可他相信了这个鬼魂的话。他已经把那个孩子接走了。”

“接去了哪里?”

“去了法国宫廷,纳入他的保护之下。”亨利吼出这句话,气冲冲地瞪着我。我向乳母做了个手势,要她把孩子抱出去。我不希望我们的小公主伊丽莎白听到危险的事,听到我们话音里的恐惧,作为母亲,我希望她能平静地成长。

“我想你派船去拦截过他吧?”

“我让普瑞根特·美诺载他去法国，又安排船只在后面跟随，如果他中途上了别的船，就立马抓住他。可他看穿了普瑞根特·美诺的陷阱，加上法王派出了自己的船，偷偷载走了他。”

“载去哪里了?”

“翁弗勒。这有什么要紧的?”

“没什么。”我回答。可是在我心里，这很重要。我仿佛看到了一片黑沉沉的海面，深邃得像伊丽莎白的眼睛。天色渐暗，白雾朦胧，一艘小船驶进了爱尔兰的小港口，一个衣着华丽的年轻人轻轻踩上跳板。他在风中回头，满怀希望地奔向法国。在我的想象中，他的金发被风吹起，露出光洁的额头。我能看到他灿烂的微笑，这笑容像极了母亲，既坚忍又倔强。

1492年夏秋之交

伦敦　格林威治宫

英格兰开始备战，格林威治宫周围的空地上聚满了人。所有贵族都叫来了人手，他们找来长枪和斧头，给手下穿上各自的家族制服。船舶每天驶进伦敦军火库，运出长枪和长矛。每到刮西风时，我就能闻到锻造武器、锤打刀刃、铸炼炮弹的热气。船只满载着宰好的牛羊，从史密斯菲尔德市场驶出，向下游而去，这些鲜肉会经过盐腌或烟熏，避免变质。宫里的酿酒房和方圆二十里之内的所有酒馆日夜赶工，夜晚的空气中弥漫着一股浓郁的酵母味儿。

布列塔尼，这个曾在亨利流亡时给过他收留和庇护的小公国，与他强大的邻居法国开战了，公爵派人向亨利求援。看到他陷入这个窘境，我忍不住想笑。他想做个像我爸爸那样的勇武国王，可他又对战争深恶痛绝。他欠布列塔尼一个人情，可战争的耗费太大，他舍不得浪费金钱。他很乐意在战场上胜过法国，可他更讨厌失败，不愿意冒这个险。我不怪他小心谨慎，因为我亲眼目睹过我的家族是如何被战争摧毁的，我的童年多半在英格兰的战火中度过。亨利的谨慎是明智的，他深知战场上没有光荣。

就在准备迎击法国的同时，他还苦思着避免战端的对策。眼看夏日将过，他终于下定了出战的决心。到了九月，我们出宫了。亨利穿着盔甲跨着战马，那顶英格兰宝冠固定在他的头盔上，仿佛永远不会挪地方了。这顶王冠是威廉·斯坦利爵士从理查德的头盔上扯下来的。如今再次看到它，我不禁为亨利担心，戴着这顶不祥的王冠出战，会不会有事？

我们把小一点儿的孩子留在了格林威治宫，由保姆和教师照顾。不过亚瑟已经六岁了，我们允许他骑着小马，和我们一起出巡，看着父王出征。我忍痛留下了出世未久的伊丽莎白。这孩子胃口不好，不爱吃奶，我们按照医生的建议，用蘸了肉汁的面包喂她，她也不肯吃。她看见我也不笑，亚瑟像她这么大时，是很爱笑的，她也不像亨利那样喜欢蹬腿发脾气。她很安静，在我看来太安静了，我不想离开她。

我没把这些想法告诉亨利，他也不会对我说出心中的隐忧。我们继续着这段排场盛大的旅程，路过肯特郡时，只见果园里苹果满枝，烘干房有喝不完的免费啤酒。我们出行时带上了乐师，每到用餐时间，我们就支起精美的绣花帐篷，一边吃东西，一边听乐师演奏，支帐篷的地点有时选在河畔，有时选在风景优美的山坡，有时选在树林深处。我们身后跟着一千六百名骑兵，骑兵身后又跟着两万五千名步兵，步兵们都穿着上好的皮靴，发誓对亨利效忠。

我不由得想起了父亲。在他还是英格兰国王的时候，最爱带领全宫廷的人围绕宫苑和修道院游行，这回我们成了他的后继者。我们年纪轻轻就交了好运，拥有数不清的财富，在民众的眼中，我们像天使一样美丽，穿着金灿灿的衣服，骑马走在飘扬的旗帜之后。跟在我们身后的孩子是英格兰王储，全国最了不起的男人统统是亨利的手下，他们的妻女则走在我的队伍里。紧随大臣之后的是一支勇武的军队，他们在亨利的号召下，雄赳赳气昂昂地前去迎击英格兰的敌人。夏日的阳光很强，我们清早赶路，到了正午，就在河畔或林中避暑。我们终于有了国王和王后的风范，在这片美丽富饶的土地上，我们拥有至高的权力，也是美的典范。

我看了看身边的亨利，他正骄傲地昂起头，带领这支强大的军队穿过英格兰的中心。他越来越像个出征的国王了。队伍穿过城镇时，居民们夹道高喊他的名字，他抬手轻挥，用微笑回应他们的问候。这里的人们从未见过如此威风的军队，在大家惊讶崇拜的目光中，他终于找到了尊严和自信，面上的笑容像极了一个稳坐王位的君主。此情此景，让陪在他身侧的我也有了种异样的感觉：我丈夫是个极有威望的国王，我是受万民爱戴的王后，我深得上帝眷顾，是和我母亲一样幸运的女人。

我们有时在修道院歇息，有时宿在大宅里。每天夜里，他都会来到我的房间，给我一个拥抱，好像确定我会欢迎他似的。我们成婚多年，每当他抱住我时，我还是会不由自主地别过脸去。可是现在，我开始正视他的脸，在他亲吻我时，我会伸手扶住他宽阔的肩膀，让他靠得更近，主动用双唇回应他的热情。当他轻轻地把我放到床上时，我不会再像从前那样面向墙壁任他摆布，而是用四肢紧紧地缠住他的身体，在他进入的一刹那，我快活得全身发抖，对他的触碰表现出前所未有的欢迎。在桑威奇堡，他生平第一次赤身裸体地来到我面前，我则欢欢喜喜地迎向他，与他拥抱亲吻，乞求他给我更多。我们倒在床上，紧紧交缠在一起，在极致的快乐中，我忍不住大喊出声，在他的身下软成一团春泥。

我们缠绵了一整晚，好像一对新婚燕尔的夫妻，刚刚才发现对方肉体的美妙滋味，夜里的他把我搂得很紧，仿佛永远不会放开。到了早上，他用皮草裹住我，把我抱到窗边观看景致，不过他看得并不专心，一会儿亲亲我的脖子，一会儿亲亲我的肩膀，最后亲到我带笑的唇瓣。窗外就是港口，几艘进港的威尼斯大船正在减速，这些船是来载他的军队去法国的。

“不要这么急，今天别走！我不想让你走。”我小声撒娇。

“那你从今往后，要像现在这么爱我才行。”他向我讨价还价，“从第一次见到你开始，我就在等待这一天。我一直梦想着你会需要我，我夜复一夜地来到你的床上，只求你能对我笑一笑，盼望着有朝一日，你不会背过身去。”

“我再也不会背过身去了。”我向他保证。

他脸上的快乐毫不掺假，我和他相伴数年，还是头一次看见他陷入爱河的模样。

“你一定要平安回来，好好地回到我身边。”我急切地低语。

“答应我不要改变。我希望回来的时候，看到你像现在这样爱我，你能答应吗？”

我咯咯一笑：“要不然我们发个誓吧？你发誓平安回来，我发誓会像现在这样爱你？”

他欣然答允：“好，我发誓。”他一手按在自己的心口上，一手按在我胸前。我俩刚刚起床，脸上的潮红还没褪去，此刻就像一对相恋不久的情人一样交握双手，发下山盟海誓。我觉得这情景好滑稽，可还是握住他的手，保证会热情欢迎他的归来。

“你终于爱上我了。”他把我搂在怀里，亲了亲我的头发。

“我终于爱上你了。”我大方地承认，“我没想过我会，也没想过我能，可我的确爱上你了。”

“你很高兴吧。”他继续追问。

我羞涩一笑，任他把我拉回床上。这时屋外响起了军号声。“我很高兴。”我说。

亨利任命我们的长子亚瑟为英格兰摄政王，在他离开期间代理国政。任命仪式在天鹅号甲板上举行。亚瑟只有六岁，可他不能牵住我的手，身为王子，他必须独自站立着，听他父王用拉丁语诵读委任状。四周的贵族全都单膝跪下，发誓服从亚瑟的统治，直到亨利平安归来。

亚瑟的小脸绷得紧紧的，褐色的眸子里透出一股认真劲儿，棕色的头发被海风吹起，泛出一丝黄铜般的光泽。他用流利的拉丁语回答了他的父王。这席话是他的老师教给他的，我又每日陪他练习数遍，如今当场说出来，简直无可挑剔。我能看出贵族们对他印象深刻，他不凡的学识，挺拔的肩膀和骄傲的站姿都让他们惊叹。他已经被封为威尔士王子，总有一天会君临英格兰，他会成为一个优秀的王子，一个有作为的国王。

我看到站在亚瑟身后的王叔加斯帕充满了自豪感，他透过亚瑟的棕发和严肃的面孔，看到了他死去多年的哥哥。我的女领主，国王的母亲站在他身后，亚麻头巾在风中微微飘扬。她死死盯住亨利的脸，没有朝孙子看上一眼。对她来说，亨利去法国作战是一件极其可怕的事，仿佛上战场的是她自己。她会日日寝食难安，直到他平安归家。

我和她并肩站在港口的围墙上，见证兰开斯特王朝和约克王朝的联合。水手们解开缆绳，驳船的一侧渐渐失去了束缚。鼓声响起，桨手们开始划桨，船只慢慢驶离码头。亨利抬手敬礼，努力表现出王者的决心和威严。驳船离开码头，进入海湾，随后驶入航道。海浪拍击着船身，张开的船帆被风鼓满。紧随其后的威尼斯大船满载着士兵，船桨飞快地劈开海面，乘风破浪而去。

“他像个英雄一样离开了。”我的女领主饱含热情地说，“去抗击贪婪邪恶的法国，保卫布列塔尼和整个基督教世界。”

我点了点头，发觉亚瑟悄悄握住了我的手。我低下头，笑眯眯地看着那张严肃的小脸。他小声问：“他会回来的，是不是?”

“啊，没错。”我说，“看到他领导的军队有多厉害了吗？他们一定会赢。”

“他会遇上可怕的危险。”我的女领主立刻纠正我的话，“我知道他会亲临前线，而法国是个强大又可怖的敌人。”

我心想，要是她的话成真了，这场仗可就成了亨利这辈子亲临前线打的第一场仗，不过我没有讲出来，我紧握住亚瑟的手对我的女领主说：“不管怎么说，您不需要担心。”

谁都不需要担心。不只是我，就连玛姬和塞西莉也不需要，尽管她们的丈夫也跟着亨利出征了。还没等他们踏上法国的土地，法王就派使者来求和了。亨利虽然兵临布伦城下，把城市围得水泄不通，可他从没想过要夺回这里，或是从法国手中收复任何一块英国旧土。这次进攻与其说是入侵的前奏，倒不如说是一种姿态，既表明了他对布列塔尼的道义，又警告法王切莫嚣张。这次行动的威吓作用相当显著，法国被唬得立刻签下条约，承诺两国不再交战。

1492年冬

伦敦　格林威治宫

亨利一达到目的，立马班师回朝了。他一进入伦敦，就受到了英雄般的欢迎，在享尽了赞美之后，他以胜利者的身份回到格林威治宫。不少人认为他既然带领一支如此强大的军队出征，至少该好好激战一场，普通士兵很想打一仗，好捞些战利品，贵族们则梦想着收复失地。因为这些原因，很多人议论纷纷，说这次出征没有捞到多少好处，只从法国手中拿到一笔可观的赔款，可这笔钱最终进了国王的金库，英格兰人什么也没得到。

我原以为他会被那些懦夫和财迷的指责激怒，可这个重新回到我身边的人突然不在意他的名声了。他已经得到了想要的东西，而这些东西里并不包括布列塔尼的安危。他似乎并不介意自己没能从法国手中救下布列塔尼的事；更让人吃惊的是，他连带领军队来回的巨大花费也不介意。他如今喜气洋洋，让我好生迷惑。

格林威治宫的码头伸入碧绿的河水中，皇家驳船缓缓靠了过来，看上去还是和从前一样华丽。桨手们把船桨举得高高的，向岸上的人致意。驳船上的鼓咚地一响，岸上的喇叭也呜呜地回应了一声。

亨利朝船舰指挥官点了个头，下船上了岸。王公贵族们纷纷向他行礼，他和气地笑了笑，慈爱地拍拍亚瑟的小脑袋，又亲吻我的双颊和嘴唇。他的嘴里有股葡萄酒的甜香儿，我能从中品出胜利的味道。

“我抓住那个男孩儿了，”他附在我耳边说，整个人欢喜得快要笑出声来，“这就是我想要的，而我成功了，这是最最要紧的事。我抓到了他。”

我的笑容凝固在脸上。亨利看上去欣喜若狂，像是一个打了大胜仗的人。可他根本就没有打仗。河岸上挤满了围观的人群，许多小船聚在河中，船夫和渔夫们不住向亨利欢呼挥手，亨利也向他们挥手致意。他让我挽住他的胳膊，一起走下码头，穿过花园的小径，去见等着迎接他的玛格丽特夫人。他连走路的姿势也趾高气扬起来，像极了一个得胜归来的指挥官。

“那个男孩儿!”他又说了一遍。

我看了看我们的男孩儿，亚瑟穿着黑色天鹅绒外套，一个人走在前头，哈里①刚会走路，保姆牵着他的手，在小径上绕来绕去。他一会儿往左，一会儿往右，不时被一片树叶，一粒石子吸引住，停下不走了。如果他走得太慢，保姆会把他抱起来，因为国王希望自己能顺顺当当地往前走。他一定得大步流星，走在他前面的两个男孩儿是他的继承人，他希望让大家看看，他的王朝已经建立起来了。

“伊丽莎白不太好，”我对他说，“她总是安安静静地躺在摇篮里，手脚不乱舞，也不哭闹。”

“她会好起来的，”他说，“她会越长越壮。亲爱的上帝呀，你不知道抓获这个男孩儿对我的意义有多大。”

“这个男孩儿。”我低声呢喃咕着。我知道他说的不是我们的儿子。他说的是那个让他坐立不安的男孩儿。

“他待在法国宫廷，受到贵族式的款待。”亨利冷冷地说，“他有自己的宫廷随从，其中多半是你妈妈的老朋友，还有许多约克旧王族。天哪，你知道他的住所规格有多高吗？他和法国国王查理同睡一张床，这也没什么，他是理查德王子的事已经人尽皆知了。他穿着天鹅绒衣服，和国王一起骑马出游，放鹰打猎，据说他们是最要好的朋友。他那顶红色天鹅绒帽子上

① 亨利的昵称。

别着一枚红宝石帽针和三颗珍珠吊坠。他的言行举止都像一个王室公爵。”

“理查德。”我念叨着这个名字。

“他就是你弟弟。法国国王叫他约克公爵理查德。”

“那现在呢？”我问。

“他作为和平条约的一部分，落到我手里了，这个条约真是了不起，对我来说，它的价值大过任何一座法国城市，更别说区区一个布伦了。查理已经答应我了，无论我想要哪个英国叛徒，他都会交给我，只要是阴谋反对过我的人都在其列，我自然也对他作出了同样的承诺。不过我们都清楚对方的心思。我们所指的只有一个人，一个男孩儿。”

“接下来会如何呢？”我小声问。十一月的寒风刮得我脸颊生疼，我很想回到屋里去，远离亨利这张兴奋异常的脸，“接下来会发生什么事？”

我开始怀疑这场战争的目的。纠集人马，千船齐发，声势浩大地包围布伦城，难道只是为了一个男孩儿？亨利居然带领一支舰队去抓一个男孩儿，他果真怕到了这个地步？如果事实真是如此，这种行为不疯狂吗？所有的一切都是为了一个男孩儿？

我的女领主，国王的母亲和全体宫人按照品级排成几排，等候在高大的宫门前。亨利上前跪下，乞求她的祝福。她苍白的脸上泛出得意之色，伸手按住他的头顶，又扶他起身，亲了亲他的面颊。宫人们齐声欢呼，涌上前来行礼祝贺。亨利左右逢源，喜笑颜开地接受赞美和感谢。我带着亚瑟等在一边，直到大家的热情过去了，高兴得脸色通红的亨利才走回我身边。

“法国国王查理打算把他交给我。”亨利压低声音说，脸上还带着微笑。进宫的人三三两两地经过，走到我们身边时，总会停下来鞠个躬，或者行个屈膝礼。人人都跟过节一样，好像亨利赢得了天大的胜利。我的女领主开心得要命，宫人们在她面前夸赞亨利用兵如神，有勇有谋，她统统照单全收。“这是我的战利品，是我赢来的猎物。大家都在谈论布伦，其实有什么好谈的？醉翁之意不在酒，我率兵攻法，根本就不是为了布伦。我只是为了吓唬查理国王，逼他把那个男孩儿铐起来交给我。”

“铐起来?”

“战利品得有战利品的样子。我会把他抓回来，锁在一顶小轿里，用白骡子拖着走。我还会把帘子掀起来，让每个人都能看到他。”

“战利品?”

“查理答应把他铐起来交给我。”

“你要处死他吗?”我小声问。

他点了点头。“这是自然的。我很抱歉，伊丽莎白，但你一定要明白，事情必须这样了结。这些年来，你一直以为他已经死了，那你就继续当他死掉了吧，好不好?”

我把手抽离他温热的臂弯，可怜兮兮地说：“我不太舒服，我要进去了。”

我没打算用装病来避开他，我是真的想吐。我目送深爱的丈夫步入险地，日日祈祷他平安归来。我还向他保证过，等他回来以后，我会献上忠贞和长久的爱，就像在桑威奇堡时一样。现在他回来了，可他的所作所为却让我厌恶。他眉飞色舞，得意洋洋，只因为他打败了一个男孩儿，一想到对方即将遭受的屈辱，他就欣喜若狂，贪婪地想象他死亡的情景。他带领军队气势汹汹地跨过英吉利海峡，只是为了拷问和处死一个少年孤儿。我无法欣赏这样一个人，无法去爱这样一个人，他一心要置一个柔弱男孩儿于死地，我要如何原谅他的残忍无情？这是一种疯狂的行径，我不会说出口，但也不会接受。

他放我走了。他母亲立刻站到了我的位置上，好像一直在等我离开似的。我快步走进宫殿，感到两人的目光直直地钉在我的背上。这座宫殿是专为舞会和庆典修建的，建筑宽敞华美，最受我们喜爱。我穿过大厅，仆人们正在厅中摆放巨大的搁板桌，为亨利的庆功宴做准备。在我看来，这场胜利相当差劲，要是他们也知道就好了。身为权势滔天的基督教国王之一，率领一支强大的军队侵入另一个国家，竟然只是为了诱捕一个已经失去一切的孤儿，然后用死亡来羞辱他。

圣诞节要到了，我们在格林威治宫做着准备。对亨利而言，这个圣诞节是有生以来最愉快，最舒心的一次。他知道那个男孩儿已经被法国国王控制起来了，而对方也没有撕毁协定的意向，这让他相当满意。他一边派使者前往巴黎，把那个男孩儿带回英国受死，一边观看下人们把圣诞柴拖进大厅，还给了唱诗班指挥额外的赏钱，要他唱一首有新意的圣诞颂歌。他下令置办宴会，演出戏剧，编排别致的舞蹈，还给每个人裁制了新衣。

亨利和从前不一样了。早年的焦虑不安已经离他而去，他时而到教室里打断授课，教亚瑟玩儿骰子，时而把哈里抛到空中，时而围着小玛格丽特蹦蹦跳跳，逗得她又笑又叫，时而宠溺地抚摸睡在摇篮里的伊丽莎白。如果不去看孩子，他会来我房里消磨时光，和我的侍女们调笑几句，随着乐师的伴奏唱一首歌。微笑和享乐成了他的新伙伴，就算一个笑话蠢到不行，他也能乐上半天。

每天清晨，我们会在礼拜堂见面。他喜欢用亲吻来打招呼：先是吻我的手，接着把我拉到他怀里，亲上我的嘴唇，最后走到我身边，一手环住我的腰。每晚来我房里时，他不再像从前那样坐在火炉边沉思，试图从余烬中看到未来。他一进门就笑个不停，还带来一瓶酒，劝我和他一起喝。一到了床上，他会虔诚地吻遍我的每一寸肌肤，轻咬我的耳朵，肩膀和腹部，热情得像要吞掉我。在深深埋入我体内的时候，他发出一声满足的叹息，仿佛这张床是世间最销魂的乐土，而我的触摸是他最大的欢愉。

他终于从多年的躲藏、恐惧和威胁中解脱出来，成了一个快乐的年轻男人。他彻底做回了自己，手中的王权，脚下的土地，美貌的娇妻，如今完全属于他了，谁也无法夺去。现在他可以好好享受这一切，体味权力带来的快感。

孩子们慢慢学着亲近他，他们相信亨利会欢迎自己。我开始和他开玩笑，跟他玩儿纸牌，掷骰子，赢走他的钱。有时我还跟他打赌，摘下耳环做赌注，逗得他哈哈大笑。他母亲仍然是礼拜堂的常客，只是不再像从前那样天天为他的平安祈祷了，她开始感谢上帝的赐福。就连他叔叔加斯帕也坐回他那张宽大的木椅子上，津津有味地观看小丑的表演，若是换做从前，他一定会用那双锐利的眼睛扫视整个大厅，盯住黑暗的角落，看看那里有没有手执白刃的模糊人影。

再过两天就是圣诞节了，可就在这天晚上，亨利猛力推开我的卧室门，我们仿佛又回到了初婚之时，所有的快乐和轻松都在一瞬间消失了。严霜再次降临，他脸上又挂起惯有的阴沉之色。他走进房间，一个仆人端着酒杯和酒瓶紧随其后。他突然回过头，乖戾地大吼：“我不要这个！”他神情凶狠，仿佛喝酒是种极其疯狂的行为，他从没喝过酒，也永远不会喝。仆人吓得往后退了一步，赶紧走出房间关上了门，连一个字也不敢多说。

亨利坐进火炉边的椅子里，我上前一步，察觉他身上散发着一种熟悉的恐惧感。“出什么事了？”我问。

“这还用问。”

他沉着脸不说话了，我只能默默地坐到他对面的椅子上，等着他开口。他的快乐像一朵花，还没彻底绽放就凋谢了。他的眼中没有了光彩，脸庞也失去了血色，看上去筋疲力尽，晦暗苍白。他静静地坐在那里，像个上了年纪，百病缠身的人，绷着肩膀，伸着脑袋，好似一匹拉车的老马，身后拖着千斤重担。察觉到我的注视，他抬手挡住眼睛，似乎不想让眼中的阴郁暴露在太过明亮的火光中，看到这一幕，我心中突然涌起深深的怜悯："亲爱的，出了什么事？告诉我发生了什么事？"

他抬头看着我，似乎讶异我为何还在这里。我这才意识到他的思绪早就飘远了。他坐在我安静温暖的房间里，却觉得自己身在别处。也许他正在回溯一段尘封的过往：伦敦塔的某个房间里，两个小男孩儿穿着睡衣坐在床上，这时房门嘎吱一声开了，门外站着一个陌生人。这个人是谁？他接下来是杀了他们，还是救了他们？他似乎很想知道答案，也希望这个答案是前者。

"我看得出你有烦心事。到底发生什么事了？"

他面色一沉，我以为他又要朝我大吼大叫了，可他很快委顿下来，好像生了重病一般。"因为那个男孩儿，"他有气无力地说，"那个该死的男孩儿。他从法国宫廷消失了。"

"可你不是派了……"

"我当然派了人去法国。他一到达法国宫廷，我的几个手下就一直盯着他。自从查理国王答应把他交给我，我又派了十几个人跟着他。你觉得我是个笨蛋吗？"

我摇了摇头。

"我早该命人把他就地正法。我原以为把他带回英格兰处死会更好，我们可以趁这个机会在伦敦主持一场审判，好证明他是个骗子。我本来打算给他编一段身世，说他父母穷苦愚昧，爸爸是个酒鬼，在一家皮革厂附近的河上从事肮脏的工作。我要褪掉他身上的光环，让他变成一文不名的穷小子，我要判他死刑，还要让大家都看到他身首异处的下场。如此一来，再也不会有人为他聚众闹事，图谋不轨，对他心存幻想……"

"那他不见了？逃走了？"我掩饰不住内心的激动。不论他到底是谁，我都希望他能逃过这一劫。

“我刚才不是说过了吗?”

他又歇斯底里地咆哮起来，我默不作声，直等他发泄得差不多了才问：“逃到哪里去了?”

“我要是知道，早派人去截杀他了。”亨利冷冷地说，“把他推到海里，用一棵树砸他的脑袋，绊倒他的马，然后一刀劈死他。他去哪儿都有可能，不是吗？他是个相当厉害的小冒险家呢。回葡萄牙怎么样？葡萄牙人相信他就是理查德，是你爸爸的儿子，是约克公爵。去西班牙如何？他以对等的身份给国王和女王写过信，他们也没有反驳。去苏格兰呢？要是他投奔了苏格兰国王，两人就可以联手起兵对抗我了，过不了多久，我就会死在北英格兰。那里穷山恶水，根本没人支持我。我太了解那些北方佬了，他们一心巴望他能带领他们推翻我呢。

“你说他会不会跑回爱尔兰，继续鼓动爱尔兰人造我的反？要不然就是去佛兰德斯投奔你姑妈玛格丽特了？她多半会高高兴兴地欢迎这个外甥，扶持他对抗我，你觉得呢？当年为了区区一个小伙夫，她就派出了一支大军，天晓得她会为一个货真价实的王子做出什么事情？她会不会给他几千个雇佣兵，然后把他送到斯托克，完成小伙夫的未竟之业?”

我说：“我不知道。”

他腾地跳起来，椅子重重地翻倒在地板上。“你总说自己不知道!”他面对面地呵斥我，唾沫随着怒火喷溅出来，“你什么都不知道！这就是你的座右铭！别管什么‘谦卑和忏悔’了，你的座右铭是‘我不知道！我不知道！我绝对不知道!’不管我问你什么，你都说不知道!”

我身后的门吱呀一声开了，玛姬探头进来：“陛下?”

“出去!”他朝她咆哮，“你这个约克婊子！你们约克人统统都是叛徒！赶快从我眼前消失，否则我就把你关进伦敦塔陪你弟弟去!”

她被亨利的污言秽语吓得后退了几步，但还是没有离开。“您一切安好吗，陛下？”她强行忽略了亨利的威胁，关切地问我。我看到她紧紧抓住门边，显然已经害怕得膝盖发软，根本站不住了。可她的目光还是掠过我那个凶神恶煞的丈夫，落在我的身上，想看看我是否需要她的帮助，我看着她惨淡的脸色，知道我现在的模样一定比她糟糕得多。

我出声安慰她：“是的，波尔夫人，我很好。这里没你的事，你可以走了，我很好。”

“别因为我就走了，该走的人是我！”亨利没好气地说，“要是我留在这里过夜，就是混账。我干吗留下来？”他冲到门口，把门猛地一拉，玛姬一下子被甩了出去，踉跄几步才站住了，全身抖个不停。他恨恨地说：“我要回我自己房里去，那是最好的房间。我在这里待得一点儿也不舒服，这里是约克的巢穴，住的都是肮脏下贱的叛徒！”

他气冲冲地走了。我听到他拉开了会客室的门，守门的卫兵赶紧竖起长枪跺到地上，发出“当”的一声，他的侍卫们匆匆随他离去了。到了明天，他叫玛姬约克婊子，叫我约克叛徒，还说我的房间是叛徒窝的事会传遍全宫。等天一亮，人人都会知道这是为什么：那个自称是我弟弟的男孩儿又消失了。

1493年春

伦敦　威斯敏斯特宫

今年春天我们留在了伦敦，好让亨利坐镇都城，指挥他的间谍网。他首先收到了来自安特卫普的消息，接着又收到了来自马林城的消息，其中包括玛格丽特姑妈宫里发生的奇闻。人人都在谈论她外甥在几个善人的帮助下逃出法国，到佛兰德斯投奔她的事，还把二人相见的情景说得绘声绘色，好像个个都亲眼见过一般。据说那个孩子跪在她脚边，仰头看着她的脸，她认出他就是失踪已久的外甥理查德，顿时喜出望外。

欣喜若狂的她给每个人写了信，她在信里说，传奇时代并没有终结，她那个被认为已经死掉的外甥活着来到她身边，他像从沉睡中醒来，重新回到卡米洛特的亚瑟王一样，再次回到我们中间。

基督教国王们纷纷做出了回复。这件事听起来不可思议，不过她既然承认了他，谁还能否认？谁比他的亲姑妈更有发言权？谁敢告诉勃艮第公爵夫人，她被他蒙骗了？更何况这个可能性实在很小。她仔细检视过这个男孩儿的相貌和某些特征，随后昭告天下，说她认出他就是她哥哥的儿子。她的好朋友们，神圣罗马帝国皇帝，法国国王，西班牙双王，苏格兰国王和葡萄牙国王都没有否认。这个男孩儿本身也十分出色，人人都说他很有王子的风范，相貌英俊，待人和气，举止沉着，穿着富有姑妈为他裁制的华衣美服，从日益增多的追随者中挑出人来，建立了自己的小宫廷。他偶尔会提起童年往事，有些事情极其私密，不是从小生长在我父亲宫里的孩子，是决计说不出来的。我父母的侍从和旧友纷纷逃离英格兰，昔日的故土仿佛一夜之间变成了敌国。他们亲自前往马林，用早已准备好的问题考验他。他们细细审视他的脸，努力寻找当年那个漂亮小王子的影子，又故意记错，或者编造一些事情，想诱他露出马脚。可他泰然自若的回答让他们也信服了。人人都对自己的测试结果很满意，就连那些想证明他是个骗子的人、被亨利雇去刁难他的人都改变了想法。他们向他下跪，给他鞠躬，有些人还流下了眼泪。他们纷纷欣喜地写来回信，说他真是理查德，死而复生的理查德。这位合法的英格兰国王逃脱了死神的吞噬，重新回到我们身边，约克之子再次大放光彩。

越来越多的英格兰人开始逃离，最受国王青睐的蹄铁匠威廉也从铁匠铺里消失了。没人能理解他为什么要抛下宫廷的恩宠，要知道国王可是他的常客，给全英国最好的马钉掌是多大的荣耀啊！可是威廉的铁匠铺如今漆黑一片，炉火早就熄灭了。人们私下议论，说他去为真正的英格兰国王钉马掌了，再也不肯和一个都铎篡位者待在一起。我祖母塞西莉公爵夫人的邻居们离开了位于赫特福德郡的豪宅，秘密前往佛兰德斯，多半也带去了祖母的祝福。神父们也从教堂出走，只留下一些书信，让教堂执事转送给熟识的支持者。各家各户纷纷出钱出物，托信使送到佛兰德斯。最糟糕的是罗伯特·克里福德爵士也不见了，他是约克老臣，但深受亨利信任，担任过出访布列塔尼的使节。谁也想不到他会逃跑，而且还带走了好几箱都铎财宝。我到礼拜堂祈祷时，看到他的座位上空空荡荡，到了用餐时间，餐桌上也没有他的饭菜了。我们的朋友罗伯特爵士带着全家消失了，人人都知道他要去投奔那个男孩儿，我们听到消息后极其震惊，简直不敢相信。

这下名不正言不顺的人倒像我们了。我们虽然强装自信，可说句实在话，那个男孩儿的架势更像真国王。我的女领主，国王的母亲日日绷着脸，加斯帕·都铎在大厅里昂首阔步，活像一匹老战马，可他的手总是不由自主地靠向腰间的宝剑，连吃饭时也不忘注意大厅里的动静，只要哪扇门一开，他就立刻警觉起来。亨利也被恐惧和疲惫折腾得脸色灰白。天一亮他就开始议事，在宫殿中央的小房间里待一整天，其间不断有人进出。这个房间是他召见顾问和间谍的地方，门外有双重守卫。

宫里突然安静下来，就连本该洒满春日阳光，笑声不断的保育室也鸦雀无声。保姆们都不大说话了，也不准孩子们大喊大叫，四处乱跑。伊丽莎白还在摇篮里沉睡，亚瑟变得沉默寡言，虽然不知道发生了什么事，可出于一个聪慧孩童的敏感，他察觉这座宫殿被包围了，也明白自己的地位受到了威胁。没有人跟他提起那个佛兰德斯少年，没有人告诉他，那个孩子也曾在这间保育室里成长，在他的课桌上做功课。他不知道在他之前还有一个威尔士王子，那个王子勤奋好学，善于思考，也是他母亲的宝贝。

他妹妹玛格丽特受到特别的监护。人们让她做什么，她就乖巧地照做，好像知道事情不妙，可又不晓得该如何是好。

他们的小弟哈里依旧我行我素。这个结实的小家伙喜欢大喊大笑，对游戏和音乐表现出极大的兴趣，可如今连他也被宫中慌张焦虑的气氛感染了。没人有空陪他玩儿了，人们飞快地穿过大厅，忙着处理秘密事务，谁都没有停下脚步，和他说说话。他迷惑地四处张望，不明白几个月前还爱停下来逗弄他的人为何都变了，他们从前会把他高高抛起又接住，和他玩儿扔球游戏，带他去马棚看马，现在却眉头紧皱，行色匆匆。

“威廉叔公！”他朝经过的威廉·斯坦利大喊，“哈里也要去！”

“你不能去。”威廉爵士冷冷地看了他一眼，继续向马棚走去，小家伙悻悻地住了口，转头四处寻找他的保姆。

“没关系的，”我对他微笑，“威廉叔公只是有急事。”

可他还是皱起眉头，天真地问：“为什么不和哈里玩儿？为什么不呢？”我一时语塞，不知该如何回答。

整个朝廷在国王的部署下开始备战。贵族和议员们奉命前往爱尔兰游说当地贵族，请他们不要忘记谁才是他们真正的主人，千万别再跟随一个假王子闹事了。亨利匆忙赦免了监狱里的叛徒，他们乍出牢笼，立刻转变立场，发誓忠于我们。一些早被遗忘的旧盟友也被亨利想起来了。情势瞬息万变，当务之急是稳住爱尔兰，让当地的人心从那个约克男孩儿身上转到都铎王朝身上。亨利又派一个心腹赶到布里斯托尔组织船舰，在英吉利海峡巡逻，留心从法国，佛兰德斯，爱尔兰，甚至苏格兰来的船只。那个男孩儿的朋友和同盟似乎遍布天下。

我不可置信地问他："您觉得有人会入侵英格兰？"

他脸上新添了一条皱纹，眉心有一道深沟。"这是肯定的，"他爽快地承认，"我只是不知道时间。当然啦，地点和人数我也不知道。这些是唯一重要的情报。可我一无所知。"

"您的间谍没有告诉您？"说到他的间谍时，我的语气不由自主地透出轻蔑。

他辩解道："还没有。我的敌人们挺厉害，秘密保守得很严。"

我转身要去保育室。我先前唤了个医生去看看伊丽莎白，想来他就要到了。

"别走，"他出声挽留，"我需要……"

我急着去问问医生，要是天气暖和了，伊丽莎白的情况会不会好转。听见他的话，我一手握住门闩，回头问："需要什么？"

他看上去很无助。"没有人试图和你说过话吗？如果有人和你说过话，你能不能告诉我？"

我一心挂念着生病的女儿，根本不明白他在说什么："和我说什么话？您是什么意思？"

"说到那个男孩儿……没人和你说起过他吗？"

"谁会这么做?"

他幽深的眼中突然透出一丝急切和猜疑:"啊哈,你觉得谁有这个可能?"

我两手一摊:"陛下,我真不知道。没人跟我提过他。我也想不出别人干吗要跟我提他。人人都能看出您不高兴,谁敢跟我说到会让您……"我生生吞下了后半句话。

他问:"让我暴跳如雷的事?"

我没有吭声。

"朝中有人收到了他的命令,"他说得咬牙切齿,这些话就像生生从他体内剥下来的一般,"有人计划推翻我,把他扶上王位。"

"谁?"我小声问。他的恐惧感染了我,我回头一瞥,确认身后的门绝对关紧了,这才走近他身边,好让谁都听不到我们的谈话。"朝中的奸细是谁?"

他摇了摇头。"我的一个手下捡到了一封信,不过上面没有署名。"

"捡到?"

"是偷来的。我知道有几个人心向约克王朝,准备联手推翻我,让那个男孩儿复位。也许这样的人还不止几个。他们从前把你母亲奉为秘密领袖,和你祖母也有联系。但更可怕的是,这些人日日陪伴在我身边,是我的朋友,同伴和臣子,有人还和我亲如兄弟。事到如今,我不知道该去相信谁,谁才是我真正的朋友。"

我突然脊背发凉,这也是亨利这些天来的感受。在这扇厚重的雕花木门之外,有人正心怀不轨,人数也许有几百个。他们笑眯眯地看着我们步入餐位,背地里却书写密信,囤积武器,打算杀死我们。这个宫廷相当庞大,要是有四分之一的人反对我们,情况会怎么样?要是有二分之一呢?他们会不会伤害我的儿子?会不会毒死我的小女儿?会不会对我不利?

“宫廷内部有我们的敌人，”他小声说，“他们也许是为我们铺床传菜的下人，也许是为我们尝毒的内侍。他们也许和我们一起骑马打猎，一起玩儿纸牌，在跳舞时握住你的手，晚上看着我们上床睡觉。他们说不定是我们的表亲，我们还叫他们一声亲爱的。唉，我不知道该信任谁。”

我没有向他表忠心，因为这些话无济于事。我的姓氏和家族是他的敌人，我的近亲也许会对他群起而攻之，这些事不是三言两语就可以改变的。“有很多人值得您信任，”我劝他宽心，又一一把他们列举出来，仿佛唱起了一首对抗黑暗的圣歌，“您母亲，您叔叔，牛津伯爵，您继父和他所在的整个斯坦利家族，考特尼家族，我的同母哥哥托马斯·格雷，所有在斯托克支持过您的人会再次站在您这边的。”

他摇了摇头。“不，这些人在斯托克时就没有完全站在我这边。一些人找了个借口，置身事外；另一些人说他们会来，实际上拖拖拉拉，没有及时赶到；剩下的则是平日里说得天花乱坠，真到了要他们效力的时候，却推说不来了。还有人借口说生病了，或是家里有事来不了。更有甚者，竟然站到了敌人那一边，事后又死皮赖脸地求我原谅。不说他们，就连那些到场支持我的人，这次也不会为我卖命了。他们不会去反对一个身为白玫瑰王族的男孩儿，不会去伤害他们心目中的真王子。”

他走回办公桌旁，桌面上整整齐齐地摆放着他的信件、密码表和私章。他现在已经不写信了，平时用英文书写的东西还不及一张便条多，通传消息时总用密码。乍看之下，这张桌子的主人似乎不是国王，而是间谍头子。他直白地说：“我不会耽搁你。不过要是有人对你说了什么话，哪怕就是一句，我也希望你能告诉我。我什么都想听，就连最轻微的耳语也想。我盼着你的好消息。”

我想说我当然会告诉你，你觉得我还会怎么做？我是你的妻子，我心爱的儿子是你的继承人，我最最宠溺的人是你的亲女儿，我要是听到消息，一定会立刻告诉你，这有什么可怀疑的？可是看到他阴沉的脸色，我慢慢明白过来，他压根不是在请求我的帮助，他是在威胁我。他说这些话不是想求得安慰，而是想警告我好自为之，千万不能让他失望。他不信任我，而且更糟糕的是，他想让我知道这一点。

“我是你的妻子，”我小声说，“结婚那天，我向上帝承诺会好好爱你，我后来也的确爱上了你。当我们发现自己深爱对方的时候，曾经是多么欣喜呀，直到现在我还是很高兴。我是你妻子，亨利，我爱你。”

“可是在这之前，你是他姐姐。”

1493年夏

沃里克郡　肯尼沃斯堡

亨利再次把宫廷搬到了肯尼沃斯堡，这里是英格兰最安全的地方，一旦有人入侵，居中的地理位置也方便亨利率军去任何一处海岸抵敌。就算大事不妙，侵略军进入了内陆，这里也容易防守。亨利这回连避暑消夏这个借口也不找了，人人忧心忡忡，深知自己已经和国王坐上了同一条船。这位国王在位八年，期间麻烦不断，这次入侵已经是第二回了，一个更有资格登上王位的人正要纠集军队推翻他。亨利·都铎是个王位觊觎者，从前是，现在也是。

加斯帕·都铎板着一张脸赶赴西南各郡和威尔士，那些地方聚众谋反，计划为敌军做内应的事件有几十起，他必须前去镇压。西南各郡没人心向都铎王朝，人们全都盼望王子渡海而来。亨利亲自到市井查访，问询散播风言风语的人，想找出是谁煽动人们逃往佛兰德斯，还给那个所谓的“王子”送去钱物。从约克郡到牛津郡，从东部到中部各郡，约克的手下查遍各处，试图肃清叛党。可是关于反叛集团，秘密会议，夜间集会的奏报还是源源不断地送入宫中。

为防再有人去投奔男孩儿，亨利关闭了港口，这下谁都不能乘船出海了。就连正常贸易也受到了政府的怀疑，哪怕你是个商人，也得在发船前申请一张许可证。亨利随后又颁发了另一道法令：不许国民在境内远行。人们可以去附近的集镇办事，然后回家，不过夏季的各种集会，牧草收割节，剪羊毛节，夏至狂欢节，巡勘教区边界等活动统统都被禁止。政府不允许人们集会，唯恐他们聚在一起造反，也不允许人们举杯，唯恐他们为那个王子祝酒，要知道他家的宫廷曾是享乐的代名词。

我的女领主，国王的母亲吓得脸色苍白。她用硬挺的头巾包着头，惨淡的双唇一张一合，轻声念诵《玫瑰经》①。她如今整天和我待在一起，她居住的王后房间从早到晚空空荡荡。来我房里时，她会带上自己的侍女和直系亲属作陪，这些人如今是她唯一信任的对象。除了人，她把书也带来了，似乎想在我房中找到温暖，安慰和某种安全感。

可我什么也给不了她。塞西莉，安妮和我很少交谈，我们都很清楚，我们说的每一个字都会被人注意，现在人人都在观望，想知道我们的弟弟会不会进犯英国，把我们救出伦敦塔。玛姬去哪儿都低着头，眼睛盯住脚尖，我知道她在担心什么，她害怕有人会说，如果抓不到那个约克男孩儿，那至少处死另一个，免得他威胁都铎王统。看守泰迪的卫兵人数翻了一倍又一倍，玛姬知道自己绝不可能寄信给他了。她已经很久没有听到他的消息了，也不敢去打探，我们生怕某天会有人奉命闯进他的房间，把正在熟睡的他掐死在床上。如果这一天真的来了，我们能指望谁来撤销这个命令，能指望谁来阻止他们?

侍女们在我房中读书，弹乐器，玩儿游戏，做女红，不过谁也不高声说话，更别说嬉闹和开玩笑了。每个人开口前都会思前想后，生怕被人抓住把柄报告给国王；每个人都会仔细地听别人说话，想找出可以做文章的地方。所有人都默默地关注着我，只要我的房门重重一响，房中立刻有人倒吸凉气。

这些可怕的午后时光让我无法忍受，我干脆躲到保育室去了。我把伊

① 正式名称为《圣母圣咏》，于十五世纪由罗马圣座正式颁布，是天主教徒向圣母致敬的方式。此名喻意祷文如玫瑰馨香。

丽莎白抱到膝头，拉拉她的小手小脚，柔声柔气地唱歌给她听，还千方百计地哄逗她，希望她对我笑一笑。

威尔士如今局势不明，亚瑟必须留在我们身边。他在房中读书写字，却被窗外的景象引得无心学习。他能看到他父王的军队越来越庞大，日日在场上操演；也能看到信使从西部赶来，带来爱尔兰，威尔士，还有南方各郡的消息，伦敦的消息有时也在其列。城中的大街小巷如今遍布流言，许多学徒公开佩戴着白玫瑰。

到了下午，我会带他出去骑马散心，可是几天之后，亨利不允许我们出去了，就算要出去，也得有卫兵全副武装陪同才行。“要是亚瑟被人劫走，我这辈子还有什么意思。”他冷冷地说，“如果他和哈里有个三长两短，那一天就是我的死期，是都铎王朝的末日。”

“别说这种话!”我伸出手去，“别咒他们!”

“你心肠太软，”他这话说得很勉强，仿佛善良是一种错误，“可是又很愚蠢。你从没想过，也从没意识到你正身处什么样的险境，你不能连一个卫兵也不带就和孩子一起离开城堡。我正在考虑让他们分开住，这样一来，就算有人抓走了亚瑟，亨利也能安然无恙。”

“可是我的陛下……”我出声反驳。我能听出自己的声音在颤抖，听到他这段理直气壮的疯话，我怎能不抱怨?

“我想把亚瑟送进伦敦塔。”

“不!”我尖叫一声，完全控制不住内心的震惊，“不，亨利。不!不!不!”

“这是为了他的安全着想。”

“不行，我不会同意，我也不能同意。他不能到伦敦塔里去，不能像……”

“不能像你弟弟那样?”他敏捷得像一条扑食的蛇，“不能像沃里克的爱德华那样？因为你认为他们都是一样的？这些男孩儿也许都有称王的心思？”

“他不能和他们一样进伦敦塔。他是合法的王子，一定得有自由。请您允许我带他骑马出游。我们身在自己的国家，自己的城堡，能有什么危险？我们干吗要活得像个囚犯？”

他在我说话时别过脸去，我没法看到他的表情。等他一回头，我看到他英俊的脸上布满疑云，连面孔都扭曲了。他恶狠狠地瞪着我，似乎想剥下我的脸皮，看看我的脑子里在想些什么。

“你为何在这件事上这么执著？”他一字一顿地问。我看出他的猜疑之心越来越重了。“你为何非要把你儿子留在这儿？你是不是趁着骑马外出的机会，带亚瑟去见什么人了？你是不是想用这些话来骗过我，然后骑马出去？你是不是打算把我儿子交给你弟弟？你是不是和约克人联合起来，要把我儿子偷走？你们是不是已经说好了？是不是定下了协议，你弟弟做国王，亚瑟做他的继承人？你是不是准备把亚瑟交到他手上，然后告诉他，等风向一转，就立刻领兵攻打我？”

我沉默了好一会儿，才渐渐明白他到底说了什么。他的怀疑让我有种如临深渊的恐惧。“亨利，你不会认为我是你的敌人吧？”

他没有正面回答我：“我一直在监视你，我母亲也一样。我不会让你继续把我儿子带在身边了。不论你想带他去什么地方，身边都得跟着我信任的人。”

我气得浑身发抖。“你信任的人？说出来给我听听！”我呸了一声，“你说呀，你能说出一个吗？”

他抬手捂住心口，好像被我打中了胸膛一样。他低声问：“你知道些什么？”

“我知道你谁也不信，我还知道你是个孤家寡人，可这都是你自作自受！”

1493年秋

北安普敦

我们搬到了北安普敦。几个前往佛兰德斯和我姑妈谈判的大臣回来了，受到了亨利的接见。那个男孩儿在佛兰德斯组建了自己的小朝廷，而我固执的姑妈宣称他是她的外甥，还急切地给其他国王和王后写了信。与此同时，英格兰和佛兰德斯之间的所有贸易悉数被禁，无人可以往来，佛兰德斯人再也买不到英国羊毛了。

亨利的代表们沾沾自喜地向他报告，说他们把我姑妈羞辱了一番。在她的宫里，当着她的面，他们建议她把养在乡下的私生子都送去对抗亨利・都铎。他们还开了一个下流玩笑，说那个男孩儿也是她的私生子。他们说她和很多老女人一样，要么疯狂纵欲，要么被欲望折磨得发疯，如果以上都不是她歇斯底里的原因，那原因就只有一个：她是个女人，而女人的无理取闹是众所周知的。他们还说她是出身疯子家庭的疯女人，这话不仅侮辱了她，也把我年近八十的祖母塞西莉公爵夫人，我死去的母亲，我所有的妹妹，我堂妹玛姬和我本人全都侮辱了。亨利放任这些话从他的使臣口中说出来，传到我的耳朵里，似乎不介意约克家族受到什么样的辱骂，只要能诽谤那个男孩儿的名声就行。

我面无表情地聆听着这些污言秽语，强忍住抱怨的冲动。亨利如今自降身份，失去了所有的判断力。为了侮辱那个男孩儿，为了侮辱我姑妈，他什么话都能说出口。我看到他那个神经兮兮的母亲正目不转睛地盯着我，立刻转过头去。我不想看见她，也不想听见她儿子命人编造的那些脏话。

可是大使威廉·沃尔汉姆没有把时间浪费在诽谤我姑妈上。他派手下查访佛兰德斯境内丢过男孩儿的人家，有上百人做出了回应。有人说他们的新生儿二十年前从摇篮里失踪了，会不会就是那个男孩儿？有人说他们的孩子自从走丢之后就一直没有回家，难道是被公爵夫人偷走了？有人说他的爱子掉进河里被水冲走了，死不见尸，难道他没有死，还在宫里冒充约克公爵理查德？一张张陈情表像雪片一样飞来，信中讲述了许多丢失孩子的悲伤故事，可是没有一个孩子能和那个举止尊贵优雅的男孩儿联系起来，他说起爱德华四世时的深情，和他姑妈玛格丽特相处时的亲切，绝不是一个普通孩子能做到的。

“你不知道他是谁，”我当面对亨利说，“你花了一笔小钱，命令威廉爵士以悬赏的方式让基督教国家的母亲们说出她们的伤心事，可你还是不知道他是谁，就连一点儿头绪也没有。”

他似乎并不气恼：“我会查出他的过去，如果查不到，我就自己写。我可以告诉你一些事。他十年前出现在某个地方，进了某户人家，和那家人一起生活了四年。之后爱德华·布兰普顿爵士恰好经过，把他带到了葡萄牙，这件事是爱德华爵士亲口承认的。在葡萄牙，人人都称他为约克公爵理查德，他是那个失踪王子的事在葡萄牙宫廷人尽皆知。他随后被爱德华爵士解雇了，原因并不重要。被解雇后，他跟随普瑞根特·美诺远行，美诺也承认了有这回事，我已经把它写下来了。美诺带他去了爱尔兰，爱尔兰人称他为约克公爵理查德，还为他起兵造反，我已经拿到了爱尔兰人的口供。他又逃到法国，法王查理承认他是约克王子，可就在法国要把他移交给我的当口，他逃到你姑妈那儿去了。”

我问：“你把这些事都写下来了？”

“我手上有目击者署名的报告。依靠这些证据，我能追溯出他到葡萄牙之后的每一天，每一刻。”

“可是在此之前的事你一点儿也查不出来。他出生在哪里，长在什么样的家庭，你知道吗?”我毫不客气地指出他话里的矛盾之处，“你说他出现在某个地方，他可以说他是在被人营救出伦敦塔，逃离英国后到达那里的。你写下的每一件事都无法反驳他的声明，哪怕你对天发誓，说这些事都是真的。你搜集的所有证据只能证明一件事：他是约克王子。”

他大步穿过房间，一把抓住我的手，他的力道好大，我的手骨都快碎掉了。我疼得瑟缩了一下，没有叫出声来。

“我刚刚说过了，现在我手上只有这些。”他咬牙切齿地说，“没有的我会自己写。我会编出那个男孩儿的身世：他是个出身平平的贱民，爸爸是个酒鬼，妈妈是个痴呆。他本人是个不学无术的败家子。难道你觉得我写不出一个酒鬼娶了个傻子，生下个杂种的故事，还发誓说这是真的？难道你觉得我不能像历史学家，说书人一样编出像模像样的东西？难道你觉得我写不出一段让所有人信以为真的陈年往事？我是国王，除了我自己，谁有为我写下统治记录的资格?”

“你想说什么都行，”我不动声色地说，“你当然可以。你是英格兰国王。可是国王也不能随心所欲地指鹿为马吧。”

几天之后，玛姬来找我了。她丈夫被任命为亚瑟的宫务大臣，但是西部如今正受到另一个王子的威胁，他们没法去威尔士上任。“我丈夫理查德爵士告诉我，国王已经为那个男孩儿找到了名字。”

“找到了名字？什么叫找到了名字?”

她吐了吐舌头，算是承认了自己措辞不当。“我本来想说，国王现在知道那个男孩儿是谁了。”

“然后呢？”

“国王说他叫波金・沃贝克，是个船夫的儿子。来自皮卡第的图尔奈城。”

“他是不是说那个船夫是个酒鬼，娶的老婆是个傻子？”

她没听懂我的话，摇了摇头说：“他只说了这个名字，别的都没说。”

“他是不是把那个船夫和他老婆送到玛格丽特公爵夫人那儿去了？他是不是想让那个男孩儿和他的父母当面对质，最后无法抵赖，只好坦白一切？他是不是打算把那两个人带到所有基督教国家的国王王后面前走一遭，让他们向这些王室讨儿子，好让那些人明白那个男孩儿的真实身份？”

玛姬一脸迷惑。“理查德爵士没有说。”

“如果我是亨利，我一定会这么做。”

“谁都会这么做，”她同意我的话，“那国王干吗不做呢？”

我们四目相对，没有再说什么。

1493年冬

伦敦　威斯敏斯特宫

神圣罗马帝国皇帝去世了，亨利派使者出席葬礼，代表英格兰致以哀悼之情。可是等他们到了那里，却发现自己不是唯一一队代表英国出席的贵族。罗马帝国皇帝的儿子兼新皇帝马克西米安走到哪里都和他亲密的新朋友手挽着手，这个朋友就是爱德华四世的儿子理查德。

“他们说了什么？”亨利询问。他在谒见厅听到了归国使臣的这段报告后，立时暴跳如雷。他先前派人叫我一起来听，可等我进了房间，他既没向我打招呼，也没给我看座。我怀疑他压根没有看见我，他现在已经被愤怒蒙住了眼睛。我自己找地方坐了下来，默默地看着他来回踱步，气得浑身发抖。使臣飞快地瞥了我一眼，想看看我有没有劝他息怒的意思。我像尊冰冷的石像一样坐在原地，什么也不想说。

“各国使节都称他为‘英格兰国王爱德华四世的儿子理查德’。”使臣复述了一遍。

亨利责问我：“你听到这话没有？你听到这话没有？”

我垂下头去。我这才看到我的女领主，国王的母亲坐在国王对面，她探过身子，似乎想看看我有没有哭。

“这个名字属于你死去的弟弟，”她提醒我，“现在却被那个冒牌货用了。”

“是的。”我说。

“新皇帝马克西米安很喜欢那个国……那个男孩儿，”使臣差点儿说错了话，羞得满脸通红，“他们整天形影不离。他代表皇帝接见银行家，还在皇帝的未婚妻面前为皇帝说好话。他如今是皇帝最看重的朋友和心腹，还是他唯一的顾问。”

“哦，那你当时是怎么称呼他的？”亨利随口一问，似乎这个细节在他看来不太要紧。

“那个男孩儿。”

“你在皇帝宫中看到他时又是怎么称呼他的？当他站在皇帝身边的时候？要是他如你所说深得皇帝欢心，是他宫中的重要人物，还是他唯一的朋友和顾问，你是如何招呼这个举足轻重的年轻人的？你在宫里是怎么称呼他的？”

使臣支支吾吾，把捏在左手的帽子换到右手，又从右手换到左手。“微臣认为，在当时的情况下，不触怒皇帝是最重要的。他虽然年轻又鲁莽，可毕竟是皇帝。他喜欢那个男孩儿，也很尊重他。他把对方死里逃生的离奇故事告诉每一个人，还不断提起他高贵的出身和应得的权力。”

“那你当着皇帝的面是如何称呼他的？”亨利轻声问。

“大多数时候我不会跟他说话。我们都躲着他。”

“可你躲不了的时候呢？在那些避无可避的场合，你不得不跟他说话的时候呢？”

“我称他‘殿下’。我那时认为这是最妥当的称呼。”

“你当他是公爵？”

“对，一个公爵。”

“当他是什鲁斯伯里伯爵和约克公爵理查德？”

“微臣从没说过他是约克公爵。”

“哦，你认为他是谁？”

这个问题问得不大对。没人知道他是谁。使臣哑口无言，惴惴不安地绞动手中的帽檐。他还没来得及知道那个早就被我们背得滚瓜烂熟的故事。

亨利冷冷地说："他叫沃贝克，是一个图尔奈船夫的儿子，一个庶民。他爸爸是个酒鬼，妈妈是个傻子。你居然向这种人卑躬屈膝？你居然叫他'殿下'？"

使臣这才明白自己被监视了，他的一言一行一定被人报知了国王，那摞反扣在亨利桌上的报告里多半有他的一份。他微微涨红了脸："微臣也许的确这么说过。这是微臣称呼一个外国公爵的方式，这并不表示微臣尊重和接受他的头衔。"

"你说不定把他称作国王呢。你称国王为'陛下'吧？"

"下官没把他当作国王来称呼，陛下。"使臣表现得沉稳而庄重，"我从没忘记他是个王位觊觎者的事实。"

"可他这个王位觊觎者现在有了强势的靠山！"亨利突然怒不可遏，"他和皇帝生活在一起，还胆敢昭告天下，说他是英国国王爱德华四世的儿子理查德！"

此话一出，人人噤若寒蝉。亨利瞪大眼睛盯住受惊的使臣，使臣万般无奈，只好大着胆子说："您说得对，大家都是这么叫他的。"

"而你没有否认！"亨利大声咆哮。

使臣被吓得僵立在原地。

亨利长长地叹了一口气，转身踱回座位上，头顶华盖，一手按住高高的雕花椅背，仿佛要向所有人昭示他的权威。"如果他是英格兰国王，那他们是怎么称呼我的？"亨利的话中有淡淡的威胁之意。

使臣又向我投来求助的眼神。我垂下眼帘，装作没有看见。我没本事消解亨利撒向他的怒火，只能独善其身。

不知过了多久，使臣才找回了向他说出真相的勇气："他们叫你亨利·

都铎，王位觊觎者亨利·都铎。”

我坐在自己的房间里，伊丽莎白安静地躺在我身边的摇篮中。我手上拿着针线，半天也没绣好一片花瓣。玛格丽特夫人的一个女亲戚正没完没了地诵读一本圣诗，读到某些著名词句时，玛格丽特夫人总是会心地点点头，好像这些话是她写成的一般。我们余下的人全都安安静静地听着，一脸沉静和虔诚，思绪却都飘到了别处。门突然开了，自耕农卫队的指挥官站在门口，神情严肃。

女士们纷纷倒吸凉气，有人还吓得尖叫出声。我慢慢站起身来，朝玛姬看了一眼。她的嘴唇一张一合，似乎想要说话，可压根发不出声来。

我发现自己双腿打颤，快要站不住了。玛姬上前扶住我的手臂，让我不至于倒下。我们一起面向这个平素负责保护我安全的男人，他就这样站在我门口，既不进来，也不通报有人到访，沉默得像一尊雕塑。我感觉到玛姬在发抖。我知道她在想些什么，而我现在的想法和她一样：他要把我们带去伦敦塔。

“有什么事？”我问。我的声音居然还是那么从容，这让我十分高兴。“有什么事吗，指挥官？”

“我必须向您报告一件事，陛下。”他说完笨拙地环顾房间，在一群女士面前开口似乎让他很不自在。

他不是来抓我的！我一下子松了一口气。塞西莉一屁股坐回座位上，发出一声细微的呜咽，玛姬退后几步，靠在我的椅子上。只有玛格丽特夫人无动于衷。她向指挥官点头示意，轻快地说：“进来吧。你要报告什么？”

他犹豫不决。我走到他跟前，好让他能对我耳语。“是什么事？”

“是关于自耕农卫兵爱德华兹的事。”他的脸刷地红了，似乎有些害羞，

“我请求您的原谅，陛下。这件事非常糟糕。”

我第一反应是他染上了疫病。

我想问“他病了”，可还没等我说出口，玛格丽特夫人也走上前来，抢先一步说：“他逃跑了?”

指挥官点点头。

“到马林去了?”

他再次点头。“他从没说他想走，也没说过到底忠于谁，要是我听到一点儿风声，早就逮捕他了。他在我手下当差，在您门前守卫了半年，我做梦也没想到……原谅我，陛下。可我没法查知这件事。他临走前给他的情人留下一张便条，我们读过了才知道。”他犹犹豫豫地献上一张纸片。

等你读到这张便条时，我已经去佛兰德斯侍奉约克的理查德，英格兰真正的国王了。等我拥护那朵约克白玫瑰杀回来，我会娶你为妻。

“让我看看!”玛格丽特夫人从我手中夺过纸条。

“你可以把它留下来，”我干巴巴地说，“可以拿给你儿子看。但他不会感谢你。”

她看向我的目光惊恐万状：“你的卫兵投奔了那个男孩儿。亨利的马夫也去了。”

“他也去了？我不知道。”

她点了点头：“拉尔夫·黑斯廷斯爵士的管家也逃了，还把他家的银器搜刮一空，统统带去了马林。一起逃跑的还有爱德华·波宁斯爵士的佃户。爱德华爵士是我们先前派驻佛兰德斯的大使，可他管束不了手下的人，有几十个人溜走了，哎呀不对，是上百人。”

我回头看了看我的侍女们。阅书声已经停止了，人人都探过身子，想听清我们说了什么；她们的脸上都显出渴求的神情，就连玛姬和塞西莉也不例外。

我的卫队指挥官低头鞠了一躬，退后几步，关上了门。他刚一退下，玛格丽特夫人立刻指着我的妹妹们，怒气冲天地责骂我。

“我们把这些姑娘们，也就是你的妹妹和堂妹嫁给了我们信任的男人，好让她们的利益和我们捆绑在一起，让她们成为都铎人，”她咬牙切齿地对我说，仿佛她们渴望听到消息也是我的错，“我们现在没法确定她们的丈夫想不想以约克人的身份造反。他们的利益已经和我们南辕北辙。我们把她们嫁给对我们忠心不二的人，让这些无权无势的男人娶上公主老婆，以为这样就能让他们感激涕零，可他们现在多半盘算着带上自己的老婆去求荣华富贵。”

“我的家人对国王忠心耿耿。”我口气坚决地回应她。

“你弟弟……”她吞下快要出口的指责，“你的妹妹和堂妹是靠我们才过上好日子的，在这个人人逃跑的当口，我们能信任她们吗？她们会不会也利用各自的丈夫和手中的钱财来对抗我们?”

“她们的丈夫是你选的。”我看着她苍白焦虑的面孔，干巴巴地说，“如果你害怕自己亲手挑选的人不可靠，和我抱怨也没有用。”

1494年夏

伦敦　格林威治宫

夏天的到来没有为宫廷带来一丝欢乐。我为亚瑟买来了属于他的第一匹马，同时订购了一套尺寸合适的马鞍，亨利见状也缠着我要一匹成年大马，还要求和他哥哥的马一样漂亮，大人们不得不哄着他。一切似乎都很正常，可我没法把这段日子当成一个普通的夏天，更没法安然地享受时光。国王走到哪里都沉默不语，他母亲把大部分时间都花在了祈祷上，每当有人在吃饭和做礼拜时不见踪影，大家会举目四望，然后小声议论："他也去了？上帝呀，他也去了？去投奔那个男孩儿了？"

我们就像一群在劣质小舞台上演戏的演员，戴着尺寸不合的王冠，舒舒服服地坐在凳子上，假装万事太平。可是只要有人朝左右一看，就会发现这些假冒的王公贵族不过是一群住在大篷车上的家伙，只是努力在台上营造富丽堂皇的幻境。

玛姬赶在全宫离开伦敦之前到伦敦塔探望了弟弟，怏怏不乐地回到了我的房间。他的功课已经停了，守卫也更换了，他变得沉默少言，郁郁寡欢，这让玛姬有些害怕，担心他就算明天重获自由，也永远不能恢复刚到伦敦时的那种活泼劲儿了。他已经十九岁了，可他连去花园的权力也没有，只能在每天下午绕着伦敦塔的屋檐散步。他说他想不起怎么跑步了，也忘记了如何骑马。他是个单纯无辜的孩子，一个伟大的姓氏是他唯一的罪过，而他又不能像玛姬一样，像我和我的妹妹们一样，通过婚姻摆脱这个姓氏。

约克王族伯爵的身份将永远陪伴着他，像一副压在他肩上的千钧重担，让他沉入水底，永世不能出头。

“你认为国王会把爱德华放出来吗？”玛姬问我，“这个夏天我根本不敢问他。别说求恩典了，我连和他说话都不敢。而且理查德爵士也命令我别去问。他说我们一言一行一定要慎之又慎，绝对不能让国王怀疑我们的忠诚。”

“亨利不会怀疑理查德爵士，”我反驳道，“他已经把他任命为亚瑟的宫务大臣了。局势一好转，他就会派他到威尔士理政了。他对他的信任远远超过其他人。”

她飞快地摇了摇头。我想起来了，国王谁都不相信。

我小声问：“亨利正在怀疑理查德爵士？”

“他派了一个人来监视我们，”她压低声音说，“可是如果他不信任理查德爵士……”

“那泰迪是不会被放出来了，”我冷冷地接上一句，“我想亨利不会放了他。”

“是的，亨利国王不会……”她不情不愿地承认我说得对，“但是……”

我们陷入了沉默，可我清楚地知道那句没说完的话是什么，就像她把它们写在了木头桌面上，又立刻擦去：“亨利国王绝不会释放他，但是理查德国王会。”

“谁知道将来的事？”我淡淡地说，“可以肯定的是，就算在一间空房子里，你我也绝不能妄自推测。”

我们不断收到来自马林的消息。我开始害怕看到国王私人会议厅的大门紧闭着，守卫们站在门前，用长矛筑起藩篱，一看到这副情景，我就知道又有一个信使或间谍来见亨利了。国王试图确保消息不被走漏，但是一个可怕的传言很快蔓延开来：神圣罗马帝国皇帝马克西米安一世到佛兰德斯巡视他的土地，随行的就是他亲爱的国王同伴。马林的宫廷对他来说已经不够宽敞了。马克西米安把位于安特卫普城的一座宏伟宫殿送给了他，宫中悬挂着他自己的旗帜，洁白的玫瑰点缀其间。他的名字——“威尔士王子”和“约克公爵理查德”被饰以花纹，放置在宫殿前方。宫中扈从们的衣服是类似于成熟浆果颜色的深紫色和蓝色，这两种颜色是约克之色。下人们侍奉他时，需要弯起膝盖。

这天我正要登上驳船，打算到水上过一晚，不想亨利来找我了。“我能和你一起去吗？”

这些天来他一直绷着脸，这么愉快地说话倒是稀奇事，我一时忘了回答，只是呆呆地望着他，活像一个没见过世面的村姑。他哈哈大笑，似乎心情很好。“你好像很惊讶，我来和你一起泛舟不算怪事吧。”

我赶紧说：“我是很惊讶，可我也非常高兴。我还以为您一直待在私人议会厅里听报告，闭门不出呢。”

“先前的确是，可我后来从窗口看到下人们把你的驳船准备好了，我就想，夜晚泛舟水上是件多么美妙的事情哪。”

我朝宫人们做了个手势，一个年轻人从座位上站了起来，其他人依次向后挪动，把我旁边的座位腾了出来。亨利坐下来，朝船夫点了点头，示意他可以开船了。

傍晚的景色分外迷人。河面像一条银色的带子，燕子低低掠过，一头扎进银光里，啄了一喙河水后又飞走了。一只水鸟张开宽大的羽翼，从河岸扑腾而起，发出低沉而甜美的啼叫。后一艘驳船上的乐师们试了试音，开始了曼妙的演奏。

我轻轻地说：“您能和我一起泛舟，真让我高兴。”

他握住我的手亲了一下。数周以来，我们之间还是第一次有这么亲密的接触，这个亲吻像午夜阳光一样温暖了我的心。只听他说：“我也很高兴。”

我看了他一眼，发现他一脸倦色，肩膀紧绷。我开始犹豫不决，不知该不该像个普通妻子那样和他说话，责备他不爱惜身体，督促他好好休息，关心关心他的健康。“我想您近来太辛苦了。”

“我有好多烦心事，”他轻言细语地说，不太像一个已经到了崩溃边缘的人，“但是今晚我想开开心心地和你待在一起。”

这番话让我心生感动，于是朝他展露一个灿烂的笑容：“噢，亨利！”

“我的爱人，”他小声呢喃，“不论我遇到什么样的麻烦，你永远是我的爱人。”

他拉起我的手凑到唇边，落下一个温柔的吻，我用另一只手捧住他的脸颊，有些惊讶地说：“我觉得今天的你就像刚刚结束了一段危险漫长的旅程，重新回到我身边一样。”

“我只是想来水上散散心，”他解释道，“世上还有什么地方比英格兰的河流和夏夜更美丽？哪里还有这么好的同伴？”

“英格兰最好的同伴此刻就在我面前。”

听到我的恭维，他露出微笑，神情兴奋愉悦。比起先前那个焦灼等待着信使从佛兰德斯赶来的人，此刻的他似乎年轻了好几岁。他说：“我还有几个打算呢。”

“好打算？”

“非常好。我觉得是时候把亨利封为约克公爵了。他现在已经四岁了吧。”

我纠正他：“他还没满四岁。”

“也差不多了。他该有封号了。”

我的笑容渐渐退去。我太了解我丈夫了，他一定还有进一步的打算。

“我要任命他为爱尔兰陆军中尉。”

“在他三岁半的时候?”

“他快满四岁了。你别担心！他哪儿也不用去，什么也不用干。我会把爱德华·波宁斯任命为亨利的副手，让他带一支军队，代替亨利到爱尔兰去。”

“一支军队?”

“以确保他们服从亨利的统治，在爱尔兰树立我们儿子的权威。”

亨利一脸热切，我把头转向绿色的河岸，船桨带起的水波轻轻摇动茂密的芦苇丛。一只蛎鹬突然尖声示警，我循声望去，只看到一只毛色黑白相间的小蛎鹬，白色部分莹然夺目，黑色部分光亮如漆。驳船经过时，它警觉地蹲下身子，想把自己藏起来。

“你这么做不是在器重我们的儿子，”我小声反驳，“你是在利用他。”

“我就是要让马林、安特卫普、佛兰德斯的那些不轨之人明白，让伦敦和爱尔兰的那些叛徒们明白，他们没有约克公爵，而我们有，他的称号是约克公爵亨利。他是爱尔兰陆军中尉，爱尔兰人会向他卑躬屈膝，要是有人胆敢提起其他公爵，我就砍下他的脑袋。”

“您指的是那个男孩儿。”我直言不讳。金色的黄昏好像一下子变暗了。随着夜幕降临，欢乐渐渐远去，就像玫瑰离开了光明。

“那些人叫他约克公爵理查德。我们要让他们看看，我们有约克公爵亨利。而且亨利的主张更有力。”

“我不希望儿子被这么利用。”我小心翼翼地说。

“这是他自己的称号。”亨利还在坚持，“他是英格兰国王的次子，自然是约克公爵，捍卫自己的称号，这是他的权利。我们大可借这个加封的机会让世人看看，英格兰只有一位约克公爵，他是都铎王子。”

“这么做难道不会让世人觉得我们害怕别人用这个称号？”我反问道，“亨利现在还在保育室里，你现在封他做公爵，不是露怯吗？世人真不会觉得我们在抢夺别人的称号？人家真会高看我们，而不是轻视我们?”

这下冷场了。我转头一看，立时吃了一惊，亨利脸色刷白，气得浑身发抖。我的一番评论惹恼了他，他现在压不住脾气了。

他没有理会我，回头对舵手说：“你可以返航了。把船开回去，让我上岸。我不想再待下去了，我觉得很累，心里烦透了。”

“亨利……”

“我讨厌你们所有人。”他冷冷地说。

1494年秋

伦敦 威斯敏斯特宫

哈里受封约克公爵之后，宫中举行了为期两周的庆典。他在豪华宴席上吃着丰盛的食物，穿戴得像个小国王，一直熬到困得睁不开眼睛，才哭闹着要睡觉，第二天早上一醒，又精神抖擞地投入新的一天。

我原本是坚决反对大操大办的，可我能看出哈里慢慢适应并喜欢上了这种生活。他是一个好热闹好虚荣的孩子，比起其他，他更喜欢成为赞美的中心和瞩目的焦点。这些天来人人都夸他学问好，力气大，样貌英俊，过分的赞誉听得他满脸通红，就像一朵兰彻斯特红玫瑰。

亚瑟一向比他活跃的弟弟和聒噪的大妹沉静稳重。礼拜活动期间，亚瑟静静地坐在我旁边，注视温彻斯特主教托马斯·兰顿协助大主教立哈里为约克公爵。宴会期间，当亨利把哈里抱到一张桌子上，好让人人都能看见他时，亚瑟小声说："我希望他别唱歌。他一直想在大家面前唱歌。"

我笑出声来。"我不会让他唱的，"我向他保证，"虽然他的确有一副好嗓子。"

我的话还没说完，就被玛格丽特打断了。这个小姑娘眼看人人都去关注她的弟弟，妒火中烧，敏捷地滑下椅子，拉住了国王的斗篷。在她身后追逐的保姆们吓得魂飞魄散，连忙向国王行屈膝礼，请求他的原谅。不过今天是哈里的好日子，是我们一家在大庭广众之下炫耀权势的时刻，一个国王不该被突发事件吓得胆战心惊，也不该被气得脸色发白，何况亨利一直希望获得人们的注目。这回他没有在意孩子跳下座位，举止粗野的过失，他清楚自己必须在公共场合表现出王者气度，这是我亲口告诉给他的道理。他哈哈大笑，仿佛真的很开心，随后一把抱起玛格丽特，让她和哈里并排而立，一起朝王公贵族们挥手致意。他朝伊丽莎白的保姆点了点头，她立刻抱着孩子从人群中走了出来，这下人人都能看到三个孩子一起陪伴在亨利身边的情景了。

“他们是英格兰的孩子！”亨利欣喜地大喊，众人竞相欢呼。他朝我和亚瑟伸出手来，示意我们也过去。亚瑟不情不愿地站起来，顺手拉开我的椅子，和我一起向他走去。亨利张开双臂，紧紧搂住年纪更小的孩子，我们一家六口接受着人们的掌声和喝彩，活像一群演员。

哈里转头向亨利耳语了几句。亨利弯腰听完，拍手示意大家安静下来。他大声宣布：“我儿子约克公爵要为各位唱一首歌！”

亚瑟意味深长地看了我一眼，我们安安静静地站在原地，聆听哈里用甜美的童音轻声演唱《喜迎春天》，人们拍打着桌子，和他一起哼唱。一曲唱完，大家不约而同地鼓掌喝彩。亚瑟和我露出微笑，表现得十分高兴。

一场马上长枪竞技被安排在庆典最后，胜出者将由玛格丽特公主颁奖。哈里今天难掩失望，因为我不许他骑着小马参加比赛，就连进入竞技场也不行。我强拉他坐在贵宾席上，命令他不要淘气。

“你可以站在这里向人群挥手，要不然就回保育室去。”我坚决地说。

“他得留在这儿，”亨利否定了我的话，“他必须让大家看见他，还得面带微笑。”

我转头对愤愤不满的小儿子说：“听到父王的话了吗，你必须挥手微笑。有时候我们不得不做一些不喜欢的事，有时候我们明明伤心气恼，可还得强颜欢笑。我们是英格兰王室，在人前光鲜亮丽是我们的职责，我们一定要表现得开心快乐，你明白吗?”

哈里听惯了恭维话，我这番话多半扫了他的兴。他一声不吭，只是气呼呼地低下头。过了一会儿，他走到贵宾席前面，抬手朝人群挥舞，人们也大声呼应。欢呼声让他情绪高涨，面露喜色，小手挥得更起劲了，像只小羊羔一样蹦跳起来。站在他身后的亚瑟也扬手挥舞，面带微笑。眼看哈里就要跳过矮墙，我避开众人的视线，悄悄揪住哈里的背心用力一拽，在他丢人现眼之前把他拉了下来。

竞技者们走进了赛场，我一下子屏住呼吸。我以为他们会穿都铎绿——我丈夫希望以君王之威永远留住春天。可是这一次，他和他母亲命令他们穿上了约克之色，以示对新任约克小公爵的尊重，还想借此提醒大家，约克王朝的玫瑰在这里，而不在马林。他们的衣着都是海蓝和深紫二色，衣服的款式让我觉得眼熟，自从约克王朝的最后一任国王理查德战死在博斯沃思之后，我还是头一次看到这种制服。

亨利盯住我的脸，淡淡地说:“看上去很棒。”

“的确如此。”

眼前的一切犹如时光倒转，但是飘扬在竞技场中的旗帜昭示着都铎王朝的存在。旗帜中央的兰开斯特红玫瑰包裹着约克白玫瑰，色彩绚丽夺目。因为天时地利，人们不时创造出越来越多的新玫瑰，就像这朵都铎玫瑰，红色大玫瑰上叠着白色小玫瑰，仿佛每个约克成员本质上都是兰开斯特人。

人人都收到了参赛邀请，英格兰人全来了，其中有忠臣，有叛徒，也有那些摇摆不定的中间派，这些人挤满了伦敦城。就连各郡的贵族和庄园主也拖家带口地赶来，奉命来为哈里捧场。宫中人满为患，大厅中几乎无处下脚。人们只要找到一块地方，立刻铺上褥子躺下。方圆两里之内的旅馆客人爆满，一张床得挤四个人。所有民居也开始接待旅客，有时候房间不够，许多人只好睡在牲口棚的稻草堆里，他们住上层，下层就是马圈。上到士绅名流，下到平民百姓，几乎整个英格兰的人都集中到了这里，要是亨利怀疑谁背叛不忠，或是听到谁出言不逊，他可以轻而易举地将其逮捕。这真是太可怕了。

趁着比赛刚刚结束，人们还没来得及回家的当口，亨利派自耕农卫队逮捕了一批人，这些人不论有罪无罪，统统被卫兵拖出旅舍和住宅，甚至直接从床上抓走。这次袭击其实并不意外，从那个男孩儿第一次出现开始，亨利就着手编制名册，等他们踏入他的陷阱，彻底失去防备之心的时候，来个一网打尽。真是精彩，真是无情，真是残酷。

律师们也失去了戒心，他们大都以嘉宾身份来参加比赛，办事员们还在休假。那些受到指控的人找不到人来为自己辩护，也找不到朋友来帮忙筹措亨利开出的巨额罚款。连续十多天的庆典让整座城市失去了警惕，人们忘记了他们的统治者是一个永远不会粗心大意，很少耽于享乐的国王，亨利趁机雷厉风行地逮捕了几十个人。

1495年1月

伦敦塔

我们阖宫搬入了伦敦塔，好似正在遭遇围攻。我在一年中最糟糕的季节里住进了我最不喜欢的房间。亨利来找我时，我正坐在一扇箭窗的石台上，眺望天空的乌云和塔下的河流，连绵的冷雨不断打在河面上，激起点点水涡。

“这里真舒服。”他边说边把手伸到火堆边烘烤。

我没有答话。他朝我的侍女们点了点头，示意我们需要独处，她们立刻快步退出，皮鞋啪啪地踩在石地板上，裙摆把散落的灯芯草扫到一边。

“孩子们就在隔壁，”他说，“是我亲自命令他们住在那儿的。我知道你希望他们离你近一些。”

“那沃里克的爱德华在哪儿？我的堂弟在哪儿？”

“在他常住的房间里。”亨利有些尴尬地做了个鬼脸，“当然了，他安然无恙。在我们的保护下，没有少一根汗毛。”

“我们干吗不留在格林威治？难道你有什么坏消息没告诉我？”

他又在火堆前搓起了手，漫不经心地回答：“啊，不，没有坏消息。”他说得如此轻描淡写，这下我可以肯定，有什么糟糕的事情发生了。

“那我们干吗来这儿？”

他回头看了一眼，以确定门关上了。“那个男孩儿最大的支持者之一，罗伯特·克里福德爵士返回英格兰了。他从前背叛了我，现在又回来投奔我了。他来到这里告密，想借此赢得我的欢心，我不用费什么手脚就能逮捕他。他可以直接从私人议会厅走进监狱，只下一段台阶！”他面露得意之色，仿佛住在一座关押叛徒的监狱里是占据了天大的优势。

“罗伯特先生？”我重复了一遍，“我还以为他当初背叛你时就下定永远离开英格兰的决心了呢。他难道没有逃到那个男孩儿身边去？”

“他就是和那个男孩儿在一起！”亨利狂吼，“他待在男孩儿身边，骗得了那个傻孩子的信任，把他的财宝攥在手中，还得悉了他所有的计划！不过他把这些财宝和机密统统带给我了。此外还有一个袋子。”

“一个袋子？”

亨利点了点头，仔仔细细地观察我的表情：“一个装满印戳的袋子。那些为他密谋的英格兰人都给他写过信，每封信的末端都盖着他们的印戳。他收到信后就把印戳剪下来收好，留作他们效忠的信物。现在罗伯特爵士把这袋印戳交给我了。所有印戳都在，真是完整的收藏，伊丽莎白，凭着这个，我就能查出是谁在暗中帮着那个男孩儿对抗我。”

他一脸喜色，活像一个收齐一百条老鼠尾巴的捕鼠人。

“你知道这些人有多少吗，能不能估出大概？”一听到他的语气，我就知道他在给我下套。

“有多少？”

“几百个。”

“几百个？他有几百个支持者？”

“不过我现在全都知道了。你晓不晓得名单上的那些名字？”

我不得不压下心中的不耐烦，好声好气地说：“我当然不知道给那个男孩儿写信的是谁。我不知道印戳的数量，也不知道他们是谁。我连这堆印戳是不是真的都不知道。如果它是假的呢？如果名单上的那些人都是忠于你的，也许只是在很久以前给玛格丽特公爵夫人写过信呢？如果那个男孩儿别有用心地把这个袋子送给你，而罗伯特公爵是他的帮凶，为的就是让你背上多疑的骂名呢？如果那男孩儿有意在我们身边播撒恐惧的种子呢？”

我看到他倒吸了一口凉气，显然从没考虑过这种可能性，可他还是没松口：“克里福德回到我身边了，他是唯一一个回到我身边的人！他还给我带来了像金子一样宝贵的消息。”

“说不定是假金子，愚人金，只是被人们误当成真的。”我无畏地开口，一下子找回了直视他的勇气，“你告诉我，名单上有我的亲戚和侍女吗？”不能有玛姬！我绝望地想，不能有玛姬。希望上帝早已把等待的耐心赐予了她，让她不至于莽撞地认为只有推翻亨利才能解救她弟弟。上帝保佑，就算我的女亲戚们真心把那个男孩儿当作了我弟弟，我也希望她们没为他做出欺骗自己丈夫的事。名单上千万别有我祖母，姑妈和妹妹！上帝保佑，希望我妈妈一直对她们守口如瓶，就像她对我一样。上帝保佑，希望亨利的名单上没有我爱的人，希望我将来不会看到他们走上断头台。

他突然说：“跟我走。”

我顺从地站起来：“去哪儿？”

“到我的谒见厅去。”他说得十分随意，好像他亲自来我房里叫我是件再平常不过的事。

“我？”

“对。”

“去干什么？”我突然觉得自己的房间很空。孩子们的教室就在隔壁，可是那扇通往教室的门紧闭着，侍女们全都退走了。刹那间，我意识到伦敦塔安静得过分，而关押叛徒的监狱离此只有几步之遥，就像亨利刚刚提醒我的那样。我有些惊恐地问：“去干什么？”

“你可以去看看克里福德呈给我的东西。既然你对那个袋子里有谁或者没谁的印戳那么敏感，而且对此产生了怀疑，那你大可亲眼看看。”

“这是你和你那些贵族的事。”我畏缩不前。

他朝我伸出手来，神情十分坚决：“你最好去一趟，我不希望有人留意到你的缺席，然后胡思乱想。”

我也伸出手去，在他握住我的一瞬间，我觉得他的手好凉，不由得暗自猜想，难道他太害怕了，所以手才这么凉？“您想怎么样都行。”我语气镇定，心中却盘算着给玛姬传个口信，如果谒见厅里有我的熟人，我就悄悄托他去找玛姬，让她给我捎件披肩或斗篷御寒。我向亨利要求：“我的侍女们也要跟我一起去。”

“她们中的一些人已经在那儿了，”他说，“我特别希望她们在场。其中一些人必须在场，我还得向其中一些人问几个问题。待会儿到了那儿，看到有那么多人在等我们，你一定会吃惊的。不对，他们是在等你。”

我们手拉着手走进了伦敦塔的谒见厅，就像在参加一场游行。这是一间贯通整个伦敦塔的狭长屋子，两头的窄窗是唯一的光源，所以屋内的光线有些昏暗。满屋子的人纷纷背靠着冰冷的石墙，为我们让出道来，“道路”尽头有一个火炉，炉火已经封好了，此外还有一张桌子，一把宽大的王座，王座上方华盖高悬。我的女领主，国王的母亲站在王座一侧，她丈夫托马斯·斯坦利伯爵和小叔威廉爵士依次站在她身边。塞西莉和安妮陪侍一旁，玛姬也在那里。她面带惊慌地看了看我，眼神一黯，默默垂下眼帘。

早在博斯沃思战役之前，罗伯特·克里福德爵士就是理查德的挚友和忠臣，也在博斯沃思的战场上坚定地站在他这一边。眼见我们来了，这位老臣鞠了一躬。他神情紧张，左手拿着一只皮袋子，外观很像小贩们常用的那种，右手拿着一张纸，活像一个要到市场处理麻烦生意的商人。亨利坐上了金色华盖下的那张王座，将他上下打量了一番，似乎在暗自估量这个反复无常的人。

“把你知道的事情告诉我吧。”亨利平静地说。

我的女领主微微朝王座靠了靠，一手扶住雕花椅背，似乎想在人前显示他们团结一心，密不可分的母子情义。与她相反，我却不由自主地退后了几步。玛姬飞快地看了我一眼，好像在担心我会晕倒。房间里很闷，我能闻到贵族们身上的汗味儿，他们一定很紧张。到底谁最心虚呢？我的视线依次扫过塞西莉，安妮和玛姬，心中暗想，她们会不会牵涉其中？罗伯特·克里福德爵士擦了擦湿润的上唇。

他终于开口了：“我离开宫廷，直接赶到这里……”

“那不是宫廷。”亨利纠正他。

“我离开……”

“离开那个弄虚作假的小伙子沃贝克。”亨利替他说了。

“沃贝克？”罗伯特爵士迟疑了半晌，似乎想确认这个名字，看样子他从没听说过这个人。

亨利恼怒地抬高嗓门：“沃贝克！毫无疑问！沃贝克！看在上帝分上，这就是他的名字！”

“还有这个。”罗伯特爵士把手中的袋子一扬。

“里面装着叛徒的印戳。”亨利提示他。

罗伯特爵士的脸刷地白了。亨利点了点头：“这是他们变节的证据。是从他们送给那个男孩儿的谋反信件上剪下来的。”

罗伯特爵士怯怯地点了点头。

“拿出来给我看看，一次看一枚。”

罗伯特爵士走到桌前，停在离亨利很近的位置。我看到加斯帕·都铎踮起脚尖，如果罗伯特爵士有什么异动，他多半会纵身一跃，护住侄儿。

就算到了现在，就算身处伦敦塔的中心，他们还是担心亨利会遭到袭击。

接下来的一幕很像小孩子做游戏。罗伯特爵士把手伸进袋子里，掏出第一枚印戳。亨利小心接过，把印戳的正面转向自己。罗伯特爵士说出一个名字："克莱森纳。"

这个年轻人没有在场。房间一角传出几声低语，那里站着他的亲戚们，此刻他们的神情震惊极了。一个男人扑通一声跪了下来："我在上帝面前向您发誓，我对此一无所知。"

亨利只是冷冷地看着他，身后的书记官在纸上做记录。亨利伸手接过第二枚印戳，罗伯特爵士又说："阿斯特伍德。"

"不会是他！"一个女人大喊。可她很快就不吱声了，想来是意识到了自己的处境，不希望被人看到自己在维护一个叛徒。

亨利没有理会贵族们慌乱的喘息声，再次伸出了手。我在印戳离开袋子的一瞬间看清了上面的图样，就像用了魔法。我觉得自己突然拥有了鹰隼的千里眼，能看到一只蹲在地上的田鼠，一只向前飞奔的小鸡。罗伯特爵士刚把这枚红色小印戳交给亨利，我马上就认出这是母亲戒指上的刻印。

罗伯特爵士显然也知道。他交出印戳时没说名字，亨利一言不发地接过，扭头看着我，幽深的眼睛像威尔士煤炭一样冰冷无情。他默默地把印戳放到桌面上，和前两个叛徒的印戳挨在一起。加斯帕叔叔瞪了我一眼，我的女领主则别过脸去。我对上塞西莉惊恐的目光，可我没有给她传递信号的胆量。我努力保持着平静的神情，如今多说无益，我们姐妹几个唯有守口如瓶，来个死无对证。

罗伯特爵士拿出第四枚印戳。我屏住呼吸，仿佛预感到一件更可怕的事情。亨利把印戳放到桌面上，没有说名字，满屋的人全都伸长了脖子，似乎很想读一读。

他冷冷地说："多尔莱。"我的一名侍女发出一声低沉的哀吟，这是她兄弟的名字。

罗伯特爵士递过第五枚印戳，我的女领主惊恐地喘了一口气。跌跌撞撞地后退了几步，直到抓住椅子才站稳，亨利也腾地站了起来。印戳被他的手挡住了，我看不见上面的图案。出于一种莫名的恐惧，我以为这下轮到我了，他手里的印戳多半是我的，我会被他扣上叛徒的帽子。国王表情震惊，我的女领主脸色苍白，人们连大气也不敢出，目光不住在两人脸上换来换去。不管亨利安排这场折磨的目的是什么，这枚印戳的出现一定出乎他的意料。他那只握住印戳的手抖个不停，我知道此刻的他愤怒到了极点。

“威廉爵士?”他颤着声音问，目光扫过他母亲，落在她的小叔身上。这个人曾率军在博斯沃思救了他的性命，亲手将英格兰王冠递给了他。他知恩图报，封这人为宫务大臣，让他得到全国最高的官职，还赐给他许多财产，而这些仅仅是他全部奖赏的一部分。“威廉·斯坦利爵士?”他难以置信地重复了一遍，“这是你的印戳吗?”

“这不可能。”托马斯·斯坦利伯爵匆匆说道。

此时发生了一件糟糕的事情：我突然爆发出一声大笑。我笑得像个傻瓜，虽然心中又惊又怕，可就是停不下来。我羞得以手掩面，笑得上气不接下气，觉得自己快要窒息了，可是“哈哈”“哈哈”的洪亮笑声还是一波接着一波。

眼前这件事太明显不过了，斯坦利兄弟显然是故技重施，两边下注，这是他们一贯的伎俩，母亲也曾亲口警告过我。战场上的斯坦利兄弟绝不会对任何一方死心塌地，不是哥哥发誓说自己已经在赶来的路上了，就是弟弟承诺自己会出兵，可惜因故延误。就算到了一个家族必须选择一方的紧要关头，斯坦利兄弟也会毫不犹豫地各站一边。

就说博斯沃思战役吧，虽然他们最后站在了亨利这边，可他们战前曾向理查德做下保证，说他们会率领手下的军队效忠于他。战役开始的那一天，他们还发誓会支持他。托马斯·斯坦利甚至把儿子交给理查德做人质，以表决心。就在他们停驻山头，观望战事走向时，被彻底蒙蔽的理查德还一心相信他们会赶来支援，可是他们却冲下山坡，倒向了亨利。

如今他们又使出这一招。“*Sans changer*！”我边笑边说，“*Sans changer*！”

这是斯坦利兄弟的格言：永恒不变。可是对他们来说，不变的只有对自身安全和富贵的追逐。我感觉玛姬来到我身边，伸手掐住我的胳膊内侧，急切地低语：“别笑了！别笑了！”我一口咬住自己的手背，闷笑几声，慢慢安静下来。

等到大笑的欲望彻底没有了，我才意识到一个严重的问题：“那个男孩儿”变得好强大。如果斯坦利兄弟在两边下了注，一个站在亨利这边，一个站到男孩儿那边，那他们一定知道他会入侵英格兰，也一定认为他有取胜的可能。让一个斯坦利成为你的盟友就和你有王族血统一样管用，这表示你的索求成功的希望会大大增加。他们一向只加入胜利的一方。如果威廉爵士支持那个男孩儿，那么唯一的动机就是他认为那孩子会赢。要是托马斯伯爵默许了此事，那他一定觉得那个男孩儿机会大好，取胜的希望比亨利还高。

我努力平复着情绪，亨利瞥了我一眼，回头看着威廉爵士，淡淡地说：“你要的每样东西，我都给你了。”他一脸茫然，似乎极为困惑，施以恩惠，得到忠诚，这不是理所当然的事吗？

“在很多年前的战场上，你亲手把英格兰王冠交给了我。”

世态炎凉在此刻显现出来，人们纷纷避开威廉爵士，仿佛在他身上看到了得疫病时特有的红斑。也没见他们怎样移动，一群人瞬间就退开好远，留出一段显眼的空地。他孤零零地站在那里，面对国王惊骇的目光。

“你是我继父的弟弟，我一直把你当叔叔看待。”亨利看了看一旁的母亲。她喉部痉挛，不断吞咽着口水，像是胆汁涌到了喉咙，作势欲呕。“我母亲曾让我放心，说你是她的亲戚，是我们可以信赖的人。”

“这是个误会，”托马斯·斯坦利伯爵喃喃地说，“威廉爵士可以向您解释，我知道……”

“有四十个显要人物答应追随他，”罗伯特爵士主动揭了威廉的老底，“他已经招募了一批支持者，他们凑了一笔钱，给那个男孩儿送去了。”

“身为英格兰王室成员，你居然和一个王位觊觎者狼狈为奸？”亨利说得很艰难，似乎无法相信自己会对一向信赖的叔叔说出这番话。他一心想拿我母亲不忠的证据来羞辱我，还想用几个即将被他送上断头台的罪人的名字吓唬王公贵族，杀鸡儆猴，好让他们将来不要朝三暮四。可他没想到的是，在这个立威的大好时候，他居然在自己的亲族中发现了叛徒。我朝他母亲看去，她正紧紧抓住椅背，膝盖发软，两眼死死瞪住她的丈夫和小叔，仿佛这两兄弟半斤八两，都是不忠不义的家伙。她眼中的惊恐告诉我，或许这就是真相。这兄弟俩从不单独行动，也许他们已经决定好了，由威廉爵士支持王位觊觎者，而托马斯·斯坦利伯爵则继续维持与国王的父子关系。他们都在等待，想看看谁会是赢家；他们下定决心，要成为胜利的一方；他们一致断定亨利有可能输。

“为什么？”他语不成声地问，“你为什么要背叛我？背叛我！在你支持我之后？背叛我！谁给了你想要的一切？”

他突然不再问了，因为他听出了自己话音中的软弱。这是一个男孩儿的号哭，他从没被人爱过，一直过着居无定所的流亡生活，唯一的心愿就是回家。他不明白自己和母亲为什么要相隔天涯，为什么自己不能有朋友，为什么自己要住在异国的土地上，而故乡只有他的敌人。亨利记起来了，有些问题，永远不该问出来。

他最不希望全宫听到的，就是威廉爵士甘愿为那个男孩儿赴汤蹈火的原因。威廉爵士做出这个选择，无非因为他心中尚存些许对约克王朝的爱戴和忠诚，他相信那个男孩儿是真正的王位继承人。亨利不想听这个。此刻他最不愿意从斯坦利兄弟口中听到什么理由，谁知道有多少人会赞同他们？他一掌拍在桌面上："你说什么我都不会听！"

威廉爵士看上去并没有开口的意思。他脸色苍白，神情骄傲。看着这样的他，我没法不联想到一个勇士，觉得他一定知道自己的追求是正义的，知道自己在追随一个真正的国王。

亨利对门口的卫兵说："把他带走！"他们立刻走上前来，威廉爵士一言不发地跟着走了。他既没有祈求宽恕，也没有试图解释。他昂头挺胸，似乎知道自己必须为正确的选择付出代价。我一生之中，从没见他这样骄傲过。我一直以为他是个反复无常的小人，哪一方得胜就投向哪方，可是今天，当他支持那个男孩儿的行动彻底败露时，当他以叛徒身份被人带走时，当他死期将至时，他昂起头，高高兴兴地走了。

罗伯特爵士的私人土地曾被威廉没收，从此对他怀恨在心。他笑容满面地看着威廉被带走，又把手伸进皮袋子里，似乎还想给我们一个"惊喜"。

"够了，"亨利看上去和他母亲一样难受，"我要一个人在房里看。你可以走了。你们都可以走了。我谁也不……"他停住了，视线扫过我的脸，这一刻他遭遇了背叛，而我似乎是最后一个可以给他些许安慰的人。可他还是说："我谁也不需要。"

1495年2月

伦敦　威斯敏斯特宫

亨利对我和所有约克人的怀疑比从前更甚，在这种心态的驱使下，他开始着手为安妮挑选一个他信得过的丈夫，以免她成为反叛的领头人。他选中了萨里伯爵托马斯·霍华德，这个人曾因为忠于约克王朝被亨利关进了伦敦塔，最近才重获自由。他过去是理查德的手下，可是亨利心里清楚，他的忠诚只对王冠不对人，只要王冠戴在自己头上，他就会一心一意地追随自己。亨利也曾怀疑过他，可他在伦敦塔中的表现实在太好，活像一条迫切想要回到主人身边的狗，使得亨利最终下定了冒险一试的决心。托马斯得以走出伦敦塔，和安妮订了婚，还得回了萨里伯爵的封号。人们完全有理由相信霍华德会在都铎王朝再次崛起，就像他当年在约克王朝春风得意一样。

我问安妮："你介意吗？"

她平静地看了我一眼。她今年十九岁，基督教国家的女孩儿到了这个年纪，是该出嫁了。

她只是说："我到了该出嫁的时候了。如果不嫁他，下一个人选也许更糟。托马斯·霍华德是后起之秀，他会依靠国王的恩宠步步高升的。你看着吧，他会为国王做任何事。"

亨利没在他亲自安排的婚礼上浪费多少时间。他被那个装满印戳的袋子，那些在他戴上王冠后还敢背叛他的家伙的名字弄得焦头烂额，无暇他顾。

加斯帕·都铎是亨利在这世上唯一可以信赖的人，他带头组建了一个由十一名贵族和八名法官组成的委员会，专门审讯叛徒，不论有谁提到过那个男孩儿，或私下议论过理查德王子，只要他查知此事，就立刻把人抓进宫来。神父、职员、官员、贵族，连同他们的家人、仆人和子侄，统统被带到加斯帕面前。这些人拿着都铎的俸禄，说着效忠于都铎的誓言，私下却认定那个男孩儿才是真正的国王。尽管地位和财富都是亨利给的，这些贵族偏偏要和自己的利益过不去，背着亨利接近那个男孩儿，为了追随那颗更明亮的星星，他们情愿抛下一己私利，无法自持。他们就像约克王朝的殉道者，献上赤胆忠心，赌上身家性命，亲手在满纸的爱意和忠诚上盖下家族印戳，送给他们心目中的国王。

他们付出了沉重的代价。贵族们被当众斩首，普通人则被加以酷刑：先受绞刑，然后被刽子手活生生地开膛破肚，掏出胃和肺，在他们瞪大的眼珠前焚烧，最后被碎尸万段，辗转全国，在城门、路口和乡村广场示众。

亨利希望用这种手段让他的国民学会忠诚。可是以我对这个国家的了解，人们只会从中认识到一件事：许多精英，智者，富人都愿意为那个男孩儿而死，就连国王精明狡猾、大权在握的叔叔威廉·斯坦利爵士也不例外。众多的死亡和腐烂的尸块会让他们明白，有许许多多的出色男人相信那个男孩儿，并且做好了为他献出性命的准备。

斯坦利默默地走上了断头台，既没有求饶，也没有供出其他叛徒。他用最犀利的方式高声宣告了他的信仰，他相信那个男孩儿是真正的国王，而亨利·都铎是一个篡位者，博斯沃思战役发生的那一天和今天没什么不同，他从始至终都没有洗脱这个污点。斯坦利的沉默比任何声音都要响亮，那些悬挂在英格兰各个城门上的头颅比任何宣告都要有力，人人都想知道这些人惨死的原因，无形中为那个男孩儿的声索增添了砝码。

349

亨利派出委员会到全国各郡搜查叛徒，以为这样就能根除叛乱。可我认为这个委员会的全部作用只是向所到之处的当地人证明，国王认为背叛无处不在。当自耕农卫队开进城镇，搜集当地流言时，他无非在告诉大家，他们的国王害怕每一个人，就连酒馆里的闲言碎语也让他心惊。他展示出来的不是刚强，而是内心的软弱，只会让国民了解他们的国王是个畏惧一切的胆小鬼，就像一个因为怕黑而不敢睡觉的孩子，以为遍地都是威胁。

为了揪出叛徒，加斯帕搜遍全国，现在他终于回到了威斯敏斯特宫，一脸倦色，憔悴苍白。他已经六十三岁了，将近十年前，他以决然的勇气把侄儿推上了王位，以为自己今生的伟大使命已经完成了。可是现在他却发现，比之当年的沙场较量，如今的情势更叫人头疼，敌人全都藏起来了，十个，二十个，或许有一百个。约克家从未被打败，它只是退到了暗处。加斯帕一生致力于对抗约克，也曾被迫远离故国，流亡海外将近二十五年，历经艰辛，可他梦想的伟大胜利从来没有实现过。眼下约克再次进击，他必须找回勇气和力量，为下一次战斗做好准备。可他已经老了。

每当他出门办事，他的妻子，也就是我的姨妈凯瑟琳都会顺从地向他行个屈膝礼，可是脸色多半都很难看。他要抓的人中，半数是约克家的忠仆和她本人的朋友。我的女领主，国王的母亲常常目光空洞地看着他，似乎想向他下跪，求这个多次救下她儿子的人再帮她一次。我相信她爱加斯帕，从她少年守寡时起，他一直是她唯一的朋友，如今又是她唯一可以信赖的人。国王和他的母亲、叔叔变得沉默寡言，他们不相信任何人。

托马斯·斯坦利伯爵当年和我的女领主，国王的母亲一拍即合，缔结了一段无爱的婚姻，这段婚姻给她儿子带来一支军队，也让他飞黄腾达。可现在他似乎受到亡弟的牵连，被排除出了他们的小圈子。如果他们连我的女领主的小叔也不能相信，连她丈夫也不能相信，连这些从他们手中得到许多荣耀和金钱的亲戚也不能相信，他们还能信谁？

他们谁都不能信，他们谁都害怕。

亨利晚上再也不来我房里了。出于对某个男孩儿的恐惧，他连再生一个孩子的心思也没有了。我们已经有了他需要的继承人：亚瑟和他的小弟弟。亨利看我的眼神冰冷无情，好像没法下定决心让我再怀一个孩子——这个孩子将是半个都铎人，身体里会流淌着叛徒的血液。慢慢在我们之间滋长起来的炙热与柔情统统被他的畏惧和多疑扼杀了。当他母亲对我侧目而视的时候，当他伸出手来想带我步入餐席，却根本没有触碰我手指的时候，我像叛徒威廉爵士那样走得昂首挺胸。我不想让人看我的笑话，我拒绝耻辱。

王公贵族们的目光时刻落在我身上，可我不敢直视他们的眼睛，也不敢笑。我无法判断谁会用笑容回应我，毕竟我在他们眼中，已经成了一个被丈夫苛待的妻子，而我丈夫再一次失去了仁慈的新习惯。他一生之中常常听到一句话：你应该成为国王，如今他对这句话的怀疑更胜从前。也许这些贵族们对我笑，是因为他们的叛徒身份还没被识破，以为我也和他们一样；也许他们正在策划叛乱，以为我也是他们的同谋。除此之外还有第二种可能，那就是他们看到我母亲的印戳在那个叛徒的袋子里，坚信我的印戳也在其中，只是压在袋底。

我想到那个身在马林的男孩儿，想象他金棕色的头发和褐色的眼睛，想象他迈着和我一样的步伐，头颅高仰，就像我们这些约克孩子从小被教导的那样。我想象着他得知财宝和装印戳的口袋丢失时的表情，对他来说，这是一位重要盟友的背叛，是对他复位计划的沉重打击。据说他对罗伯特爵士的背叛表示遗憾，但是没有出口咒骂，也没有精神不振，他强忍啜泣，命令大家统统退出房间。他沉着稳重的举止让我心生好感，我想他母亲一定教过他，如果命运让你跌落低谷，既不要心生抱怨，也别幻想发生奇迹。他面对坏消息的表现很像一个约克王子，而不像一个都铎人。

1495年夏

温彻斯特堡

没人会告诉我现在到底发生了什么。只要我一走近，人们就会不约而同地沉默下来，我觉得自己就像一条被关在厚玻璃罐里的蚂蟥，和外界隔着一道无形的墙。亨利又到我房里来了，可他很少和我说话。他只会躺在我的床上尽丈夫的义务，仿佛来到的不是妻子的闺房，而是妓院。我们之间有过爱情，可现在全都不见了。现在他想再生一个都铎继承人，好在这场殊死对抗中增加砝码。他请教过天文学家，他们认为第三个都铎王子能让他的王位更稳固。他已经有了两个继承人，其中一个还被封为约克公爵，可这些对他来说似乎还不够。我们需要躲藏在一堵由婴儿组成的墙壁后面，亨利会从我腹中得到他们，这只是出于需要，而非爱情。

到了七月，我告诉他一个消息：我的月信没来，很可能再次怀孕了。他闻言默默点头，就连这个消息也不能让他高兴起来。他不再来我房里了，好像摆脱了某种义务一样，我也乐得换个床伴。我时常召妹妹来陪我，玛姬的丈夫到英格兰东部搜查藏匿的叛徒时，我就叫她进宫来。我已经懒得对亨利撒谎了，我不需要一个毫无温情，满手血腥的丈夫，他母亲常常狠狠地瞪着我，似乎很想叫自耕农卫兵逮捕我，不为别的，只为我是约克人。

加斯帕没再进宫，他一直忙着收集来自东海岸、北部和西部的情报。大臣们确信那个男孩儿会在东海岸登陆，苏格兰人会擎着白玫瑰旗帜从北部入侵，而西部的情势也很危急，亨利镇压爱尔兰人的意图不但没有奏效，反而引火烧身，人们怒气愈盛，叛乱活动比从前更频繁了。

我把大部分时间花在了保育室里，陪在孩子们身边。亚瑟日日跟随老师们读书写字，按照课程安排，他每天下午还到院子里练习马术，学习如何使枪使剑。玛格丽特学什么都快，脾气长得也快，她会趁兄弟们不注意，一把夺过他们手里的书，赶在他们喊出声来起身追她之前，飞快地跑进一间空屋子里，把门锁上。伊丽莎白轻得像一片羽毛，苍白得像一朵雪花。保姆们安慰我，说她很快就会胖起来，长得和她的兄姐一样强壮，可我不相信她们的话。亨利正准备给她订婚，他迫切需要和法国结盟，为了签定合约，他自然会利用这件小小的珍宝，贵重的瓷娃娃，他想用她做饵，笼络那个少年国王。我没有和他争辩。就算订婚成功，婚礼也要在她年满十二岁时才能举行，现在担心也没用。我只担心她今天吃得很少，除了一点儿面包和牛奶，还有晚餐时的一点鱼，别的什么都没吃，更别说吃肉了。

我的小儿子哈里聪明伶俐，也愿意学习。他学东西很快，但是很容易分心，是个贪玩儿的孩子。他快要就担任圣职了，我似乎是唯一一个认为这件事荒唐的人。我的女领主，国王的母亲打算把他培养成红衣主教，就像她的挚友和同盟约翰·莫顿那样。她祈祷他将来在宗教界大展拳脚，成为教皇，一个都铎教皇。我真想告诉她，这孩子根本不是这块料，他喜欢运动、游戏、音乐和美食，对和宗教最不沾边的享乐很感兴趣，可是告诉她也没用，在她看来，这些并不重要，如果亚瑟成为英格兰国王，亨利当上罗马教皇，天下就在她和都铎家族的掌握之中了。当她还是个整日提心吊胆的小女孩儿时，总是担心她儿子终其一生都郁郁不得志，除了几座位于威尔士的城堡，什么也掌控不了，而且很快会被我父亲赶出去。那时上帝曾向她许下承诺，保佑她们母子将来不用再担惊受怕，只有她掌控天下的那一天真的到来，上帝的承诺才算真正实现。

她的好友约翰·莫顿待在英格兰南部，我们则在英格兰中部度夏，这里远离危险的海岸，靠近考文垂城堡。莫顿在为好友焦虑不安的儿子守卫南部海岸，后者某天从宫中不告而别，也赶了过去，看样子是想亲自巡视一遍，他似乎连自己的间谍也不信了，什么都要亲眼看看。我们从不知道他会不会出现在晚间的餐桌上，也不知道他会不会睡在自己的卧房里。当那张王座空空荡荡时，朝臣们总会四下张望，似乎想寻找一个有资格坐在上面的新国王。都铎人如今疑神疑鬼，相信依靠的只有几个早年跟随他们流亡海外的老朋友。他们仿佛回到了布列塔尼时期，陪伴左右的都是当年的旧人，博斯沃思战役后结交的朋友和同盟，招募的军士和卫兵，都被他们当作了外人，好像这些人从没支持过他们一样。

这座宫廷的主人是个篡位者，他现在吓破了胆，什么威严，骄傲，自信都没有了。我如今可谓孤军奋战，帮不上什么忙，唯一能做的，就是在前去就餐的路上昂头挺胸，朝每一个人微笑，不论他们是朋友还是敌人。国王胆战心惊，而他的朝臣们个个靠不住，这也许是众人的普遍看法，我希望用这种方式来淡化这个印象。

一天晚上，我正要回房，途中被伍斯特主教约翰·肯德尔拦住了去路，他露出亲切的微笑，和气地问我："您看到信号灯发出的亮光了吗，陛下?"他的态度恬淡自然，好像要引我看的不是信号灯，而是一道绚烂的彩虹，一轮美丽的落日。

我迟疑地问："信号灯?"

"天空很红。"

我来到城堡的箭窗前，向外眺望。南面的天空果然很红，站在这个位置，我能看到一座山丘上有一盏信号灯，后面的信号灯一盏接着一盏，组成一条红色灯带，根本看不到尽头。

"那是什么?"

"国王先前下过命令，一旦约克的理查德靠岸，就点亮信号灯示警。"

约翰·肯德尔说。

我提醒他："你说的是那个王位觊觎者，那个男孩儿。"

在信号灯的红光中，我留意到一丝不易察觉的微笑浮上他的脸，耳畔同时响起他低沉的笑声："您说得对，我一时忘记了。看看这些信号灯，他一定已经靠岸了。"

"靠岸？"

"这些是他的信号灯。那个男孩儿回家了。"

"那个男孩儿回家了？"我像个傻子一样重复这句话。信号灯的红光照亮了主教的脸，这张脸上明明白白地写着"愉快"二字。他高兴得容光焕发，好像这些信号灯是引导船舰平安抵岸的照明弹。他朝我微笑，毫不掩饰地与我分享心中的喜悦：那个金雀花王朝的小王子就要归航。

"是的，"他说，"这些信号灯为他照亮了最后一段回家的路。"

第二天，亨利在卫队的簇拥下匆匆离开了城堡，到西部召集军队，走访位于斯坦利封地内的城堡，他急需巩固这些人的忠诚度，可又对此毫无把握。他没有跟我道别，甚至没和保育室里的孩子说声再见，或是来到他母亲的住处，求得她的祝福。他的突然离去把她吓坏了，如今她整天待在伍斯特的礼拜堂中，跪在冰冷的石地板上祈祷，连吃饭时也不出来。她决定斋戒禁食，靠忍饥挨饿来为儿子祈福。她还贴身穿上一件粗毛衬衣，摩擦细薄的皮肤，露在长袍外面的一段纤细脖颈被磨得又红又糙。加斯帕·都铎跟随亨利一起去了，他就像一匹疲倦的老战马，不知何时才能停下来歇一歇。

我们陆续听到了远方传来的各种消息，真假难辨。据说那个男孩儿在英格兰东部登岸，穿过赫尔和约克，长驱直入，就像我父亲结束流亡生涯，回国取胜时所做的那样。作为爱德华四世真正的儿子和继承人，那个男孩儿一直追随着父辈的脚步。

我们随后又听到一个传闻，说那个男孩儿借着风势抵达了英格兰南部，除了大主教和一群当地民兵，海岸线根本无人防守。有什么办法能阻止那个男孩儿直捣伦敦？没人会挡住他的去路，没人会否认他。

亨利的卫队无声无息地回到了马棚，马夫们赶紧把疲惫的马匹洗刷干净，这些风尘仆仆的士兵从后门走回了房间，什么话也没说。他们既没吵着要啤酒，也没夸耀他们的经历，只是默默地回到宫里，这份沉默中似乎包含着坚韧的决心，和对失败的畏惧。亨利连续两晚都和王公大臣一起用餐，席间一直板着脸，好像全然忘记了我跟他说过的话：要做一个面带笑容的国王。这天他来我房中带我去吃饭，还草草问候了我几句。

他一边牵着我走向主桌，一边压低声音说："他靠岸了，还带着一群人下了船，可他一看到我们防卫森严，立刻像个胆小鬼一样落荒而逃。我的士兵杀了他们几百人，可惜让他的船逃了，哎，这些人真蠢！他屁滚尿流地跑了，他们就任他去了。"

我很想提醒他，他当年也曾来到海岸，看见岸上的陷阱后，连岸也没靠就把船开走了，我们那时也叫他胆小鬼。"那他现在在哪儿？"

他冷冷地看着我，似乎在估量告诉我是否安全。"谁知道呢？也许他去爱尔兰了。当时吹的是西风，我怀疑他已经抵达了威尔士。至少威尔士应该是忠于都铎的，他会明白这一点。"

我没有出声。我们心里都清楚，他根本不相信英格兰会有忠于都铎的地方。我伸出手去，伺候洗漱的下人立刻把温水倒在我的手指上，又递给我一块香喷喷的手巾。

亨利擦干了手，把手巾扔给一个侍童。"我抓住了他的一些手下，"他说这话时，好像突然有了活力，"大概有一百六十人，有英国人，也有外国人，全都是大逆不道的家伙。”

我不需要去问这些人的命运。我们各自坐下，面对我们的臣子。

“我要把他们送到全国各地示众，把他们成群地吊在每个市镇。”亨利一下子变得冷酷无情，“我要让大家看看，和我作对会有什么下场。我会说他们是海盗，而不是叛徒，这样就能绕开外交豁免权了。我要杀了他们，把英国人和法国人吊在一起，让所有人看到他们腐烂的尸体，我要让他们明白，不论是哪国人，都不可以质疑我的统治。”

下人们上前给我倒酒，我问：“你不打算饶恕他们？一个也不放过？你不准备法外开恩了？你不是总说网开一面是收买人心的好办法吗？”

“以地狱之名，我干吗要原谅他们？他们是来和我这个英格兰国王作对的，他们拿着武器，想要推翻我！”

我低头承受着他的暴烈，知道他此刻的雷霆之怒都被众人看在了眼里。

“我打算在伦敦处死他们，不过不用一般的死刑，我要让他们试试海盗的死法。”一说到处死，他突然高兴起来，笑眯眯地看着我，刚才的火气一下子消失得无影无踪。

我摇了摇头，心里感到厌倦：“我不明白您的意思。您的顾问跟您说什么了？”

“他们告诉我人们是如何惩罚海盗的，”他的话里带着一丝残酷的愉悦感，“我打算照他们所说的方式杀死这些人。我要把他们绑在沃平的圣凯瑟琳码头下方，等潮水涨起来，慢慢，慢慢地升到他们脚下，先拍打他们的脚，再拍打他们的腿，然后涌进他们的嘴里，最后一寸一寸没过他们的头顶。你觉得这样能不能让英国人明白叛乱分子的下场？你觉得这样能不能让老百姓明白‘顺我者昌，逆我者亡’的道理，再也不敢和一个都铎人作对？”

“我不知道。”我快要喘不过气来了，觉得此刻被绑在沙滩上的人是我自己，不断上涨的潮水拍击我紧闭的双唇，弄湿我的脸庞，然后慢慢没过我的头顶。我打了个冷战，从幻想中清醒过来：“我希望如此。”

几天之后，亨利坐不住了，他再次离开伍斯特堡，在中部地区巡逻。这时我们听到一个糟糕的消息：那个男孩儿抵达了爱尔兰，率军包围了沃特福德堡。爱尔兰人纷纷投向他，亨利在爱尔兰的统治彻底坍塌了。

我每天下午都在房里休息。肚里的孩子越长越大，让我疲倦得不想走动。玛姬坐在我身边穿针引线，有一搭没一搭地聊天。她悄悄告诉我，爱尔兰的局势已经难以控制，英格兰的统治被推翻了，人人都在声援那个男孩儿。亨利原本下达了一个命令，要她丈夫理查德爵士带领一支军队去爱尔兰和那个男孩儿对战，可还没等理查德爵士安排好运兵船，沃特福德堡的危机就毫无预兆地解除了，那个难以捉摸的男孩儿不知去向。

“他去哪儿了？”我问正要骑马外出的亨利。他身后是一队自耕农卫兵，拿着武器，戴着头盔，好像要上战场。也许他觉得走在自己国家的大道上也不安全吧。

他脸色阴沉。“我不知道。爱尔兰如今是个烂摊子。他有可能躲在沼泽地，也可能躲在山里。我先前不是派波宁斯到爱尔兰理政吗？他现在束手无策，完全掌控不了局面，而且什么情况都不知道。那个男孩儿就像个幽灵，我们一直听说他的存在，却从没见过他。我知道他一定是被爱尔兰人藏起来了，可是又不清楚到底藏在哪里。”

1495年秋

伦敦 威斯敏斯特宫

国王夜里不来我房间了，就连坐着和我说说话也不肯，更别说留下来过夜了。这样的情形已经持续了数月，我们无话不谈，互相恋慕的那段时光似乎已经过去很久。我失去了他的爱，但并没有放任自己的伤感，我能感觉得到，当他在英格兰的道路上不断驰骋时，心中也进行着一场天人交战。恐惧和憎恶耗尽了他的心力，就算想到我腹中的孩子，他也高兴不起来。他没法坐在我的火堆边和我轻言细语地聊天了，现在的他是如此焦躁不安，持续不断的恐惧感将他折磨得筋疲力尽，苦不堪言。每到夜深人静时，只要一想到那个男孩儿正在英格兰，爱尔兰，或者威尔士的某个地方睁大眼睛，他就没法在我身旁安心入睡。

理查德·波尔爵士最终还是去了爱尔兰，试图找到当地的族长，劝说他们与都铎结盟，一起对付那个男孩儿。每天晚饭过后，玛姬就到我房里来，和我一起共度长夜。为免背上密谋的黑锅，我们总让玛格丽特夫人的一名耳目待在附近，谈的也都是些寻常闲话。这样的确有些不自在，可是有她在身边我才安心。如果她真要向玛格丽特夫人报告我们的事，那我们必须保证她不会说出对我们不利的话来，我们希望她对玛格丽特夫人说，我们夜里聊的都是孩子，教育，天气，还抱怨天气太过湿冷，叫人没法开开心心地散步。

只有面对玛姬时，我才能敞开心扉，毫无顾忌地说话，有些话我也只能对她说："小伊丽莎白没有变壮。实际上，我觉得她今天更瘦了。"

"新草药没起作用?"

"没有。"

"也许等春天来了，你可以带她去外面走走?"

"玛姬，我连她能不能看到春天也不知道。想想她，再想想你的小亨利，尽管他俩年纪差不多，模样却截然不同。她就像个小仙女，纤细而脆弱，可亨利长得又壮又胖，像个小男子汉。"

她覆住我的手："噢，亲爱的。上帝有时会把最宝贵的孩子带回他身边。"

"她的名字是我照妈妈的名字为她取的，我担心她会到妈妈那儿去。"

"如果我们不能将她留在人世，那她就能在天堂得到外祖母的照顾了。我们必须相信这一点。"

我点了点头，知道她是一番好意，可是失去伊丽莎白的念头简直让我无法忍受。

玛姬握住我的手："我们都很清楚，她会沐浴上帝的光辉，和外祖母一起生活在天堂。我们很清楚，伊丽莎白。"

"可我能想象出她长大后的样子，"我激动得不能自已，"我几乎可以看见她的模样，优雅骄傲，拥有从她爸爸那儿继承来的棕头发，从我妈妈那儿继承来的白皮肤，和我们一样热爱阅读。我看到她站在那里，一手放在书上，让画师为她作画。我看到她长成了一个少女，骄傲得像个王后。我曾对我的女领主，国王的母亲说过，伊丽莎白会成为最伟大的都铎人。"

"也许她会呢?"玛姬宽慰我，"说不定她能活下来。婴孩儿的未来是不可预测的，或许她会长得更壮。"

我摇了摇头，撇开满脑子的胡思乱想。大约午夜时分，我被透过百叶窗漏进屋中的月光唤醒了，望着窗外那轮深黄色的秋月，我立刻想到了奄奄一息的女儿。我起身穿上长袍，睡在我身边的玛姬也被惊醒了：“你生病了?”

“没有。只是有点儿烦闷。我想去看看伊丽莎白。你继续睡吧。”

“我和你一起去。”她说完也下了床，在睡袍外面裹上一件披肩。

我们一起打开房门，门外的两个卫兵正在打瞌睡，突然出现的我们让他们吓了一跳，仿佛我俩是一对鬼魂。我俩现在也的确像鬼魂，脸色苍白，头发盘成辫子，用睡帽拢住。“没什么事，”玛姬说，“陛下要去保育室。”

我们赤脚走在石走廊里，两个卫兵尽职尽责地跟在后面。走着走着，玛姬突然停住了。“你怎么了?”她问。

“我想我听到了什么，”我小声说，“你听见了吗？就像歌声一样?”

她摇了摇头：“没有，我什么都没听见。”

我很快认出这是什么声音，心一下子揪紧了，急忙向保育室赶去。我加快脚步，开始奔跑。推开守在楼梯口的一对侍卫之后，我跑上通往塔顶的石楼梯，楼梯尽头就是温暖安全的保育室。一推开大门，刚刚还弯腰俯视小童床的保姆立刻站了起来，一脸惊骇地对我说：“陛下！我正要去请您过来呢!”

我一把抱起伊丽莎白，她的身体是热的，还有微弱的呼吸，可是脸色苍白如纸，眼睑和嘴唇呈现矢车菊一样的蓝色。我给了她最后一个吻，看到她一闪而逝的微笑，她知道我在这里。我紧紧抱住她，一动也不动，只是把她贴在我的胸口，感觉她小小的胸膛一起一落，一起一落，最后完全静止。

玛姬满怀希望地问：“她睡着了?”

我摇了摇头，感到温热的泪水从面颊滑落。“不，她没有睡着。她没有睡着。”

第二天一早，我洗净她的小身子，给她穿上睡衣。做完这一切之后，我给她父亲送去一张简短的便条，告诉他我们的女儿去世了。他很快就赶回来了，我猜他多半在我的便条送到之前就得到了消息。他在我身边安插了间谍，就像他对待其他英格兰人一样。间谍们一定已经告诉过他，我在午夜时分冲出卧房，把我的女儿搂在怀里，直到她停止呼吸。

我穿着深蓝色丧服，坐在火炉边的椅子里，这时亨利匆匆走了进来，垂着脑袋来到我面前，慢慢跪下，轻声说："我的爱。"

我握住他的手，也听到了他的话，可我不愿看他。侍女们纷纷退下，房间里很快就只剩下我们两个人。"我为昨晚的缺席道歉，"他说，"希望上帝宽恕我没能陪在你身边的过失。"

"你一向不在这里，"我轻轻地说，"对你来说，除了那个男孩儿，什么都不重要。"

"我在为我们所有的孩子付出努力，作为父亲，我必须保卫他们的继承权。"他抬起头来，话里却没有一丝火气，"为了让她能在自己的国家平安成长，我一直忙碌着。噢，亲爱的孩子，可怜的宝贝。我没想到她病得这么严重，我早该听听你的话。我是个失职的父亲，希望上帝宽恕我。"

"她没有生病。她只是永远不会长大了。她死时没有挣扎，好像只是吐出一口气，然后就走了。"

他低下头，把脸贴上我搁在膝头的手。我能感觉到一滴滚烫的泪水落在我的手指上。我俯身紧紧搂住他，似乎想感受他的力量，也让他感受我的。

"我祈求上帝保佑她，也原谅我没能送她最后一程。许多话我说不出来，可我心中的痛苦比你所知的更多。我知道，我看上去不是一个好父亲，也不是一个好丈夫，可我对孩子的关心和对你的爱远远超出你的认知，伊丽莎白。我向你发誓，我至少会成为孩子们的好国王，我要为他们守住这片江山，我要让英格兰后冠永远戴在你的头上，你会亲眼看到你的儿子亚瑟登上王位。”

“别说了。”我又想起了伊丽莎白，想起她在我怀中奄奄一息的模样。命运无常，预言孩子的未来又有什么意义？

他伸出双臂紧紧抱住我，让我和他一起站了起来。他把头埋在我的颈窝，轻嗅我皮肤的气味，似乎想从中得到一点儿安慰。

“原谅我吧。”他低声说，“我知道自己没资格求你，可我还是要说。原谅我，伊丽莎白。”

“你是个好丈夫，亨利。”我安慰他，“也是个好父亲。我知道你心里是爱我们的，如果你想到伊丽莎白可能会走，我相信你一定不会离开。现在你回来了，在我派人去找你之前。”

他抬起头来看着我，没有否认自己是从间谍口中得知女儿去世的消息，而不是从我的信中。他只是说：“我必须掌握每一件事，只有这样才能保证我们的安全。”

我的女领主，国王的母亲为我们的小女儿举行了隆重的葬礼。伊丽莎白以公主身份在威斯敏斯特大教堂的忏悔者爱德华礼拜堂下葬。大主教约翰·莫顿主持了葬礼，那个告诉我男孩儿就要回家的伍斯特主教以沉静庄严的态度主持了弥撒。信号灯亮起的那一晚，主教兴高采烈，以为灯光能为男孩儿照亮抵达英国海岸的路，可我不能把这件事告诉亨利。我不愿意揭发这个神父，因为他正在埋葬我的女儿。我交叠双手撑住额头，为她宝贵的灵魂祈祷，我相信她此刻已经升入天堂；而我却留在尘世，承受丧子的苦痛。

亚瑟握住我的手。他是我的长子，一向是几个孩子里最懂事的一个。尽管只有九岁，他却像个小大人一样安慰我：“别哭了，母后。她现在和外祖母在一起，她已经回到上帝身边去了。”

我眨着泪眼说：“我知道。”

“您还有我呢。”

我忍着泪水说：“是啊，我还有你。”

“我会一直在您身边。”

“我很高兴。”我对他笑了笑，“我真高兴，亚瑟。”

“也许您肚子里的孩子会是女儿。”

我把他搂到怀里：“不论她是女孩儿还是男孩儿，都不能取代伊丽莎白的位置。倘若我失去了你，你觉得我会因为还有哈里而不伤心在意吗?”

他眼中泛着泪光，一听这话，却笑起来了：“您不会，不过哈里会这么想。他会觉得这是个好变化。”

1495年11月

伦敦　威斯敏斯特宫

玛姬来我房中求见我了，为了给这次造访找个借口，她带来了我的珠宝匣。现在是非常时期，我们一直小心谨慎，保证我们每次在一起时都有无可厚非的理由，有时她会给我送些东西，有时我会派她办点儿差事，总之绝不会让人觉得我们只是为了在一起窃窃私语才见面的。这回她把珠宝匣捧在胸口，好让所有人看到，以此说明我们打算欣赏我的珠宝，我立马猜到她的意图：她想私下和我说说话。

我转头对候在一边的侍女说："请到衣帽间拿一条深紫色缎带来。"

她行了个屈膝礼："我很抱歉，陛下，我还以为您想要蓝色的。"

"的确如此，可我现在改变主意了。克莱尔，你和她一起去，选条能配紫色斗篷的缎带来。"

二人一走，玛姬立刻打开了珠宝匣，拿出我的紫水晶首饰，摆出请我观赏的架势。其他侍女围在火炉附近，可以看到我们，却听不到我们在说什么。玛姬把手中的珠宝迎向火光，宝石立时流光溢彩，闪动着深紫色的火焰。

我坐在镜子前，紧张地问："出了什么事？"

"他在苏格兰。"

一丝声响从我喉间溢出，我分不清那是笑声还是恐惧的呜咽。"在苏格兰？他离开爱尔兰了？你确定？"

“他现在成了詹姆斯国王的上宾。国王承认了他的身份，还召集所有贵族集会，其间直呼他为约克公爵理查德。”她站在我身后，举着紫水晶头冠让我欣赏。

“你是如何知道的?”

“是我丈夫告诉我的，哎，希望上帝保佑他。这消息是从西班牙使臣那儿听来的，他也是看了从西班牙送来的急件才知道的。西班牙把苏格兰写去的每一封信都抄送给我们了，可见国王和西班牙之间的同盟关系变得多么牢固。”她看了看围坐在火炉边的侍女，发现她们聊天聊得正入神，回头把紫水晶项链戴在我的脖子上，继续说:“西班牙使臣到了苏格兰，被詹姆斯叫去骂了一顿，说我们的亨利国王是西班牙国王的走狗，他要看到合法的英格兰国王夺回王位。”

“他打算入侵?”

玛姬把头冠戴到我的头上。我看着镜中的自己双眼圆睁，脸色苍白，一脸惊诧。这一刻，我觉得自己的容颜像极了母亲，有种惊人的美丽。我拍了拍惨白的脸颊:“我刚刚看到镜子里的自己，还以为看到了鬼魂。”

“我们现在的模样都和您一样。”镜中的玛姬微微一笑，替我系紧项链，“我们现在四处奔走，就像有个鬼魂要来了似的。大街小巷流传着一首歌谣，大意是约克公爵在爱尔兰跳舞，在苏格兰游玩儿，他很快就要到英格兰的花园散步了，等到那一天，大家会重新过上安居乐业的生活。人们说他是来到人间跳舞的鬼魂，是死而复生的公爵。”

“他们还说他是我弟弟。”我淡淡地说。

“苏格兰国王说他会押上身家性命。”

“那你丈夫怎么说?”

“他说战争要来了。”她学着理查德爵士的口气，笑容渐渐从她脸上退去，“苏格兰人会进攻英格兰支持理查德，战争要来了。”

1495年圣诞节

伦敦　威斯敏斯特宫

亨利的叔叔加斯帕结束了数月的奔波回到宫中，整个人变得憔悴不堪，皱纹满面，气色不比那些被他送上断头台的人好上多少。他已经六十多岁了，可外表比实际年龄还要苍老。这一年他为了侄子的王位忙碌辛苦，心知此次形势险恶，留给他们的时间恐怕不多。岁月不饶人，他的身体一天差过一天，而亨利也要大难临头了。

我姨妈凯瑟琳一向是个尽职的妻子。她把他搀进他们富丽堂皇的房间，扶到床上，叫来医生、药师和护士照料。谁知我的女领主，国王的母亲把她挤到一边，得意洋洋地宣称自己医术高明，还说加斯帕身体很棒，只需吃好睡好，再喝点儿她自制的药酒就能康复。亨利每天到病房探望三次，早上会去看看他睡得好不好；到了中午，厨房会备好丰盛的饭菜，再由仆人头一个送去给他，屈膝奉上，这时亨利又会到他房里，问他吃得香不香；到了晚上，他会再去探望一次，然后和他母亲一起去礼拜堂为加斯帕的健康祈祷。在过去的漫长岁月里，加斯帕一直是他们的坚实依靠，对亨利来说，他是父亲般的存在，也是唯一一个从始至终都陪伴在他身边的同伴，更是他的导师和保护者。如果没有这位叔叔多年来的关心呵护，他也许早就死了。对我的女领主来说，我想加斯帕一定在她的生命中留下了不可磨灭的印记。她本该嫁给他，尽管她从没把这份爱说出口，也从未和他相守过。

亨利和他母亲起初都很乐观，认为加斯帕戎马一生，在流亡期间总能化险为夷，这回也一定能从死神的利爪下逃脱，在圣诞节宴会上起舞。可是几天之后，他们的神情越来越严肃，又过了几天，他们把医生们全都叫去给他会诊。会诊后隔了数天，加斯帕坚持要面见律师，写下遗嘱。

“他的遗嘱?”听到亨利的话时，我有些惊讶。

他厉声说：“这有什么奇怪，他是个六十三岁的老人了。何况他既虔诚又有责任感，当然会立下遗嘱了。”

“这么说他病得很重喽?”

“你认为呢?”他出言呵斥我，“你以为他喜欢躺在床上？他一生从没休息过，也从没在我需要他的时候离开过我。他从不懈怠，一天也没有，一刻也没有……”他说不下去了，猛地别过脸去，好让我看不到他眼中的泪水。

我轻轻走到他身边，此刻坐在椅子里的他显得那样无助，我一手环住他的背，紧紧搂住他，斜倚在他身上，和他脸贴着脸。“我知道你有多爱他。他就像你的父亲一样，也许比父亲更重要。”

“他是我的保镖，导师，顾问和朋友。”他断断续续地说，“在我还是个小男孩儿时，他为了我的安全，把我带离英格兰，和我一起度过艰苦的流亡岁月，随后又带我回到英格兰争夺王位。如果没有他，我连上战场的勇气都没有，我也不可能穿越整个英格兰，我甚至不敢相信斯坦利兄弟，要是没有他的教导，天知道我能不能打胜仗。我的一切都是他给的。”

“我能为他做什么吗?”我问得有些无奈，因为我知道自己什么也做不了了。

“一切有我母亲打理，”他骄傲地说，“你现在自顾不暇，根本帮不了她。如果你愿意，可以为他祈祷。”

我带着一群侍女高调前往礼拜堂祈祷，还命令唱诗班咏唱了一首弥撒曲，希望英格兰国王辛劳一生的叔叔加斯帕·都铎早日康复。圣诞节快来了，亨利下令要安安静静地庆祝，音乐不能太吵，也不能放声大笑，免得惊扰到正在病房静养的加斯帕。国王和我的女领主仍旧日夜守在他身边。

亚瑟被带去看望他垂死的叔公，哈里跟在他身后。小公主玛格丽特被免去了这种折磨，不过我的女领主坚持要王子们跪在床边，向这位有史以来最伟大的英国人致敬。

“是威尔士人。”我小声嘀咕。

圣诞节当天，我们到教堂庆祝耶稣基督的诞生，为他最钟爱的儿子和战士加斯帕·都铎祈祷。可是隔天一早，亨利未经通报就进了我的房间，一言不发地坐在床脚，我睡眼惺忪地下了床，和我睡在一起的塞西莉跳下床行了个屈膝礼，匆匆跑出了房间。

“他走了，”亨利说，声音听上去既不悲伤也不惊愕，“母后和我坐在他身边，他向她伸出手去，朝我微笑，然后慢慢倒回枕头上，吐出一口长气，就这样死去了。”

我们陷入了沉默。他的伤痛是如此之深，我知道现在说什么都不能安慰他。从他记事开始，加斯帕就是他唯一的父亲，现在这位“父亲”走了，他难过得像一个幼年失怙的孩子。我笨拙地跪倒在地，肚子太大了，蹲下时有些艰难。我朝他伸出手去，想要搂住他。他背对着我，没有转身，对我怜悯的动作浑然不觉。他似乎很孤独。

我先前以为他沉浸在悲伤里，可我随后意识到加斯帕的死只是加剧了他经年不断的恐惧。

“现在我该让谁领军对抗那个男孩儿和苏格兰人？”亨利自言自语，冰冷的语调里透出恐惧，“我和他必须兵戎相见，英格兰北部就是我们的战场，可是当地人人都讨厌我。加斯帕离开我了，谁来统率军队？我叔叔死了，谁会支持我，我又能信任谁?”

1496年冬

里士满　希恩宫

玛姬快步走进我的房间，焦急地看了我一眼，我立刻明白她有话急着对我说。我正和我的女领主，国王的母亲坐在一起，手里做着女红，听她手下的一名侍女大声诵读着经年不变的陈词滥调。她诵读的内容来自于一部手抄本，因为上帝知道，没人会费心印刷这种凄凄惨惨的东西。玛姬向我俩行了个屈膝礼，挑了一张小凳坐下，随手拿起针线，试图不让人看出异样。

我耐着性子等那侍女读完一章，趁她还没翻页，我赶紧说："我要去花园里走走。"

我的女领主看了看窗外阴沉的天色，快要下雪了。"你最好待在屋里，等天晴了再出去。"

我说："我会穿上斗篷，戴上皮手筒和帽子。"我的侍女们迟疑地扫了我的女领主，国王的母亲一眼，想看看她有没有制止我的打算。见她没什么表示，这才拿起斗篷帽子往我身上裹，简直把我当成了一个大包袱。

我的女领主任她们忙来忙去，再也没有勒令我待在房里的心思。自从加斯帕死后，她一下子苍老了十几岁。从前那个对我和我丈夫颐指气使的女强人不知到哪儿去了，取而代之的是一个把全部身心都投入到一件事上，把所有的爱都献给儿子的母亲。她如今焦急地等待着消息，想知道那件事是否失败了，她儿子是否又要再次逃亡。

“玛姬，你能扶着我吗?”我问。

玛姬兴趣缺缺地站起来，似乎很想留在屋里。她穿上了斗篷。

“你得带上个卫兵,”我的女领主命令道,“还有你们三个……”她指了指离她最近的几个女人，根本没看她们到底是谁,“你们三个和陛下一起去。”

在快要下雪的天气里出去受冻显然不是件好差事，她们虽然不太情愿，还是起身取来各自的斗篷。我们在前后两名卫兵，周围几名侍女的簇拥下出了门。这下我和玛姬总算可以单独相处了，说话也不怕被人听去。

“出了什么事?”眼见两个卫兵走到前面，侍女们远远落在后头，我立刻紧张地发问。地面结了冰，玛姬挽住我的胳膊，免得我滑倒。一旁的河流变得灰扑扑的，两岸结满了白霜，一只海鸥飞了过来，原本洁白的毛色和白霜一比，倒显得逊色了。它在我头顶咕咕叫了一声，越飞越远。

她言简意赅地说:“他结婚了。”

她从没说过他的名字。事实上，这是我们之间的惯例。

“结婚了!”我感到一阵不安，生怕他娶了一个身份低于他的女人，比如一个讨人喜欢的侍女，一个伺机借给他许多钱财的精明寡妇。如果他的夫人出身不佳，亨利必定会得意洋洋地蔑视他，变本加厉地叫他彼得金和帕金，说他是个酒鬼和苦力的儿子，如今娶了个卑贱女人。大家会说他原来不是王子，而是一个低贱的王位觊觎者；或是说他不学好，被一个小贵族的遗孀迷住了，为了得到一份丰厚的嫁妆娶了她。如果他的新娘是个荡妇，在肮脏的小屋里干过下流勾当，那他一定会前功尽弃。

我这下没法镇定了:“噢，亲爱的上帝，玛姬。她是谁?”

她面露喜色:“是桩好婚事，极好的婚事。他娶了凯瑟琳·亨特利，她是苏格兰国王的亲戚，亨特利伯爵的女儿，亨特利伯爵可是苏格兰最显赫的贵族。”

“亨特利伯爵的女儿?”

“听说她是个美人。这桩婚事是詹姆斯国王亲自定下的。他们在圣诞节前订了婚，现在正式结婚了。据说她已经怀孕了。”

“我的小弟……他结婚了？那个男孩儿结婚了?”

“而且他妻子怀孕了。”

我挽着她的胳膊向前走：“哎，要是妈妈能看到这一天就好了。”

玛姬点了点头：“她会很高兴，非常高兴。”

我哈哈大笑：“她会高兴的，尤其是这姑娘年轻貌美，身家不菲。不过玛姬，你知道他们是在哪儿结婚的吗？他们是什么模样?”

“她穿了一条深红色长裙，而你弟……他穿了一件白衬衣，外面罩着黑色天鹅绒夹克，下穿黑色长筒袜。为了庆祝婚礼，苏格兰人还举办了马上比武大会。”

“马上比武大会!”

“詹姆斯国王包下了所有费用，大会的每个细节都相当完美。据说场面盛大，和我们宫中的不相上下，有些人还说更好呢。现在国王已经携新婚夫妇去法夫郡的福克兰宫了，那是他的行宫。”

“我丈夫全都知道了吧。”其实这件事显而易见。

“是的。这个消息是理查德爵士告诉我的，他最近得去林肯召集一支军队，做好和苏格兰开战的准备。他从国王手下的一名间谍口中得知了这件事。国王此刻正和大臣议事，下令修缮英格兰北部的城堡，以抵御苏格兰的入侵。”

“苏格兰国王真会领兵来犯?”

“人人都说这是铁板钉钉的事，开春就会有战事了。那个男孩儿现在是苏格兰王室的娇客，苏格兰国王一定会把他扶上英格兰王位。”

我想起了我的小弟弟，想起最后一次见到他时的情形。他当年只有十岁，生着一头金发，明亮的眼睛是褐色的，脸上挂着顽皮的微笑。那一晚我们亲吻了他的面颊和他道别，他的下唇不住颤抖，任我们为他裹上厚厚的披风，把他送出圣所。我们一边目送他踏上小船，驶向下游，一边祈祷计划进行顺利，希望他能逃到我们的姑妈玛格丽特夫人那里，受到她的庇护。我又想到现在的他，一个在婚礼上穿着白衬衣和黑夹克的成年男子，身旁是他的新娘。我想象着他脸上的顽皮微笑，想象他身畔新娘光彩照人的模样。

我伸手覆住肚子，这里孕育着一个小都铎，他是我弟弟的仇敌，他的父亲是篡夺我弟弟王位的男人。

“您什么也做不了，”玛姬出言提醒我，看着我脸上的笑容慢慢退却，“我们两个都一样。现在只求能保住性命，祈祷不会有人把矛头指向我们。静待事情发展吧，陛下。”

到了二月，我就要离开宫廷，为即将到来的分娩做准备了。整座宫廷还沉浸在加斯帕离世的哀伤中，同时也对苏格兰传来的消息充满警惕。听说詹姆斯国王正带着一群年轻人在雪天打猎，等天气好转就兴兵进犯我们的北方领土。

在我住进黑乎乎的产房之前，亨利举行了一场盛大的宴会，西班牙使臣罗德利戈·贡泽尔瓦·德·普埃布拉作为贵宾出席。他是个小个子男人，皮肤黝黑，面容俊美，在朝我深深鞠了一躬，亲吻了我的手背之后，他起身笑眯眯地看着我，似乎坚信我一定会觉得他英俊迷人。

“使臣是来给亚瑟王子做媒的，”亨利小声告诉我，“对方是西班牙最小的公主，阿拉贡的凯瑟琳。”

我看了看亨利的笑脸，又看了看自鸣得意的使臣，明白自己一定得装出一副高高兴兴的样子。“真是个好主意，”我说，“不过他们的年纪还太小。”

“现在只需要订婚，以显示我们两国之间深厚的友谊。”亨利的态度相当圆滑。他朝使臣点了点头，带我走向主桌，确定使臣听不见了，他才说：“这么做不仅是为了拉拢西班牙，让它成为帮助我们对抗法国的长期盟友，也是为了抓到那个男孩儿。西班牙人已经答应我了，只要亚瑟和凯瑟琳订婚，他们就以同意结盟为借口把那个男孩儿骗到西班牙。他们把他骗到格拉纳达去，然后把他交给我们。”

“他不会去的。”我肯定地说，“他干吗要抛下身在苏格兰的妻子，到西班牙去？”

“因为他希望西班牙支持他入侵英格兰，”亨利冷冷地说，“但他们会站在我们这边。他们把公主嫁给我们，为了确保她未来的丈夫是唯一的王位继承人，一定会帮我们逮住叛徒。我们两国的利益如今绑在了一起。西班牙人坐上王位的时间也不长，他们深知为了守住疆土要付出多大代价。对那个男孩儿来说，西班牙公主和我家王子的婚约就是一道催命符，在取他性命一事上，西班牙人的心情会和我们一样迫切。”

王公贵族纷纷起身向我们示意，朝我弯腰鞠躬。伺候洗漱的仆人端着装满温水的金盆走了过来。我将手指浸入香喷喷的水中，又用餐巾擦拭。“可是亲爱的……”

“别担心，”亨利打断了我的话，“等你抱着我们的第五个孩子回宫之后，我们再谈这些事情吧。现在你必须接受宫廷的祝福，住进产房里去，除了顺利生产，你什么也不要想。我希望你能再为我生个男孩儿，伊丽莎白。”

我笑了笑，似乎放宽了心。我向下一望，见使臣德·普埃布拉坐在上座。我心中暗想，他是不是个两面派，是不是个为达目的不择手段的家伙？他会不会明里和一个二十二岁的小伙子交好，暗地里却背叛他，把他推向死亡？他感受到我的视线，抬头朝我一笑。我心想：对，他正是这样的人。

1496年3月

里士满　希恩宫

我心情沉重地走进产房。带着对小女儿伊丽莎白的思念，我开始了漫长而艰难的分娩。安妮起初还嘻嘻哈哈，说她要好好观摩一番，为将来怀孕生产积累经验，结果事到临头，她却吓得目瞪口呆。几个小时之后，助产士喂我喝下烈性的生产啤酒，此时此刻，我多希望母亲能用那双冷静的灰眼睛定定地看着我，在我耳边说起河流和休息，帮我熬过生产时的巨大痛楚。到了午夜，我感到孩子就要出来了，赶紧像农妇一样蜷起身子用力一挣，随后听到一声微弱的哭泣。我也哭了，拥有第五个孩子的喜悦和生产后的虚脱让我控制不住自己的泪水。我哭得肝肠寸断，害怕再也见不到小弟，也见不到未曾谋面的弟妹了，而他们的孩子，也就是我女儿的表亲，永远不能和她一起玩耍。

新生的女婴在我臂弯里躺了一会儿，随即被裹在襁褓里，放在我的大床上。侍女们环绕在床边，七嘴八舌地赞美我的勇气，为我呈上热啤酒和糖果，可我心中总有萦绕不去的孤独。

玛姬是唯一看到我流泪的人，她用一块亚麻布替我拭去泪水，关切地问："出什么事了？"

"我觉得自己快要崩溃了，我觉得自己好孤独。"

她没有急急忙忙地安慰我，也没有指指我的妹妹们，朝那个裹在襁褓里被乳母抱去吃奶的婴儿感叹一声，说我是在胡思乱想。她神情严肃，由于彻夜没有合眼，如今也是一脸倦色，脸颊和我一样淌满了泪水。她没有反驳我的话，只是调了调我身后的枕头，让我靠得更舒服些，这才开口。

“我们是约克家族最后的血脉，”她轻轻地说，“我没法说出安慰你的空话。约克王朝只剩下我们了，你，你妹妹，我，还有我弟弟，也许英格兰再也见不到白玫瑰了。”

我问：“你听到泰迪出了什么事吗？”

她摇了摇头。“我写过信，可他没有回复，我也不能去探望他。我和他已经彻底失去联系了。”

我们为新生的女儿取名玛丽，借此向圣母玛利亚致敬。她是个娇小玲珑的漂亮女孩儿，有着深蓝色的眼睛和乌黑的头发。她食欲极好，长得很壮，虽然我无法忘记她苍白消瘦的金发姐姐，这个睡在摇篮里的小女婴，这个新生的都铎公主，还是深深抚慰了我的心。

离开产房之后，我发现整个国家都在慌忙备战。亨利到保育室来看新生的宝宝了，可他没有多看我怀里的孩子一眼，甚至没有抱抱她。“苏格兰国王入侵的事已经确定无疑了，那个男孩儿会成为军队统帅。”亨利冷冷地说，“我必须从北方招募军队，可是半数北方人都说，虽然他们会抗击苏格兰人，但如果看见白玫瑰，他们就会放下武器。苏格兰人是他们的敌人，可他们会拥戴约克王子。这些人统统都是王国的叛徒。”

我抱着玛丽，觉得自己生下这个孩子来，就是为了让他消气。苏格兰也许真有一个正在招兵买马的约克王子，可是就在这座华美的希恩宫里，我刚刚为亨利生下一位都铎公主，而他就连看看她也不肯。

“我们难道真没办法说服詹姆斯国王不要和……和那个男孩儿结盟吗？”

亨利神神秘秘地看了我一眼。“我已经向他提出结盟的事了，”他直言不讳，“你喜欢与否并不重要。我只是怀疑这么做会不会奏效，也许我们永远不用把她送去。”

“送谁?”

他目光躲闪。“玛格丽特，我们的女儿玛格丽特。”

我惊异地看着他，仿佛他是个疯子。“我们的女儿才六岁。”我气愤地陈述事实，“你确定想把她嫁给苏格兰国王，嫁给那个已经、已经二十多岁的男人?”

“我的确想过，”他坦白承认，“等她长到适婚的年纪，他也不过才三十多岁，不算不般配。”

“可是陛下，你一心只扑在那个男孩儿身上，孩子们的婚事全都围绕着他，这可不行。您不是已经答应让亚瑟和西班牙公主订婚了吗？作为交换，西班牙人会替您诱捕他的。”

“他不会上当。他也是个狡猾的家伙。”

“所以你就打算把我们的小女儿送给你的敌人，把那个男孩儿换过来?”

“难道你宁愿让他逍遥法外?”他厉声呵斥我，“不，当然不行！可是……”

我已经说得太多了，成功勾起了亨利心中的恐惧。

“我会让她和苏格兰国王订婚，作为交换，他要把那个男孩儿捆起来交给我。”亨利语意决然，“你刚刚说你不喜欢这件婚事，无论你是因为舍不得女儿，还是想救那个男孩儿，都没有用。她是都铎公主，她的婚姻要为我们的利益服务。她必须履行自己的职责，就像我每天所做的那样，就像我们每个人所做的那样。”

我紧紧抱住我们新生的孩子。“那这个孩子也一样？你连看都不看她一眼，难道我们所有的孩子都只是你手中的牌？是一场游戏的棋子？就为了在这场无休无止的不对等战争中战胜一个男孩儿?”

他竟然没生气，只是神情苦涩，仿佛肩上的职责对他来说很艰难，压在他身上的担子比他让别人承受的重多了。“当然。”他断然说道，“如果能以玛格丽特为代价换得那个男孩儿的死，对我来说很划算。”

到了夏天，亨利脸上新添了两道从鼻至口的法令纹，可见他平日嘴角下弯得有多频繁。关于苏格兰加紧备战，而北方防务懈怠的消息一份接一份地传到他手中，他整日沉着脸，面上的皱纹越来越深。据说半数北方名流已经穿过苏格兰边境，去投奔那个男孩儿了，他们留在国内的家属也不打算为了亨利对抗自己的亲人。

每天吃过晚饭之后，亨利就到他母亲房里，母子俩凑在一起，翻来覆去地计算他们可以信任的北方人。我的女领主写了两张名单，一张列着他们可以完全相信的人，另一张列着有背叛嫌疑的人。我进屋向她道晚安时看到了这两张名单，那张写着他们绝对信任的人和估计可以争取的人的名单被一个墨水瓶压着，旁边搁了一支羽毛笔，仿佛还希望写上更多名字，增添更多忠心耿耿的人；另一张名单则摊在桌上，一半伸出桌外垂向地面。没有什么能比这两张名单更能体现出国王母子对自己国民的畏惧了，当他们计算朋友时，发现名单实在太短了，而当他们计算敌人时，却眼看着人数在与日俱增。

“你想干什么?”亨利厉声责问我。

他居然在他母亲面前对我如此粗鲁，我扬起眉毛，忍气向她行了屈膝礼，低声说:“我的女领主，我来向您道晚安。”

“晚安。”她随口敷衍着，几乎没有抬头看我。她和她儿子一样心神不宁。

“今天我在去礼拜堂的路上被一个女人拦住了，她问我，她欠国王的债务能不能得到减免，如果不能，宽限一段时间也行。”我说，“似乎是她丈夫犯了点儿小罪，接受惩罚时没有选择，只能交纳罚金，罚金的数额相当大。她说他们会失去房子和土地，变得一文不名。她说她丈夫宁愿坐牢，也好过眼看自己辛苦积攒的一切化为乌有。她丈夫名叫乔治·怀特豪斯。”

他们齐齐看着我，好像我在说希腊语，看来这对母子完全没听懂我的意思。“他是个忠心耿耿的人，”我继续说。“他只是卷入了一场酒馆斗殴。这次斗殴快让他倾家荡产了，因为罚金远远超过了他的支付能力。罚金以前从没这么重过呀。”

“你什么也不懂吗？”我的女领主出声质问我，语气隐含愤怒，“你难道看不出来，我们必须尽我们所能，从国内所有人身上刮出每一枚便士和格罗特[①]，如果不这么做，我们哪里有钱招募军队，支付费用？当一个酒馆醉汉的罚金足以让我们招到一个士兵的时候，你觉得我们会免除这项惩罚吗？就算这罚金只能买到一张弓，我们也不会不要。”

亨利在一旁细细审视他的名单，连头也没抬，可我确信他在听。“可这人忠心耿耿，”我毫不退让，“如果国王的手下为了筹措那笔天价罚金而卖掉他的房子，弄得他无家可归，那我们就会失去他的爱戴和忠诚，也会失去一个士兵。王权稳固与否取决于那些爱戴我们的人，也只取决于他们。我们的统治需要治下子民的支持，我们必须保证那些忠于我们的人永不变心。这张名单……”我指了指那张半垂向地面的纸卷，“如果你把原本忠心不二的人全都罚到破产，这张名单上的名字只会有增无减。我说这话都是为了您好，您是受人爱戴的国王，一直受人爱戴！”

听到这里，我的女领主，国王的母亲突然咆哮起来：“你家的人一向很得意，你们时时刻刻都引人注目！”我惊恐万分，不知道她接下来要说什么，“总是那么受欢迎！”她说得咬牙切齿，仿佛我们犯下了最严重的错误，

① groat，英国古代的四便士银币。也指少量零钱。

“受欢迎！你知道大家怎么说那个男孩儿吗？”

我摇了摇头。

“据说他无论走到哪儿都能交到朋友！”她大喊大叫，脸涨得通红，只要一提到那个男孩儿和他的约克式魅力，她就完全控制不住怒火，“据说神圣罗马帝国皇帝，法国国王和苏格兰国王全都爱上了他，他没费吹灰之力就把一位皇帝和两个国王变成了盟友。不费吹灰之力！可我们却要签订和平条约，把我们的孩子送去联姻，奉上金银财宝去换取他们的友谊！如今我们听说苏格兰人打算再次为他起兵，尽管他们什么也没得到。虽然我们付了一大笔钱让他们不要背叛，可他们还是投向了他，一个个跑到他的旗帜下面，只因为他们爱他！”

我的目光扫过她落在亨利身上，他依然把头偏向一边。我对他说：“您可以成为一个受人爱戴的国王。”

他终于抬起头来，直视着我的眼睛。“我不可能像那个男孩儿一样，”他语意苦涩，“我显然不会什么收买人心的手段。要说受人爱戴，没人能比过他。”

那个半路拦住我，说自己拿不出罚金和税款，求我向亨利说情的女人并非个例。求我说情让国王减免债务的人越来越多，我只能一次又一次地告诉他们，我也无能为力。每个人必须交出罚金，缴纳税款，如今税官出门时都拿着武器，带上保镖。今年夏天，我们翻过索尔斯堡平原的碧绿山丘到西部巡游，亨利的私人财务官也一路随行，每到一处就对当地的物业，土地和贸易进行重新估值，呈上一张新税单。

我曾对亨利说过，当人们慷慨陈词，大表忠心时，我父亲会扫视场中的人头，计算他们能拿出多少钱物，现在我真后悔把这些告诉他。我父亲的贷款、罚款和借债体系被亨利照搬过来，创建了让人痛恨的税收体系，我们每到一处，随行的官员就着手清点住宅的窗玻璃，草地上的羊群，田地里的作物，把那些想来纳贡的人引见给我们。

过去人们夹道欢迎的景象不见了，我们看不到人群争相朝王室小孩儿们挥手致意，涌到我跟前献吻。大家都躲到别处，忙着把包好的货物装进货仓，偷偷换走账本，否认自己的富有。我们的东道主们不约而同地奉上最寒酸的饭菜，藏起上等的挂毯和银器。谁也不敢在国王面前表现出殷勤和慷慨，唯恐被国王母子抓住把柄，说他们是在装穷，指责他们没有如实申报财产。我们就像一群只为偷东西的贪婪补锅匠，从一座豪宅走到另一座豪宅，从一座修道院走到另一个修道院，人们前来迎接时全都忧心忡忡，送我们离开时又都松了一口气，我害怕看到这样的情景，心里羞愧极了。

我们每在一处停留，就会有一群蒙头遮脸，骑着跛足马，打扮得像死神一样的人追上来，和亨利秘密交谈一番，在驻地过上一夜，第二天一早又挑出马厩里最好的马，匆匆离开。他们有的向西去了，那里的康沃尔郡人、地主、矿工、水手和渔夫都宣称自己不会向都铎政府缴纳一便士的税金；有的赶往东部，那里海防松懈，完全不足以抵挡入侵；还有人去了北方的苏格兰，听说詹姆斯国王正在招募军队，铸造一种前所未见的武器：火枪，这一切都是为了他的表妹夫，那个有可能成为英格兰国王的男孩儿。

“我终于抓住他了。”亨利走进我的房间，侍女们立刻跳起来向他行礼，乐师们也停止了演奏，等他下令，可他全然没有理会，径直向我走来。“我抓住他了。看看这个。”

我顺从地看向他递给我的纸页。上面写满了符号和数字，我完全看不懂。

“这个我没法读，”我小声告诉他，“这是你常用的密码，是间谍的语言。”

他不耐烦地咂咂嘴，从第一张纸页下面抽出另一张纸。这张才是原文，得自葡萄牙信使手中，上面盖着法国国王的印戳，证明了这份信函的真实性。

“那个所谓的约克公爵是一个图尔奈理发师的儿子，我已经找到了他的父母，打算把他们送来给你……”

“你有什么看法？”亨利询问我，“我可以证明那个男孩儿是个骗子了。我要把他的父母带到英格兰，让他们把他是图尔奈理发师之子的事实昭告天下。你觉得怎么样？”

亨利的声音越来越高，我感到玛姬朝我这边走了几步，似乎想上前保护我。我太了解亨利了，他心里越没把握，就越喜欢虚张声势。我起身握住他的手。

“我想这证明了您是对的。”我像安抚小哈里一样安抚他，哈里常常和他哥哥争吵，争不过时就噘起嘴巴，一副泫然欲泣的模样，“我敢肯定，您一定会赢。”

“这是当然！”他怒气冲天地断言，“正如我所说，他只是个出身低贱的穷小子。”

“正如您所说。”我随声附和，抬头看着他气得通红的脸，我只觉得他可怜，“这证明您的想法是完全正确的。”

他微微一颤：“那我就派人把这对夫妻接来。我要把他们带到英格兰，让人人都看看这个小骗子的父母是多么卑贱的人。”

1496年秋

伦敦　威斯敏斯特宫

可是亨利没能把那个图尔奈理发师和他妻子带到英格兰。他也派间谍去过图尔奈，但没有找到他们。听到这个消息时，我脑中立刻浮现出一幅滑稽的画面：图尔奈挤满了身裹斗篷的人，他们拉下兜帽遮住面孔，在城中焦急地寻找一对夫妻。可是谁也不会当众说出自己丢了个儿子，他后来把自己伪装成约克王子，妄图坐上英格兰王位，如今又和苏格兰王室结亲，而且和一众基督教国王私交甚笃，深受他们的喜爱。

亨利锲而不舍地寻找着蛛丝马迹，比如一个失去儿子的母亲，一个失踪的男孩儿，或是一个名字。这一举动未免荒唐，我算看明白了，他这么做根本不是为了解开疑团，而是为了给那个男孩儿造出一个身份，定下一个名字，事情越没有着落，他的心情就越迫切。我实在看不下去，向他建议说，其实什么人都一样，不用非找一个图尔奈理发师不可，言下之意，就是让他找对夫妻来，教他们说出那个男孩儿是他们生养的，可是后来走失了。亨利沉着脸说："你的话有道理。可我就算找来好几对夫妻，也没人会相信我找对了。"

秋天的一个晚上，我的女领主，国王的母亲邀我去王后房间一趟，说她要在晚饭开始前和我谈谈。那套房间一直由她居住，可是称呼仍然没改。陪我前去的人是塞西莉，安妮如今身在产房，等待第一个孩子的降生。厚重的双扇门开了，会客室空空荡荡。我进屋之后，发现炉火燃得不旺，仔细一看，才知木柴全被劈成了小块。我吩咐塞西莉留在火炉边等我，转身独自走进了私人房间。

我的女领主跪在一张祈祷台前，我一进屋，她立刻回头看了一眼，小声说了句“阿门”，慢慢起身。我们互相行礼，她以臣子的身份向我这个王后屈膝，而我以儿媳的身份向她这个婆母低头。礼毕之后，我们又用冰冷的面颊贴住对方的，似乎在交换亲吻，可我们的嘴唇丝毫没有触碰对方的脸。

她指了指放在壁炉另一边的椅子，椅子的高度和她的一样。我们同时坐下，谁都没有占先。我心下好奇，开始猜想她邀我前来的目的。

她开口了：“我想和你私下谈谈。这次谈话是完全私密的，你对我说的话绝不会传出这个房间，我以名誉担保，你尽可以相信我。”

我静静地等待着，怀疑自己什么也不能告诉她，这样她就没有向我保证的必要了。何况我的话要是对她儿子有利，她这一刻听到，下一刻就会告诉他。她的担保不会让她迟疑，她的名誉也丝毫抵不过她对儿子的爱。

“我很久以前就想和你谈谈了。你只是个小姑娘，一切都不是你的错。我和其他人不会指责你，我儿子也不会。从前你母亲掌握一切，你那时很听她的话。”她顿了顿，又说：“不过你现在没必要听她的话了。”

我垂下头。

我的女领主似乎有些难以启齿。她闭了嘴，手指轻叩着雕花扶手，合上眼睛，似乎在进行短暂的祈祷。“当年你躲在圣所时，你弟弟爱德华五世被关在伦敦塔，可你小弟理查德仍然和你们全家待在一起，由你母亲贴身照顾。后来那些人答应让爱德华加冕，同时要求你母亲把理查德王子送进伦敦塔和他哥哥作伴。你还记得吗？”

“我记得。”我看着壁炉里的柴堆，圣所的穹顶在火光中浮现出来。我看到母亲苍白绝望的脸和深蓝色的丧服，也看到我们买来的那个男孩儿，我们把他带去洗了个澡，嘱咐他不要开口，给他穿上理查德的衣服，帽子拉低，围巾蒙嘴。我们把他交给了大主教，尽管他信誓旦旦地说他一定会平安无事，可我们信不过他，也信不过他们中的任何一个。为了救下理查德，我们把那个男孩儿送入险地，原以为这只能为我们争取一夜，或者一天一夜的时间。等那个穷孩子进了伦敦塔，和爱德华待在一起之后，我们惊讶地发现居然没人质疑他的真假，简直让人不敢相信！我们幸运地就此瞒天过海，一直没被揭穿。

"枢密院的贵族们来向你们索要理查德王子，"她的声音抑扬顿挫，"可是现在，我想知道你们有没有把他交出去？"

我迎上她的目光，眼中一派诚挚坦荡。"当然有，"我直率地回答，"这事人尽皆知，是整个枢密院亲眼所见。您丈夫托马斯·斯坦利伯爵当时也在场。所有人都知道他们把我弟弟理查德带进伦敦塔，和我那国王弟弟生活在一起，在他加冕前同他作伴。您当时身在宫中，一定看到他们把他带进伦敦塔了吧。您也一定记得我妈妈一边和他道别一边拭泪的情景，大家都知道这事儿；大主教曾亲口保证理查德会平平安安。"

她点了点头。"啊，但是……在那之后，你母亲有没有略施小计把他们救出来？"我的女领主靠上前来，五指像铁爪般紧紧箍住我放在膝头的手，"她是个聪明的女人，对危险一向警觉。我怀疑她是否早料到那些人会来讨理查德，提前做好了准备？你应该记得，我和她联手派人去伦敦塔营救过他们，我也为营救他们努力过。在那次行动失败之后，她救出他们了吗，或者仅仅是救出了她的幼子理查德？她有没有施行过我不知道的计划？我因为帮助她受到了惩罚，被拘禁在我丈夫家中，不能与任何人谈话通信。你母亲是个坚贞又聪慧的女人，她有没有救出理查德？她有没有把你弟弟理查德救出伦敦塔？"

"你当年知道她的所有计划，"我丝毫没有慌乱，"她一直给你和你儿子写信。你那时知道的应该比我还多。难道她告诉过你，她把他藏到一个安全的地方了？难道你一直把这个秘密保守到现在？"

她猛地把手缩回，仿佛我的皮肤和壁炉里的炭火一样炙热。"你是什么意思？没有！她从没对我说过这种事！"

"你曾经和她一起商量过解救我们的计划，不是吗？"我不紧不慢地问着，声音甜得像加糖的牛奶，"你曾为她出谋划策，提出召你儿子来救我们，这就是亨利来到英格兰的原因吧？为了让我们所有人重获自由？不是为了夺取王位，而是要把王位还给我弟弟，救出我们？"

"可她什么也没告诉我！"玛格丽特夫人大喊起来，"从来没有！虽然人人都说两位王子死了，可她没为他们办过安魂弥撒，我们也没发现他们的尸体。杀人凶手一直没有找到，连蛛丝马迹都没有，我们也没听过有谁想杀他们。她从没指认过凶手，也没人承认揭发。"

"你希望大家认定凶手是他们的叔叔理查德吧。"我下了结论，"可你没有指控他的勇气。哪怕他躺进了一座荒坟，哪怕你当众列出了他的罪状，你也不敢把这个恶名加在他头上，你和亨利都没胆量说他杀害了侄儿。"

"他们被杀了吗？"她咬牙切齿地反问我，"如果理查德没死呢？谁是凶手不重要！重要的是他们真的被杀了吗？两个人都死了？你知不知情？"

我摇了摇头。

"那两个男孩儿在哪儿？"她的声音几乎和炉火的燃烧声一样轻，"他们在哪儿？理查德王子现在在哪儿？"

"我想你比我更清楚。你应该知道他的具体下落吧。"我朝她转过身去，让她看到我脸上的笑容，"你难道不认为那个苏格兰男孩儿就是他？你难道没想过他已经重获自由，正要率军攻打我们？攻打你的宝贝儿子，说他是个篡位者？"

她脸上的痛苦真真切切。"他们已经跨过了边界，"她小声说，"纠集了一支上万人的庞大军队，统帅就是苏格兰国王詹姆斯和那个男孩儿。詹姆斯还铸造了火炮和炮弹，这次也随军带来了，据说全军行动有序，过去从未有人在北方见过这样的军队。对了，那个男孩儿还送来一份声明……”她从怀里掏出一张纸。我控制不住心中的好奇，赶紧伸手接过。这就是那个男孩儿的声明，相信他一定叫人写了上百封，不过末尾的签名应该是他亲笔：理查德斯·雷克斯，英格兰国王理查德四世。

我无法将目光从那个笔意流畅的首字母上移开。我用指尖轻触变干的墨迹，心想这也许就是我弟弟的签名。可我的指尖为何感觉不到他的存在，我手下的墨迹为何没有变暖？这是他的笔迹，如今我的手指触碰着它。“理查德，”我惊讶地开口，语调饱含爱意，“理查德。”

“他号召英格兰人在亨利逃跑时逮住他。”玛格丽特夫人的声音在颤抖。我几乎没听到她的话，所思所想的全是弟弟。一想到他在上百封声明上写下“理查德斯·雷克斯，英格兰国王理查德四世”，我就忍不住笑起来。母亲生前对他疼爱万分，他活泼开朗的性情也深得我们喜爱。我能想象他拿着羽毛笔龙飞凤舞，面带微笑的模样，他一定相信自己能夺回英格兰，重建约克王朝。

她哀叹一声：“他已经跨过苏格兰边境，如今直扑贝里克郡。”

我总算听懂她的话了：“他们已经入侵了？”她点了点头。

“国王打算迎战吗？军队是否已经准备就绪？”

“我们已经送去一笔钱，一笔巨款。他正把金钱和武器源源不断地投向北方。”

“那亨利准备赶去喽？他要率军迎击那个男孩儿？”

她摇了摇头。“我们不会派出军队。我们的人还没到北方去。”

这算怎么一回事？我看了看手中那份言辞大胆的声明，又看了看她那张苍老惊惧的脸。“为什么不？他必须守住北方。我还以为你们已经做好准备了。”

“我们不能这么做！”她开始咆哮，“我们不敢带领军队到北方迎击那个男孩儿。要是我们一到那里，军队就倒戈了呢？要是他们改变立场，决定支持理查德了，那我们不是把军队和武器白白送给他了吗？军队不能出现在他附近，英格兰必须由北方人自己保卫，他们可以在本地领袖的带领下抗击苏格兰人，守护自己的土地，我们会从洛林和德国雇佣军队助他们一臂之力。”

我难以置信地看着她：“你从外国雇佣士兵，你对本国人已经怀疑到这种地步了？”

她不安地绞动手指：“人们对税项和罚金相当不满，出言诋毁国王。这些人不值得信任，我们不能确定……”

“你认为英国军队迟早临阵倒戈，转而对抗国王？”

她以手掩面，瘫在椅子里，几乎就要跪到地上。她好像是在祈祷。我冷眼看着她，心中升不起一丝同情。我一生之中，还从未听过这样的奇事：国家遭到入侵，国王竟然不敢领兵保卫边境，无法信任自己亲自召集、武装、支付薪水的军队，甚至不惜借助外国雇佣军，所作所为活像个篡位者：而这一切不过是因为一个索要王位的毛头小子。

我问她：“如果国王不去，由谁领导北方军队？”

这个问题让她有了点儿兴致。“萨里伯爵托马斯·霍华德。在这一点上我们信得过他。你妹妹怀了他的孩子，有她和他的长子在手，我确定他不会背叛我们。考特尼家族也会站在我们这边，我们打算把你妹妹凯瑟琳嫁给威廉·考特尼，好笼络住他们的心。让一个公认的约克忠臣去对抗那个男孩儿可是场好戏，你不觉得吗？人们多半会停下来想想，不是吗？他们一定亲眼见过我们把托马斯·霍华德关进伦敦塔，而他又毫发无伤地出来了。”

“不像那个男孩儿。”我幽幽一叹。

她的眼神变得锐利起来，我看到她现出畏惧之色。“哪个男孩儿?”她问，“哪个男孩儿?”

“我堂弟爱德华。你仍然把他关在塔里，没有理由，没有控罪，这不公平。他现在应该获释，这样大家才不会说你把约克男孩儿们关进了伦敦塔。”

“我们没有。”她脱口而出，就像在说一句熟记于心的祈祷词，“我们是为了他的安全才让他住在那里的。”

“我请求你放了他，这个国家的人民认为他应该得到自由。我以王后的身份向你提出这个要求。如今情势危急，我们正可以借此显示信心。”

她摇了摇头，坐回椅子里，仍旧决心不改：“除非他彻底无害了，否则绝对不可以。”

我站起身来，手里还握着那张声明，上面白纸黑字，呼吁人们起来反抗亨利，抵制他的苛捐杂税，如果他想逃回布列塔尼，就赶紧抓住他。“我不会安慰你，”我冷冷地说，“你鼓动亨利狂征暴敛，让百姓倾家荡产；你纵容他龟缩不出，既不在人前露面，也不广交朋友；你唆使他追捕迫害那个男孩儿，眼看对方前来入侵，你先是要求他招募一支他无法信任的军队，现在又要他引狼入室。他上一次引入的外国士兵带来了汗热病，差点儿让我们统统没命。英格兰国王应该受到子民的爱戴，不该被他们看作破坏和平的罪人。他不用害怕自己的军队。”

“那个男孩儿是你弟弟吗?”她声音嘶哑地质问我，“我叫你来就是想问这个。你一定知道，一定知道你母亲是如何救他的。你母亲最疼爱的儿子现在来对付我们了，是不是?”

我突然意识到自己绝对不能正面回答这个问题，一时急中生智，想出一套无懈可击的说辞：“亨利面对的敌人是谁并不重要。他是我母亲最疼爱的儿子也好，是另一个母亲的儿子也好，重要的是你没让你儿子获得英格兰人的敬爱。你本该让他成为一个受人爱戴的国王，可你没有做到。他安全与否只取决于子民的爱，而你的所作所为让他身处险境。”

“我能怎么办？”她反问我，“这种事要如何做到？这些人一个个言而无信，薄情寡义，放着正道不走，偏要飞蛾扑火，根本不值得我信任。”

我看着她固执的模样，忽然有点儿同情她了。她瘫坐在椅子里，身后是富丽的珐琅面祈祷台，台子上放着大开本圣经，这间全宫最豪华的屋子里悬挂着上等挂毯，她的保险箱中存放着价值不菲的财宝。“你无法培养出一个受人爱戴的国王，是因为你儿子从小缺少爱。”我言辞激烈，仿佛在指责她是个罪人。我感觉自己变得冷心冷面，像个进行末日裁决的记录天使。“你为他努力过，可是最终没能帮上他。他年幼时从没得到过爱，长大成人后自然无法爱人。你彻底毁了他。”

“我爱他！”她突然气冲冲地跳起来，眼中燃烧着怒火，“没人能否认我爱他！我一生都在为他忙碌，一心只想着他！为了生下他，我差点儿难产死掉，为了他的前程，我牺牲了一切，宁愿过着朝不保夕的生活，宁愿选择一个我不爱的丈夫，这都是为了他！”

“他是被另一个女人养大的，就是他监护人的妻子赫伯特夫人，他很喜欢她。”我步步紧逼，“你把她视作仇人，把他带离她身边，交给他叔叔照顾。在你被我父亲打败之后，加斯帕带他逃离故地，开始流亡生涯，而你没和他们一起走。他知道是你送走了他，也知道这一切都是因为你的野心。他没听过摇篮曲，也没听过睡前故事，更没玩儿过母亲常陪儿子玩的小游戏。他不知道何为信任，何为温柔。你的确为他付出了辛劳，也为他苦心经营，奋力争夺，这没有错，可是我想知道，在他还是个小婴儿时，你有没有把他抱在膝上，轻轻挠他的小脚趾，逗得他咯咯大笑？”

她往后退了几步，仿佛我刚刚是在咒骂她。“我是他母亲，不是他的保姆。我干吗要爱抚他？我的职责是教导他成为领袖，而不是婴孩儿。”

“你是他的上司和盟友，可是其中没有一点儿真情。现在你看到这么做的代价了，他心中也没有真情，他既不懂得爱别人，也不懂得接受别人的爱，完全不懂。”

可怕的消息接二连三地从北方传来，据说苏格兰的军队像狼群一样侵入北方，经过之处一片狼藉。北方的保卫者们英勇无畏地前去迎战，可是没等他们赶到战场，苏格兰人就撤出了国境，回到苏格兰的崇山峻岭之中。这不是一次失败，但比失败更可怕，因为对手忽然间消失得无影无踪。这是苏格兰人的警告，预示他们还会再来。亨利仍然惶惶不安，要求国会拿出几十万英镑，又从不情不愿的贵族和伦敦商人手中借贷，把筹到的钱统统拿去购置武器，招募军士，以时刻应对这无形的威胁。没人知道苏格兰人的打算，他们是想趁风雪天频频突袭北方，摧毁我们的骄傲和自信，还是想等到开春之后，发动全面入侵？

“他有孩子了。”玛姬悄悄告诉我。宫廷正忙着筹备圣诞节。玛姬和她丈夫先前随我儿子亚瑟去了勒德洛堡，让他熟悉自己的封邑威尔士，如今圣诞节要到了，他们又从威尔士赶回了威斯敏斯特宫。玛姬从一路上下榻的旅馆、大宅和修道院里听到不少传言，一回宫就匆匆跑来告知我：“大家都说他有孩子了。”

我立刻想到了母亲，她要是还活着，该有多高兴啊，一定会急不可耐地想看自己的孙子吧。我急忙问：“是男是女？”

“是个男孩儿。他有儿子了，约克王朝有了新的继承人。”

我欣喜若狂，紧紧握住她的手，看着她同样灿烂的笑容：“一个男孩儿？”

“一朵新生的白玫瑰，一个白玫瑰花蕾。约克家族有后了。”

“他在哪里？在爱丁堡吗？”

“据说他和他妻子住在福克兰一座皇家猎庄里，一家三口安安静静地生活在一起。听说她漂亮极了，他们夫妻恩爱，非常幸福。”

“他不打算入侵了？”

她耸了耸肩：“或许只是时节不太好，但也不排除他改变主意，想过安稳日子的可能。新婚燕尔，有娇妻幼子相伴，也许他已经满足了。”

“要是我能给他写信就好了，我真想告诉他，这就是最好的生活。”

她慢慢摇了摇头：“任何越过边境的东西都瞒不过国王的眼睛。哪怕你只给那个男孩儿送去一句话，也会被国王视作世上最严重的背叛。他绝不会原谅你，他会永远怀疑你，认定你一直是潜伏在他身边的敌人。”

“要是有人能劝说他留在那里，开开心心地过日子就好了，他如今拥有的快乐是王位给不了的。”

“我不方便联络他，”玛姬说，“我已经找到了自己的幸福，我有一个好丈夫。在勒德洛堡，有一个地方可以称作我的家。”

“真的？”

她羞涩一笑，连连点头。“他是个好男人，嫁给他是我的幸运。他平和沉静，对国王忠心耿耿，对我非常专一。我经历过太多喧嚣，见证过太多背叛，我如今什么也不求，只想好好抚育我的儿子，辅佐你儿子成为一个合格的王子，照你的要求打理勒德洛堡，等你儿子的新娘来了，欢迎她到我们家去。”

我问她：“亚瑟表现得怎么样？”

她笑着对我说：“他是个能让你引以为傲的王子，为人慷慨公正。每当理查德爵士带他视察法庭审案时，他都会要求法官们仁慈一些。他马术很好，每次出门都像问候朋友一样向人问好。他丝毫没有辜负你的期望。理查德把所知所学统统教授给他了，他是个好监护人，对你儿子尽心尽力。亚瑟会成为一个好国王，甚至是一个伟大的国王。”

“如果那个男孩儿不索要王位就好了。”

“他也许会认为爱妻子和爱孩子已经足够了，”玛姬安慰我，“他也许会明白，一个王子不必非得成为国王，比起做国王，成为一个爱护家人的男子汉更重要。也许当他看见怀抱婴孩儿的妻子时，他会了解眼前的一切就是他最辽阔的王国。”

“我真想把这个道理告诉他！”

“伦敦塔就在下游，可我连给亲弟弟送封信都做不到，遑论给你弟弟？”

1497年夏

伦敦塔

康沃尔郡人开始抱怨国王征税太重，又抱怨他夺走了他们采挖锡矿的权利。这些人整日冒着危险在狭小的地底辛苦劳作，说着奇怪的方言，与其说他们是基督教徒，倒不如说他们是野蛮人。康沃尔位于英格兰最西端，远离伦敦，他们很容易被幻想和谣言蛊惑。他们相信国王也相信天使，相信表象也相信奇迹。我父亲总说康沃尔郡人不同于其他英国人，他们没有一丝英国血统，统治他们必须用宽仁之道，仿佛他们是一群与英国人生活在一起的淘气鬼。

这些日子以来，他们群情激奋，同仇敌忾，人们的怒气犹如盛夏的燎原之火，穿过田地和牧场，蔓延得比一匹奔马还快。没过多久，整个康沃尔郡的百姓都拿起了武器，其他西部各郡也纷纷加入，愤怒之情和康沃尔人不相上下。他们组织了各自的军队，首领分别来自萨默塞特郡和威尔特郡，康沃尔郡的军队由一个名叫迈克尔·约瑟夫的康沃尔铁匠领导，据说他身长十英尺，还宣称自己绝不会被一个父族没有王室血统的国王打败，他要领导大家打倒这个妄图用都铎王朝的新手段来对付康沃尔人的威尔士蠢货。

这不仅仅是一场愚民的暴动：自耕农卫兵、渔民、农夫、矿工相继倒向他们，最糟糕的是，一位贵族，奥德利勋爵也毛遂自荐，想做他们的领袖。

“我打算把你，我妈妈和孩子们留在这里。”亨利紧张地嘱咐我。他的马正等在自耕农卫队的前头，这支卫队在白塔前摆出整齐的战阵，伦敦塔的所有入口都关闭了，火炮则被推到墙头，一切准备就绪，随时可以迎战。“你待在这里会很安全，就算遭到围困，也能坚持几星期。”

“围困？”我抱起玛丽，让她的两腿夹住我的腰。我觉得此刻的自己像个目送丈夫出征的农妇，对未来一片茫然。“为什么，难道他们很快就要攻到伦敦了？他们是从康沃尔郡来的，应该被遏制在西部才对！你给我们留下足够的军队了吗？伦敦人不会背叛我们吧？”

“伍德斯托克，我要去伍德斯托克。我可以在那里招募军队，截住从西方大道而来的叛军。我得尽快把军队从苏格兰调回来，我把他们全派去北方对付那个男孩儿和苏格兰人了，完全没料到西南方会有叛乱。我已经派人去给杜柏尼勋爵送信了，命令他带着手下的军队立刻撤回南方。我会让他们回到这儿来，只要信使及时找到他们就行。”

我提醒他：“杜柏尼勋爵是萨默塞特郡人。”

“你说这话是什么意思？”亨利陡然变色，朝我大吼。玛丽吓得一缩，委屈地抽噎起来。我紧紧抱住她圆胖的小身子，两脚换来换去地摇晃，好哄她不要再哭了。

我压低声音，一来免得吓到女儿，二来也不想惊动亨利那些神情严肃的侍卫。“我没别的意思，只是想到他若与自己的乡亲刀剑相向，内心一定会经历一番煎熬，他必须朝同乡们开火，这太残酷了。整个萨默塞特都加入到康沃尔人的暴动中，其中多半有他的故交旧识。我不是在暗示他会背叛你，我的意思是他来自西部，一定对自己的乡亲抱有同情之心，你应该再派几个人去辅佐他。你的贵族们在哪儿？杜柏尼的亲朋好友中如果有你信得过的人，你大可把他派到杜柏尼身边，时时提醒他站在你这边。”

亨利“哎”了一声，几近于痛苦的哀叹，他伸手抚摸坐骑的脖子，似乎很需要支持。“苏格兰，”他小声呢喃，“我几乎把手中的一切资源都送到了北方，其中包括我所有的军队，所有的大炮和全部的钱。”

我总算明白我们身处何种险境，一时之间，不知该说什么。我所有的孩子都在伦敦塔，就连亚瑟也从威尔士赶回来了，如今叛军正向伦敦进发，我们的主力军队远水难救近火，要是亨利这支寡军不能在中途拦下他们，我们一定会被包围。“你要勇敢，”虽然心中恐惧难安，我还是佯装镇定地鼓励他，“你要勇敢，亨利。我爸爸曾经被俘，曾经被人驱逐出这个国家，可他仍然是英格兰最伟大的国王，在御榻上得到善终。”

他看向我的眼神十分阴郁。“我已经派萨里伯爵托马斯·霍华德赶赴苏格兰了。他在博斯沃思和我作对，被我投进伦敦塔关了三年多。你觉得这样一个人会真心拥戴我们吗？我不得不赌一把，用嫁出你妹妹的手段来拉拢他，让他成为我们的可靠盟友。你刚刚告诉我，杜柏尼是萨默塞特郡人，一定会同情那些想要推翻我的父老乡亲，实话对你说吧，我根本不知道这件事，我对这些人一无所知，他们对我同样谈不上了解和喜欢。我和你爸爸不一样，我身处一个陌生的国度，孤立无援；而他娶了最爱的女人，受到人们的热情追随，身边永远不乏值得他信赖的人。”

我们在伦敦塔内的防御重地加派人手，大炮朝外，用来点炮的火种日夜不熄，炮弹堆放在火枪旁边。我们听说一支强大的叛军正从康沃尔郡杀往伦敦，军士约有两万之多，人数一路上还在不断增加。从规模来看，这支军队足以拿下全国了。杜柏尼勋爵及时赶到南方，拦住了西方大道。我们满以为他会击退叛军，结果连稍稍拖延也没有做到。有人说他命令手下的军队让开一条路，就这样放他们过去了。

叛军来到了伦敦附近，人数越来越多。这群人的领袖是奥德利勋爵，其他贵族虽然没有出面，可多半暗中提供了武器，钱财和人手。我没有听到亨利的任何消息，身为妻子，我必须相信他正在招募人手，操练军队，准备向他们发起进攻。他没给我送来只言片语，也没给他母亲写信，她为此日夜悬心，整天跪在礼拜堂虔诚祈祷，和亲手点燃的献祭蜡烛作伴。

亚瑟一直跟随我们平平安安地住在伦敦塔。有一天他突然来找我："父王有没有拦住那些叛军？"

虽然没有把握，可我还是安慰他说："我确定有。"

卫队不断在塔外踏步，喊口令，卫兵每隔四小时就轮换一次，我堂弟爱德华一定在房中听到了这些动静。自从丈夫跟随亨利出征后，玛姬一直陪在我身边，我们中唯她有探望爱德华的资格。这天去见过爱德华后，她一脸严肃地回到我房中。

她只是说："他很安静。他问我们为什么都在这里，他知道我们都在伦敦塔，还问外面为什么这么吵。当我告诉他有叛军从康沃尔郡一路杀向伦敦的时候，他说……"她突然抬手捂住嘴，噤口不语。

我急忙问："什么？他说什么？"

"他说不会有多少人要来伦敦这种沉闷无趣的地方。他还说，应该让人告诉他们伦敦不好玩儿，这里一个玩伴也没有，太冷清了。"

我吓坏了："玛姬，他变傻了吗？"

她摇了摇头："不，我不确定。我想这只是因为他被孤孤单单地囚禁了太久，快要忘记该如何说话了。他像个没有童年的孩子。伊丽莎白，我对不起他，我太对不起他了。"

我上前想要拥抱她，她却闪身退开，行了个屈膝礼："让我回房洗把脸吧。我不能提他，一想起他我就心痛。我已经改换姓氏，否认了我的家族，把他抛弃了。我抓住了自己的自由，却把他留在这里，像一只关在笼中的小鸟，一只瞎眼的鸣禽。"

“等这场叛乱结束……”

“等这场叛乱结束，局面会更糟!”她激动得大喊，“我们一直等待着国王解开心结，觉得自己终于可以坐稳王位，但他从来没有感觉到安全。等这场叛乱结束，就算胜利的是我们，国王仍然要面对苏格兰人，也许还要面对那个男孩儿。国王的敌人接踵而至，他交不到朋友，可每年都有新敌人。对他而言，情势永远不够安全，他也永远不能稳坐王位。”

我伸手捂住她颤抖的嘴唇：“别说了，玛姬，别说了。你知道我们最好不要谈论这些。”

她行了个屈膝礼，转身离开了房间，我没有加以阻拦。我知道她说的都是真话：我们和武器简陋、孤注一掷的西部叛军之间的战争，英格兰人和苏格兰人之间的冲突，爱尔兰正在酝酿的暴动，以及那个男孩儿和国王之间的冲突会让这个夏天变得血雨腥风，等这一切全都过去，就到了秋后算账的时候，没人能说清失败者要付出什么样的代价，而谁会成为这场审判的法官。

恐慌起于黎明。我听见有人在喊叫，奔跑，估计是守备部队的指挥官在召集军队。塔中警铃大作，没过多久，伦敦城里所有的警钟都响了起来。伦敦城外，英格兰全境的警钟也一起敲响，看来康沃尔郡人已经兵临城下，他们来此的目的不是要国王减免税项，又或者清君侧，而是要国王下台。

国王的母亲玛格丽特夫人冲出了礼拜堂，她不停眨眼，像只被晨光和塔中的喧闹吓坏了的猫头鹰。她见我站在白塔入口处，连忙穿过草地向我跑来。“你留在这里，”她口气生硬，“我命令你留在这里以保万全。亨利说你不能离开。你和孩子们都要留在这里。”

她转身朝一个卫队指挥官走去，我立刻意识到她想干吗：她一定以为我要逃跑，打算命人逮捕我。

我连声质问："你疯了吗？我是英格兰王后，国王的妻子，威尔士王子的母亲！我当然会留在这里，和我的子民在一起。无论发生什么，我决不会离开。你以为我要去哪儿？我没有毕生流亡海外，也没有说着外语，带着外国军队来入侵自己的故乡！我是土生土长的英国人，我当然会留在伦敦！这里有我的子民，这里是我的家园，就算他们今天拿着武器来对抗我，他们仍然是我的子民，而我依然属于这里！"

她显然没料到我会如此愤怒，气焰立刻弱了下去："别生气，伊丽莎白。我只是想保证我们大家的安全。我什么也不知道。那些叛军在哪儿?"

"布莱克西斯。不过他们已经折损了不少人。他们攻入肯特郡时遭到了阻击。"

她紧张地问："伦敦人有没有为他们打开城门?"我们都听到了街上的喧哗骚动。她一把抓住我的手臂："那些市民和民兵会放他们进入伦敦吗?他们会背叛我们吗?"

"我不知道。我们可以登上城墙，看看发生了什么。"

我，玛格丽特夫人，我的妹妹们，玛姬，亚瑟和几个年纪更小的孩子一起沿着狭窄的石楼梯爬上伦敦塔的围墙。我们向东方和南方张望，只见泰晤士河蜿蜒而下，看不到尽头。我们心里明白，就在七英里之外，康沃尔叛军已经成功占据了布莱克西斯，在我们的格林威治宫外安营扎寨。

我告诉孩子们："我母亲曾经站在这里。当时有人包围了伦敦塔，她站在这儿，就像我们现在这样。我陪在她身边，那时的我只是个小姑娘。"

"你当时吓坏了吗?"六岁的哈里问我。

我紧紧搂住他，感觉怀中的小人想努力挣脱，不由得笑起来。他迫切想要自己站立，希望表现出顶天立地、英勇无畏的男子汉气概。"没有，"我说，"我没有被吓坏。因为我知道安东尼舅舅会保护我们，英格兰人民绝不会伤害我们。”

“现在由我保护你，”哈里向我承诺，“如果叛军来了，他们会发现我们已经准备好了。我不害怕。”

我感到身边的玛格丽特夫人向后退了一步。她显然没有这样的信心。

我们沿着城墙走到北面，从这里可以俯瞰城中街道。年轻的学徒正挨家挨户地猛敲房门，号召大家去守卫城门，市民们从灰扑扑的旧橱柜里找出武器，从地窖里取出旧长矛。训练有素的民兵跑过大街，准备去守住城门。

“看到了吗?”亚瑟指着那些人说。

“他们在为我们而战，”我对我的女领主，国王的母亲说，“他们正拿起武器迎击叛军。他们正跑向城门，不让叛军攻进来。”

她一脸犹疑。我知道她心里害怕，唯恐他们一听到门外的叛军高喊“废除税收”，就立刻打开城门。“别担心，无论如何，我们在这里很安全。”我安慰她，“伦敦塔的门都关着，吊闸也放下了，而且我们有火炮。”

“而且亨利会带着人马来营救我们。”我的女领主断言。

玛姬和我飞快地对视了一眼，目光中俱是怀疑。可我还是回答：“我相信他会。”

最终赶来剿杀叛军的人不是亨利，而是杜柏尼勋爵。康沃尔郡人经过长途跋涉，早已疲惫不堪。杜柏尼勋爵趁他们熟睡之时，派骑兵冲进人群左劈右砍，就像在一片干草地上练剑。他们有的手执钉头锤，这颗摆动的刺球可以砸掉一个人的脑袋，也可以把人脸砸得稀烂，就算戴着金属头盔也不能幸免；有的手拿长矛，一路戳刺；有的使一把战斧，战斧一头有一颗可怕的长钉，可以击穿金属。杜伯尼精心策划了这场袭击，除了安排骑兵冲杀，他还在另一边布下骑兵和弓箭手，好让叛军无处可逃。康沃尔郡人装备简陋，手中的武器不比木棍和草耙强多少，他们此刻就像生长在康沃尔郡贫瘠荒野中的绵羊，三五成群，惊慌失措地想要逃窜。几千支羽箭在他们耳边呼啸，刚刚逃过骑兵的追杀，转身又发现手执长矛火枪的步兵神情漠然地攻向他们，他们慌忙乞求步兵们看在同乡份上放他们一马，可对方置若罔闻。

康沃尔郡人被彻底击溃了，他们纷纷趴在泥地里，丢下武器，举手投降。他们的头领迈克尔·约瑟夫冲出战团，仓皇逃命，跑出好远之后，又像只气喘吁吁的牡鹿般被骑兵追上。叛军头领奥德利勋爵把手中的宝剑交给了老朋友杜柏尼勋爵，后者冷脸接过。或许两人都不确定自己是否在为正义而战，对奥德利而言，这是一次最出人意料的投降，对杜柏尼来说，这是一次最不光彩的胜利。

当侦察员来到伦敦塔，告知我们战事结束之后，我对孩子们说："我们安全了。你们的父王已经打败了那些坏人，现在他们要打道回府了。"

"我多希望领导军队的人是我！"哈里大声嚷嚷，"我本该拿着钉头锤作战。看锤！看我摇锤子砸你！"他在房中连蹦带跳地比划，一只手假装拉马缰，另一只手则握成拳头，做出摇锤的动作。

"等你大一点儿也许可以，"我对他说，"但我更希望和平。他们会回自己家去，我们也能回家了。"

亚瑟直等到弟妹们转移了注意力，这才走到我身边。"他们在史密斯菲尔德建造绞刑架，"他小声说，"他们中的许多人都回不了家了。"

"这是形势所迫，"我在一本正经的儿子面前替他父亲辩护，"一个国王无法容忍反叛。"

"可他把一些康沃尔郡人卖作奴隶了。"亚瑟直截了当。

"奴隶？"我吃了一惊，看着他严肃的小脸，"奴隶？谁说的？他们多半弄错了吧?”

“是我的女领主，国王的母亲亲口告诉我的。他要把他们卖到海船上做桨手，一直划到死为止。他还要把他们卖到爱尔兰做苦工。整整一代康沃尔人都会恨我们。国王怎么能把自己的子民卖作奴隶?”

我看着小大人一样的儿子，明白我们给他留下了多大的难题。我叹了口气，无言以对。

我们胜利了，可是这场仗赢得太勉强，毫无喜悦可言。亨利不情不愿地封了好几个骑士爵位，那些得到殊荣的人则诚惶诚恐，担心麻烦会伴着新头衔而来。凡是同情过叛军的人统统摊上了名目繁多的惩罚性税费，达官贵人，士绅名流必须向国库缴纳巨额罚金，以保证将来不会犯上作乱。对康沃尔人头领的审判和处决进行得非常迅速，他们被刽子手吊到半死，挖出五脏六腑，生生大卸八块，活活疼死。和手下的佃户们联手对抗国王的奥德利勋爵也很快丢掉了脑袋，临刑之时，他神情严肃，在围观者的哄笑声中把脑袋放上了断头台。亨利的军队一路追赶幸存的康沃尔人，谁知追到康沃尔郡后，这些人逃进树篱掩映的乡间小路，顷刻间消失得无影无踪。这些小路就像原野上的绿色隧道，纵横交错，不知通向何方。这些叛徒去了哪儿？他们在干什么？没人说得清。

亨利告诉我：“他们在等待。”

“他们在等待什么?”我佯装不知。

“等待那个男孩儿。”

“他在哪里?”

好几个月没有露出笑脸的亨利居然笑了：“他本想发动战争，苏格兰国王会在财力和人力上支持他。”

我静待他说下去，心知他既然一脸春风得意，如今的情势一定不糟。

“可他没有。”

“没有?”

“有人会把他骗上船交给我。苏格兰的詹姆斯终于肯把他交出来了。”

“你知道他在哪儿吗?”

“我知道他在哪儿，也知道他会坐哪艘船出海。上船的不只是他，还有他的妻子和儿子。詹姆斯已经彻底出卖了他，等他到了海上，我的盟友西班牙会截住他，假意和他交好，实际上会把他带来给我。事情的最后一步，就是干掉他。”

1497年夏

牛津郡　伍德斯托克宫

然而他再次失踪了。

我们开始了夏季巡游。从表面上看，这次巡游和往年没什么两样；可实际上，因为不知道男孩儿会在哪里登陆，我们被困在英格兰中部，不敢向任何方向挪动半步。亨利几乎不走出房间，我们每到一地，他就创建一个指挥部，做好被围困的准备。他在指挥部里接收消息，传送命令，招募士兵，甚至做好了一套镶金嵌宝的新盔甲，准备上战场时穿。可他不知道战场会在哪里，也不清楚男孩儿去了何处。

亚瑟眼下无法返回勒德洛堡了，他急得向我抗议："我应该回到自己的封邑，和我的子民在一起。"

"我知道。不过你的监护人理查德爵士得率领军队跟随国王。现在你父王不知道那个男孩儿可能在哪里登陆，我们一家人待在一起会更安全。"

他抬头看着我，棕眼睛里满是忧色："妈妈，我们会迎来和平吗？"

我无法回答。

人们一度传言那个男孩儿偕同新婚妻子住在他的爱巢里，深受苏格兰国王的宠爱，雄心勃勃地策划着新的冒险；但我们随后听说他乘船离开了苏格兰，再次消失无踪，这是他向来擅长的手法。

“你觉得他是不是去你姑妈那儿了？”亨利问我。“那个男孩儿去哪儿了”是他每天必问的问题。我俩身处宫中一座塔楼内，这里被辟作玛丽的保育室。今天阳光很好，我正把玛丽抱在膝头晒太阳，亨利在我们面前来回踱步，脚步声又重又响，他就像头好斗的狮子，随时可能爆发。我将怀中的女儿搂紧了一些，生怕亨利的怒气吓到她。玛丽一脸严肃地打量着他，半点儿也不害怕。她看他的样子，就像一个小婴儿在看一头被耍逗的狗熊，新奇但不可怕。

“我当然不知道他去哪儿了，”我说，“我想象不出来。你不是告诉过我，神圣罗马帝国皇帝命令公爵夫人不要支持援助他吗？”

“可她凭什么照做？”亨利反问，“除了忠于约克王朝，她一向没什么信用。她对任何事都不在乎，偏偏就爱抓着我不放，非要毁掉我合法的统治权，置我于死地不可！”

玛丽被他的大嗓门吓住了，小嘴一扁就要哭。我赶紧把她转过来，面对面地笑着哄她：“好了，别哭，没什么事。”

“没什么事？”亨利疑惑地问。

我耐心解释：“我是说这些事和玛丽无关。不要吓到她。”

他狠狠地瞪着她，仿佛下一秒就要朝她大吼大叫，说她已然身处险境，她的家族濒临崩溃，而这一切统统拜一个像幽灵般神出鬼没的敌人所赐。他又问：“他在哪里？”

“你确定已经在所有港口布防了？”

“当然了，还花了我不少钱呢，不过我可以保证，英格兰的每一寸海滩都有人巡逻。”

“那他一旦靠岸，你立刻就会知道。或许他已经逃回爱尔兰了。”

“爱尔兰？你知道爱尔兰的什么情况？”他急忙追问，反应快得像条蛇。

“我不知道！”我对他的态度极其不满，“我凭什么该知道？我这么说，无非是因为他从前在那里待过，有几个当地的朋友。”

“谁？什么朋友？”

我把玛丽搂在怀里，站起来面对他：“陛下，我不知道。如果我知道什么，一定会告诉你。可我完全不知道。我听到的一切都是你亲口告诉我的。除你之外，其他人从没跟我说起过他，就算有人说了，我也不会听。”

“西班牙人也许会抓住他。”亨利喃喃低语，与其说是在跟我讲话，倒不如说是在自言自语，“他们已经答应和他结盟，打算趁他不备，把他捉来给我。他们向我承诺过，说他们会派几艘船在海岸待命，而且他也同意和他们见面了。也许他们会……”

一声重重的敲门声突然响了起来，玛丽吓得大叫，我一阵心慌，把她搂得更紧，大步穿过房间，逃也似的朝卧室走去。亨利猛地转身，脸色煞白。我停在卧室门口，亨利和我相隔不过一步，这时风尘仆仆的信使走了进来，看到我俩一脸的惊慌失色，好像以为进来的是个杀手。他单膝跪下，恭敬地说：“陛下。”

“有什么事？”亨利没好气地问，“你敲门敲得太大声，把王后吓坏了。”

“有人入侵。”

亨利站立不稳，连忙抓住椅背：“是那个男孩儿？”

“不是。是苏格兰人。苏格兰国王兴兵来犯。”

我们不得不把拯救英格兰的希望寄托在我妹妹安妮的丈夫，萨里伯爵托马斯·霍华德身上。我们畏惧一切，怀疑一切，可我们这次必须相信他。哪知人算不如天算，一场大雨彻底破坏了我们的计划。雨水连绵不断，英苏两方都被困住了。英格兰军队多在城堡前方的空地上安营扎寨，天阴雨湿，许多人生了病，纷纷趁下雾时逃回家去烤火烘衣。托马斯·霍华德不仅无法维系他们的忠诚，就连让他们留在军中也做不到。他们不愿意打仗，就算亨利是在保家卫国，就算苏格兰是英格兰的宿敌，他们也毫不在意。他们根本不关心他。

在这间私人会客室里，托马斯·霍华德毕恭毕敬地站在亨利面前。亨利王座的一边是我，另一边是玛格丽特夫人。亨利朝托马斯大发雷霆，骂他欺上瞒下，背信弃义，虚伪狡诈。

“我没法让他们留下，”托马斯痛苦地说，“我连那些将领都留不住。他们根本不想打仗，我也拿不出足够的奖赏，您不了解当时的情况。”

亨利大声咆哮：“你是说我没上战场？”

托马斯慌慌张张地看了我这个姐姐一眼。“不是，陛下，当然不是。我的意思是我无法向您描述出战况的艰苦。英格兰北部太过阴冷潮湿，粮草不足，有些地方很难生火，有时大家夜里吃不上东西，只能饿着肚子在雨里睡觉，醒来后也没有早餐，军队补给困难，士兵们就没有心思打仗。没人质疑陛下的勇气，全国上下都看到了您的决心和威严。只是天气如此恶劣，要士兵们坚定不移，毫不退缩，实在太难了。”

“别再说了。你能回到战场吗？”亨利紧咬下唇，脸上阴云密布。

“我坚决服从您的命令，陛下。”萨里伯爵语意恳切。我们所有人都清楚，只要他流露出一丝一毫的抗拒之意，立马会被冠上叛徒的帽子，押回伦敦塔去，他和安妮的婚姻不足以救他于水火。他又飞快地看了我一眼，见我面无表情，立刻明白我没法帮他，于是又讨好地说：“领导您的军队是我的荣耀，我会全力以赴。不过那些人已经回家了，我们必须把他们重新召集起来。”

“我不能一直雇人打仗，”亨利突然做出决定，“他们不会卖力，我也没钱发饷。我必须和苏格兰修好。听说詹姆斯的国库也快耗尽了，如今正是大好时机。我要把剩下的人撤离边境，让他们来南方做好准备。”

我的女领主问："准备什么？"

我不知道她发问的原因，只是听出了她话音里的恐惧。

"准备对付那个男孩儿。"

1497年秋

牛津郡　伍德斯托克宫

一队风尘仆仆，身心俱乏的信使在道路上轮流奔波。一个信使从一处驿站赶到下一处驿站，换掉气力穷尽，跛足难行的马，气喘吁吁地把一份封在羊皮里的纸卷交给下一个人。他们只会说一句话："去伍德斯托克宫交给国王!"紧接着，新的信使又骑着新换的马冲上秋日尘土飞扬的土路。信使从黎明骑到黄昏，天色越来越暗，渐渐分不清哪里是路，哪里是路边疯长的野草，可他们仍旧咬牙前行，直到筋疲力尽，才裹着斗篷往树下一躺，焦急地等待着第一缕晨光。天光乍亮，他们又带着那个宝贵的包裹风驰电掣地赶到下一个驿站："去伍德斯托克宫交给国王!"

宫廷正准备外出放鹰打猎。骑手们纷纷上马，马车房里推出几辆运鹰车，车上载着成排的笼子，笼子被罩得严严实实。饲鹰人在车边奔跑，边跑边抚慰笼中不能视物的猎鹰，承诺会让它们飞翔扑食，只要它们现在沉稳耐心些，骄傲地站在车上，不要软弱泄气，也不要拍打翅膀。

亨利今天收拾得格外光鲜，身穿深绿色天鹅绒骑马装，脚踏深绿色皮马靴，手戴同色皮手套。为了让自己看起来像个拥有无穷财富、和朝臣和睦相处、受万民爱戴、在这个国家生活幸福的国王，他下了大力气。可是每当他闭上嘴巴，嘴角几道新添的法令纹就出卖了他，证明他老是咬牙切齿。

我们站在伍德斯托克宫敞开的大门附近，宫外的大道上传来哒哒的马蹄声，我转头一看，只见大道上有一匹马，马已经疲惫不堪，骑手正低头催促它前行。自耕农卫队立刻聚集到国王身前，其中六人在我面前站成一排。让我惊奇的一幕出现了，他们把轻武器扛到肩上，又竖起手中的长矛。他们只因为看见一个单身男子骑马走向我们的宫殿，就迅速做好了应对袭击的准备。他们竟然认为区区一个人就能单枪匹马冲向我们这群打算去放鹰打猎的王公贵族，把堂堂英格兰国王砍倒在地；他们竟然认为自己必须把我和一个英格兰国民隔开。我能看出他们的恐惧，也意识到他们毫不了解约克王朝的王后是如何行事的。

他们紧握长矛，一字排开，组成一道防线。骑手拉住马缰，那匹疲惫的马滑了一下，慢慢向我们走来。“我给国王送信来了。”他朝我们大喊，因为嗓子里进了泥沙，声音有些嘶哑。亨利认出了他的信使，拍了拍一个卫兵的肩膀，卫兵会意让开，亨利抬脚朝那匹浑身战栗的马儿和那个筋疲力尽的骑手走去。

男人跳下马鞍，可他累得双腿发软，只能抓住马镫站着。他另一只手伸进上衣，取出一个被压扁的包裹，包裹是密封好的。

亨利小声问：“这是从哪儿来的?”

“康沃尔郡。康沃尔郡的最西端。”

亨利点了点头，转身对王公贵族们宣布：“我得留下来读完这个。”他的声音虽轻，却透着不容置疑的坚定，勉强挤出的笑容有些扭曲，显得他极为痛苦。“只是一点儿小事，不过我必须耽搁一会儿。你们先去吧，我随后就来!”

人们小声议论着上了马，我朝我的马夫做了个手势，让他不要把马牵过来，就这样站在亨利身边，目送他们远去。

运鹰车经过我们身边时，其中一个饲鹰人忙着撩起皮帘绑好，让里面的猎鹰凉快凉快，顺便也散散笼中的气味。等到了打猎的地方取下罩子，猎鹰们会拢起翅膀，用亮晶晶的眼睛盯着他们。一个小伙子跑在后面，拿着备用脚环和皮带。他跑到国王身边时，低头鞠了一躬，我匆匆看了他一眼，立刻认出他是兰伯特·西姆内尔。他已经从一个厨房小伙计升为皇家饲鹰人，忠心耿耿地侍奉国王——曾经的王位觊觎者如今找到了幸福。

亨利压根没有看他，也没看其他任何人一眼。他匆匆转身进了东门，带头登上宽大的楼梯，我紧随其后，一同来到他的谒见厅。他母亲在房中等候，我们进去时，她正站在窗前眺望。“我看到信使远远地赶过来了，”她低声对他说，就像在等待世上最糟糕的消息，“我一看到路上的烟尘就开始祈祷。我知道这次的消息是关于那个男孩儿的。他是在哪里靠岸的?”

他答道：“康沃尔郡。那里如今没有我的朋友。”

此刻说这话已经没有意义了，谁让他毁掉他们的骄傲，伤透他们的心，还把他们爱戴追随的人统统绞死。我候在一边，静等亨利撕开外层的羊皮，取出信纸。我看到信上有德文郡伯爵威廉·考特尼的印戳，他是我妹妹凯瑟琳的丈夫，也是她爱子的父亲。

“那个男孩儿已经登陆了，”亨利飞快地浏览着信纸，“德文郡郡长率领一支精兵袭击了他的营地。”他突然停住了，我看到他深吸了一口气，“郡长的士兵一看到男孩儿，就纷纷倒戈倒敌。”

玛格丽特夫人双手交握，似乎在祈祷，可她什么也没说。

“德文郡伯爵是我的连襟。”亨利说话时看着我，仿佛我该对威廉·考特尼的行为负责，“德文郡伯爵威廉·考特尼原本打算亲自领兵，可又想到敌众我寡，而他也信不过手下的士兵。现在他退回了埃克赛特。”他猛地抬起头，“那个男孩儿只不过刚刚到达，就收服了所有的康沃尔郡人和众多德文郡人，而你妹夫逃回了埃克赛特，就因为他无法相信自己的手下不会叛变。”

“有多少人?”我问，“那个男孩儿手下有多少人?”

“大约有八千人。”亨利哈哈一笑，笑声中满是悲凉，“我当年登陆时，手下的人还没这么多。足够了，足够夺取王位了。”

他母亲忙道：“你当时是合法的继承人！”

“德文郡伯爵威廉·考特尼被困在埃克赛特了，”亨利说，“那个男孩儿围困了他。”他转身走向写字桌，边走边叫书记官进来。几个人跑进房间，聆听亨利下达命令，我和玛格丽特夫人赶紧退后。亨利要求杜柏尼勋爵率军迎击男孩儿的军队，为威廉·考特尼解围；由威洛比·德布罗克勋爵带领另一支军队守住南部海岸，封住男孩儿的退路。这个国家所有的贵族都得到了敕令，要他们带领人马赶到西部。他们每个都得去，无法推脱。

“我要活口，”亨利对每一个书记官说，“把这句话写给所有指挥官。我要他活着来到我面前。还告诉他们，把他妻儿也抓来。”

“他们在哪儿？”我问，“他的妻儿在哪儿？”一想到那个年轻女子怀抱婴儿，被军队围在中央瑟瑟发抖的样子，我心中极为不忍，她很可能是我的弟妹呀。

亨利回答：“圣米迦勒山。”

我的女领主，国王的母亲恼怒地“呀”了一声，显然十分不满。在她看来，他一定是想让他儿子和亚瑟王的传说挂上钩，为了让我儿子获得亚瑟王的荣耀，她也千方百计地谋划过。

书记官把写好的敕令递给亨利，亨利把信装进信封，浇上融化的蜡，用戒指戳上印章，又拿起羽毛笔龙飞凤舞地签下他的名字：亨利克斯·雷克斯。我立刻想起那张声明上的签名：理查德斯·雷克斯。我知道，这片土地上又有了两个王位争夺者，两个王室家族再次对立。不幸的是，这一次我将左右为难。

我们等在一边。亨利自己是没法去放鹰打猎了，不过他派人把我送到林中的帐篷里，和猎人们一起用餐，扮演一个太平王后，安定人心。我把孩子们也带去了，他们都骑着各自的小马，只有亚瑟骑在他的猎马上，英姿飒爽地陪在我身边。一个贵族问起亨利是否缺席，我说他一会儿就到，他被一点儿小事绊住了，没什么要紧。

我极度怀疑他们不会相信我。整个宫廷都知道男孩儿离我们的海岸不远了，他已经登陆的消息一定传进了某些人的耳朵。几乎可以肯定的是，其中一些人一定有意投奔他，他们的衣袋里也许还装着他的密函。

“我不害怕。”亚瑟一字一顿地对我说，似乎在认真倾听自己的声音，想知道这句话听起来如何，“我不害怕，母后呢？”

我向他展露出真诚的微笑：“我不害怕，一点儿也不。”

等我回到宫中，却听到了威廉·考特尼的坏消息。叛军攻破了埃克赛特的城门，他受伤了。由于城墙被破坏，他决定与叛军讲和。叛军非常仁慈，既没烧杀抢掠，也没把他扣为俘虏，反而对他百般礼待，把他给放了。为了回报这份恩情，他允许他们沿着西方大道直捣伦敦，还承诺绝不追赶。

“他放他们走了？”我简直难以置信，“还允许他们杀向伦敦？答应绝不追赶他们？”

“不，他会食言的。”亨利说，“我会命令他食言。对叛军的承诺没必要遵守。我会命令他带兵追击，堵住他们的退路。杜柏尼勋爵和威洛比·德布罗克勋爵将分别从北方和西方袭击他们，我们会把他们打垮。”

“可他已经许下承诺了，”我心里实在没底，“说出去的话能收回来吗？”

亨利勃然变色：“在上帝面前，向那个男孩儿许下的承诺统统不算数。”

下人们把他的帽子、手套、马靴和斗篷送进来了。另一个仆人跑到马棚去传令备马，卫兵们在院子里集合，一个信使匆匆骑马出宫，去搜集伦敦所有的火枪火炮。

“你要去军中？”我问，“你要骑马出去？”

“我打算和杜柏尼的军队会合。我们的人马会是他们的三倍，我将以绝对优势兵力和他作战。”

我呼吸一滞：“你现在就去？”

他草草地吻了我，嘴唇好凉，我几乎能嗅出他的恐惧。“我们会赢，”他说，“目前我很有把握，我想我们会赢。”

“要是你赢了，接下来会怎么做？”我问。我不敢提到那个男孩儿，也不敢问亨利打算怎么对付他。

“谁和我作对，我就处死谁。”他神情冷酷，“我不会心慈手软。我还要罚款，每一个放他们经过，不加阻拦的人都要严惩。等我做完这些，康沃尔郡一定会鸡犬不留，德文郡除了死人，就只剩下债务人了。”

“那个男孩儿呢？”我小声问。

“我会让他披枷带锁进入伦敦，让每个人都看到他是个贱民，我要把他推落尘埃，等到世人终于明白他不是王子时，我就杀了他。”

他看着我苍白的面孔。“到时候你得见见他。”他语带恨意，仿佛这一切都是我的错，“我会让你看到他的脸，然后否认他。你最好小心点儿，别跟他说话，使眼色，或者交头接耳，就连呼吸也不能让人误会。不管他样貌如何，说些什么，受到问讯时喷出什么胡话，你最好用看陌生人的眼光看他，要是有人问你，你就说不认识他。”

我想起了小弟弟，他是母亲最疼爱的孩子。我想起儿时的他常爱坐在我的膝头看图画书，或者手拿一把小木剑，在希恩宫的内院里跑来跑去。我暗暗对自己说，不可能了，他灿烂的笑容，温和的棕眼睛都成了回忆，我再也不能伸出手去，给他一个真实的拥抱。

“你不能承认他。”亨利决然说道，“否则我就不认你这个妻子。如果你胆敢对其他人说出一个字，哪怕说得很小声，哪怕只说了一个词的开头，只要他以为你承认了那个骗子、平民、假王子，我就把你赶出宫，让你和你妈妈一样，在柏孟塞修道院自生自灭。我要让你受尽屈辱，再也见不到你的孩子。我还会告诉他们每一个人，他们的妈妈是个荡妇和女巫，就像她的母亲和外祖母那样。”

我毫无惧色地直视着他，用手背狠狠擦了擦被他亲过的嘴唇。“你不用威胁我，”我冷冷地说，“你可以把这些侮辱的手段省下来了。我清楚自己的身份，也知道自己该对儿子尽什么样的义务。我不会剥夺亲生儿子的继承权，我会做我认为正确的事。我不怕你，我从没怕过你。我会为了儿子效忠都铎王朝，而不是为你，更不是为你的威胁。我会为亚瑟尽忠，他将成为真正的英格兰国王。”

他点了点头，我对儿子的爱是无可置疑的，这让他松了一口气。“你的那些约克亲戚们只能把他当成年轻的傻瓜和陌生人来谈论，要是其中任何一个越了界，我当天就要砍下他的头，你会在绿塔的断头台上看到他的脑袋。不光是你，你的妹妹，堂妹，还有你那些多得数不清的表亲和异母手足都要小心，其中一旦有人承认了那个男孩儿，就意味着你在他的行刑书上签了字。而我不会只杀他一个，你的亲戚们全都要陪他一起死。你明白了吗？”

我点点头转身背对着他，仿佛他不是国王。“我当然明白，”我轻蔑地回过头，“不过你要是坚持说他是个图尔奈醉鬼船夫的儿子，那可千万要记得，别在绿塔砍掉他的脑袋，那是王子的死法。你得吊死他。”

他被我的话惊住了，想笑却笑不出来。“你说得对。他的名字是皮埃尔·埃斯博克，他注定要死在绞刑架上。”

这话听在耳中真是讽刺，我回身行了个屈膝礼，此时此刻，我知道自己恨透了眼前的丈夫。“我们一定照您的意愿称呼他。等那个年轻人死了，您可以随心所欲地给他命名，作为凶手，您有这个权力。”

我们就此僵持不下，直到他离宫那天也没和好，他大概也觉得别扭，没像往常一样和我拥抱道别。他母亲照例祝福了他，抓住他的马缰不放，半晌才依依不舍地松开，一边目送他远去，一边小声祈祷。我漠然地站在原地，看着他带领三百人的卫队越走越远，去和杜柏尼勋爵会合。见我眼中没有半点儿泪光，我的女领主有些奇怪。

“难道你不担心他吗?”她泪眼婆娑，干瘪的嘴唇不住颤抖，“你的丈夫就要上战场了，可你既没有吻他，也没有祝福他。你不怕他遇到危险?”

“说句实话，我不相信他会靠得太近。”我冷冷地丢下这句话，转身走进了二等房间。

1497年秋

东英吉利

国王通告全国，说叛军已经撤退了，同时却瞒着众人，小心翼翼地进军。察觉到几路大军正在逼近的康沃尔郡人纷纷趁夜逃散，一个月黑风高的晚上，那个男孩儿也带着两个随从一路狂奔。他意识到亨利已经封锁了海滩，在近海布置了几艘船，就等他自投罗网，一时慌不择路，躲进了比尤利修道院。

但是如今的英格兰已经和从前不同了。在玛格丽特夫人及其挚友大主教的帮助下，国王的敕令可以直达圣坛。尽管那个男孩儿声称自己是天命所归的国王，也得不到额外庇护，修道院不得不打破自古以来的传统，极不情愿地把他交出来。他走投无路，只好走出修道院，向这位把英格兰和教堂双双握于掌中的国王投降。

某日我带着孩子去骑马，发现了一张绑在我马镫下的纸条。纸条上的字迹十分潦草，显然是匆匆写就的："他出来时穿着一身金布衣裳，别人叫他理查德四世时他答应了。"写纸条的人应该是我的同母哥哥托马斯·格雷，不过我没看到绑纸条的人，也能肯定没人注意到我。我继续往下读："但当国王亲自询问时，他又否认了。顺其自然吧，如果他否认自己是理查德，我们也可以不认他。"

我把纸条揉成一团塞进口袋，打算待会儿烧掉。托马斯的便条可谓雪中送炭，想到那个男孩儿能在满屋敌视的面孔中看到一张友善的脸，我深感安慰。

几天之后，亨利亲自写就的一封捷报传到宫中，最后举国皆知。他还给基督教国王们送去冗长的通告。他志得意满的言辞想必正在每个乡村集市，每个城镇路口，每座教堂前的台阶上，每间公共大厅的入口处大声宣读。他的通告就像一个离奇的故事，我第一次读到时忍不住笑了起来。我的丈夫仿佛化身为乔叟[①]，向英格兰人讲述了一段关于起源的传说，文笔清晰，情节有趣。他成了一个历史学家，专门考证自己的战果，可我相信有许多人和我一样，认为他根本没有去过德文郡长风呼啸的原野，只是在凭借想象虚构一场胜利。落笔之时，他不是一个真正的国王，而是一个传奇小说家。

亨利的故事是这样的：从前在佛兰德斯的图尔奈城，有一个以看守水闸为生的穷男人。他没什么本事，又爱喝酒，娶了个普普通通，有点儿傻气的老婆，生了个蠢笨的男孩儿。这个男孩儿某天离家出走，堕入歧途。后来被某人收为侍童（那个人是谁，为什么收他为仆并不重要），去了葡萄牙宫廷，因为某种原因（谁知道蠢孩子会说什么），他摇身一变，伪装成英格兰王子，让每个人都相信了他。离开葡宫之后，他突然成了一个丝绸商人的仆人，学会了英语、法语、西班牙语和葡萄牙语（听上去有些惊人，但也不是完全不可能）。在爱尔兰人面前穿着主人的衣服，炫耀主人的货物，张扬得像在参加五朔节游行。他因此再次被误认为王子（不要纠结于这件事的可能性），在有心人的鼓动之下，他以王子身份走遍各个基督教国家，至于他的骗局是如何被揭穿的，又是因为什么原因被揭穿的，就不用再细究了。

亨利忽略了一个至关重要的问题：这个出身贫寒的无知少年是用何种手段骗过基督教世界最显赫人物的？他凭什么取得了勃艮第公爵夫人、

① 杰弗雷·乔叟，中世纪著名作家、诗人，有“英国文学之父”的美称。

罗马帝国皇帝、法国国王、苏格兰国王的信任，取悦了整个葡萄牙宫廷，还引起了西班牙双王的兴趣？这听起来很像童话，比如那个被侍女取代了公主身份的牧鹅姑娘，那个即使在一粒豌豆上铺整整二十床羽毛褥子也无法入睡的豌豆公主。让人吃惊的是，这个出身平平、举止粗俗、缺乏教养的男孩儿，竟然和基督教世界最富有、文明的国王称兄道弟，让他们心甘情愿地奉出财富和军队，随他处置。除此之外，他还会说四种语言，写得一手好字，对狩猎、马上长枪竞技、放鹰和跳舞也很在行，引得众人交口称赞，说他是个高贵勇敢的王子，这个生长在图尔奈背街小巷的孩子是如何做到这些的？亨利也没有说。这男孩儿的笑容极尽皇室派头，当人们向他致敬时，他常常用这种微笑作出温和随性的回应，他是如何学会的呢？在这篇洋洋洒洒的通告中，亨利显然没有考虑过这个问题，尽管他本人曾经深受其扰。总而言之，这个故事实在太传奇了，简直带有魔幻色彩：一个普通男孩儿一穿上丝绸衬衣，就让所有人都误以为他有王室血统。

正如我同母哥哥在信中所说的那样，顺其自然吧。

在这段忙碌的日子里，亨利只给我写来一封私信，在信中重新解释了那孩子变为王子，又被打回原形的全过程。在说到那个男孩儿时，他提到了几个不同的名字：约翰·波金，皮埃尔·埃斯博克，皮特·沃博伊斯，看来他也不清楚那个男孩儿到底是谁。

“我已经把他的妻子送到宫中和你作伴了。”亨利这样写道，他没有说明送来的是谁的妻子，也知道没有这个必要，“她的美丽和优雅会让你大吃一惊。这个可怜的女性受到了冷酷的欺骗，要是你能好好招待和安慰她，就算帮了我的大忙了。”

我把信交给了等在一边的玛格丽特夫人，她早就伸出手来，急不可耐地想要读信。那个男孩儿的妻子当然遭到了冷酷无情的欺骗。她丈夫穿着一件丝绸衣服，而她被华丽的布料和精巧的缝纫工艺晃花了眼，没能看出锦衣华服下的他只是一个来自佛兰德斯的平民小孩儿。她被轻易骗过，看到丝绸衬衣就以为他是王子，还嫁给了他。

1497年秋

里士满　希恩宫

我坐在房间里，等待那个被我们称作凯瑟琳·亨特利夫人的女子。她婚后的名字到底是波金、埃斯博克还是沃博伊斯？我们不太清楚，我猜也没人可以确定。

"你们要把她当成单身女人对待，"我的女领主，国王的母亲告诫我的侍女们，"我料想她的婚姻不会有效。"

"以什么理由呢？"我问。

她答道："欺骗。"

我一本正经地问："她是如何被骗的？"

"这是显而易见的事。"我的女领主不再理睬我了。

"若是显而易见，那还谈什么欺骗。"玛姬一针见血地嘀咕。

我又问："那她的孩子要安置在哪儿，我的女领主？"

"他会和他的保姆生活在一起，远离宫廷。"我的女领主说，"我们今后别再提起他了。"

"听说她很美。"塞西莉主动接话，声音像意大利粉一样甜蜜。

我朝塞西莉笑了笑，神情麻木，眼神茫然。如果我想保住王位、自由，替那个自称是我弟弟的男孩儿救下儿子，我就得忍受凯瑟琳小姐的到来，谨记她是个年轻美丽的独身姑娘，除此之外，我还要容忍更多。

我能听到她的卫兵在门外吵吵嚷嚷，迅速和守门的卫兵交换口令，大门随即被推开。“凯瑟琳·亨特利夫人到!”男人喊得又快又响，好像生怕有人会说：“英格兰的凯瑟琳王后。”

我在座位上一动不动，我的女领主，国王的母亲却站了起来，倒让我吃了一惊。在年轻女人走进房间的一刹那，侍女们纷纷屈膝行礼，这是王室成员才能受到的礼遇。

她一身黑衣，就像一个没出丧期的寡妇，可衣帽全都剪裁得体，相当漂亮。若非亲眼所见，谁会想到埃克赛特有如此高明的女裁缝？她的黑缎长裙上缀着华贵的黑色天鹅绒，头戴黑帽，胳膊上搭着一领黑色骑马披风，手戴同色绣花皮手套。她脸色苍白，一双黑眼睛空洞无神，皮肤白皙无瑕，好像最洁白的上等大理石，我不得不承认，这个年方二十的女人的确青春貌美。她向我躬身行礼时，我看到她狐疑地打量我的脸庞，仿佛在寻找我和她丈夫的相似之处。我站起身来，向她伸出手去，以接待苏格兰国王表妹的礼仪亲吻了她冰冷的双颊，不论她嫁给了谁，不论他的丝绸衬衣是何等质地。感到她的手在我掌中微微颤抖，我立刻抬头，又对上她小心翼翼的目光。她仿佛读懂了我的心，知道我在她刚刚开始的人生闹剧中扮演了什么样的角色。

“欢迎你入宫。”我的女领主说。对她而言，察言观色，揣度人心没有必要，她只需要按照儿子的要求，以最大的善意迎接凯瑟琳夫人。就算最好客的主人看到这一幕，恐怕也会惊讶：我们干吗要对一个手下败将的妻子如此礼待？

凯瑟琳夫人又行了个屈膝礼，忐忑不安地站在我面前，仿佛我要审问她。而我只是说：“你一定累了吧。”

“国王陛下非常和善。”她说。她的嗓音温柔轻快，带着浓重的苏格兰口音，我不得不打起十二分精神去理解。“我骑的全是好马，一路上时常休息。”

“请坐，”我说，“我们一会儿就到用膳时间了。”

她沉稳地坐下，双手交叠在膝头，抬眼看我。我注意到她的耳环也是黑色的，除了耳环，她的腰带上还别着一枚金胸针，胸针是两心交缠的形状。我露出一丝微笑，她的眼中也流露出些许暖色。我暗自猜想，我们之间的交流也许仅限于此了。

我们排起长队，准备进入大厅用餐。我以王后之尊走在第一位，我的女领主走在我的侧面，稍稍落后于我。走在第三位的是凯瑟琳·亨特利夫人，我的妹妹们挨个走在后头，每人相隔一步。我回头一瞥，看到塞西莉紧咬下唇，脸色苍白。她如今排在第四位，似乎不太高兴。

“亨特利夫人要回苏格兰去吗？”我边走边问我的女领主，国王的母亲。

“显然，”我的女领主回答，“等她丈夫一死，她还留在这里干什么？”

可她显然不急着离开。她一直留在宫中，直到亨利从埃克赛特慢腾腾地回到伦敦。先遣卫队一进马棚，立刻到我房中送消息，说国王就要到了，希望我准备一个正式的欢迎仪式。我命侍女跟随我一起走下宽阔的石阶，来到大开的双扇门前，欢迎归来的英雄。我们在石阶前依次排开，我的女领主的侍女们站在后面，而她本人则和我站在同一级台阶上，确保我不会比她更突出。我们在秋日明媚的阳光里静静等待，聆听着哒哒的马蹄声。

“他直接把那个男孩儿送到伦敦塔去了？”玛姬俯身替我托起裙摆时问。

“多半是这样。否则他还会如何处置他？”

“他没有……”她犹豫片刻，方才鼓起勇气问，“他没在回宫途中杀掉他？”

我瞄了他妻子一眼，她仍旧一身黑衣，像个寡妇。那顶黑色天鹅绒帽子还戴在她头上，双心胸针则别到了领口。

“我没听过这种事，”我忍不住打了个寒战，“如果他杀了他，一定会给我送信吧？就算不告诉我，也该告诉他妻子，我怎么会不知道？”

“他一定不会偷偷处死他。”她话虽这样说，神情却毫无把握。

我们身后就是阴暗的大厅，我听到仆人们争相穿过大厅，跑下楼梯去到马棚，好夹道观看国王凯旋。

国王的喇叭首先吹响了胜利的音符，大家高声欢呼。孰料道旁的人群里接着传出一连串滑稽的“嘟嘟”声，惹得众人哄笑。我感觉玛姬向我走近了一步，仿佛这个玩具喇叭发出的“嘟嘟”声会给我们带来某种威胁。

转角处走来第一批骑士，准确地说是几个旗手。他们擎着各式各样的皇家旗帜，其中有圣乔治十字架旗，博福特吊闸旗，都铎玫瑰旗，还有旗面绿白相间，中间是一条红龙的威尔士旗，兰开斯特红玫瑰旗……在这场荒唐的展览上，只有亚瑟王圆桌不见踪影。国王似乎想借此炫耀他全部的族徽，罗列出他所有的祖先，极力证明靠武力夺来的王位真正属于自己，再次让世人相信他是合法的国王。

亨利跟在旗手之后出现了，穿着珐琅胸甲，没戴头盔，看上去既威武又勇敢，好像要上竞技场，又像要去出征作战。道旁站满了宫中的仆人和从附近村庄赶来看热闹的农民，他们一边欢呼，一边挥动手中的帽子。他露出灿烂自信的笑容，不断朝两侧点头致意，似乎在回应他们热情的迎接。

随他而来的是几个时常伴他左右的朝臣。他们没穿盔甲，只穿着普普通通的骑马装，穿靴戴帽，有一两个人还穿着棉袄。这群人中有一个陌生的年轻男人，他甫一露面，我的注意力就完全被他吸引，再也移不开目光。

他的穿着和其他人一样，脚上是一双上好的深棕色皮靴，配一条质地上佳的棕色马裤，厚夹克剪裁得很合身，勾勒出他宽阔的肩膀。马鞍旁别着卷成一团的骑马帽，他另戴一顶棕色天鹅绒圆帽，帽前饰有一支漂亮的帽针，上有三颗珍珠坠。我立刻认出了他，不是通过帽针，而是通过他金棕色的头发和明媚的笑容。他的笑容像极了母亲，骑马时昂头挺胸的姿势又像极了父亲。是他，一定是他。他就是那个男孩儿，他没被送进伦敦塔，也没披枷带锁，更没被人绑在马背上，头戴一顶稻草编成的帽子，以示羞辱。他骑马跟随着国王，就像他的同伴，朋友，甚至亲戚。

有人向道路两旁的人群点破了他的身份，人们开始嘲笑起哄，一些人大喊："叛徒!"另一些人则假意朝他鞠躬，一个女人尖叫着："你还笑！你得意不了多久了!"

可他仍然面带笑容，骄傲地昂起头，朝左右点头示意。每当某个天真无知的女孩儿被他的魅力迷倒，高喊"万岁!"时，他就摘下帽子向她挥舞，风度不亚于我自命风流的父亲爱德华四世，此时，他若是骑马经过一个漂亮女人身边，一定会同她眉目传情一番。

他摘下帽子，露出一头金发，在秋日的阳光下发出炫目的光华。他的头发很直，修剪得又长又顺，直落到肩头，可我还是能看出他后领的发卷。他的眼睛是棕色的，脸庞晒得黝黑，睫毛浓密。在一群王公贵族中，他是最英俊的一个，相形之下，我那个国王丈夫虽然穿戴着一身光彩夺目的新盔甲，仍旧显得力不从心。

男孩儿焦急地扫视着站在台阶上的贵妇们，直到找出他的妻子。他展颜一笑，神情很有些冒失，仿佛他们并没落入最尴尬可怖的境地。我侧头看了看她，见她容光焕发，和先前判若两人。她脸颊飞霞，双目含情，欢喜得就快跳起来了。除了他，她看不到国王，也看不到旗手，仿佛和他见面是世上最快乐的事，可以抵过一切忧愁，只要他们能在一起，无论身处什么样的境地都不要紧。

他看了她一会儿，又把目光转向了我。

他立刻认出了我。我精美的礼裙，高贵端庄的举止以及侍女们的恭敬无不昭示着我的王后身份，我也看出他留意到我高耸的头巾和裙摆上繁丽的刺绣。他凝视着我的脸，露出顽皮的微笑，母亲生前若是高兴起来，也是这样没心没肺，玩世不恭。这笑容显露出十足的自信和归家认亲的喜悦，我不得不紧咬脸颊内侧的嫩肉，苦苦压住冲上前去，张开双臂迎接他的冲动。可我还是抑制不了激动的心情，几乎想要拍手欢呼。他回家了，这个自称是我弟弟理查德的男孩儿终于回家了。

亨利扬手示意队伍停下，一个侍童立刻从马上跳下，替他牵起马缰。亨利笨拙地下了马，盔甲和马镫相撞，发出清脆的哐当声。他走上台阶，来到我面前，深情地吻上我的嘴唇。一吻既毕，他又走向他母亲，低头接受她的祝福。

“欢迎归来，陛下。”我说得一本正经，声音洪亮，好让每个人都听到我的问候，“恭祝您大获全胜。”

奇怪的是，他没有做出合乎礼仪的回复，尽管书记官们正等候在一旁，想记下这历史性的时刻。他微微侧头，凝视着那个男孩儿的妻子吸了口气，虽然只是极其细微的呼吸，也足以泄露他的想法了。我见他双颊通红，眼眸发亮，一步步走向凯瑟琳夫人，又不知说什么好。他就像个处在热恋中的小伙子，一见她就紧张得喘不过气，该开口时连一句话也说不出来。

她恭恭敬敬地行了个屈膝礼，再起身时，一只纤纤素手立刻被他握住。我看到她谦卑地垂下眼帘，脸上闪过一丝羞涩的笑意。我总算明白她为什么会被送来充作我的侍女，而她丈夫何以能够自由地骑行在随从中间。亨利平生第一次陷入爱河，为此不惜做出一个最糟糕的选择。

亨利回宫时的一举一动都被我的女领主看在眼里。就在盛大庆功宴举行的前夜，她邀我到她房中，亲口告诉我一个消息。据她说，亨利已经在我和她的侍女中各挑了两人去服侍凯瑟琳夫人，直到他为她找到更合适的丈夫为止。她显然会拥有自己的小宫廷和住所，作为到访的苏格兰公主生活在宫中，下人侍奉时得向她屈膝。

她还告诉我，凯瑟琳夫人已经受邀去皇家司衣库挑选适合出席庆功宴的礼裙了。比起黑色，国王似乎更希望看到她穿其他颜色。

我突然想起一件往事。我曾经受命穿过一件礼裙，无论剪裁配色都和安妮王后的礼裙一模一样，当我站在她旁边时，人人都夸我明艳动人，她丈夫一眨不眨地盯着我，无法移开目光。那是安妮王后生前度过的最后一个圣诞节，她和我穿着同样的红裙，只是她太过苍白单薄，华丽的衣服穿在她身上，就像一条裹尸布。而她身边的我却被猩红色的裙子衬得脸若桃花，金发耀眼，眸光如水。我当年还很年轻，又陷入热恋，可谓无忧无虑。如今回想前事，忆起她目睹我和她丈夫翩翩起舞时的平静端庄，我真希望能对她亲口说一声抱歉，那时的我年少无知，事隔多年，我终于体会到她的心情。

“你有没有问过国王，凯瑟琳夫人何时返家？”我的女领主突然问。她背靠火炉站着，双手缩在袖中。房间里实在太冷了，炉火虽然烧得不旺，却还能散发点儿暖意。

“没有。你会问吗？”

“我会！”她大喊一声，“我当然会。你有没有问过他，皮埃尔·埃斯博克何时进伦敦塔？”

“这是他现在的名字？”

她羞恼地涨红了脸：“管他叫什么，皮埃尔·埃斯博克也好，皮特·沃博伊斯也好，有什么要紧。”

“我还没来得及和陛下说话，”我据实以对，“那些从伦敦赶来的贵族士绅一定想问问战争详情，所以他把人全部带到谒见厅去了。”

“他这回出战了？”

“我想没有。”

她吸了口气，小心翼翼地看了我一眼，似乎对即将出口的话没有把握：“国王好像对凯瑟琳夫人很有好感。”

“她是个美丽非凡的女人。”我表示赞同。

“你无需介意……”她似乎觉得不妥，又改口说，“你无需反对……”

“反对什么?”这句话算不上质问，因为我的话音既平静又愉快。

“没什么。”我的笑容让她放下心来，“根本没什么。”

宴会开始前，凯瑟琳夫人来到我的房中，一副恭顺谦卑的模样。她身穿那件从皇家司衣库挑来的新礼裙，但在颜色方面，她还是固执地选择了深黑。那枚双心胸针被一根细金链穿起，从她纤细的颈项间垂下，压在及肩的白色蕾丝面纱上，奶油般的肌肤在织物下若隐若现，泛出温暖的光泽。国王一走进我的会客室，立刻扫视房间，搜寻她的踪迹。当她的身影落入他眼中时，他有些吃惊，仿佛忘记了她有多美，爱欲再次让他浑身颤抖，心潮澎湃。她和其他侍女一起行礼，姿态端庄文雅。在她起身笑对他时，我发现她笑容凄苦，其中似乎蕴藏着无尽的心酸。

亨利让我挽住他的胳膊，带我前往宴会厅，其余人等各就各位，依次尾随在后。我的侍女们以尊卑为序跟随着我，绅士们则跟在她们身后。凯瑟琳·亨特利夫人紧跟着我的女领主，国王的母亲，双眼牢牢盯住地面。亨利和我率先走下宽阔的石阶，步入大厅，喇叭声瞬间响了起来，那些挤在长廊上，希望一睹王室风采的人“啪啪”地鼓起掌来。我没有亲眼看到，但感觉到那个叫皮特·沃博伊斯，皮埃尔·埃斯博克或者约翰·波金的男孩儿埋头走过他曾经的妻子身边，在其他年轻贵族中间找到属于他的位置。

这座宫廷就像他的家。他整日从大厅走到马厩，又从马厩走到鹰房，再从鹰房走到花园，但是从未有人见他迷过路，藏宝室的方向和国王网球场的位置似乎也难不倒他，去为国王取手套时，他压根不问手套收在哪里。除了熟悉宫中路径，他和同伴们也相处融洽。国王房中有一群闲散的英俊少年，平日为亨利办点儿小差事，偶尔也到我房里听听音乐，和我的侍女们聊天。他们对打牌和射箭很有兴趣，赌钱时不吝金银，跳舞时身姿优美，引得我的侍女们芳心大动，日日盼望心上人能注意到她脉脉含情的眼波。

这种生活方式对那男孩儿来说简直驾轻就熟，仿佛他就是在一座优雅宫廷出生成长的。只要受到邀请，他可以伴着诗琴唱上一曲，如果有人递给他一本故事书，他能用流利的法语和拉丁语诵读。他能以轻松自信的态度驾驭马厩里的任何一匹马，就像一个从小练习马术的人，还能跳舞、讲笑话、写诗。当人们发起即兴游戏时，他总是表现得敏捷机智，若是有人叫他背诵，他一定能背出一首熟记于心的冗长诗篇。他表现出的素养和一个受过良好教育的贵族青年一模一样，尽管人人都说他冒充王子，但无论从哪方面看，他都不像个骗子。

事实上，让他和那些年轻人区别开来的事情只有一件：跪倒在凯瑟琳夫人的脚边，亲吻她伸出的玉手，成了他一早一晚必做的功课。每天清晨，他会在前往教堂的路上单膝跪下，摘下帽子，极尽温柔地亲吻她伸出的手，她则把另一只手搁在他的肩头，静静地站一会儿。到了夜晚，当我们离开大厅，或者在我宣布停止奏乐时，他会露出那种熟悉的古怪微笑，朝我深鞠一躬，再来到她面前，徐徐跪下。

“他让她落入如此卑微的境地，心里一定很惭愧吧。”连续数天目睹此事后，塞西莉忍不住说，“他一定是在跪求她的原谅。”

“你真这么想?”玛姬反问她，“你难道没想过，这是他们互相接触的唯一方法?”

我相信玛姬是对的，从此之后，我对他们的一举一动更加留心。要是他想传什么东西给她，两人的指尖一定得接触才行。观察一段时间后，我果然看出了些许端倪。宫中组织骑马时，他会飞快地来到她的马边，扶她坐上马鞍。骑马归来之后，他又第一个冲进马棚，把自己的马缰扔给一个马夫，好扶她下马。在把她轻轻放到地上之前，他总会多抱她一会儿。大家玩儿纸牌时，他们常常坐在一起，肩靠着肩；当他站在她的坐骑边，而她高高地坐在马上时，他会退后几步，直到头颅抵到马鞍，让她得以丢开缰绳，抚摸他的颈项。

她从不拒绝他，也不躲避他的触碰。她当然不能这么做，她是他的妻子，必须服从丈夫的要求。不过除了夫妻的义务，他们之间显然还有爱情，二人似乎也从未想过要遮遮掩掩。每当仆人们在餐桌上倒酒时，他会抬眼看向坐在远处的她，举杯致意，而她则回以一闪而逝的微笑。在他打牌时，她会走到他身边停留一会儿，看看他手中的牌，有时还弯下腰，似乎想看得更清楚些，而他也向后一仰，两人的下巴就这样碰在一起，好像在接吻。这对容貌出众的年轻人身在同一片屋檐下，却被国王的特殊禁令生生分离，整日不能厮守。可他们总是远远相望，就像两个在舞蹈过程中暂时分开的舞者，注定能够重逢。

英格兰再次恢复了平静，亚瑟这回必须去勒德洛堡了，他的监护人理查德·波尔爵士和玛姬会贴身照料他。我来到马厩院子里，和托马斯·格雷一起为他们送行。

“我舍不得让他们走。”我有些伤感。

他哈哈一笑："当年爱德华离开伦敦去往威尔士的时候，你忘了我们的妈妈是什么模样了？上帝保佑，她跟着他去了威尔士，路途那么遥远，她当时还怀着理查德呢。离别对你和亚瑟来说是很难耐，可这至少表明一切正在恢复正常，你该高兴才是。"

亚瑟坐在马上，一脸兴奋地朝我挥了挥手，跟着理查德爵士和玛姬离开了马棚，一队卫兵也随他而去。

"我觉得自己高兴不起来。"我沮丧地说。

托马斯握住我的手："他会回来过圣诞节。"

第二天一早，国王告诉我一个消息，他要轻车简从地去往伦敦，让百姓们看看冒充王子的波金·沃贝克是何模样。

"谁和你一起去呢？"我一脸的懵然无知。

亨利微微涨红了脸："波金·沃贝克。"

他们终于为他选好了名字。不只为他，他们还描述出一个世居图尔奈的沃贝克家族，给他的叔伯，堂兄弟姐妹，姑妈和祖父母都取了名字。这个庞大的家族至少在纸上成形了，每个人都有职业和住址，可奇怪的是，尽管他假冒王子的事闹得满城风雨，这些为数众多的亲戚一个也没露面，连一封表达责备或支持的信也没写来，更别说拿钱赎他了。国王把他们编进了波金·沃贝克的故事里，我们也心领神会，从不要求见见他们，就像一个人不会主动要求看黑猫、水晶鞋和魔法纺锤一样。

男孩儿在伦敦城的遭遇让人迷惑。伦敦人眼见自己的赋税越升越高，不公正的罚金不断侵蚀每一分收入，纷纷把怒火发泄到他身上，认为他的入侵是造成这一切的根源。他所到之处一片骂声，一向刻薄的女人们更是尖声大叫，脏话连篇。可等到怒气消歇之后，他们又不由自主地欣赏起他低俯的脸庞，羞涩的微笑。他穿过伦敦的大街小巷，举止谦逊有礼，风度不亢不卑，不像个侵略者，倒像个忠厚本分的无辜青年。一些人仍然对他愤恨不已，但许多人开始维护他，说他是个漂亮小伙，是朵娇嫩的玫瑰。

亨利命他牵着一匹跛足老马步行，让他的一个追随者披枷带锁地骑在马上。这个坐在马鞍上神情肃然的男人，就是当年逃离亨利身边，去佛兰德斯投奔男孩儿的蹄铁匠。如今所有伦敦人都看到了他的下场：被绑在马鞍上，低垂着脑袋，一脸青紫，活像个傻瓜。往常有罪人游街时，人们会大声嘲笑骑马者和丢脸的马夫，向他们投掷从排水沟里掏来的烂泥，住在楼上的居民还会端起夜壶，从窗口倒下屎尿。可当男孩儿和他灰头土脸的支持者穿过狭窄的街道向伦敦塔走去时，人群一片寂静，这时不知谁说了一句：“大家看看！他和伟大的爱德华国王真像！”

此话一出口，亨利就听见了，可是已经来不及做出任何反应，说出来的话收不回去，人们也不是聋子。唯一的补救办法就是让这个像极了约克王子的男孩儿永远不再出现于人前。

因为这个缘故，这是男孩儿最后一次游街示众了。亨利回宫后，我的女领主百般叮嘱他：“你必须把他关进伦敦塔。”

“我会在适当的时候送他进去。我原本想让大家看看，他只是个无足轻重的小人物，游手好闲，蠢钝如猪，对我毫无威胁。他不过是个普通小伙儿，我常说什么来着，他比空气还轻。”

“好吧，大家现在看到他了，他们可没说他比空气还轻。关于他的名字，我们不是说过很多遍了吗，可他们还是记不住。而他们希望的称呼又是禁忌，绝不应该说出口。说句准话吧，你会判他有罪，然后处死他吗？”

“我之前向他承诺过，只要他投降，我绝不杀他。”

“这有什么关系！”她焦躁地呵斥道，“你出尔反尔也不是一两次了，还差这一回吗？对他那样的人，你也没必要守信。”

他的眼神突然一亮："您说得对，可我早就答应她了。"

我的女领主转头恶狠狠地瞪着我，出言不逊。"她？她哪儿来的胆子为他求情？"她一脸憎恶，怒不可遏，"她哪里会为这样一个叛徒说话，不怕脏了嘴吗？为什么？她胆大包天地说了什么？"

我一脸不屑地回瞪着她，默默摇头。"不，不是我。您又弄错了。我没为他求过情，也没说过对他不利的话。在这件事上，我一向持中立态度，绝没有做过什么不妥当的事。"眼见她的怒火转为窘迫，我继续说："我想陛下所指的一定是另一位夫人。"

我的女领主张口结舌，回头看着自己的儿子，神情凄厉得像个遭遇了背叛的妻子。"是谁？哪个女人敢求你饶他一命？哪个女人能让你这么俯首帖耳？亏我为你步步盘算，你现在连我的话也不听了？"

"凯瑟琳夫人。"一说到她的名字，他的脸上立刻浮现出一丝傻气的微笑，"凯瑟琳夫人。我已经对她发过誓了。"

她在我房里时，总是一身黑衣，一刻不停地做着活计，很像一个沉静端庄的寡妇。我们为穷人缝衬衣时，她就帮着贴袖子，翻领口，埋头苦做。周围的女人们时常说笑，听到某个笑话时，她也会抬头笑笑，或者低声回答一句，抑或说说她自己的故事。她最爱说起自己在苏格兰度过的童年时光，说起苏格兰宫廷和她那个国王表哥。她并不活泼，但是彬彬有礼，是个讨人喜欢的同伴。她很有魅力，我每每凝视她时，总会不由自主地露出微笑；她也相当沉稳，眼下住在我的宫廷里，而我丈夫对她流露出明显的爱意，不时大献殷勤，她虽然清楚，却从未表现出一丝一毫的骄矜之态。她本可耀武扬威，对我极尽嘲弄，让我无地自容，可她从没这么做过。

她从没提过自己的丈夫，也从不说起今年的特殊经历：一艘小船把他们载到爱尔兰，侥幸逃过了西班牙人的抓捕后，他们顺利登岸，成功从康沃尔郡出发，率军攻入德文郡，随后失败。我太了解她的想法了，她完全不提丈夫，是想避免说到他的名字。他的真名到底是什么？尽管这个年轻人每次走过她身边时都会面露微笑，可她从不回应，因为这个问题实在是太棘手了。

他本身也像个无名之人。西班牙使臣曾经当众叫他波金·沃贝克，结果这个年轻人慢慢偏过头去，看着远方，既像个演员，又像个舞者。这个不予理睬的动作是如此自信优雅，谁都相信只有王子才能做出来，那模样就像在说：非常抱歉，我并非有意让您下不了台，可这是您自找的。

一个戴罪之人，竟敢当众怠慢西班牙使臣，实在让人瞠目结舌。化解这场尴尬的人是亨利。可他没像我们预料的那样呵斥这个狂妄的年轻人，把他赶出房间，而是跌跌撞撞地走下王座，匆匆跑进谒见厅，来到站在侍女中间的凯瑟琳夫人面前，一把抓住她的手，没头没脑地说："我们跳支舞吧！"

乐师们立刻开始了演奏。他握住她的双手，痴痴凝望着她，脸涨得通红，仿佛犯错的人不是这个王位觊觎者和他妻子，而是他自己。她神色如常，整个人就像冬天的河流一样冰冷。舞蹈就要开始了，亨利鞠了一躬，她也行了个屈膝礼，粲然一笑，就像乌云散开，太阳重放光芒一样，霎时间容光焕发，光彩照人。她就这样笑对我的丈夫，我能看出这微不足道的赞许已经让他心花怒放。

1497年圣诞节

里士满　希恩宫

圣诞节一到，孩子们又回到我身边了。亨利、玛格丽特和玛丽从埃尔特姆宫返回希恩宫，远在勒德洛堡的亚瑟也在监护人理查德·波尔爵士和玛姬的陪护下赶回来了。他们抵达的那一夜，连绵数日的冷雨变成了漫天飘飞的清雪，我顾不上寒冷，亲自来到马厩院子里迎接。

“谢天谢地，你在天气变得更冷之前回来了！”我一把搂住亚瑟，仿佛想带他远离黑暗，“可你的身子好暖！”我压下了欢呼雀跃的冲动，又称赞道：“真是可爱的孩子！”这个长子总是给我带来惊喜，数月不见，他又长高了一点儿，抱住我的手臂结实有力，无论从哪方面看，他都是一个合格的王子。看着这个英气勃勃的少年，我简直不敢相信他就是那个被我抱在怀中的小婴儿，我还曾经牵着他的手，带他蹒跚学步，如今他的个头已经到我下巴了，在和我相拥片刻之后，他退后几步，朝我鞠了一躬，姿态和他外祖父爱德华四世一样优雅。

“我当然暖和了，”他随口说，“最后半小时，理查德爵士带着我们策马狂奔。”

“我原想在天黑之前到达，”理查德爵士一边解释，一边下马朝我鞠躬，“他表现得很棒。”

“他健康、强壮，每天学习新东西，因为处事公正，和威尔士人相处得非常融洽。他就像那里的国王，还是个明君呢。”

玛姬翻身下了马，向我行过屈膝礼后，立刻跳起来抱住我。“您的气色不错。”她退后一步，上下打量我，有些犹疑地问，“您过得快乐吗？这里一切都好吗？国王陛下呢？”

我心中滋味难明，转头看向敞开的大门。凯瑟琳·亨特利背对着走廊里的火炬，我只能看出她的轮廓，那身黑色天鹅绒长裙映着忽明忽暗的火光，微微发亮。我迎接儿子时，她一直在旁观看，她也是母亲，也有儿子，可是此时此刻，那个婴儿却不在她身边，她也不能去看望他。理查德爵士夸我儿子是出色的威尔士王子时，不知她听在耳中作何感想，要知她儿子生来也有威尔士王子头衔。

我示意她过来。“你还记得凯瑟琳·亨特利夫人吧。”我对理查德爵士说。

玛姬向她行了个屈膝礼，我们三个女人静静地站在雪中，就像冬日花园里的无名雕像。雕像底座上该刻什么呢？刻上我和玛姬是堂姐妹，而凯瑟琳是我们的弟媳，我们三人注定要默默地生活在一起，绝不说出真相？还是刻上我们是两个不幸的约克女孩儿，而凯瑟琳是一个骗子，她用卑劣的手段迷倒了国王，得以和我们平起平坐？我们能确定吗？

国王陛下自掏腰包，指派了六名侍女去服侍凯瑟琳夫人。她们会像我的侍女侍奉我一样侍奉她，为她办差事，写便条，给穷人分发小礼物，和她做伴，帮她挑选衣物，梳妆打扮，和她一起到教堂祈祷，她高兴时陪她弹琴唱歌，想要静一静时就陪她读书。她的房间在我隔壁，卧室、私人房间、会客室一应俱全。她有时会同我坐坐，有时会到我的女领主，国王的母亲房中去，不过后者从不给她好脸色。更多的时候，她爱和侍女们待在自己的会客室里，俨然是宫中之宫。

就连那个男孩儿也得到了两个仆人，整日和他同进同出，伺候他骑马，为他铺床叠被，在他进餐时陪侍一旁。他们和他同睡一房，一个睡在简陋的小床上，一个睡地板，如同两个监狱看守。可当他支使二人给他拿手套，拿帽子时，他们的殷勤劲儿又不像作假。他住在皇家司衣库里，国王的寝宫就在旁边。通往司衣库和藏宝室的门一入夜就会上锁，不过这绝对不算监禁，他只是碰巧被人当成一件珠宝给锁了起来。到了白天，他可以在宫中随意行走，朝自耕农卫兵点头致意，骑上一匹快马出游，跟着王宫贵族们一起也行，独自一人也行，和他挑选的朋友一起也行，不论这些人是何等身份，似乎都觉得能做他的同伴是件相当光彩的事。要是他想在河上泛舟了，可以爱划多远就划多远，绝没有人监视阻挠。他在宫中的生活相当安逸，就像这个年纪的所有年轻人一样无忧无虑，自由自在，可他很有些与众不同，尽管他从没自夸过，可他的确像个天生的领袖，比同龄人更优秀，而这些心高气傲的年轻贵族居然也十分服气，仿佛他真是王子。

他每晚都到我房里来。进来后总是先鞠一躬，问候我几句，露出微笑，谨慎，却又带着亲密和温情。礼数一完，他准会坐到凯瑟琳·亨特利身边去。我们时常看见他俩头挨着头，不知在小声说些什么，可又不带一丝阴谋的味道。每当有人走近，他们会抬起头来，给经过的人腾出位子。这对男女总是彬彬有礼，富有魅力，平易近人。如果被隔开了，他们就不停地说话，就像在进行二重唱，这么做似乎也不为别的，只为听见彼此的声音。他们会谈天气，谈射箭比赛的分数，总而言之，都是些毫无意义的话题，可是谁都能感受到他们渴望亲近的心情是多么迫切。

我常见他俩坐在窗台上，肩挨着肩，腿碰着腿。他有时会凑过去和她说悄悄话，嘴唇差一点儿就触到了她的下巴。她有时也会朝他转过脸去，温热的呼吸喷在他的脖子上，近得如同亲吻。他们一坐就是几个小时，像练习坐姿的孩子般安静乖巧，又像还没订婚的年轻情侣般柔情蜜意，他们从不触碰对方，又舍不得相隔太远，好似一对鹣鲽情深的夫妻。

“我的天哪，他如此爱她。”玛姬目睹这极力克制，却又无法停止的耳鬓厮磨，惊讶极了，“他当真没法和她保持距离吗？他有没有偷偷到她房里去过？”

“我不这么认为，”我说，“他们现在不像夫妻，倒像老朋友。”

玛姬话锋一转：“那国王呢？”

“怎么这么问呢，你听到什么了？”我有点儿心烦意乱，“你才回宫几天，大家一定迫不及待地把一切都告诉你了。说吧，你听到什么风言风语了？”

她苦笑一声。“人人都说他被她迷住了，骑马时总陪在她身边，跳舞时总邀她做舞伴，还给她备下最好的菜肴。他不断送去礼物，尽管她每次都不声不响地退回去，他仍然热情不减，还一次次送她去皇家司衣库，命人用丝绸为她裁制新衣，可她只穿黑色。”她抬眼看我，发现我神色漠然，“这些您都见过，完全知情？”

我耸了耸肩。“大部分都见过，我很清楚自己的丈夫是如何对另一个女人献殷勤的。很多年前，我也和别人的丈夫卿卿我我过。我也曾经夺走王后的风采，让国王为我准备新裙子，给我送礼物。”

“在你深受国王喜爱的时候？”

“当年的我就和如今的她一样。不，我乐在其中，比她更糟糕。我深爱理查德，他也爱我，毫不顾忌他妻子安妮。现在我不会这么做了，再也不会了。我当时不知道，被丈夫背叛的感觉是如此痛苦。”

“痛苦？”

“而且压抑。宫里人都看着我，想知道我是怎么想的；亨利也看着我，好像很希望我忽视他那副情窦初开的模样。而她……”

玛姬等着我说下去。

“她从不看我的脸色，从不猜测我对此事知道多少，有没有察觉到我丈夫对她的爱慕，有没有留意到她已经成功俘虏了我丈夫的心。可奇怪的是，我能容忍她的目光。当她向我行礼，或者和我说话时，我会把她看作唯一理解我内心感受的人。我们不是敌人，目前的问题需要我们合力解决。得到他的爱慕并非她的本意，她从没起过求他青睐的念头，更没勾引过他。在他移情别恋一事上，她和我都是受害者。”

“那她大可离开这里!”

“她走不了。她抛不下丈夫，舍不得离他而去，亨利好像也决定让他住在宫里了，就像皇亲国戚一样生活，仿佛他是……”

“仿佛他是你弟弟?”玛姬的声音几乎微不可闻。

我点了点头。“就算她想离开，亨利也不会放人。每天一早，他会在礼拜堂寻找她的身影，要是看不到她，他绝不会闭上眼睛，开始祈祷……”我用袖口擦了擦眼睛，“我知道这个念头很傻，可是每当看到他这样，我总觉得自己很多余。如今我才知道，就算贵为英格兰第一夫人，我骨子里还是一个平凡女人。我是王后，虽然我的女领主，国王的母亲常常压我一头，可我还是王后。但是现在，我觉得自己变得很卑微，我的国王丈夫漠视我，全宫上下不尊重我。”我想要大笑，发出的却是呜咽，“玛姬，有生以来，我第一次觉得自己平凡、卑微，这种感觉太难熬了。”

“您是宫中最尊贵的女人，是王后，没人能夺走这个身份。”她急切地劝慰我。

“我清楚，再清楚不过了。”我语意悲伤，“我当初不是因为爱亨利才嫁给他的，如今他好像爱上了别人，我居然相当介意，可笑不可笑?刚嫁给他时，我把他视为仇人，恨不得他立刻死掉。如今他心里的爱火被另一个女人点燃了，对我来说本该无关痛痒，你说是不是?”

“你真的在意?”

“真的，我发现自己真的在意。”

宫廷正为圣诞节做准备。亨利召见了亚瑟，告诉他一个消息：他和西班牙公主阿拉贡的凯瑟琳的婚约已经定下了，订婚仪式很快就会举行，如今西班牙双王确信再也不会有人威胁亨利的王位了，仪式绝不会延迟。不过他们还顾忌着另一件事——如何处置那个王位觊觎者。他们原以为他会死在战场上，或者被俘后就地处斩，可他却安然无恙地活到现在。他们给西班牙使臣写了一封信，询问亨利为何没有立刻审判和处死他。

使臣给出了一个蹩脚的答复：国王很仁慈。身为冷面无情的篡位者，他们当然不理解；不过他们并没有阻挠订婚，只是提出了一个条件，要求亨利在婚礼之前除掉王位觊觎者，还暗示自己已经够宽容了。使臣旁敲侧击地告诉亨利，西班牙双王费迪南和伊莎贝拉希望英格兰不留一滴可疑之血，波金·沃贝克和玛姬的弟弟都是心腹大患，如果约克继承人全死光，他们会更加放心。

“亨特利夫人的孩子不包括在内吧？”我问，“我们要做希律王[①]吗？”

亚瑟陪我在花园里散步，我裹着厚厚的皮草，为了让自己暖和些，我走得很快，侍女们三三两两地跟在我身后。亚瑟关切地问：“您看起来很冷？”

“我很冷。”

“那你干吗不回房呢，母后？”

“我讨厌待在房里，大家的注视让我恶心。”

---

①亦被称为希德大帝一世、黑落德王，是罗马帝国在犹太行省耶路撒冷的代理王，以残暴而闻名。他曾下令杀死自己的三个儿子，并企图杀害幼儿时的耶稣。

他伸出手臂，示意我挽住，举手投足皆有王子风范。看到这一幕，我不禁心花怒放。

他温言询问："他们看您干什么？"

"他们想知道我对凯瑟琳·亨特利夫人的看法，"我爽快地说，"他们想知道我有没有为她心烦。"

"她让您烦恼了吗？"

"没有。"

"抓住沃贝克先生好像让父王很开心。"他小心翼翼地开口。

亚瑟故作圆滑的说话方式逗得我咯咯大笑。"他的确很开心。"

"但我惊讶地发现，沃贝克先生在宫里过得很好。我原以为父王带他到伦敦，是想把他关进伦敦塔呢。"

"你父王出人意料的仁慈也让我们所有人惊讶。"

"他和兰伯特·西姆内尔不一样。兰伯特做了饲鹰人，可他没有。他可以在宫中自由来去？父王有给他报酬吗？他似乎有钱买书和赌博。父王一定给了他最好的衣服和马匹，他妻子亨特利夫人也一样。"

"我不知道。"

他压低声音问："难道父王看在您面上饶恕他了？"

我面无表情地重复着刚才的话："我不知道。"

"您一定知道，只是不会说出来。"亚瑟十分肯定。

我挽住他的手臂："我的孩子，有些事不说为妙。"

他转头看着我，天真的脸上全是迷惑。"母后，如果沃贝克先生的身份真如他自己所说，他当年也是因为这个原因逃离宫廷的，那他的确比父王和我更有坐上王位的资格。"

"正因为这样，我们以后再也别提了。"我郑重嘱咐他。

"如果他没有说谎，那您看到活生生的他，一定很高兴。"他带着少年人寻根究底的执着，继续追问，“他逃过了死神的利爪，死而复生，您一定高兴坏了。看到他来到这里，您很开心吧。虽然您祈求他永远成不了国王，希望我将来继承王位，可他要是坐上了王位，您也不会怪他。”

我闭上眼睛，好让他察觉不到我眼中的幸福光芒。我只说了两个字：“是的”，他闻言再也不谈这个话题了，真是个聪明的小王子。

我们以舞会、长枪竞技和各种表演来庆祝节日。唱诗班的歌声在皇家礼拜堂回荡，仿佛天籁之音，我们还把糖果和姜饼分发给两百个穷孩子。圣诞期间的十二天里，成百上千的男女等候在厨房门外，从伙夫手中拿到宴席上剩下的碎肉。节日第一天，亨利和我照例在场中领舞，我偶一回头，只见凯瑟琳夫人和她丈夫跳得正欢，两人手握着手，脸颊绯红，真是一对璧人。

宫里每天都有新花样。有时是假面剧，主角是一个坐在枣红大马上，表演格林伍德之春的魁伟男子；有时是哑剧，有时则由形貌奇异的埃及人表演吞吃热煤块，那场面实在可怖，把孩子们吓坏了：玛丽把头埋在我的膝间，玛格丽特哇哇大哭，就连一向胆大的哈里也缩在椅子里，我只好伸手轻抚他的肩膀，安慰他别怕。不论进行什么样的娱乐，宫廷第一美人凯瑟琳·亨特利夫人总是一袭黑衣，引得我丈夫移不开眼，而她自己的丈夫则时刻陪伴在她左右，但又很少做她的搭档。每当我丈夫挥手示意她过去时，他俩总要飞快地交换一个意味难明的眼神，然后她会顺从地走上前去，以沉静的态度和动人的风姿，等待他开始尴尬的谈话。

其实比起谈话，亨利似乎更喜欢和她一起观看表演，骑马时陪在她身边，和她一起跳舞，听音乐，只有在这些场合，他才能摆脱没话找话的窘迫感。说实在的，他能和她说什么呢？他不能追求她，因为她丈夫是他的俘虏，是个举世皆知的叛徒；他没法和她调情，因为她那身黑色裙袍和白得耀目的脸庞有种庄严持重之感；他也不可能跪在她面前，宣称自己爱她，虽然我认为他很乐意这么做，可是这么做不仅得不到爱，还会让这个落入他掌中的女人备受羞辱，让我这无辜的妻子颜面无存，让他这个国王名声扫地。

“要不要我把她带到一个僻静的地方，大大方方地告诉她，她非回苏格兰不可？”玛姬直接问我，“要不要我去告诉她，她必须让你从这无休无止的羞辱中解脱出来？”

“不必了。”我垂着头，用心缝制一件式样简单的衬衣，“我没有受辱。”

“可是整个宫廷都看到国王的目光一直落在她身上。”

“那不过是国王自己在出洋相罢了，我可没有被他连累。”我的话有些刻薄。

听到这大逆不道的话，玛姬惊得倒吸一口凉气。

我长叹一声：“这不是她的错。”房间里洒满了阳光，我们双双回头，看着坐在不远处的凯瑟琳夫人。她正专心致志地为穷人缝制衬衫，衬衫快做好了，她低着头，给衬衫镶上领子。

玛姬直言不讳：“她就像个蹩脚的小提琴家，可是国王偏偏乐意随着她的旋律起舞。”

“她从没勾引过他。而且这样也挺好，只要国王迷恋着她，就不会杀掉她丈夫。”

“这是你打算付出的代价吗？”玛姬吃了一惊，压低声音问，“为了保住那个男孩儿的性命？”

我忍不住笑了：“我想这是我和她都愿意付出的代价。只要他平安无事，我可以付出更多。”

玛姬看着我上床入睡，离开房间之前，又替我吹熄了床边的蜡烛，仿佛她还是我的首席侍女，而不是一个地位尊崇的客人。不知过了多久，我被礼拜堂的钟声惊醒了，有人咚咚地敲响我的房门，随后冲了进来。我的第一个念头是“糟了”！尽管表面顺从，可那个男孩儿多半秘密召集了一支军队，现在正朝亨利反扑，如果不是，那一定是宫中出现了手执白刃的刺客。我跳下床，一把抓过长袍，尖声大叫：“亚瑟在哪儿？威尔士王子在哪儿？卫兵！赶紧去保护王子！”

“他很安全。”玛姬匆匆跑来，披头散发，赤着双脚，身上只有一件睡袍，“理查德保护着他。不过外面起火了，你得赶快出去。”

我把长袍披在身上，和她一起跑出房间。宫中一片混乱，钟声大作，人们尖叫着四散奔逃。我们像心有灵犀一般，并肩奔向皇家保育室。谢天谢地，哈里、玛格丽特和玛丽都在。哈里和玛格丽特由保姆牵着，匆匆跑下楼梯，保姆一边催促他们快走，一边小心翼翼地护着他们，免得他们摔倒，年纪最小的玛丽则被保姆抱在怀里，好奇地睁大眼睛，不知发生了什么事。我跪倒在地，把两个年龄稍长的孩子搂在怀里，小小的身子是那么温暖，我确定他们安全无恙，原本慌乱的心终于平静下来。我告诉他们：“宫里起火了，但我们没有危险。来，跟我走，我们到外面去，看看其他人是怎么灭火的。”

一个自耕农卫兵拿着连枷和水桶跑过，我将孩子们的手握得更紧了。“走吧，”我说，“我们到外面去找你们的哥哥和父王。”

我们来到通往大厅的走廊上时，凯瑟琳夫人的房门突然开了，只见她冲出来，双眼圆睁，浓密的黑发披散在脸边，黑色斗篷飘起一角，露出贴身的白色睡袍。一看见我，她立刻停住了。“陛下！”她向我行过礼后，恭顺地站在原地，等我走到她前面去。

“不要拘泥礼数了，赶紧走吧。”我说，“宫里起火了，赶快离开这里，凯瑟琳夫人。”

她犹豫不决。

“走啊！”我命令道，“让你的宫人也跟上。”

她拉起兜帽盖住头发，匆匆跟在我身后。我和孩子们继续往前走，眼角的余光却瞥见那个叫波金·沃贝克的年轻男子从凯瑟琳夫人的内室溜出来，跟在我们身后，和我的宫人们混在一起。

我回头想要确认，正好对上他的目光，他脸上的笑容既自信又热情。他耸了耸肩，摊开两手，做出一个标准的法国姿势，魅力十足。对于刚刚发生的事，这个年轻人并没有做出过多的解释，只是说：“她是我的妻子，我爱她。”

“我知道。”我回过头，匆忙向前。

宫殿大门洞开，人们已经排成一线，正往楼上传递水桶。亨利站在马厩院子里，指挥下人们赶紧从井中汲水，催促抽水的小伙子加把劲。水传得实在太慢了，风中弥散着炙热的刺鼻烟气，钟声震耳，人们一边高声索水，一边说火势已经得到控制。亚瑟和理查德爵士站在一起，下身穿着一条马裤，上身什么也没穿，只用一条披肩盖住光溜溜的肩膀。

我半是心疼，半是责备地说：“你会冻死的！”

玛姬赶紧吩咐他：“去我们的行李车里取件夹克吧，衣服还在包裹里，没来得及拿出来。”

“这场火是从皇家司衣库燃起的，你的裙子恐怕全都完蛋了，天知道烧毁了多少珠宝！”亨利朝我大吼。只听“啪”的一声，一扇昂贵的玻璃窗在热气中粉碎，又听“轰隆”一声，一根屋梁坍塌了，火红的烈焰冲天而起，就像一场爆炸。

我朝人群大喊:“每个人都逃出来了吗?”

“据我们所知是的,”亨利说道,“除了……亲爱的,我很抱歉……”他退后几步,离那群拼命接力传水的人远了一些,“我非常抱歉,伊丽莎白,但那个男孩儿恐怕已经死了。”

我回头看了一眼。一群人乱哄哄地挤在宫殿门口,凯瑟琳夫人还在,可那个男孩儿已经消失在人群中了,火场中又传来一阵轰鸣,楼上的一扇窗户里蹿出火焰。

“你会告诉她吗?”亨利问我,“他无疑被困在火场里了。他在皇家司衣库睡觉,房门肯定上了锁,而火就是从库房开始的。我们得做好接受噩耗的准备。这是个悲剧,是个可怕的悲剧。”

亨利今天有些不对劲。他此刻像极了小哈里,这孩子没做作业被教师训斥,或者欺负了姐妹时,总爱用那双蓝得像夏日晴空一样的眼睛看着我,做出一副诚实无辜的表情,对我说些根本骗不了人的谎话。

“那男孩儿死了?”我问,“他被火烧死了?”

亨利垂下眼帘,耸了耸肩,长叹一声,抬手捂住眼睛,似乎在哭泣。“他不可能逃出来,火势蔓延得太快了,等人们发现时,皇家司衣库已经变成了地狱。”他向我伸出手来,“他一定没受多少痛苦,请你转告她,他的死亡过程没有持续多久,这是上天的仁慈。还请你转告她,我们所有人都为他遗憾。”

“我会如实转告。”除了这个,我什么也没答应他。亨利听完我的话,转头又去指挥灭火了。人们继续咆哮着:“把沙子扔到火里!”“水!更多的水!”我走向不远处的凯瑟琳夫人,哈里和玛格丽特双双站在她身边。

“凯瑟琳夫人……”我唤了一声,示意自己有话要单独对她说。她在哈里的小脑袋上飞快地落下一吻,向我走来。

“国王相信你丈夫今晚睡在皇家司衣库的卧房里。”我的声音毫无起伏,表情也和牛奶一样平淡。

她木然地点了点头。

“国王认为他多半葬身火海了。”我说。

“皇家司衣库着火了?”

“火就是从那儿烧起来的，现在火势已经得到控制了。”

我们双双避开了一个问题：为什么大火没从厨房，面包房，甚至有炉火终日燃烧的大厅烧起，而是从戒备森严的库房烧起？那里唯一的明火就是蜡烛，只在女裁缝们缝制衣服时点燃，她们晚上离开时就会熄灭。

“我想，既然国王认定你丈夫已经死了，那他就不会再寻找他了。”

她沉思片刻，抬头看着我：“陛下，我们的儿子还在国王手里，我不能丢下他离开这里，我丈夫也不会抛下我们母子。我明白今天是他逃跑的大好时机，可我还没问他的打算；我太了解他了，他绝不会一个人逃掉，只有一种情况能让他抛下我们，就是他无力反抗，被人强行带走。”

“这可是天赐良机，”我心急如焚，“大火，混乱，而且人人都以为他死了。”

她迎上我的目光：“他爱他儿子，也爱我。他有王子的尊严和骄傲。如今他已经回家了，我相信他绝不会再次逃跑。”

我轻抚她的手：“那他最好快点儿出现，做出合理的解释。”我匆匆嘱咐了几句，从她身边走开，回到孩子们中间。我向他们保证，他们的小马会被带离马厩，安全地转移到潮湿地带。

到了早上，大火终于被扑灭了，但是整座宫殿，包括花园里都弥散着一股湿木头和浓烟混合的难闻气味。拥有巨大仓房的皇家司衣库成为一片焦土，库中价值连城的珍宝付之一炬，这些珍宝不仅包括昂贵的裙子和礼服，还有珠宝王冠，金银餐盘，上等家具和成堆的亚麻布，被毁的物品价值上万镑。为了减少损失，亨利雇人在余烬中筛出残余的珠宝和融化的金属。这些人找出各种劫后余生的物件，包括窗户融化变形后剩下的铅。这场火灾损失巨大，可让人惊奇的是，居然有人从中存活下来。

“沃贝克是如何逃出生天的?”玛格丽特夫人毫不避忌地质问亨利。我们三人此刻站在废墟前，面朝被烧毁的国王寝殿，焦黑的屋梁伸向天空，冒出的浓烟还在我们的头顶盘旋。“他是怎么活下来的?”

亨利似乎不愿多说：“他说房门起火了，他就轻而易举地把门踢开了。”

“怎么可能?”她显然不信，“他怎么可能没被浓烟呛死，没被烧伤？一定有人事先放了他。”

“至少这场大火没有造成人员伤亡，”我插嘴说，“这是个奇迹。”

他们两个齐齐盯着我，脸上俱是惊疑之色。“一定有人事先放了他。”国王重复着他母亲的指控。

我不再说话了。

“我要好好调查那群仆人，”亨利下定决心，“这是我的宫殿，我的司衣库，我不允许叛徒和我共处一个屋檐下。不论保护那个男孩儿的人是谁，都该受到惩罚。那个男孩儿是叛徒，胆敢把他救出火场的人也是叛徒。我已经纵容他活到现在了，从今往后，我再也不会宽纵他。”他突然转头问我：“你知道他昨晚在哪儿吗?”

我看看他气得通红的脸，又看看他母亲苍白的面色：“您最好查查放火的是谁。有人不惜以摧毁我们的财宝为代价来烧死那个男孩儿，您觉得这是小事吗？想让他死掉的人是谁？这场火灾不是意外，一定是有人把衣服堆起来点燃，引发了大火。杀死男孩儿是这人唯一的目的。他会是谁?”

玛格丽特夫人结结巴巴地说：“他，他，他……”她的慌张出卖了她，我心下雪亮，平心静气地听她撒谎。“他、他的敌人不少、不少。人人都恨他这个叛徒，宫中至少有一半人都希望他死掉。”

“希望他被火烧死在床上？”我抬高声调，毫不留情地控诉这残忍的罪行。她低头盯住地面，不敢直视我的眼睛。

“他是个叛徒，”她还在嘴硬，“他的灵魂邪恶而堕落，火刑对他来说再合适不过了。”

亨利看了他母亲一眼，不大明白我们在说什么：“没人会认为我希望他死。我从前的确说过，要是凯瑟琳夫人没嫁给他就好了，但也仅限于此。没人会认为我想要他的命。”

玛格丽特夫人摇了摇头：“没人会说放火的是你。不过你有没有想过，放火的人也许认为自己是在为你效劳，因为你太仁慈，太宽容，为了让你免受其害，他们才狠下心来帮你一把。”

“要是他死了，凯瑟琳夫人就会成为寡妇。”我一字一顿地说，“那她又可以再嫁了。”

我的女领主把腰带上的十字架紧紧握在手中，似乎在抵挡诱惑。我以为她会开口，可她这一次选择了沉默。

亨利突然大吼一声：“够了！我们三个人不该争来斗去。我们同属王室，理当团结一致。我们不仅没被烧死，而且全家平安，这是上帝的旨意。我会修建一座新宫殿。”

“您说得对，”我深表赞同，“我们应该重建宫室。”

“我要给新宫殿取名为里士满，我父亲的封号是里士满伯爵，我曾经也是。我会叫它里士满宫。”

1498年夏

巡游途中

我们把皇家司衣库搬到了别的宫室里，男孩儿继续睡在里面。冬去春回，不知不觉又到了夏天，我们开始了一年一次的夏季巡游，沿着肯特郡海岸进发，到坎特伯雷朝圣，威尔德地区的高山一路绵延不尽。阳光和煦，路边的树篱绿意盎然，颤动的苹果枝上缀满了雪白粉红的花簇。凯瑟琳夫人终于接受了国王为她购置的新衣，不再打扮得像个丧夫的寡妇。她穿上了国王替她挑选的茶色长裙，长裙上缀着黑色天鹅绒，在初夏的阳光中，她奶油色的皮肤白里透红，一头秀发藏在茶色天鹅绒圆帽下，这顶圆帽也是他为她定做的。

他俩策马走在队伍的最前面，我和我的女领主跟在后头，陪同我们的还有宫中的绅士们。男孩儿也在其中，时而骑马走在我身旁，时而从我面前笑着经过。

亨利为自己裁制了一套崭新的茶色天鹅绒猎装，和她的长裙很像。他和这个年轻女人穿着情侣装般的衣服，在肯特郡的乡间小道上并辔而行，如果地面是软泥，他们就放马小跑，如果地面是碎石，他们就驭马慢走，不论何时何地，他俩总是走在前面，和余下的人保持着谨慎的距离，直到大海出现在我们眼前。

亨利如今终于找回和她说话的胆量了，他会问起她在苏格兰度过的童年和少女时代。可他从不提起她丈夫，仿佛她那段持续了两年半的婚姻从不存在，他俩骑马走在一起时，也从不把话题扯到男孩儿身上。她彬彬有礼，循规蹈矩，但是国王的盛情是难以抗拒的，亨利某日为她准备了一匹新马，还特意定做了一副新马鞍。即使心中再不情愿，她也只能和他一起骑马出游，笑着表示感谢。

我看到男孩儿也在注视着这一切，同时留意到他在故作高傲：他昂起头，笑得自信无谓，仿佛没看到深爱的妻子正离他越来越远。亨利说话时，凯瑟琳会凑过去听，亨利有时还握住她的马缰，似乎在替她控马，这些亲密的举动，我相信跟在他俩身后的男孩儿一定看得清清楚楚，可他却抬起下巴，笑得更欢了。也许他已经下定了决心，要无所畏惧。

于我而言，亲眼看到相伴十二年的丈夫抛下我，陪在另一个年轻貌美的女人身边，心中不免泛起一阵少有的失落和酸楚。在此之前，我从未见过亨利坠入爱河，而现在的他羞涩极了，充满了热切的期盼，就像换了一个人似的。王公大臣们相当知趣，他们从不插到国王、凯瑟琳夫人和我之间，只是围在我身边逗我开心，让我无暇他顾，免得打扰他俩卿卿我我。我不由得想起了安妮王后，她那时总是拖着每况愈下的病体，默默地看着自己的丈夫对我展开热烈的追求，就算我俩当着她的面甜蜜共舞，她仍旧一言不发。我知道自己的所作所为伤了她的心，她的独子夭折了，丈夫又爱上了我，平心而论，她是个值得同情的女人。可我当时正值青春年华，不懂得何谓体谅。如今我总算明白了当王后的滋味：眼见宫中的年轻男子为另一个女人写诗送信，眼见宫中第一美人的头衔落在别人身上，眼见人人都视她为王后，而你丈夫也在她身边流连不去——这是何等的煎熬！

这种经历很不体面，但我不觉得丢脸，只是觉得自己好像明白了一些从前想不通的道理。我到今天才懂得，爱一个人和他优秀与否无关。从前我不爱亨利，是因为他那战争胜利者和英格兰征服者的身份在我心中留下了根深蒂固的印象；而我是怎么爱上他的呢？这份爱始于理解，成长于同情，最终为他绽放。即使他现在不爱我了，也丝毫影响不了我心中的感受。他还是和从前一样，会犯错，会害怕，只要看到这样的他，我心中的爱就不会消退。不论别人相信与否，我并不怨恨他的移情，想要温柔对待他的念头反而愈来愈盛。

我也没生凯瑟琳夫人的气。某次我见她要从那匹昂贵的新坐骑上下来了，这时亨利在她丈夫肩上推了一把，自个儿站到马前，她别无选择，只好被亨利抱下马。身在半空时，她侧头看了我一眼，仿佛国王的殷勤对她来说不是快乐，而是困扰。从那时起，我就不怨她了，反而可怜她，也可怜自己。我想除她之外，没人能理解我的感受；除了我，也没人明白她的困境。

一天晚上，凯瑟琳夫人来到我的房中，和我的侍女们坐在一起，她偶一抬头，发现我正笑着嘉许她的温柔和耐心，就像安妮王后曾经对我微笑一样。我知道她无法阻止正在发生的一切，正如我无法熄灭理查德对我的爱。如果国王用心追求一个女人，不论情愿与否，她都抗拒不了他的欣赏。不过我并不清楚她真正的感受。理查德不仅是英格兰国王，还是唯一有能力拯救我和我那个没落家族的男人，我对他的爱出自真心。可是她呢，自己的丈夫是个举世皆知的叛徒，命悬一线，而英格兰国王又深深迷上了她，她心中会是什么滋味？我无法想象。

1498年夏

伦敦塔

我们回到了伦敦，在前往威斯敏斯特宫之前，亨利要求我们在伦敦塔过一周。骑马经过闸门时，男孩儿的身子绷得像一根弓弦。他飞快地看了我一眼，四目相对，我俩的眼中俱是茫然。

和往常一样，家住伦敦的贵族都回各自的豪宅去了，只剩下一小部分人陪同王室住在塔里。国王，我的女领主和我住进了我们常用的王室房间。在宫务厅的安排下，男孩儿和另一个年轻男子一起住进了灯笼塔。在他离去之前，我看到他做了个小小的手势，这才转身走向围墙上的石拱门。他的笑容更灿烂了，脑袋高高扬起，好像在说："我不想看到鬼魂！"

沃里克的爱德华住在花园塔里，那里曾经是两个失踪王子的住所。穿过花园草坪时，我时常看见他的面孔出现在窗口，很像我弟弟失踪前的景况——至少大家都这么说。亨利不许我去探望他，说不合时宜的探望只会让他难过，让我忧心。他还说今后会给我探望的机会，不过没说清到底是哪一天。男孩儿从不去看窗前的那张面孔，和在宫中一样，他对这个地方了如指掌，在黑洞洞的门口，阴暗的拱道，通往房间的盘旋楼梯之间来去自如。他总是绕过白塔，花园和教堂，似乎对这些古老建筑视而不见，也不愿看到当年因为忠于旧主，也就是我父亲而被斩首的威廉·黑斯廷斯身死之处。没有加冕的爱德华国王曾在塔中的草地上玩耍，大家口中的理查德小王子曾经对着木桩射箭，可他们随后进入了黑暗之中，再也没有出现。这一切是否让他心有所感？

1498年夏

伦敦　威斯敏斯特宫

我们在初夏返回了威斯敏斯特宫，准备在大教堂庆祝天主圣三节。早上在礼拜堂祈祷时，我四处寻找凯瑟琳夫人的身影，却发现她没和我的侍女们在一起，而她丈夫，那个本该走在国王亲随中间的男孩儿也不见了。一身黑衣的塞西莉坐在我身边，今年春天，她的丈夫和女儿都去世了。我凑到她耳边问："以上帝之名，他们在哪儿?"

她默默摇头。

晨祷结束后，亨利，我的女领主和我在国王的房间吃早饭，这时两个仆人匆忙进来，双双跪在餐桌前，以头触地，一言不发。

"出了何事?"亨利问道，其实我们全都明白，事情一定和男孩儿有关。我把手中的一片面包丢在餐盘上，微微踮起脚尖，心中忽然腾起一种山雨欲来的恐惧感。

"请您原谅小人，陛下。那个男孩儿逃走了。"

"逃走了?"亨利重复着这句话，仿佛这三个字没有任何意义，"你说'逃走了'，是什么意思?"

他母亲目光锐利地看了他一眼，似乎也和我一样，听出了他话中的冷静超然，仿佛只是在重复早就准备好的说辞。

"哪个男孩儿?"她厉声追问，"是不是那个叫沃贝克的家伙?"

其中一个人说："正是他。"

“他是如何逃跑的？难道他没被关起来？”

我语气中的怀疑让两人低下了头。“他有把可以开锁的钥匙，”其中一人抬头告诉我，“他的同伴都睡熟了，被药迷晕了也说不定，反正睡得很沉。他趁机打开门走了出去。”

“走了出去？”亨利重复了一遍。

“他有钥匙。”

“走出去？”

“也许他迷倒了守卫。”

一种奇怪的预感让我心中一凛，我不再去看起先大吃一惊，随后忿然作色的亨利，转而去看他母亲。她目不转睛地盯着他，脸上的表情不是平日的赞许和认同，而是惊讶，实实在在的惊讶，仿佛她从没见过这个人，真不知他做了什么，让这个老谋深算的女人骇成这样。我不敢再往下想了，颓然坐回椅子里。

“他是如何拿到钥匙的，又是如何得到迷药的？”亨利连声质问，声音大得足以穿过门板，传到隔壁的会客室里，让每个等着向他问安的人都能听到这些可以传作流言蜚语的片段。

没有人回答亨利，男孩儿可能早就得到想要的一切了，因为亨利不仅给了他随意进出宫廷的自由，还给了他一笔津贴，这笔钱可以买到马鞍上的皮革饰边，插在帽子上的羽毛，也足以买来便宜的安眠药粉和钥匙。其实他如果真想逃跑，早在去年十月就能付诸行动，只要来到马棚，就能骑上自己的马逃之夭夭，没必要等到晚上被锁在房里时，再大费周章地开锁出去。可惜啊，谁也没有指出这一点。尽管整件事疑点重重，就像他的名字和身世一样，但我并不确定真相是什么，我只知道这个曾经仅因为穿上丝绸衬衣就被人当做王子的男孩儿，在夜深人静之时，从上锁的房间里消失了。

亨利大吼："一定要把他抓回来！"

他朝一名书记官打了个响指，那人赶紧跑上前来，秃头闪闪发亮，颈中挂着写字板，手里捏着尖尖的羽毛笔。亨利发出一连串命令：关闭港口，要求各郡治安官全力搜寻男孩儿的踪迹，派遣信使沿国中大路散布消息，提醒沿途的旅馆客店保持警惕。

"不论死活，只要抓到他就有赏。"他母亲建议。

我死死盯住餐盘，不紧不慢地说："噢，他们不能伤害他！"身为约克公主，我深知政治斗争的残酷性，人们往往得用生命来冒险，这个道理我想他也明白。在他偷偷溜出房间，遁入黑暗的那一刻，就该知道自己已经没有退路了，一旦违誓逃脱，追杀便会接踵而至。

"我会吩咐他们抓活的。"亨利随口道，那副漫不经心的模样仿佛在说：我只要活口，至于用什么方法并不重要。"我不想伤了凯瑟琳夫人的心。"

我嗤之以鼻："她一定会伤心。"

"没错，可她必须明白，她丈夫已经丢下她逃走了，他像个懦夫一样离开了她，根本没把她当作妻子。"亨利完全不给我质疑的机会，"她必须明白，他对她毫不在意，为了逃离，他不惜将她彻底遗弃。"

他母亲点头附和说："真是薄情寡义。"

"你最好去见见她，亲口告诉她这个消息。"亨利说，"你就说，她丈夫一个人逃掉了，而且逃跑过程很不光彩，迷晕了守卫，像做贼一样偷偷溜走的，留下她们这对无依无靠的母子。她听了这话，一定会鄙视这个卑劣无耻的小人，我希望她就此解除这段婚姻。"

我慢慢站起身来，他替我将沉重的木椅拉到一边。我转头直视他幽深的眼睛："您认为她应该鄙视他？您认为她该把自己当成独身女人，就像您平日所做的那样？您放心好了，我一定如实转告。对了，要不要我向她保证，您希望她解除婚姻的动机是正义坦荡的？"我冷冷说完，头也不回地离开了，只听身后的母子俩命人去拿英国地图，打算推测那个男孩儿的藏身之处。

这天晚上，我把塞西莉叫来陪我过夜，谁知亨利突然来了，让我俩吃了一惊，塞西莉把外袍裹在身上，逃也似的冲出了房间。他手里拿着一罐热啤酒，一杯葡萄酒，不用问也知道，这杯酒是给我的。过去我们关系融洽时，他常常这样，只是在他迷上另一个女人之后，这种情景已经很少出现了。

他毫不理会我扬起的眉毛，把酒杯往我手里一塞，大大咧咧地坐到火炉边，给自己倒了杯啤酒，喝了一大口。他此刻的样子很放松，就像来到了一处让他安心的避风港。

啤酒入肚后，他开口说："你知道的，他并不安分，一直和佛兰德斯、法国、苏格兰暗中勾结，策划逃跑，看来他的旧盟友和老朋友从没忘记过他。"

我没问他口中的"他"是谁："是他们帮他逃走的？"

亨利咯咯一笑，伸脚把一根在火炉边缘摇摇晃晃的木柴踢了进去。"当然，这件事一定有人帮忙。不仅把他绑出去，还放走了他。"

我冷冷地看着他，想弄懂他到底在说什么。"难道他和守卫一样被迷晕了？"我终于忍不住问，"他失去意识后，是不是被人绑出了城堡？"

亨利没有直视我的眼睛。他再次让我想起了哈里，这孩子被我责问时，常用手指绞着发丝，低头盯住鞋尖，对我撒些最有可能蒙混过关的小谎。

"我怎么知道？"亨利反问，"我又不是叛徒，怎么会知道叛徒的手段？"

"那他现在在哪儿呢？"

他轻笑一声，表示他要承认了。"我知道他在哪儿。不过我会给他几天时间，让他想明白自己的困境。他现在孤身一人，身边没有一个支持者，只能睡在阴冷潮湿的地方，而我的人随时有可能找到他，不是今天，就是明天。”

我蜷起双脚，缩在椅子里：“这件事对我们有什么好处？说实话吧，要是没有好处，你也不会来我这儿庆祝了。”

他笑嘻嘻地对我说：“哈哈，伊丽莎白，你太了解我了！虽然不能明说，不过这件事的确对我们大有好处。我得打破这个新习惯，毁掉已成事实的意外协定，说实在话，我从没想过事情会变成这个样子：他住在我的宫里，过着奢侈舒适的生活，偷偷溜进他妻子房中，啊，你别否认，我知道他做过！还和女士们跳舞、写诗、唱歌、打猎，整天花着我的钱，打扮得像个王子，更可气的是，大家居然都把他当作王子对待。我把他拖出圣所，说他是王位觊觎者时，可没想过要好吃好喝地供着他。他被我关押在埃克赛特时，我逼他承认了我想让他承认的一切。我让他签字，他就乖乖签字，我说他叫什么，他就叫什么。他是个卑微到尘埃里的人，是个酒鬼船夫的儿子。我没想到他会一次又一次地出现在她的卧室里，没想到他会来到宫廷，让每一个见到他的人为之倾倒，更没想到他竟然活得像个王子——我明明已经让他承认自己是个骗子了！最出乎我意料的是，她还在梦想自己是个王妃，怎么会这样？”

“站在他身边？”

“而且依然爱他，”他轻声说，“在我让他看起来像个傻瓜的时候。”

“你原本想得到什么？又希望发生什么呢？”

“我满以为大家会把他看作王位觊觎者，一个冒充王子的男孩儿，另一个西姆内尔，他们会成群结队地前去围观他，嘲笑他不自量力，然后把他抛诸脑后。我把他留在我们身边，以为他会变得越来越不起眼，最后泯然于众人。”

“泯然众人？”

“我以为他会消失在那群整日向我们溜须拍马，阿谀奉承的人中间。那些人宁愿被打被骂也要赖在我们身边，讨得一点儿糊口的钱财，我还以为他也会成为这样的人呢。如果成不了这种人，也该做个身份卑微，没人待见的侍童，掌马官哪天喝醉了，就踢他一脚。总之人人都该鄙视他，不把他放在眼里。没想到他竟然会大放光彩。”

我赶紧撇清自己：“我没和他相认，也没让他和我做伴。我从没邀请他到我房里来，您得相信我。”

“我知道你没有。”亨利若有所思，“可他在宫中来去自如，仿佛天生属于这里。他过得如鱼得水，人们喜欢他，愿意围在他身边。他得到了……”他欲言又止，终于还是下定决心，说出一个犯忌的词语：“承认。”

我倒吸了一口凉气：“有人承认他是我弟弟理查德王子了？”

“不，没人会傻到在遍布眼线的宫中做出这种事。受到承认的是他本人，人们纷纷把他视作卓尔不群的大人物。”

“大家只是碰巧喜欢他罢了。”

“我知道，可我不能容忍。他有约克人那种该死的魅力，就和你一样。我容不下他在宫里逍遥快活，到处施展魅力，就像自幼生长在这里似的。可他当初向我投降的时候，我答应不杀他，唉，这真是件麻烦事。而且他妻子跪下来求我，我也答应她了，她要我守住承诺。她绝不会允许我囚禁他，或者把他送上审判席。”

他朝壁炉中通红的余烬皱起眉头，完全没意识到自己刚刚向妻子吐露了受制于情妇的实情。

“对了，还有一件事。我曾经为他编了个身世，说他是佛兰德斯船夫的儿子。我当时觉得这个故事非常好，可是这样一来，他就不是我的臣民了，我自然没法以叛国罪论处他。他如果不归我管束，也就谈不上叛国。现在想想真是险哪，当初我派人去佛兰德斯寻找他父母时，就该有人提醒我。我们绝不应该在佛兰德斯找到他们，该在爱尔兰，或者其他类似的地方才行。”

你又想捏造事实诽谤他！我心里发出一阵冷笑。

“所以我现在有两个糟糕的选择：一是我不能以叛国罪论处他，因为他是外国人，或者……”

“或者他不是外国人，却是合法的国王！”亨利哈哈大笑，举起白镴杯狂喝起来，边喝边用那双发亮的眼睛盯着我，“你明白了？如果他的身份如我所说，那我就无法给他定下叛国罪。如果他的身份如他自己所说，那英格兰国王就该是他，而真正的叛徒是我。无论选择哪一种，我都得和他没完没了地纠缠下去。我越是摆脱不了他，他就越高兴。我必须把他弄走，让他背叛圣所。”

“圣所？”

他又笑了：“他不是在圣所出生的吗？”

我呼出一口气。“在圣所出生的是我弟弟爱德华王子，不是理查德。”

“哎呀，随便吧。”他心不在焉地说，“最重要的是，我把他成功赶出了宫里的安乐窝。他现在是个逃犯，我有一千种手段证明他在策划推翻我的阴谋。他没有遵守要老老实实待在宫里的承诺，也违背了与妻子不离不弃的誓言，她本来一心以为他绝不会抛下她。我要以毁约食言的罪名逮捕他，把他关进伦敦塔。”

“您会处死他吗？”我尽量让自己的声音听起来轻柔平和，“您认为自己会处死他吗？”

亨利放下酒杯，脱下披风和睡衣，一丝不挂地躺上我的床。我不过朝他看了一眼，他立刻兴致盎然。这场胜利让他感到兴奋，使出手段抓住一个人的把柄，让他进退两难，一无所有，给他带来十足的快意，也点燃了他的欲望。

他急不可耐地说："到床上来。"

我没有表露出一丝一毫的抗拒。极度的顺从会带来什么后果？我不知道。我解开衣带，把睡衣丢在地板上，滑进被窝的一刹那，他一把抓住我，把我压在身下。我闭上眼睛，露出笑容。

"我不会处死他。"进入我时，他在我耳边低声保证。做爱时说到死亡，这情景真是滑稽，可我脸上的笑容还是没有消退。"我不会砍掉他的脑袋，除非他做出什么蠢事。"他在我身上疯狂地律动起来，"不过你知道他这人有趣在哪儿吗？在于他一定会做出蠢事。"他得意地说完，整个人重重压住我。

对于一个众所周知的叛徒，一个王位觊觎者，一个让亨利担惊受怕了整整十三年的鬼魂来说，抓捕过程未免进行得太慢了。那几个在当班时睡着的守卫复职了，受到的惩罚仅仅是口头警告，而非大家所想的那样，以放跑男孩儿的罪名丢掉脑袋。那些被亨利派到各个港口去的信使们也表现得不太正常，一路优哉游哉，好像在享受夏日旅行。更奇怪的是，亨利竟然派自己的亲信卫队乘船到上游查看，似乎男孩儿有可能逃往英国内陆。可是按照常理推断，他若想保命，应该跑到海边，设法回佛兰德斯或苏格兰才对。

在这段非常时期，他妻子不得不和我坐在一起等候消息。她没有穿回黑色寡妇装，也不再穿华丽的茶色天鹅绒。她换上一袭深蓝色长裙，坐在我的后侧，导致我和她说话时必须偏头。加上我宽大的椅子遮住了她，每个到我房里来的人都很难看到她，就连国王和他母亲也一样。

她一心扑在了缝纫上，整日为她儿子缝制小衬衣，适合王子穿戴的睡衣睡帽，护住小脚的袜子，还有防止婴儿抓破自己皮肤的小手套。她低头苦做，仿佛手中的针线可以缝合她支离破碎的人生，让她重回那段新婚岁月。那时她还在苏格兰，和男孩儿一起住在猎宫里，听他说起自己的经历和见闻——没人逼问他要干什么，想得到什么，他不能和谁相认。

几天之后，他被抓住了。亨利似乎很清楚他的去向，仿佛真有人把他迷晕后绑出城堡，再用船把他运到河岸边，最后抛下毫无知觉的他扬长而去。据抓到他的人说，他步行进入泰晤士河谷，跌跌撞撞地走过纤道和沼泽，沿着河道穿过茂盛的树林和用篱笆围起的田地，来到希恩的加尔都西会修道院，修道院前任院长是我母亲的好友。现任院长特雷西不仅收留了他，为他提供庇护，还亲自来求见亨利，请他饶男孩儿一命。这个虔诚的院长跪在地上，声称国王要是不放男孩儿一条生路，他就不起来。亨利架不住他苦苦哀求，再次决定网开一面。他做出判决时，他母亲也坐在旁边，母子两人就像一对末日审判者。他要求男孩儿站在用空酒桶搭成的刑台上，遭到众人的围观，嘲笑，咒骂，鄙夷，忍受顽童朝他投掷的脏东西。两天之后，他会被送进伦敦塔，等候国王发落——其实也谈不上什么发落了，亨利已经决定，让他在伦敦塔里待一辈子。

1498年夏

伦敦塔

他被关在花园塔。真是讽刺啊，一个自称是理查德王子的人，再次回到了理查德王子最后出现的地方，我完全可以想象出亨利现在是何等得意。他们把他关进了理查德王子和爱德华王子曾经住过的房间。

房间窗户正对着草坪，两个小王子失踪之前，草坪上的人常常看见他们的面孔出现在窗前，对两位王子抱有尊敬同情之心的人不时聚集在草坪上看望他们，或者走出圣约翰教堂，高声祝福他们，这时两位王子总会朝他们挥手致意。时隔多年，男孩儿苍白的面孔又出现在窗前，近距离看过他的人都说他已经不成人形，脸上又青又肿，面目全非。他的鼻梁被打断，一条从左至右的伤痕破坏了他英俊的容颜。他的耳后也有一处血淋淋的伤口，一定是倒地后被人踢了一脚。耳朵缺了一半，因为伤口没有得到及时处理，剩下的一半已经变得黏糊糊的，散发出一股恶臭。

如今没人会把他误认为约克王子了。他看上去就像一个常常挂彩的酒馆小混混，这次伤得太重，再也站不起来了。他的门牙全被打落，就算他还能笑得出来，也没人会喜欢他的笑容了。他的约克魅力现在迷惑不了任何人。没人会聚集在草坪上朝他挥手，把见到他当做一件了不得的大事。换做从前，也许会有人写信通报家乡父老："我看到王子了！我来到伦敦塔，站在他的窗前张望。我看到他露出灿烂的笑容，朝我挥手！"但是今时今日，再也不可能发生这样的事了。

他现在是个囚犯，和塔里其他人没有区别。亨利之所以把他送到那里，就是为了让大家不再关注他，然后渐渐将他遗忘。

但我知道有一个人不会忘了他，那就是他的妻子凯瑟琳夫人。每当看到她低俯的脸庞，我都会想：她一定不会忘记他。尽管我并不认同，但她身上的确有种深刻的忠贞。她不再没完没了地缝补上等亚麻布了，转而缝制一件厚衣服。那是一件暖和的夹克，仿佛她知道有人生活在阴暗潮湿的石屋里，再也不能沐浴阳光。我没问她为何要做这件厚夹克，还用深红色和天蓝色丝绸镶边，她也没有主动说出缘由。她坐在我的房间里，低着头飞针走线，时而抬起头来看我一眼，对我笑笑，时而放下手中的活计，凝视着窗外的景色，可她从来不提那个丈夫，也从不抱怨他违背了诺言，而且正在为此付出代价。

远在勒德洛堡的玛姬回宫做客了，我房中有许多空位子，可她偏偏选择坐在凯瑟琳夫人身边。尽管她什么也没说，可是对一个年轻女人来说，别人的靠近就是一种无声的安慰。亨利这次又对约克王朝开了个大玩笑：他安排凯瑟琳的丈夫和玛姬的弟弟住在同一座塔楼里，前者住楼上，后者住楼下。这两个男孩儿，一个是克拉伦斯公爵乔治的儿子，一个自称是英格兰国王爱德华四世的儿子，他们的房间离得如此之近，男孩儿只要在楼上跺跺脚，泰迪就能听到。古老城堡的冰冷石墙将他们隔绝在幽暗的空间里，只因为他们是，或者宣称是约克家族的男裔。这起悲剧本质上还是玫瑰战争，血缘就是这对堂兄弟被囚禁的理由。

1498年秋

伦敦　威斯敏斯特宫

我的脊椎被腹中的胎儿压得难受，两腿疼得厉害，就像得了疟疾。不论是坐是卧，都异常辛苦，更别说走路了。这孩子是在男孩儿逃跑事发那晚怀上的。他逃出宫廷，违背誓言的事让亨利欣喜若狂，却把我折腾得够呛。我有时会想，这个孩子把我弄得腰酸背痛，多半是因为他父亲那夜重重压在我身上的缘故。那场交合没有爱，也没有快乐，他只是被胜利刺激得发了情，想在肉体的撞击中压迫我，压迫男孩儿，压迫整个英格兰。

秋天到了，金色和褐色的树叶像大雪一样飘落，每天清晨，我的玻璃窗会蒙上一层雾气。我开始思念母亲：每当看到金色的白桦树叶随风颤动，在灰白的河面上现出倒影，我就会想起她；河水拍击着码头的石墩，发出"哗啦啦"的声响，恍惚中，我好像听到了她的声音；听到海鸥叫声时，我会猛然一惊，以为是她在叫我。如果关在伦敦塔里的男孩儿真是她儿子，那我实在愧对他和她，也愧对我的家族，我必须尽全力救他出来。

我决定先从我的女领主，国王的母亲身上下手。这天我去皇家礼拜堂找她说话时，她正跪坐在冰凉的地板上。祷告已经结束了，她双手交握撑住下巴，盯着镶金嵌宝的玻璃圣体匣出神，匣中的圣饼发出青白的微光。她整个人一动不动，既像看见了天使，又像听见了上帝的声音。我静静地候在一边，不想鲁莽地打断她和上帝的交流。不知过了多久，我见她慢慢站起身来，长叹一声，抬手遮住眼睛。

我小声问：“我能和您谈谈吗？”

她没有回头看我，但是点了点头，表示自己在听。“一定是关于你弟……”她刚一开口，立刻闭上了嘴巴，视线飞快地飘向十字架，似乎很希望耶稣基督没留意到她说漏了嘴。

“是关于男孩儿。”我纠正她。国王和大臣们已经彻底放弃沃贝克先生，还有埃斯博克先生这两个称呼了。他们为他编造了那么多名字，最终没有一个起到作用。在亨利看来，这个威胁他王位的对手长久以来都是一个少年，一个惹是生非的侍童，一个“男孩儿”，如今“男孩儿”就成了他的代称。我认为这么称呼他不大对，因为亨利害怕过的男孩儿不止他一个。可亨利还是喜欢这样叫他，想借此笑话他只是个毛头小子，大臣们有样学样，这个称呼就这么传开了。

“我帮不了他，”她有些抱歉地说，“当初人人都说他死了，如果他那时真的死了，对他本人和对我们大家来说，未尝不是一件好事。”

“你是指在理查德三世的加冕礼之后？”我小声问着，思绪不由自主地飘回了当年的伦敦，人人都在猜测两位小王子的下落，我母亲伤心欲绝，在幽暗的圣所里大病一场。

她摇了摇头，目光落在十字架上，仿佛这是支持她不再说谎，转而吐露真相的巨大力量。“在埃克赛特战役之后，他们报称他死了。”

原来是我想错了！我深吸一口气，慢慢平静下来：“那么，我的女领主，既然他没有死在埃克赛特……假如他同意回到苏格兰，和他妻子一起隐姓埋名地过日子呢？”

她终于回头看我了：“你应该清楚，倘若命运让你离王位只有一步之遥，你就永远无法摆脱。就算他逃到阿比西尼亚，还是会有人纠缠不休，煽风点火。那些想给我儿子制造麻烦，甚至让他下台的缺德家伙一向不少，从他登位至今，总有邪恶力量在拖都铎王朝的后腿。我们必须时刻做好打垮敌人的准备，把他们的脑袋踩进泥泞里，这是我们的宿命。”

“可男孩儿已经倒下了，”我苦苦哀求，“听说他被人暴打一顿，变得人不像人，鬼不像鬼，身体也垮了。他现在什么也不求了，逆来顺受，无论你说他是谁，他都会接受。他完全崩溃了，再也不说自己是个王子，他那副模样也的确不像王子了。你已经打败他了，他现在倒在泥泞里，多半爬不起来了。”

她别过脸去。“他如今的情形也许真的很糟，但是羞辱、肮脏和饥饿折损不了他的光芒。我听几个前去探视他的人说，他的容貌风度还是像极了王子。他们原本是去嘲笑他的，可他把他们镇住了。据说他看上去像极了耶稣，虽然遍体鳞伤饱受折磨，但依然是上帝之子。他们还说他像圣人，像落魄的王子，受难的羔羊，微弱的火光。我们当然不能放了他，绝对不能。”

这个睚眦必报的老巫婆是亨利的首席顾问，也是唯一的顾问，如果她拒绝了我，那向亨利求情也没有意义了，但我还是决定赌一把。当天晚上，等亨利酒足饭饱之后，我和他一起来到我的女领主房中小坐。趁她离开房间的工夫，我赶紧抓住机会。

“我想求您宽恕男孩儿，也宽恕我堂弟爱德华。我又怀上孩子了，都铎王朝即将拥有一个新继承人，我们的统治牢不可破。为什么不能释放这两个年轻人呢，他们现在已构不成威胁了。我们已经有了亚瑟和亨利两位王子，还有两个女儿，我腹中的这个孩子也快出世了。孕妇需要静心，只要您放他们出来，哪怕流放他们都好，我决不会再忧心了，还会顺顺利利地把孩子生下来。”我亮出手中的王牌，希望亨利答应我的要求，就算不马上答应，至少也耐心听完我的话。

“这不可能。”他连想也没想就回绝了我。他告诉我说，我堂弟和这个自称是我弟弟的男孩儿已经和我没有关系了，说这话时，他也和他母亲一样，没有看我。

“为什么不可能?”我不依不饶。

他摊开清瘦的手掌，数起自己的指头：“第一，除非确信我们的统治相当牢固，否则西班牙双王是不会把女儿送来嫁给亚瑟的。如果你想看到你儿子结婚，男孩儿和你堂弟就一定得死。”

我几乎说不出话来了。“他们哪能提出这种要求！他们无权命令我们杀掉自己的亲戚!”

“他们能，也的确这么做了。这是他们开出的结婚条件，而且这门婚事必须成。”

“不行!”

他继续罗列理由：“第二，他图谋推翻我。”

“不可能!”不对，不对，我的仆人告诉我，他的意志已经完全垮掉了，“他没有！这不可能。他没有这个能耐!”

“和沃里克一起。”

我现在总算明白过来了，他就是在撒谎。可怜的泰迪不会和任何人密谋，他只是想和人说说话。在他还是个孩子时，就发下了终生效忠于亨利的誓言，十几年的囚牢生涯不但没有消磨这份忠诚，反而让他的决心更加坚定。他把亨利视作无所不知，无所不能的神，别说阴谋推翻这个伟人了，就连在心里想想也会让他吓得发抖。“这绝不可能！无论他们把男孩儿说成什么样子，泰迪都是清白的。他对您忠心耿耿，您的间谍在撒谎!”

“我说是就是！他们正在策划阴谋，如果他们的计划涉嫌谋反，我必须以叛国罪处死他们。”

“可他们是如何做到的?”我问，“他们是如何在一起策划阴谋的？他们根本没被关在一起呀。”

“间谍和叛徒总会找到办法。他们很可能采用了互送消息这一手段。”

“可你一定有隔绝他们的能力!”我高声反驳。话一出口，我打了个冷战，突然想到一种可能：“噢，亲爱的，你别告诉我，你是故意让他们在一起密谋的，这样你就能构陷他们了？告诉我，告诉我你不会这么做！男孩儿如今已经落在你手里，被你折磨得不成人形了，你根本没有陷害他的必要了，是不是？告诉我，你也不会用这种手段对付可怜的泰迪，你要是这样陷害他，他会死的!”

他看起来并不得意，反而一脸焦虑地质问我：“我安排他们作伴的时候，他们为什么不拒绝？我难道不该去考验他们，看看他们是不是真心臣服？不搭理对方，远离那些用自由来诱惑他们的人，对他们来说很难吗？你好好看清楚，我对他们够仁慈了！他们忠于我是应该的。我有考验他们的权利，不是吗？这个理由很充分。我可以让他们共处一室，他们就不能把对方视为可怕的罪人，互不理睬？我没有做错!”

他靠近小小的火堆，似乎希望得到一点儿温暖。我突然可怜起他来，可他的所作所为又让我觉得恶心。“您是英格兰国王，”我提醒他，“国王要有国王的风范。没人能夺走您的地位和权力，您无需费尽心思去考验两个年轻人。放开心胸吧，陛下，您有宽容的本钱。您大可流放他们，让他们走得远远的。”

他摇了摇头，冷冷地说：“我感受不到宽容。人们何时对我宽容过?”

1499年冬春之交

伦敦　格林威治宫

我来到全国最美丽的宫殿，为分娩做准备。到了一月，亨利和我的女领主在宫中大厅主持了一场庆祝宴会。人人都来了，只有塞西莉没有出现。她没在宫中，因为她刚刚失去了第二个孩子，小女儿伊丽莎白。为了提升在都铎王朝的地位，她选择了一段无爱的婚姻，可是到头来她才发现，自己成了个无儿无女的寡妇，什么也没得到。

这段遭遇对任何女人来说都是一种痛苦，对要强的塞西莉来说更是如此，所以她决定离开宫廷，直到脱下黑袍为止。尽管为她感到难过，可我什么也做不了，只能依例向全宫告别，走进华丽的产房，开始第一次没有她陪伴的分娩。

和往常一样，我的女领主，国王的母亲住进了宫中最好的房间，与亨利为邻。我很喜欢自己那套房间，那里现在成了我的产房。房间的窗户朝向泰晤士河，不过我的女领主事先命人挂上了绘有圣经故事的挂毯，遮住窗外风光，美其名曰“陶冶性情”。我让侍女掀起挂毯，看着河上船来船往，裹着厚重冬衣的人在河岸上上下下，抱着双臂抵御严寒，呼出的白气像一团团小云朵，飘散在一颗颗蒙得严严实实的脑袋周围。

这个孩子的情形不太好。因为怀孕的过程不大愉快，我总担心这次分娩会很艰难。在等待分娩的日子里，我常常不由自主地想起伦敦塔中的两个年轻人：我堂弟爱德华和自称是我弟弟的男孩儿。我有时会想，他们的窗外有着什么样的景致？冬天的太阳早早落下之后，天空那么黑，夜晚又那么漫长，他们要如何度过这枯寂的时光？可怜的泰迪一定早就习惯了，他已经被关押了整整十二年，在监牢里长成了一个小伙子，除了房间里的冰冷石墙和方形窗玻璃，他对这个世界一无所知。当我想起他时，腹中的胎儿也躁动不安起来。我知道自己错了，我早该把他从这种生不如死的生活中拯救出来。我对不起他，我的堂弟，我的亲人。我不配做他的堂姐，也不配做一个王后。

如今继他之后，另一个年轻人也成了伦敦塔的住客，日日站在小窗前眺望漆黑的夜空，看着冬去春来。我伸手覆住隆起的腹部，小声说："永远不会。这种事永远不会发生在你身上。"可我深知这句话有多可笑，我连亲弟弟都救不了，又怎么救自己的孩子？

凯瑟琳·亨特利夫人来产房陪我了。她开始用雪白的细褶亚麻布缝制精美的小睡帽，打算做给我即将出生的孩子戴。看着她认真的模样，想到她不能和亲生儿子相见的痛苦，我心下凄然。在某人的刻意安排下，她得到了前往伦敦塔探视囚犯的机会。一天一夜之后，她一言不发地回到产房，低着头穿针引线，不想和任何人说起她的见闻。

我耐着性子，直等到侍女们从门外的仆人手中接过菜肴，在火炉前的大餐桌上布下丰盛的晚餐。在这段漫长的等待中，享受美食是我们为数不多的乐趣之一，不过大斋节就快来了，到时菜色一定会素净不少。我示意凯瑟琳坐到我旁边，小声问："他怎么样了？"

她立刻机警地扫视四周，想看看有没有人能听到我们的谈话。确定没人能听见后，她才小心翼翼地说："情况很糟。"

"他病了？"

"很虚弱。"

"他平时看书写信吗？是不是很孤独？"

“不!”她失声大喊，“人们随时可以到伦敦塔看他，谁都可以和他说话。”她耸了耸肩，“我不明白这是为什么。他住在一间谒见厅里，大门一直敞开着，伦敦城里的傻瓜们全都可以到他面前发誓效忠，守卫几乎形同虚设。”

“他没和他们说话吧?”

她把头微微一摇，表示他什么也没说。

我心中一紧，郑重嘱咐她：“他绝不能和任何人说话！只有这样，他才能活命!”

“是他们和他说话，”她极力向我解释，“看守他的人根本不关门。整天有人围着他，向他发誓赌咒。”

“他一定不能回应半句!”我心急如焚，一把握住她的手，希望她醒悟过来，“他一直被人监视着，只有什么也不做，才不会落下把柄。”

她抬起头直视我的眼睛：“他的存在就是最大的把柄。他一生都在承受怀疑，就连吸口气也会惹来麻烦。”

这次分娩持续了很长时间，当我精疲力尽，就快疼晕过去时，终于听见一声微弱的啼哭。侍女们为我奉上生产啤酒，熟悉的香气和味道让我回想起亚瑟出生的那一天，我仿佛又看到母亲坐在产床边，张开有力的双臂环抱着我，用低低的呢喃将我引入没有疼痛的梦境。疲惫到极点的我沉沉睡去，再次睁眼时，我才知道自己生下了一个男孩儿，一个都铎王朝的新王子。国王已经派人来祝贺过了，还送来一件昂贵的礼物，我的女领主则跪在礼拜堂为我祈祷，感谢上帝继续眷顾她的家族，到现在还没起身。

他们把孩子抱去施洗礼，给他取名埃德蒙。我的女领主竟然用“殉教王”的名字给孩子取名，让我觉得不可理喻。时间一天天过去，我渐渐发现自己不愿意走出产房，疲惫和压抑并没随着孩子的出生离我而去。举行产后谢恩仪式的日子终于到了，保姆把孩子抱进了埃尔特姆宫，玛格丽特夫人的神父约翰·莫顿亲自来到产房，隔着铁栅栏邀请我坦白罪恶，接受祝福，重回人间。脱下鳖袍和主教冠的坎特伯雷大主教就像个普普通通的教区牧师，可我心中只有抗拒。缓步走到铁栅栏前，栅栏上的都铎玫瑰互相缠绕，我伸手抚摸着冰冷的铁花朵，觉得此刻的自己和伦敦塔中的男孩儿很像——我是个囚犯，我不可能得到自由。

“恐惧就是我的罪恶。”产房里空荡荡的，我将声音压得很低，刚好能让他听见。

“你在恐惧什么呢，我的女儿?”

“很多，很多年前，我诅咒了一个人。”

他点了点头。我心里明白，他接下来会听到比这可怕十倍的事，而我所说的每一句话都将原原本本地传入我的女领主，国王的母亲耳中。英格兰所有神父几乎都在她的掌控之下，约翰·莫顿更是与她不分彼此，把她视作半个圣人。

“你诅咒了谁呢，我的孩子?”

“我不知道那个人是谁。我母亲和我一起，对杀死两位王子的人施下诅咒。听到他们失踪的消息后，我们悲痛欲绝，我母亲甚至……”我说不下去了，回忆那个晚上对我来说是种折磨，我不愿想起母亲扑通跪倒，以头撞地的揪心情景。

“不论是谁带走了我们的男孩儿，他必将得到报应，失去自己的男孩儿。”我声如蚊蚋，为我们当年的行为感到羞惭，更担心这个诅咒会招来可怕的后果，“我们诅咒杀人凶手断子绝孙，只剩下女儿和孙女。我们说他会失去一个儿子和一个孙子，这两个年轻人会少年夭折。”

这恶毒的诅咒让神父长叹一声，作为一个政客，他同时也在估量这件事的严重后果。我们相对而跪，沉默不语，他将象牙十字架紧紧攥在手中。

“你现在后悔了？”

我点了点头：“神父，我非常后悔。”

“你希望解除这个诅咒？”

“是的。”

他静静地祈祷了一会儿。“是谁？”他又问，“是谁杀死两位王子，你的弟弟？你认为是谁？你的诅咒会落在谁头上？”

我长叹一声，将头抵在铁栅栏上，都铎玫瑰冰冷的花瓣扎得我肌肤生疼。“真的，我在上帝面前发誓，我不能肯定。被我怀疑过的人不止一个，可我还是不知道那个人到底是谁。如果是理查德三世的话，他死后无嗣，又亲眼看着唯一的儿子死在他前头，倒是很符合诅咒的内容。”

他点了点头：“那不就证明他有罪吗？你很了解他，依你看，凶手是他吗？你有没有问过他？”

我摇了摇头，烦躁地说：“我不知道。他说自己不是，我那时相信了。我也一直对人说他不是凶手。我真的不知道。”

他面色突变，似乎想起了什么：“要是两位王子，或者其中一位还活着，那现在杀死他的人就会受到诅咒。”

这个迟钝的男人终于明白过来了，我透过铁栅栏冷冷地瞪着他，感觉到他的畏缩。“你说对了，这就是问题所在。我必须解除诅咒。在其他不幸事件发生之前，我得立刻行动起来。”

他被摆在眼前的可怕未来骇住了。“谁下令处死你弟弟，谁就会遭到诅咒，”他的语速快得像在祈祷，“哪怕判决非常公正合法，诅咒也会落在他头上？”

“你说对了，”我第二次这么说，“诅咒会让他的儿子和孙子夭折，意味着这个刽子手最终会发现，他再也没有男性后代了，剩下的只有女孩儿。

如果这个人恰好也是杀死我大弟爱德华的凶手，那他将会受到双重诅咒。”

大主教脸色苍白。“你必须祈祷，”他激动地说，“我也会为你祈祷。我们还要施舍钱财，安排一个神父日日祷告。我会协助你进行灵性操练，告诉你每天要祷告些什么。你必须外出朝圣，布施穷人。”

“这样就能解除诅咒了？”

他直视我的眼睛，我，英格兰王后，三个金尊玉贵的王子之母，在他眼中看到了自己的恐惧。“任何人都没有诅咒的权利，”他坚定地重复着教会的官方信仰，“更别说凡俗女子了。你和你母亲的诅咒毫无意义，不过是绝望女人的胡言乱语。”

“照你这么说，什么都不会发生喽？”我问。

他沉吟半晌，坦诚地说：“我不知道。我会为之祈祷。要是往好处想，你的虔诚也许能让上帝大发慈悲；要是往坏处想，你的诅咒就像一支射入黑暗的箭，射出去的箭怎能回头呢？”

1499年夏

怀特岛

离开产房后，我发现宫廷上下正一心扑在寻欢作乐上。我们开始了一次长途巡游，沿南部海岸穿过肯特郡，苏赛克斯郡和汉普郡，仿佛这些郡县从未对国王拔刀相向过，也从未起兵支持过男孩儿。我们在朴茨茅斯港乘船前往怀特岛，一片坐落在地平线上的青色海屿。我们高不高兴并不重要，重要的是，我们得表现得高高兴兴。

亨利的脸上时刻挂着笑容，就像戴着一张面具。凯瑟琳夫人和他形影不离，无论他去到哪里，她总是骑着自己的新坐骑，一匹漂亮的黑色母马，和他并辔而行。他再次骑上了战马，似乎想提醒大家，他既是国王，也是指挥官。他和她说话时，她总是羞怯地低下头，微笑着聆听。要是他心情愉快，她也会哈哈大笑，若他要求她唱首歌，她会唱起苏格兰歌曲，这些来自崇山峻岭的旋律充溢着土地沦丧的伤感，直到他说："凯瑟琳夫人，为我们唱首欢快的歌吧！"她就咯咯一笑，开始一首新歌，人们纷纷加入进来，和她一起歌唱。

看着他们的时候，我觉得自己似乎和他们相隔很远。我能看到他们走在一起，却只能模糊地听到他们在说什么。我知道现在的自己像极了安妮王后，她当年常常站在楼上的窗户前往下张望，看着在花园里散步的我和理查德，理查德要我挽住他的胳膊时，渴望与他亲近的我会顺势靠向他。我没资格责怪凯瑟琳引诱了英格兰国王，因为我曾经做过同样的事。我无法埋怨她青春年少，她本就比我年轻八岁，何况我在这个夏天身心俱疲，简直像个九十岁的老太太。我也不能怪她美貌动人，每座宫廷都会为了美丽而疯狂，而她的确是个惹人注目的可人儿。尽管她让我丈夫迷上了她，从而忽略了我，但这恰恰是我最不能苛责的一点，我想这是她解救夫婿的唯一办法。

我觉得她不爱他，至少爱得不像他那样炽烈。她巧妙地掌控着这段关系，既不让他过分靠近，又让他伸手可及，这段距离保持得恰到好处，以现在的情形来看，她成功地影响了他的想法，转移了他的注意力，抚平了他的情绪，削弱了他的杀意，让她丈夫活到了今天。

有人会营救男孩儿的流言近来传得沸沸扬扬，她一定也听说了。玛格丽特公爵夫人已经派使者来看望过她心爱的臣民和外甥了，据说使者附在男孩儿耳边，和他说了几句话，尽管不确定谈话内容，但人人都认为使者是在嘱咐他耐心等待救援。玛格丽特姑妈一定会努力营救他，这是众所周知的事。她在欧洲大陆的影响力不容小觑，而且欧洲最有权势的国王们仍然自称是男孩儿的朋友，尽管早已被告知他是个骗子。支援他的力量越来越强，要是他妻子可以让他活过这个秋天，他就能得救。

亨利仍然没有做出对他不利的举动，只是把他关在伦敦塔里，任人络绎不绝地前去探望。一直陪伴在亨利身边的凯瑟琳夫人巧笑嫣然，时刻不忘温言软语地提醒他，尽管自己嫁错了人，但还是希望他对这个名义上的丈夫网开一面。除此之外，她还巧妙地向他陈情，说她可以尽忘前愆，指不定哪一天，她就会抛下丈夫，爱上别人。她已经在考虑摆脱这段婚姻，用不着通过杀死男孩儿来让她恢复自由之身。和她形影不离的亨利常常建议她给罗马教皇写信要求离婚。其实写信只是走走过场，按照亨利的说法，她是遭一个冒充王子的人骗了婚，被他那身丝绸衬衣晃花了眼，只要罗马教廷回一封信，婚事就会无效。她向亨利保证，说她正在慎重考虑此事，每天向上帝祈祷三次。她有时会偏过头，朝他娇羞一笑，说她很期待再次成为单身女人，重获自由。

平生头一次坠入爱河的亨利就像个情窦初开的少年，时刻用目光追逐她的身影，她露出笑容时，他也会跟着笑。她向他献媚时，常说他是她心目中最棒的王子，最强的国王，他如此厉害，一定会原谅像她丈夫这样的无能之辈，他的仁慈让她明白了何谓高尚和伟大。他居然傻乎乎地相信了，甚至邀请她来到他的谒见厅，观看他处理政务，在慷慨地免除罚金，或者推翻某项判决时，他会偷眼看她有没有在听。和西班牙使臣交谈时，他也让她挽着他的胳膊。这位使臣是个相当识趣的人，从不当着她的面提起西班牙双王坚持要求处死伦敦塔里的两个青年，否则亚瑟就娶不到他们女儿的事。

我们在卡里斯布鲁克堡小住了几天，灰色的高大围墙让这座城堡坚不可摧。我们每天都到城堡外的野地里遛马，那里碧草葱茏，不时有云雀扑腾着翅膀，飞向洒满白云的湛蓝天空。凯瑟琳小姐兴奋不已，说她从没见过如此美丽的夏季风光。亨利对她说，英格兰的每个夏天都这么美，往后她在英格兰住长了，多过几个快乐的夏天，一定会把苏格兰的凄风冷雨忘得一干二净。

他每周至少来我房中一次，和我同床共枕。可是白天骑马，晚上跳舞的生活耗尽了他的精力，他常常一沾床就睡着了。他知道我不高兴，可是出于内疚和心虚，他不敢问我为什么不快，也害怕听到我可能说出的话。他以为我会指责他用情不专，偏爱另一个女人，背叛了我们的结婚誓言。为了避开这种谈话，他总是一脸灿烂地看着我，和我一起步履轻快地来到床边，愉快地大呼一声："亲爱的，愿上帝保佑你，晚安！"然后在我回应声中闭上眼睛。

我不是一个喜欢抱怨爱情失意的傻女人，不会蠢到因为丈夫把我撇在一边，转而去追逐一个更年轻漂亮的女人就伤心流泪。我的心情的确不好，每日步履沉重，别说跳舞了，就连路也不想走，清醒时会心痛如绞，但这并非因为亨利的冷落，更非出于一个深闺怨妇的痛楚。我是在担心伦敦塔里的男孩儿，生怕有人在我们离开伦敦期间暗中捣鬼。趁此机会，那些受到亨利唆使的看守和他们的狐朋狗友们可以凑在一起策划阴谋，传递消息，从窗口垂下一条长绳，带上男孩儿越狱。这样一来，关于他和那些往来不绝的探望者图谋不轨的传言就不再是误会，怠懒的看守们也完全可以推脱责任了。这是亨利的圈套，他一定会说，看啊，这个来自图尔奈的男孩儿，这个水闸看守人的儿子不忠不义，懦弱胆小，就算大势已去，还在和那些流窜在背街小巷的鸡鸣狗盗之徒暗中谋事，垂死挣扎。到那个时候，男孩儿就完了。

我不知道亨利有没有想起男孩儿和我堂弟泰迪，至少他完全没有表露出来。他每天心情舒畅，稳坐王位，江山永续，天下太平，对他来说似乎不是问题。每当西班牙使臣前来谒见，一脸严肃地说起两个尚在牢中的叛徒时，亨利都会拍拍他的背，请他让西班牙双王放心，英格兰如今很安全，我们的麻烦全都解决了，公主可以马上来英格兰和亚瑟完婚。这件婚事中间已经没有任何阻碍了。

“可是男孩儿没有死，”使臣仍不松口，“还有沃里克。”

亨利“啪”地打了个响指。

1499年夏

伦敦　威斯敏斯特宫

回到伦敦之后，亨利一头扎进了他的房间，和他母亲一起批阅出游期间堆积的奏折。当天不断有人沿着专用楼梯进出这间屋子，几乎没有引起宫廷的注意。留意到这一景象的人只有我，当我认出这群人是看守伦敦塔的自耕农卫兵时，不禁心下狐疑：这些人为何擅离职守，来这儿和国王密谈？

天渐渐黑了，宫中的年轻贵族们和往常一样，来我房中和女士们跳舞调情。等到该用晚餐时，亨利进来了，神情严肃，脸色铁青。

房中男女在我们身后排成长队，趁他回头扫视的工夫，我说："您多半听到什么坏消息了。"

他狠狠地瞪了我一眼。"你知道这件事？"他厉声质问我，"你从始至终都知道？"

我摇了摇头："我真的一无所知，只是看到有人从早到晚地向您汇报情况，现在又看到您脸色不好，一副精疲力尽的样子。"

他一把攥住我的手，抓得我好疼："你的一个兄弟不见了。"

我立刻想到了伦敦塔里的泰迪。"我堂弟？他逃跑了？"

"是埃德蒙·德拉波尔，"他啐出这个名字，"你姑妈伊丽莎白的儿子，又一个虚伪的约克人。她曾经向我发过誓，说我可以信任他。"

"埃德蒙？"我难以置信地重复了一遍。

“他逃跑了，你不知道吗？”

“不，当然不知道。”

菜肴已经布好了。亨利再次回头看了一眼，一副老是担心背后有人的模样。“我不太舒服，”他说，“没什么胃口。”

他坐在上首，仆人们奉上最好的珍馐美味，但是对一个食不知味的人来说，无论是喷香的肉类还是甜蜜的杏仁糖，吃在嘴里都味同嚼蜡。我见他只吞下一小口菜肴，就停下刀叉，不再尝第二口。他望着下方的凯瑟琳夫人，在我的一众侍女中，她坐在最前头。察觉到国王的目光，她也抬头回看他，露出一丝甜美的微笑，笑容中饱含迎合之意。可他的眼神不像在看一个爱慕的女人，而像在看一个无法解决的谜题。她唇上的笑容渐渐消逝，咽了口唾沫，重新低下了头。

晚饭过后，他又和他母亲一起进了私人房间，还命人送去甜酒，饼干，奶酪，两人边吃边谈，直折腾到深夜。凌晨时分，他走进我的卧房，一屁股坐在火炉前的椅子上，盯着炉中的余烬出神。

“出了什么事？”我问。尽管睡意朦胧，我还是起身下了床，搬了张小凳坐在他身边。“出什么事了，亲爱的？”

他一手撑住下巴，头却不由自主地往下垂，那只手慢慢从下巴滑到了额头。“是男孩儿，”他闷声说，“那个该死的男孩儿。”

火焰在这间小屋里静静跳动。“男孩儿？”我疑惑万分。

“我起初安排了人手，想把他引入陷阱，”他仍然低着头，让我看不清他脸上的表情，“我以为这回一定能给他安上密谋逃跑的罪名。”

我笃定地说：“然后杀了他。”

“是处死他，”他纠正我，“以不守降誓的罪名。我特意叫了几个流氓恶棍去牢里见他，承诺会帮助他逃出去，他同意了。接着我又让他们去见沃里克……”

我抬手掩住嘴唇，生生止住了快要脱口而出的尖叫：“不要伤害泰迪!”

“他们已经见过沃里克了。事情既然做下，就收不回去了。这两个年纪轻轻的傻瓜现在凿通了楼板，经常站在洞口窃窃私语。”

“他们交谈了？泰迪和男孩儿?”一想到这两个孩子满怀希望和快乐，彼此说着悄悄话的样子，我的心立刻软了下来，“是他主动和泰迪说话的?”

“我给他们送去了一份逃跑计划。男孩儿同意了，沃里克起初没点头，等其他人解释清楚之后，他也同意了。我送去的那份计划，是让他们夺取英格兰，纠集一支军队推翻我的统治，然后取我性命。”

“他们肯定知道这事没可能成功……”

“男孩儿当然知道，可他太想得到自由了。何况这事并非不可能，很出乎你的意料吧。”他突然呛咳几声，仿佛之前吃下去的东西一下子涌到喉头，“伊丽莎白，这就是我的小计策：几个密谋者，一本密码书，一封写给公爵夫人的密信，几个谋反计划，这几样罪证足以让我吊死一个人。这些统统都是我计划的，都在我的掌握之中，可是……可是……”他欲言又止，好像再也说不下去了，“可是后来……”

我腾地站起身来，一手搭上他低垂的肩膀。这个动作很轻，就和他碰上椅背一样寻常，可他还是害怕得全身一僵。“后来怎么了？后来发生了什么，亲爱的?”

“有其他人掺和进来。我并没指示他们这么做，也从没想过他们会背叛我。男孩儿和沃里克得到了来自全国各地的消息。有人愿意赌上身家性命来救沃里克出伦敦塔，还有人放着好好的日子不过，把家人和财产全都抛到一边，只求让男孩儿得到自由。一场新的叛乱正在酝酿之中，像这样的叛乱，我们十几年来经历过好多次，这次又来了！我不知道到底有多少人准备作乱，也不知道谁会背信弃义，阴谋背叛我。过去的一幕幕又要重演了。英格兰人渴望这个男孩儿，希望他坐上王位，为了达到这个目的，他们已经做好了推翻我的打算。”

“不！”我失声大喊。我无法相信刚刚听到的话，这时亨利突然跳了起来，甩开我搭在他肩头的手，情绪从绝望转为暴怒。

“这事因约克人而起！”他朝我大吼，“又是你家干的好事！埃德蒙·德拉波尔失踪了！你堂弟处在阴谋中心！伦敦城的每个街角都被人画上了白玫瑰！你的家族，你的臣属，你的仆从，你那该死的魅力，英格兰人对你家族的忠诚，你的魔法——噢，天知道你有多亮眼！可我想不明白的是，他凭什么拥有这么强烈的吸引力？他已经被打得不成人形了，这是我亲眼所见。他现在失去了魅力，因为没了牙齿，他根本不能笑。他也没有财富了，就连红宝石帽针也没能留下，他妻子如今落在我的手里。可人们还是愿意竞相追随他，投奔他，我的王位仍然被他威胁。就算被关在伦敦塔里，除了我安插的耳目和特意派去的地痞流氓，身边没有一个朋友和同伴，他还是有能耐纠集军队推翻我。我必须保护自己，保护你，保护我们的儿子。”

面对他的怒火，我双膝一软，几乎跪倒在他面前：“陛下……”

“别和我说话！”他怒气冲天，“他的死期就要到了。除了杀掉他，我别无选择。无论他身在何处，变成什么样子，叫什么名字，人们都能找出他，相信他，希望他成为英格兰国王！”

“他没有策划阴谋！”我急迫地陈情，“你刚刚说过，策划阴谋的是你自己，不是他和泰迪！他是无辜的，这些事全是你为了陷害他弄出来的。除了同意你的计划，他什么也没做！”

“只要他在这世上活一天，我就一天不得安宁。”亨利直言不讳，“他残破的笑脸是我的噩梦。就算进了监狱，就算容颜被毁，他还是一个器宇不凡的王子。除了死亡，我想不出任何与他抗衡的办法。”

1499年秋

伦敦　威斯敏斯特宫

亨利召集所有贵族，一起聆听了针对泰迪的指控：他们叫他“自称沃里克伯爵的爱德华”，这种叫法真是滑稽，仿佛到了现在，谁的名字都有假冒的可能。他们叫男孩儿波金·沃贝克，接着又罗列出十几个别的名字。吓破了胆的贵族们命令治安官从伦敦市民中挑选出一个陪审团，起到听证和做出最终裁决的作用。

凯瑟琳夫人来我房里时，脸色比她手中的蕾丝还要苍白。她正在为一件男式衬衣的领子做花边，用来点缀花边的彩色珠子在坐垫上滚来滚去。

她扑通一声跪倒在我面前，徐徐解下头巾，披散一头秀发，随后弯下腰，几乎匍匐在我的脚边：“陛下，我请求您的宽恕。”

我看着她低垂的脑袋，那头乌发泛出亮丽的光泽。我轻叹一声：“我没有这个权力。”

“请您宽恕我丈夫！”

我摇了摇头，探过身子，拍了拍她的肩膀：“我在这宫里真的没有一点儿权力。我原本还指望你去向国王说情。”

“他答应我了。”她的声音轻得如同耳语，“他答应我，让我丈夫活过这个夏天。可是现在，我丈夫就要在陪审团面前遭受审判了。”

其实我大可安慰她说，他们不会判他有罪，或者证据并不确凿，但我不想欺骗她。

“你就不能像从前那样劝劝国王吗？”我问她，“你就不能多对他笑笑，让他得到他想要的？”

她闻言抬起头，深深地看了我一眼，黝黑的瞳仁中闪动着微妙的光芒，似乎想确认我到底是在讽刺她，还是在真心鼓励她去勾引我丈夫，救下男孩儿。尽管从未明说过，但我们都知道他在我们生命中的分量。

“今年夏天，当陛下告诉我他会安全的时候，我已经依照协定付出了代价。”她对我说，“陛下还说，如果他能老老实实地待在牢里，今后可以获得释放。作为回报，我给了陛下他想要的。我再也没有多余的筹码了。”

我仰起头，闭上了眼睛。我彻底厌烦了这一切，两个国王之间的明争暗斗让我疲惫不堪，我不清楚他们做下了什么样的协定，只知道作为女人，我们必须想方设法去取悦他们——这是为什么？我定了定神，开口问：“国王不再听你的话了？”

她点了点头，直视我的眼睛，不加掩饰地承认了这份耻辱。“我再也勾不起他的兴趣了。”她说到一半，又向我道歉，“真对不起。可是今年夏天，当我听说我丈夫被关进监牢，遭到殴打时，实在六神无主，不知道自己还能怎么做。我身无长物，能奉献的只有自己。”

我叹了口气：“我会和亨利谈谈。但我和你一样，什么也给不了他。”

我派侍从长代我出面，请求谒见国王，并很快得到了进入他房间的机会。我走进房间时，他母亲正站在王座之后，见我进来也没有挪动半分。御前侍从为我看了座，我面朝亨利坐下，隔着一张光滑如镜的黑色大桌，注视着坐在桌后的他。他母亲就像个敢于对抗全世界的哨兵，一动不动地站在他身后。

“我们知道你来这儿的原因。”我的女领主开门见山地说，“可是我们无能为力。”

我没有理会她，一心一意地看着对面的丈夫，柔声说：“陛下，我不是来为他俩求情的。我之所以来到这里，是因为我担心您的所作所为会让我们身处险境。”

他立马警觉起来。对于可能发生的危险，这个男人时刻保持着警惕。

他答道：“男孩儿活一天，我们的危险就多一天。”

“除了这个，还有一种危险是您不知道的。”

“你是专程跑来警告我们的?”我的女领主厉声责问。

“你说对了。”

亨利终于抬头看我了：“是不是有人对你说了什么？难道有人想要拉拢你?”

“不是，当然不是。我对您的忠诚人尽皆知。”我看了看他母亲，她正板着一张脸，一副极不耐烦的模样，“除了你们两位，宫里每个人都知道我绝无二心。”

“那是什么事？快说吧。”

我吸了一口气。“很多年前，当我母亲带着我和妹妹们躲在圣所时，理查德赶来告诉我们，说两位王子失踪了。母亲和我，一起向那个杀害他们的凶手施下了诅咒。”

我的女领主立刻说：“凶手就是理查德本人。”

亨利的手微微一动，好像在示意她安静下来。

“害死他们的人是理查德。”她重复了一遍，仿佛只要多说几次，她的话就能变成事实。

我没有理睬她。“诅咒内容是这样的：无论杀害他们的人是谁，他将亲眼看着自己的儿子夭折。他的孙子也会重复同样的命运。到了最后，只有一个女孩儿能继承他的血脉，而她不会留下后代。”

“理查德的儿子一得到威尔士王子的封号就病死了，”我的女领主提醒她沉默的儿子，“这就是他的罪证。”

他偏过头看了她一眼：“您知道这个诅咒？”

她眨了眨眼睛，很有一种老奸巨猾的味道。我知道这一定是约翰·莫顿告诉她的，看来他忙着向上帝祈祷的时候，也没忘了通风报信。

“您干吗不提醒我？”亨利问。

“提醒你干什么？”心知这个问题无法回答的她反问亨利，“他们的死和我们完全无关，把他们杀死在伦敦塔里的人是理查德。”她断然说道，“要不就是白金汉公爵亨利·斯塔福德。理查德已经绝后了，第三代白金汉公爵体弱多病，如果诅咒有用，遭报应的一定是他。”

亨利又将阴冷的目光投向我：“那你想警告什么？我们有什么危险？可能会遭遇什么样的麻烦？”

我离开座位，徐徐跪倒在他面前，仿佛做好了接受审判的准备。“这个男孩儿，这个自称是约克王子理查德的男孩儿……如果我们处死他，诅咒就会降临到我们头上。”

“那得要他真是王子才行。”亨利反应激烈，像只被踩了尾巴的猫，“你是在承认他的身份吗？你竟敢来到这里，告诉我你承认了他？在我们经历了一切艰难困苦之后？在你一直宣称自己一无所知之后？”

我摇了摇头，把头垂得更低。“我没有承认他，从来没有。但我希望我们小心一点儿，为了我们的孩子小心一点儿。亲爱的，陛下，我们的儿子有可能夭折，我们的孙子有可能夭折。我们的后代最终只会剩下一个女孩儿。你做出的一切努力，我们忍受的所有痛苦，都会终结在一个童贞女王的手上，等这个无儿无女的姑娘一死，我们就绝后了。”

这天晚上，亨利既没来我房中休息，也没躺在他自己的床上。他去了礼拜堂，和他母亲一起跪在圣坛台阶上，以手掩面，默默祈祷。没人知道他们在祈祷什么，这是他们和上帝之间的秘密。

我知道他们在那里，因为我此刻就跪在礼拜堂的皇家廊台上，身边还跪着凯瑟琳夫人。我们在祈祷国王手下留情，饶恕并释放男孩儿和泰迪。如此一来，这个始于鲜血和汗水的王朝就能因为宽恕而得到延续。都铎和约克的和解会终结漫长的玫瑰战争，使这场恩怨不再蔓延到下一代。要是都铎王朝能够做到宽仁治国，就有希望摆脱三世而亡的诅咒。

可是亨利没有听从我的劝告。还没等到陪审团进入伦敦市政厅，他就迫不及待地把宫内司法官和王室司仪官召入位于威斯敏斯特的白厅，对男孩儿进行宣判，好像生怕片刻的犹豫会让自己失去动手的勇气。他们没有提出任何证据来证明男孩儿有罪，在传唤他上庭时，连他的名字也没叫。这可真是奇怪，亨利说他父亲是个以看守水闸为生的图尔奈酒鬼，不遗余力地为他编造出一个丢脸的名字，可他们居然没在这样一份重要文件上写下这个名字，也就是说，他们虽然认定他有罪，却没在那份罗列着一长串谋反罪名的纸卷上写下“波金·沃贝克”，该署名的地方一片空白。他们将他判了死罪，却根本不提他的名字，仿佛没人知道他叫什么，就算知道，他们也不敢说。

这些人判他坐在囚车上穿过伦敦城，来到泰伯恩刑场，先受绞刑，再受开膛破肚之苦，由刽子手把他的内脏掏出来，在他面前焚烧，最后将他砍头分尸，头颅和尸块放到国王指定的地方示众。

三天之后，他们在威斯敏斯特大厅审判了我堂弟泰迪，牛津伯爵也在场。他们什么也没问他，而他主动承认了他们加诸在他头上的所有罪名。他们判他有罪时，他只说了一句话：“我很抱歉。”

1499年11月23日周六

伦敦　威斯敏斯特宫

凯瑟琳夫人到我卧房里来了，一副寻求庇护的仓皇模样。我起初听到她匆忙的脚步声渐渐接近外门，随后听到她飞快跑过我的私人房间，脚上的皮拖鞋发出踢踢踏踏的声响，把房中侍女们的谈话声都给压过了。叩门声随后响了起来，我的女仆赶紧把门打开。

我对她说："进来吧。"我独自坐在靠窗的木椅上，眺望着母亲深爱过的河流，聆听着房外的喁喁细语。海鸥在水面上翻腾飞舞，雪白的翅膀衬着铅灰的天空，显得格外刺目，"啊"，"啊"的啼声飘来，又遥远，又空寂。

她环视房间搜寻同伴，终于发现房中只有我一个人，尽管按照常理，王后得时刻有人陪伴。

"我能坐在您身边吗？"她脸色煞白，就像一个被遗弃的孩子，"请您原谅我的冒昧，我只是无法忍受孤单。"

她又穿上了黑衣裳，预先为寡妇生涯做好了准备。我心中突然泛起一丝妒意：她可以肆意表达悲伤，而我呢？我就要失去堂弟和那个自称是我弟弟的男孩儿了，可我还得穿着都铎绿裙子笑嘻嘻地过日子，维持一切如常的假象。他就要死了，可我还是不能和他相认，我一生之中，从没这样软弱过。

"过来吧。"我说。

她走了进来，搬过一张小凳坐在我身边。她把针线活也带来了，是一副快要做好的漂亮白衣领，可是这一次，她的手静静搁在膝上，没像从前一样忙个不停。衣领是做得差不多了，可是那根脖子已经没有机会围上它了，取而代之的将是一根绞索。她看了看手里的活计，又看了看我，轻叹一声，把它放到一边。

“玛格丽特·波尔夫人到了。”她对我说。

“玛姬？”

她点了点头：“她直接去了国王那里，为她弟弟求情。”

我没问国王说了什么。我们静静地坐了一会儿，突听会客室门口响起了争执声。等到外门一开，玛姬匆匆走进房间，先前叽叽喳喳的女人们立刻安静下来，目送她来到我的卧室门前。其实我很理解她们，玛姬的弟弟即将因为谋逆之罪遭到处决，即使心怀同情，她们又能和她说些什么？卧房门吱呀一声开了，我起身迎上前去，我俩紧紧握住对方的手，看着对方憔悴的脸庞。

玛姬神情恍惚：“我向陛下下跪求情，还把脸贴在他的鞋上，可是他说，他无能为力。”

我用湿润的脸颊贴上她的脸：“我也向他求过情了，凯瑟琳也一样。可他决心已定。我觉得我们什么也做不了，只能等下去。”

玛姬放开我的手，坐到旁边的小凳上。谁都没有说话，也没什么可说的。我们三个手握着手，一言不发，像傻瓜一样希望事情能有转机。

天渐渐黑了，可我没叫人点蜡烛。我们坐在暮色中，任凭房间慢慢被黑暗侵袭。不知过了多久，我听到外门“咚”地一响，接着是一连串马靴踏地声，一个侍女来到卧室门口向里张望：“您要见见多塞特侯爵吗，陛下？”

我立刻站起身来，我的同母哥哥，伟大的幸存者托马斯·格雷大步走进房间，将我们三人扫视了一遍，开门见山地说："我以为你们想立刻知道消息。"

"我们的确想知道。"我说。

"他死了。"他直接说出这个残忍的结果，完全不给我们构筑虚妄幻想的机会，"他死得很平静。他承认了自己的罪过，死在上帝怀中。"

凯瑟琳发出一声细微的抽噎，以手掩面，玛姬紧紧环抱住自己。

"他承认了自己是个骗子？"我问。

"他说自己不是先前冒充的男孩儿，"托马斯说，"事先有人吩咐过他，如果他想死得舒坦些，就告诉前来围观的每一个人，活生生的约克王子不可能存在。所以他告诉他们：他不是那个男孩儿。"

我突然有种放声大笑的冲动："他告诉他们，他不是先前冒充的男孩儿？"

托马斯看着我："陛下，他死前发誓不让任何人心存疑虑。国王允许他被绞死，不用受开膛破肚之苦，但条件是他必须把一切交代得清清楚楚。"

我再也忍不住了，笑声冲出我紧抿的双唇，在房中回荡。凯瑟琳一脸震惊。"他承认他不是先前自称的那个男孩儿？当初在埃克赛特，他被逼写过一份供状，在供状里，他说自己是男孩儿波金！"

"谁都明白他的意思，要是你当时在场……"他突然住了嘴，因为我们都清楚，我是不可能出现在那里的，"但是你如果在场，就能看到他的忏悔。"

"他们叫他什么？"我渐渐止住了笑声，"在把他带上绞刑台的时候？"

托马斯摇了摇头。"他们没有叫他的名字，至少我没听见。"

"他至死都没得到一个正式的名字？"托马斯点了点头："情况就是如此。"

我起身打开百叶窗，眺望着夜色笼罩下的河流，几点灯火倒映在水中，上下浮荡。我想听听窗外有没有歌声。今天是圣克莱蒙特节，远处隐约有唱诗声传来，旋律甜美哀伤，就像一首挽歌。

“他痛不痛?”凯瑟琳小姐站起身来，脸色苍白地问，“他有没有受罪?”

托马斯把脸转向她：“他勇敢地走上了绞刑台。他的双手被绑在背后，行刑者扶着他登上梯子。当时有成百上千人赶来围观，绞刑台造得很高，在场的每个人都能看到他。没人发出嘘声，也没人大喊大叫。人们似乎都很难过，或者好奇，还有人流下了眼泪。这完全不像一个叛徒的死刑。”

她飞快地点了下头，忍住快要夺眶而出的泪水。

“他只说了一句话：我不是先前冒充的男孩儿。然后他登上梯子，任行刑者把绳圈套在他的脖子上。临死之前，他环顾四周，不过只看了一小会儿，好像在期待什么……”

“他在期待赦免吗?”她一脸痛苦地问，“我无法为他求得赦免。他认为自己有可能得到宽恕?”

“也许是奇迹。”托马斯说，“他环顾四周，然后低头祈祷了一会儿，行刑者随后抽掉了他脚下的梯子，他一下子吊在半空。”

“死亡过程迅速吗?”玛姬小声问。

“死亡过程持续了半小时，也许更久。”托马斯说，“在此期间，谁都不准靠近他，所以没人能往下拉他的腿，让他早点儿断气。但他从始至终都很安静。他死得像个勇士，站在前排的人一直在为他祈祷。”

凯瑟琳小姐跪倒在地，低头祈祷，玛姬也闭上了眼睛。托马斯的目光从我们这三个悲痛欲绝的女人身上一一扫过。

“一切都结束了。”我长叹一声，“这段尔虞我诈的漫长争斗终于结束了，这种惶惶不可终日的生活终于结束了。”

玛姬说：“除了泰迪。”

玛姬和我一起去见国王，试图救下泰迪，可他根本不见我们。某天一早，玛姬的丈夫理查德爵士来到我的房中，恳求我别救他唯一的舅子。“对我们所有人来说，他被处死比重回监狱要好得多。”他直言不讳，“要是国王不再把玛姬看作约克王朝的女人，我们大家的日子会更好过。只要他活着，就有成为叛乱中心的危险，如果他在那之前死去，无论对他本人还是对我们来说都是好事。陛下，请您教导玛姬冷静地看清事实吧，请您劝劝她，让她放她弟弟离开。从孩提时起，他就没有像样的人生，让他的苦难在今天结束吧，这样一来，也许大家就会忘记我儿子是约克后裔，至少……至少他能平平安安地活下去。”

我犹豫不决。

他又说：“国王正在抓捕埃德蒙·德拉波尔。所有约克人要么发誓效忠他，要么死，这就是国王想要的。陛下，请您劝玛姬放弃她弟弟，只有这样，她才能保住她儿子。”

“像我一样?”我自言自语，因为声音太低，所以他没有听见。

1499年11月28日

伦敦　威斯敏斯特宫

泰迪行刑这天，王宫上空大雨倾盆，电闪雷鸣，我们只好关上百叶窗，围在火堆旁。瓢泼大雨让绿塔周围的草地变得又湿又滑，到了下午，泰迪沿着小径步履蹒跚地走向木质断头台，黑布蒙面的刽子手正拿着斧头等候在那里。一名神父跟在他身后，断头台前站着几个见证人，泰迪环顾四周，想找到朝他挥手的人，可他没有看到一张友善的面孔。他一直被人教导，如果看到人群，一定要微笑挥手，作为约克人，一定要笑着向朋友致意——他把这些话牢牢记在了心里。

一道闪电划过天际，他吓得一怔，像匹受惊的小马驹一样忘了前行。他还从未有过走在暴雨中的经历，整整十三年过去了，他早已遗忘了雨水滴落在脸上的感觉。

托马斯·格雷告诉我，他认为泰迪根本不知道自己会遭遇什么样的命运。他在其他人的指示下坦白了小小的罪过，递给刽子手一便士。他一向顺从，总想取悦别人。他把那颗漂亮的约克头颅搁在断头台上，伸展双臂，做出一个同意的姿势。可是我想，他一定不知道自己到底同意了什么——斧头朝他的脖子砍下来，他短暂的生命就此终结。

当天晚上，亨利没有到威斯敏斯特大厅用餐，他母亲则在礼拜堂祈祷。

这两人都不在，我只好带着侍女们独自前往，走在我身后的凯瑟琳一袭黑衣，玛姬穿着深蓝色。大厅里鸦雀无声，约克族人个个缄口不语，脸色阴沉，仿佛所有的欢乐都被夺走，再也找不回来了。

我穿过沉默的人群，在席首坐下，抬头四顾时，我才发现今天的大厅有些异样。每天晚上，我们这些拥有庞大家族的男男女女会来到大厅用餐，按照尊卑次序就座。每桌大约坐十二人，同吃摆在餐桌中央的菜肴。但是今晚和平日不大一样：有些桌子挤满了人，有些还有空位。我算看明白了，这些人罔顾传统，开始分群结队了。

这些选择坐在一起的人包括男孩儿生前的朋友，约克王朝的血亲，曾经侍奉过我父母，或者父辈侍奉过我父母的人，爱戴我的臣属，和玛姬交好，也记得她弟弟泰迪的人。他们占据了许多张桌子，居然没有发出一点儿声息，只是默默地左顾右盼，仿佛发下了永不再开口的誓言。

亨利的支持者占据了余下的桌子。他们中的很多人是兰开斯特家族的后裔或旧臣，有些人是他母亲的娘家眷属，有些人曾经追随他参加博斯沃思战役，还有一些人——比如我同母哥哥托马斯·格雷和我妹夫托马斯·霍华德——则每天费尽心思，拼命展现自己对于新王朝的忠诚。这些人努力表现得和往常一样，尽管桌子没有坐满，他们还是故意提高嗓门，呼朋唤友，没话找话。

尽管没有刻意为之，但宫廷已然分成了两派：一派在今晚陷入了悲伤，要么穿着灰黑二色的衣服，要么在坎肩上别根海军蓝缎带，要么戴上黑手套；而另一派则努力大说大笑，好像什么事都没发生过一样。

如果亨利看到公开为约克王朝哀悼的人有这么多，一定会吓得胆破心寒。不过他看不到了。只有我知道，他此刻正趴在床上，拱肩缩背，无法前来用餐，也吃不下什么东西，他的所作所为让他深感内疚，惊恐不安，他只能呼吸，带着罪恶感呼吸，这种痛苦将时刻跟随，永不消散。

雨还在下，天空乌云翻滚，月亮完全不见踪影。不安的氛围同样在宫廷弥漫，既没有胜利的喜悦感，也没有事情终于告一段落的轻松。两个年轻人的死理应带来安宁和平静，但事实上，我们反而觉得自己铸下了大错。

男孩儿的年轻同伴们坐在不远处的一桌，我抬眼看着他们，满心希望他们能讲个笑话，或者互相开开愚蠢的玩笑，可他们只是安安静静地垂着头，等待上菜，菜一布好，就默默地吃，好像都铎宫廷再也没有值得欢笑的事了。

接下来，我注意到一个更加不可思议的细节，我不禁看了看御前侍从，心中惊讶万分，按照常理，他不该坐看这种事发生，而该上报阻止。这张桌子的首席是男孩儿生前的座位，现在位子虽然空着，可这些年轻人还是把他的杯子，刀叉和勺子一一摆好，为他设好餐盘，朝他的酒杯里倒满了酒，好像他就要来用餐似的。他们用自己的方式发出挑衅，表明对一个鬼魂，一种梦想的忠诚，展现对一个王子的爱戴，尽管斯人已去，他们的一举一动却分明在说：看哪，他一直都在。

1499年冬

伦敦　威斯敏斯特宫

亨利病了，病得很严重。大雨一停他就倒下了，仿佛无法面对暴雨过后的光明世界。他整日把自己关在房中，只准最信任的仆人进出，这些人口风很紧，绝口不提他的状况。人们私下传说他得了汗热病，这种病是他带入英格兰的，谁知到最后他自己染上了；还有人指着从他房里端出的原封不动的菜肴，说他肚子里长了东西。听厨师们说，他现在食不下咽，像条没精打采的狗。他母亲天天去看他，每晚都陪他坐上几个小时，还派自己的医师为他诊病，不过情况似乎不太乐观。有一次，我看见一个炼金术师和一个占星家快步爬上专用楼梯，进了他的房间。这件事自然是秘密，因为英格兰法律禁止使用巫术，不过他还是算了算自己的命程。他们告诉他说，他的身体会越来越壮，而且他有权杀掉一个无力自保的敌人。他的力量就建立在一个年轻人的陨落上，消灭弱小，杀死一个手无缚鸡之力的可怜俘虏，绝没有错。

可他还是没有半点儿好转。他母亲心急如焚，整天在礼拜堂为他祈祷，或者到他房里求他坐起来，不要整天脸朝墙壁不吃不喝，好歹喝一点儿酒，吃一点儿肉。这天司礼大臣前来谒见我，向我呈报圣诞节计划，照他的意思，舞者一定要排演，唱诗班歌手得练习新曲子，不过看亨利的样子，我实在怀疑国丧就在眼前，只好吩咐他什么也别准备，直到国王康复为止。

其他与约克王子谋反一事有牵连的人同样大难临头，要么被绞死，要么被罚款，要么被流放。亨利偶尔也会饶恕一些人，但他只是在这些敕令的末尾签上潦草的首字母。没人知道他是把自己锁在房里，悔恨欲死，还是仅仅因为太过疲惫，所以准备养足精神，好大干一番。谋反事件总算画上了句号，可是国王仍然没有走出房间，什么也不读，谁也不见。朝廷和国家都在等待他的回归。

去看望我的女领主，国王的母亲时，我发现她面前的书桌上摆着一大堆奏折，俨然是个摄政女王。“我是来问问您，国王的病情是不是很严重?”我说，“现在流言四起，我非常担忧。他又不肯见我。”

她抬头看了看我，我见桌上的奏折已经积成小山了，可她既没有读，也没有签字，只是呆呆坐着，一副不知所措的模样。听到我的问话，她只是说：“他很伤心，伤心得病倒了。”

我伸手捂住心口，感受心脏的愤怒狂跳。“凭什么？他凭什么伤心？他失去了什么?”我想到玛姬和她弟弟，想到凯瑟琳和她丈夫，想到妹妹们和我自己，这些日子以来，我们努力在世人面前表现得无动于衷，可我们内心的煎熬，有谁知道?

她摇了摇头，仿佛连她也无法理解：“他说他不再是个清白无辜的人。”

“亨利？清白无辜?”我失声大喊，“他踩着一个国王的尸体登上王位！他以篡位者的身份来到这里，当上了国王!”

“你竟敢这么说!”她厉声呵斥我，“我不许你这么说！任何人都不行!”

“我只是不明白你的意思。我没听懂他的话，什么叫他不再清白无辜?他何时清白无辜过?”

“他是个一生都在追求王位的年轻人，”她说话时一字一顿，就像在进行一场艰难的忏悔，“把他培养成这样的人是我。我当年亲自教导他，说他一定会成为英格兰国王，除了王位，其他的一切都不重要。这些都是我做的。我还告诉他，他什么都不该想，除了回到英格兰，夺回他应得的地位。”

我沉默不语。

“我对他说，这是上帝的意志。”我点了点头。

“现在他赢了，”她喃喃地说，“他得到了生来就该得到的地位。可是为了守住它，牢牢地守住它，他不得不杀死一个年轻人，一个像他一样的年轻人，他也在追逐王位，从小的教养也让他坚信自己有这个权力。亨利觉得他仿佛杀掉了自己，曾经的自己。”

“曾经的自己。”我慢慢重复了一遍。她的话让我意识到一些从未思考过的东西。在我眼里，男孩儿被指是一个图尔奈船夫的儿子，而他自称是个王子；但在亨利眼中，他俩同病相怜，从小到大，他们别无选择，争夺王位是他们的宿命。

“这就是他如此喜爱那个男孩儿的原因。他不想杀他，他很乐意用所谓的约定束缚自己，好放过他。他希望让他变成一个无足轻重的人，把他留在宫里做弄臣，供给他衣食，就和对待其他弄臣伶人一样。这原本是他计划的一部分，可他后来发现自己太喜欢那个男孩儿了。原来他们的经历是如此相似：在国外长大，却一心思念着英国，学习英国文化，总有人告诉他们，有朝一日，他们一定能乘风破浪回到家乡，踏上他们的国土。他曾对我说过，除了他，没人能理解男孩儿，除了男孩儿，也没人能理解他。”

“那他为什么杀他？”我怒不可遏，“为什么要置他于死地？既然男孩儿和他如此相似，就像另一个他？”

她看上去也很痛苦：“为了安全。男孩儿在世时，总有人把他们比较，大家的目光都在他们之间移来换去。可是英格兰只能有一位国王。”

在她沉默的当口，我想起几件往事：亨利一直知道自己不像个国王，至少和我父亲不一样；而被亨利称作“波金”的男孩儿又时时刻刻像个王子。

她继续说道："还有，如果男孩儿不死，亨利的处境就不会安全，即使努力把他留在身边也没用。你也看到了，就算他被关进了伦敦塔，被谎言迷惑，被阴谋构陷，来自全国各地的人还是信誓旦旦地表示要营救他。我们已经把英格兰握在掌中，可亨利觉得我们从来没有真正得到过这个国家。男孩儿和亨利不一样，他有天赋，受人爱戴的天赋。"

"可你们永远不会安全。"我用她的话回答她。此时此刻，我终于能向这对母子复仇了，我要用我说的每一句话来狠狠报复眼前这个女人，她占据了王后房间，占据了原本属于我的座位，就像她儿子夺走我弟弟的地位一样。"你们不会拥有英格兰，不会，你们的处境永远不会安全，你们永远得不到英格兰人的爱戴。"

她垂下了头，仿佛我刚才的话宣告了一场无期徒刑，而她接受了，因为她罪有应得。

"我要见他。"我走向一扇门，门后就是通向国王房间的甬道。

"你不能去。"她上前几步，想要拦住我，"他病得厉害，不能见你。"

我大步迎向她，仿佛要直接穿过她的身体。"我是他妻子，也是英格兰王后。我要见自己的丈夫，你没有资格阻拦。"

我越逼越近，她却丝毫没有退让的意思，我心里想：这下非得推开她不可了。谁知到了最后一刻，她见我神情坚定，还是退开几步，让我打开门走了进去。

前厅没有人，不过卧室门开着，我在门上轻叩几下，进了房间。他站在窗前，百叶窗没有关，浩瀚的夜空就这样毫无阻拦地呈现在他眼前。他仰头眺望着这片一望无际的黑暗，点点星辰就像洒满夜幕的珍珠，发出柔和的银光。他转头看了看走来的我，什么也没说，可我能感觉到他心里的痛苦、孤独和深深的绝望。

“您应该回朝理政，”我开门见山地说，“长此以往会惹人非议，您不能一直躲在这里。”

他发出质疑：“你说我躲在这里？”

我毫不犹豫地说：“就是这样。”

“那些人就这么想念我？”他语带挖苦，“他们就这么喜欢我？他们很想见到我？”

“他们希望见到您。您是英格兰国王，大家必须看到您坐在王位上。英格兰王冠很沉，我一个人负担不起。”

他幽幽说道：“没想到当国王这么难。”

“您说得对，我也没想到。”

他把头靠在拱形石窗框上。“我曾经以为，只要我赢得博斯沃思战役，一切都会变得很容易。我曾经以为，只要我坐上英格兰王位，我就能知道自己到底想要什么。但是你知道吗？当上国王后我才发现，我的生活比从前还要糟糕。”

他转过头来看着我，这是我们数周以来的第一次对视。“你觉得我做错了吗？”他问，“我是不是不该杀死他们？”

“是，”我断然答道，“恐怕我们会为此付出代价。”

“你认为我们会亲眼看到我们的儿子死去，我们的孙子将来也会夭折，我们的血脉最终会断绝在一个童贞女王手上？”他痛苦至极，“啊哈，我叫人占卜过了，那些占星家比你和你的女巫母亲高明得多。他们说我们会长命百岁，富贵尊荣。他们就是这么告诉我的。”

“他们当然比我高明。”我坦诚以对，“我从没说过自己能预见未来。但我就是知道，我们一定会付出代价。”

“我相信我们不会绝后。”他努力挤出一丝笑容。

“我们有三个儿子，三个健康的王子：亚瑟，亨利和埃德蒙。我只听说亚瑟品行端方，亨利样貌英俊，性格活泼，体格强健，埃德蒙也越发强壮，感谢上帝。”

“我母亲也有三个王子，”我黯然答道，“可她死后却没有留下一个男嗣。”

他紧紧抱住自己：“上帝啊，伊丽莎白，别这么说。你怎么能说这种丧气话？”

“有人杀了我弟弟，”我喃喃低语，“他们还没来得及和妈妈告别就离开了人世。”

“他们不是我杀的！”他失声大喊，“我当时正在千里之外流亡。我也没有派别人去杀！你不能怪到我头上！”

“可是他们的死让你获利，”我继续争辩，“你占据了他们的王位。就算你没杀他们，可你杀了我无辜的堂弟泰迪，就连你母亲也无法否认这件事。你还杀了男孩儿，就因为他充满魅力，受人爱戴。”

他抬起一只手掩住面孔，另一只手则摸索着伸向我。“你说得对，说得对，希望上帝宽恕我。可我不知道自己还能怎么做，我向你发誓，除了杀死他们，我别无选择。”

他一触到我的手，立刻紧紧抓住，仿佛我可以把他拉出悲伤。“你会原谅我吗？就算别人不肯原谅我，你也会吗，伊丽莎白？约克的伊丽莎白，你会原谅我吗？”

他把我拉向他时，我没有挣扎。他的头慢慢靠了过来，我感觉到他的脸颊上满是泪水。他用双臂环抱着我，把我紧紧搂住。“我不得不做，”他把脸埋进我的发间，“你也知道，只要他活在世上，我们就得不到安宁；就算他进了监牢，人们依旧竞相追随。他们把他当做王子来爱戴。他拥有所有无法抗拒的约克魅力。我必须杀了他，必须这样做。”

他像抓住救命稻草一样搂着我。我的心疼得厉害，几乎说不出话来，可我还是说："我原谅你，我原谅你，亨利。"

他发出一声嘶哑的呜咽，那张表情痛苦的脸死死抵住我的脖子，全身剧烈颤抖。我的目光越过他低垂的头颅，落在彩色窗玻璃上，在漆黑夜空的衬托下，玻璃也失去了白日的光彩。经过他母亲的刻意安排，他房里的每扇窗玻璃上都有一朵都铎玫瑰，从前看这个图案时，我觉得它像一红一白两朵玫瑰合二为一，傲然盛放；可是今晚，我觉得这朵花变了，变成了一朵约克白玫瑰，可是它的花瓣被刺伤了，从中流出殷红的血液。

在这个悲伤的夜晚，我知道，我知道还有许多事等着我去原谅。

·全书完·

作者手记

这本书写作于多个层面之上。这是一部有关神秘事件的小说——与一切有历史记载的事实只有两步之遥；但其核心是一些你可以信赖或自行研究的历史事实。王子的死亡，传统上归咎于理查三世，我相信，不是他的所作所为；也有几位历史学家提出，有一个王子实际上幸存下来，他们的作品列在最后。我倾向于相信我在此所叙述的版本。不过，没有人知道确切的答案，甚至到现在也没有。

伊丽莎白寡后对西姆内尔叛乱的支持，让我觉得她是在和亨利七世（以及她自己的女儿）争夺一个首席候选人。我不认为她会为了自己的儿子冒险让自己的女儿登上王位。她在一个自称是理查德的年轻人登陆英格兰之前就去世了，但是她的婆婆塞西莉公爵夫人似乎很支持这个冒牌货。威廉·斯坦利爵士的支持（对他兄弟的继子提起诉讼）也记录在案。斯坦利去世时没有为站在冒牌货那边道歉，这让我觉得，他认为伪装者可能会赢，他认为自己的诉求是正确的。

这位最终被不确定地命名为波金·沃贝克的年轻人所受到的待遇也非常奇怪。我认为，亨利七世在宫廷更衣室中放火烧毁了希恩宫，随后策划了他的逃跑，最终陷入了与沃里克伯爵的叛国阴谋，以图将“这个男孩”赶出宫廷。

大多数历史学家都会同意：即便没有亨利七世的资助，这场沃里克阴谋也是得到过他的准许，只为除掉那两个对他王位的威胁，而且他们俩的死亡确实是西班牙国王和王后想要的——之后西班牙才会应允凯瑟琳公主和亚瑟王子的婚姻。

我们可能永远不会知道那个自称是理查德王子并承认是“波金·沃贝克”的年轻人的身份，但可以肯定的是，都铎时代的事件未必是事实，安妮·瓦罗的细致研究曾揭示这场骗局的结构。

本书的写作目的并非声称揭示真相。它只是一部基于对这些迷人时代的许多研究的小说，我希望它能充满爱和尊重，探寻那些不为人知的故事和不为人知的人物。

参考书目

Amt, Emilie. Women’s Lives in Medieval Europe. New York: Routledge, 1993.

Alexander, Michael Van Cleave. The First of the Tudors: A Study of Henry VII and His Reign. London: Croom Helm, 1981.First published 1937.

Arthurson, Ian. The Perkin Warbeck Conspiracy, 1491 - 1499.Stroud: Sutton Publishing, 1997.

Bacon, Francis. The History of the Reign of King Henry VII and Selected Works. Edited by Brian Vickers. Cambridge: Cambridge University Press, 1998.

Baldwin, David. Elizabeth Woodville: Mother of the Princes in the Tower. Stroud: Sutton Publishing, 2002.

———. The Kingmaker’s Sisters. Stroud: History Press, 2009.

———. The Lost Prince: The Survival of Richard of York. Stroud: Sutton Publishing, 2007.

Barnhouse, Rebecca. The Book of the Knight of the Tower:

Manners for Young Medieval Women. Basingstoke: Palgrave Macmillan, 2006.

Bramley, Peter. The Wars of the Roses: A Field Guide and Companion. Stroud: Sutton Publishing, 2007.

Castor, Helen. Blood and Roses: The Paston Family and the Wars of the Roses. London: Faber & Faber, 2004.

Cheetham, Anthony. The Life and Times of Richard III. London: Weidenfeld & Nicolson, 1972.

Chrimes, S. B. Henry VII. London: Eyre Methuen, 1972.

———. Lancastrians, Yorkists, and Henry VII. London: Macmillan,1964.

Cooper, Charles Henry. Memoir of Margaret: Countess of Richmond and Derby. Cambridge: Cambridge University Press, 1874.

Cunningham, Sean. Henry VII. London: Routledge, 2007. First published 1967.

Duggan, Anne J. Queens and Queenship in Medieval Europe. Woodbridge: Boydell Press, 1997.

Fellows, Nicholas. Disorder and Rebellion in Tudor England. Bath: Hodder & Stoughton Educational, 2001.

Fields, Bertram. Royal Blood: King Richard III and the Mystery of the Princes. New York: Regan Books, 1998.

Fletcher, A., and D. MacCulloch. Tudor Rebellions. Revised 5th ed. Harlow: Pearson Education, 2004.

Gairdner, James. "Did Henry VII Murder the Princes?" English Historical Review, VI (1891).

Goodman, Anthony. The Wars of the Roses: Military Activity and English Society, 1452 - 97. London: Routledge & Kegan Paul, 1981.

———. The Wars of the Roses: The Soldiers' Experience. Stroud: Tempus, 2006.

Gregory, Phillipa, David Baldwin, and Michael Jones. The Women of the Cousins' War: The Duchess, the Queen and the King's Mother. London: Simon & Schuster, 2011.

Gristwood, Sarah. Blood Sisters: The Hidden Lives of the Women Behind the Wars of the Roses. London: HarperCollins, 2012.

Halsted, Caroline A. Richard III as Duke of Gloucester and King of England. Vol 2. London: Elibron Classics, 2006. First published 1844 by Longman, Brown & Green.

Hammond, P. W., and Anne F. Sutton. Richard III: The Road to Bosworth Field. London: Constable, 1985.

Harvey, N. L. Elizabeth of York: Tudor Queen. London: Arthur Baker, 1973.

Hicks, Michael. Anne Neville: Queen to Richard III. Stroud: Tempus, 2007.

———. False, Fleeting, Perjur'd Clarence: George, Duke of Clarence, 1449 - 78. Stroud: Sutton Publishing, 1980.

———. The Prince in the Tower: The Short Life and Mysterious Disappearance of Edward V. Stroud: Tempus, 2007.

———. Richard III. Stroud: Tempus, 2003.

———. Warwick the Kingmaker. London: Blackwell Publishing, 1998.

Hipshon, David. Richard III and the Death of Chivalry. Stroud: History Press, 2009.

Howard, Maurice. The Tudor Image. London: Tate Gallery Publishing, 1995.

Hughes, Jonathan. Arthurian Myths and Alchemy: The Kingship of Edward IV. Stroud: Sutton Publishing, 2002.

Hutchinson, Robert. House of Treason: The Rise and Fall of a Tudor Dynasty. London: Weidenfeld & Nicolson, 2009.

Jones, Michael K. Bosworth 1485: Psychology of a Battle. Stroud: History Press, 2002.

Jones, Michael K., and Malcolm G. Underwood. The King' s Mother: Lady Margaret Beaufort, Countess of Richmond and Derby. Cambridge: Cambridge University Press, 1992.

Karras, Ruth Mazo. Sexuality in Medieval Europe: Doing unto Others. New York: Routledge, 2005.

Kendall, Paul Murray. Richard the Third. New York: Norton, 1955.

Laynesmith, J. L. The Last Medieval Queens: English Queenship 1445 – 1503. New York: Oxford University Press, 2004.

Lewis, Katherine J., Noel James Menuge, and Kim M. Phillips, eds. Young Medieval Women. Basingstoke: Palgrave Macmillan, 1999.

MacGibbon, David. Elizabeth Woodville, 1437 – 1492: Her Life and Times. London: Arthur Barker, 1938.

Mancini, D., and A. Cato. The Usurpation of Richard the Third (Dominicus Mancinus ad Angelum Catonem de Occupatione Regni Anglie per Ricardum Tercium Libellus). Translated by C. A. J. Armstrong. Oxford: Clarendon Press, 1969.

Markham, Clements R. "Richard III: A Doubtful Verdict Reviewed." English Historical Review, VI (1891).

Mortimer, Ian. The Time Traveller' s Guide to Medieval England. London: Vintage, 2009.

Neillands, Robin. The Wars of the Roses. London: Cassell, 1992.

Penn, Thomas. The Winter King. London: Allen Lane, 2011.

Phillips, Kim M. Medieval Maidens: Young Women and Gender in England, 1270 - 1540. Manchester: Manchester University Press, 2003.

Pierce, Hazel. Margaret Pole, Countess of Salisbury, 1473 - 1541:

Loyalty, Lineage and Leadership. Cardiff: University of Wales Press, 2009.

Plowden, Alison. The House of Tudor. New York: Weidenfeld & Nicolson, 1976.

Pollard, A. J. Richard III and the Princes in the Tower. Stroud: Sutton Publishing, 2002.

Prestwich, Michael. Plantagenet England, 1225 - 1360. Oxford: Clarendon Press, 2005.

Read, Conyers. The Tudors: Personalities and Practical Politics in Sixteenth Century England. Oxford: Oxford University Press, 1936.

Ross, Charles Derek. Edward IV. London: Eyre Methuen, 1974.

———. Richard III. London: Eyre Methuen, 1981.

Royle, Trevor. The Road to Bosworth Field: A New History of the Wars of the Roses. London: Little, Brown, 2009.

Rubin, Miri. The Hollow Crown: A History of Britain in the Late Middle Ages. London: Allen Lane, 2005.

St. Aubyn, Giles. The Year of Three Kings: 1483. London: Collins, 1983.

Seward, Desmond. The Last White Rose. London: Constable, 2010.

———. Richard III: England's Black Legend. London: Country Life Books, 1983.

Sharpe, Kevin. Selling the Tudor Monarchy: Authority and Image in Six-